井田真木子　著作撰集

井田真木子 著作撰集　目次

ノンフィクション長編

ノンフィクション短編

エッセイ

詩

撮影＝鷹野　晃

題字＝井田真木子

長編ノンフィクション作品

プロレス少女伝説

第一章
女子プロレス少女群像

カエレコールの誕生

一九八三年の夏、私は、東京郊外の小さな駐車場や青物市場に架設される会場で、集中的に女子プロレスを観戦していた。

たまたま知人に連れられて、初めて女子プロレスを観たのは、その数カ月前だ。男子プロレスの亜種のような、女子プロレスという格闘技ショーには、それまでまったくなじみがなかった。リングに出てくる選手の名前には、もちろん、ほとんど聞き覚えがない。テレビで女子プロレスの放送を一、二度見たことはあったが、こうしたスペースに、今でも興行がかかることさえ知らなかった。つまり、そのとき私は、女子プロレスの全体像については何ひとつ把握していなかった。とはいえ、私が女子プロレスを観戦していたのは、ローティーンの女の子向け雑誌に、女子プロレスラーの取材記事を書くためで、しかも、その企画は私のほうから編集者に持ちかけたものだった。

その実体については無知同然の女子プロレスについて記事を書こうと思った動機は、その当時、観客席で繰り広げられていた、ひとつのダイナミックな変化にある。私の女子プロレスへの最初の興味は、試合にではなく、むしろ観客のほうにあった。

それはどういう変化だったか。

数カ月前、初めて会場に行ったとき、女子プロレスの観客は、おおむね中年男性で占められていた。彼らは、裂きイカを口にくわえてビールをちびちびやり、ときどき、リングにのんびりした野次を飛ばす。場外乱闘になると、選手たちがもつれあう付近の観客は、缶ビールを手に持ったまま、そそくさと席を立った。倒れた選手たちのまわりには、そういった観客の輪ができ、その中の何人かは、あわよくば胸や太腿に触れられないものかというような、どことなく不明瞭な表情で選手をのぞきこんでいた。

こういった会場の隅に、小学生らしい年代もまじえたローティーンの女の子たちの一群が出現しはじめたのは、いつ頃のことだろう。ともかく、従来の観客とは、挙措動作、リングへ向ける目の色、歓声の質、服の色合いまで、すべて対照的な少女たちの群れが、人数の上で、中年男性と拮抗しはじめるのはあっというまだった。

最初に、相手の集団に対して、そこはかとない敵意をしめしたのは、少女のほうだ。中年男性が、リングに冗談まじりの野次をとばすと、一〇〇〇人近い少女たちがひと塊りとなって体をゆすり、ざわめく。会場の二階席から、全体的に灰色にみえるスーツやスポーツジャケットを着た中年男性群ののんびりと楽観的な雰囲気と、赤やピンクのTシャツやセーターを着た少女の群れの、鬱屈した雰囲気を交互に眺めて、私は落ち着かなかった。

そのうち、少女たちは、試合の盛り上がりに呼応して足踏みをすることを覚えた。それまでのんびりしていた中年男性も、地鳴りがするような足踏みの音の中に脅威を感じとったらしい。野次のボルテージは、やけ気味にあがった。しばらく、足踏みと野次が競りあったが、まもなく、少女たちの数は圧倒的多数にかわる。彼女たちの歓声と足踏みが、あきらかに従来の観客の何割かを、会場にいたたまれない気分にさせ、追い出したのだ。ふと気がつくと、以前は会場のほとんどを占めていた、灰色のスーツの群れは、いまや、全体から孤立した小島となっていた。

そして、〝カエレ〟コールが始まった。

会場の一劃に孤立した中年男性たちの野次は、その頃は、ヒステリックなまでに野卑になっていた。少女たちは、その野次に匹敵するものを模索しているように見えた。あるとき、突然、足踏みが止まった。次の瞬間、やや確信なさそうに、手を握り込んで親指を下に突き出し、小さな声で、

「帰れ」

と言ったのは、彼女たちの中の誰だったのか。

それが、すべてのきっかけだった。

少女たちは、握った右手の親指を下に突き出し、足を踏みならし、中年男性の小島にむかって、カエレ！　カエレ！と際限なく叫び始めた。二階席の私の目には、男たちの集団が、カエレ！　を浴びせられるたびに、内側に縮んでいくように見えた。

「その子供たちは、いわゆる団塊の世代が生んだ二世なんじゃないですか？」

ある編集者は、その話を聞いて、こう尋ねた。

「彼女たちの集団意識の中に、全共闘の時代、親が叫んだ〝カエレ〟コールが刷り込まれていたってことは考えられないかなあ」

全共闘時代そのものを知らないので、なんとも言えません、と、私は答えた。

いずれにしても、このカエレコールによって、会場から中年男性は完全に駆逐され、女子プロレスは少女たちの専有物になった。

そして、私はこの観客の交代劇に刺激され、この少女たちを魅きつけている、女子レスラーの実体を知りたいと思った。それが、その夏、私が女子プロレスの会場に足を運んだ理由だ。

私は、結局、その日から六年近く、かなりの本数に及ぶ

女子プロレスの記事を書き続けた。その間に、女子プロレスは、一九四八年の誕生以来、第三次ブームと呼ばれるものを経験した。そのブームの立て役者は、ライオネス飛鳥と長与千種の二人が組んだクラッシュ・ギャルズというタッグチームと、それに、ヒール（悪役）として対したダンプ松本の三人。そのクラッシュ・ギャルズの一人、長与千種が引退する直前の一九八九年四月一五日の屋外試合を観て、私が、プロレス専門週刊誌「週刊プロレス」五月九日号に書いた記事は、次のようなものである。

――（前略）その日の試合は、私の予想と大きく食い違った。なるべく小さな、できるだけひなびたオープンの試合を見たいと思っていたのだ。だが、駐車場にはクラッシュ・ギャルズや、そのほかの選手の親衛隊の女の子たちが蟻集《ぎしゅう》していた。そして、そこで繰り広げられたのは、屋内大会場での華やかな試合の屋外版だった。ティーンエイジャーの女の子たちの応援の嵐の中で、雨まじりの強風にあおられ、体を小さくしていると、後ろの席に座った、中年の女性が話しかけてきた。

「私、千種さんのファンなんですけどね。これからの千種さんについては、どういう雑誌を読めばいいのですかねえ。知ってたら教えてくれません？」

寒さに震えながら、私は、すみませんが知りません、と答えた。

リングにクラッシュ・ギャルズが登場し、歌を2曲歌うと、観客は立ち上って叫び出した。私の耳には、クラッシュがマイクを通して歌う声より、観客が口々に歌う声のほうが、割れるように大きく聞こえた。

そのとき、さっき私に話しかけた女性が、リングに目をやったまま、ハンカチを口に押し当てて、激しく嗚咽しはじめた。

こういうことのすべてを、クラッシュは、長与千種は作りあげてきたのだ。確かに、これは事実、なのだ。

（後略）――

女子プロレスのブームは、その副産物として親衛隊と呼ばれるファンの精鋭集団を作りあげた。親衛隊の少女たちは、同じデザインのコスチュームを身に着け、両手に同じ色のポンポンやペンライトを持ち、観客席の一部に陣取る。そして、クラッシュ・ギャルズがリングに出てきて歌を歌うと、全員が同じフリで踊り、熱狂的ではあるが、あくまでも規律正しい歓声をあげ、ペンライトを振り、ポンポンを整然と振り回した。

親衛隊は、ファンとしての貢献度において、普通のファンと一線を画しているようだった。親衛隊のコスチュームを着ることができないファンの少女は、彼女たちの整然としたフリを横目で見ながらやや遠慮がちに体を揺らしていた。だが、いったん試合になると、そこはかとない〝一線〟も崩れ、親衛隊とファンは一丸となって、クラッシュが繰り出す技にあわせて叫び、足踏みをし、ときには、まるでレスラーが次に出す技を予見するかのような、大きな悲鳴をあげた。

観客と女子プロレスラーの一体感は強固だった。選手と観客は同年代で、また、人気選手たちの部屋を紹介する専門誌のページなどを見る限りでは、レスラーのライフスタイルは、普通のティーンエイジャーと似たりよったりのものだ。ヌイグルミとお気に入りのミュージシャンのポスターで埋まった部屋に住む選手の大半は、思春期の五、六年をレスラーとしてすごしたあと、あっけなく結婚して家庭に入ったり、別の仕事をさがしはじめる。同じように、多くのファンも、つきものが落ちたようにプロレス離れをしていく。プロレスをすることも、また、観戦に熱中することも、彼女たちにとって同質の体験なのだろうと、私は思った。観客席とリングは、あくまでも地続きなのだ。観客は、もう一人の自分の姿をリングに見て熱狂した。

それだけに、彼女たちは、自分とリングの一体感に水を差すような異物を徹底して嫌った。少しでも異質な観戦方法をとる観客や、自分たちと世代の違う観客、そして、どんな世代であれ男性は排除された。観客とは、世代も観戦態度も違う私が、その場にいることを許されたのは、プロレス専門雑誌の記者だったからにすぎないのだろう。異物がよほど抵抗しない限り、カエレコールはおこらなかったが、数千人もの少女が一体化した姿は、圧倒的な威圧感を誇っていた。

そして、観客と基本的に同質なレスラーたちの社会も、また、学校の体育会さながらの、上下関係の徹底した、異質なものを受け入れない体質を濃厚に持っていた。記事を書き始めて数年がたつと、私は、自分が、次第に、レスラーと観客双方の閉鎖的な世界から逃げ出したくなっていることに気がついた。当初、興味をひかれた観客の少女の熱狂が、一転して、苦痛に近いものに変わっていったのだ。

ブームも終わりに近づいた一九八九年の四月、私が熱狂的な大会場の試合ではなく、ひなびた屋外の試合を観戦したいと思ったのは、そのためだった。だが、その屋外試合も、すでに以前ののんびりした雰囲気ではなかった。そして長与が引退し、ついでライオネス飛鳥も引退。ブームは終わった。

ところで、ブームが去って約半年後、私はたまたま天田《あまだ》麗文《れいぶん》という中堅レスラーと話をする機会を得た。彼女は、五年前まで孫麗雰《スンリーウェン》と言う外国名を持っていた、中国未帰還者三世である。

そのインタビューによって、私は、彼女が一般的な女子プロレスの世界とは違うものを生きていたことを知った。小学校六年生で、中国から日本へやってきた彼女にとって、一六歳で入った女子プロレスの社会は、異郷としての日本そのものだった。まだ幼く、友達も世間知も乏しい彼女は、女子プロレスという〃日本〃と格闘し、生き抜いた。それだけでなく、彼女がその格闘を冷静に外側から観察していたことに、私は驚いた。

ついで、私は、アメリカ人女子レスラーとして初めて、日本の興行団体と年間契約を結んだ、デブラ・アン・〃メデューサ〃・ミシェリーと会った。彼女は、それまでの外国人選手が興行の一シリーズのみで契約するゲストとして遇されていたのに対し、興行会社の所属選手として、日本人選手と同じように一台のバスに乗り込んで全国を巡業している。彼女は、いわば、ウチなるガイジンなのだ。

麗雰もメデューサも、自身の人生を、女子プロレスという〃日本〃に深く交差させていた。だが、同時に、彼女たちはけして、その中に溶け入らなかった。彼女たちは、自分が、この国にとっても、また女子プロレスにとっても、通過する人間であることを知っていた。

最近、日本式の成人式を迎えた麗雰は、こんなふうに言う。

「わたしの国籍は日本だけど、わたしの心は中国人です。でも、わたしは、中国では死なないでしょう。中国を愛しているけれども、あの国は、もう、わたしの国ではないから。

でもね、わたしは、この国でも死なないでしょう。わたしは、今、この国で生きています。一生懸命生きますけれども、きっと、この国では死なないでしょう」

メデューサは、これを聞いて言った。多分、この国で死なないと言うと、日本人は気を悪くするでしょうね。でも、麗雰の気持はわかるわ。この国で死ななくても、この国を好きになることはできる。一生懸命生きることはできる。私も、そう思っているもの。

彼女たちは、女子プロレスと深く関わりながら、異質なまま通過していく人たちだ。その点で、二人は、ほかの選手の誰とも、また観客とも違っていた。女子プロレスの世界が、観客と選手の息苦しい一体感だけで成立しているというのは思い込みにすぎないと、麗雰やメデューサと話したあと、私は反省した。

そして、彼女たち二人に、以前から取材を続けていた神取しのぶの〃異質〃を重ねあわせた。神取は、一九八六年に、女子柔道六六キロ以下級日本王者からレスラーに転向して、ジャパン女子プロレスに入った。この会社は、それまで全日本女子プロレスの寡占状態だった業界に、久しぶりに出現した新団体である。彼女は、その団体のマットで、従来の女子プロレスの観念を打破るようなデビュー試合をしてみせたあと、フリー宣言をした。ついで、全日本女子プロレスの長与千種と会社枠を越えての対戦を仕掛けた。ケンカマッチを敢行して、ベテラン選手を引退に追い込んだことが一回、関係者から姿をくらまして国外に逃げたことが数回ある。当然、会社との契約交渉で、彼女がトラブルをおこさなかったことはまれだ。

神取は、そもそも、存在そのものが異質にできあがっているような女性だった。そのため、ヒールではないにも関わらず、彼女は、クラッシュ・ギャルズのブームにおいては、多くのファンの畏怖と憎悪の的となった。私は、ファンのための雑誌という性格を持つプロレス専門雑誌の記事に、あまりにも異質で挑戦的な彼女を、どのようにはめこむかに難渋しつづけたものだ。だが、彼女の記事を書くことはやめられなかった。女子プロレスの閉塞的な世界が盛り上がったブームの時期に、彼女はそれを破る唯一のレスラーだったのだから。

しかし、麗雰とメデューサを取材したあと、私は、その時期に異質な存在として生きた選手は、実は、神取一人ではなかったことを知った。

私は、この三人に、あらためて、女子プロレスと彼女たちの人生の関わりを聞くことにした。

「わたしは、プロレスの雑誌を読んで、日本語を覚えました。日本語ができなければ、女子プロレスになれないでしょう。だから、プロレスのテレビを見て、プロレスの雑誌を読んで、わたしは、日本語を覚えました」

麗雰がこう言ったとき、私は赤面した。彼女が読んだプロレス雑誌に、私は、何本の記事を書いたことだろう。彼女の、ぎごちなさと、多くの誤用が残る日本語に、私の記事はどんな影響を与えたのか。

私が知らないうちに、彼女は、私に深く関わっていた。今度は、自分が彼女に、通過者としての彼女たちに、深く関わる番だ。

私はそう思った。

第二章
彼女たちの歴史

孫麗雰の生いたち

孫麗雰《スンリーウェン》は、そのとき、一二歳だった。そして、一日の大半を、つけっぱなしにしたテレビの画面を眺めてすごしていた。

　彼女がテレビの画面を眺めていたのは、群馬県桐生市にある九階建て市営アパートの最上階の一室。麗雰の母、劉《リウ》佩琴《ペイチン》が、彼女を除く家族五人を伴い、中華人民共和国上海市から、海外残留日本人未帰還者二世として、日本に永住帰国したのは一九八〇年。二年後の一九八二年、佩琴は、幼児の頃に伯父夫婦の養女に出した麗雰を日本に呼びよせた。それまで、養父母の一人っ子として育った麗雰は、一二歳で一挙に三人の弟妹の長姉となった。

　佩琴の父、天田《あまだ》豁《ひろし》は、一九三五年、外務省職員として旧満州にわたった日本人である。一九四一年の太平洋戦争勃発と同時に、彼の家族は戦禍を恐れて帰国した。だが、彼自身は、終戦後も中国にとどまり、中国人女性と結婚し、その女性との間に、一九五一年、一人娘の佩琴をもうけ、一九六七年ガンで死亡する。佩琴一家が、一九八〇年から始まった厚生省の中国残留孤児調査の対象外で帰国したのは、以上のような事情による。

　厚生省の中国残留孤児調査は、太平洋戦争によって海外に残留した日本人のうち、主に、中国東北地区に孤児として残った、身元のわからない人たちを対象にしている。昭和六一年二月一日の、厚生省援護局の調査によれば、中国東北地区からの帰国者は孤児全体の八九・七％。平均年齢は調査当時四四・九歳。

　戦後生まれで、日本人の実父と暮していたために日本の異母兄弟の消息について把握していた佩琴は、狭い意味では中国残留孤児と呼べない。だが、彼女は年齢的には、残留孤児の人たちとほぼ同年代。また、麗雰の年齢や、来日までの経緯は、残留孤児二世と呼ばれるティーンエイジャーと重なりあう部分が多い。

　ともかく、このような事情で、麗雰は、生まれて初めて顔を合わせた両親と、三人の弟妹と一緒に住むことになった。他の残留孤児二世と同様に、来日当時の麗雰は、日本語を話さず、日本についても何ひとつ知らない。そのため、市内の小学校の六年生に編入はしたが、級友との会話はない。中国にいた頃は、お昼休みに自宅に帰り昼食をとっていた彼女は、日本の学校に編入したあとも、昼休みには一人でアパートへ帰った。日本の小学生は、昼食を学校で食べるらしいということが、漠然とわかったあとも、相変わらず自宅へ帰った。誰とも話ができないのなら、一人でいるほうが気楽だったのだろう。

　中華料理店で働いている両親は、子供たちがまだ寝ている早朝に家を出て、深夜帰宅する。彼女は両親とも、めったに話をしなかった。幼いだけに適応が早かった二人の妹は、来日二年目でようやく日本人の友達とのつきあいができ、外遊びが面白くなったところ。そして、一番下の弟は、まだ、赤ん坊だった。

　麗雰が、両親弟妹と同居して半年あまりがすぎても、来日当初とかわらず、何が話されているのかわからないテレビの画面を〝眺めて〟、時間をすごしていたのは、こういう理由からだった。

「この国にやってきた日、その日の夜のことですけどね、夢を見たですよ。友達と遊んでいる夢。友達と遊んでいてですね、明日もここで遊ぼうねって約束する夢ですよ。それから、目が覚めましたね。目が覚めてですね。なんだか違いますね。ベッドから飛び起きてまわりを見たら、おやおや、ここは日本だったですよ。夢で、友達に、また明日ねって言ったときは、わたし、たしかに中国にいたのにねえ。目が覚めたら、そこは、中国ではなかったですよ。

　そうですね。その頃、すべてのことが、わたしが考えていたのと、まったく違いましたですね。

　たとえば？　たとえばですね、日本人は、みんな着物を着ていると思っていました。着物は日本の伝統的な服だと聞きましたので、ほとんどの人が着物を着て歩いていると思いましたね。そしたら、違いました。成田空港におりたら、女の人がミニスカートはいてサンダルはいてました。それから、ブラジャーみたいな、ものすごく小さな上着着てましたよ。ぼうっとしちゃったねえ。

　それから、空港のレストランで、迎えにきたおとうさんにカレーライスを食べさせてもらいましたね。カレーライスが出てきたのを見て、これは食べるモノですか？　と思いました。食べてみて、もう一度、食べ物ですか、と思いました。ご飯だけ、そっと掘って食べましたけど」

　カレーライスだけではない。なじみがあるはずのラーメンまでが、異文化の中では、実に不思議な食べ物に様変わっていた。麗雰の日本語は、今ではなめらかだが、まだラ行とナ行の発音を混同する訛り癖が、わずかに残っている。その訛りがとりわけ強調されるのは、彼女がナーメンについて話すときだ。

「カレーライスが食べれなかったのを見て、おとうさんは、わたしをナーメン屋さんに連れていったですよ。そして、ナーメンを食べました。それは、とてもかわったナーメンでしたね。醤油の味のナーメンは、今まで食べたことがない。上に乗っているものも、ずいぶん違いますね。この国は、ナーメンもかわってるね、と思いました。

　それから、おとうさんと空港ビルの中を歩きました。ビルの窓から、日本の町が見えますでしょう。それを見て、不思議なところに来ちゃったなあ、と思いました」

　養父母は、上海空港から彼女を送り出すとき、桐生の両親にあったら、爸爸《パアパ》（おとうさん）、妈妈《マアマ》（おかあさん）と呼ぶようにと忠告した。だが、彼女には、そう呼ぶことはおろか、両親とごく普通の会話をかわすことさえできなかった。そして、二人の妹たちは、彼女に姐姐《チエチエ》（おねえちゃん）とは呼びかけなかった。かろうじて、母だけが、麗雰を幼名の小琴《シャオチン》で呼んだ。小琴は、母の幼名でもある。

「日本に行ったら、中国語が通じないこと、頭ではわかってました。わかっていましたですけど、こんなに大変なこととは思っていなかったです。こんなに誰とも話ができないとは思っていなかったです。一言も話せないとは思っていなかったです。

　もともと口のきけない、耳の聞こえない、何もわからない、そういう人になったようでした。わたし。

　はい。学校で、アイウエオを教えてもらいましたですよ。でも、駄目ですもん。わたし、その頃、思っていたことは、あそこへ帰りたい、早く帰りたい、それだけ。あそことというのは、中国のことです。でも、帰りたいと言えませんでしょう。この国にやってくるパスポートとるために、南京のおとうさんはとても苦労しました。苦労してやってきたのに、すぐ帰れませんでしょう。

　だから、いつも、心の中で、帰りたい、帰りたい、帰りたい。〝帰りたい〟だけ思っていて、アイウエオは、全然覚えませんのです。

　それでね、日本語はいつまでたってもしゃべれないから、テレビばっかり。いつも、わたし、テレビの前に座っていますね。テレビでしゃべってることも、よくわかりませんのですけど。でも、テレビのほうが、人間よりよかったですよ。だから、いつも、テレビだけ。面白くはないけど、ほかにすることないから、テレビの前に座っています」

　佩琴が桐生に住んだのは、彼女の父親の本籍と異母兄弟の家が、そこにあったためである。だが、それは、今まで日本に住んだことのない佩琴の一家にとって、永住地を選ぶのに、ずいぶん乱暴な理由だったのではないか。関係者の本籍があるということは、その土地が、未帰還者子弟の受け入れ対策に万全を期していることを意味するものではないはずだ。実際、桐生で与えられた受け入れ教育は、麗雰に、基本的な日本語が話せる程度の成果さえもたらすことができなかったではないか。

　そのため、地域にも家族にも背を向けた麗雰は、終日、テレビの前に座っていた。このような一二歳の少女の姿を想像するのは、なんともやりきれない。

だが、こんな彼女の自閉を打ち破るものは、まさにテレビの中からやってきたのである。

ある日曜日、麗雰は、言葉はわからないながら、自分の興味を強烈に引きつける番組がテレビで放映されているのを発見する。それは、カンフーやレスリング、空手や柔道を混ぜあわせたような、一種、不思議な格闘技試合に見えた。

なにより、それをやっているのが、水着を着た女性だということが彼女の心をとらえた。南京の養家にいた頃の彼女のアダ名は、お転婆《てんば》の小琴だ。木登りが好きで、ケンカも強かった。近所の人は、小琴は男の子みたいだね、と噂した。養父と気功を習いに行ったこともある。もちろんカンフーも好きだ。その不思議な試合は、お転婆の小琴が初めて心を引きつけられた〝日本〟だった。

「夢中になって見ました。それから、上の妹をつかまえて、これは何？　と聞きました。そしたら、妹はこれは女子プロレスというものだよって、言いましたですね。

夜になって両親が帰ってきました。私は今度は両親に尋ねました。

プロレスって何でしょう？

おとうさんやおかあさんは、プロレスを知りませんでしたけど、プロというの、仕事というような意味でしょう、と言いました。プロというのは、それをやってお金を貰うということでしょうと言いました。

テレビでやっていた格闘技みたいなものを仕事にできる？仕事として格闘技をすると、お金が貰える？　この国では、そんなことができるの、と、わたしは聞きました。両親は、きっと、そうでしょうと言いましたよ」

以前、ある雑誌の取材で、中国大連市の大学生二〇数人と話をする機会を持ったことがある。六・四天安門事件がおこる約一年前のことだ。えりすぐりのエリートである彼らは、卒業を三週間後にひかえていた。だが、誰も、自分が卒業後、どんな仕事を与えられるかは知らなかった。

「私の専攻は日本語です。でも、私の仕事は機械の修理かもしれない。ひょっとしたら、コックかもしれませんね。私は、私の将来を知らない。それを知っているのは、国家だけです」

一人の女子大生はこう言った。

だから、好きなことを仕事に選ぶことができるということが、麗雰に与えた衝撃は想像以上に大きかったはずだ。

麗雰の養父は、田舎町にあるレンガ工場の労働者子弟が集まる小中学校の校長で、非共産党員。とりたてて大学へのコネがあるわけでもない彼の娘である麗雰が、高等教育を受け、専門知識を習得する可能性は乏しい。しかも、たとえ、そういう機会に恵まれたとしても、職業選択に自分の意志を反映させることはきわめて難しいのだ。
「それからは、テレビで見るのは、女子プロレスばっかり。女子プロレスの放送で、何をしゃべっているのか知りたくて、日本語を覚えるようになりました。プロレスの雑誌を読んで、日本語を覚えました。日本語ができないと、女子プロレスになれないでしょう。だから、プロレスのテレビを見て、プロレスの雑誌を読んで、私は日本語を覚えました。

この国にやってきたとき、わたしが生きていく国は、この国なのだと思いましたよ。でも、言葉が通じないでしょう。どうやって生きていくのか、わからなかったよ。だから、心の中でこの国で生きていけないかもしれない、と思いました。でも、女子プロレスを見ましたでしょう。これなら、わたしも生きていけるかもしれないね。言葉がうまくなくても、体を動かして仕事をすることができるでしょう。

それから、テレビに映っていましたから、女子プロレスは、とても華やかに見えましたですよ。

女子プロレスになったなら、わたしは、きっと南京に帰れるような気がしましたよ」

それは、一九八二年の秋のことだった。

孫麗雰の、女子プロレスラー天田麗文への変身は、こんなふうにして始まった。

デブラ・ミシェリーの生いたち

その一九八二年、デブラ・ミシェリーは一九歳だった。四年後、自分がメデューサという女子プロレスラーになるだろうとは夢想もしていなかった。孫麗雰がテレビの画面を眺めていた頃、彼女はミネソタ州ロビンズデイルで、ヨットの掃除を請負う小さな会社のPRに追われていた。

「ママは一八歳、パパも一八歳で私を生みました。両親は……そうね、映画の『アメリカン・グラフィティ』を知っています？　あの映画に描かれた時代が、彼らの青春だったと言ったらわかるかしら。そう。栄光の五〇年代人というわけよ。

パパの一族は全員がイタリア人で、パパがほんの子供の頃にアメリカに移民してきました。パパがママと出会った頃の写真を、一度、見たことがあるんだけど、びっくりしたのなんのって、うへぇ、このいい男は誰、ってなもんだわ。黒い髪に、黒い目をした、ゴージャスな男！　それが私のパパよ。

ママの一族は、アメリカン・インディアンなんです。種族の名前はパラワラミというの。今まで自分の親戚以外に、パラワラミ族だという人たちにはあったことがないから、おそらく、ごく小さな種族なんでしょう。

ママも、パパと同じように、黒い髪に、黒い目。その間に生まれた一人っ子が、この私よ」

デブラは、長いブロンドと、ほんのわずか灰色がかった青い目をした白人女性だ。鼻梁《びりょう》は細く高く、肌の色は抜けるように白い。身長は一七八センチ。手足はあくまでも長い。

「本当の父親が誰か、もう言ってもいい頃じゃないのさって、ママを問い詰めてるんだけどね。まあ、それは冗談よ。実際私が、パパとママの子供であることは間違いないわ。実際のところ、いろんな人種がまざりあうと、ときどき私みたいなケースが生まれるみたい。おそらく、パパの一族の北イタリア人の血が、突然現われたんでしょう。いずれにしても、私っていう人間は、こういう顔と髪を持って、この世に生まれてきたってわけ」

デブラの〝ゴージャスな〟父親はパン屋に勤めていた。パラワラミ・インディアンの母親は、普通の人づきあいさえ嫌う、変り者だった。彼女は手に職がなかったし、職業訓練を受けようという気力もない女性だったので、ミシェリー家の家計をまかなうものは、父がパン屋で稼ぐ八三ドルの週給のみ。三人はロビンズデイルの小さなアパートに間借りしていた。子供部屋はなく、デブラは押入れの中にレコードプレーヤーを持ち込み、そこを自分の場所と決めていた。

ある日、三歳児のデブラが、押入れの中でドーナツ盤レコードをかけて遊んでいると、同じ曲の繰り返しに苛立った母親が、ドアを開けて押し入ってきた。彼女は、衝動的に、宝物のレコードを握りしめた娘の手をつかんで、外にひきずり出した。そして、居間のストーブで、レコードを強引に焼いてしまおうとして、幼い娘の手をやけどさせた。

その後、このような虐待を、彼女が強迫的に繰り返したのは、なぜだったのだろう。ともあれ、一〇歳になるまでデブラは、似たような状況で、母の手によって何度も大ケガをさせられた。母は、娘に暴力をふるうだけでなく、ときにはベッドに縛りつけ、食事もあたえないまま、長時間放置した。

一方、父は、思いがけず美しく生まれついた娘を偏愛した。その愛し方には、親子の交情の領域を越える何かがあったのだろう。母は、夫と娘の特殊な関係を察知して荒れ狂い、虐待にはいっそう拍車がかかった。母にとって、ブロンドで青い目をしたデブラは、夫を奪う、一人の異性だったのだ。もちろん、そのような父の愛情のありかたも、娘を深く傷つけずにはおかなかった。

デブラが経験したような、幼児期の虐待経験は、バタード・チャイルド・シンドローム、ないしはチャイルド・アビューズと名づけられ、心理学上の大きな問題となっている。

「ママは、昔から情緒不安定だったの。人がたくさんいるところには出ていけなかったし、人前でしゃべることも、自分で稼ぐこともできなかった。運転免許証も持っていない。アルバイトでさえ働いたことがない。人生のほとんどを、自活することもなく、洗濯と掃除だけしてすごしてきた。ママは料理すらできないのよ。朝、めざめると、キッチンから、ママが朝食を作る匂いが漂ってくるという状況は、私の人生にはただの一度もないわ。

だから、私は自分のために料理を作り、自分のために服を買い、自分の世話を自分でした。ママが一生をかけてもできないことを、一〇歳に満たない私は、できたのよ。小さい頃から、私は人前に出ることを恐れなかったし、九歳のときには、芝生刈りのアルバイトをしてお金を稼いでいたわ。

それに、私は、インディアンじゃなくて、白人そっくりでしょう?

だから、ママは、私を憎んだんじゃないかな」

一九七〇年、七歳のときに両親が離婚すると、デブラは母方の祖父母の家に同居する。祖父は、孫娘のために、中古部品を組みあわせて、不恰好な自転車を作った。彼女は、その自転車に乗り、ロビンズデイルの町を走り回って、アルバイトに精を出した。

ロビンズデイルは、ミネソタ州ミネアポリスと隣りあった、歴史の古い、こぢんまりとした町である。一〇月から三月までは雪が降るが、春は自然が美しい。そして、夏には湖にたくさんの観光客がやってくる。一九歳のとき、彼女は、その湖に集まる観光客を顧客とするアイディア商売を思いついた。

当時、アメリカは七〇年代なかばから始まったベンチャービジネスブームの隆盛期。アイディア勝負の小規模な会社をおこす、アントレプレナーと呼ばれる起業家が多数輩出された時期だ。

デブラは、そのアントレプレナーの一人だった。彼女は、自分の会社を〈クリーン・アップ・パーティーズ〉と命名した。湖にうかべたヨットの上でパーティーを開くお金持ちを対象に、パーティーの翌朝、ヨットの船内を短時間で清掃するのが仕事だ。

「その頃の私ったらね、毎日、『タイム』と『アントレプレナー』と『インカム・オポチュニティー』ばっかり読んでたのよ。ちょっとしたウーマン・アントレプレナー気取りだったわね。なんたってヨットの清掃では、週に五〇〇ドルも稼げたんだから、我ながらすごいと思っちゃった。そのうち、会社をチェーン店化しようかしら、なんて考えたこともありましたね。将来の夢は、ビジネススーツにミンクのコートをはおって、ロールスロイスの車内電話から支店に指令をとばす女実業家ってわけ。

現実的には、その当時、自分が信頼できる共同経営者なんていなかったんだけど、それでけっこう楽しい想像だったわ。わかるでしょ。

だから、PR広告にも熱を入れたの。社名と電話番号と、キャッチコピーをタイプしたカードを作ってね、それを道に駐車している車のバンパーに挟むのよ。ドライブ・インにも、そのカードを置きに行ったわ。

そうね、当時つきあう人たちって言ったら、みんな三〇代か四〇代のビジネスマンばっかりでした。でも、その頃、私が一九歳だと見抜いた人なんて、誰もいなかったはずよ。一四歳のときから、ずっと働き続けていたから、それなりの貫禄があったと思うわ」

ロビンズデイル市では、学生アルバイトを一四歳から認めている。デブラの一四歳のときの仕事はローストビーフが売り物のファーストフードレストラン〈アービーズ〉の売り子。一七歳で、彼女はその〈アービーズ〉の副店長になり、同じ年、高校を中退した。

三歳のときに、母の手で押入れから引きずり出されて以来、彼女は、常に自分だけの〝居場所〟を探し求めてきたのではないか。そして、独立心の高い彼女にとって、居場所とは与えられるものではなく、自分の金であがなうものだったに違いない。そのため、一七歳の彼女は、高校生活を楽しむ前に一ドルでも多くの金を稼ぐ必要があった。

祖母は、高校を中退した孫娘に、モデル学校の入学金をプレゼントする。あなたはきれいだし、背も高い。おまけにブロンドだもの、きっと成功するよ、と祖母は保証した。それが、当時、デブラが家族から与えられた唯一の励ましだった。

「あんたは、何にもならない。あんたなんて意味がない。あんたは、どうせろくでもない人生しか送らない。私は、そう言われ続けたわ。ママもそう言った。パパの再婚した相手の女性も、私はただのゴロツキだと確信して疑わなかったわ。

ええ。パパは、私が一六歳のときに再婚したんです。南米のほうで宣教の仕事をしていた女性で、ママには似ても似つかない、有能で家庭的な人物だったわ。彼女は、なんでもテキパキとできて、家庭をうまく切り回していったわよ。そして、私は、どうしても彼女を好きになれなかった。

わかる？　ママと対照的な彼女に、憎しみを抑えることができなかったの。彼女が有能だという事実は、耐え難《がた》かったわ。もちろん、彼女だって私のことは大嫌いだったわよ。

それなのに、何を考えたのか、ママは、パパと彼女のところに、私を押しつけようと躍起になったの。それまで、ママは、パパが一歩でも私に近づくことを警戒していたくせにね。私が友達と電話をしているだけで、パパに連絡をとっていると邪推して殴りかかるほどだったのによ。そうなの！　ママの嫉妬はきちがいじみていたわ。一〇歳のとき、パパが誕生日のカードを郵便ポストにほうり込んで行ったことがあった。そしたら、ママは、そのカードを私から取り上げて破いてしまった。

それが一転して、私の面倒をパパの家庭に押しつけようとしたんですから、うまくいくはずがなかったわ。私と継母は、第三次世界大戦なみにいがみあい、私は一七歳で高校を中退すると、年齢をごまかして一人暮しをはじめました。本当は、一八歳以上にならないと一人でアパートを借りることはできない決まりなのでね」

孫娘のモデルの素質については、祖母は正確なところを言い当てていた。モデル学校を卒業したデブラは、自分でも見違えるほどの女っぷりに変身する。以後、彼女の稼ぎ口のひとつに、モデルという仕事が加わった。私生活上でも、デブラは、それまで縁のなかった種類の経験を積み始める。カクテルパーティーでのボーイハント、金曜日のデート、男との同棲などだ。

「祖母がモデル学校の入学金を出してくれるまで、私は、口紅ひとつ塗ったことのない女の子だったの。あまりにも貧乏だったし、女の子らしさとはどういうものなのかについて、ママから具体的に何かを教わるという体験もなかったから、一七歳までの私は、いつも汚ないGパンとTシャツの着た切りスズメ。男の子からデートに誘われるなんて経験は、一度もなかったわ。

第一、それまではおっぱいもまったく膨らんでいなかったし、体には、髪の毛以外の毛も生えていなかった。わかるでしょ？　この意味。つまり、私はまだ女性ではなかったの。おそらく、そういう面での発達が人よりずっと遅かったんじゃないの？　そういう女の子が、突然、モデル学校に入ってハイヒールでの歩行練習を始めるんだから、笑っちゃうわよね。

私が精神的に女になったのは、モデル学校を卒業した瞬間だと思いますよ。とはいえ、それは気分の上でのことで、一八歳になっても、体のほうはまだ成長しきっていなかった。それから、少しずつ胸も膨らみ始めて、二〇歳前後でようやく心身ともに女性になりきったというわけ。

そして、その頃、私は初めて男を愛したの。ケヴィンという男よ。ロックミュージシャンだった。私は初めて恋をして、彼とアパートで同棲したの。でも、数カ月後には別れていたわ。彼は、ほかの女の子を私のベッドに連れ込んだのよ」

ロビンズデイル高校にいた頃、クラスメートは、ハードロックと麻薬漬けの〝ドラッギー〟と、明けても暮れても運動のことしか頭にない、スポーツ馬鹿の〝ジョック〟に二分されていた。そして、デブラはロックもスポーツも好きだったが、ドラッギーにも、ジョックにも属していなかった。一方、ケヴィンは、きわめつきのドラッギーというところだったのだろう。彼との同棲で、彼女はドラッグも少し体験したが、それはとりたてて魅力的な世界ではなかったという。だが、ドラマーであった彼が垣間みせたエンターテインメントの世界は、彼女の心を強くとらえた。

デブラは、結局、順調に業績を伸ばしていた〈クリーン・アップ・パーティーズ〉を、一九八二年の夏限りでやめた。そして、モデルやそのほかのアルバイトのかたわら、ミネソタダンス学院で舞踊や演劇の勉強を始め、エンターテインメントの世界への糸口を探り始める。起業家への道に興味はあったものの、実際問題として、そのときのデブラは、商売を拡大するのに必要な共同経営者を受け入れられる精神状態ではなかった。彼女は、他人を信頼することができなかったのだ。これは当然のことかもしれない。なぜなら、ほかならぬ両親でさえ、生まれてこのかた、彼女の基本的信頼を裏切り続けてきたのだから。

デブラのようなバタード・チャイルドは、長じてからも行動や情緒、対人関係、肉体的成長の障害に悩むことが判明している。事実、彼女は最近になるまで、虐待がもっとも激しかった幼児から一〇歳までの記憶を、なかば失っていた。彼女の女性としての肉体成長が驚くほど遅れていた事実と、幼児期の経験も相関があるのではないかと、私は思う。

そして、このように、虐待体験が、彼女の体の発達や記憶に悪影響を与えていたとすれば、当時のデブラが、他者への健全な信頼感を持つことができず、その結果、ビジネスパートナーを要する職業を放棄せざるをえなかったのも不思議ではない。いずれにしても、彼女は、自分を不安にさせないためには、結局、他人を商売に介入させず、すべてを自分の手でやらなくてはならないことに気がついた。その考えの落ち着いた先が、自分自身を商売道具とするエンターテインメントの世界をめざすことだったのだ。

「一七歳で、精神的に女になったときには、洋々たる未来が開けたような気がしたものよ。だけど、二〇歳をむかえる頃になって、ふと振り返ってみたら、本当のところ、自分が何ひとつモノにしていないような気がして不安になったわ。〈アービーズ〉から始まって、ひたすら働いてきたけど、実のところ、それはほかにやることがなかったからなのよ。わかる？　何も好きなことがなかったし、何かを好きになるという状態すらわからなかったから、ただ働いていただけ。そうよ。ただ働いていただけ。

でも、ケヴィンとつきあい、音楽やエンターテインメントをやっている人たちと知りあうことによって、私は、人聞が夢を実現する方法を初めて実地に見たような気がした。夢見るということがどういうことなのかを私が学んだのは、ケヴィンが出演したロックコンサートでだったわ。

ええ、そうね。たしかに、私によい両親がいて、彼らがいつも人生の進むべき方向を過《あやま》たずに示してくれたら、事態は、もっと簡単に進んだのでしょう。人生とは夢見るだけの価値があるものだと知っていたなら、きっと私の人生はずいぶん違っていたと思う。だけど、そういうものが欠けた人生が、私の人生なのよ。そして、私はどんな人生だろうと、それを切り抜けていかなくちゃいけないわ。そうよね。

それで、ケヴィンと別れ、〈クリーン・アップ・パーティーズ〉をやめたあと、私は、自分の夢のありかが、エンターテインメントの方向にあると感じたの。でも、どうすれば、その世界に入れるのか見当もつかなかったし、その新しいビジネスのページをめくったあとに、どんな可能性があるのかもわからなかった。だけど、どんなページであっても、めくらないよりは、めくったほうがいいでしょう？だから、私はページをめくるために模索しはじめたのよ」

一九八二年、デブラ・ミシェリーはこうしてアントレプレナーのページを閉じ、プロレスラー・メデューサのページを開いた。

神取しのぶの生いたち

一九八二年、神取しのぶは第五回女子柔道体重別選手権に出場していた。

そして、その年、まだ麗雰も、メデューサも、柔道家としての神取も知らず、女子プロレスの興行の存在すら知らなかった私は、偶然、そのテレビ放送を見た。彼女は、当時すでに、柔道の天分を認められつつあったが、記憶に強烈に残っているのは、その試合内容ではない。実は、テレビの画面に現われた彼女が、あまりにも異様な雰囲気だったので、試合の経過をほとんど忘れてしまったのだ。

彼女のヘアスタイルは、きつくパーマのかかったカーリーヘア。その髪は、金髪に近い色に染められていた。そして、彼女の小ぶりな三白眼は試合に臨む直前とはいえ、異常に殺気だち、私は、画面ごしにさえ、その物騒な上目使いを向けられたときには、ひるんでしまった。しかも、その目の上の眉は、どうも、なかば剃り落とされているように見えた。当時、神取は一七歳、高校三年生だったはずだ。

従来の女子柔道選手のイメージと大きくかけ離れた彼女の風体《ふうてい》から、私は目を離すことができなかった。そのため忘れてしまった試合の結果をあらためて調べると、一九八二年の第五回女子柔道体重別選手権は、神取にとって二回目の同選手権出場であり、この試合で、彼女は決勝まで進み、それまで三年連続して、六六キロ以下級優勝を続けてきた福田洋美に優勢で負けたことになっている。

「高校んときはさ、ほとんど学校に行ってなくてさ。何してた？　遊んでたんだよ。遊ぶったって、面白かねえの。マンネリ化しちゃってよぅ。友達で部屋借りてる奴がいるじゃん。そこでゴロゴロ寝っころがってよぅ。テレビ見てよぅ。でも、なんにも面白くないんだわ。

学校行っても面白くないし、かといって、遊んでても面白くないんだよ。

友達？　けっこう死んでるよ。

一人はさ、ラリっちゃって、寒い時期だったのに、何考えたのかさ、海に泳ぎにいっちゃった。泳いでて、心臓発作かなんかでよぅ、死んじゃった。そいつ、しょっちゅうシンナー持ってた。だからそのうち死ぬよってさ、はは、冗談で言ってたらよぅ。本当に死んじまいやんの。うん、仲よかったんだ、そいつと。

ラリって死んだり、事故って死んだり、だいたい中学の各学年で一人は死んでんのね。バイクで、思いっきり箱乗りしてたら、電信柱にぶつかってさ、顔面の半分だけ、きれいに陥没しちゃったって人もいるよ。あとね、女の人の知りあいで、単車乗って集会に行ったら、警察に追っかけられてよぅ。あたふたしているうちに車からふりおとされやがって、その人、ほかの車に右腕ひかれちゃった。それで、切断だってさ。手、なくなっちゃったんだ。

私のまわりって、そんな話ばっかだよ。ラリって死ぬ奴とか、顔がない奴とか、手がない奴とか」

神取は、一九六四年に横浜で、測量技師の家庭に生まれた。三人兄姉の末っ子だ。

「その頃、何考えてたっていうとさ、なんてのかな、まわりの奴らの死に方見ててよぅ、どういう生き方がしたいってのはわかんないけど、こういう死に方はしたくないなって思ってたんだよ。でも、そうは思っててもさ、積極的に、友達ん部屋を出て、どこか行こうとはしなかったんだよ。どこにも行くとこないしよ。しようがないから、シンナー吸ったり、薬やったりしてる奴の横で寝ころがってたんだ。だから、私は、クズだったんじゃん。まわり一面、クズしかいないからよぅ、クズしか知らなかったんだよ。クズしかいない状況から、どうして出たらいいのかわからなかったしね。その世界しか知んないからさ、自分がクズだって自覚も、本当のとこ、なかったわけじゃん。

みんなと同じクズなのにさ、ただ、私は死ななかっただけなんだよ。

そういうことじゃん」

ところで、講道館で女子のための柔道が始まったのは、一九二五年。一八八二年に講道館柔道が誕生してから四三年目にあたる。初めての女性有段者が誕生したのは、それから七年後の一九三二年。その昇段試験のやりかたは、試合ではなく、型《かた》と乱取りのみで技術の習得を見るという方法を取った。これは、講道館女子部が、激しい試合によって選手が被るケガを恐れ、当初から女子の試合を禁じていたためである。以来、日本の女子柔道は、もっぱら徳育教育の一環として、競技試合を禁じられたまま発達した。

こうした徳育柔道から、競技としての女子柔道への変身の契機は、海外から訪れた。

女子の競技柔道が世界的に広がり始めたのは、一九七〇年代初め。一九七四年、オセアニア地区で世界初の女子柔道国際選手権が開催される。翌年には、ヨーロッパ地区で、二年後には、パンアメリカン女子柔道世界選手権が開かれる。このような動きの中で、日本女子柔道にとって、初めての外国人選手との親善試合が、パンアメリカン女子柔道世界選手権の翌年、一九七八年に行なわれた。そして、その年の七月二八日、第一回全日本女子柔道体重別選手権が開かれ、日本の女子競技柔道は本格的なスタートを切ったのである。

神取が、町道場で柔道を始めたのは一九七九年。その翌年には、女子柔道世界選手権が初開催されている。女子柔道が注目され始めた時期でもあったので、スポーツ好きだった父親は、知人の道場に娘を通わせた。柔道でもやって、基本的な挨拶くらいできる女の子になってほしい、というのが父の悲願だった。一方、娘は、中学卒業を目前にして、内申書の特技の欄に書き込めるものを探していた。

当時すでに、一六五センチで七〇キロ近くの体格だった彼女にとって、柔道は、ソロバンやエレクトーン演奏よりは、自分にふさわしい特技に見えたらしい。

「ケンカはね、うん、しましたよ。どういうケンカって、そりゃ、殴り合いだわね。負けたことはなかったな。強かったんでしょう。たださ、美しくないケンカはしたくなかったよ。いくら勝っても。

美しくないってのは、どう説明したらいいんだろ。いわば、女のケンカって奴？　髪の毛ふり乱してギャアギャアやるの。あれって、美しくないでしょ。だから、てっとり早く、バンって殴って、相手が目をまわして倒れておしまい、ってのが多いかな。

ケンカってのは怖くない。怖くはありません。たとえ、それで大ケガをすることになっても、万が一死ぬってことになったとしても、ケンカは怖くなかった。

だからさ、初めて恐怖心ってのを持ったのは、柔道をするようになってからじゃん。全日本に出るようになったのが、高校最後の年で、そのとき、決勝まで行って負けた。夏のおわりだよな。あれ。そんときじゃん。初めて怖くなったのって。

怖さって……柔道についての怖さかな、相手に対しての怖さかな、うまく言えないんだけど、でも、恐怖心っては、確実にそこにあるの。それまでには、そんな怖さなんて、ないない。全然、ない。柔道の試合に出ても、あ、投げた、あ、勝った、嬉しかった、それだけよ。

　柔道以外の生活でも、そんな怖さ、経験したことなんてない。まわりに怖いと思う人なんていなかったしよぅ……だからね、あの試合のときさ、私、勝ちたいと思ったんですよ。欲が出たんだよ、決勝に出たとき、初めて。

　なんとかしなくちゃ、って思ったの。そのとたんに、ああ、きっとなんとかならなくて、やられちゃうなって直感した。

　そんときね、自分の目の前に、怖さがいるって感じたんですよ」

　神取が通っていたような町道場が最初のブームをおこしたのは、講道館の設立後約二五年がたった一九〇七年頃。講道館が引き起こした新生柔道への関心が、古代からの歴史を持つ伝統的武術である柔術諸派の道場へも波及した。以来、町道場は、講道館とは異なる独自の段位を発行するなどして、柔道と柔術は互いに拮抗する関係を続けてきた。だが、近代柔道について言えば、その機構は講道館へ完全に統合され、その傘下に各大学や実業団の柔道部が組織化されている。

　高校二年のときから全日本女子柔道体重別選手権に出場していた神取にも、卒業半年前になると、こういった講道館傘下の大学柔道部からの誘いがくるようになった。試合態度や、風体《ふうてい》は、あいかわらず驚異的に悪いものの、彼女の格闘技選手としての素質は、そのときすでに、誰にも無視できないほど明らかになっていたのだ。

「東海大学と国際武道大学が推薦入学を勧めにきたわけよ。それを、頭から、嫌だよって蹴っちまったの。クラブなんてよう、大嫌いだもん。スポーツしか頭にない奴って、昔から嫌いなんだもん。そしたらさ、今度は実業団に行くかって言うの。それも、嫌だよって言ったわけ。仕事おわったあとに同じ仕事仲間の顔見ながら練習するなんて、まっぴらだったもん。

　柔道連盟はさ、そりゃ、このやろうって思ったでしょ。でも、嫌われても、自分が好きなようにやりたかったんだよ。大学入っても、実業団入っても、拘束されるわけじゃん。私は、気楽なほうがよかったんだよね。その頃に、こっちだって、柔道の世界ってのが、どういうものか、ちょっとはわかっていたわけだし。

　だからさ、柔道ってのは、いっとう上に全日本柔道連盟てのがあってよぅ、その下に都道府県の柔道連盟があってよぅ、その連盟の上に立つ人ってのは、どこかいい大学を出た人がやってるわけじゃん。で、いっとう上にはよぅ、ええと、誰だっけ、柔道を始めた人って？　嘉納治《かのうじ》五郎《ごろう》さんだっけ？　その嘉納さんの子孫が代々世襲で乗っかってるわけじゃん。そういうのに巻き込まれるのってさ、すんげぇ嫌だったんだよ。私。

　クズはクズなりに、柔道は、好きなわけよ。だけど、それと柔道の世界にまきこまれるってのは別じゃん。わかります？

　同時に、これは大変なことになっちゃったと思ったのよ。こんなクズみたいな人間に、柔道連盟のえらい人ってのが、仲間に入れてやるからって誘ったんでしょ。それを蹴とばしちゃったわけじゃん。こうなったら、今まで以上に、誰もバックアップしてくんないし、ちょっとでも負けたら最後、相手は束になって、つぶしにかかってくると思ったんですよ。

　つまりこういうことよ。世界選手権みたいな大きな大会の前には必ず選考会があるでしょう。国内の成績を基準にして、どの選手を大会に出すかって検討するわけよ。そのとき、いつも文句なしに優勝していれば、どんな格好だろうと、態度だろうと、これは大会に出さざるを得ないよね。だけど、それが二位とか三位とかの微妙なポジションにいてみな。これは危ない。やっぱり、技術的にはちょっと問題あっても、態度がいい方を選ぶでしょう。

　だから、私は、高校出てからは、本当に強くなけりゃいけなくなっちゃったんだよ。

　勝つためだけに、神経を集中させるようになったんですよ」

　一九八三年五月、香港のクイーン・エリザベス体育館で行われた第三回太平洋選手権で、一八歳の神取は二位。続く九月の第六回全日本女子柔道体重別選手権では初優勝を、そして同年末に日本で初めて行なわれる国際試合となった、第一回福岡国際女子選手権では二位を獲得する。記録に残っている、彼女の当時の肩書きは〝無職〟。以後、一九八五年に引退するまで、この肩書きはかわらない。

「無職たって、働いてないわけじゃないのよ。金は稼いでたの。

　だからさ、一八歳で〝無職〟になるって決めたときに、金の稼ぎ方と、勝つための練習方法を考えたってことよ。

　練習はね、三カ月一クールでやるの。初めの一カ月目はさ、簡単に言っちゃえば、心拍数を二〇〇まであげる練習をするわけ。練習の内容について、詳しく話してもしょうがないけど、早い話、柔道の打ち込み練習なんかをして、心拍をそこまで上げていく。別に、それがウェイトトレーニングでもランニングでもいいんだな。なんであれ、二〇〇にあげることが重要なわけよ。二〇〇まで心拍があがって、そのレベルを維持したまま運動を続けるじゃん。しばらくすると、この表現でいいのかどうかわからないけどさ、自分の体が自分のものじゃない感覚ってのがおこるわけ。なんてのかなあ。いったん、心と肉体が離れる感じなんだな。

心のほうは柔道をしようとしていて、実際にやっている感覚はあるんだけどよぅ、体がまったく動かない。指一本、自分の意志で動かなくなるって境地なんだな。肉体がどっかにふっ飛んじまってよぅ、心だけになっちゃう。その状態を何度もくりかえし続けながら、徐々に肉体がもどってきて、心と肉体が、もう一度一緒になるのを待つのよ。

ほかの人はどうなのか知らないけど、私の場合には、心と肉体が、こんな状態になったときが、心拍が二〇〇になったサインなわけ。それで、そのサインが出たときってのが、私の体がぎりぎりまで追いこまれた状態ってことなのよ。でもよう、追いこまれたっていっても、いわゆる根性論じゃないよ。根性でどうのこうのってレベルは、私の感覚では、心拍数一八〇程度なの。これが、苦しさの限度でよぅ。ただ単に、根性と苦しさの闘いだったら、だいたいこのレベルで練習やめちまうわけ。心拍数二〇〇てのは、苦痛を越えたレベルなんだわ。わかる? 苦しいとか、がんばるとか、そういうものを越えてるの。だから、心と肉体が別れるんじゃないの? そう思うけど。

こういうことが何の役に立つか? 試合のときのスタミナがついてくるんだな、これで。スタミナっていうのは、理屈ではどうなってるかわかんないけど、私の経験では自分の心拍数の最高値と関係があるらしいんですよ。だから、最初の一カ月は、ひたすら心拍数二〇〇というレベルを維持しながら、ぎりぎりまで体を追い込んでいく。

そうすると、最後の頃にはよぅ、顔が変わるんだわ。なんか、えらい物騒な顔になってよぅ。人でも殺しそうな顔になるの。自分でも、その顔見ると怖くなっちゃう」

ある人が記録する心拍数の最高値を、最大心拍数という。スポーツ医学の定説によれば、最大心拍数は、それ自体が、体力レベルを判断するための客観的な指標である。同時に、スポーツ選手の能力の重要な指標である最大酸素摂取量とも密接な関係がある。

とはいえ、最大心拍数と最大酸素摂取量の相関関係は単純ではない。心拍数は、酸素の摂取量とほぼ比例して増加する。だが、運動量の最大限度を目前とした、ある段階にいたると、酸素摂取量のほうはそのままコンスタントに増加するが、最大心拍数は増加を止めるのだ。

また、三五歳までのスポーツ選手では、最大酸素摂取量の増加に反比例して、最高心拍数が下がることが判明している。すなわち、同じ運動量下で比べれば、最高心拍数が低いほうが、より優れたスポーツ選手だと言うことができる。ただし、これはあくまでも壮年期のスポーツ選手の場合に限られ、年齢が四五歳以上になると、今度は、最大酸素摂取量と最高心拍数が正比例しはじめるという。
最大酸素摂取量と最高心拍数、そしてスポーツ選手の持久力や体力の相関は複雑なので、いまだに十分に生理学的な説明は得られていないらしい。

それでも、〝心と肉体が離れる〟一瞬が、心拍数二〇〇のレベルで現われるという神取の表現を、私は、それまで酸素摂取量と同調して増加してきた心拍数が、運動の最大限度を目前にして増加を止める一瞬なのだろうと理解した。運動量があがり、酸素がさらに貪欲に摂取されても、すでに彼女の心拍はそれ以上あがることを拒否している。そのとき、気持の上では柔道をしているはずなのに、肉体、すなわち心臓は思うように動かないような超現実的感覚が、彼女を襲うのではないか。

そして、〝もう一度、心と肉体が一緒になる〟ときとは、練習によって、同じ心拍数下で可能な運動量や酸素摂取量が増え、相対的に、同じ運動量下での最高心拍数が低下した瞬間を意味するのではないか。もちろん、そのことによって彼女の試合における持久力は確実にあがっていたはずだ。

ところで、心拍数二〇〇とは、どの程度の運動量か。大学の男子柔道部員を対象に柔道の打ち込み練習時の心拍数を計測した調査※によると、最大打ち込み時の心拍数は一五八〜一七四だという。最大心拍数の性差は一般的に認められない。だから最大心拍数一七四とは、彼女が、苦しさの限度だと表現する一八〇とほぼ同じ質を持った運動だと言える。この点からみて、心拍数二〇〇とは、単なるがんばりを越えたレベルなのだという彼女の表現は妥当なようだ。

「まあ、そんなふうにして一ヵ月がすぎるじゃん。で、二ヵ月目はね、家を出て、プイとどっかに行くわけよ。それで、この時期に金を稼ぐ。誰とも連絡をとらずにね、ふらふら、いろんなところの温泉地とか歩き回ってさ、適当にバイトして金を稼いでよ、気分をリフレッシュさせる。静養ってのかな。ただ、完全にぽうっとしちゃだめなんだよな。柔道のことを考えてはいる。うん。そういうこと。

要するに、その一ヵ月間てのは、じっとしてちゃいけないんだよ。一地点にとどまってたら、精神的にまいっちゃう。いつも、ふらふら動き回っているのがいいの。でもって、この期間をはさむっていうのが、自分にとって、すごく大事なことだったわけ。コーチからはよぅ、そんなふうに中休みしなけりゃ、もっといい成績が出るんだなんて言われたけどよぅ、やっぱ、練習始めて一ヵ月目の物騒な顔つきってのがあんじゃん。あの顔のままで試合に出るのは、ぜったいに危ないって、私は確信してた。あんな、人間じゃねえみたいな顔して相手と組んだらよぅ、ひょっとしたら勝つかもしんないけど、きっと、いつか自分で自分を壊すと思った。なんか、人間として踏み込んじゃいけない領域に足を踏み込みそうな気がしましたよ。だから、顔つきが人間らしくもどるまで、そのあたりをふらふら歩き回って休むってことだけは、やめなかったわけ。

それで、最後の一ヵ月ってのは、だいたい合宿に重なるわけ。だからさ、合宿に参加して、今度は試合に向けて無理をせずに調整していく。その時期には、心拍数二〇〇でも十分に体が動くようになってるから、これは不思議よ」

こうして、本格的な柔道選手生活に入った頃、神取は、ブームになりかかっていた女子プロレスの放映を、ときどきテレビで見ていた。年間数回の、国際および国内試合へ照準を絞り、〝肉体と心が離れるような〟激しい孤独な調整を、三カ月ごとに繰り返していた彼女の目に、女子プロレスはどのように映ったか。

「プロレスってのは、ときどき見ることがあったけど、そのときは、ありえないスポーツだと思ったわけ。やっぱ、試合がおわったときの、起き上がれないような疲れってのが実感としてあるわけでさ、それを考えると、年間二〇〇試合以上やるプロレスなんて、まったくこの世にありえないものだったのよ」

だが、それから三年後、彼女は、そのありえないスポーツにあっさりと足を踏み込むことになる。それは、たしかに、彼女自身の選択だった。だが、同時に女子プロレスという小さな興行の世界が、しらずしらず、従来の芸能ショーの枠を越え、女性の格闘技の流れに統合されていく、ひとつの動きでもあったのだ。

結局、彼女は、日本の女子柔道が態度のよしあしを問わず、世界に通用する競技選手を求めるようになった一九八〇年代でなければ、柔道選手になりえないほど、非調和的な人物だった。同じように彼女は、古い興行の世界がわずかずつ内部変革をおこし始めた一九八〇年代中盤でなければ、女子プロレスに興味をそそられることもなかったはずなのである。

※「運動処方のための心拍数の科学」山地啓司著（大修館書店）より

第三章
アメリカの女神たちと女相撲

プロレスの発祥

ところで、世界的に見て、女子プロレスとは、いったいどのような興行スポーツなのか。

競技としてのプロレスは、古代ローマ時代から、神事《しんじ》と一体化した形で行なわれていたと言われるが、興行化したプロレスは、欧米を中心に現代になってから出現したものだ。日本でのプロレスの発祥は、それより遅れること数十年。すなわち、麗雰がテレビを眺め、メデューサが会社のＰＲに追われ、神取が練習に没頭していた一九八二年から、三〇年あまりをさかのぼった頃である。

この時期、興行としてのプロレスは日本に定着した。

初めての男子プロレス興行が行なわれたのは、日米安保条約が締結された一九五一年の九月。この興行は、ボビー・ブランズ、ハロルド坂田などのアメリカ人レスラーが、日本にプロレスを紹介するために行なったものである。力道山を初めとする国産レスラーが登場するのは、巡業途中の一〇月以降。だから、日本にとって、男子プロレスとは、当初、いわばアメリカからの輸入商品のひとつだった。

そのアメリカで、近代プロレス興行は、一九〇八年、プロスポーツ興行の目玉のひとつとして誕生した。それ以前、一九世紀後半に、プロレスはヨーロッパでの興行ブームを経験している。ブームの最大の中心地だった当時のパリでは、一流の劇場が、ヨーロッパ各地から集まるプロレスラーのトーナメント会場となり、かなりの期間におよぶロングラン興行を行なったという。当時のプロレスラーたちは貴族、王室をパトロンとする、いわば座敷芸人的な存在であり、王侯貴族は、プロレストーナメントの勝者に、賞金とともに尊称的な呼び名を与えるのが習わしとなっていた。たとえば一九二〇年代、アメリカで世界チャンピオンになった、スタニスラウス・ズビズコは、大黒柱という意味の尊称である〝ズビズコ〟を、ヨーロッパ時代のパトロンである、ポーランド王族から与えられた。現在のプロレスラーのリングネームは、この呼び名が、時代を経て変容したものだと考えてよさそうだ。

ところで、ヨーロッパの興行では、トーナメントの観客も、パトロンと同様、上流階級の人々に限られていた。そのプロレス観客層を庶民階級にまで拡げ、結果的に、興行の規模を拡大したのがアメリカだった。実際、一九一一年に行なわれたチャンピオンマッチの入場料総売り上げは、八万七〇五三ドルに及び、同時期の、プロボクシングのへビー級タイトルマッチ総売り上げをはるかに凌いだといわれる。

当時最大のスターは、フランク・ゴッチ。プロレスラーになる前の彼はアラスカの金鉱の鉱夫で、鉱夫仲間の喧嘩試合の常勝王者として名を挙げたらしい、と、プロレス評論家・田鶴浜弘《たづはまひろし》氏は、『プロレス血風録』（双葉社刊）で述べている。同書によれば、彼は、最終的に、アラスカ金鉱地帯の最奥地クロンダイクで、アラスカ一の喧嘩王と闘い、これを破って大枚の賭金を手に入れ、プロレスに転向したという。

このゴッチの冒険は、私に、ギリシャ神話のヘラクレスの冒険物語を連想させる。日本の出雲伝説にある、スサノオノミコトの八岐《やまたの》大蛇《おろち》退治にも共通するものがありそうだ。

ヘラクレスは、ネメアの巨大ライオンや、レルネの怪物ヒドラと闘った。スサノオノミコトは、川上流に棲む、頭尾が八つに分れた大蛇を征伐した。一般的には、ヘラクレスの相手だったライオンやヒドラ、スサノオノミコトに対した大蛇は、それぞれ、その土地で権勢をふるっていた地方豪族の象徴だと解釈される。また、その征伐物語は、全国制覇を狙う国家が、それらの地方王国を統治するまでの経緯を語ったものだという。

もし、フランク・ゴッチをヘラクレスや、スサノオノミコトと引き比べるならば、彼に敗れたアラスカの喧嘩王は、さしずめネメアのライオンか、八岐大蛇に匹敵する。そして、アラスカに、そのような土地の〝顔役〟が存在したなら、おそらくアメリカ各地に、同じような人物がいただろう。たとえば、オクラホマ一《いち》の力持ち男や、ミシシッピー一の頭突き王、カンザス最強のナックルファイターなどが存在したのではないか。

建国まもないアメリカは、このような形で、固有の土地と深いきずなで結ばれた地方英雄物語を求めていたのではないかと思う。もしそうだとすれば、アメリカは同時に、その群雄割拠的な状態を統治する国家的規模の英雄伝説も求めていただろう。その伝説のひとつが、金鉱地帯の最奥地クロンダイクで、アラスカ一の喧嘩王を破った、フランク・ゴッチだったのではないか。

実際、アメリカ初期のプロレスラーの多くは、熊を素手で殺したとか、馬の肋骨を足ばさみで折ったといった、マッチョ伝説とともに売り出されている。この荒削りで単純な〝伝説〟の背景に、私はアメリカ自身の神話伝説への憧れを強く感じる。

いずれにしても、濫觴《らんしょう》期のプロレスは、このような素朴な肉体信奉に彩られた、もっとも金の稼げる興行スポーツだった。そして、すでに、プロレス試合は賭けの対象であり、その背景には、当然、ギャングの存在が無視できなかった。

ところで、ゴッチが活躍した時代、プロレスマットの中心地は、アメリカ中西部に限定されていた。だが、第一次世界大戦が終わった一九一八年以降、マットの中心地は中西部からニューヨークへ移る。一九二〇年代のプロレス興行は、戦勝国アメリカの資金力に魅《ひ》かれ、戦禍で荒れたヨーロッパ各地から移籍してくるレスラーを立て役者とし、ニューヨークのユダヤ系プロモーターを資本的背景として展開した。そして、一九一九年の発行の憲法修正第一八条およびヴォルステッド法、いわゆる禁酒法の施行以来、暗躍しはじめたギャング組織が、その賭けを牛耳るようになる。

賭博要素がプロレスの試合から消えるのは、一九二〇年代後半。消滅の遠因は、一九二〇年代中盤からの人気勝負だった、エド・〝ストラングラー〟・ルイスと、ジョー・〝ボディ・シザーズ・キング〟・ステッカーのタイトルマッチに八百長説が流れたことにあったとされている。とはいえ、プロレスは、八百長説以降も、興行スポーツの花形ではあった。だが、次第に、その試合は、真剣な賭け勝負の対象ではなくなっていき、一九三〇年代に入ったときには、プロレス試合の勝敗を賭けにしようと考える胴元はいなくなっていた。賭博が反社会的行為であることはいうまでもない。だが、その反社会的行為が成立しなくなった時点、具体的には一九二〇年代後半から、プロレスは、真剣勝負の看板を半分はずすことになった。その看板の微妙なかしぎかたは、プロレスから賭けが消えて六〇年あまりが経過した今でも、変わらない。

だが、一九三〇年代には、プロレスの本質的な面白さは、大男同士の殴り合い勝負への賭けから、ヨーロッパから移籍した選手同士の民族闘争へと移っていた。移民の国・アメリカのプロレスファンは、それぞれの民族的矜持《きょうじ》を背負う選手が闘う姿に、自分たちのルーツを重ねあわせた。

ちなみに一九五〇年代に日本に輸入されたプロレスも、日本人対外国人という、一種の民族闘争の形をとった。日本風に翻案された形だとはいえ、これもまた、三〇年代以降の、アメリカのプロレスの図式を踏襲したものといえそうだ。

結局、賭博が実質的に成立しなくなっても、プロレス人気が衰えなかったのは、プロレスが、このような民族闘争というあらたな切口を観客に示したためだろう。種族間の闘争物語は、神話の大きな構成要素のひとつである。アメリカのプロレスは、ヨーロッパからの選手をむかえて、フランク・ゴッチの時代より、さらに洗練された神話の時代をむかえたのだ。

アメリカの女子プロレス

では、アメリカでの女子プロレスは、この神話の中でどのような位置を与えられていたのか。

アメリカで女子プロレスが誕生したのは、一九三〇年代の末期。中西部からニューヨークに飛び火したプロレス興行のブームは、一九三〇年代には、さらに全国規模に拡大し、全米に新興プロモーターを乱立させた。女性どうしのプロレスを、初めて興行に組み込んだのは、そういったプロモーター組織の中でも老舗のひとつに入るNWA。オハイオ州コロンバス市を中心にフランチャイズ展開をしていた、ビリー・ウルフというNWA系のプロモーターが、この時期、アメリカでの女子プロレスを誕生させたというのが定説だ。

彼は、第二次大戦後の一九五一年、女子プロレス養成学校を創設し、三カ月から六カ月の養成期間を経て、年間、七〇人あまりの女子レスラーをマットに送り出すようになる。一九六〇年代になると国内外のマットに登る女子レスラーの数は三〇〇人にも及んだという。ウルフは、さまざまな民族性を背負うレスラーが闘争を繰り広げるマットに、あらたに〝女神〟という、異質で新しいキャラクターを配置しようと考えたのだろう。

ところで、この〝女神〟は、プロレスの神話の中で、また、アメリカの社会そのものにとって、どのような存在だったのか。

一九八五年、エディ・シャーキーというトレーナーが経営するレスリングスクールに入った、デブラ・ミシェリーは、自分の目に映ったアメリカの女子プロレスの姿について、次のように話す。

「今、アメリカで、男であろうと女であろうと、ある人がプロレスラーになろうとするのなら、少なくとも、その人が考えていることは、一生をプロレスラーで終えるということではありません。一番多いケースっていうのは、そうね、プロレスラーを足掛りにして、映画スターになるきっかけを狙っているということでしょう。私も、まさにそのケースのひとつだったわ」

私が、彼女から、このような回顧談を聞いたのは、目黒にあるピザハウスだ。私たちは、メデューサの親友でジャーナリストの斎藤文彦氏をまじえた三人で、一番奥のボックス席に陣取った。メデューサは英語で話し、斎藤氏は、耳慣れないスラングを、私のために通訳してくれる。

彼女はピザは太るからと断わり、グリーンサラダを二人前おかわりしながらしゃべった。脇に置いたバッグの中には、ローカロリー砂糖のピンク色の箱が顔をのぞかせている。彼女がシェイプアップに見せる情熱は、モデル時代の名残りかもしれないと、私は思った。

「エンターテインメントへのきっかけ作りを、プロレスにみつけてみないかと、私に勧めたのは、カイ・マイケルソンという友人よ。

彼は、俳優のバート・レイノルズのスタントマンをしているの。だけど、実際、カイがそう言ったときには、私は、それまでプロレスを見たこともなかった。その上、アメリカでの女子プロレスの評価って言ったら、信じられないくらい低いの。だから、エンターテイナーになる手掛りとして女子プロレスになれなんて、まさか冗談でしょうって、初めは思ったわ。

だけど、実際のところ、人間が何かになりたいと思ったら、どこかから始めなくてはならない。手をつけることなしに、何かを始めることはできないわ。それに、カイは、私の生き方が、プロレスに向いていると説得したわけ」

彼女は、長い指を二本伸ばす。

「つまり、こういうことよ。私は、こんなふうに、平坦な道と、険しい道とがあったとしたなら、必ず、険しい道のほうを選んでしまう。

無我夢中で生きること、何かに深くのめりこむこと、目的にむかって、ひたすら黙って歩くこと。結局、それが私の人生なの。カイは、それを理解していたわ。そして、その生き方こそ、プロレスラーそのものだと言うのよ。

だから、私は、女子プロレスラーになることにしたの。

女子プロレスラーであることに、十分集中すれば、次にどんなページが用意されているにせよ、それが始まったとき、さらに集中力を発揮できると思ったの。目標が別のところにあるということは、今、与えられたものに全力を投入しなくてもいい理由にならないじゃない。そうよね？」

だが、実際に、プロレスラーから映画スターになった人物はいるのだろうか？　エンターテインメントへの足掛りとしてプロレスラーになるということの現実感についてよく把握できない私は、こう尋ねてみる。

「実際に、プロレスラーから映画スターになった人物？男子レスラーでは、ハルク・ホーガンくらいかしら。でも、彼がマッチョマンとして以上の役者として認められているかというと疑問があるわ。そういう意味では、ジェシー・ベンチュラはいい役者だと思う。でも、彼は、現在は完全にレスラーを廃業しています。

女子レスラーでは？　それは……いないわね、今のところ。

だから、もし、女優になれたら、私は、レスラーからエンターテインメントの世界に進出した女性の第一号になるってわけよ。そういうのって、すてきだと思わない？　どう？」

メデューサの語るアメリカ的なチャレンジ精神と、日本型安定思考の間の距離を実感しながら、私はあいまいに頷いた。彼女にとっては、実現の可能性がどの程度あるかということより、前人未踏の領域に踏み込むことのほうに価値があるらしい。

ともかく、こうして、カイ・マイケルソンは、彼女に、友人であるエディ・シャーキーのジムを勧めた。彼らが友達になったきっかけをしゃべろうとして、デブラは、何度も吹き出す。彼女によればエディは大変優秀なコーチではあるが、半分犯罪者なのだ。

「カイがエディ・シャーキーと知りあったきっかけってのが、ああ、笑っちゃう！

あのね、こういうことなの。カイは、かなり売れっ子のスタントマンで、とてもすばらしい邸宅をミネアポリスの高級住宅地の一劃《かく》にかまえていたわけ。一方、シャーキーは、プロレスのコーチをするかたわら、盗品を売買したり、銃を不法所持したり、暴力事件をおこしたりで、何度も投獄されてるって男よ。彼は、あだ名をアウトローと言うの。盗品売買や、住居侵入で何度捕まっても、それをやめることができないのよ。エディは。つまり、もう、生まれついてのアウトローってわけ。

とはいえ、レスリングのコーチとしてはものすごく優秀なんですけどね。ロード・ウォリアーズを初めとして、すぐれた選手をたくさん育てているわ。

まあ、そのシャーキーが、ある日、いつもの癖を出して、不法侵入できる家の下調べにまわっていたと考えてみてちょうだい。彼は、愛車に乗って、高級住宅街をゆっくり流していた」

彼女は、車を運転するポーズをしながら、楽しそうな早口で話し続ける。

「そこで、目についたのが、カイの邸宅ってわけよ。

彼は、車から下りて、この家にどうやって忍び込むかを思案していた。カイはそれを家の中から見咎める。そこで、おい、お前は何をしてんだって言いながら外に出て行ったんですって。

そしたらさ、ここからが傑作！ シャーキーは、カイが家から出てきたのを見て、慌てるどころか、あっというまに、不法侵入者から、盗品の売人に変身しちゃったってわけ。で、やにわに愛車のトランクをあけると、ちょいと、旦那、いい品物があるんだけど買わないかい？ この銃なんかどう？ 品質は保証するからさ、なんて始めたそうよ。

それが、彼ら二人の出会いなんですって。カイは、シャーキーを見て、なんだか面白い奴だと思ったんでしょうね。結局、家の中に入れて、いろいろ話をしたの。そのうちに、シャーキーにとって、盗品や不法住居侵入は単なる趣味にすぎず、本職はプロレスのコーチだということがわかったの。カイは、じゃあ、俺たち二人は似た商売をしてるってわけだ、どちらも体が資本だものなって言った。そして、彼らは大の仲良しになったの」

大邸宅の持ち主が、家に忍び込もうとした泥棒と、同じ肉体労働をしているからという理由だけで友達になってしまうということは、にわかに信じがたい。だが、プロレス濫觴期の素朴な肉体信奉が、現代に、このような、奇妙に牧歌的な形で残ったと解釈するのがよいのかもしれない。

要するに、プロレスが作りあげた神話的世界は、誕生から今まで、一貫してこのような、単純でわかりやすい肉体の力への信頼によって構成されていた。それは、それなりにわかりやすい世界観ではあっただろう。だが、女子プロレスラーの立場に限って見れば、この世界観は、〝女神〟の活躍場所がきわめて少ないものであった。実際に、一九三〇年末期の誕生以来最近にいたるまで、アメリカの女子プロレスは独自の興行を持たない。女子プロレスの興行は、男子プロレスと合同で行なわれるのが、アメリカでの一般的な形なのだ。しかも、その男女混合興行の中での女子プロレスラーの立場は非常に弱い。彼女たちに与えられる活躍の場は、わずかな例外はあるものの、前座試合、および男子プロレスラーのリングマネージャーのみである。

彼女たちの毎日の仕事は、たとえば、こんなふうに進行する。

まず、彼女たちは、まだ、あまり客が入っていない前座の時間帯に試合を終える。試合内容に、技術的な高さは、ほとんど求められない。観客は、ただ単に、水着を着たグラマーな女の子がとっくみあうのを見にくるだけなのだ。

こういった試合がおわると、次に、彼女たちは、セクシーな水着を脱いで、さらにセクシーなドレスに着替える。このドレスが、女子プロレスラーの二番目の仕事着だ。会場に客が集まってきた頃、ドレスをまとった彼女は、メインイベンターの男子レスラーのマネージャーとして、リングに再登場する。男子レスラーは、情夫きどりで彼女の肩を抱き、もつれあうようにしてリングにあがると、しばらく、互いのマネージャーのおっぱいの大きさや、お尻のカーブの見事さをみせびらかしあう。一方、マネージャーは、男子レスラーにいちゃつき、キスを浴びせて激励する。そして、男子レスラーがリングの上でプロレスをやっている問、マネージャー同士は、リングの下で舌戦を闘わせ、ときにはつかみあい、もともと露出狂的なドレスの露出度をさらにあげて客の目を楽しませるというわけだ。

こんなふうに、アメリカのプロレスの神話にとって、女子プロレスラーは、つねに、小さくてありふれたサイドストーリーにすぎなかった。彼女たちの席は、けして、神話の本筋に用意されることがなかったのである。

二三歳のメデューサが望まれたものも、もちろん、こういったサイドストーリーの中での端役を演じることだった。

「シャーキーのジムでの練習っていうのは、そうだわね、喫茶店くらいの大きさのガランとした部屋があって、私たちは、そこをキャンプと呼んでいたの。練習は、そのキャンプの床に、じかにレスリングのマットを敷いて行ないました。女の子の志願者は、多いときで二人。ほかは全部男ばっかり。

だから、私は、体重が二〇〇ポンドくらいある男の子と練習せざるをえないってわけ。いい加減なものだったわよ。その上、ジムに入るとき、シャーキーは、俺が三週間稽古をつけてやろうなんて言ってたけど、実際には三週間後には本格的にデビューさせるつもりだったんだから。まったく！

デビュー戦は、あるナイトクラブでやったわ」

快調な早口でしゃべっていた彼女が、突然、言い淀《よど》む。

「正直なことを言うと、私、そのビデオを持ってるの」

彼女は言葉を切って、しばらく無言で私の顔をみつめていた。

「ビデオは持ってるけれども……あなたに、それを見せる気はしません。

ええ。なんていうか、安《やす》ピカで、すさまじい試合でしたよ。どう言えばいいのかしら。とにかく、その試合を見ていたクラブの客で、私に人間の尊厳とか、鍛えた肉体への尊敬を求めていた人は、誰一人いないってこと。私は、サーカスの見世物小屋にあがったみたいに感じたわ。場末のカーニバル、見世物小屋、まあ、そういうものだったのよ。

もちろん屈辱的でした。誰も、私を讃《たた》えるような目付きで見てくれるわけではないし。私は、そのとき、カラダだけの存在だったわ。わかるでしょ？　この意味。それでも私がデビュー戦以降もプロレスを続けていたのは、観客が私をどう見るかということと、私が私自身をどう認識するかとは、別問題だと思ったからなの。

私は、自分のことをスポーツウーマンだと思っていました。観客が誰一人、そう思わなかったとしても、それは関係ないことよ。そのとき私の考えに賛成してくれる人はいなかったし、練習にしても試合にしても、私の考えに同調してくれる人はいなかったけど、それも、関係ないことだったわ」

彼女が最初にリングにあがったのは、エディ・シャーキーが所属していたＰＷＡ。この団体の興行状況を、彼女は、次の一言で総括する。

「三〇〇マイル自費で旅をして会場に着き、一晩中試合をしたギャラが、二〇ドルよ！」

デブラは、メデューサというレスラーに変身するために、それまで稼いで貯めた金をすべてはたいていた。場末のカーニバルの見世物のようだとは言っても、プロレスは、裸ひとつで商売ができるわけではない。リングコスチュームも必要なら、レスラーとしてのキャラクターを演出するためのヘアデザインにも金がかかる。デブラ・ミシェリーは有望なアントレプレナーだったが、デブラ・〝メデューサ〟・ミシェリーは貧乏だった。アメリカで女子プロレスラーになることは、金を稼ぐ手段というより、むしろ金を浪費するための方法であるらしい。メデューサとなった彼女は、アパートさえ借りる金がなかったので、車の中で寝泊りしていた。

結局、彼女は、デビュー後まもなくPWAに見切りをつけ、一九八七年、ミネアポリスを本拠地とする大手プロモーター組織AWAに移籍する。この移籍で、彼女の経済状態はやや持ち直した。だが、女子プロレスの試合を、男子プロレスのお飾りとして扱うという姿勢は、AWAでも変わらなかった。

「AWAは、女子プロレスラーをいつだって二人以上ほしがらないの。だから、私は、いつも同じ相手と試合をしていたわ。AWAにとって、女子プロレスラーの試合は、プロレスなんかじゃない。それは、単なる幕間《まくあい》の芝居《コント》なんだわ」

こういう状況で、彼女は一九八七年九月、AWAのチャンピオンになった。要するに、これは彼女がもう一人の女子プロレスラーより強い、ということを意味するにすぎないわけだが。

そんなある日、彼女は、友達の男子レスラーから借りた、日本の女子プロレスのビデオを見る。当時、日本ではすでにクラッシュ・ギャルズブームが最高潮に達していた。だが、彼女は、そのときまで、日本に女子プロレスが存在するということさえ知らなかった。

メデューサは、そのときのことを、苦笑に近い表情を浮かべて、こう思い出す。

「そのビデオを見たとき、私は、思わず、こう口走っちゃったわよ。

まるで……まるで、これはプロレスじゃないみたい。まるっきりスポーツじゃないの！」

私は、日本であろうとどこであろうと、世の中に、こんな女子プロレスがありうるということが信じられなかったの、と彼女は言う。

「それは、技術的にも非常にレベルの高いものだった。試合も一切、手抜きなしって感じだったわ。だけど、もっとショックを受けたのは、それをやっているレスラーも観客も、女子プロレスを幕間の芝居などとは、まったく考えていないということだったのよ。

観客には女子プロレスラーの強さを無条件で賞賛する雰囲気があった。そして、すべての女子プロレスラーが、プロレスをやる誇りにみちていたわ。ええ。それは、たしかに女子プロレスだったけれども、私が知っている女子プロレスではなかったのよ。

それは、もっと違う何かだったんだわ」

日本では、女子プロレスは、男子プロレスという大きな神話の中の小さなサイドストーリーではなかった。それが、AWA王者メデューサに、それほどまでのショックを与えたのである。

日本の女相撲と女子プロレス

なぜ、日本の女子プロレスはアメリカの女子プロレスとは本質的に異なる発達をとげてきたのだろう。

日本の男子プロレスが、一九五一年の〝輸入〟以来これまで、アメリカの男子プロレスと基本的に同質だったことを考えると、これは、さらに不思議なことに思える。だが、日本での女子プロレスは発祥時から、そもそも男子プロレスからは独立した存在だったようだ。

日本で女子プロレスが生まれたのは、一九四八年。男子プロレスが誕生する三年前のことだ。ボードビリアンのパン・猪狩《いかり》、ショパン・猪狩が、東京・三鷹市で女子プロレス・ジムを始め、実妹を第一号のレスラーに仕立てたのが、この年。これは、アメリカののNWAマットに女子プロレスが誕生して約一〇年後、ジムの設立としては、ビリー・ウルフの女子プロレスラー養成学校の設立より三年先んじている。

彼らが当初、女子プロレスの興行の場として考えていたのは小劇場でのショーだったという。実際、猪狩兄弟は、一九五〇年代、日劇小劇場が行なう地方巡業に参加している。だが、この日本での初めての女子プロレス興行は、水着を着た半裸の女性が絡みあういがわしい見世物だという理由で、警視庁から以降の興行を禁止された。こういう事情から、女子プロレスは、誕生して数年がたっても、本格的な興行を行なうことがなかった。

結局、女子プロレス興行が日の目を見たのは、誕生後七年を経た一九五五年。この年は、男子プロレスの興行が本格化した年でもある。全般的なプロレスのブームに乗ったこと、また、アメリカで人気が高かった女子プロレスラー、ミルドレッド・バークの招聘に成功したことの二点によって、女子プロレスは、ようやく男子プロレスの亜流としての位置づけを獲得することになった。

だが、この興行も長続きはしなかった。バークを招いての初興行のあとは、失敗が重なり、創案者の猪狩兄弟も女子プロレスから手を引く。そのため、以降はキャバレーのショーとして細々と露命《ろめい》をつないでいた女子プロレスの興行が再建されるのは、一九六八年まで待たなくてはならない。この年、ようやく全国的な興行組織である日本女子プロレス協会が発足。翌年、この協会から脱退した全日本女子プロレス興行が全国巡業を成功させたことによって、女子プロレスの足場はようやく固まった。

ところで、このようなプロレスの興行に関する資料を渉猟《しょうりょう》するうち、女子プロレスが試行錯誤を繰り返しながら基礎固めをしていた一九六〇年代なかば、東北地方で入れ替わりのように終息していった伝統的な女性の格闘技芸能があることを、私は知った。

女相撲《おんなずもう》と呼ばれた興行が、それだ。

女子プロレスと女相撲には、いくつかの共通点がある。

たとえば、その当時の女相撲でもっとも人気の高かった興行のスタイルは、太夫《たゆう》と呼ばれる女の力士による相撲と、踊りや歌の二部構成。この形式は、現在の女子プロレスの興行スタイルと酷似している。また、女相撲も女子プロレスと同様に、庶民に人気のあるエンターテインメントだった。そのため、全盛期の女相撲は、複数の架設興行団が全国をいくつかの興行ブロックにわけて、大々的な巡業を行なっていたという。

この興行会社のうち、相撲と演芸の合体スタイルで巡業していたのは、平井女相撲と呼ばれた興行団で、これを率いていた平井利久氏という興行師が、今は引退して、太夫の一人だった妻や家族と、岩手県の水沢市で旅館を経営していることを、私は、架設興行関係者の話で知った。

はたして、女相撲は女子プロレスと、なんらかの本質的な関わりがあるものだろうか。それについての意見を彼自身に求めようと、私は、平井氏の住む旅館を訪ねた。そして、女相撲について話してもらえないだろうかと頼んだ。

戦後の女相撲についての、彼の記憶は、こうだ。

「戦後、女相撲の興行団は、高玉《たかたま》興業、石山興業、平井興業の三つ。でも、興行を実質的に成功させていたのは、そうですなあ。私のところだけだったでしょ。

女相撲は、大変な人気のある興行でしてね、ファンの人たちも、まぁ、たいそうな騒ぎだったですよ。でも、段々に興行の規模が小さくなっていって、東京での興行は、高玉興業が一九五一年にやったものがおしまいです。私たちは、東京をのぞく関東、東北から北海道にかけて、一九六三年まで巡業をしていたね。

とはいっても、あんた。その時点でも、女相撲は儲からないというわけじゃなかったです」

でも、これが出てきましたのでね。彼は、茶の間に置いたテレビを指して言う。

「テレビが出てきたら、こういう芸能はもうだめだと、私は直感したわけさ。それで、興行団を解散したと、こういうことです。ほかの興行団は、そのときすでに商売をやめていたから、女相撲は一九六三年で消滅したことになるかねえ」

ところで、女相撲の消滅と、女子プロレスの誕生には相関があると思いますか。私が質問すると、彼は即座に肯いた。

「女相撲がなくなったから、女子プロレスが生まれたとは言えないだろうけどさ。興行ものとしては、女子プロレスは女相撲と同じ性質の商品だね。興行師の目で見れば、たしかに、女相撲は女子プロレスのルーツだと言ってよいでしょ」

女子プロレスは、女相撲の跡を襲うように誕生した女性の格闘技ショーの新バージョンだったのではないか。これが彼の見方だ。


ところで、女相撲とは、どのような実体を持ったものだったのか。

女相撲とは、文字通り、女性の力士による相撲のショー。発祥は古く、一八世紀なかば。江戸中期の延享二年、一七四五年に両国で初興行をしたという説が一般的だが、一方に、すでにそれ以前から関西方面での興行があったという説もある。いずれにしても、一七六四年から始まった明和期には、女相撲は非常な人気をよんでいたらしい。それを証明するように、その頃、流行したものを集めた『江戸名物鏡』というカタログブックには、女相撲に一項目が割《さ》かれている。また、女相撲に続く項には、座頭相撲という見世物芸が収められている。座頭とは、男性の盲人のこと。明治時代に流行の端緒を作った女相撲とは、実は、この座頭と女力士とを闘わせる形式のものが主流だったという。

初めて、座頭と女力士との相撲が見世物にかかったのは、明治六年、一七六九年頃。この男女の相撲対決は、まもなく、盲人を卑しめるものとして禁止された。だが、これは、女力士のほうが卑しめられなかったという意味ではない。座頭と女の相撲には、若い女力士一人を、六、七人の座頭に襲わせるというような、かなり直截な性的見世物としての一面があったのだから。

当時の女相撲の力士とは、人並みはずれて体の大きい、力の強い、そして、人前で肌を見せることをいとわない素性の女性たちだった。彼女たちの前身は、おおむね私娼《ししょう》だといわれている。娼婦としては極端に大柄で、ときには客を畏怖させたであろう彼女たちは、女力士に職がえをすることで、自分の肉体のデメリットを逆手にとった。それほど巨体ではないものの、年をとりすぎてしまった娼婦たちも、力士として活路を開こうとした。

こうした領域に生きていた女芸人は、女力士に限らない。たとえば、現代のウェイトリフティングのように、重いものを軽々と持ちあげてみせる女力持ちや大女芸人と呼ばれる人たちもいた。彼女たちのショーは、女相撲と並ぶ江戸時代の庶民の人気の的だった。何度となく、お上《かみ》からの禁令を受けながらも、大きく強くしぶとい女芸人たちの何人かは、庶民のスターとなって、長期間、全盛を誇ったと言われる。

　たとえば、大力女《たいりきおんな》・柳川ともよが、そうだ。

ともよが、大八車《だいはちぐるま》に米俵を五俵乗せたものを、車ごと持ち上げるというショーで大評判を得たのは安永五年、一七七六年の五月、江戸は境町の楽屋新道《がくやしんみち》でのことだ。彼女は、越前高田出身の私娼だった。やたらに体は大きかったが、肌の大変美しい、女っぷりの悪くない娼婦だったらしいと、三田《みた》村鳶魚《むらえんぎょ》は『相撲の話』の中で記述している。

　ともよには、米俵を持ちあげる芸のほかに、仰臥《ぎょうが》した腹の上に乗せた臼で餅をつかせるという芸、碁盤を片手に持って蠟燭の火をあおいで消すという芸があった。彼女を抱えた、私娼家・柳屋の主人は、三ヵ月、女力持ちの見世物芸をしたら、年季を棒引きにして実家に帰してやるからと、彼女をくどき、境町の見世物小屋に立たせた。

　だが、彼女は、約束の三ヵ月がすぎて年季証文を返されたあとも故郷にはもどらず、その芸を持って江戸中を歩いた。当時の人気ルポルタージュ作家・風来山人《ふうらいさんじん》、本名、平賀源内は、その後、大阪にまで足をのばし、全国的な有名人になったともよのことを、『力婦《りきふ》伝《でん》』という黄《き》表紙《びょうし》に残している。

　淀滝《よどたき》と呼ばれた女力持ちもいた。

　彼女の本名は、つた。品川女郎としての名前は、蔦野《つたの》と言う。身長一七五センチ、掌の長さ二一センチ、幅一五センチのつたは、識字《しきじ》率《りつ》の低い当時にあって、字を書くことができるインテリでもあった。そのため、文化四年、一八〇七年の正月、浅草柳稲荷むこうの中茶屋《なかちゃや》に、女力持ちとして出たとき、二三歳の彼女は、釣鐘を持ちあげる芸とともに、五斗《ごと》詰めの米俵の先に筆を結びつけ、それで字を書く芸をみせた。

　つたは、江戸の遊興街としては格下に位置づけられていた品川でも、さらに下級に区別される一郭に店を構えた私娼家の抱え女郎《じょろう》だった。その時代、彼女は、客の前では、掌をいつも懐手に隠していた。その大きな手が米俵を握って書いた筆跡は、なかなかの達筆で、今も残っている。彼女もまた、江戸の人気者の一人となり、何人かの黄表紙本作家が、彼女の姿を記録に残した。

　江戸期の劇作家や画家たちは、こういった女芸人たちのブームに少なからず関心を寄せた。そのため、彼らが残した女相撲の力士に関しての記録は少なくない。黄表紙本の挿絵に残された女力士たちは、女髷《おんなまげ》を結い、上半身は裸。締め込みを締めた上に、膝下までの化粧まわしを下げている。その姿で、彼女たちは土俵でにらみ合い、あるいは控えに腕組みをして座り、土俵上の対戦に身を乗り出している。

喜多川歌麿《きたがわうたまろ》も、こういった挿絵を描いた一人だった。寛政二年、一七九〇年に山東京伝《さんとうきょうでん》作で出版された黄表紙、『玉磨《たまみがく》 青砥銭《あおとがぜに》』で彼が描いた挿絵は、座頭と女力士の対戦だ。歌麿が描く挿絵の女力士のしこ名は、〝骨がらみ〟や〝かさの海〟。この作品は、この頃、人気力士も出揃い、興行的には完全に組織化されていた大相撲のパロディである。

この女相撲が本格的に組織化され、全国巡業を始めたのは、一八四八年からの嘉永年間だ。名古屋で初めて組織された女相撲興行団は、各地をまわって人気を博した。だが、隆盛だった女相撲の巡業も、明治に入ると、近代化をはかる政府によって、他の興行ものと同様に禁令の対象となり、明治五年一一月には東京で、また翌年七月には全国的に禁止の憂き目にあう。禁止理由は、風紀上好ましくない見世物であるためだが、これに関しては、政府の近代化政策が起因という以外に、こんな見方もある。前出の平井和久氏の意見だ。

「大相撲のほうからクレームがついたんだと思うねえ。風紀上の理由というのは建前でさ、本当のところは、大相撲に文句つけられて、やっていけなくなったんじゃないのかね。だってさ、女相撲はいつでも人気のある興行で、おおぜい客を集めたし、それは、大相撲にとってはあまり気分のいいものじゃなかったでしょうよ。山形の石山興業が明治の中頃に、東京で女相撲をやったときも、やっぱり大相撲のほうから文句がついて禁止されたって、私は、おやじから聞いたことがありますよ」

明治中頃の東京での興行とは、石山興業が、明治二三年の秋、両国の回向院《えこういん》境内《けいだい》で行なったものだ。そのとき、女相撲の太夫の格好は、警察の取り締まりを意識して、それまでの上半身裸の格好から、ぴったりした肌色の襦袢と股引き姿に変わっていたという。

奉納相撲に馴染みの深い回向院で、大相撲のパロディ的性格を持つ女相撲は、連日多くの観客を集めた。それは、相撲のエスタブリッシュメントを自負する大相撲にとって、たしかに許しがたい事実であったかもしれない。いずれにせよ、初日からわずか数日で、女相撲の興行は禁止された。だがそのわずかの期間に、女相撲は驚くほど熱狂的な注目を集め、新聞は、そのありさまをたびたび報じている。

たとえば、同年一一月一三日付けの「読売新聞」は、東海道もと、電信はま、蒸気船はや、電燈わかなど、当時としては先進的なしこ名を持つ二〇名の太夫の名前を報道した。ついで一九日、同新聞は続報として、両国回向院の坊主鶏肉屋で、店主が太夫への鶏肉の大盤振る舞いをしたニュースを報じた。その記事の中で、店に集まった客の一人

に、あんたはずいぶんお酒が飲めるそうだが、実際どのくらい飲むのかね、と聞かれ、

「妾《わらわ》は下戸《げこ》故《ゆえ》、ようよう一升位なるが、（同僚太夫の）八丈さんは上戸《じょうご》ですから、一升五合位にては稽古の邪魔にもなりますまい」

　と微笑を浮かべながら答えたと報じられているのは、大関の富士山よしという太夫だ。

　この興行を行なったのは、石山興業の創始者である石山兵四郎氏。彼は、明治五年の興行以後、いったん息絶えた女相撲を、東北地方を中心に再開した人物である。

「兵四郎さんはね、あるとき、浅草で、釣鐘おかねという女力持ちを見たのですと。それから女相撲の興行をやろうと考えついた。本人がそう言ってましたね。釣鐘おかねという人は、小屋の屋根から釣り下げた鐘を、下からジリジリ持ち上げて見せる。それに人気が出るんだから、力の強い、体の大きな女の人に相撲の稽古をさせて相撲取りにさせたら、どうかとね」

　生前の石山氏とのつきあいのあった平井氏は、東北の女相撲の発祥について、こう説明する。

　ところで、石山氏が再開した女相撲は、明治二三年の東京での興行こそ禁止されたが、次第に、全国的に人気の高い興行に成長する。明治後期には、同業者である山形県酒田の高玉興業も、女相撲の興行に手をつけるようになる。そもそも、高玉興業の興行主には石山氏の妹が嫁《か》し、縁戚関係があった。高玉興業は、石山興業と巡業の縄張りを分けあい、主に、四国、九州方面での興行を開始した。明治以降の女相撲の全国巡業の形は、この時期に固まった。

　その後、さらに巡業地を拡大するために、石山興業、高玉興業は、太夫をふたつの興行グループに分けて、それぞれ一部と、二部と名付ける。石山一部は、日本海側から中部地区、二部は、東北から北関東にかけての太平洋沿岸を巡業。高玉一部は、四国、九州、二部は、山梨を拠点に中部を巡業。このうち、石山二部の興行をとりまとめていた石山喜代太《きよた》氏という人物が、平井氏の父だ。

「おやじは石山と言っても、兵四郎さんの血縁というわけじゃないんだ。この世界では、若い衆《し》が親分の名前を貰うという風習があってさ。おやじの姓も、そうやって兵四郎親分から貰ったものですよ。

　もともと、おやじは、山形から函館に出ていって、歯科技師の先生のもとで勉強をしていたインテリだったのですと。そのうち、先生の娘さんと、いい仲になってしまったんですな。それを先生に咎められてさ。歯科技師になることは諦めた。それで、青森あたりをぶらぶらしているところを、兵四郎親分に拾われて、若い衆になったんだね。

　おやじは、非常に商才のある人でして、石山二部をおおいに盛り立てた。ところが、それを石山一部の人間に妬ま

れてさ。結局、大正の初め頃には、石山から離れて、平井女相撲の前身になる北州倶楽部という興行団を作ったわけです」

この北州倶楽部の本太夫《ほんだゆう》だった、遠州灘《とおとうみなだ》という女性は、京都へ興行した際、モノクロの記念写真を一葉残した。本太夫とは、大関とも呼ばれる女相撲の最高位のこと。彼女の写真は、平井蒼太《そうた》氏という好事家《こうずか》が昭和三〇年代初めに書いた、『女すもう』という私家版の本の口絵に収録されている。その口絵の遠州灘は、上半身裸になった胸の前に軽く両腕を組み、立派な化粧まわしをつけた姿で写真におさまっている。両足をひらき、落ち着いた視線をまっすぐこちらへ向けている彼女は、たくましく爽快で、魅力的だ。

江戸期の女相撲の力士が娼婦出身者だったのに対して、明治期以降の女相撲の太夫は、おおむね農家の出身。遠州灘の堂々とした体軀は、たしかに、厳しい農作業にも根をあげそうにない、健康的なたくましさを漂わせている。だが、はたして、その姿に隠微な色気を感じる人がいたのだろうか。江戸の戯作者が残した女相撲の像は、秘めやかないかがわしさと、喧噪的な華やかさを漂わせているが、対して、東北発信型にかわった後世の女相撲はより質朴で健康的だ。とはいえ、そのどちらも、庶民にとって人気のある見世物だったことは疑うことができない。

平井氏は、この遠州灘が、興行主の石山喜代太氏と一緒になって生んだ三人の子供の長男にあたる。

「母は、大変人気のある本太夫でしたけど、父が昭和二年に亡くなったときには、石山一部に圧力をかけられて、いったん、荷物をほどかされたんです。それで、私たち兄弟を連れて、母は、故郷の山形県白鷹《しらたか》村にもどってきました。荷物というのは、私たちの間で興行のことを指す符丁ですがね。

ところが、そんな事情で荷物を強制的に解かされたとき、北州倶楽部の太夫たちは、ほとんどが白鷹村へついてきてしまったんですと。五尺たらずの身長だったが、たいそうな太腹《ふとっぱら》で、人望の厚い太夫さんでございましたからな。母は。

そこで、村についてきた太夫を再結成して、親戚から資金を集め、再び荷物をまとめて、昭和三年頃から独自の興行を始めたものが、平井女相撲というわけですよ」

平井とは、遠州灘の旧姓。平井とり、というのが、この本太夫の本名である。平井女相撲はこのようにして誕生した。この頃には、女相撲は全盛をきわめ、昭和五年には、石山一部が、日系移民の慰問団として、ハワイの日本館という劇場へ初の海外巡業を行なうほどの規模を誇った。

ところで、このような女相撲興行は、男の観客にとって魅力があっただけではない。相撲という芸ひとつを持って全国を、また海外まで雄飛する女芸人の姿は、同性である女性を、ときには強力に魅了した。

明治二〇年九月二八日に越前高田で行なわれた女相撲興行の際、突然、警察に逮捕された〝はる〟という名前の力士も、おそらく、その一人だったのではないか。彼女の逮捕を報じた新聞資料によれば、当時、二二歳だった彼女には、もともと新潟県中蒲原郡《なかかんばらぐん》村松町に住む亭主と二人の子供がいた。あるとき、その町に女相撲がやってきて、はるは見物に行く。そして、あまりの面白さに、家庭も亭主も子供もすべてを捨て、興行団にまぎれこみ遁走《とんそう》するのだ。

彼女は、東京から長崎まで、興行団の巡業について回った。東京も長崎も、はるにとっては初めて見る土地だ。しばらくするうちに、彼女は、自分も相撲を取るようになっていた。そして越前高田まで巡業してきたとき、村松町から取り押えの照会を受けていた高田警察署に拘引される。彼女の拘引までの経緯を、明治二〇年一〇月一二日付けの「時事新聞」は、このように報じた。

拘引されたあと、無鉄砲な彼女がどんな目にあったかは知らない。だが、速成《そくせい》太夫として全国を回っていたとき、はるは、きっとそれまでの人生にない楽しみを味わっていただろうと、私は思う。

また、はるの遁走より三年前、明治一七年六月二一日の「郵便報知新聞」は、京都のある会社の人間が同業者と芸妓を集めての宴会を開いた際、余興として、彼女たちに巷で人気を呼んでいる女相撲を取らせたところ、いつもはすれっからしの老妓《ろうぎ》たちが、目の色を変えて相撲に熱中してしまったという奇妙なニュースを報道している。

宴会の慰みに、年をとった老妓を腰巻きひとつにして相撲を取らせ、しわくちゃの乳房などを見て笑い転げることが、いい趣味だとは思えない。また、その慰みごとに、老妓たちが、客の誰よりも目の色をかえ熱中したというのも、一見、不思議だ。

だが、老妓たちは、女どうしで組み合って相撲を取り、つかみあって格闘するうちに、いつもの仕事とは違った開放的な喜びを覚えたのではないか。

女の格闘を見るという行為は、たしかに男性にとっては、窃視姦《せっしかん》につながるうしろ暗い要素を含むものだろう。だが、当の女性にとって、自分の肉体の大きさ、強さを誇示する見世物は、基本的に陽性な自己表現だったのではないかと思う。しかも、強くて大きい女たちの格闘は、江戸期以来の見世物文化の中で、庶民にとって十分に魅力のある芸へと洗練されていた。女相撲は、そのため、男にとってだけでなく、力士と観客双方の女性にとって十分魅力的な自己表現だったのだ。

だからこそ、はるは、ある日、女相撲を見たとたんに、ふらふらとそれについて行ったのだ。また、柳川ともよや、淀滝は、故郷にも帰らず、自発的に、碁盤を振り回して蠟燭を消したり、米俵を持ち上げたり、腹の上で餅をついたりしつづけたのだ。

「私の母も、もともとは、家を逃げ出して興行についてきたんだそうですよ。母は、白鷹村の孫《まご》右《え》衛門《もん》という大きな百姓の末娘だったんだが、村に相撲興行がやってきたら、矢も盾もたまらず家を逃げ出してしまったんですと。家の者が、何度も連れ戻しにきたんだが、そのたびに、便所の窓から逃げ出してしまってさ。女相撲が好きで好きでたまらなかったんでしょうよ。しまいには、家の者も諦めて母の好きなようにやらせたわけよ。

でもさ。母に限らず、女相撲の太夫というのは、だいたいが、そうやって自発的に太夫になりたくてなった女の人でしたよ。女子プロレスも、そういうところは、同じでしょう？　ええ、女相撲も女子プロレスも、女の人にとっては、逃げてでもなりたいものだったのではないかねえ」

まず最初に、男の肉体と力を肯定するマッチョ神話があり、女の格闘技者は、その神話のサイドストーリーに位置するしかなかったアメリカに対して、日本では、観客と芸人の双方に、大きくて力の強い女芸人の格闘技を受け入れる素地が伝統的にあった。女相撲の太夫のおおむねが、はると同じように、村にやってきた興行にひかれて、自発的に巡業に参加した女性たちであったということが、その事情を物語っていると私は思う。

日本には、女性の格闘技を独自の芸能として認知する土壌が存在した。そこがそのようなルーツを持たないアメリカとの本質的な違いだったのではないか。そして、女性の格闘技のもっとも伝統的な形だった女相撲が、一九五〇年代に終息しようとしたとき、女子プロレスは、それを継承する形で誕生した新しいショーだったのである。

もちろん、一方で、女子プロレスは、かつての女相撲が持っていた土臭さを排除しようとしたにちがいない。だが、他方で、女子プロレスは、女相撲の興行のスタイルに多くを借りている。

たとえば、平井氏は、昭和一七年に遠州灘が五〇歳で亡くなったあと、女相撲を屋外での架設興行から、小劇場でのショーとして、相撲と、舞踊や歌などの演芸の二本立てに再編成した。彼は、このスタイルを、歌舞伎やレビューなどを参考に創案したと語っている。そして、猪狩兄弟が、女子プロレスを創案したときのスタイルも、また、平井女相撲が行なっていたような小劇場でのショーだった。

さらに、現代の女子プロレスラーも、平井氏が創案した、格闘技と演芸の二本立ての形を基本的に踏襲しているように見える。彼女たちは、試合の前に歌を歌い、そのエキシビションによって、観客の興奮を試合まで盛り上げていく。

そして、ときには、試合とは別に、女子プロレスラーによるミュージカル興行を行なって、ファンを沸かせることもある。両者の違いは、歌を歌う場所が、土俵かリングかというだけだ。こういったエキシビションは、アメリカの女子プロレスにも、またアメリカのプロレスを直輸入したルーツを持つ日本の男子プロレスにも、まったく見受けられない独自なスタイルである。

一九四八年に、猪狩兄弟が女子プロレスを誕生させたとき、それは、アメリカからの輸入品でもなく、また、男子プロレスの亜流でもなかった。ボードビリアンであった猪狩は、おそらく、アメリカでの女子プロレスや、男子プロレスの状況を知っていたことだろう。だが、それが日本で生まれたとき、すでに女性による格闘技のショーが独自な形で根づく土壌が、この国には用意されていたのだ。

第四章 孫麗雰のプロレス

プロレスへの夢

女子プロレスが、日本に独自のルーツを持つものだったことは、中国から来日した孫麗雰《スンリーウェン》にとっても意味があったと思う。なぜなら、一二歳で女子プロレスを見て以来、強烈な自己実現欲にめざめていた彼女にとって、この国でしかできない仕事につくことは、来日以来の彼女の自閉をひらく、またとない機会になったことだろうから。その上、単に金を稼ぐだけでなく、日本人を伝統的に熱狂させてきた興行の仕事につくことによって、彼女は、この国とのかかわりにおいて、理想的なイニシアティブをとることになるではないか。

「夢があったのですね。それは、日本に来てからのものではない。中国にいるときから、ずっと、その夢を持っていましたよ」

初めて彼女に会ったとき、待ち合わせ場所の中華料理店のやや薄暗い隅の席に座り、注文した排骨麺《パーコーミェン》を前にして、彼女はこう口を切った。

それから、彼女はチャンチャンという耳馴《みみな》れない単語を繰り返した。その言葉を、紙に書いてもらって、私はようやくそれが長江《ちょうこう》の原音読みであることを知った。長江は、揚子江の正式名称。チベット高原の北東部から発し、青海、雲南、四川、湖北、湖南、江西、安徽、江蘇の八省を流れて、東シナ海に流れ込む。全長六三〇〇キロメートルの大河だ。彼女の家は、この河の河口に近い江蘇省南京市郊外にあった。そして、麗雰の夢は、この長江に深く関係していた。

「わたしが育った家は、長江という河のそばにあります。長江という河は、大きな河です。向こう岸なんか見えないよ。とても、大きな河です。

それから、船がたくさん来ます。黒い、石のような、燃やすものを、なんと言いますか？　石炭？　そうです。その石炭を運んでくる船や、ほかのものを積んだ船が、たくさんやって来ます。

育った家を出ますね。右には大きな道路が走っている。それとは反対側に歩いていくと、山がありますよ。そんなにすごい山じゃない。ちょっとだけの山。それを越えると、粘土を作る工場がありまして、それを通り過ぎると、さあ、もう長江です。

粘土工場の近く、船着き場があります。船が、そこで石炭をおろしますね。そこから、石炭をあっちこっちへ運ぶんです」

船で遊ぶのは、すごく面白くって、麗雰は目を輝かせる。

船に乗っている子供は、小学校にも保育園にも行かないですよ。船の中で生まれて、船の中でずっと育つの。なんて面白い人生でしょう。その子たちと遊ぶのが大好きだったわ！

「船の人はね、食べ物も違うの。

寒いところから来る人もいる。いろんなところから、いろんな人がくる。だから、いろんなものを食べます。

イヌを食べる人もいる。ヘビを食べる人もいますね。だから、船の中で料理するのは、面白かった、あんなに狭いところで、本当に料理できるのですよね。料理の方法も、家でやっていたのと、ちょっと違いますよ。

ほら、しょっぱい卵がありますね。おかゆに入れて食べるアヒルの卵。ピータンのような、でも、ピータンとはちょっと違う。それをよく作りました。セメントと土と、塩と、馬にたべさせるもの、なんて言いますか？　そう、藁。それをまぜて、アヒルの卵を埋めますね。そういうのを手伝いました。ピーマンの刻んだのを漬けたときは、船の人に、手が荒れるから、手袋して漬けなさいって言われたです。でも、言うことききかなかった。そしたら、夜になって、手が真っ赤に腫れて、わたしはぼろぼろ泣きましたよ。

あのね、船の人たちは、平気で、首を切ったヘビを木に吊して、皮をはぐよ。そうやって皮をはいで料理したヘビも、イヌも食べさせてもらったです。ヘビは、あまり好きではないですけど、イヌを好きな人は多いですね。市場でもイヌを売っていますから」

ヘビはね、こうやって皮をはぎます。麗雰は、ピーッと唇を鳴らして、靴下をひっくり返すような動作をしてみせる。

こうやってはぐのよ、怖いねえ。あまり怖くなさそうな顔で、彼女は言う。

「夢はね、だから、そういう船の人たちのためのホテルを作ることだったですよ。ホテルでなくてもいいの。普通の家でもいいです。その人たちに、一階でごはんを食べさせますね。そして、いろんなところの話を聞きます。船で暮らしている人たちは、不便もありますよ。だから、その人たちの便利になるような店を作って、ごはんを食べさせて、そのかわりに話を聞くの。泊まりたい人には、二階の部屋を貸します。泊まりたくない人は、泊まらなくていい。そういうホテルを、長江みたいな大きな河のそばに作るのが、わたしの夢でしたよ。

いろんな人が、いろんなところからやってくる、大きな河や海のそばに住みたいと思っていました。一〇歳の頃から、そう思っていました。

小さい頃、わたしは家を出て、山を降りて、長江を見ます。きっと、ここからどこかに出ていこうと思いましたよ。長江の船に乗って、ここと違うところに行こうと思いましたよ。いろんなところから旅をしてきた人が好きでしたから、自分も、いろんなところへ旅をしようと思いました。いろんなところへ旅をしてきた人の話を、たくさん聞けるホテルを作りたいと思いました。そういうことなんです」

彼女は、夢について語りながら、次第に身振りが大きくなり、そのひらひらと動く手の下で、頼んだ排骨麵はほとんど手つかずのまま冷えていく。

もちろん、こんなことは夢ですよ。きっとかなうなんて思っていたわけじゃないよ。だけど、どうせなら大きな夢のほうがいいでしょう。麗雰はそう言いながら、ときどき思い出したように排骨を箸でつついている。

「だから、女子プロレスに入ろうと思ったとき、これだ、これだ、わたしは、女子プロレスできっと夢をかなえるでしょう、と思いました。

日本にやってきた最初の頃、その夢は、とても遠いと思った。言葉もしゃべれなくて、この国にも慣れないし、その夢は手の届かない夢だと思いましたね。でもね、女子プロレスになったなら、わたしは、言葉がしゃべれなくても、この国の人でなくても、その夢をかなえるでしょう。だから、わたしは女子プロレスに夢中になったですよ」

出生の事情

長江のほとりにあった家とは、彼女の養家である。二九歳の孫欣治《スンシンジ》と、一八歳の劉佩琴《リウペイチン》の長女として、一九六九年九月三〇日、上海市に生まれた麗雰は、三年後の一九七二年、南京市に住む、欣治の長兄である、孫姦泉《スンジンチュアン》と戴秀英《ダイシウイン》夫妻の養女となった。

麗雰とは、そのとき、姦泉が彼女につけた名前。それまでの三年間、麗雰には、名前がなかった。

名前だけではない。養女となるまで、実は、彼女は、書類上、存在しない人間だった。

なぜか。

それは、実父の欣治が、彼女の誕生を、地元警察派出所へ届けなかったためである。当時、欣治と佩琴と麗雰の三人の家族のうち、戸籍上、上海の現住所に住んでいることになっていたのは欣治のみ。佩琴は、書類上は、江蘇省の塩城《イエンチオン》市南洋公社で農作業に従事しているはずだったし、麗雰は生まれてすらいないはずだった。

孫家の書類上の家族構成が、このように複雑になってしまったきっかけは、そもそも、佩琴の戸口簿《フーコーブ》にある。

戸口簿とは、日本の戸籍と住民票をあわせたような意味あいを持つ証明書だ。佩琴は、もともと、生まれ育った上海に戸口簿を置いていた。だが、文化大革命が始まった直後の一九六五年、学生だった彼女の戸口簿は、上海から塩城に強制的に移されてしまう。当時、都会に住む学生の大多数を、再教育の名目によって農村に送り込み、農作業に従事させる〝下放《かほう》運動〟が、文化大革命の一環として、さかんに行なわれていた。そして、佩琴もこの下放政策のもとに、塩城へ送り込まれたのである。ちなみに、下放された人々は、この戸口簿によって、米や生活物資の配給を受けて生活することになっていたため、彼女の戸口簿も下放にしたがって塩城へ移されたわけだ。

ところで、下放は、通常数年間で終わり、その終了とともに、戸口簿も、もとの住所に復帰するという建前だった。だが、実際には、このようにスムーズな復帰が可能だった人は少数だという。文化大革命では、あまりにも多くのシステムがひっくりかえされたために、事務処理の能率が絶望的に悪化したのだろう。多くの人が、事務処理の不備のために、戸口簿の復帰に数年を要し、その間、農村に留まることを余儀なくされた。また、一部の人の戸口簿は、より意識的に復帰を妨げられた。それは、たとえば、政府に批判的な意見を持ったり、革命前の富豪階級者であったり、外国人の血縁であったりした人々だ。

日本人を父に持つ佩琴は、こういった一種の危険分子に分類される女性だったということなのだろう。彼女の戸口簿は、案の定、下放の時期をすぎ、彼女が欣治と結婚する時期になっても、いっこうに上海に復帰しなかった。

何度、申請しても、戸口簿が復帰しないため、しかたなく、欣治は、戸口簿を塩城に置いたままの佩琴と結婚せざるをえないことになった。こういう場合、結婚はしたものの、生活物資の配給を得るために、夫婦がそれぞれの戸口簿がある土地で別居するケースもあるという。だが、欣治はその方法を選ばなかった。彼は、生活物資の配給を一時放棄するかわりに、妻を自分の住所に同居させたのだ。

佩琴が、実際には上海で暮していたにもかかわらず、書類上は、戸口簿のある塩城で、学生時代と同じように農作業に従事していることになっていたのは、こういう事情からだった。


戸口簿のない佩琴は、配給を受けるのに問題があっただけでなく、上海で職を求めることもできなかったので、結婚後の暮しは、すべて、欣治の腕にかかってきた。だが、彼はどのような方法をとってもこの一一歳年下の妻を庇護しなければならないという使命感を持っていたようだ。

それは、自分が、妻の庇護を、恩師でもある妻の父から託されたからだと、彼は説明する。

一九四〇年生まれの欣治の最終学歴は、上海の専門大学。専攻は、軍用航空機の設計。その学校で彼に、科学イラストレーションの技術を教えたのが、佩琴の父の天田《あまだ》豁《ひろし》だった。軍用機の生産は、中国の中枢産業のひとつ、それを自分の専攻に選ぶことができた欣治は、まちがいなく秀才だったろう。

天田豁が、自分の教え子であるその学生に、なぜ、自分の娘の将来を託そうとしたのか、彼が亡くなった今では、正確なところはわからない。おそらく、欣治は、学業が優秀である以上に、かつての敵国人として中国で暮す豁の心を動かすものを持っていた人物だったのだろうと、私は推測する。

「妻の母親という人は、彼女を生んで一週間後に破傷風で死んだそうです。だから、妻は、先生の手ひとつで育てられました。医療体制がとてもお粗末だった時代なのですよ。たくさんの女の人が、出産後、こういった病気になって死にましたのです。先生は、そんな一人娘と結婚してくれるようにと私に言ったのです。妻は、そのときまだ子供で、私は大人だった。彼女は、私のことをオジサンと呼んでいたのよ。でも、私は、先生が好きだったから、結婚しましょうと約束したのです。

先生は、いつも、私に日本の習慣について話しました。ときどき、バイオリンを弾いて、日本の歌を歌いました。ええ、そうですよ。先生は、自分自身が日本へ帰ることは考えていなかったけれども、自分の子供だけは、日本へ帰したかったのですよ。

結婚するように、そして、日本へ連れて帰るように。それは、約束だったのです。私と先生との、それは約束だったのですから」

一〇年ぶりに上海を訪れて、帰国したばかりの欣治と連絡をとり、このような話を聞いたのは、中国では春節《チュンジエ》と呼ばれる、旧正月がおわった数週間後である。彼は、久しぶりに、本国で正月をすごし、親戚の様子を見てきたのだと言った。

東京での寄宿先に近い、目黒不動前の喫茶店で会った欣治は、紺色の背広を着込み、早口だが言葉を選んでしゃべる、長身で知的な男性だった。顔色はよいとはいえない。本国にいる間に体調を崩し、今でもその影響で重労働はできないのだと語る。彼は、今年でもう五〇歳だ。

彼は、このように日中ハーフの女性を妻としたことによって、大学で専攻した軍用機の仕事にはつけなくなったと語った。軍用機の製作は国家機密に属するものとして、外国人とつきあいのある者や、華僑は、その職から遠ざけられる。そこで、彼は、本来の専門職を捨て、風物画を描く仕事についた。

風物画を描く仕事は、ほかの労働者に比べれば稼ぎがよかったが、もちろん、軍用機設計のプロフェッショナルの優遇のされかたとは比べものにならない。そもそも孫家は、革命前にはかなり富裕な商人階級に属していたので、その子弟である欣治の将来は、革命後の中国では、前途洋々というわけにはいかなかったとはいえ、一応はエリート大学生だった彼が、〝先生〟との約束を墨守《ぼくしゅ》したことによって失ったものが小さいとは思えない。

そして、欣治と佩琴が結婚生活を送って一年目に、麗雰が生まれた。中国では、子供の戸口簿は、妻の戸口簿の記載住所に置かれることになっている。欣治は、麗雰の戸口簿が、妻と同じように、塩城に留めおかれることを恐れた。そのため、麗雰は書類上に登録されないままで育ち、その後、塩城よりは都市部である南京に住む兄夫婦の子供として、日中の国交が回復した一九七二年、初めて自らの戸口簿を得たというわけである。

麗雰が生まれたあと、欣治夫婦は、次々と三人の子供をもうける。麗雰の下の妹、桜は、キッシンジャーが周恩来《チュウエンライ》と会談した一九七一年、次の妹、和華《わか》は、その三年後の一九七四年に生まれた。桜は日本の国花《こっか》から、和華は、日中国交回復を記念して、欣治が命名した名前である。

一九七七年には、一二年間続いた文革の終了宣言と、いわゆる四つの近代化が始まる。麗雰の一番下の弟、水《すい》は、この文革終了宣言の翌年に生まれた。その時点でも、まだ、佩琴の戸口簿は、上海に復帰しなかったが、夫婦は、微妙な時代の変化を感じとっていた。そのため、三人の弟妹たちは、養子には出されず、佩琴の戸口簿に記載され、欣治の収入に頼って、夫婦の手元で育てられた。

「一番下の水が生まれたとき、私は、すでに、日本帰国の願いを出していました。

その二、三年前から、私は、国の進む方向をずっと観察していたのです。時代は、いい方向に進んでいるように見えましたが、私は、とても臆病だったね。本当に信じられることは何ひとつなかったです。だから、先生から貰った、日本の親戚の所在地を書いたメモは、妻の普段着の縫い目をほどいてその中に隠してありましたよ。私たちの家には、いつでも、誰でも、どんな理由でも、押し入ってくることができた。押し入ってきた人たちは、家にある、どんなものでも持っていくことができたでしょう。だから、メモを、そのあたりに置いておくわけにはいかなかったんです。

ええ、それが、文革というものですから」

欣治は、丸めた拳を手のひらに何度も打ちつけ、言う。

文革では、なんでもありえたのです。なんでもね。だから、息子に水という名前をつけたんですよ、私は。

「中国では、河は、いつも西から東へと流れるというのです。長江も、黄河《ファンホー》も、西方の山から生まれます。その水は、中国のさまざまな土地を流れて、東の海へ出ていきます。私たちは、河について、昔からそう言ってきたのです。

水は、西から東へ帰りますのです。だから、水という名前を、私は、東の日本に帰ることを決めたとき、息子につけたのです」

一九八〇年、二歳になった水は、佩琴に抱かれて祖父の国に帰った。

あの運動の終り

その頃、南京の麗雰は、どうしていたのか。

「育てのお父さんは、学校の校長先生です。家を建てるときに焼くもの、レンガですか？　そのレンガの工場があります。とても大きい工場。そのあたりに四つの工場がありまして、船着き場からおろされた石炭は、その工場に全部運び込まれますね。そのあたりの人たちは、レンガ工場で働く人たちばっかりです。なんて言えばいいんでしょう。日本で言えば、桐生市全体がレンガ工場をやっていて、桐生市に住んでいる人は、みんな、その工場で働いているようなものですね。

育てのお父さんは、その工場で働いている人の子供を集めた学校の校長をしてますんです。学校は、小学校と中学校が一緒になったものですよ。育てのおかあさんは、工場の外にある食堂で働いていますね」

話がここまで進んだとき、麗雰と私は、取材場所を彼女が住むアパートの一室に移していた。六畳間の部屋には、ベッドがあり、トレーニング用の自転車があり、テレビがある。そのテレビは、だいたいいつもつけっぱなしだ。一二歳以来の、テレビと彼女の密接な関わりは、今もかわらない習慣になっているらしい。

そして、その部屋で取材を始めた頃、彼女は、話をしながら、ずっとテレビの画面に見入っていた。ときどき、唐突に話がとぎれるので目を上げると、麗雰は、画面のほうに没頭している。

話をするあいだ、テレビを消してみない？　しばらくして、私は切り出した。それを聞いて、初めて麗雰は、ようやく、自分がテレビに没頭していることに気がついたようだった。照れ笑いを浮かべながら、彼女はリモコンスイッチを切った。

「育てのおとうさん、おかあさんって言っても、わたしは、ずっと本当のおとうさん、おかあさんと思っていましたね。ええ、そうですよ。ほかにおとうさん、おかあさんがいるなんて考えなかったよ。

それでも、変ですね。初めて、育てのおとうさん、おかあさんのところに行ったときのこと、わたしは覚えてますんですよ。その日は、一日中、親が遊んでくれて、さあ、夕方になりました。そしたら、知らない誰かがやってきて、一緒に行こうって言います。やだ、やだって、わたしはわんわん泣きましたね。それを、覚えてますよ。

本当のおとうさん、おかあさんが日本にいることがわかったのは、小学校六年生くらいのときでしょう。多分、そうだと思います。なぜかというとですね。わたしが小学校三年の頃に、毛沢東《マオツオトン》が……毛沢東ってわかります？　その毛沢東という人が死んだのですね。それで、ずっと続いていた運動が終ったんです」

その運動というのは、文化大革命のことでしょう、と私が聞くと、麗雰は、それは日本での名前ではないですか、と問い返して、こう言う。わたしたちは、あの運動を革命ということはなかったね。例の運動とか、あの運動って言っていましたよ。

「毛沢東が死ぬ前には、外国人の知り合いがいたり、自分が外国人だったりすることは、とても危ないことだったです。中国人であることはいいことだけれども、外国人であることは、いけないことなのです。

そういう時代には、育てのおとうさん、おかあさんは、私に外国人のおじいさんがいることを隠していました。近所の人たちで、それを薄々知っている人はいましたけれども、おとうさんは、それを口に出さないようにと、その人たちに口止めしていたみたい。

でも、毛沢東が死んで二、三年したら、外国のものを持っていても、外国人の知り合いがいても、それほど危なくなくなりました。それで、育てのおとうさんも、わたしに、日本に本当の親がいることを教えたのですね」

欣治が、南京の姦泉に、麗雰を日本へ呼びたいという旨の手紙を書いたのは、欣治の一家が桐生に落ち着いてから一年後のことだ。当時、欣治は、妻子を桐生に残し、同郷人が経営している東京の中華料理店、『留園《りゅうえん》』に勤めていた。

「育てのおとうさんが、日本の親のことを話したのは、私のパスポートを取ると決めた日です。

おとうさんは、言いました。手紙がやってきたよ。日本にあなたを呼びたいという手紙がやってきたよって。だから、あなたは日本へ行きなさい。僕は、最初のうち、あなたを日本へやりたくはないと思ったけれども、将来のことを考えたら、日本のほうがよいと思うようになったからって。

おとうさんは、日本には自由があります、と言いましたね。中国にはない自由が、日本にはあると言いましたよ。だから、あなたを日本へやることに決めたって。

わたしは、最初のうち、わけがわからなかった。なぜ、わたしは日本へ行ったほうがよいのでしょう。どうしてでしょう。

おとうさんは、日本には、あなたのおばあさんと、おじいさんの子供たちがいると言いました。それから、一年前からは、そこに、あなたの本当の親と姉弟もいます、と言いました」


麗雰の養父、姦泉は、大学を卒業したあと、警察学校に行き、上海警察へ勤めた。上海時代に一度結婚したが、彼が南京へ転勤するのをきっかけに、この結婚は破綻。彼は、同じように離婚後、南京にきていた戴秀英と出会い、再婚する。麗雰という名前は、彼が最初の結婚でもうけた一人娘の名前をとったもの。妻の秀英も、最初の結婚で一人娘をもうけていた。

彼は、南京に転勤後しばらくして、警察を退職する。退職の遠因は、共産党への入党を、再三断わったためだと、姦泉は麗雰に語ったという。彼は、なかば強制的に警官の任を解かれ、一時は、長江の船着き場で石炭の荷下ろし作業の監督をしていた。その後、彼は、新設された小中合併学校の校長に赴任する。

「わたしが日本へ行くことが決まったあと、パスポートを、おとうさんは取ろうとしました。そのとき、みんなは、とてもびっくりしましたよ。

あのね、こういうことです。

中国でパスポートを取るには、パスポートを出す係の人や、その役所に、何度もしつこく頼みにいかなくちゃいけません。日本とは違います。そして、中国では、パスポートを取らせてもらうことを頼みにいくときには、手ぶらではいけません。もしそうしなければ、いつまでたっても、パスポートは手に入りません。何年たっても、何十年たっても、パスポートは手に入りません。

　みんながびっくりしたのは、おとうさんが、私のパスポートを取るために、何度も何度も、係の人にものを頼みに行ったからです。ものを持って、いろんな人に頼みに行ったからです」

　おとうさんは、だって、ものすごく頑固だったんですから。とても、とても頑固だったんですから。

　麗雰は、自分の口調がおかしくなったのか、そう言ったあと、しばらく下を向いてクスクス笑っている。

「おとうさんはね、校長先生になる前、石炭を船からおろして工場の人に売る仕事をしていたの。その仕事をする人は、石炭の値段を、自分が思うとおりに決められます。

　でもね、おとうさんは、石炭を、いつも規定の値段でしか売りませんね。船で石炭を運んできた人は、石炭を規定の値段より高く売りたいでしょう。それなのに、おとうさんが、いつも決められた値段通りにしか売らないから、船の人は、困ったみたいですよ。

　船の人は、おとうさんに、なんとか高く売ってもらおうと思って、いろんな珍しい食べ物を持ってお願いしにきますね。でも、おとうさんは、それを全部、断わってしまいます。まわりの人たちは、おとうさんを、頑固者って言います。でも、おとうさんは、いつも石炭を安い値段でしか売りません。

　校長先生になったときも、同じです。子供の成績をよくしてもらおうと、親が卵や肉を持ってきます。仕事から帰ってきて、家の玄関に、そういうものが置いてあるのをみつけると、おとうさんは、わたしを呼びます。そして、わたしに卵や肉がどっさり入った箱を持たせて、返しにいきますね。

　わざわざ持ってきたんだもん。返すことないのにって、まわりの人は言います。わたしも、重い箱を持たされてうんざりしたよ。でも、おとうさんは必ず、返します。

　わたしはね、おとうさんに、あなたのこと、近所の人がなんて言ってるか知ってるの？　と聞きましたよ。あなたのことを、頑固おやじって呼んでるよって。でも、おとうさんは言うの。それでもいいよ。わたしは、嫌なことは、誰がなんといっても嫌なんだから」

　でも、いつか人に頼みごとをしなければならなくなったら、どうするの？　とそのとき、麗雰は重ねて尋ねた。

　娘の問いに、清廉で頑固な父は、どのように答えたか。

　彼女はそのときの父の様子を真似して、顎を上にグイとあげ、超然とした物腰で手を振って、次のように言って見せる。私の人生には、人にものを頼むことなんておこらないんだよ。だから、人から頼みを断わられて困ることなんか、ないのだ。小琴《シャオチン》、あなたは、そんなことを心配する必要はないんだよ。

「本当に、おとうさんは、そうだったんですよ。本当に、それまで一回も、人にものを頼んだことがありませんのです。わたしのパスポートを取ることになるまで、おとうさんの人生に、ものを頼むなんてことはおこらなかったんです。そのときまで。

でも、パスポートを取らなくてはならなくなったでしょう。そのとき、初めて、おとうさんは、ものを持って、何度も人を訪ねました。ものをあげて、お金をあげて、パスポートが早く取れるようにと頼みましたですよ。

みんな、びっくりしましたですよ。わたしも、びっくりしましたですよ。

そんなことは、けして、おこらないだろうと思っていましたので、おとうさんが、人にものを頼むことは、おとうさんの一生に、けしておこらないことだと信じていましたので」

麗雰は黙った。再び、話し始めるまでには、しばらくの間があった。

「それは、とてもおかしな一年間でしたよ。今まで見たこともない、おとうさんの姿をわたしは見ましたですよ。おとうさんは、大変、つらいでしょう。きっと。そうじゃないですか？ そうでしょう。ええ、そうですよ。

そういうことを一番嫌っていた人が、そういうことをするのですから、大変つらいでしょう。

だから、わたしは、人に頼まなくてもいいよ、と言いましたです。別に、遅くなったってかまわない。別に、取れなくなってかまわない。わたしは、そう言いました。

それでも、おとうさんは、これは一生に一度のことだから、と言うのですね。一生に一度だけですから、僕は自分の考えを曲げましょう、とおとうさんは言うのですね。

あなたは、早く日本へ行きなさい。なるべく早く、日本へ行きなさい。おとうさんは、私に言いました」

国内での取得最短期間と言われている一年間で、麗雰のパスポートは取れた。

姦泉は、自らの人生哲学を曲げた対価として、娘の将来の自由をあがなった。そして、半年後、彼女は、この〝自由の国〟で、女子プロレスという将来をみつけたのだ。

女子プロレス界の初期

ところで、誕生から、麗雰が日本へやってくる一九八〇年代にいたるまで、女子プロレスは、どのような活動を続けていたのだろうか。

女子プロレスの興行団体が複数誕生するのは、一九五四年以降。最高時で、全国に七社あまりのプロレス団体が発足し、そのうちの六社が全日本女子プロレス連盟を一九五五年に結成した。だが、初興行以降の興行の失敗とともに、一九五〇年代後半には、女子プロレスは風紀上好ましくないショーだという世論が高まり、各地の体育館が興行会社に会場を貸し出さなくなる。このような低迷期を経て、女子プロレスが再興したのが、全日本女子プロレス興業が在来団体から独立し、全国巡業を開始した一九六八年だということは前述した。

ところで、女子プロレスのTV放映が始まったのも、全国巡業が始まるのとほぼ同時期である。

TV放映開始直後の女子プロレスラーは、写真で見るかぎり、どうも全員が黒い学校用水着のようなものを着ているようだ。古い粒子の荒い写真で見るせいもあって、当時の女子プロレスラーの試合には、かつての女相撲が持っていた質朴な華やかさというものさえ感じられない。

それでも、初めての女子プロレスTV実況中継となった、アメリカ人女子プロレスラー・ファビュラス・ムーラと、日本女子プロレス協会に所属していた小畑千代《おばたちよ》との対戦は、東京12チャンネルで放映され、一七・三％もの高視聴率を記録したという。同じ、東京12チャンネルでは、この時期、男子プロレスの興行団体のひとつである国際プロレスの放送の中で、男女のプロレスラーの試合を並列的に放送していた。TV放映が始まって四年後の一九七二年には、日本女子プロレス協会が消滅。以降、女子プロレスの興行は、おおむね、全日本女子プロレス興業に独占される。

女子プロレスの地味なイメージを、ドラスティックに変えた最初の人物は、この全日本女子プロレス興業から、TV放映開始六年後の一九七四年にデビューした、マッハ文朱《ふみあけ》という選手だ。一六歳の彼女は、初めて、テレビという媒体をフルに活用した女子プロレスラーだった。

彼女は、それまでの女子プロレスラーがただ黙々と試合する姿を固定カメラで撮影されるだけだったのに対して、動きの大きい派手な技を多用しただけでなく、リングの上で歌も歌った。試合中継そのものの技術も、その頃になると、ハンディカメラなどが導入されたことにより、高度化が進んでいる。そのため、マッハ文朱の派手な動きや表情や声は、固定カメラ一本槍だったそれまでと違い、至近距離から生き生きと視聴者に伝えられた。女子プロレスの〝芸〟は、こうしてテレビと合体することによって、より現代的に、また演劇的になったわけである。そして、このような変化は、新しいもの、ドラマティックなものへのアンテナが発達したティーンエイジャーの女の子を観客に集める要因となった。

マッハ文朱の三年後にデビューした、ビューティー・ペアというタッグチームの出現は、この傾向をさらに強めた。タッグを組んだのは、ジャッキー佐藤と、マキ上田の二人。これに、ヒールとして阿蘇しのぶ、池下ユミなどの選手が配置され、他方、トミー青山、ルーシー加山など、他のベビーフェイスの選手が側面からからんで、女子プロレスの第二次ブームは構成された。

一九七七年七月、ビューティー・ペアのブームは、ついに、フジテレビのゴールデンタイム枠を獲得するまでに成長する。この定時放送の視聴率は、平均二ケタを確保した。そして、同年一一月一日に行なわれた、ジャッキー佐藤と、マキ上田のシングル対決戦の成果は、日本武道館での集客数一万二〇〇〇人、視聴率にして二二・二%もの高人気を獲得する。

この女子プロレスの定時放送は、約二年あまり続いた。だが、一九七九年に入ると、ブームは次第に下火になり、同年九月には女子プロレスは不定期番組へと切り替えられていく。麗雰が、桐生の市営アパートで見た女子プロレス放送とは、この不定期放送時代が三年目を迎えた当時のもの。そのとき、次のブームは、ほんの目前まで迫っていた。

結局、第三次のブームをになうことになったのは、一九八〇年にデビューしたライオネス飛鳥と、長与千種が、デビュー三年目に組んだクラッシュ・ギャルズというタッグチームだが、そのうちの一人、長与千種を、私は、ブームの最盛期から引退までの期間、プロレス雑誌の誌上で継続的にインタビューをしていた。

長与は、一九六四年、長崎県大村市生まれの女性である。元競輪選手で、引退後の商売に失敗した父親を持つ彼女は、子供の頃から空手を習っていた。そして、一〇歳のときに、深夜テレビで見た〝おなごプロレス〟にとりつかれた。〝おなごプロレス〟とは、彼女が長崎弁で言う女子プロレスのことである。

彼女とプロレスの関わりについてのインタビューは、のべ五年におよぶ期間に、四本の長期連載とかなり多くの単発記事にまとまった。たとえば、彼女が生まれてから、ブームの中核選手に成長するまでの二〇数年間についてのインタビューを、私は、『長与千種全記録』という連載タイトルで、プロレス専門誌「デラックスプロレス一九八五年回一二月号から八六年五月号にまとめた。この連載の中で、彼女は、一九八〇年にデビューしてから、クラッシュ・ギャルズが結成され、第三次ブームが端緒につく一九八三年までの事情を、自分史に重ねあわせた形で、次のように語っている。

当時、長与千種は新人選手から中堅にさしかかる時期。そして、当時の全日本女子プロレスは、低迷期ながら、ミミ萩原、ジャガー横田、デビル雅美の三人の看板選手、および、ジャンボ堀、大森ゆかりの中堅タッグチームの人気によって支えられていた。

一九八〇年（昭和五五年）一六歳

日清食品が七〇円ラーメンを販売しはじめる。交通事故も増えた。この年の交通事故による死者は九五二〇人。一日平均二六・一人が交通事故で死亡した計算だ。

四月二五日＝銀座の昭和通りでトラック運転手が一億円入りのふろしき包みを拾う。

七月一五日＝牛丼の『吉野家』倒産。

全日本女子プロレスではこの年の一月、ジャッキー佐藤とトミー青山がベルトをかけたシングル戦を行なった。世代交代と第二次ブームの終章が交錯した一年だった。一二月にはジャガー横田がジャッキー佐藤に一回目のベルト奪取戦を挑んでいる。

千種、中学卒業。四月に女子プロレス入りする。

卒業式では後輩たちが泣いて別れを惜しんでくれた。学生カバンが後輩たちのくれたプレゼントでパンパンにふくらみ、歩くたびに脚にぶつかった。ふつう人気のある先輩が卒業するときにはセーラー服のスカーフやボタンを後輩が欲しがるものなのだが、千種の場合は少し事情がちがっていた。涙で顔をベトベトにした後輩たちは、千種のスカーフを奪い取るかわりに、自分たちのスカーフを胸からはずして結びあわせ、長い長いレイのようにして千種の首にかけてくれたのだ。

首に長いレイを何重にも巻きつけ、パンパンにふくらんだカバンを脚にぶつけながら、千種は卒業式の午後、校門から家へむかう坂道をヨロヨロ歩いていった。

これが、千種の学校時代最後の光景になった。

「卒業してから上京してオーディションをうけにいったんだけど、本来のオーディションっていうのは、本当はその前の年の暮れにおわっていたのね。オーディションするっていう通知が村までこなかったから。大村は田舎だから、千種、そんなものがあるということさえしらんかった。

千種、だから最初から〝出遅れ〟だったわけですよ」

初めてオーディションの詳細を知ったのは、卒業式の少し前のことだった。もちろん、正規のオーディションは終わったあとである。

千種は『月刊平凡』をみていて、女子プロレス募集要綱なるものを発見した。その要綱には、一五歳以上、一六〇センチ以上で腹筋二〇回、腕立て伏せ一〇回、縄飛び三分間以上できる人に資格があると書いてある。

「へえ、それだけでいいの？　そんだけでプロレスばぁなれんの？　つー感じだったよ」

一〇歳のときから〝プロレスになる〟ことだけを夢みてきながら、実際のところ千種は、いったい具体的にどうしたら〝プロレスになれる〟のかについては考えたことがなかったのだ。

千種はずっと〝プロレスになる〟ためには、ただ夢みるだけで十分なのだと信じていたのである。

その要綱の一番下には、応募資格の欄に押しつぶされるようにして〝月給一〇万円以上〟という記載があった。

「すごいやないねぇって思った。

プロレスばぁなっと、月に一〇万円ももらえるんだと！　こりゃあ、牛ば買えるわぁ！　本気で、そう思った。牛、ゆうのはですね。そのぅ、その頃は土地を持ってるんが金持ちやと思てましたからね、一〇万円で土地を買って、そこに牛を飼ったら、〝もう絶対これは金持ちや、と。誰がなんと言っても金持ちにきまってる〟と。

金、土地、牛。そのあたりで金持ちのイメージが止まってたのね」

だから千種は、『月刊平凡』を読み終わると両親にこう宣言した。

「オレ、プロレスばぁなって、月に一〇万円の半分は仕送りしたる。その金でオヤジに牛買ってやる」

本気だった。

（中略）

五月一〇日、千種はプロテストに合格する。八月八日、トミー青山の引退式の日、田園コロシアムで千種は大森ゆかりとデビュー戦を行なう。プロテストに合格して以来、ずっと着たきり雀だった青いストライプの水着から、初めてサーファーのイラストのついたベビーブルーの水着に着替えての対戦だった。

デビュー戦は結局、負けた。

「そのころかなあ、ライオネス飛鳥さんという先輩が、東京にきて初めてタクシーにのっけてくれたのね。で、ライオネス飛鳥さんは、あたしたち新人をケンタッキーフライドチキンにつれていってくれた。あたし、東京でタクシーに、親以外の人と乗るの初めて。ケンタッキーフライドチキンも初めて。店でとってもらったコンボスナックつー食べ物も初めて。あたしにとってこんなにたくさんの〝初めて〟をヘッチャラな顔でできるライオネス飛鳥さんは、なんてすごい人だろうと思った。

んでもって、ケンタッキーフライドチキンの店内をね、じいっとみて……店ん中の景色、すみからすみまで頭ん中に刻みつけるくらいじっとみてね、じっと見て見て見て見て……ここがレスラーがものを食べる店なんだなぁって。あたしもこん店で食べてレスラーになるんだぁって」

そのコンボスナックを千種は必死になって呑み込むように食べた。必死だったのはその当時、千種は肉が大嫌いだったからだ。それでもなんとか食べられたのはコンボスナックが〝レスラーの食べ物〟だったからにちがいない。

毎日毎日が新しく、ワクワクする事件の連続する中で、ひとつき一〇万円のはずの給料が実際には一万円だったことが、唯一拍子抜けする事実だった。

一九八一年（昭和五六年）一七歳

一月二〇日＝郵便料金値上げ。葉書は三〇円。封書は六〇円になる。

七月七日＝新札紙幣の〝顔〟が決定する。

この年の二月、ジャガー横田がついにジャッキー佐藤からタイトルを奪取。だが全日本女子プロレス全体の興行成績はこの年、最低ラインをさまようことになる。客が入っても三〇〇人止まり、というような日が続く。ブームとブームの谷間だった。

千種、この年の暮に新人王をとる。一年後輩にまざっての勝利だ。肝臓をこわし全身の湿疹に悩まされた。

レスラーになって二年目で、千種はレスラーでいることの苦しさを知る。その苦しさの最初の原因は、一〇歳のときから続けてきた空手。いわば長与千種の看板商品だった。

「みんなが言ったよね、あたしに。〝あんたは空手がある。空手っていう個性がある。人よりいいものがある。だから楽だよね、いいよね〟

あたしは思ったよ。なーんがラクか、と。空手、空手て言うけど、なんがわかっとんのか、と。なんが……空手のなんが……わかっとんのか、と」

（中略）

たとえば回し蹴りがそうだ。千種は、先輩から回し蹴りは胸板以外のところに入れてはいけない、と言われた。

「胸板！　胸板ってね、聞いてよ、胸板って人間の体ん中で一番痛くないとこなんよ。いっとうニブイとこなんよ。ショックを感じにくいとこなんよ。あたし知ってるのよ。

そこに回し蹴りいれて……わざわざニブイところ蹴って……どうすんの。教えてよ。教えられんなら教えてよ」

回し蹴りは、本来、脚を相手の胃か、さもなければ顎の先端にヒットさせたときに、初めてその目的を果たす。胸板へ脚をヒットさせることを強要される〝回し蹴り〟は、千種にとって、すでに空手技とは呼べないものだった。

「あと、足刀《そくとう》ってのがあんの。飛び上って足の踵の横で相手を蹴って倒す。これが足刀。これをやれって言われる。

無理だよ。これは無理ですよ。だってレスリングシューズはいてるでしょ。それだけで踵の横で蹴ることができない。で、それなら足の裏で相手を押して倒せっていわれる。あんねぇ、これ、もう足刀じゃないって。足刀じゃないですよ。足の裏で蹴ったら足刀は足刀じゃなくなるっての。足で押し倒したら足刀じゃないっての」

だが、先輩からやれといわれたものは仕方がない。千種は足刀でない足刀、回し蹴りではない回し蹴りを〝空手技〟としてやりつづけた。足の裏で蹴る足刀は、あっと言うまに選手間でイヌのションベンというアダ名をつけられる。千種はこのアダ名を虚しい気持ちできいた。

「怒る気ぃしなかった。イヌのションベン？　ああ、いいわよ。だってね、あれ、空手じゃなかったから……イヌのションベンだろうと……ネコのションベンだろうと……どうでも言えばいいよ、どうぞ！」

（中略）

千種は次第に誰とも話さなくなっていった。唯一の話し相手は時折、電話で話す父だった。

「オヤジにね、何度も何度も言った。オヤジ、みんなぁ、オレに空手ば使えー使えーいうばってん、空手ば使えやせん。オレ、空手ば使えやせんって。

オヤジ、黙ってしまう。もう、そんときあたしがかかえてた問題、オヤジの想像力を超えてたんよ。空手ば使えいうばってん使えん！　ゆーたってね、オヤジ、それがどういう状況かわからんかったでしょ」

自分の部屋の二段ベッドの上段で目をつぶっているときだけが、自分が自分にもどることのできる時間だった。自分のまわりに薄い膜、透明なカベができたように感じていた。そのうちに全身に湿疹が吹き出した。ストレスが原因となった一種の肝臓障害だった。

（後略）

一九八二年（昭和五七年）一八歳

昭和五七年の日本の人口は一億一八六九万人。出生率、死亡率とも世界的にみて最低のランクに入った。

六月＝東北・上越新幹線開通。

女子プロレスは興行的にまだ低迷期である。

千種、四月にジャンボ堀のオールパシフィック王座に挑戦、敗れる。夏には大宮で全日本ジュニア王座のベルトをとるが、福島での初防衛戦で立野記代に敗れる。

沖縄の闘牛場での雨天試合で右膝を初めて亜脱臼した。雨でツルツルすべるマットに足をとられて膝をねじったとき、体の中で何かが激しく壊れる音がした。

バスまで痛みをこらえて歩いていったが、バスのステップに這いあがることができなかった。車輪の横に大きくひろがった水たまりに左膝をつき、両手でけがをした膝をかかえ、泥まみれの千種は声を出さずに泣いた。声を出すとギクンギクンと痛むのだ。雨がまだ降り続いていた。

「なんだつーのよ、いったい」

うずくまりながら独り言をいっていたのを覚えている。ケガは、いつも千種にとって不条理なのだった。

嫌なことは数え始めたらキリがない。昨年暮れに新人王をとったらとったで、何かにつけて「ベルトをとったからといってつけあがるな」と怒鳴られるのも嫌だった。給料が三年目になってもまだ要綱にあった一〇万円に達っさず、せいぜい七万円にしかならないのも嫌だった。あんまり貧乏なのでジャージを二枚しか買えず、いつもドロドロの格好をしているのも嫌だった。

（後略）

一九八三年（昭和五八年）一九歳
昭和五八年の日本の離婚件数は一七万九一五〇。史上最高を記録する。この年の冬は寒さが厳しく、三月になっても各地でドカ雪がみられた。夏はうってかわって猛暑。異常気象で明け暮れた。

一月二六日＝ロッキード事件被告・田中角栄に懲役五年、追徴金五億円の求刑。

全日本女子プロレスは、これまでの沈滞ムードを吹き飛ばす〝新しい血〟の出現を、他のどの年よりも切実にのぞんでいた。この時期、スター選手の最右翼、ミミ萩原がすでに二六歳。全日本女子プロレスの金看板を今後もしょって立つことは徐々に困難になってきていたのだ。

その〝新しい血〟は実に意外なところから誕生した。

エリート幹部候補生のライオネス飛鳥と、プロ入り以来、まったくの芽の出なかった長与千種の結合からである。

一月四日、ライオネス飛鳥と全日本選手権のベルトを賭けたタイトル戦をやる、とわかったとき、千種は、即座にこの試合を最後のものにしようと決めた。もうおわりにしよう。イヌのションベンだの、空手もどきだのといわれるのはたくさんだ。〝ホントのこと〟が何ひとつないない世界で長与千種は生きられない。

第一、飛鳥とはロクにしゃべったことがないのだ。

無縁の人なのだ。

「飛鳥は太陽。おひさま。カゲリのない人。そう信じていたよ。心から。

あん人にはプロレスに対する不満やら、いっこもないでしょ、てね。思ってた。

トンちゃんは（飛鳥の愛称）太陽。あたしはドン底の人間。縁をつくろうといったって無理な話やと思てた」

だからなおさら不思議なのだ。試合の前日、なぜ自分が〝無縁〟の飛鳥に話しかけようと思ったのか。

「わかってもらおう？　全然、思ってない。ライオネス飛鳥に長与千種をわかってもらえるはずない。

でも話そう。そう思った。話そう。

最後なんだから、これで最後の試合なんだから、もうどう思われてもいいよ。席を立たれてもいいよ。ホントのこと言わなくちゃ、うち、死んでしまうよ。生きらんよ。

聞いてほしいなんて、これっぽちも思ってなかったですよ。ちがうんですよ。自分んために話したんですよ。もう……もう耐えられなかったんですよ」

トンちゃん、ちょっとこっち、といって千種は飛鳥を応接間に呼んだ。ソファーに座ると同時に千種は話し始めた。

「明日の試合は二人とも〝決まり〟を忘れてやってみん？　あそこ蹴っちゃいけないとか、こういう技の次はああしなくちゃいけないとか、そういうのなし。一切なし。やりたいことやんの。んでもって、思い切って、全部、自分たちのものを出し切ってのびのびね、今までと全然ちがうことしてみたいん。

プロレスとちがうっていわれても、いいと思ってる。プロレスとちがうプロレス、うちはやってみたいの。うちらが日頃から〝こういうのやれたらなあ〟って思ってる夢を、全部ぶつけてみたいん。夢でプロレスをやってみない？」

千種はこう言いながら、次の瞬間にも飛鳥が、

「あんたぁ、何、バカいってんのよ」

といって部屋を出ていくだろうと半ば信じていた。だから、飛鳥がすぐにこういったとき、千種は一瞬、それが何かのまちがいじゃないかと思ったくらいだ。

「あたし、ずうっとそう思ってきた。ずっとそうやりたいって思ってた。ホント、ホント、ずっとずっと昔からそう思ってたの」

飛鳥の言葉がようやく頭の中に落ち着いたとき、突然、音を立てて胸の奥の凍土がとけ始めた。

（中略）

翌日の試合は殴り合いで始まり、飛鳥は場外で千種に猛烈な蹴りを叩き込んだ。

「際限もなく蹴られながら、あたし、感じたね。飛鳥は飛鳥自身の何かを蹴り破ってんだって。

飛鳥はそんとき、今までの女子プロレスっていうのを全部しょいこんでた。

んで、あたしは、その〝今までの女子プロレス〟を破壊しようとする力だったんやと思う。破壊者・千種！

飛鳥は、あたしっていう破壊者を蹴って蹴って蹴りまくって叩きつぶそうとして、結局、自分自身で〝今までの女子プロレス〟の枠をぶちやぶったんだと思う。そう感じた。

あたしには、あんときのあたしは、飛鳥の顔が何人もの先輩の顔に重なってみえたん。ホントのとこ、飛鳥は飛鳥じゃなかった。あたしが自分の力を全開にしてぶつかってんのは、飛鳥一人じゃなかったん。もっとたくさんの人たち、プロレス全体、ものすごく、ものすごく、

ものすごく大きなもの」

結果はフォール負けだった。

（中略）

千種の〝最後の試合〟は、結局、千種自身の予想を裏切って、みんなの支持を得ることになった。しかし、それから八月にクラッシュ・ギャルズを結成するまでの七カ月間、千種も飛鳥も今までにないスランプを経験する。

「あんな試合を経験したあとでは、今までの試合がどうやってもできなくなるですよ。ホンモノの味を知ったんだもん。もうだめよ。そういうもんよ。ホンモノっておそろしい」

（中略）

千種にとっても飛鳥にとっても、出口のない洞穴をさまようような七カ月がすぎた八月二七日、ついにクラッシュ・ギャルズが誕生した。初めてのコスチュームは、千種がデビル雅美にイメージを伝えて注文してもらった。三万円とちょっとしたことも憶えている。渋谷のチャコットにとりにいったときには胸がワクワクした。そのころは全然お金がなかったので、代金の三万円はデビルに借りたんだと思う。

ジャンボ堀&大森ゆかりのWWWAタッグ王座のベルトを賭けたタイトル戦が、クラッシュ・ギャルズの誕生第一戦だった。試合の前に千種と飛鳥は、後楽園のジェットコースターに乗った。ジェットコースターのグラインドにキャーキャー言いながら、千種は自分のこわさと同時に、飛鳥が感じているこわさをひしひしと感じとっていた。試合は結果的に負けたが、それはクラッシュ・ギャルズ誕生にふさわしい、熱くて、まったく新しい試合になった。千種は試合後、殴られた顔を赤く火照らせながら、これがフィーバーというものだと感じていた。この年の猛暑にとって、この試合はまったくお似合いのものであった。


長与千種が仕掛け人となり、ライオネス飛鳥とのタッグチーム、クラッシュ・ギャルズが試みた女子プロレスの新しい形とは何か。

それは、従来の女子プロレスの形式重視の姿勢を崩し、格闘するという本能的欲求をストレートに表現したものだった。実際、彼女たちは、リングの中で、非常に速いスピードで飛び回った。彼女たちにとって、闘志をむきだしにして相手と組み合い、投げ、蹴り、組み伏せることが、ひとつひとつの技の型をきれいに成功させることよりも重要だということは、試合が始まって数分たてば、誰の目にも明らかになった。彼女たちが観客に訴えたかったのは、女子プロレスはいわば〝しょっきり〟ではなく、実戦の本質を持った何かなのだ、という事実だったのである。

このような試みは、観客にとって、あながち受け入れやすいものではなかった。なぜなら、それまでの女子プロレスというものは、プロレスを見慣れた観客にとって、安心感のあるショーだっただろうから。従来の女子プロレスの試合で、ある技のあとに、どのような技が続くかを予想するのは、さほど難しいことではなかったはずだ。選手たちは、あくまでも決められた技運びの型どおりに試合をすることが多かったのである。それに対して、クラッシュ・ギャルズの女子プロレスは、パターンを無視して、ただ闘志のおもむくままに飛び回った。予想をたえまなく裏切る、異常なほどスピーディーで荒っぽい動きは、観客をとまどわせ、不安にさえさせた。

また、そういった予想外の動きは、相手となったレスラーをも困惑させるものだった。実際、初期のクラッシュ・ギャルズの試合は、対戦相手との呼吸を眼目《がんもく》に入れていなかったので、結果的には、とまどう対戦相手を尻目に、彼女たちだけが、リングの中で荒れ狂っているように見える場合も多かった。ただ、ティーンエイジャーの観客のみが、当初から、クラッシュ・ギャルズの意図を直感的に、そして全面的に理解したようだった。彼女たちは、地鳴りがするほどの足踏みで、荒れ狂うクラッシュの試合に同調し、突発的なブームを作りあげていった。


なぜ、この年代の女の子たちだけが、クラッシュを受け入れることに躊躇がなかったのか。

女性は、男性よりもはるかに早く、一二、三歳で成人とほぼ同じ肉体的な力を備えるという。要するに、女性にとって思春期前とは、肉体的な力と社会的な成熟が、もっともアンバランスになる時期なのだ。自分でも持て余すほどの力を、合理的に行使する術を与えられていない女の子たちにとって、クラッシュ・ギャルズが訴えたむきだしの闘志の存在は、本能的に共感できるアピールだったのではないか。

彼女たちは、試合とクラッシュ・ギャルズそのものを自分たちのものにするために、会場の興奮に全精力を注ぎ込んだ。そして、ついに中年男性の観客にカエレコールをあびせて、会場を占領したのだ。

それが、私が初めて女子プロレスを知ったとき、目撃した光景だったのである。


クラッシュ・ギャルズのブームは、一九八四年に入って本格化した。

女子プロレスの定期放送は、一九八四年七月九日から、フジテレビでの定期番組に返り咲く。視聴率は、半年後には二〇%台にのぼり、ブームは全国に伝播《でんぱ》。クラッシュ・ギャルズは、同年八月にはレコードデビューして、芸能面での地盤を固める一方、九月にはWWWA（世界女子プロレス選手権）のタッグチャンピオンとなる。

WWWAのベルトは、全日本女子プロレスの権威を象徴するものだ。そのベルトを持ったということは、クラッシュ・ギャルズが、女子プロレスラーのヒエラルキーの最高地点に立ったことを意味した。同時にこのベルトは、全日本女子プロレスという会社において、長与千種とライオネス飛鳥が、もっとも有利な社内的立場を握ったことを意味するものでもあった。

かつて、女子プロレスの型のために、空手の型を不合理に変容させられ、〝女子プロレスにはホントがない〟と苛立っていた長与千種は、ついに、女子プロレスのコンセプトを、自ら左右できる幹部社員となったわけだ。もちろん、その頃には、ほかの選手たちの間での、彼女たちのプロレスに対するとまどいは消え、二人は以前よりずっと試合がやりやすくなっていた。また、当初は、かなり荒っぽさが目立った彼女たちのプロレスも、周囲に受け入れられるにつれて洗練されてきた。従来の〝型〟を壊したとはいえ、ライオネス飛鳥と長与千種は、芸能としての女子プロレスが持っていた本来のリズムや、試合運びの緩急までも無視したわけではない。

「私は、女子プロレスにふりがなを振った人間やと思う。それまでの女子プロレスは、いわば、漢字ばっかりで、古臭くて、読みにくいプロレスだった。読める人にしか、読めなかった。それに、私はふりがなを振ったのよ。だから、どんな人でも、女子プロレスを読めるようになった。私がやったことは、そういうことだと思う」

長与千種は、たとえばこんなふうに、自分たちのプロレスを表現しはじめた。クラッシュ・ギャルズのプロレスは、新しさと同時に、若い観客にとってのわかりやすさをめざし、それに成功しつつあった。以前は、線の細かった彼女が、一変して自信にあふれた風貌になってきたのも、この頃だ。そして、彼女はプロレスだけでなく、インタビューにも、独自のスタイルを持ち始め、この頃には、彼女とのインタビューが、私が問い、彼女が答える形から、彼女がプロレスのさまざまな側面のイメージを頭に浮かぶままに、機関銃のようにしゃべりまくり、私がそれを追う形に変わっていった。彼女は言葉でプロレスを語ることによって、自分とプロレスの距離がさらに近づくと確信していた。

彼女のそういった傾向を、読者は敏感に感じとり、彼女がどのようなプロレスをするかだけでなくどのようにプロレスについて語るかにも注目しはじめた。長与千種という選手は、プロレスをすることにおいても、また、プロレスを語ることにおいても、一種のカリスマ性を発揮しはじめたのだ。

一方、もう一人のクラッシュ・ギャルズである、ライオネス飛鳥は、ブームに対して、長与より冷静だった。また、自分のプロレスを言葉に乗せてイメージ化すること、さらに、言葉によるイメージを実際のプロレスにフィードバックしていくことは、それほど必要でもないし、不得手でもあると感じているようだった。そのため、私がインタビューする機会は、圧倒的に、長与千種のほうが多かった。

孫麗雰から天田麗文へ

麗雰は、その頃、桐生から東京に出てきていた。彼女は、東京の知人のアパートに寄宿して、全日本女子プロレスが経営するスポーツジムに通うようになっていたのである。そのため、中学は、二年の秋からほとんど行かなくなったが、本人が高校に進学するつもりがなかったため、中学側も、彼女のスポーツクラブ通いを黙認する形になった。

彼女は、一回、五〇〇円のスポーツクラブに通って、プロレスの基礎訓練を受けた。訓練の内容は腹筋、背筋などの基礎体力運動に、受け身と、アマレスのスパーリングをあわせたようなものだったと、彼女は表現する。その中でも、受け身の練習に割かれる時間は、圧倒的に多かった。これは、プロレスに占める受け身の役割が、ほかの格闘技に比べて、はるかに大きく、また異質なためだろう。

たとえば、ほかの格闘技での受け身は、もっぱら練習時に使われるものだが、プロレスでは、練習だけでなく、実際の試合中にも、受け身を多用する。そして、実際、プロレスでの受け身のとりかたは、技をかけられた衝撃を和らげるという本来の目的以上に、より積極的で演劇的なものだ。選手たちは、相手の技を受けた衝撃を、受け身をとることによって大きくアピールする。そして、このエネルギー増幅作用によって、試合の緩急の見せ場を作り上げていくのである。

だが、他方で、このような技と受け身の対応が形骸化すると、プロレスは陳腐で退屈なショーでしかなくなる。低迷期にあった長与千種が嫌気がさしたものも、また、このような形骸化したルールに縛られたプロレスだった。

だが、当時の麗雰は、そのようなプロレスの内面の葛藤を知るはずもない。彼女にとって、プロレスとはテレビに映る世界そのものだった。麗雰は、テレビの画面ごしに、現実に触れることができることを疑わなかった。そして、中学の卒業が目前に迫るまで、そのスポーツクラブで受け身と、アマレスのスパーリングだけを重ねた。

「そのスポーツクラブには、レスラーになりたい女の子たちが一〇人くらいきていましたので、わたしは、その人たちと話をしました。でも、わたしと、その人たちと、ちょっと違いますね。

そうですね。わたしは、プロレスを食べるためにやる。

中国に帰るため、ホテルの夢をかなえるためにやる。でも、ほかの人たちは、クラッシュ・ギャルズになるために、プロレスをしますね。クラッシュ・ギャルズは、その頃に、もう、大変人気がありましたですから、みんな、クラッシュ・ギャルズになるためにプロレスになる。私は、へえ、そういうふうに思う人もいるのかって思いましたね。やっぱり、中国人と日本人は考えることが、ちょっと違いますねと思いました。

日本語はね、その頃には、プロレス雑誌読んだり、プロレスのテレビ見たり、漫画のテレビ見たりしましたから、難しいことは駄目だけど、一日にあったことくらいはね、日本語でしゃべれるようになってたですよ。だから、その人たちとも話せたの」

東京での、麗雰の寄宿先の主は、中国人留学生だった。

「その人は、おとうさんの知り合いの女の人で、昼間働いていて夜はアルバイトしてる。私が帰ってきたときにはいない。その人が家を出ていくときには、私が寝ている。だから、何やってる人かわからない。あれだけ長くいたですけど、一度もしゃべらなかったですよ。日本語でも、中国語でも」

麗雰は、頭をかしげて自問する。私は、なぜ、中国人の知り合いが少ないんでしょう。この国で私には中国人の友達がいません。みんな、どうしているのでしょうね。この国の中国人は、どうしているのでしょうね。

それは、中国残留孤児と呼ばれる立場の人たち全般にわたる感慨ではないかと、私は思った。彼らは、日本人でもなく、また、この国に長く住んだ華僑でも、留学生でもないのだ。

「おとうさんは、毎日、心配して電話をかけてきますね。それで、今日は、下宿先の人としゃべったかい？　と聞きます。私は、ううん、今日もしゃべんなかったよって。

どういう人だったのでしょうね。今も考えますよ。どういう性格？　どういう人？　全然わからないよ。あれだけ長くいたのにねえ」

このような娘の状況が心配でもあったのだろう。そのうち、欣治は、桐生で営んでいた中華料理店を妻にまかせて、東京に寄宿した麗雰の様子をみるために、上京をくりかえすようになる。彼が、こうして店をあけることが多くなるにつれ、如才のない彼の応対を目当てにきていた客は減り始めた。佩琴は、もともと商売にむいた性質ではなかったので、欣治は中華料理店を閉めていることが多くなる。そのうち、店の借賃と、麗雰の寄宿経費が家計を圧迫しはじめ、まもなく、彼は店をやめた。

麗雰の国籍が日本籍に変わったのは、この頃だ。将来、子供たちが働くとき、外国籍では不都合が多いだろうと判断した欣治は、麗雰を初めとする四人の子供と妻の日本国籍取得を申請して受け入れられた。子供たちの姓は孫から天田にかわり、佩琴は、富子《とみこ》という日本名を名乗ることになった。

こうして、孫麗雰から、天田麗文《あまだれいぶん》に名前を変えた彼女は、一九八五年暮、全日本女子プロレスへ入社するためのオーディションを受ける。

結果は不合格だった。

「オーディションは、何回かにわけて人数をしぼっていく形です。わたしは、三回目で落ちてしまった。それまで、まったく落ちるということを考えてなかったです。だから、学校がほかの就職口を探してくれるというのも断わってしまっていましたので、目の前がまっくらになったですよ。

理由を聞きにいきました。落ちた理由です。自分では落ちる理由がないと思っていましたので、なぜ、わたしを不合格にしたのか、会社の人に聞きましたよ。会社の人はね、わたしの体が、まだ完全にできていないと言うの。外側はできているけれども、中味がまだできあがっていないと言いました。まだ、できあがっていない体だから、落ちたんだよ、と言われました」

彼女は、その会社のスタッフが、目の前にいるかのように首を横に振り続ける。

「これ、どういう意味でしょうね。わからない。体の外側はできているけれども、内側ができていない？ わからない。どういう意味でしょう。

わたし、それではわからない、と言いました。納得できないと言いました。そして、わたしは空手着を着ていましたので、それから、おとうさんは瓦を持ってきていましたので、その瓦を割ると、会社の人に言いましたよ。わたしは、三枚、瓦を割りましたね。でも、次に突きで割ってみなさいと言われたら、わたしは瓦を割れませんでしたよ」

それで、仕方がなかったから帰りましたよ。麗雰は苦笑しながら回想する。彼女は、展望のないまま、またスポーツクラブに通い始めた。そのうち、年が明けてすぐに二回目のオーディションを行なうという通知が桐生の自宅に届く。彼女は、これを見て、今度は、受かるにちがいないと一安心した。プロレスラーになれるかどうかという問題に関しては、彼女は終始、非常に楽観的だったのである。

しかし、客観的に見れば、彼女がプロレスラーに本当に向いていたかどうかについては疑問が残る。第一、彼女は、非常に恵まれた体格の持ち主とは言えなかった。日本にやってきたとき、麗雰は、一六七センチの身長に、体重四五キロという、華奢な少女だったのだ。ところが、その体重を、彼女はプロレスにめざめてから、わずか三年足らずで、七八キロにまでむりやり増やしたという。とにかく体さえ大きければプロレスラーになれると、彼女は素朴に信じ込んだのだ。もちろん、それなりに運動もしただろう。しかし、三三キロもの急激な増量は、成長期の彼女の体に大きな負担をかけずにはおかなかったはずだ。興行会社のスタッフがオーディションのときに指摘した、彼女の体の脆《もろ》さとは、ひとつには、この急激な体重の増加を支えきる骨格ができあがっていなかったことではないかと、私は思う。

そして、スタッフの指摘の正しさは、スパーリングでの勝ち抜きの形で行なわれた二回目のオーディションのときに、早くも証明された。彼女は、スパーリングの最中に、自分の体重を支え切れずに肩を脱臼したのだ。それは、それからのレスラー生活で、彼女につきまとった故障の皮切りでもあった。

「肩がはずれたのは、スパーリングも最後のほうです。自分では、肩がはずれたのはわかりませんのです。ただ、どうしても力が入らない。一生懸命、相手を持ちあげようとします。けれども、力が入らないの。なぜだろうな、と思っていたら、そのスパーリングがおわったところで、社長に呼ばれました。

社長は、今、肩が痛くない？　と聞きましたね。わたしは、痛くはないけど、力が入りませんと言いました。そしたら、社長は、それは肩がはずれているんだよって。はあ、はずれてるんですか、って、わたしは言いましたね」

大丈夫。不思議に、そのときは全然痛くなかったんですよ。

私の表情を見て、なだめるように、彼女は言う。

こうなっただけよ。片手がダランとなっちゃっただけ。

「社長は、はずれた肩を元通りに入れてくれました。そして、もうやらなくていいから、帰りなさいと言いました。帰ったら落ちちゃうんでしょって、わたしは聞きましたよ。

もちろん、そうだよと社長は言うの。それで、そんなの嫌ですって言って、そのまま続けました。

それで受かったの。

受かったとき、嬉しくはなかったですよ。ただ、一年間無駄にしなくてよかったと思いましたですね。オーディションに不合格だったので、また来年受けようと思っていましたのでね。その一年を無駄にしなくてよかったと思っただけ」

彼女の無邪気で直線的な熱意は、結局、スタッフの練達した判断を押し切った。こんなふうにして孫麗雰改め、天田麗文は、念願通り、一二歳のときテレビで見た女子プロレスへの世界へ入っていったのだ。

長与千種の苦悩

彼女が全日本女子プロレス興業にこうして入社した頃、クラッシュ・ギャルズのブームは最高潮に達していた。女子プロレスとは客の呼べる興行だということが再認識され、すでに水面下では、第二の女子プロレス興行団体結成への動きが開始していた。また、このブームは、スターとしてクラッシュ・ギャルズという選手を生み出しただけでなく、出色《しゅっしょく》のヒールをも誕生させた。ダンプ松本という選手が、それだ。

　ダンプは、従来のヒールが必ず備えていた暗さを払拭した、新しいタイプの悪役レスラーだった。たとえば、それまでのヒールが、暗い地味な色調のコスチュームを選んだのに対し、彼女のファッションは、まばゆいほど極彩色だった。その上、金髪に染めた髪をモヒカン刈りにした彼女は、顔や体に派手なペインティングをほどこすことを愛した。さらに、同じように極彩色のコスチュームをまとった、他のヒールレスラーを引き連れてリングに登場するのが常だった。

　そして、ダンプ松本の試合ぶりも、クラッシュ・ギャルズ同様、従来のパターンをまったく無視して暴れ回るというものだった。ティーンエイジャーは、この好一対のベビーフェイスとヒールが闘う世界にのめりこんでいった。

　だが、そういったブームの高まりは、レスラー一人一人に、おそらく目に見えない負荷をかけていたのだろう。長与千種は、インタビューに現われるたびに、ひどくやつれた表情を見せるようになった。もともと癇性《かんしょう》な彼女は、ちょっとしたことで荒れ狂うようになり、後輩たちを怒鳴りつけることもまれではなかった。そうかと思うと、ささいなことで、自分はもう駄目だと、悲観しておちこむこともしばしばだった。そんな、激しい感情の振幅を見せていた彼女をインタビューしたときの記事はたとえば、こんな具合だ。

（前略）

「周囲が飢えている。過激さに飢えてる。昔、あたし自身がホンモノに、過激なことに、自由さに飢えてたように、今度は周囲があたしにもっともっとっていう。

　もっともっと過激に。もっともっと高く。高く高く高く。もっとすごい技。もっとすごいやつ。上へ、上へ、もっとのぼれのぼれのぼれ。

　あんね、下りることは許されないのよ。とまることも許されないのよ。上へあがりつづけること。エスカレートしつづけること。それだけ。

　それだけ。

　あたしはここでいいと思ったってダメ。いい、と思うことあったよ。あたしだって普通の人間よ、ここでいいと思うこと、あるんだよ」

　ネタがなくなってくる。長与千種がすりへってくる。長与千種のプロレスが観客にすいとられていく。

（後略）

（「デラックスプロレス」八六年四月号）

苛立ちやすいが、同時にブームの本質に反応する神経を持っていた彼女は、このとき、すでに、同じ興行会社のメンバーとだけ対戦しつづけることの無理を悟っていたのだろう。クラッシュ・ギャルズは、それまでの女子プロレスになかった型破りな抗争劇を作りあげたが、それも、つねに相手がダンプ松本しかいないということになると、マンネリ化はとうてい避けられない事態だった。そのまま進めば、ブームは次第に下降し、再び低迷期が訪れることは明白にみえた。

だが、長与千種は、自分が作りあげたブームをあっさりと手放すほど淡白な人間ではなかった。淡白になるには、彼女はブームの中枢にいることの高揚感を愛しすぎていたのだ。

彼女は、十分に庇護的な幼児期を送ったわけではない。両親は、彼女の就学前から、たびたび子供たちだけを残して家を離れ、事業の失敗の穴埋めに奔走した。そのため、孤独な子供時代をすごした彼女にとって、ブームの中枢で観客を熱狂させつづけることは、幼い頃には得られなかった親の注目の代償でもあったはずだ。事実、彼女は、公私にわたってみんなに注目されていないと、臆面もなくおちこんでしまうような依存過剰の一面を持っていた。繊細な心優しさと、周囲の人たちに絶対的な従属を強いるような専横さとが、長与の中で微妙に絡みあい、同居していた。

しかも、彼女には、そのとき、ファイトマネーで養わなくてはならない四人の家族がいた。彼女の両親は、往年の過労がたたって大病を患い、すでに働くことができなくなっている。末っ子の弟はまだ中学生だ。精神的理由と経済的理由の双方から、彼女はブームのさなかにあって、将来の破綻に不安を募らせ、起死回生の手だてを模索し続けた。

彼女は、そのためには、クラッシュ・ギャルズがやり遂げたよりさらに深く、女子プロレスという古い芸能の本質を変えてしまうような何かを、出現させなくてはならないと、薄々感じていただろう。そして、その〝何か〟に、もっとも近い位置にいた、神取しのぶは、その頃、足掛け五年にわたる柔道競技生活をやめ、プロレスラーの世界に足を踏み入れていた。

第五章
神取しのぶのプロレス

柔道からプロレスへの道

神取しのぶに会って話をするというのは、いつも多少の忍耐を伴う作業だった。

なぜなら、彼女は、誰に対しても、自分の居場所を明かしたがらないからだ。

彼女はマネージャーも持たず、巡業に行っていない場合は、つねに、何人かの知人の家を転々としている。だから、おいそれと連絡をとるわけにもいかない。実際、彼女と連絡をとろうとすれば、短くとも二日がかりになった。用件ができるたびに、あちこち彼女を探し回ることを何回か繰り返すと、正直なところうんざりした。だが、こんなふうに居所不明を続けるのは、当人にとっても気疲れするものじゃないの、と尋ねると、彼女は黙って肩をすくめる。そして、その話題を打ち切ってしまうのだ。彼女にとって、定位置を作ることは、すなわち束縛されることを意味するらしかった。

そのため、私は、ほとんどの場合、彼女を自宅へ呼んで話を聞いた。

時間だけには義理堅く、約束の時刻前に必ずやってくる神取は、自宅の六畳間の隅に陣取り、両足を長々と伸ばして座る。私は、彼女の前の机に、柔道時代とプロレスに転向してからの資料を積みあげる。こんなふうにして、私たちは話をした。

ところで、一九八三年に第六回全日本女子柔道体重別選手権六六キロ以下級に初優勝してからの、神取の競技成績は順調である。さらに、オーストリアのウィーンで行なわれた第三回世界女子柔道選手権では、優勝者になったフランスのディディエに、一本背負がつぶれたところを、絞めから縦四方固めに押えられて完敗したものの、敗者復活戦で、ニュージランドのダウンを一本背負い、西ドイツのシュライバーには小内刈りで有効、ポーランドのアダムチックに、背負い投げで効果と大内刈《おおうちが》りで有効をそれぞれ奪って、結局、三位入賞をはたした。

この成績から見るかぎり、柔道選手としての彼女は、勝つのも負けるのも豪快だ。

「自分の柔道の形がきまってきたのは、一九歳頃でしょう。どういう形？　たとえば、びっくり背負いとかさ。びっくり背負いって正式な名前ってわけじゃないのよ。私がつけたの。びっくりってのは、つまり、型どおりじゃないってこと。柔道って型があることになってるから、練習ってのは、その型を、いかにかっこよく見せるかってところにかかってたりするわけよ。とくに日本の選手の練習はね」

神取は、微笑をうかべながら、手真似で背負投げの形をやってみせる。

「みんな、だから、練習は、かっこいいよ。型どおり、すぱん、すぱんって投げるんだもん。これはかっこいいわね。誰が見ても柔道やってますって感じ。

だからさ、私は、それを逆手《さかて》にとったわけよ。型があるってことは、その型をやぶってくるものには弱いってことじゃん。ね。そうじゃん。だから、私は、ぜったい背負投げに入らない形から、突然背負いに入っちゃう。そうすれば、相手はびっくりするでしょ。それが、びっくり背負いっていう技よ。

ほかには、膝ついたまま、普通だったら、ぜったい投げに入らないような低い態勢から投げるとかよぅ。持ち手を、突然、逆に持って投げてみたりよ。そういう、相手の型を壊すようなことを、自分の型にしてたってわけ」

あとは、練習じゃ、やたら投げられててね、対戦相手に、わざとみくびらせておいて、試合になったら裏をかくっていうのもやった。性格悪いことばっか、考えてたんだ、私って。彼女は、鼻にシワを寄せて笑う。

「試合になったとたんに、気を呑むっての？　まず、目で勝っちゃう。

もともと、私、努力しなくったって、練習は下手だから、柔道は実戦だと思ってるからよ、練習は全然かっこよくない。で、いったん試合ってことになると、練習のときとは全然違う雰囲気で、すごんじゃうわけよ。そうやって相手に威圧感を与える。練習で負けてたのは作戦だったのかって、相手が気がついたときは、もう遅いってわけ。

そうね。やるか、やられるかの選手だったですよ。あまり逃げない。どちらかといえば攻撃型じゃん。攻撃していって、投げられたら、そのまんま、投げられちゃう。うまくいけば、すぱっと勝つでしょう。まあ、うまくいけばの話だけど」

一番、記憶に残っている試合というと何だろう？　と水を向けてみる。すると、彼女は、即座に、それは負けた試合でしょう、と答える。

「一番、記憶に残ってるのはねえ……そうだ。世界女子柔道選手権で負けたときだよね。

相手がやたらに強い奴でよぅ、でも、私はポイントを取ってたんだわ。そしたら、場外ぎわで寝技に入られてよ。自分の体が場外に半分出てたから、〝とけ〟で離れられると思ったんだよ。そしたら、国際ルールだってんで、離れられないでやんの。

私、寝技ってきらいなんですよ。ああいう、ねちねち、体をひっつけあうの、きらいじゃん。それなのに、国際ルールで、相手が離れてくれなくてよぅ、おさえこまれちゃった。みんな、まわりから動け、動けって叫ぶじゃん。だけど、そんなの動けやしないって。

結局、ねちねち三〇秒間押え込まれて、負けちまったのよ。あはは、悲惨なんだわ。

悲惨だったけど、この試合が、一番、記憶に残っているのよ」

比較的かんだかく響く彼女の声が、ふと低くなる。

「うん。やめようってことはよぅ、本当は、この試合のあとくらいで頭に浮かんできたのよ。

具体的には、年末の福岡国際選手権に出て、やめようと思ってたわけね。

なんでってことになるとよ、こういう言い方でいいのかわかんないけど、なんてのかな、自分がいる場所に納得いかなかったんだよな」

神取は、自分が座っている畳を指して言う。

自分がいる場所に納得がいかないの。どうしても、納得いかなかったの。「だからさ、私ってのは、それまで国内は別にしてよ、世界では、ずっと二位、三位が圧倒的に多かったわけじゃん。

だけどさ、私は、柔道は、一位じゃないと、勝った気がしないってとこがあんの。

なぜって？　だってよぅ、柔道ってのは格闘技じゃん。格闘技ってのは、基本的に生き残りゲームじゃん。ねえ、そうじゃん。一対一で闘うゲームってのは、やっぱ、結局は殺し合いゲームなんじゃないの？　どんなふうに言ってみてもよ。目の前の相手を、とりあえず殺して、次の相手にむかっていって、最後に、一人だけ生き残るんじゃないの？　ちがう？

だとすりゃ、柔道で二位、三位ってのは、一番最後と、最後から二番目に死ぬ奴っていう意味しか持たないわけでしょ。ただ、殺される順番が遅いってだけでしょ」

彼女は、人さし指を突き出した。

「一位だよ。つまり、一位なんだよ。二位や三位じゃ駄目なんだ。

私は、一位じゃないと意味がないって思ったんだよ。

それでよぅ、どうやったら一位になる可能性が出てくるかってことも、なんとなくわかったんだよ。やっぱ、私に欠けてんのはよう、生き残り勝負への最終的な執念ってやつじゃん。なんか、もう、周囲のものも見えなくなっちまってよぅ、勝ち負けに人生を賭けるってやつ？　そんなもんが、私には欠けてたわけだと思うよ。やっぱ、勝ち負けには人生賭けてなかったから。だから、試合に向けての調整にしても、自分をぎりぎりまで追いこんだあとはよぅ、温泉でぼうっとしていたかったわけじゃん。それまで放棄しちまって、人格壊してまで勝とうと思わなかったわけじゃん。

だからさ、私は、二流の選手なんですよ。結局、柔道の勝負より、自分自身を壊さないほうを選ぶわけだからさ、一流じゃないわね。

私、二流なんだよ。そう、感じたよ。

だからね、一方で一位にならなくちゃ意味ねえよなって思うし、でも、もう一方で、一位になるために何をすればいいのかわかっていても、それをしなかったし。自分で自分に納得がいかなくなっちゃったってのは、結局、そういうことなんじゃん」

勝つために何か捨ててれば、人生も勝負もかわったでしょう。きっと。

わりあい冷静な声で、彼女はこう言う。

「ただ、人生だけじゃなくて、目つきまで変わってたと思うよ。

試合やるときに、目つきがかわるのは構わないと思うんだけどよぅ、それを、そのあとの人生にまで引きずりこむってのは、嫌だったんだよ。私は……二流でもいいから、自分の人生を壊したくないと思ったんだよ。でも、同時に、二流でいいと思ってる自分に納得いかなかったんだよ。

だからさ、福岡国際に出るだけ出たらやめようかって考えてた」

だが、その福岡国際選手権に現地入りしたとき、突然、盲腸が痛み始めた。慢性盲腸炎は、彼女の持病だ。いつもは痛み始めると、毎回、薬で散らしていたが、そのときには、どうにもならないほど痛みが激しく、神取は急遽、手術のために入院して欠場扱いとなった。

この欠場のために、彼女は引退を、翌年の福岡国際選手権まで延期する。四年間あまり続けてきた柔道をやめるには、やはり、なんらかの区切りが必要だったのだ。そして、一九八五年、盲腸から回復した彼女は、第八回体重別選手権に優勝し、年末の第三回福岡国際選手権で第三位となる。これが、柔道選手としての最後の競技記録となった。この直後、彼女は競技生活を正式に引退している。

彼女は、そのあと、漠然とスポーツセンターのトレーナーにでも就職しようかと考えたと言う。現役時代にどれほど活躍しても、大学や実業団と無関係な彼女に、引退後、柔道関連の仕事につく道は開かれていなかった。もちろん、町道場を開けば話は別だったろう。だが、二一歳の彼女に道場の開場資金があるはずもなかった。となれば、柔道に関わる場は、現実的に、なんらかの形で学校か企業に関係するものしか残されていないのである。

このような状況にあった彼女に、八五年末から新団体結成にむけて動いていたジャパン女子プロレスのフロントが連絡を入れたのは、引退後数カ月目だ。

「友達で、プロレスのファンだって奴がいてさ。柔道やめたら、プロレスに行けばいいじゃん、なんて言ってたわけよ。こっちは、まあ、冗談だと思ってたら、そいつったら、本当に、ジャパン女子プロレスの選手公募に、私の名前で申し込んじゃったんだよ。

だから、突然、ジャパン女子プロレスっていう会社から電話が入ったときは驚いたけど、会社のスタッフと話をしたら、けっこう給料面でいい話をするわけ。二〇〇万とか、三〇〇万とか、そういったレベルの話をするわけでさ。その一方で、プロレスには、ショー的な部分があるってこともけっこう率直に話されたのね。

つまり、話が、最初から最後まで具体的だったからさ、私としたら受け入れやすかったってところはあるわね。だから、やってみようって思ったわけ」

せっかちなのが、彼女の持味とはいえ、柔道に対する深い内面的模索から、話が、一足飛びにプロレスへ飛んで行ってしまったので、私はとまどった。もう少しゆっくり、柔道からプロレスへ気持ちが移り変わっていったところを話してもらえないものだろうか、こう頼んでみる。

「そうだなあ。だから、プロレスと柔道は、別のものだという気持ちはあったのね。

柔道はスポーツで、プロレスは、つまり、プロレスよ。そういうことだよね。

だけど、とくに、スポーツが偉いとは思わなかった。スポーツだから、いいってもんじゃないし、柔道してる人間が、スポーツしているってだけで、いい人間ってわけでもないじゃん」

結局、プロレスにすんなり足をつっこむ気になった原因って、やっぱ、お金が稼げるってことにつきるんじゃないの？　しばらく考え込んだあと、彼女は、こう言い始める。

「プロレスと柔道は、違うものだけど、現象面では、どっちも投げられたり蹴とばされたりするわけでさ。どうせ、投げられるんなら、投げられていくらってお金がついてくるほうがいいじゃん。少なくとも、そのときは私は、そう思った。つまり、金がすべての原因だったんじゃない？」

そう言い切ったあとで、いや、ちがうかなと、彼女は、また考え込む。

お金だけの問題じゃないかもしれない。それより、プライドの問題だったのかもしれない。彼女はこう訂正した。

「柔道やってたときにはさ、もちろん、プライドを持ってました。

それは、誰のためのプライドでもなくて、だって、そうだよ。私が勝ったからって、どこかの大学の名誉になるわけじゃない。柔道協会の名誉ってわけでもないじゃん。全部、自分のためだけに柔道をやってたわけで。それはさ、本当に、自分だけのためでよぅ……うん、どんなときも、私は、私のためだけに柔道したんだよ。それで、それで、そういう態度って、真面目な柔道家の道から見れば、わがまま勝手なことかもしれないけどさ、私は、自分がいい子になる必要はないって感じてた。結局、柔道してるときも、私は、柔道する前と同じクズのままだったもん」

〝クズ〟について語ることは、彼女の本質に深く触れる問題のようだ。思わず、身振りが大きくなり、声に熱が入っている。

「クズはクズのままで大きくなれるってことをよぅ、強いて言えば、証明したかったのかもしれない。

それが、私が柔道をやってるときのプライドで、プロレスラーになったときのプライドなのかもしれない。

あのさ、スポーツやってよぅ、やたらに健全でいい人間になっちゃう人がいてもいいの。もともと真面目な人がよぅ、国を背負って試合しちゃうってのもわかるの。だけど、世の中には、私みたいに、クズのままでスポーツやってる奴がいて、そういう奴だってプライドを持ってることも、やっぱ自分の生き方で証明したかったのよ。

だからさ、柔道やめたあと、ずるずる落ちていきたくなかったのよね。

柔道をやらなくなったら、やっぱ、駄目んなっちゃった、なんて言われたくなかった。だって、私の人格は、私が作ったもので、スポーツが作ったものじゃないもん。だから、柔道やめたあとも、それなりに、へえ、あいつらしいじゃん、ってことをやってのけたかった。

プロレスは、そういう気分にふさわしかったのかもしれませんよ」

神取は、目の前に両方の拳を並べてみせる。こっちが柔道、そして、こっちがプロレス。

「昔は、プロレス見ると、ありえないスポーツだっていう気がしたけどよぅ。そのときには、すでにプロレスを、柔道と同じ平面でつかまえて優劣つけようってのが馬鹿だってことに気がついてたわけよ」

柔道のほうの拳をあげたり、プロレスのほうの拳をあげたりしながら、神取は言う。こういうのって無意味だよね。ほんとに、無意味よ。


プロレス入りしたときの神取は、一六九センチで、六五キロ。体脂肪率は一〇%以下。体は筋肉のかたまりと言ってよさそうだ。実際、彼女のプロレスデビュー戦で、初めて、水着姿を見たとき、私は、背骨を中心にふたつの山脈のように盛り上がり、いくつかの塊りを形成している筋肉のつながりを見て、たじたじとした。初めて、柔道選手としての彼女を見たとき、その殺伐とした目付きは、テレビの画面を通してさえ私をたじろがせた。そのときと同じように、今度は、発達したその筋肉が、リングまでの数十メートルの距離を置いてさえ私を畏怖させたのだ。

実際、神取の女性ばなれした肉体と、同じように女性ばなれした格闘技の天分を見て、彼女が男だったらよかったのに、と感慨を漏らす人は少なくなかった。それは、一種の誉め言葉ではあっただろう。しかし、ほかならぬ彼女自身は、自分が男に生まれたらよかったと思ったことは、まったくないようだった。第一、彼女は、とくに自分の体が大きいという認識はもっていなかった。さらに、自分が、非常に力が強い人間だという意識も希薄なのだ。

女性であることが、その発達した筋肉と、人並みはずれた力と、反骨的な人生観との間に不調和をおこすはずがないと、彼女は確信しているようだった。そして筋肉や力が、自分の女性をそこなうという考え方そのものが、彼女にはどうしても理解できないようでもあった。自分が女性以外のなにものでもないことは、彼女自身にとっては、明白な事実だった。

ところで、動物としての女性は、一般的に、男性に比べて競争に適していないという説がある。その説が正しいならば、彼女が、生き残りゲームである柔道の勝負に、自分の人生を賭けることができなかったのは、彼女の中の女性が、最終的な競争を拒んだからだという理由づけも可能なのではないか。彼女の、柔道の勝敗への取り組み方は、まちがいなく真剣なものだった。だが、同時に、内面のある部分では、彼女はその競争に埋没できなかった。そのため、彼女は、苦しい矛盾を抱え込んだ。そして、結果的に、彼女は、どのような競争にも打ち勝つ〝目つきのおかしな〟一流選手になることより、最終的な競争には不戦敗を喫する二流選手としての生き方を選んだのだ。

その意味で、神取は、十分に女性であったと思う。

また、彼女は、そもそも、プロレスラーは肉体的偉人がやるものだとも考えていなかった。その点では自分の体を大きくするために、三三キロも増量した天田麗文と対照的に、神取は一貫して、肉体の外見的なビルドアップにはまったく関心を示さない。ボディビルディングは、彼女の嫌いなスポーツの典型なのである。

「ボディビルダーの筋肉は、死んだ筋肉だもん。動かせない筋肉だし、第一、あの人たちは、筋肉は動かすものだと思ってないでしょう。自分の体の一部というより、なんていうのか、モノに近い感覚なんじゃないの？

だからさ、車のコレクターってのがいるじゃん。あいつらってよぅ、集めた車を運転しないじゃん。車庫に入れて、磨いてるだけじゃん。ボディビルダーの人も、そういう奴らと同じでよぅ、自分の筋肉を、車みたいに考えてるんじゃないの？」

筋肉はよく使い込まれた日用道具でなくてはならない、というのが彼女の主張だ。そのためにも、筋肉は全面的に自然なものでなくてはならない。筋肉を増強する薬やプロティンを使うことは、彼女にとっては体への冒瀆《ぼうとく》行為に近いのである。

「私はね、柔道選手だったし、今はプロレスラーだけど、自分の体が特殊だとは思っていません。大きすぎると思ったこともないし、力が強すぎると思ったこともない。自然な体だと思ってる」

つまり、私は中肉中背なのよと、彼女はくりかえし言い張る。

私は、それを聞いて、最初のうち、冗談を言っているのだと勘違いした。一般的な中肉中背の概念から、彼女の体と力は、どこまでも大きくはみだしてしまうからだ。私は、彼女の〝冗談〟に笑い出した。だが、その笑いに、思いがけず傷ついた表情になった彼女を見て、初めて、私は自分の誤解に気がついた。彼女は、冗談を言っているつもりではなかったのだ。

そりゃね、私に似ている人って少ないかもしれないよ。そうだよね。少ないかもしんない。だけどそれがなんだっていうの、彼女は、憤然として言う。

「似てる人がいないっていうことが、私が特殊だっていう理由にならないじゃない。

そりゃ、小さな子供から、すごく年を取った人までを全部入れて比べたら、私は、少し、大きいかもね。でも、若い人のレベルで比較したら、私より体が大きい人はゴロゴロいるよ。ベンチプレスだって、重量も回数も、私よりずっとたくさんあげる人が、たくさんいるよ。

世界には、いろんな人がいるんだもん」

その目で世界の女子格闘技者を見てきた元柔道選手として、彼女はこう断言する。

「私の体は、私がやってきたことの結果なのよ。体を大きくすることが目的だったわけじゃない。いつも、自分の体は、私にとって手頃な大きさ、強さだったんだよ。だから、私にとって、私の体は中肉中背なんだよ。大きすぎないし、小さすぎない。

私は女だし、私の体は、女の体なんだよ。自然な女の体だよ。

私にとって大事なことはそれだけなの。大きさや強さは、関係ないんだ」

私はあらためて彼女の体を眺めた。部屋の壁にもたれて、神取は座っている。リラックスしたときの彼女は、たしかに威嚇的ではない。のびのびと伸ばした脚に、障子ごしに柔らかい陽があたっている。淡いオレンジ色のトレーナーを着た肩の線がなだらかだ。

ほらね。彼女は、勝ちほこった声をあげる。私が中肉中背だってこと、認めるでしょ？

「女の人の体ってさあ、だから、いろいろなんだよ。私の体が、中肉中背だって言ってもおかしくないレベルの人だって、たくさんいるのよ。

私、ときどき、思うんだけどさ。女の人の体が、どこまで大きく強くなれるかっていうことは、結局、誰にもわかんないんじゃん。だって、人間っていろいろなんだもん。ここまでって線を引くにはよぅ、人間っていろいろすぎるんだと思う。ここまでって線を引くってのはさあ、私に言わせれば、体を見くびりすぎてんのよ。

男に生まれてたら、お前、もっと楽だったのになって、言われることはあるよ。だけど、私は、とくに楽じゃない人生、歩いちゃいないつもりだからさ。まともな人生じゃないにしても、不自然な人生は歩いてないじゃん。

少なくとも、いつだって、自分の好きな人生を選んできたもん。

柔道もしたけど、その間に恋愛だってしたよ。柔道したから、男を好きになれなくなったことなんてないもん。何も失ったものはないんだ。

ほんとだよ。何も失ったものはないんだ。

いつも、自分の体も心も、大切にして生きたもん。男に生まれてたらよかったのにってのはよぅ、だから、ゲスな考えってんだ」

女子プロレスの面白さ

彼女の入社したジャパン女子プロレスは、一九八六年一月三〇日に、㈱ジャパンスポーツプロモーションの一部門として発足した。選手側の発起人となったのは、クラッシュ・ギャルズ以前の大ブームの担い手だった、ビューティー・ペアの一人である、ジャッキー佐藤と、彼女と同時期に活躍したナンシー久美の二人。彼女たちが、長年、芸能界畑のプロモーションをてがけてきた興行主と手を組んだ形で、女子プロレス興行界の独占状態を破る第二の団体は誕生した。

従来の女子プロレスの興行より芸能面を重視すること。年間試合数、興行料金とも低めに抑え、既存団体との差別化をはかること。プロモーターのフランチャイズ化をはかること。この三本が新団体としてのジャパン女子プロレスが打ち出した姿勢だった。

同年二月二日、ジャパン女子プロレスは道場開きを行ない、旗揚げ興行を八月一七日に決定する。

神取が入社したのは、道場開きの一カ月後、旗揚げまでわずか五カ月という時期だった。だが、元柔道の日本チャンピオンとしてプロレス入りした彼女は、その五カ月間さえ、自分一人のために使うことはできなかった。彼女は、オーディションに応募して入社してくる新人選手のトレーナーの役割をはたさなければならなかったのである。新人選手たちの中には、それまでスポーツをやったことがないという人さえ含まれていたが、設立まもない会社は、本格的なトレーナーを揃えるところまで手が回らなかった。そして、柔道チャンピオンだった神取は、当然のように、素人同然の選手の基礎訓練を担当させられたというわけだ。彼女は、新人選手の面倒を見ながら、わずかな時間でプロレスを身に着けなければならなかった。

だが、結果的に、彼女は、このふたつの作業をほぼ完璧にこなした。

会社のスタッフは、柔道とプロレスを同じ平面でとらえ、柔道選手だったら、並行移動的にプロレスラーになることができるはずだと考えたようだ。だが、神取が自分のためにプロレスを学ぶことと、他の選手を教えることの両方に成功したのは、スタッフが考えたような理由からではなく、彼女が、実は、プロレスの習得に非常に研究熱心で、かつ、教師としての資質に恵まれていたためだった。

「私が入った二、三日後だったかな、オーディションがあってね、そこでたくさんの選手が入ってきたの。それからの約半年間っていうのは、練習していたっていうより、その選手たちの受け身を見ていましたっていうほうが正確なんじゃん。うん、そういうことなんだよ」

選手たちのレベルは低かった。受け身はおろか、前方回転ができる人も少ない。これは、女子プロレスラーに全般的な傾向だと言えそうだ。少女たちは、自分の仕事としてプロレスを選ぶという意識は希薄だ。彼女たちは、むしろ、クラッシュ・ギャルズの世界に、もっと深くのめり込みたくて、プロレスラーになる。そして、これはクラッシュ・ギャルズが所属する全日本女子プロレスだけではなく、ジャパン女子プロレスでも同じ事情なのである。

クラッシュ・ギャルズになりたい少女たちは、とりあえず、神取のコーチのもとに、受け身の練習を励んだ。だが、神取にとっても、この期間は、けして無駄ではなかった。彼女は、受け身を通して、プロレスの像をつかむことに成功したのだ。

「プロレスの受け身と、柔道の受け身は本質的に違うよね。柔道でも、試合中に瞬発的な攻撃を受けて、それを受けるってことはあるけど、基本的には受け身は練習のときのものです。試合の最中に、受け身のことを考えることはないね。

柔道の受け身ってのは、だから、そうねえ、内臓も含めて、体を守るものなのよ。たとえば、足にしても、なげられたときの置き方ひとつで、踵から落ちれば大ケガするじゃん。だから、必ず、足は横に置いて、力を抜いて落ちるのが基本ね。手にしても、つっぱって落ちたらケガする。とにかく、体の壊れやすい部分に加えられる力を、最大限にやわらげるのが柔道の受け身。

それに比べて、プロレスの受け身ってのは、それ自身が見せ場なの。

たとえば、プロレスでは、バックの受け身が主体だよね。体の前面の受け身っていうのも多いよね。このふたつは、柔道の実戦では、まずありえない受け身じゃん。バックの受け身をとるケースってのは、ぼうっと立ってってよぅ、そこに突っ込まれて、うしろに倒れて一本ってこと？　これは、ちょっとないでしょう。体の前面の受け身ってのは、つまり、うしろから突き飛ばされるってことだから、これも、実戦上はありえないよね。つまり、こういう受け身は、相手の技を受けて、見せ場を作るための、プロレス特有の受け身ってわけよ」

受け身の基本形はね、と、神取は部屋の中央に出てきて、仰向けになった。

ほら、こうして右腕は手のひらを上にして寝かせる。左手はおなかの上にそっと載せる。脚は、万事は立てる。万事は、踵を横にして寝せる。首はおこして、両目で、自分のおへそを見る。この態勢が一番、衝撃に強いわけ。

彼女は、こう言いながら、寝かせた右腕と左脚で、畳を軽く叩いてみせる。ほこりも立たないのに大きないい音がした。私は、それを、不思議な気持ちで眺めた。

「柔道の受け身は、もっぱら自分の体を自衛するだけのものだけど、プロレスの受け身は、むしろ相手にとって必要なものであって、そういう受け身の態勢があるから、プロレスでは、いくらでも大きく相手の体をとりにいくことが可能なわけじゃん。大きく取りに行ったら最後、まんまと一本とられちゃうのが柔道やアマレスなら、プロレスは、相手の攻撃は、一応、受け身で受け止めることを前提にしているわけ。だからこそ、プロレスは〝見る格闘技〟として成立するわけでしょう。

そういう意味では、アマチュア格闘技っていうのは、わりあい密室的だよね。密室の中で、相手が大きく取りにきたら即座にひっかけてやろうなんて、悪いことばっか考えてるわけさ、アマチュア選手ってのは。そういう陰険なもの見たってよぅ、そりゃ、面白くもなんともないわね」

プロレスにとって、攻撃と受け身は表裏一体をなしている。すなわち、攻撃の力は、受け身によってきわだつ。受け身をとることは、次の攻撃への前ぶれでもある。こうして、試合は、陽画である攻撃と陰画である受け身の二本の糸により、陰影を含んで編まれていく。

だが、陰画とはいえ、受け身は、刺身のツマ的存在ではない、受け身はいわば試合の重要な〝間〟を構成するもので、その上手下手により、試合の緊密度は大きく左右される。いかに主張するかだけでなく、いかに受け入れるかを大きく評価する点で、プロレスはまさに日本的な本質を持っているのではないかと思う。

こうして受け身の練習を終えた神取は、六月に入って次の仕事にとりかかった。それは、選手たちにスパーリングを通して、受け身と攻撃の陰影を、どのように編んでいくかを教えることだった。

「スパーリングを教えるのって、面白いですよ。だって、結局、スパーリングで必要なのは、自分がどういうプロレスをやりたいのか、そのために、自分は何をするのか、相手は何をしてくれるのかってことでしょう。だから、スパーリングを教えていくうちに、自分のプロレスが、すごくはっきり見えてくるわけ。

スパーリングっていうのは、だから、体の訓練じゃなくて、頭の訓練じゃん。だから、頭ん中で、プロレスがまとまりきらなくなったときには、スパーリングやってても、動きがとまっちゃう。実際、ほかの人たちのスパーリングを見てるときも、よく、試合展開につまって、動けなくなっちゃうことってあるの。

私はさ、こういうことって自然なことだと思う。でも、そう思わないコーチってのもいたわね」

彼女は、かすかに皮肉な顔になる。

「スパーリングやってるときに展開につまっちゃうと、ただ怒鳴りつけて、続けさせちゃうコーチってのもいるのよ。

まあ、ほかの人がやってるのに、文句はつけなかったけど。私は、無駄なことやってると思いましたよ。だって、その人の動きが止まるのには、理由があんでしょ。何もヘトヘトになって止まっちゃったわけじゃないんだから。頭が止まっちゃったから、動きが止まったんでしょ。それを、体だけ、とにかく動かさせたってよ、何になるっての？　頭が止まっちまってんのによ。

だから、見てて、かわいそうでしたよ。試合を、見失っちまってんのに、続けないと怒られるってんで、ただ体を動かしてるってのは哀れだった。そう思わない？　ねえ」

プロレスってのはさ、ここに入ってるんだから。神取は、頭を指で叩く。

「だからさ、私がコーチする場合は、そういうときには、すぐ声をかけて止めてしまったんだよ。

それから、みんなを集めてよ、じゃあ、この態勢から、次に何ができるか考えようって言うの。むりやり体だけ動かさないで、これから何ができるか、何をしたら、どんなプロレスになるか、自由に話し合いをさせるんだよ。たとえば、その態勢から、いったん相手をおこしてみたらどうなるか。そうじゃなくて、寝たまま技をかけていったら、どういう展開になるか。

そうやって、みんなで話しあっていくうちに、それぞれの人が、どんなプロレスを面白いと思ってるかがはっきりしてくるじゃん」

彼女は、資料を積み上げた机にむかって、次第に体を乗り出してくる。

「プロレスってのはさ、いろんな状況を、その人がどう選択していくかってところに面白さがあるわけじゃん。たとえば、Aって状況をよぅ、ある人は、試合が始まったとたんに使うかもしんないし、ある人は、Bって技のつなぎに使うかもしんない。何を選んで、どうやって使うかってことで、結局、その人のプロレスができあがってくるんでしょう。

だから、スパーリングにつまっちゃったら、みんなで話し合う。それで、やってる本人たちに試合が見えてきたら、再開させるわけよ。そのあと、つまっちまったら、また止めればいい。何度止まったって、それは考えてる証拠なんだから、いいことだと思ってた」

怒っていいことなんて、なんにもないじゃん。人間、リラックスしているときしか、いいことなんてできやしないんだから。神取は、少し大声になっている。

「だから、選手に教えるときも、一〇回に一回は誉めるところをみつけようと思ったのよ。

そりゃね、違う考えの人もいたよ。たとえば、プロレス的な見栄の切り方とかさ、水平チョップするときの肘の角度とか、そういうことをこまごまと教えて、小言ばっか言ってる人もいたんだけど、水平チョップの肘の角度なんてのは、試合の最中に定規ではかったようにできるものでもないんじゃないの？　そんなことばっかり教えてると、どんどんプロレスって面白くなくなると思った」

ところで、こうして、ほかの選手の練習を見ている間を縫って、彼女が自分自身のプロレスを作り上げるためにやったことは、主に、プロレスのビデオを見ることだった。

ここで、初めて、彼女はプロレスを観客の目で見る経験を重ねた。彼女のプロレス修行は、まず、女子プロレスというものが、なぜ、観客を魅きつけるのかについて考えることから始まったのだ。

「やっぱさ、プロレスでも柔道でも、実際にやる前に、ひたすら見るだけの期間って必要なんじゃないの？　型だけいくら教え込んでも、その格闘技が持ってる空気みたいなものをよぅ、感じられないうちは、体を動かしたってムダじゃないの？　ねえ。

結局、プロレスってのは、最初のうちは、見ることよ。とにかく、見ることだよ。いやんなるほど見てよぅ。プロレスの空気を感じるだけ感じてよぅ。これなら、私にもできそうだっていうか、やってみたいっていうか、やらずにはいられなくなるっていうか、そういう気持ちになる。それから、ひとつひとつ自分の体で確かめてやっていくっていうのが、順序じゃないかって思ったわけ。

でも、最初に見たのは、男子プロレスのビデオだよ。なぜかっていうと、男子プロレスのほうが理詰めだからよ。それだけ、初心者向きってのかな。全部、理屈だけで解けていくわけ。私は、初めてプロレスってものを見るわけだから、理屈でわかりやすいほうがよかったのよ。

技の形がどう、なんてことは見てなかったよ。プロレスラーが、試合運びの基本の形から、何を選んで、展開して、試合の流れをどう作っていくかを見てた。ビデオを試合の一場面ごとにとめてさ、そのとき何がどうなってるのか確かめていくと、結局、そのレスラーがどんな流れで試合を構成しようとしてるかってことがわかるじゃん。そういう勉強をするためには、まずは、男子プロレスから入るのがてっとり早かったわけよ」

男子プロレスに比べると、女子プロレスは、初心者にとっては複雑すぎるからね。複雑って言って悪ければ……彼女は言い淀みながら、女子プロレスについての表現を探している。

「そうね。女子プロレスは、感情ごと見なくちゃ、わからないところがあるって言えばいいのかな。理屈だけで、すぱっ、すぱっと切れないとこってあるよね、女子プロレスには。

たとえば、Aって技が出てきたことについては、技の前後のつながりとか、試合展開とかの理屈だけで考えればいいのが男子プロレスじゃん。でも、女子プロレスは、その技を出したときの選手の感情ごと理解しなくちゃ、なぜAという技が出てきたのかわからない場合があるでしょ。あと、女子プロレスは技自体に修飾が多いよね。技に単純に入るだけじゃ物足りなくて、いろいろ、その前後に飾りをつけちゃう。その飾りにいちいち、ひっかかってると、試合の基本が見えにくくなる。

だから、初心者としては、男子プロレスを見るほうが間違いがなかったわけよ」

神取は、こう言ってからいったん黙り込んだ。しばらくして、彼女はこう続ける。

「でも、それだけに、女子プロレスっていうのは、選手の感情と観客の感情が一体になったときには、ものすごく面白いものになるよね。男子プロレスは理屈っぽいから、どんな人にもわかるじゃん。でも、女子プロレスは、同じ感情を持てる人にはわかるけど、そうじゃない人には、いまひとつ、理解できない部分が多いじゃん。

女子プロレスというのはさ、だから、やる方にとっても、見る方にとっても、けっこう複雑で難しくて……だからこそ、やっぱ、やりがいがあるっての？　そういうものなんじゃん」

女子プロレスでは、選手の感情と観客の感情が一体化したときに思いがけない力が生まれるのだという彼女の見方は、すでに、全日本女子プロレスのブームによって証明されていた。クラッシュ・ギャルズが成功した要因は、まさに、ティーンエイジャーの観客の感情と、自分たちのプロレスの感情の波長を同調させた点にあったのだから。

　そして、このことを誰よりも十分に理解していたのは、同じ全日本女子プロレス内の選手ではなく、ほんの五カ月前に、プロレスラーになることを始めた、神取しのぶという選手だったのである。

第六章　衝突！

女子プロレスラーの社会

　神取がジャパン女子プロレスという新しい会社で、プロレスラーになることを学び始めていた頃、麗雰《リーウェン》は、全日本女子プロレスの社屋の三階にある新入社員用の寮に入った。彼女は、寮に入ったことにより、プロレスにとって、いわば〝ウチ〟の人となった。そして、日本人にとってウチとは、どのような規範を持つものなのかについて、彼女は、入寮後まもなく知ることになる。

　最初、それは、言葉の問題から始まった。

「最初の練習のとき、わたし、先輩に何か言われました。そのとき、うんと答えましたです。そしたら、あとで、同じ寮に入っている同期生に、うん、なんて言っては駄目って言われたの。はい、じゃないといけないでしょう？　と言われて、わたしは、ああそうですね、と思いました」

　同期生の人たちは、わたしがあまり何も知らないので、先輩にはどういうふうにしたらいいか、いろいろと教え込まなきゃいけないと思ったらしいですね。彼女は微笑する。

「わたしは、たくさん、教わりました。わかることもあります。そして、わからないこともありますよ。とにかく、たくさん、たくさんの決まりがありますよ」

麗雰は、プロレスラーの新人として生活するためのルールを、ひとつひとつ指を折って思い出しながら話す。

「たとえば、わたしは、先輩にものを言うとき、とくに悪いことをしていなくても、すみませんと言わなくてはなりません。先輩が靴を脱いだら、その靴を揃えなければなりません。ドライヤーを渡してと言われたとき、ドライヤーが見当たらなかったら、自分のドライヤーを先輩にあげなくてはいけません。ドライヤーではなくても、先輩が持っていなくて必要なものは、わたしは全部、自分の持ち物から出さなくてはいけません。それを、返してちょうだいと言ってはいけませんね。

そして、わたしは、先輩が白と言ったら、たとえ、それが黒であっても、はい、白ですと言わなくてはいけないでしょう。そう、言われました」

彼女の唇が、笑いを含みながらも、わずかにへの字型になる。

「こういうのは、わからないねえ。今でも、本当のところは、よくわからないのです。

わかることも、わからないことも、全部覚えなくてはならないのは、大変なことです。ずいぶん、厳しい世界だと思いました。会社に入る前、女子プロレスは、大変、厳しい世界だと聞いていましたけれども、わたしは、てっきり、練習が厳しいのだと思っていましたよ。まさか、こんな……」

わたし、正直な気持ちを言ってもいいでしょうか、と麗雰が尋ねる。もちろん、と頷くと、彼女は言い換えた。

まさか、こんなうるさいことばかりだとは思わなかったのですよ。

「わたしが寮に入った最初のころ、先輩たちは、巡業に行っていましたね。そして、しばらくすると旅から帰ってきました。

その二、三日後ですか、わたしたちは、集合というものをかけられたです。集合というのは、ええと、どういうものと言いましょうか、つまり、お説教とか、そういうようなものですね。その集合で一年上の先輩に、後輩としての言葉遣いを、教えられました」

ええ、そこで言われたことは、全部覚えてますよ。言ってみましょうか。麗雰は、メロディのついたお経を読むような調子で、言葉遣いの決まりを暗唱してみせる。

「朝でも昼でも、先輩に会ったら、おはようございます、です。先輩の前を通るときは、失礼しますと言いますね。帰るときは、お先に失礼します。何かものを言うときには、最初にすみませんをつけるでしょう。それから、先輩が重い荷物を持ってるときに、知らん顔するのはいけないことですね。

あと、先輩に仕事をさせたら、後輩の責任です。先輩が何かする前に、後輩はそれをやらなくてはいけませんよ。

わたしのことはね、中国から来たから、敬語が使えないんじゃないかって、上の先輩が心配したそうです。ちゃんと挨拶できるの？　敬語が使えるの？　って。それで、一年上の先輩が、あの子は漫画や雑誌で日本語を覚えたんで、敬語が使えないんですって言ったみたいですね。集合のときには、とくに、あんたは、敬語をよく覚えなさいって言われましたね」

わたしのことを、みんなは、何もできない、とんでもない人じゃないかと心配したみたいですよ。

麗雰は、こう言ってから、一呼吸置いて話し始めた。

「それから、同期生たちは、先輩のことをものすごく怖がることがわかりました。先輩に何かを言われたら、同期生たちは、びくって飛び上るのよ。そして、何かをやっている最中でも、それを放り出して、びくびくしながら先輩のところに駆けていくの。どうしてでしょうね、とわたしは思いました。何も悪いことをしていないのでしょう。なぜ、そんなにびくびくするのでしょう。

その意味が、ちょっとわかったことがありますよ。やっぱり、寮に入ってすぐのときでしたね。

それは、こういうことです。ある日、一番上の先輩の一人が、わたしたちが練習しているところに入ってきました。そして、わたしたち全員に並べと言いました。それから、その先輩は、この中に、先輩の悪口を言った人がいると言います。その悪口を、先輩は、ファンの子の告げ口で知ってしまったんです。先輩は怒って、言った人は、素直に前に出なさいと言うの。でも、誰も出ない。そしたら先輩は、突然、並んでいる同期生のうち三人を殴ったのよ。

先輩は、三人を平手で殴ったり、パンチを入れたり、蹴ったりしました。何度も、殴ったり蹴ったり。それは、とても、すごかった。とても、ひどかった」

彼女は、頬杖をついてうつむく。

「そのあと、先輩は、殴られなかったわたしたちに言いました。今回は、あなたたちは殴られなくてよかったでしょう。先輩は、それから、こう言いました。この人たちみたいに殴られたくなかったら、けして生意気なことはするんじゃないって。外の人に、会社の中のことや、先輩のことを話すと、こういう目にあうんだから覚えとけって。そして、先輩は帰って行ったのよ。

殴られた人も、殴られなかった人も泣いてましたよ。

わたしは……泣かなかったですよ。怖かったけど、怖いだけで泣くことはないと思いましたね。わたしは、悪いことはしていない。だから、泣かないです。

でも、なぜ、みんなが先輩を怖がるのかは、それでわかりました」

女子プロレスラーの会社は、基本的に、年功序列的なヒエラルキーで成り立っている。そして、麗雰と同じように、私も、入社まもない選手たちが、そのヒエラルキーの力に対して、いちようにびくびくしていると感じていた。

たとえば、そういった新入選手を取材しているところに、先輩が入ってくると、なにやら神経症的な雰囲気で怯え始めることもまれではない。それは普通の怯え方ではなく、一度うろたえてしまった新人選手を、再び、取材に集中させるのは難しかった。第一、何人かは、私と話をしていることすら忘れてしまうらしい。彼女は、話の途中で唐突に立ち上がり、先輩のほうにおろおろと駆け寄っていくのである。先輩後輩の力関係に過敏になっている彼女たちにとって、水平方向にいる取材者の存在は目に入らないもののようだった。

このようなタテ型の支配関係は、たとえば、体育会系のクラブなどに共通するものだろう。さらに問題を広げれば、日本の社会全般に及ぶ傾向かもしれない。だが、その時期、レスラー志願の少女やファンは、たしかに、女子プロレスの中に、学校やクラブが内包しているタテ社会のデフォルメを強く求めていたと思う。

事実、クラッシュ・ギャルズの長与千種は、こういったファンの潜在的な欲求を見抜くことにおいては慧眼《けいがん》だった。彼女は、取材のとき、なかば意識的に、女子プロレスの社会が、学校のクラブのような先輩後輩関係を持っていることを強調した。長与は、ファンや後輩選手を、〝妹たち〟と呼ぶことさえあった。また、彼女自身、先輩と後輩のタテ社会が持つ閉鎖的な安定感に、ときおり強い執着をしめした。

「昔みたいに、ただ先輩の言うとおりに、みんなと一緒に練習していた時代へもどりたいの。みんなと同じように考えて、みんなと同じように行動したいの。みんなでクラブ活動みたいに、わいわいやっていた頃がなつかしい。

みんなと違ってしまうのが、ものすごく嫌なの」

彼女は、気分がおちこんだときに、よくこう言ったものだ。そして、その発言をメモにとりながら私は、いつも奇妙な感じを覚えた。なぜなら、長与は、一方では、独創的な発想を持つ強い才能の持主なのだ。その彼女が、成功のさなかにあって、個性を投げ捨てたいと言う姿は、なんとも不可解な光景だった。

だが、ブームの頂点をきわめた長与でさえ、このように、自我を捨て去り、全体に埋没する誘惑に勝てないのであれば、新人選手にとって、このタテ型管理が絶対を意味したのは無理のない話かもしれない。いずれにしても、女子プロレスの新人選手やファンにとって、プロレスラーとは、ある部分において、クラブ活動での先輩像をより純化したものなのだ。おおむねのレスラー志願の少女たちに、プロレスを仕事として選ぶという意識が希薄だったのも、そのせいだろう。

そういった選手たちにとって、日本語の機微をあまり理解しないだけでなく、先輩を恐れない麗雰は、それ自体が脅威だったにちがいない。また、先輩に一体化できないかもしれない人物を、自分たちの同期生に持つことは、自分たちの怠慢のように感じられたかもしれない。そのため、同期生たちは、麗雰に、くりかえし、この社会の中では、先輩の気分こそがルールであることを強調した。

「自分がやってもいないことでも、後輩は先輩に謝らなくちゃいけないって、何度も言われましたよ。

あのね。たとえば、ものを捨ててはいけないところにゴミが落ちていたとしますですね。先輩に、これを捨てたのはあなたでしょう、と言われたら、わたしは、落としたのが自分ではなくても、すぐにすみませんでした、と言わなくてはならないの。そういうことです。

わたしは、なぜ、やってもいないことで謝らなくてはならないでしょう。なぜ、先輩が言ったら間違っていることでも、すみませんと謝らなくてはならないでしょうね。おかしいね。

でも、わたしは、そのうち、わかりましたよ。

もし、そういうときに謝らないと、先輩は、また別のゴミをみつけて、これはあなたが落としたのでしょう、と言うのですよ。いいえ、と言ったら、先輩は、また別のゴミをみつけますでしょう。そして、その人が、自分がやったことではなくても、すみませんと言うまで、それを続けますね。そのうちに、その人の評判は、とても悪くなっちゃうですよ。だから、みんな、自分がやったことでなくても、謝ります。そういうことが、だんだん、わかってきました」

このようなことは、日本の〝ウチ〟なる世界に入り込んだ異文化人が、程度の差はあれ、こうむる経験なのかもしれない。異文化交流について書かれた本などには、まず、例外なくそういったカルチュラルショックについての話が出てくるではないか。そして、その場合、多くのガイジンたちは、日本社会の特異性に打ちのめされ、この国で生きていく自信を失ったり、徹底した日本嫌いになるようだ。

だが、麗雰は、そういったカルチュラルショックに対して、たしかに嫌悪感は表わしているもののさほど打ちのめされた態度は見せない。むしろ、冷静な目で、一六歳の彼女は、日本の内なる規範の奇妙な主体性のなさを観察していた。

「同期生の人が、わたしに先輩をもっと怖がらないとひどい目にあうよって、何度もくりかえし言います。そういうとき、わたしは、何もやましいことはしていないから、怖がるのは嫌だと言いましたよ。

そしたらね、みんなは、あなたが、やましいことをしてるか、してないかなんて関係ないって言ったよ。そんなことは関係ないのですって。やましいことをしているか、してないかは先輩が決めることとで、もし、何もしていなくても、先輩がしていると思えば、それはしていることになるんだと、同期生の人は、何度も何度も、わたしに言いましたね。

先輩は、そういう力を持っているんだから、最初からびくびくした態度を見せていないと、どんどんいじめられちゃうよって、みんなは、わたしに教えてくれましたのです」

麗雰は、あくまでも冷静な口調で、こう語る。だが、私は、その話をスムーズに聞き流すことができなかった。日本人である私でさえ、ぞっとするような思考を強制されて、彼女は本当に動揺しなかったのだろうか。私は半信半疑で、麗雰の顔を見た。彼女は、ちょっと面白がるような目でこちらを見ている。そして、唐突に、話を入寮直後にもどした。

「寮に入ったとき、わたしは、たった一人で、言葉もよくわからなくて、日本人ばっかりのところで住まなくてはならなかったでしょう。そうですよね。

あのね。わたしは、そのとき、誰かがわたしをいじめるかもしれないなと思いましたのですよ。言葉ができないから、日本人とは違うから、中国人だから、わたしをいじめるかもしれないと思いましたよ」

彼女は、突然、楽しそうに笑い出した。そして、腰に両手をあてて胸を張り、でも、そのときわたしはこう思ったのよ、と言い放った。

「よし、日本人がいじめたら、わたしは、きっといじめかえしてやりましょうって」

わたしは、そう思ったのよ。わたしは、本当に、そう思ったのよ。

麗雰は、愉快そうな笑いの残る顔で繰り返す。

「だから、わたしは、会社にいた間ずっと、先輩のことは怖がらなかった。みんなが、どんなに怖がらなくてはならないと言っても、わたしは、けして怖がらなかった。

みんなが、わたしが何をするか、しないかは関係ないと言っても、わたしは、そうは思わなかったです。先輩にどう思われるかが、一番の問題なのですと言っても、わたしは、そうは思わなかったです。わたしは、いつも、自分が何をするかだけを考えましたです。

そのうち、わたしも先輩に殴られるようになりましたけど、わたしは、先輩を怖がりませんでした。殴った先輩は、リングの上で思いっきり、蹴とばしてやろうと思っただけですよ。ええ。ほんとですよ!」

麗雰は、ガイジンとしていじめられたとき、憤慨したり打ちのめされたりするかわりに、機敏にいじめかえそうと考えた。そして、その機会を、むしろ楽しげに待ち受けた。異文化交流の実像とは、実は、深刻な知的アプローチによってではなく、こういった人間臭い現実的な感情のやりとりによって、たくましく練り上げられていくものではないか。

そのとき、私は、こう実感した。

麗雰の初仕事

麗雰が初仕事を得たのは、入社後二カ月が経過した、一九八六年五月だ。

だが、彼女自身の予想に反して、それは、プロレスラーとしてリングにあがることではなく、女性のアマチュアレスリングの世界フェスティバルへ参加することだった。この大会は、世界規模で行なわれる、女子アマレス競技大会の第一回大会である。

日本に女子アマレス協会が誕生したのは、一九八五年。同じ年に、女性専門の無料レスリング教室〈代々木クラブ〉が発足した。この年は、全日本女子プロレスで、クラッシュブームが始まった翌年にあたる。女子プロレスブームは、ティーンエイジャーの少女の目を、芸能としての女子プロレスだけではなく、レスリングという格闘技そのものにも向けさせる役割をも果たし、アマレス教室はたくさんの生徒を集めた。事実、アマレスの習得を、プロレスへの足掛りと考える生徒も少なくなかった。クラッシュ・ギャルズが観客に訴えたプロレス観が、本格的格闘技の要素を濃厚に持ったものだったこともこの動きに影響を与えている。

さらに、女子アマレス協会発足の二年前には、前述したように女子柔道の国際試合が本格化している。すなわち、一九八〇年代半ばになると、それまで日本では女性のスポーツとは考えられなかった格闘技が、プロとアマの双方から、にわかに注目されるようになってきたのである。

実際、この〈代々木クラブ〉の出身者がプロレスラーになる例は、クラブ発足以降、年々増えていった。つまり、女子プロレスは、この時点から、アマチュアスポーツとの連係という、まったく新しい局面をむかえることになったのだ。そのひとつの現われが、世界フェスティバルに参加する重量級選手を、プロレスラーの中から選ぶということだった。

この新事態は、これまで狭い興行の世界に生きてきた会社のスタッフにとっても、興奮するニュースであったにちがいない。アマレス大会への参加が決まったあとの会社の雰囲気について、麗雰は、こんなふうに思い出す。

「世界大会の前に、代々木の青年館というところで、日本の選抜大会があったのですね。そこで勝った人が、ベルギーの世界大会に行くっていうことです。

体重別で、わたしは七〇キロ級に出たですよ。そしたら、その級に出たのは、わたしをあわせて二人しかいないの。それで、わたし、たまたま勝っちゃったですよ。でも、二人しかいないところで勝っても、ベルギーは行けないのでしょうね、と思ってたの。

そしたら、何日かしてアマレス協会の人から、わたしともう一人が、ベルギーに行くことになったって言いにきたですよ。

そのときの、社長の喜びようってなかったですよね。もう、張りきっちゃって。がんばらなくてはいけない、嬉しいと思わなくてはいけないよって、いろんな人から言われました。それからは、毎日アマレスのスパーリングばっかり。昼間も練習。夜も練習。

わたしは、毎晩、一〇人くらいの人を並べて、一人につき五分間のスパーリングをやりましたよ。全部の人とやると、一時間くらい、あっというまにたっちゃうです。みんなは、ものすごく張りきっていたけど、わたしは、もうベルギーには行かなくていいですよ、と思ったよ。もう、すごく疲れてしまいましたので」

こうして、アマレスの選手として一カ月あまりの速成訓練を受けた彼女は、七月の中旬、ベルギーに飛ぶ。試合は、同月の一九日、二〇日の二日にわたって行なわれ、彼女は七〇キロ級で優勝した。

「週刊プロレス」誌のニュース欄に、初めて掲載された彼女の写真は、このときの優勝メダルを手にしたものだ。彼女の優勝を、日本のレベルの高さの証明として誉めたたえる記事の下で、写真の彼女は、日本チームのユニフォームであるブレザーを着込み、まぶしそうな目をしている。この微妙な表情は、彼女の優勝の実態が、記事のニュアンスといささか異なるものだったためかもしれない。

「わたし、ベルギーに行きましたでしょう。でも、試合はやらなかったです。同じ階級の人がいなかったから。だから、試合はしないでメダルを貰っちゃった。

それはね、ベルギーに行ってからわかったことですよ。どんな人と試合をやるのでしょうね、とずっと思っていたのに、ベルギーには誰もいなかったですよ。

メダルを貰うのは、だから、とても嫌だったです。だって、わたしは、一度も試合をしていない。それなのに、あんなに高いところに上って、メダルを貰うのは嫌だったですよ。だから、メダルを貰うのは嫌だと言いました。でも、嬉しく思わなくちゃいけないって言われまして。そんなに暗い顔をしていては駄目ですと言われまして。それで、むりやり高いところに上らされました。

ずっとずっと考えていたです。どんな人と、どんな国の、どんな選手と、わたしは試合をするのでしょう。わたしは、たった二ヵ月くらいしかアマレスを練習していないけれども、わたしと対戦する国の人は、きっと長い間、たくさんの練習をやってきている人だろうと想像しましたよ。だから、きっとわたしは負けるでしょう。ひょっとして、負けたら、プロレスを追い出されるかもしれないと思いましたよ。でも、ずっと、どんな人とやるだろうと、わたしは考えていたですよ」

このアマレス大会に参加した七〇キロ級以上の選手は、のきなみ、自分と同様、対戦相手がいないため不戦勝だったと麗雰は言う。すなわち、当時の女子アマレスは、プロレスラーからの参加があっても、なお、満足できる人材数を集めることができなかったわけだ。女子アマレスは、文字通り、まったく新しい女性の格闘技としてスタートを切ったのである。

この大会を皮切りにして、翌一九八七年には、第一回女子アマレス世界選手権が行なわれた。そして、同年、国内では、世界の動きを受けた形で、第一回女子レスリングトーナメントを実施。このトーナメントに、麗雰は、ほかの全日本女子プロレスの若手選手と参加し、三位におわっている。

たとえ不戦勝とはいえ、世界大会の優勝者が、一年後には国内第三位へとランクダウンするというのは、彼女個人の問題とすれば不愉快な経験にちがいない。だが、これは、別の見方からすると、わずか一年の間に、アマチュアレスラーの選手層が厚さを増し、技術的にも格段に進歩したことを意味するものではないか。事実、当初、文句なしに、アマチュアを破ることができたプロレスラーも、国内トーナメントが回数を重ねるにしたがって、おいそれと入賞することができなくなる。もちろん不戦勝のケースも、結果的に姿を消すようになった。

現在も、女子プロレスラーの新人選手は、アマレスの国内トーナメントに参加しつづけている。だが、女子アマレスは、プロ先導型から、次第に、アマチュア生え抜きの選手による競技へと性格を変えてきた。女子柔道より圧倒的に歴史の浅い女子アマレスに、かつての神取のような破格な選手が生まれるには、まだ時間かかかりそうだが、今のところ、女子プロレスは、女子アマレスを競技化するための推進力としての役割を、まっとうしたように見える。そして、麗雰は、プロレスラーになって数ヵ月目に、この推進力の最初の布石となったわけだ。

そして、このように、いったんアマチュアスポーツとの連係回路ができたことは、女子プロレスの内部にも少なからぬ変化を及ぼさずにはおかなかった。たとえば、一九八七年の第一回大会以来、女子レスリングトーナメントは、全日本女子プロレスとのプロ・アマ合同興行として行なわれている。興行の形は新人プロレスラーが参加してのアマレス競技会と、プロレスラーの試合による二部構成。このようにして、アマレス競技に触れる機会をたびたび持つようになった若手の女子プロレスラーは、当然、先輩選手たちより柔軟にプロレスという仕事をとらえるようになった。

たとえば、かつての選手たちにとって、プロレスとは、先輩やコーチによって教え込まれた技以外を指さなかった。要するに、彼女たちにとって、プロレスとは、他の芸能ともスポーツとも似たところのない、特殊なものを意味したのである。この点で、女子プロレスラーの自己認識には、女相撲の太夫《たゆう》と、同じものがあった。女相撲が、大相撲とは本質的に違う独特な芸能だったように、女子プロレスは、アマレスが職業化したものではなかった。それは、女子プロレスという以外に名づけようのない独自の世界を形成していたのだ。

だが、女子プロレス誕生後三〇数年の一九八〇年代なかばに、プロレスラーになった選手たちは、当人の能力次第で、もっと広い視野をもってプロレスを考えることに抵抗を感じなくなってきていた。アマチュアの女子格闘技に触れた選手が、プロレスをほかの格闘技と並列的に考えるようになることは当然のなりゆきだと思う。彼女たちにとって、プロレスラーであることは、ほかに名づけようのない特殊な存在であることではなく、より一般的な格闘技選手の一人であることを意味したはずだ。

また、これは、プロレスラー個人の問題だけではなかった。興行会社そのものも、この時期から、若手を中心とした選手たちに、ボクシングやアマレスなどを積極的に習得させたり、格闘技戦と呼ばれる、プロレス以外の格闘技による試合を励行するようになっている。

麗雰は、こうして、女子プロレスが、クラッシュブームの裏面でひそかに転機を迎えていた時期にプロレスラーとなった。

長与千種の魅力

ベルギーでのアマレス大会から帰った翌日、麗雰はプロテストを受けて合格し、七万円の基本給を貰う立場となった。それからというものは、彼女の生活の大半を、新人選手としての仕事が占めるようになる。

彼女は、プロテストに受かった翌日から、試合のセコンドにつき、選手にタオルやサポーターや水を渡したりするように言いつけられた。セコンドについたのが、ヒール役の選手であれば、これに、灯油缶やスチール椅子などの〝凶器〟を受け渡す仕事が付け加えられる。また、その凶器を使って、ヒールの選手がベビーフェイスの選手に殴りかかっている間に、彼女は、控室で待機している選手に、試合の経過時間を教えにいかなくてはならない。待機中の選手は、前の試合の経過を見ながら自分の身支度を整えるのである。

会場の売店で、パンフレットや、人気選手のキャラクター商品、やきそばなどの軽食を売るのも、新人選手の役割。試合会場に選手たちが乗り込んだバスがつくと、先輩選手の衣装や、リングを架設するための機材を会場に運び込むのも仕事のひとつだ。当時、まだ、早口で話される日本語のスピードについていけない麗雰にとって、すべての指示を間違いなく聞き取ることはなかなか難しかった。彼女は、あるときは、タオルを持ってきてと命じる選手にサポーターを持っていき、試合時間二〇分経過を、一二分経過と聞き違えて伝えた。彼女は、いつも緊張しながら、会場から控室へ、バスから会場へと右往左往していた。

麗雰は、まだこのとき、南京の養父母へプロレスラーになったことを知らせていない。手紙を書く暇がなかったというのは表面上の理由にすぎなかった。中国にいるおとうさんたちに、プロレスラーという仕事を、どのように表現したらよいのか、わたしは見当がつかなかったのですよ、と彼女は言う。

「南京のおとうさんは、わたしが、日本でいったい何をしているのか、とても心配していたみたいです。おとうさんは、日本には自由があると思っていましたけど、それ以外に、日本については何も知りませんでしょう。いったい、何をしているのか。想像もつかない悪いことがおこっていないだろうか。おとうさんは、そんなことを考えて、いつも心配します。

小琴《シャオチン》、あなたは、知らない国で何をしているのか。僕は、とても心配だと、おとうさんはたびたび手紙に書いてきました。

わたしは、安心させてあげたいと思いましたよ。でも、正直いって、わたしは、そのとき何をしているのか、自分でもあまりよくわからなかった。プロレスについても、空手と柔道とカンフーとアマレスをまぜたような感じということしかわからなかったしね。アマレスの練習はしたけど、プロレスの練習は、それほどやっていなかったですから」

麗雰が、自分がプロレスラーという職業についていることを養父に知らせたのは、結局、会社に入って一年後だった。だが、こんなふうに、仕事の実態を完全に把握していなかったにもかかわらず、先輩レスラーの〝芸〟は、彼女をいつも魅了した。麗雰は、思わず、うっとりと回顧する目つきになって言う。

「クラッシュ・ギャルズのセコンドにつくと、いつも、わたしは、自分がどこにいるのかを忘れて、ただ試合をみとれました。そして、あとで怒られましたよ。仕事を忘れるんじゃないって。

だけどね。それをどういう言葉で書けばいいのか、わたしはわからなかったの。どんなふうにプロレスがすばらしいのか、わたしは、南京のおとうさんたちに教えることができなかったです」

天田麗文のプロレスラー生活のスタートは、こうして、目の回るような多忙さと、プロレスという名前の〝日本〟との混沌とした出会いがないまぜになった色彩を帯びていた。

ところが、麗雰が仕事を忘れるほど、うっとりとみとれるような試合を披露していたクラッシュ・ギャルズの長与千種は、その頃、リング上での独壇場の活躍とは裏腹に、リングを降りると、ひどく不安定な精神状態をあらわにしていた。

彼女の感じていた不安は、基本的には、ブームの下降の予感に起因していた。だが、そのほかにも彼女を悩ませていた理由が、ふたつあった。

そのひとつは、会社が若手選手を中心にして、次第にアマレスへの傾倒を表わし始めたことにある。

そして、もうひとつの理由は、ジャパン女子プロレスという競合団体の誕生にあった。

長与の、このふたつの事件に対する拒否感情は予想以上に強く、取材をしている私をしばしば驚かせた。

彼女は、麗雰のような若手選手が、プロレスを学ぶ前にアマレスを習得することを、ひどく嫌がった。この嫌悪の感情には、プロレスに距離を置く選手が増えることによって、彼女自身がプロレスをするための好敵手を失う可能性があるという正当な理由もあっただろう。だが、彼女の感情の底にあるものは、自分が慣れ親しんできた興行スポーツとしてのプロレスの世界が変わっていくことに対する強い不安だと、私は感じた。

彼女自身は、クラッシュ・ギャルズを作ることによって、それまでのプロレスのパターンを大きく変えた経験を持っていた。また、ブームの下降を防ぐためには、何か新しい展開を呼び込む必要性があることも感じていたはずだ。だが、彼女は同時に、プロレスが、これまでの特殊な興行スポーツから脱却し、そのほかの格闘技と並列的な立場に置かれるような変化を望んでいるわけではなかった。彼女にとって、女子プロレスとは、格闘技でも芸能でも割り切れないものでなくてはならなかった。

そして、この割り切れなさこそが、長与のプロレスの魅力だった。

たとえば、人気絶頂期の彼女は、あるときは寡黙なスポーツ選手としてレスリングを展開するかと思うと、次の試合では、一転して、技のひとつひとつに激しく感情移入して、観客を熱狂させた。彼女は、ヒール役の選手に灯油缶で殴られて昏倒《こんとう》するときでさえ、それを芸のひとつとして十二分に表現しうるエンターテイナーだった。事実、観客は、彼女が苦悶しながら、リングを這うのを見て泣き叫び、コーナーポストにすがって立ち上がるのを見て狂喜した。長与という選手は、いったん気分が乗り始めると、何ひとつ技らしい技を使わずに、プロレスをまっとうできる天分の持ち主だったのだ。

そういうときの彼女の姿には、たしかに、女子プロレスの奥深い芸能としてのルーツを感じさせるものがあった。彼女のプロレスが持つ演劇性は、あくまでも土臭く、だが魅力的だった。

彼女のプロレスラーとしての真骨頂は、スポーツから演劇にいたる女子プロレスの芸域の振幅を、変幻自在にあやつることにあったのだと私は思う。だから、プロレスが、柔道やアマレスのようなわかりやすさを持ってしまうことは、あるときはスポーツ選手に、あるときは女優に変化する、彼女の自由を奪うものだったのだろう。彼女は、女子プロレスが、一種ヌエ的で、黒白を判定しにくい性格を持っていてこそ映えるプロレスラーなのである。

一方、ジャパン女子プロレスに対する長与の拒否感は、よりストレートだった。彼女は、これまで社内のレスラー以外に、競争相手を持ったことがなかった。一五歳から、外界に対して閉鎖的な女子プロレスの世界だけで育ってきた彼女は、自分が、いつか、そういった〝外敵〟を持つ可能性さえ考えていなかったのではないか。

彼女は、ジャパン女子プロレスの旗揚げ興行が計画された一九八六年の夏が近づくにつれて、目に見えて動揺しはじめた。ジャパン女子プロレスは、彼女が生まれて初めて出会う、内なる〝ヨソ者〟だったのだ。

「女子プロレスは村なんだから、小さな村なんだから。それで、ずっとやってきたんだから、新しい団体なんていらない。今までみたいに、村の中で、みんなでやっていけばいいのよ」

取材の途中で、前後の話題とは脈絡なく、彼女はこう言った。

ところで、このとき、ジャパン女子プロレスの幹部選手であるジャッキー佐藤は、全日本女子プロレスの選手の、栄養管理や練習の不合理性や、会社の前近代的な性格を指摘していた。彼女がめざしているものは、より合理的な選手の管理体制だった。もちろん、健康管理と近代的経営を充実させさえすれば、優秀なプロレスラーができあがるわけではないだろう。だが、その指摘は、ある意味では正しかった。

なぜなら、女子プロレスラーの中で、自分自身の簡単な健康管理さえできる人は少数派だったのだから。彼女たちは、会場へ移動するバスの中で、際限もなくスナックやジュースを口にする。夜ふかしのせいか、いつも睡眠不足で顔色が冴えない人も多い。彼女たちのケガの多さは、年間三〇〇試合近い極端な試合数だけが原因なのではなく、そういった健康管理の悪さも一因なのではないかと、私は感じていた。

だが、長与にとっては、指摘されたような興行会社の古い体質こそが、プロレスを意味していたのだろう。彼女は、佐藤が、選手の健康管理ではなくて、彼女自身を批判したかのように感情的になっていきりたった。

女子プロレスラーは生活のほとんどを会社に束縛されているのだから、お菓子を食べることくらいしか楽しみがないのに、その楽しみを取りあげようとするなんて残酷すぎる、というのが長与の反論だった。プロレスラーはスポーツ選手じゃないんだから、と彼女はくりかえした。スポーツ選手に必要な管理など、女子プロレスラーには無用なのだ、と。

この反論は、いかにも説得力に乏しかった。いくら束縛的な生活を送っているとはいえ、女子プロレスラーに与えられた唯一の自由が、お菓子を食べることだけというのは詭弁《きべん》だ。もし、そのとおりなら、女子プロレスラーは奴隷と同じではないか。それに、体を使う商売の人が、理由はどうあれ、食べることに自堕落になってよいはずはないだろう。会社は、選手が体によいものを食べる自由までも束縛して禁じているわけではないのだから。だが、そのときの彼女は、どのような反論であれ、とりあえず〝敵〟にぶつけていなければ気がすまない状態だったのだと思う。それでもなお、彼女は、その批判に、心の深い部分を揺り動かされているようにも見えた。

さらに、当時、クラッシュ・ギャルズなど、ものの一〇秒でフォールしてみせるという、神取しのぶの記者会見上での暴言が、スポーツ新聞の紙面にでかでかと載ったことも、彼女を動揺させる原因になった。

奇妙なことに、そのとき、彼女は発言者である神取より、それを取材して記事にしたスポーツ新聞の記者たちのほうに怒りを向けた。なぜ記者の人たちは、あんな記事を書くのだろうと憤慨する彼女を、私は、不思議なものとして眺めた。このような常套句的罵言にまで、いちいちショックを受けていたら、プロレスラーを仕事になどできないではないか。

あなたは、新聞のオーナーではないんだから、記者にどういう記事を書けと命令するわけにはいかないんじゃないの、と私は彼女に言った。その頃の彼女は、ジャパン女子プロレスの出現や、記者の態度の変化にばかり気を取られて集中力を失いがちだった。そのため、私は、いつまでたっても取材メモを埋めることができずに、内心苛立っていたのである。長与の慢性的な苛立ちは、話を聞く私にまで伝播していたのかもしれない。

彼女は、そのとき、突如として自信を失った様子で、こう答えた。

「だって、今までは、こんなことなかったのに」

全日本女子プロレスが女子プロレスの興行を独占していた時代に、ブームの立て役者になった彼女にとって、スポーツ記者は、いわば身内の人間だったのだろう。だが、ジャパン女子プロレスが誕生したことによって、記者たちは、彼女の身内ではなくなった。彼らは、長与を持ち上げたのと同じ筆で、神取の暴言をレポートするようになったのだ。

さらに、長与は、ちょうどその時期、もう一人のクラッシュ・ギャルズである、ライオネス飛鳥とのシングル対決を控えていた。タッグチームであるクラッシュ・ギャルズが、初めてシングルで対決したのは、ブームが最高潮に達した一九八五年四月。この対戦は、予想通り、観客を熱狂させた。だが、クラッシュ対決も二回目になると、それはどこかしら、クラッシュブームの終焉を予感させる要素を含んでいた。

こういった状況の中で、長与は、崖っぷちに立たされたような危機感を覚えていたのかもしれない。

だが、彼女は一面、ナイーブで正直な女性でもあった。ジャパン女子プロレスや、ジャッキー佐藤や、スポーツ新聞の記事を罵りながら、次第に、彼女は、ジャパン女子プロレスが提示する女子プロレスの新しい形についての興味を抑えきれなくなってきたらしい。旗揚げ興行が行なわれる八月が近づいてくると、彼女は私に、たびたび、神取しのぶとは、どういう選手だと思うかと尋ねるようになった。

だが、そのとき、私には、かなり昔、テレビで見た、目つきが異常に悪い女子柔道選手ということしか、神取についての予備知識がなかった。

だから、彼女のことはよく知らないから、旗揚げ興行を見に行くつもりだ、と私は長与に答えた。旗揚げ興行の神取が、どんなプロレスラーだったかを、あなたにあとで話そうか？　私は続けて、こう尋ねた。そのとき、全日本女子プロレスのレスラーは、その旗揚げ興行を観戦に行くことを、会社から禁じられていたのである。

長与は、あいまいに肯きながら、教えてほしいと小声で言った。そのあと、彼女は、心の安定を取り戻すために、最近、数日休暇をとって神社めぐりをしたの、と告白した。私は、あらためて彼女の動揺の深さに驚いた。だが、神社めぐりの効用からか、それからの彼女は、ジャパン女子プロレスに対しても、アマレスの練習に励んでいる新人選手にも、以前ほど切迫した拒否感を示さないように見えた。

当初、長与が示した動揺は、あっというまに、全日本女子プロレスの観客全体にひろがっていった。

彼女たちがより熱狂的に、より閉鎖的に、クラッシュ・ギャルズを声援するようになったのは、ちょうどこの頃だ。プロレス専門誌の編集者は、最近、ジャパン女子プロレスの記事を載せると、全日本女子プロレスのファンから、脅迫まがいの電話がかかったり、抗議の手紙が殺到したりする、とぼやいていた。

たしかに、全日本女子プロレスの会場は、その頃から、一種悲壮な息苦しさにつつまれるようになった。親衛隊と呼ばれるファンの精鋭グループの存在は、クラッシュ・ギャルズのブームが最高潮に達していたときよりも、ひときわ目立つようになった。親衛隊は、クラッシュ・ギャルズがリングで歌を歌い始めると、実に整然とポンポンを振り、一糸乱れず歓声をあげる。

観客のその姿に次第に圧迫感を感じ始めたのは、私自身がティーンエイジャーだった頃、これほど熱狂的になる憧れの対象を持たなかったためでもあるだろう。また、彼女たちの間で、ジャパン女子プロレスをぜったいに見に行かないという協定ができているという話を、関係者から聞いたときに違和感を感じたのも、自分が基本的にファン気質というものと縁遠い体質だったせいだろう。

いずれにしても、一九八六年の夏には、会場でクラッシュに熱狂するファンの声援を聞くたびに、私は、少し憂鬱な気分になっていた。当初は、試合の盛り上がりに応じて、足踏みをしたり、歓声をあげたりしていたファンも、この頃には、クラッシュ・ギャルズの試合となると、試合の最初から最後まで、足踏みをしつづけ、悲鳴をあげつづけるようになったのだ。

間断ない足踏みの振動と、割れるような悲鳴は、試合のリズムを破壊しがちだった。少なくとも、私にとって、会場全体が絶え間なく鳴動している中で、試合の内容に集中するのは難しく、そのため、席から身を乗り出した前傾姿勢でリングの上の動きを注視する癖がついた。だが、そういう姿勢で試合を観戦していると、後ろの席に座った少女が、私の耳に密着するようにさしだしたメガホンで、つんざくような悲鳴をあげ始め、思わず飛び上がることもある。それからというもの、試合を見るときには、私は無意識のうちに、耳を半分、手で覆うようになった。

また、同じ頃、もう一人のクラッシュ・ギャルズであるライオネス飛鳥との間で、初めて本格的に開始したインタビュー連載を、私は、四回目で中止しなくてはならないはめに陥った。

ライオネス飛鳥は、当時、長与とは異なった事情によって精神的に落ち込んでいた。連載のために取材したところによれば、彼女の悩みの最大原因は、クラッシュ・ギャルズに課せられた芸能活動にあったようだ。

ライオネス飛鳥こと北村智子は、優秀な資質を持つレスラーだったが、長与ほど演劇性を前面に出すタイプではなかった。長与が、徹底して派手なリングコスチュームに凝るのに対して、北村はシンプルな水着だけを着てリングに現われることを好んだ。また、長与は、歌を歌ったり、テレビ番組にゲストとして出演したりという活動を含めて、プロレスラーの〝仕事〟だと考えていたが、北村は、どちらかといえば、リングの上だけに活動を絞りたい意向を持っていた。そのため、ブームが高まるにつれて増えてくる芸能活動は、彼女にとって苦痛の種となった。

それに加えて、彼女は人気が高まるにしたがって、同僚のレスラーに嫉妬されることに神経質になっていた。彼女は、それを有名税と考えて無視できるほどの強靭さは持ちあわせていないようだった。彼女は、他人が言ったことに神経質になるだけでなく、自分の発言が他人にどう受け取られるかについても神経をとがらせていた。

私のインタビューは、彼女のその神経のどこかに接触したのだろう。彼女は、三回目の連載分が書店に出回ったところで、連載を打ち切るように申し入れてきた。理由は、彼女と親友づきあいをしていた女性についての表現に、不満足な点があるからということだった。個人的には、その表現が本質的な問題に抵触するものだとは思わなかったが、彼女がインタビューという自己表現の作業に耐えられないのだということはわかった。そのため、私は連載を打ち切ることに決めた。

そのとき、私が連載中止のおしらせとして書いた記事は、たとえば、このようなものである。

前号掲載「MY dear ASUKA—飛鳥への質問状—③」中、数ヵ所の記載について誤解をまねく表現、および事実と異なる部分がある旨、ライオネス飛鳥より編集部、記者双方に対して抗議がありましたので、左に当該箇所をあげて訂正し、おわび致します。

①文中、ライオネス飛鳥氏の伊藤サヤカ氏に対する呼称が〈伊藤サヤカ〉となっていましたが、これは〈伊藤サヤカさん〉のあやまりです。

②文中、伊藤サヤカ氏の渋谷ライブインに於けるコンサート開催日時が〈日曜日〉になっていましたが、これは〈金曜日〉のあやまりです。また同箇所、ライオネス飛鳥氏が〈コンサート会場で席に座っていた〉は〈椅子をとりはらった会場で立っていた〉のあやまりです。

(中略)

記者はライオネス飛鳥氏に聞き違いの件について可能な限り説明し、訂正文掲載を提案。これについては受け入れられましたが、取材中止についての考えは変わりませんでした。このような経緯から連載は中止せざるを得なくなりました。愛読者の皆様には心よりおわび申し上げます。

（後略）

このような訂正文を書いたのは、一九八六年の七月のことだ。

その翌月の八月一七日、ジャパン女子プロレスは水道橋の後楽園ホールで旗揚げ興行を行なった。

ジャパン女子プロレスの旗揚げ興行は、オープニングセレモニーから異色だった。観客は、まず、盛大に爆竹の鳴る音で驚かされる。爆竹が派手な音を立てたあと、会場は暗転。カクテル光線が飛び交う中を、純白のユニフォームをまとった選手たちが一人ずつリングに登場する。それはプロレスというよりも、大がかりなコンサートのオープニングに似ていた。

試合数は多かったが、選手たちの技術レベルは高いとはいいかねた。だが、彼女たちは、すべてオリジナルのテーマ曲を持っていたし、コスチュームも従来のイメージをはるかに超えた斬新さに溢れていた。ジャパン女子プロレスは、プロレスという古い興行スポーツのエッセンスを、非常に現代的な芸能の器に盛りこもうとしているようだった。

この日のメインイベントとして組まれた試合は、ジャッキー佐藤と神取しのぶのシングル戦である。

それは、こんな試合だった。

佐藤と神取は、まず、アマレスばりのバックのとりあいと、手首関節の決めあいから試合に突入した。彼女たちは、それまでの女子プロレスでは考えられないほど、速く、鋭く、無言で相手の死角へ回り込み、また素早く体を離して睨みあった。プロレス流のアームロックから、柔道流の脇固めへ、そして三角絞めへと、いくつもの関節技がとぎれなく駆使される。二人は、相手の動きを封じ込めようと、低い体勢で流れるようにリングの上を動いた。

そして、ひとつの動きから、もうひとつの動きへ移るたびに、神取の全身の筋肉が、あるときは柔らかく、あるときは力強くうねる。それを見るのは、ひとつの感動だった。

試合経過五分以降から中盤まで、後女たちは、おもに関節技で相手を攻めあった。だが、関節技の応酬が強いる緊迫感に耐えかねたように、佐藤が大きなバックドロップを見せると、それを皮切りに二人の試合は、よりプロレス的な大技による展開へと移っていく。神取が、猫背気味の姿勢から、突然大きくひろげた腕を、佐藤の首にまきつけ、頸動脈を圧迫して相手を疲弊させるスリーパーホールドに入ると、それまで静まり返っていた客席がどよめく。その直前に、どこかで動物が低く吠えたかのように聞こえた音は、神取がこの技に入るときに発した気合いだったらしい。

その日、観客は二人の選手同様、ほとんど声らしい声を立てず、ただ試合だけに集中した。そしてその静けさを縫い、時折、神取のうめくような気合いが響いた。

試合の決着がついたのは、試合開始から二四分三六秒後。佐藤が、バックドロップから体を回転させてのエビ固めで、神取を破った。

控室にもどった神取は、やや青ざめた顔色だった。顔を紅潮させ、肩で息をついている佐藤とは対照的だった。彼女は、落ち着いた息遣いのまま、控室の隅に置いたスチールの椅子に腰を下ろした。頬の一ヵ所に、相手の肘とぶつかってできたらしい、直径三センチくらいの打撲があった。

一〇人たらずの記者は、そんな彼女を取り囲んだ。まるで、男のような試合でしたね。

とても女の試合だとは信じられない、と一人の記者が興奮しながら口を開くと、彼女は、打撲を負ったほうの頬をわずかに歪めて伏し目になり、返答を避けた。

数日後、私は、取材のために長与に会った。

彼女は、私の顔を見るなり、神取はどうだった？　と聞いた。

天才じゃないかと思ったわ。私は、こう答えた。

神取しのぶの苦悩

神取しのぶは、だが、不遇なプロレスラーだった。

彼女の不幸のひとつは、デビュー戦に、あまりにも素晴らしい試合をしすぎたことにあっただろう。

彼女は、女子プロレスは、一回だけですべてが終わる柔道の試合とは違うことを、理解していなかったのだろうか。

一見単調な試合の連続の中で、自分のレスラーとしてのイメージを観客に定着させていくこと。また、そういった試合の中で、自分が持つプロレスの主題をつねに展開し、芸域を広げ深める努力を怠らないこと。こういったことが、芸人としてのプロレスラーには必要だということを、彼女は事前に予想しなかったのだろうか。

いずれにしても、最初の試合の質の高さに比べて、そのあとの彼女のやる気が急速に下降線をたどっていったことは確かだ。たとえ、彼女が、女子プロレスのような興行スポーツにとっては、持続こそが勝利だ、ということを知っていたとしても、デビュー戦のような緊迫感に満ちた試合をやったあとで、同じレベルを保ち続けることは難しかったかもしれない。だからといって、彼女は、デビュー戦に、そこそこのレベルの試合を持ってくるほどの老獪さを持ちあわせなかったのだ。

そのため、一九八六年夏のデビューから半年後の、一九八七年二月には、彼女は、すでに興行会社の中でプロレスを続ける気持を完全に失っていた。その月、彼女はジャパン女子プロレスと年間契約の更新を拒否している。

「後楽園で旗揚げ興行をしたあと、埼玉県の大宮をまわって、一〇月に、大阪で旗揚げ第二弾にあたる興行をしたんだよね。そうよ。そのあたりで、もう私はやることがなくなっちゃったの。

同じこと、何回も繰り返してやるのは嫌だったんだよ。どこかで見たような試合はやりたくなくてさ。一回ごとに、今までにない試合をやりたかった。そうなんだよ。

でも、そうじゃん？　そうじゃないと、本当のとこ、面白くないんじゃん？

ちがうかなあ。ちがうのかなあ。でも、退屈だったんだよ。ほんと。

だって、大阪では、またジャッキーさんとシングルであたることになっちゃってよぅ。ほんの二カ月前にあれだけ、もってるものを全部出してやっちゃったからさ、何をやればいいのか、私はほんとにわかんなかったのよ。あたる人間が違えば、同じようなシングル戦でも、違うことができるだろうけど、同じ人と、同じ試合をやるなんてイライラした。

ええ。こんなに早く、面白くなくなっちゃうとは、思ってもみなかった。

いったい、どこをめざして歩いているのか、全然、わからない。こんなに限られた選手の組み合わせの中で、自分がこれからどんな選手になったらいいのか、てんで見えなくなっちゃった。すごく短い間に、すべて終わってしまったような気がしたのよ。

だから、大阪を終わって、一一月頃に、また後楽園へもどってきたときには、完全に面白くない気持ちになっていたわけ」

彼女が、わずかな期間でプロレスラーとしてのビジョンを見失ってしまったことには、興行会社の姿勢に責任の一端があったと思う。

ジャパン女子プロレスの創設者は、芸能畑での経験を長く積んだ人物だった。そのため、彼は、女子プロレスを完全に芸能面からだけとらえて、興行の戦略を立てた。彼の頭の中では、おそらく女子プロレスラーがアイドル歌手とまったく同じ商品として位置づけられていただろう。実際に、旗揚げ興行は、プロレスの試合とアイドル歌手の歌の二本立てで構成された。

だが、この構成は、無残なまでに観客に受け入れられなかった。プロレスを見にきた観客は、アイドル歌手を、観戦の邪魔者として拒否したのだ。実際、プロレスラーの試合のあと、リングへあがったアイドルたちは、女子プロレスラーの肉体との対比によって、あまりにも貧弱に見えすぎた。また、彼女たちがアピールする、かわいらしい女の子のイメージは、彼女たちと同年代のプロレスラーたちが激しく肉体をぶつけあうのをみたあとでは、あまりにも作り物めいて感じられた。

この最初の社長についての、神取の評価は、こんな具合だ。

「社長はよぅ、プロレスラーであろうと、アイドルであろうと、女は若ければ若いほうがいいって信じこんでいるような人だったわけよ。わかるでしょ。社長はそういう人間だったのよ。

だから、私も、最初のうちは、年齢を二歳もサバよまれたの。元柔道選手なんだから、公式記録を調べればすぐにわかりますよって注意したんだけど、ダメだった。だから、私は、二二歳じゃなくて、二〇歳でデビューしたことになってってよぅ。笑っちゃうよねえ。二二歳なんて、とんでもないババアだとでも思ったんじゃん？　社長は」

各地のプロモーターと、三年間のフランチャイズ契約を結んで興行権を譲渡する。芸能プロダクションの〈ボンド〉と制作提携を結んで芸能活動を展開する。マルチプランナーの秋元康にプロレス面での全体的な構成プランを依頼するといった、彼のさまざまな計画が、どこで頓座したのかはわからない。だが、彼が、旗揚げの年の暮には、すでにジャパン女子プロレスから姿を消していたことは事実だった。

結果的に、ジャパン女子プロレスは、一九八六年中に予定したよりもずっと少ない試合しか行なわなかった。不評とはいえ、〈ボンド〉との提携が行なわれたのも、大阪巡業までのことだった。選手のリングネームの命名者でもあった秋元康は、旗揚げ興行の際にリング上で挨拶を行なったものの、そのあとの活動にはまったく関わらなかったようだ。

だが、ジャパン女子プロレスの活動が尻すぼみになっていった最大の理由は、選手たちの闘志を持続させるための具体的なノウハウが、この会社に乏しかったことにあるのではないかと私は思う。

プロレスラーとは、どのような相手との、どんな試合によってやる気をおこすものか。ヒールとベビーフェイスによる抗争劇のストーリーの面白さとは、どういった性質のものか。また、各試合をどのように構成すれば、観客に、全試合を飽きることなく見通させることができるのか。次の試合の集客を確実にさせる契機作りとは、どのようなものであるべきか。

このようなノウハウは、女子プロレスが、興行スポーツとして三〇数年の時間を重ねる中で蓄積してきた智恵だ。この智恵は、ほかの芸能や興行スポーツとは異なる、女子プロレス本来のアイデンティティを確立する上で必須なものだと思う。

だが、ジャパン女子プロレスのスタッフは、女子プロレスの世界に新風を吹き込もうとするあまり、こういった古い経験のつみかさねを重視しなかったのかもしれない。だからこそ、神取は、わずか、二ヵ月たらずの間に、対ジャッキー佐藤戦を、無造作に二度も繰り返させられることになった。そして、彼女自身の〝目玉商品〟として大切にしなくてはならない、その試合のインパクトを、むざむざと失うことになったのではないか。

女子プロレスを、ほかの芸能とは違う独自の世界として構築することにおいては、新興団体のジャパン女子プロレスより、全日本女子プロレスのほうに一日《いちじつ》の長《ちょう》があったような気がする。

こういった状況に加えて、一九八六年末に社長の交代が行なわれて以後は、選手のファイトマネーに関する問題が浮上してきた。

選手たちは、ファイトマネーについて、最初の三ヵ月は据え置き、その後更新するという約束を前社長とかわしていたという。だが、社長が交代したことによって、この約束は反故《ほご》になった。旗揚げ当初の、選手たちのファイトマネーの平均は、一試合につき三〇〇〇円から五〇〇〇円。メインに登場した神取で一万五〇〇〇円。基本給は、ほとんどの場合、一〇万円以下の場合が多かった。

このあたりの事情は、ジャパン女子プロレスも、全日本女子プロレスも、ほぼかわりがない。同じ時期、麗雰の基本給は七万円。ファイトマネーは、五〇〇〇円である。だから、ジャパン女子プロレスでも、全員が同じような経済状態に置かれていたならば、早期に問題がおこることはなかったかもしれない。

だが、ジャパン女子プロレスでは、選手のすべてが、一万円たらずのファイトマネーで戦っていたわけではなかった。そのため、選手たちの生活が圧迫されるにつれて、次第に、ぬきんでて高給をとっている幹部選手のジャッキー佐藤と、ほかの選手の差がクローズアップされる結果になった。

神取の記憶によれば、当時の佐藤は七〇～八〇万円の基本給で、五～八万円のファイトマネーを得ていたという。佐藤のネームバリューや経験量を考えれば、私は、これを高すぎる金額だとは思わない。だが、ベテランの佐藤も、新生団体の一員としてほかのメンバーと同一線上にいると考えていた多くの選手たちにとって、一〇倍近いギャラの差は、不満の種だった。とくに給与の更新の約束が反故にされたあとでは、この不均衡が、きわだった。加えて、佐藤は集団の中での立ち回りに長じたほうではなく、特定の若手選手を贔屓にしがちだったらしい。ただでさえ不穏な選手の雰囲気は、この事情によってもささくれ立っていったのである。

一九八七年の正月興行で、神取が目を負傷したのは、このような状況のもとでだった。彼女は、それから一カ月あまり試合を続けたあと、二月末の契約更新を前に、突然、姿をくらましてしまう。

負傷の間も試合に出ることを強制され、そのため視神経をさらに傷つけてしまったこと。その治療費が、事前の約束と違い、会社側から給付されなかったことが、この遁走《とんそう》の理由だった。

彼女は、会社と何度か話し合いの場を持ったものの、満足な結果は得られなかった。その上、この話し合いを通して、ジャパン女子プロレスに対する彼女の基本的な信頼感までが失われた。そこで、契約更新時に逃げだすという原始的な方法で、神取は、この問題に決着をつけようとしたのだ。

ところで、この頃には、プロレスマスコミ関係者の間での彼女の評判は、ひどく悪くなっていた。その悪評の多くは、彼女がリングの上だけではなく、リングを下りてからも、これまでの女子プロレスラーとは、まったく違っていたために引き起こされた。

たとえば、プロレスマスコミは、長年、プロレスラーが、いつでも、サービス精神豊かにふるまうことに慣れていた。その点、試合がおわるとスタスタ帰ってしまう神取は、無礼な人間に見えただろう。また、マスコミ関係者は、女子プロレスラーは、実態的に一個の独立したプロフェッショナルではなく、興行会社の社員的存在だということを知悉《ちしつ》していたから、平気で会社の方針に盾をつく神取の存在は、なんとも不可解で目障りだったにちがいない。

マスコミ関係者の間に、こういった違和感が広がる一方で、彼女は、自分にとって初めての〝定職〟の感触にとまどっていた。彼女は、これまで一度も、肩書きを持ったことがなかった。そのため、自分の職業にふさわしくふるまうことも学んでこなかったのだ。

彼女は、仕事というものを、自分の生活の糧を得る手段だと単純に信じていた。自分は会社にプロレスという技術を提供し、その対価として、ファイトマネーを受け取る。これが、彼女の職業感である。日本の会社とサラリーマンの関係が、一般的にそれほど明快ではありえないこと。いったんサラリーを受け取った人間は、その会社だけでなく、会社の周辺関係者とまで、情緒共同体的な関係を結び、業界の雰囲気に溶け込むように要請されることなど、彼女は考えてもいなかった。

その上、彼女は、プロレス業界に溶け込まないことによって、自分が窮地に追いこまれていることさえ、長い間、理解しようとしなかった。

記者が、観客同様、試合だけを見て、自分を正当に評価してくれるはずだと思い込むほど、彼女は世間知らずな楽天家だったのだ。そういった用心深い世間的な処世の智恵を、柔道は、彼女に教えてくれなかった。その場かぎりのアルバイトで日銭を稼ぐことしかやってこなかった神取は、職業とは金を稼ぐ手段だけではなく、もっと束縛的なものだということを知らなかったのである。

神取は、一カ月あまりの遁走後、フリー契約という条件を持って、再度会社との交渉を始める。もちろん、こういった交渉がうまく運ぶはずもなく、この時点で、ようやく彼女は、自分が、会社だけではなく、プロレスマスコミ関係者からも非難される存在になっているのに気がついた。

彼女が私に個人的に電話をかけてきたのは、そのときが最初だった。

「いったい、何がおこっているのか、わかんないの。私は、ふつうに話をしているつもりなのに、物事がどんどんおかしな方向へ行っちゃう。私は、どうしたらいいんだと思います?」

私は、話を聞きながら、結局、彼女は、一種の早呑み込みの結果、因習的な世界にまぎれこんでしまった異邦人なのだろう、と思った。女子プロレスという古い興行の世界と、あまりにも型破りな彼女が共存する方法が、いったい、どこにみつかるというのか。

私は、彼女に、女子プロレスではなくて、別の職業を選びなおすことは考えないの? と尋ねた。

神取は、誤ってこの世界に入ってきて、画期的な試合を見せてくれた。私は、それを僥倖《ぎょうこう》として記憶するだろう。だが、それと、彼女にとってプロレスが適職かどうかという問題は別だ。彼女は、プロレスの世界に足を踏み入れたばかりなのだから、今出て行っても遅くないはずだ。それが双方にとって一番損のないやりかたではないか。私は、そう思ったのだ。

しかし、彼女は、それに同意しなかった。

「どんなに人と考え方が違っても、私は、この仕事を選んだんだから、この仕事をなんとかしたい。別の仕事ではなくて、私は、プロレスラーでなんとかしてみたいんだから」

彼女の考え方のほうが正しいかもしれない。そのとき、そう感じた。

第七章
ガイジンたちのプロレス

麗雰の苦悩

神取が、デビュー戦以降、試合の質を低下させがちだったとすれば、その頃、麗雰は、リングでの経験を積んでも、なお、試合からぎこちなさが抜けきらないという特徴を顕著に見せ始めていた。

デビュー二年目に入った彼女は、会社から一〇万円の給与を貰い、一年間暮した合宿所を出た。当時、弟の水《すい》が、将棋の先生に通うために、東京の知人が住むアパートに同居を始めた。麗雰は、弟の隣部屋の三畳間に住むことになった。家賃は一万円。破格に安かった。

彼女は、ほとんどその部屋に寝泊まりはせず、各地の巡業について歩いた。東京に帰ってきたときには、弟の面倒を見てくれている知人に、食費と学費の一部を自分の給料の中から支払った。親にもわずかだが仕送りをしている。

日本語は、話すほうも聞くほうもまだこころもとなく、こみいった会話をするのは苦手だったし、新人選手の仕事を、間違いなくやりとげるのは大変だった。だが、なんとか一年間がすぎたことで、彼女は漠然と、自分がこの国でなんとかやっていけるのかもしれないと思い始めていた。

こういう毎日を送っていた彼女の試合が、まだぎこちなさを残しているのは当然だったかもしれない。だが、彼女のプロレスは、ほかの新人選手たちとはあきらかに違う、特異なぎこちなさを持っていた。

その原因は、ふたつ考えられる。

ひとつは、オーディションのとき以来、彼女の肩の脱臼が習慣化してしまったことだ。脱臼がクセになったのは、入寮直後から始まったアマレスの練習がきっかけだった。まだ十分な基礎体力作りをしていない麗雰にとって、アマレスはあまりにも過激なスポーツだったのだろう。スパーリングの練習中に、彼女は何回となく脱臼を繰り返した。

試合をするたびに脱臼する肩は、一九八六年の七月にプロテストを、同年の一〇月にデビュー戦をおわり、翌年から前座で本格的に試合をするようになった彼女を、日々悩ませた。

「一年目の試合と二年目の試合で、わたし、数え切れないほど、肩がはずれちゃった。一日おきくらいにはずれましたよ。

雨の日の屋外の試合で、相手を上からぐっと押えたら、手が濡れてすべってですね、肩がはずれます。相手に投げられても、はずれますね。相手をひっぱっても、はずれますね。何をしても、わたしの肩ははずれますね。

だから、自分で怖くなりますでしょう。それで、相手が、わたしとはやりにくいと言いますよ。レフェリーストップも多かったの。一度なんか、ゴングが鳴ります。わたしは、相手と組みます。そしたら、肩がはずれた。それで、レフェリーストップです。まだ、一分たってないですよ。一〇秒もたってないですよ。それで、わたしの試合はおわり。

社長はね、あんた、帰ってもいいよって言うの。もう見てられないから、家に帰って、早くお嫁に行きなさいって。プロレスなんかしなくていいじゃないのって言います。このままじゃ、お嫁にも行けなくなっちゃうよって」

お嫁にいきなさいという社長の言い分が、よほど気に入らないらしい。麗雰の表情は、突然、険しくなる。

「わたしは、すぐ言い返しますよ。お嫁は、ぜったい行かないんだからって。みんなは、びっくりするの。いったい、誰に口をきいているの？　あれは、社長ですよ、と言います。

でも、わたしは、嫌です。お嫁に行く、というのは、家庭の専業主婦ということですね。そういうことですね。ね。そうでしょ。

わたしは、日本にきて、女の人で働いていない人をたくさん見ました。中国の女の人は、ほとんどの人が働いていますでしょう。日本にきて、働かない女の人を、はじめて見ましたのです。わたしはその人の家は、とてもお金持ちなので働かないのかと思いましたよ。

でも、ちがうです。そんなにお金待ちではないの。働いてない女の人たちは、いつもお金が大変だって言いますでしょう。それに、その人の旦那さんは、とても一生懸命働いていますね。日本では、ほとんどの男の人が働いていますね。すごく、大変そうな顔をして、朝から晩まで働いていますでしょう。

でも、その人の奥さんは働かない。どうしてですか、不思議ですと思いました。

だから、ともだちに聞きました。なぜ、あの女の人は働かないの？　そしたら、あの人たちは専業主婦だから、工場にも会社にも行かなくていいのですと、ともだちは言いました。

わたしは、そんな人になりたくありません。そうです。専業主婦になどなりたくありません。プロレスラーになるのをやめて、お嫁に行って、働かない女の人になるのは嫌です」

麗雰の、専業主婦に関する認識は、かなり偏っていると思う。だが、彼女のプロレスラーを続ける意志の半分が、この国での唯一の職業を失うことへの恐怖心から成り立っていたことも事実だった。

だから、彼女は、肩の脱臼癖を抱えながら、いつまでたっても芸の域に達さない試合を続けていた。二年目になっても、彼女の肩から、脱臼防御用のサポーターが取れることはなかった。そして、同期生の間で技術的な差がはっきりする時期を迎えただけに、麗雰の肩の故障は、一年目よりずっと目立つようになった。

肩の脱臼を恐れる彼女は、十分に相手を攻め込めないだけでなく、プロレスの芸を構築するために大きな役割を果たす〝受け身〟を、大きくとることができなかった。彼女は、相手のキックを受けると、棒を倒すようにリングに倒れてしまう。投げ技に対しても、体を小さく丸めて、肩への衝撃を和らげるような体勢でしか受け身をとれない。

さらに、対戦相手に肩をおさえつけられたときも、いきおいよく相手を跳ねとばして起き上がることができなかった。肩をかばいながら相手を跳ねのけようとする彼女の姿は、観客の目には、ただ無意味にもがいているように見えた。相手の首に腕をまいての首投げも、倒立させた相手を持ちあげて投げ捨てるブレーンバスターも、麗雰がやると、いつも一拍半ほどタイミングが遅れるだけでなく、結果的に、相手が受け身を取りにくいような投げ方になってしまう。彼女のプロレスは、そのため、必要以上に無器用に見えてしまうのだった。

だが、この問題は、もうひとつの原因から比べれば、まだ小さかった。

もうひとつの問題とは、彼女が日本語でプロレスを十分に学べなかったことにあったと思う。たとえば、長与は、ときおり、取材の途中で女子プロレスのことを話題にした。

「あの子は、アマレスをやっていればいいんじゃないのかな。プロレスをやるのは、無理よ」

長与は、アマレスが嫌いだったはずなのに、麗雰に限っては、アマレス向きだと評した。

「だって、あの子は日本語の意味がよくとれないんだもの。日本のプロレスは、日本語で覚えるものでしょう。それなのに、あの子には、プロレスについて日本語で話せないんだから。無理なんよ。ああいう人にプロレスをさせるのは」

あの子に投げてって言うと、投げるだけ。走ってと言うと、走るだけ。痛い！　っていう言い方にもいろんな表現があるでしょうって言っても、じっと黙ってるだけ。日本人なら、言葉の奥にある意味を、くどくどと言わないでも、きちんと受け取ってくれるはずなのに、あの人は、それができない。長与は首をひねりながら言う。

「投げるとか、走るとか、そういう単純なことじゃなくて、それ以上のプロレスの心みたいなことを日本語ができない人に教えるのって難しいよねえ。

でも、アマレスなら、そういった表現力みたいなものいらないわけだから、ああいう子にも向いてるんじゃないかと思うわけよ」

こんなふうに言ってはいたものの、長与は、あながち、麗雰を見捨てたわけではなかった。長与がプロレスのさまざまな側面について、苦労しながら教えてくれたことを、麗雰は覚えている。

「チコ（長与の愛称）さんは、プロレスは顔と体と声と、全部使って表現するんだよって言っていました。

たとえば、試合で相手に技をかけられて痛いとしますでしょう。わたしは、痛いと思って、痛いという顔をしますね。でも、チコさんは、なぜ、我慢したの？　なぜ、平気な顔をしていたの？　と言います。

おかしいですね。わたしは痛いと思ったのに。

チコさんは、そういうときに言います。自分の痛さを、お客さんに伝えなければ。痛いって伝えなければ、それは痛くないということになってしまうでしょうと。わたしが痛いだけではダメ。お客さんも、わたしが痛いことを知らなくてはなりませんのです。

チコさんは、痛いって表現するのは、顔だけじゃないですよ、声だけじゃないですよ、と言いますね。痛いは、全身で表現できる。痛い！　と言っても、痛くないように見えるときもある。痛い！　と言わなくても、痛く見えることもある。痛い！　と言わずに、全身で痛い！　を表現できるのが、プロレスラーですよ、と教えます。

チコさんの言うことは、むずかしかった。よく教えてくれたけど、わからない。頭では、チコさんの言葉をわかります。でも気持ちでは、チコさんの言葉をわかりません。わたしは、どうしてしまったのでしょう、と思いましたよ」

麗雰は、無念そうな表情で繰り返す。わたしは、どうしてもわからない。

「チコさんはね、プロレスは言葉ですよと言います。相手にフォールされたときに跳ね返す。これは言葉でしょう。跳ね返す選手をみて、お客さんは、負けないぞ！　という言葉を感じるでしょうと言います。リングの上での動きは、全部、言葉なんだよ。口に出す言葉ではないけれども、これも言葉なんだよって。

わたしは、言葉ができませんから、言葉を使わない女子プロレスに入ろうと思いましたんですね。でも、プロレスにも、やはり言葉が必要だって、チコさんは言います。わたしは、びっくりした。プロレスには、言葉なんかいらないと思ったから、プロレスラーになろうと思ったのにね。やはり、プロレスにも言葉がいるのだそうです。

わたしは、どうしましょう、と思いました」

ガイジンとしての直接的なカルチュラルギャップには負けなかった麗雰も、自分の職業が、言語の世界と深く関わっていることを知ったときには、大きなショックを受けざるをえなかったのだろう。長与は、プロレスとは、ボディランゲージを駆使した一種の〝話芸〟なのだと言うのだから。そして麗雰はそのボディランゲージの背景を形成する日本語の世界に、あまりにも不案内だった。

「わたしは、いつも無表情だって言われたの。顔だけじゃなくて、体全体が無表情だって。だから、そのうち、お客さんは、わたしのプロレスを見にこなくなってしまうよって言われました。それに、ほかの人たちも、わたしと試合をやりにくいと言いましたよ。

プロレスの言葉がわからないから、わたしは無表情です。わたしと、プロレスをやるのはとてもやりにくいと、みんなが言いますよ」

麗雰は、それほど無表情だろうか。私は、あらためて彼女の顔を見た。日本語のニュアンスを十分にとらえきれないことが、彼女の表情に、それほどのダメージを与えたのだろうか。

彼女は、そのとき、プロレスの言葉についての、長与と自分の受け取り方の齟齬《そご》を、私に、うまく伝えきれないと感じているようだった。話をしながら、彼女の手は、たえず、もどかしげに動く。麗雰の頭の中ではプロレスへの思いが、ままにならない日本語と激しく格闘しているのだろう。

私は、自分がそれに似た仕草を、英語で誰かと話すときにやることを思い出した。胸の中の思いの量と、それを表現する言葉の質が釣り合わないとき、心の中に生まれる焦燥感とは裏腹に、人間の顔は無表情になっていくのかもしれない。

「不思議ですね。わたし、日本に来てから、突然、感じていることを外に表わせなくなりました。

中国にいたときは、そうじゃなかった。中国にいたときは、わたし、男の子みたいに元気がよかったですよ。知らない人と話すのが好きでしたよ。知らないことを教えてもらうのも好きでしたよ。わたし、とてもおしゃべりだった。小琴《シャオチン》は元気がいいねって。この子は、なんでもはっきり言うことができるねって、言われましたよ。

日本に来たあとと、中国にいたときと、自分が二人いるようです。自分が自分じゃないみたい。

日本に来ましたら、今まで、全然知らない人が、おとうさんだ、おかあさんだ、妹だって言われましたでしょう。それで、ショックだったのかなあ。よくわからない。

言葉がわからないし、とにかく、誰ともしゃべりたくなかったですよ。どうしても、しゃべらなくちゃいけないときには、用件だけ話せばいいやって思っていたの。何か話しかけられたら、ウンとかイイエとか言っていればいいと思っていたの。プロレスに入ってからもそんなふうにしていたですよ。わたし」

麗雰の言葉は、日本にきてから、単純な用件を即物的に伝えるときにだけ使われた。気持ちを表わすために、また他人と触れ合うために使われることは少なかった。一二歳で来日して以来、心身の両面から見て、麗雰にもっとも近い距離にあったのは、人間ではなくテレビだったのである。もちろん、彼女は、そのテレビの画面から、日本の社会についていくばくかの情報を得た。それらの情報が、彼女にとって無意味であったとは思わない。事実、彼女は、女子プロレスという〝日本〟をテレビの画面を通して発見しているのだ。

だが、テレビの画面を通し、一方的に〝日本〟を見るという体験は積んだものの、麗雰は、他方でより生々しい現実社会との接点を失っていったのではないか。そのような状況にあって、彼女の言葉と気持ちをつなぐ回路は、成長をとめ、次第に固くなっていった。彼女が、プロレスの場において、自分を表現することにひどく苦しんだのは、このためではないかと思う。たしかに、この国の言葉や文化に慣れない麗雰にとって、長与が言うような、日本的な情緒表現をリングの上で発揮することは困難だったにちがいない。だが、それ以上に、彼女は観客という他者と自分の関係を把握することが不得手だったのである。

たとえば、プロレス流のフォールと、アマレスの抑え込みの間にある微妙な差を理解することに、麗雰が人並みはずれて苦労を感じたのも、同じ理由からではないか。

「フォールと抑え込みの違いを覚えるのは、すごく難しかったです。わたし、一年目のおわりまで、ずっと本気で抑え込みばかりしますね。だから、わたしの試合は、二〇分試合でも、五分くらいで終わってしまう。それじゃ、お客さんが怒ってしまうでしょう、と言われても、よくわかりませんでした。

あんたの試合は、全部が全部、力が入りすぎている。もうちょっと、お客さんに見せているんだってことを考えてやりなさいって、チコさんに言われますね。でも、力を入れないで、どうやってプロレスをやればよいのでしょう。わからない。でも、わからなくてはいけませんね。でも、わかりません。どうしましょう。お客さんに見せなくてはいけない、というのも、よくわからない。なぜ、お客さんは試合を見ているのでしょう。そんなこと、わたしは思いましたよ。

へんですか？　へんですね。きっと。でも、本当にそう思った。お客さんなんか、いなければいいのにって思った。いつも、お客さんがいないつもりで、わたしはプロレスをしましたですよ。先輩にお客さんのことを考えなさいといわれても、わたしは、お客さんをなるべく考えないでプロレスをしたいと思ってました」

唇を何度か舌で湿しながら、麗雰は一気に話し続けた。

「でもね、二年目くらいになると、少しずつ、わかってきました。二〇分試合というのは、わたしが二〇分、お客さんにプロレスを見せるということなのですね。だから、五分たったときに、むりやり力を入れて、相手を抑え込んでしまってはいけない。それに、相手に技をかけられたからといって、ケンカになってはいけませんね。お客さんは、わたしのケンカを見に来ているのではない。

プロレスのフォールというのは、試合の区切りのことですね、と、少しわかりました。

でも、それがわかっても駄目ですよ。わたしは、わかっていてもやってしまうですよ。五分で試合を終わらせてしまったり、本気でケンカになったりしますよ。

あんたは、本当に教えにくいって、わたしはチコさんに言われたよ。チコさんは、何度もそう言いました。わたしも、チコさんの言うことを、どうすればわかることができるのか、それがわからないと心の中で思いましたよ。何度も」

長与は麗雰に出会い、それまで一度もはっきりと言語化したことがなかった女子プロレスの本質を初めて語ることになった。それは、長与にとって貴重な体験だった。プロレスの言語とは、どのようなものか。それは、口に出される言葉と、どのようにつながり、どのように異なるものなのか。彼女は麗雰のようなヨソ者が入ってくるまで、それを説明する必要を感じたことさえなかったはずだから。

だが、長与の尽力にもかかわらず、麗雰のプロレス的表現への理解は、遅々として進まなかった。

要するに、彼女は、プロレスのような独特で複雑な表現に挑戦する前に、もっと一般的な状況で素朴に日本語で思いを伝える経験を必要としていたのだ。だが、誰よりも社会化されていない神取が、現実的には、もっとも因習的なプロレスの世界に入り込んでしまったのと同じように、肩の脱臼に苦しみながら、毎日、表情に乏しいプロレスをやりつづけることが、麗雰にとっての現実だった。

それでも、彼女は、デビュー二年目の秋には、全日本ジュニア選手権という、二〇歳以下の選手を対象としたベルトに挑戦し、決勝戦まで進んでいる。これは、彼女のプロレスが、ただならぬ無器用さを漂わせていたとはいえ、社内的には見捨てられた選手ではなかったことを物語る事実だ。こういったベルトへの挑戦の機会は誰でも得られるというわけではなく、ある程度評価された選手に与えられる恩賞としての意味合いを持つのだから。

だが、こういった評価も、彼女の憂鬱を本質的に解消するものではなかった。来日数カ月後に、テレビの画面を通して初めて共感した〝日本〟は、いまや越え難い壁となって、彼女の前に立ちふさがっていたのである。

ところで、彼女は、こういった話をしはじめたあたりから、目に見えて、取材にひっこみ思案になってきた。

私には日本語がよくわからない。私は自分を日本語で表現することができないと繰り返すのにつれて、彼女は次第に、日本語で自分の歴史を語っていること自体に、自己嫌悪に近い気分を感じ出したようだった。

自室の隅の壁に背中をくっつけて座った麗雰が、ブカブカしたジャージの部屋着の襟に顎をうずめて、顔を半分隠すようなしぐさをしはじめたのは、この頃だ。さらに、彼女は、袖口をさかんにひっぱりその中に手をもぐりこませようとしはじめる。

困ったことに、この亀が甲羅に身を縮めるような奇妙なしぐさを、私は無視できなくなった。彼女の声は、何度も聞き返さなければならないほど、小さく、か細く、あいまいになっていく。そして、まるで部屋着の中に全身を隠そうとするような動作は、いつまでもとまらない。そういう彼女のほうに両手を延ばし、力づくでこちらへ引き寄せたいという衝動と闘うのはホネだった。麗雰は、あきらかに、話をするのに嫌気がさしている様子だった。

そこで、もし、日本語で話したくないのなら、中国語で語してみてくれないかしら、と、私は彼女に頼んだ。いずれにしても、彼女の声はテープに録音しているのだから、あとで、中国語の部分を日本語に直すことも可能なのだから。

この申し出を聞いたとたん、彼女の顔に、突然、激しい嫌悪が走った。

「わたしは、中国語で話したくないの」

麗雰は、それまでと打って変わった強い口調で言った。

「わたしは、中国語が話せる中国人でいるのは、嫌ですよ。なぜ、わたしは中国語が話せるのでしょう。話せなければいいのに。わたしは、中国語が話せても嬉しくない。

わたしは、自分が中国語が話せることを、人に知られるの、嫌いです。

わたしは、中国語でも日本語でもないものを話したいですよ。

そうです！　英語が話せればいいのに。

もし、わたしが英語が話せる人だったら、わたしは、わたしのことを偉いと思うのに。中国語が話せても、わたしは、わたしのことを偉いと思えない。日本語も下手だし、わたしは、わたしを全然偉いと思えない。

それに、もう、わたしは中国語でものを考えること、完全にできないですよ。日本語でも、できないですよ。ほんとですよ。

わたしの気持ちは、もうどんな言葉でも、全部、表わすことができないもの。日本語でも、中国語でも、わたしの気持ちはしゃべれないもの。わたしは、中国語でなんか、話したくないの」

麗雰が来日したのが、成人後であれば、事態はおそらくずいぶん違っていただろう。

ものを考え、他者と触れ合い、自分を表現するための母国語を自分の中に培った大人であれば、中国から日本への住み替えは、よりスムースに行なわれたはずだ。また、もし、彼女が妹や弟のようにずっと幼い頃、この国へ来たのであれば、彼女は日本語を母国語にするのに成功したかもしれない。

だが、この国へ来たとき、麗雰は一二歳だった。成熟にはほど遠く、だが、やすやすと別の言語や文化を自分のものにできるほど柔軟ではなかった。彼女は中途半端だった。だから、彼女は母国語を持つ機会を奪われた。一二歳だからこそ、彼女は、大人よりも、また子供よりも大きな犠牲を払わされたのだ。

しかし、このように中国語、日本語のいずれでも、自分をすべて表現することはできないと感じていた麗雰にとって、毎日のプロレスの試合の中で自己表現をしていかなくてはならないことも、また事実だった。

そのうち、彼女は、すぐにカッとなって我を忘れる選手だという、ありがたくない評判を得ることになる。どのような言語回路によっても、自分の中に積もり重なってくる気持ちを十分に排出することができない彼女にとって、感情のタガは、いきおいはずれがちだった。

それでもなお、プロレスという表現の場を持つことは、麗雰を完全に寡黙な世界に閉じこもらせないために役立った。そのことは、誰よりも、彼女自身が強く感じていた。

「わたしは、日本にやってきて、とても暗い人になってしまった。

けど、きっとプロレスをやっていなければ、わたしは、もっと暗い人になったでしょうね。そう思いますよ。

みんなは、あなたは暗い人になったねと言います。でも、プロレスをやっていなければ、わたしはどんなに暗くなっていたか。とても、とても、暗くなっていたでしょうね、と思いますよ。

わたしは、今は、どんな言葉ででも完全に考えることができないですけどね、そして、わたしはプロレスが下手ですけどね、もし、プロレスがなければ、わたしはもっともっと暗かった。ええ、そうですよ。きっと、もっともっと暗かった」

中国語で話すのは嫌だと叫ぶように言ったことで、少し心が軽くなったらしい。しばらくぶりに、彼女の手は、部屋着の袖口から外へ出てきた。

デブラ・メデューサ・ミシェリーの来日

さて、このような、異文化体験としての女子プロレスは、これから約二年後、全日本女子プロレスで、もう一人のウチなるガイジンとなったメデューサには、どのような形をとって訪れたのか。

彼女が来日したのは、一九八九年の正月。当時、麗雰は、プロレスラーとして四年目をむかえたところだ。メデューサは、まず四週間のツアー契約を、全日本女子プロレスと結び、麗雰やほかの選手たちと一台のバスに同乗して地方巡業に参加した。

「私はね、カシオの多国語用電卓を一台、持ってるの。日本語を英語に変換したり、それをまた中国語に再変換できるってやつ。

私と麗雰は、それを使って、よく話をしたものよ。ええ、会場へ移動するバスの中でね。私たちは電卓をやったりとったりして話し合ったわ。具体的には、まず、私が英語を中国語になおす。それを麗雰に見せるの。そうすると、彼女は、中国語を英語になおして電卓を返してくれた。そのあと、それを日本語になおして、二人で日本語の勉強をするってわけよ。

ええ。彼女は頭がいい女性だったわ。カシオの電卓じゃ、あまり深い話はできなかったけど、麗雰は、多分、とても知的な家庭の出身なんだろうって、私は確信していた。

メデューサは、麗雰のことをこんなふうに話す。彼女たちが、同じバスに乗って移動していたのは、わずかな期間にすぎない。だが、二人のガイジンは、その間にカシオの電卓を仲介者として友人関係を作りあげていた。

ところで、メデューサが、このようにして来日するきっかけは、一九八八年の秋、長与千種がAWAのサーキットに海外遠征を行なったことにあった。彼女は、当時のAWAチャンピオンとして長与と対戦したのである。

「試合の前、控室で彼女を見たときは、男の子みたいだわと思った。それ以外に、とりたてて印象深かったことはないの。

次に彼女を見たのは、リングの上でよ。

ああ、なんてこと！　私は、そのとき、こう思ったわ。私は最初にリングにあがっていたの。なんたって一応、私はチャンピオンですからね。そして、彼女が花道を歩いてくるのを待っていたんだけど、そのとき、そう思ったのよ。ああ、なんてことよ。これは、ヤバイわって。

つまり、千種をひとめ見て、私は、彼女がプロレスを本格的にやってきた女性だってことがわかったってわけ。どうも、大変なことになっちゃったみたいよ、と私は自分に言ったわ。彼女はホンモノのようだわって。

初めに考えたことは、とにかく、彼女がどういうプロレスをするのか、まったくわからなかったので、まず、彼女に試合を仕掛けさせるようにしようってこと。いわば、彼女に試合を作らせて、自分はそれに乗っていこうと決めたの。ええ、自分のプロレスがお粗末なものだということは、私自身がよく承知していましたからね」

メデューサは、少し苦い表情でこう言ったあとで、続けた。

「試合は、だから、千種のほうが仕掛けて始まったわけ。そして、それは、とても不思議な試合になったの。つまりね、千種と手を合わせた瞬間、私たちは深くわかりあえるという感覚的な確信が生まれたのよ。私は彼女の世界が自分の中に入ってくるのを感じた。そして、私の世界が彼女の中に流れ込んでいくのも感じた。私たちは、会った瞬間に、お互いの波長が呼応するのを感じたのよ。言葉は必要なかった。お互いの思いが、そのまま、互いに流れ込んでいくのを感じたの。ええ、たしかにそう感じたんです。観客も、私たち二人の世界に、ぐいぐいひきずりこまれていったわ。

彼女は忍者のコスチュームを着ていて、まるでヒールのようだったけど、あのときだけは、観客は私たちのどちらがヒールでベビーフェイスか、なんていう単純な図式を忘れたのだと思う。私も、いつものアメリカ式プロレスではない、何か新しいプロレスをやっている実感があったわ。

そのときのリングは、今までに、まったく経験したことのない空間だった。そして、そのとき、私はふと、以前、友人に見せてもらった日本の女子プロレスのビデオのことを思い出したの。ああ、これなのね、と私は思い出した。

そのビデオを見たとき、自分が衝撃を受けたことも思い出した。

そして、そのビデオの世界に、今こそ、自分がいることも確信したのよ」

この試合で、メデューサは全日本女子プロレス関係者に評価された。そのとき初めて出会った長与と、瞬時に波長のあうプロレスを構成することができた彼女は、プロレスラーに必須の勘のよさを証明したのだ。それは、アメリカの女子プロレスの全般的なレベルを考えれば、たしかに注目してよい感度のよさだった。

「でも、その試合の直後、私はAWAでの試合ができなくなって、まったく無職の状態になってしまったの。

AWAが試合を組んでくれなくなった理由は、いくつかあると思うわ。でも、最大の理由は、私自身がこの会社で長い間、プロレスをする気持ちを持っていなかったことにあるの。AWAは、その気持ちに気がついて、嫌がらせ工作に出たというわけ。私がAWAの女子プロレスラーになって、すでに二年がたっていたけど、実をいうと、その間、私は一度も契約書にサインをしなかったのよ」

メデューサはAWA時代のことを話すとき、いつも軽く眉根に皺を寄せる。そのときも、少し難しい顔をした彼女は、ピザハウスのテーブルを、こつこつと指の先で叩きながら、AWAとの専属契約書にサインをしなかった事情について、こう説明した。

「私が、一〇代の頃からビジネスの世界に入ったという話は、前にしたわよね。その経験の中で、私は何枚もの契約書に目を通してきた。そして、その頃には、サインをしてよい契約書と、してはいけない契約書の区別を、ほぼカンペキにつけられるようになっていたの。

そして、AWAの契約書はサインをしてはいけないほうだった。

そうねえ。サインをするか、しないかの判断は、全体的な状況を見て行なうべきだというのが、私の哲学よ。AWAに関しては、試合状況や、拘束条件の実態を見ただけで、この団体には問題がたくさんあることがわかったの。AWAのボスは、バーン・ガニアという人でね、こう言っちゃなんだけど、私は、どうしても彼を全面的に信頼する気持ちにはなれなかったわ。そのときの感じを、どう言えばわかってもらえるかしら。彼が作った契約書にサインをしたら最後、私は、すべてのチャンスが頭越しに逃げていくのを、指をくわえて見ていなくてはいけないような予感がした。

もちろん、AWAは、何度か、私に長期の専属契約を結ぶように言ってきたわよ。でも、そのたびに、サインはしないと言い張ったってわけ」

ビジネスに関してしたたかな目を持つ彼女は、一九八八年の秋には、AWAの中で一種の持て余しものとなっていたらしい。そのため、彼女は長与との対戦を最後に、AWAサーキット内では試合ができない状態になった。メデューサは、いわば干されたわけだ。だが、この措置は、彼女にたいしたショックを与えなかった。

「AWAは、常に女子プロレスラーを本気で扱おうとしない。女子プロレスラーなんて、幕間の芝居《コント》要員にすぎないという態度は、いつまでたっても変わらないの。私は、二年間近く、たった二人きりの女子レスラーとして、男子レスラーと旅巡業をしてまわったわ。でも、女性が二人いればいいほうよ。ときには男ばかりの中で、私がたった一人の女だったりする。そういうときには、ホテルに入ると、男子レスラーの隣の一人部屋に鍵をかけて寝るのよ。キャンピングカーの中では、みんなが見ていない隙を狙って着替えをする。ねえ、この状況を想像してみてよ。ほとほと疲れちゃうわよ。

おまけに、平気な顔で、俺と寝なくては試合に出してやらないなんていうプロモーターまで出現してさ。そういうことは、芸能の世界では日常茶飯《さはん》だと言っても、実際に、そういう奴に出会うと、本当に頭にくるものよ。そう思うでしょ？

一九八六年から八八年にかけて、私は、そういう生活を続けてきたのよ。そして、最後には、こんなことをして、いったい何になるのか、わからなくなってしまった。キャンピングカーも、ナイトクラブも、バーン・ガニアも全部ひっくるめて、プロレスをお払い箱にしたくなっていたわ。

だから、AWAが意地悪をして、試合を組んでくれなくなったときも、負け惜しみではなくて痛痒《つうよう》を感じなかったの。また新しい仕事をみつけようと思っていたし、実際、日本から連絡がこなかったら、私は今でも、アメリカのどこかで別の仕事をしていたでしょうね」

全日本女子プロレスからの誘いは、一九八八年の一一月にやってきた。そして、彼女は、翌年の正月興行に、生きたニシキ蛇を操るのが売り物の、デルタ・ダーンという女子レスラーと一緒に、日本にやってきたのである。

ちなみに、外国人レスラーは、おおむね、このような二人一組のパック契約で来日する。そのため、ときには一目でキャリアも技術もあきらかにプロのレベルに達していない選手がリングにあがることもある。おそらくパックの員数あわせのためにだけ駆り集められた選手なのだろう。

だが、そういった未熟な外国人レスラーが、リングの上で立往生することは、めったにない。彼女と対戦する日本人レスラーが、彼女の技術不足を手とり足とりカバーして、試合の体裁を保つことに全力をつくすからだ。外国人レスラーは、その所属興行会社の看板を背負った形で来日する。だから、日本人レスラーにとって、彼女たちは、技術の有無に関わらず丁重に扱わなくてはならない〝客人〟なのだ。

ところで、メデューサは、そのときAWAの看板を背負って来日したわけではなかった。日本から誘いがかかる前に、AWAと縁を切ったため、彼女は外国人レスラーとしては珍しい、個人契約者だった。とはいえ、彼女の扱いは、AWAやWWFなどの興行会社に所属するレスラーと比べて遜色ない。彼女は、正月興行の初日である一月四日に後楽園スタジアムのメインイベントで、長与が昨年秋のアメリカ遠征で獲得したIWAのベルトを賭けた一戦に臨んだのである。

このタイトル戦は、結局、四日と五日の両日にわたった。四日の試合で、長与は、試合開始早々、リングに乱入してきたデルタ・ダーンのニシキ蛇に首を締められ、失神してベルトを奪われる。翌五日、長与は、事前に発表された試合予定にはなかったリターンマッチを敢行。この試合で、長与は、前日の水着とはうってかわり、TシャツにGパン、片手にはチェーンという出立ちでリングに表われ、最初から最後まで大流血しながら派手に暴れ回った。試合の決着は、長与がメデューサをスリーパーホールドで締め落としたことでついた。長与は、血まみれのTシャツの胸に、二四時間ぶりに自分の手元に返ったIWAのベルトを抱き、この二日間にわたったタイトル戦は終った。

長与は、このような、気恥ずかしくなるほど舞台晴れのする、徹底して華やかな仕掛けでプロレスを行なうことにこそ、真骨頂を見出している選手だった。彼女は、いつも、そういった派手な試合展開に、誰よりも素早く陶酔する。そして、観客は、知らず知らずのうちに、長与自身が強烈にのめりこんでいるプロレス世界にひきずりこまれるのだ。

だが、対戦相手が技術的に未熟で長与の陶酔を受け止めきれない場合には、その試合は不自然に芝居がかって感じられることがあった。さらに、相手が意識的に、長与の世界にのめりこむことを拒否した場合には、この不自然さはなおさら目立った。大向う受けを狙う長与のプロレスは、同時に、対戦相手との相性次第で、無残に上滑りする危険性をはらむプロレスでもあったのだ。

その点、メデューサは長与の対戦相手として相性がよかった。金髪をなびかせ、ワンレガースタイルの水着をまとった長身の彼女は、荒削りではあるがのびのびと動いた。それは、長与の溢れんばかりの演劇性に彩られたプロレスの受皿としてふさわしかった。

この両日の試合で、長与とメデューサは、前年の秋に続き、プロレスラーとしての波長があうことを証明した。

メデューサが見たプロレスの世界

メデューサは、この四週間の巡業がおわると、いったん帰国。彼女が再び日本へやってきたのは、初来日から四ヵ月後の五月六日だ。彼女は、この試合の一ヵ月後に開始された八週間の新シリーズの巡業に招聘されていた。

こういった巡業には、通常、そのシリーズの目玉になる選手や試合をイメージさせる名前がつけられる。その八週間の巡業のシリーズ名は、メデューサ・エクスプロードと命名された。全日本女子プロレスは、すでにこの時点で、メデューサ・ミシェリーを、あらたなメイン選手に据えようという考えを固めていたのだろう。実際、彼女が、会社と一年間の専属契約をとりかわしたのは、この巡業を終えた直後だった。こうして、メデューサはシリーズごとの〝客人〟ではなく、アメリカ選手としては初めて、〝ウチの選手〟と呼ばれるレスラーとなったのだ。

ところで、メデューサの日本との接触のしかたは、麗雰とはいささか異なっていた。麗雰は、会社にとってあくまでも子飼いの選手であったのに対して、メデューサは、最初から、メイン選手候補として招聘されていた。麗雰と彼女の違いは、ひとつには、こういった会社との関係にある。

また、麗雰がレスラーになったのは一六歳。対して、初めて日本のリングにあがったときのメデューサは、すでに二六歳の大人の女性だ。この年齢差に加えて、ローティーン時代からビジネスの世界を切り抜けてきたメデューサの人生経験は、一二歳で社会との接点をなかば失ってしまった麗雰のそれとは比べ物にならない厚みを持っていた。

それにもかかわらず、この二人は、女子プロレスに足を踏み入れたとき、まさに同じ光景を目撃する。そして、このときメデューサが感じたものは、ちょうど三年前、麗雰がその光景を目撃したときと同様の、恐怖と嫌悪が渾然一体となった異文化体験だった。

「日本の女子プロレスの社会は、たしかに特殊な面を持っていますよね。ええ、それは、日本にやってきてすぐ、わかったわ」

メデューサは、指を素早く鳴らしてみせ、このくらいあっというまに、それはわかったの、と言う。

「それは、私が日本へやってきて本当にまもなくのことでした。その日、私は、泊まっているホテルのエレベーターを降りて、自分の部屋にもどろうとしていたの。

そのとき、声を聞いたのよ。

具体的には、それは、一人の若い選手が悲鳴をあげて、泣き叫んでいる声でした。それは、私が泊まっている隣の部屋から聞こえていたから、私は、その部屋をのぞきました。そしたら、何人もの先輩選手が、一人の後輩選手を取り囲んで殴ったり、平手打ちしたり、蹴りを浴びせたりしていたわ。

ええ。私は、すぐに、それは暴行事件だと思いました。

そして、自分のとるべき行動を、せわしなく考えたの。

アメリカでなら、きっと、私は扉をドンドン叩いて、暴行をやめさせたと思うわ。

でも、その泣き声に、私は、何か、単純な暴行事件とは思えないものを感じたの。そのとき、私が感じたものが、わかります？　その泣き声は、あまりにも異様で……悲惨で……どう言えばいいのかわからないけど、何か、ごくふつうの暴行事件ではないような雰囲気を、とっさに感じたの」

彼女は、そのときの様子を再現しようとして、何度も、架空の相手にパンチや平手打ちを浴びせるジェスチャーをしてみせた。そのジェスチャーはなかなかやまない。それは、〝暴行〟が執拗に続いたことを感じさせた。

「私は、結局、その部屋の扉を叩くかわりに、自分の部屋にとびこみ、鍵をしっかりかけて、東京の事務所にいるスタッフに電話をかけて報告しました。こんなことがおこっているけど、私は、どうしたらいいのか教えてほしいって。

そしたらね、彼は言ったわ。ダ、イ、ジョ、ブ、って。

ダイジョブ？　私は、意味がわからなかった。悲鳴がずっと続いているのよ。大勢の人が、たった一人の人を、殴ったり蹴ったりしているのよ。それなのに、ダイジョブ？」

会社のスタッフは、それまでにも〝暴行〟を目撃した外国人レスラーから報告を受けることが、ままあったのではないか。そう思わせるほど、彼の反応は、すばやく、堂に入ったものだった。

「彼は言ったの。

ダイジョブ、ダイジョブ。それは、ジャパニーズスタイルよって。

そんなこと、気にしないで寝なさい。バイバイって。

だから、私は言ったわ。あなたは、こういうことをジャパニーズスタイルと呼ぶのね。それなら、私もいつか、そういうジャパニーズスタイルの暴行を受けるわけ？　って。

つまり、私が、いつかミスをしたなら私はみんなに取り囲まれて殴られるの？

それから、私が誰かのミスをみつけたら、私はその人を殴ることができるの？　答えてちょうだい。私は、そう詰め寄ったわ」

メデューサは、そのときスタッフが彼女の詰問に答えて言ったセリフを、苦笑を浮かべて再現してみせる。

だって、メデューサ。それがプロレスってものじゃないか。

「だから、私は言い返したのよ。へえ。私が知ってるプロレスは、誰かに取り囲まれて殴られたら、殴り返すことだけどねって。

私、いつでも、物事は知らないより、知っているほうがいいと思っているわ。そして、ただ知っているよりも、深く理解したほうがいいと思っています。だから、この国にいる限り、どんなことも、より深く理解したい。でも、あいうことだけは、どうしても受け入れられないわ。

いいえ。私は、日本が暴力的な国だと言ってるわけじゃないの。暴力は、すべての国にあると思います。上の者が下の者にいばりちらすことだって、この国に限ったことではないでしょう。ただ、私はどんなことがあっても、それを受け入れることができないというだけなの。私は、けして暴力的な人間にはならない。ええ、けして。

そのうち、私は、控室で、先輩選手が顎をひとつしゃくるだけで、後輩選手に服を全部着せてもらう光景も目撃しました。指を鳴らすだけで、後輩選手は先輩に駆け寄ってくる。そして先輩は足を投げ出して椅子に座っているだけで、靴まで履かせてもらうのよ」

彼女は、そんなふうに先輩の世話をする係りの選手は、付き人と呼ばれることを知った。会社が、彼女自身にも、その付き人を付けようとしたときのことを思い出して、彼女は、言葉につまった。彼女が、そのとき軽く身震いをしたように、私には見えた。

「素直に言って、付き人は、私の目には、どうしても奴隷にしか見えないの。ええ。これは本音よ。

日本に慣れてくるにつれて、後輩が先輩に絶対服従したり、先輩が後輩を顎で使ったり、そういうこと全般を、日本人はけして嫌がっていないことはわかったわ。後輩たちも、そんなふうに扱われることを、完全に嫌がっているわけではいないもの。

だから、先輩に殴られたり蹴られたりすることも、単なる暴行というわけではないんでしょう。多分、そう理解するのが正しいんだと思う。

ね、日本人にとって、ああいう行為というものは、つまるところそういうものなんでしょ？」

こう問いかけられて、私は返答に窮した。その表情を見て、彼女は珍しく、自分のほうから目をそらせる。

〝暴行〟や〝付き人〟について話すことは、日本人である私よりも、むしろメデューサをいたたまれない気持ちに追い込んでいるらしい。奇怪な国として日本を語ることは、彼女の本意ではないのである。なぜなら、この国は、彼女自身が住んでいる国でもあるのだから。だが、彼女の目撃した光景は、時を経るにつれ、いっそう奇怪さをまして迫ってくるのだろう。

彼女は、目をそらせたまま、私の返答を待たずに話を続けた。

「つまり、こういうことでしょう。日本人は、すべてにおいて、他人に何かをしてあげることを好む人たちなんじゃない？　だから、先輩と後輩のタテ関係も、日本人にとっては、けして奴隷的に支配し従属する関係じゃないのでしょう。後輩は、強制されてではなく、好意を持って、先輩に付き従っている。ええ、その点は理解しているつもり。

それでも、私は、付き人はいらないの。多くの日本人にとって、それが普通のことであっても、私に限っては、それは奴隷制度にしか感じられないの。だから、私は付き人をつけてくれるという会社の好意的な申し出を、断わり続けているわけ」

そう言い終わったとき、彼女は、その次の質問をすでに予期しているようだった。テーブルに肘をつき、身を乗り出して、メデューサは私が口を開くとすぐに話し始めた。

「わかるわ。それで、私が孤立しないかということよね。私は孤立していないわ。ええ、孤立していないわ。

私は、昔から、誰にも似ていない人間だった。私に似ている人間なんて、誰一人いないわ。それは私が誰よりも優れているとか、特殊だということではないのよ。ただ、誰にも似ていなくて、その結果、誰かに受け入れられず、自分自身も受け入れ難いものに取り囲まれて生きることに、私は傷ついたりしないという意味なの。

それに、私は、どこにも定着しない人間だわ。今は日本にいるけれども、永遠にいるわけではない、アメリカにいても、それは同じこと。私は、いろいろな国の、いろいろな人たちの間を通り過ぎていく人間よ。だからこそ、私のすべてが、今いるところに受け入れられなくても、それは問題ではないの。

それにね、最低限受け入れられるために必要な程度は、すでに私は日本人とまざりあっていると思う。同時に、私は日本人と一〇〇%まざりあう必要はないとも思っています。まざりあわない部分を持つことは、ときにはよいことよ。それは、孤立とはちがうわ。

私は、いつも、どんなときでも、自分の人生を自分の目でみきわめているつもり。それさえあれば私は、自分が孤立した寂しい人間だとは感じないですむのよ」

たしかに、メデューサは、それまで来日した他の外国人レスラーとは異質だった。従来の外国人レスラーは、客人として別格の扱いを受けることに慣れていたが、メデューサは違った。それまでの外国人レスラーとメデューサがどのように異なるか。彼女の表現を借りれば、こういうことになる。

「今までのガイジンレスラーは、飛行機で巡業場所まで行き、一流ホテルに泊まり、一流のレストランでの食事を請求するの。

一方、メデューサ・ミシェリーは、日本人選手たちと同じバスに乗り、日本旅館の大部屋のフトンで寝て、朝は納豆を食べ、またバスの座席にお尻を押し込むってわけ。バスは、いじめられる後輩と、いじめる先輩を、それに、選手の人数分の思いを乗せて走る。そして、バスの棚には、無数の洗った靴下とパンツがつりさげられて、生乾きの臭いを漂わせているわ」

だが、彼女と従来の外国人レスラーとの本質的な相違は、むしろ、こういった状況でプロレスをやることを彼女自身が誇りに思っていたことにある。このような〝ウチの選手なみの待遇を不満と感じる外国人レスラーは、けして少なくないだろう。実際、バスの座席は彼女たちの長い脚と大きな体にとっては、あまりにも狭すぎ、小さすぎるのだ。

だが、彼女にとって、言葉が通じない外国で、日本人と同じ待遇でやりぬくことは、〝通過していく人間〟としての自分の適応力と強さを証明することにほかならなかった。

「八九年の正月の巡業から帰国したとき、君が、あんな状況でやりぬけるとは思わなかったよ、と言ったアメリカの知人は多かった。わずかな人だけが、君なら、きっとやりぬくだろうと思っていたよ、と言ったわ。私は、そういう言い方を聞いて、誰が、本当に私のことを認めてくれているのか、そして誰が、私のことを本心では馬鹿にしているかがわかったわけ。

君がやりぬけるとは思わなかったと言った人たちを、私はけして許さなかったわ」

周囲の人たちの反応に対する、メデューサの評価は、少し厳しすぎるように感じられる。だが、どこにも定着する場所を持たない彼女にとって、異文化への適応力は生命力と同じほどの重さを持つものなのだろう。なぜなら、彼女にとって、逃げ帰ることのできる場所はないのだから。その意味では、メデューサは、麗雰と同じ、故郷を持たない人間に属していた。

ウチなるガイジンの苦悩

彼女にとって不本意だったことは、彼女自身が日本のガイジンレスラーとしてやりぬいていることを誇りに思っているほど、日本人選手のほうは、ウチなるガイジンとしての彼女を快く受け取らなかったことにある。

それでも、六月六日から八週間の巡業に参加している期間は、彼女は、実質的な客人として、ある程度丁重に扱われていた。

変化が訪れたのは、その年の夏に、彼女が一年間の専属契約を会社と結んでからだ。

日本人選手たちは、お客さんだと思っていた彼女が、実は一年間にわたって、自分たちの身内になることを知らされて動揺したことだろう。それは、まさに、異例の事態だった。

それまで、日本人女子プロレスラーにとって、ガイジンレスラーとは、あくまでも客人として遠征してくる選手を意味していた。日本人選手は、せいぜい数週間の間、彼女たちのプロレスのレベルにあわせて試合をしていればよかったのだ。そして、そういうつきあいの中では、むき出しの感情をぶつけるような事態はおこらないですんだ。数週間、客人として愛想よくつきあうことは、さほど難しいことではない。

ガイジンレスラーに対する、こういった当たらず障らずのお客さん扱いは、選手だけではなく観客の間にも波及していた。観客の少女たちは、ガイジンレスラーのプロレスに本気で反応することがきわめて少ないのだ。

その点、男性の観客だけは、レスラーが日本人であろうと外国人であろうと、さほど変らない反応をしめしたのは面白い。男性観客にとっては、国籍や肌の色の違いは、女性という、より大きな共通項の前には大きな差ではないのだろう。おそらく、彼らの大半は、女子プロレスに、男子プロレスのような一種の民族闘争を見にくるわけではなく、女性が格闘するのを見物にくるのだ。

だが、いまや女子プロレス人気を支えているのは、少女の観客であり、彼女たちにとって、日本人選手とガイジンレスラーとは、まったく別種の存在だった。とはいえ、これは、少女たちが、あからさまにガイジンを排除したという意味ではない。ただ、ガイジンたちがどんなに高度な技を駆使しようと本気で熱狂することがまれなのだ。一方、どんなに拙劣な技術しか持っていないレスラーも、ガイジンでありさえすれば、せいぜい同情的な失笑を買うだけで寛大に許される。

つまり、ガイジンたちは、そういった熱のこもらない観客の視線によって、穏やかに無視されるのである。少女たちは、目の前の試合から器用にガイジンを差し引き、お目当ての日本人選手だけに注目する、高難度のテクニックを駆使しているかのようだった。その態度は、奇妙に行儀がよく、とりつくしまがなかった。

こういった観客の反応のためか、男子プロレスでは、ガイジンレスラーが試合の大きな目玉になりえたが、女子プロレスに、長期にわたり本格的な目玉商品となるガイジンレスラーが誕生したことはない。これは、アメリカからの輸入商品として発達した男子プロレスと、日本に伝統的な芸能の現代版として生まれた、女子プロレスの成り立ちの差に起因するのかもしれない。いずれにしても、それまで女子プロレスは、外国人選手を招聘はするものの、実質的にはガイジンの要素なしに興行を成立させてきたのだ。

ところが、メデューサ・ミシェリーの存在は、そういった女子プロレスの伝統的な状況とは、まったく相反するものだった。彼女は、日本人選手にとって、初めて本音で接しなくてはならないガイジンだったのである。

「それまでガイジンレスラーは、ホテル住いをするものと決まっていたの。そして、日本人選手にとっては、ガイジンは、ホテル住いをしている限り、遅かれ早かれ、どこかへ行ってしまう人間だったわけよ。それなのに、私は、その年の夏にホテルの部屋を出て、東京にアパートを借りた。つまり私は、そのことによって、自分が日本の女子プロレスにとってお客さんじゃないことを宣言したの。ほかの選手たちが、いったい私はどうするつもりなのか、ものすごく気にし始めたのは、そのためだと思うわ」

メデューサが会社と結んだ専属契約は、ほかの選手たちに対して正式に通達されたわけではない。会社は、表向き、メデューサについては何も発表しなかった。だが、彼女がどうやら長期の専属契約を結び、ガイジンとしてではなく、日本人側選手の一員として仕事をするらしいという噂がひろまるのに時間はかからなかった。

「会社が、私に関して、何ひとつ公にしなかったので、彼女たちは、ひとつひとつ噂を集めていったってわけよ。ええ。そういう会社の姿勢が気にならなかったわけじゃないわ。私自身、契約のときに社内のヒエラルキーを無視して、アメリカ人である私が前触れもなく割り込んでいっていいのかと会社に質問したの。答は、これはビジネスだから気にするな、ということだった。

さあ、もし、会社がみんなの前で、きちんと私を紹介してくれていたら、事態が少しは変わっていたかしら。それは……なんとも言えないところね。

ともかく、私が、日本人サイドの選手として一年間やっていくのだとわかったとたん、彼女たちの態度が一変したことだけは確かよ」

メデューサは、目の前にかざした手のひらを、クルリと裏返してみせた。

そう。こんなふうに、すべてが変わってしまったの。

「それまで、私は、珍しがられ、かわいがられてきたのよ。わかる？　私は、いわば、知らない国からの転校生だった。外国人選手は、それまで何人もやってきたけれども、私のように長期にわたって、日本人選手と同じバスで巡業してまわる人はいなかったみたい。だから、みんなは、私を、ちょっと変わったペットみたいにかわいがってくれた。実を言うと、私は、そんなふうに必要以上にかまわれることに慣れていなかったから、ヘンな気持ちがしたくらいよ。

それが、あるとき、クルリと変わってしまった。私が、日本人サイドの選手になることがわかったとたん、先輩選手を中心にして、とても嫌な空気がひろがったわ。

それは、つまりこういうことよ。一部のレスラーたちにとって、メデューサ・ミシェリーという人間は、ものすごく迷惑で頭にくる存在だった。そして、私は、そのことを、ことあるごとに言葉と態度で教えられたってわけ。私は、突然、一人ぼっちにさせられてしまった。今までは、私自身がとまどうほど、あらゆる面で親切だった人たちが、ある時点を境にして、まったく私に寄りつかなくなってしまったのよ」

客人としては、ペットのようにかわいがられた彼女は、いったん内と外の垣根を越え、集団の一員となったときには、もっとも疎まれる異分子に変貌した。国籍と職業を問わず、多くの外国人が体験してきた日本社会の内面と外面の大きなギャップを、ここでメデューサも味わったわけだ。

だが、彼女は、このギャップに対して、きわめて冷静に向かい合った。

「こういう態度の変わり方は、ある意味で予期されたことだったわ。彼女たちが、日本人選手のヒエラルキーの中で、なんとか名前のある選手になるためには、少なくとも五年はかかるわけでしょう。そこに、プロとしての経験が二年足らずの私が、会社の後押しを受けて割り込んできたんだから、嫌な空気がひろがるのもしかたのないことかもね。

それに、私はアメリカ人だし、年上だしね。だから、あらゆる意味で私はみんなの中での異分子なのだと思うわ。

でも、私は契約後も、日本人選手と同じスケジュールで練習し、同じ量の仕事をこなしています。みんなと同じ義務を果たし、同じルールに従って生活しているのよ。ええ、それは間違いのない事実よ。

だから、誰にも、私が贔屓されているとは言わせないつもり」

メデューサは、ここで言葉を切り、微妙に陰を含んだ笑いを浮かべる。

「でも、そんなことをいくら言ってみても、私を受け入れたくない人たちは、永遠に私を嫌い続けるでしょう。ええ、それは、わかっているわ。

感情は理屈ではねじふせられないものよ。ええ、そういうものなのよ。

彼女たちは、私が異分子だということを嫌っている。私が外国人で、年上で、自分たちと似ていないから嫌うの。それは、理屈じゃないわ」

でも、それがなんだっていうの？　彼女はテーブルの下で組んでいた脚をほどき、椅子に背をもたれかけさせて笑い始めた。誰かが私を嫌いで、誰かは私を好き。こんなこと、ごく普通のことじゃないの。

「誰かが、私を永遠に受け入れなくても、それは問題にならないわ。私は、他人に受け入れられるために生きているんじゃない。私は、自分の人生をみきわめるために生きているのよ。

それに、私を受け入れないのは、すでに自分の名前を作りあげていた選手たちだけ。若い選手たち、たとえば、麗霧と私は、いつでも話しあえた。嫌な空気が広がったと言っても、すべての人たちとつきあえなくなったわけではないの。

ええ、それでも、誰かに自分が受け入れられないってのは、正直言って、いい気分のものじゃないわ。それは、本当よ。でも、それほど悪い気分のものでもないの。今までも、私は、いつも一人で生きてきたし、すべてを一人でやることに慣れてきた。だから、異分子扱いされるのは、私にとってはそれほど悪い経験ではないの」

彼女が対人関係で見せる、こうした強靭な冷静さは、バタード・チャイルドとしての体験を乗り越える時間の中で培われたものではないかと、私は推測する。それは、いわば、悲惨な経験を土壌として成長した、豊かな実りであっただろう。だが、この場合に限り、彼女のクールさは、異分子扱いをさらに進める原因になったようだ。陰口をきかれたり、邪魔者扱いをされたりしても、なお淡々としている彼女は、そのうち、より具体的な方法で存在を無視されるようになった。

観客の一人として、私が、彼女の出場する試合にちょっとした異変を感じ始めたのは、いつ頃だったか。それは、彼女が専属契約を会社と結んだ年の暮近くではないかと思う。異変は、まず六人タッグマッチの試合でおこった。こういったタッグマッチの場合、六人もの選手が、それぞれ持味を発揮しながら、試合を展開していくのは容易なことではない。ときには、六人のうち、特定の選手の動きだけが目立つことがある。また、目立つ選手の陰で存在感を失ってしまう選手も、まま出てくる。だがそういった六人タッグマッチの特性を差し引いて考えても、メデューサは、その試合で、より積極的に出番を遮られたように思えた。

彼女がタッチを求めてのばした手は、しばしば味方の選手にさりげなく無視された。そして、ようやくタッチを貰った彼女がリングに出ていくと、対戦相手は、微妙に間《ま》をはずして、何度か彼女の得意技を受け流し、結果的に見せ場をつぶしてしまう。そして、早々に、彼女をコーナーに押し戻して、再び出番を封じてしまうのだ。

それは、あまりにもあからさまな封じ込めに見えた。そのため、かえって私は自分の目を疑った。

実際に、何人もの選手が気を合わせて、一人のレスラーの出番を封じ込めるなどということが可能なのだろうか。それは、ありえないことのように思えた。だが、普通のプロレスとして見逃すには、その試合は不自然すぎた。

そして、そのうち、同じような異変が四人タッグでも感じられるようになった。

あきらかに、メデューサはリングの上で存在しない人物のように扱われていた。かつて、観客がガイジンレスラーに対して行なったような、穏やかで徹底した無視を、今度はレスラー自身がリング上で行なっているかのように思えた。

異分子に対する心理的な距離が、知らず知らずのうちに、リングに彼女を参加させない暗黙の意志として結実したのだろうかと、私はいぶかった。複数のレスラーが意識的に一致団結して、一人の選手を封じ込めるのは、口で言うよりはるかに難しいことだろう。そういった試合が、予期したとおりの成果をあげるほど、女子プロレスは型にはまったものではない。むしろ、日常生活で日本人選手がメデューサに感じている漠然としたやりにくさが、リング上で彼女と手を合わせたくないという気分に発展していったと考えるほうが現実的なのではないか。

とはいえ、もし、彼女に圧倒的なプロレス技術の高さがあったならば、その気分は心の中だけに押しとどめられ、具体的な結果を生まなかっただろう。また、日本人選手の中に、自分たちが曖昧な気分に動かされていることに気づく客観的な視線があれば、封じ込めは、それほどあからさまにはならなかっただろう。

だが、メデューサのプロレスは、そういった気分に対抗できるほどには上達していなかった。彼女の動きは、まだ荒っぽく、長身の体から繰り出す技は、ときに空回りをした。その上、彼女は、派手な大技ばかりを使うアメリカ風プロレスではなく、ストロングスタイルと呼ばれる、地味な関節技などを駆使する緻密なプロレスを指向していた。彼女のめざすスタイルと、それを実現するための技術力は、ややもすればアンバランスになりがちだったので、たしかに、彼女は、ほかのレスラーにとってやりやすい相手ではなかっただろう。

そして、それ以上に、日本人選手たちは、言葉や習慣の違いを越えてまで、仕事の場を共有している彼女の考えを知ろうとしなかったのだと思う。おおむねの日本人選手にとって、メデューサはプロレスラーである前に、しょせん、何を考えているかわからないガイジンだったにちがいない。そしてそういう彼女と、私生活のみならず仕事の上でも関わりたくないという気分に陥ることに対して、日本人プロレスラーたちはかなり無反省だったのではないか。

こんなふうに考えたあと、自分の推察が、どの程度、当事者の感情に近いものかを、私は彼女に確認したいと思った。だが、メデューサは、初めのうち、そのような試合が存在したことさえ認めようとしなかった。

「私生活のギクシャクした関係は、リングの上には持ち込まれないわ。最大の敵と、最高の試合ができるのがプロレスの最大の長所ね」

こんなふうに言って、彼女はにっこり笑う。

だが、観客にさえあきらかな異変に、試合をやっている本人が気がつかないなどということがあるのだろうか。私は繰り返し尋ねた。彼女は、長与と対戦した初来日の試合以来、リングの上での精彩を次第に失いつつある。それは、日本的なヒエラルキーから彼女がはじき出されていることと、関係がないのか。

彼女は、最初のうち、辛抱強く聞いていた。そのうち、彼女の顔から笑いが消え、眉間に皺が刻まれ始める。突然、彼女は、私の質問を手で遮った。

「ええ、そうよ。そうなの。

実は、それには気がついていたわ。

つまり、ここに至って、異分子であることのギャップが、私生活だけでなく、ついに試合にまで影響を及ぼし始めたってわけ。

頭にきたかって？　もちろんよ。頭にこないはずないじゃない。彼女たちは、私をリングに出さないだけじゃない。私の技も受けようとしないのよ。つまり、私とプロレスをすることを拒否するのよ。観客の前で。彼女たちに、いったいプロとはどういうものか、教えてやろうかと思ったことも一度じゃすまないわ。わかるでしょ」

ほかの選手たちは、メデューサは下手だという。メデューサとやるとケガをするから、手を合わせたくないっていうの。でも、私が、いつ、誰をケガさせたっていうの？　誰もケガなどさせていない。これからもよ！　彼女は一気にこう言ってのける。オレンジ色のリップクリームで光る薄い唇が、固く結ばれている。

「もちろん、私は自分のプロレスのレベルが高くないことは知っています。でも、日本に来て、いろいろなプロレスの勉強をし、練習に励み、技術をいくらかでも上達させる努力は、けして惜しんでいないわ。それに、私だって、与えられた機会を無駄にしない程度の、プロとしてのレベルは保っているはずよ。それなのに、彼女たちは、私を試合に参加させない。

　スタッフも、それに気がついていないはずはないと思うけど、なぜか、彼らは、そんなことはおこっていないようなふりをしているわ。私には、そうとしか思えない。彼女らは、なぜ、そういう事態がおこっているかについて、選手たちに話を聞くということさえしないのよ。

　ねえ、わかる？　私はまるで、コーナーポストに立ったまま試合を眺めていればいいと思われているみたいよ。ええ、まったく、そうなのよ」

　麗雰は、プロレスによって自分を表現する方法を模索して苦しんだ。一方、その方法について、メデューサが悩むことはなかった。彼女は、十分、エンターテイナーの素質を持つ人物なのだ。彼女の自己表現の回路は健康だった。

　しかし、ウチなるガイジンとして、彼女は表現するための場を奪われ始めていた。彼女にとって、もっとも手強い敵は、リングと、コーナーポストに立つ彼女を隔てる距離として姿を現わした。そして、その距離は、彼女自身が容易には認めたがらないほど本質的な問題なのだった。

第八章
賭けの結末

神取しのぶの苦悩

こうしてメデューサがガイジンとしての壁と格闘していた一九八九年の秋、神取は、ジャパン女子プロレスに〝復帰〟した。

そもそも、ジャパン女子プロレスの発足当初の看板選手だった彼女が、なぜ、その団体に復帰しなくてはいけなかったのか。

それは、彼女が一九八七年の春から六月にかけての数ヵ月と、それに続く夏以降の一年間、プロレスラーであることをやめていたためだ。彼女は、三月の契約更新の交渉で、会社にフリーとして独立する意志をしめし、試合から遠ざかった。その後、五月に、いったんジャパン女子プロレスのリングに復帰したが、結局、七月一八日に、ジャッキー佐藤をリング上で負傷させて姿を消す。彼女が次に、プロレスの場に戻ってきたのは、それから一年後の八八年七月一四日。彼女は、全日本女子プロレスを引退後、ジャパン女子プロレスに移籍したデビル雅美とのシングルマッチで、ジャパン女子プロレスのリングに再復帰したのである。

このような一連の経緯の発端は、一九八七年初頭から始まった、彼女の契約更新をめぐる交渉の失敗にあった。

彼女がジャパン女子プロレスの専属選手をやめ、かわりに、一試合ごとのファイトマネーでフリーランス契約を結びたいという要望を会社に提示したのは、その年の二月。正月興行で負傷した目のケガの治療費を会社が負担しなかっただけでなく、試合を強要してケガを悪化させたことで、神取は会社への不信感をつのらせていた。

だが、彼女はプロレスそのものをやめようと考えたわけではなかった。プロレスが嫌になったわけではない。ただ、会社に身柄を預けることが不安なだけだ。だから、より拘束の少ないフリーの状態で、プロレスを続ければよいではないか。フリーになれば経済的には苦しくなるだろうが、それはアルバイトで補えばいい。彼女の考えは、このように、いたって単純だった。それは、ある意味で、神取にとってのみ都合のよい考え方でもあった。

この交渉は、彼女の予想に反して、遅々として進まなかった。

それには、いくつかの理由があった。

最初の理由は、彼女が、すべての交渉を、代理人をたてず、自分一人でやりぬこうとしたことにある。彼女は、それなりに誠意をつくして話し合いを続けたようだ。だが、興行会社のスタッフは、神取であろうとなかろうと、二二歳の〝女の子〟をまともなビジネスの交渉相手として認める考えは持ちあわせていなかった。そして、フリーランサーとして独立したいという自分の提案が、年端のいかない女の子の気まぐれとして扱われるたびに、彼女は態度を硬化させていった。

一方で、交渉の駆引きに慣れない神取は、すべてを、あまりにもストレートに処理しようと焦りすぎていたとすれば、他方で、会社は、当時、一選手の契約要求を十分吟味できるほど、安定した経営体制を保っていなかった。創立当初の代表が、わずか数ヵ月で代替わりをして以来、ジャパン女子プロレスの経営陣は、なかなか一本化されなかったのである。試合数も、選手への待遇も、プロモーター対策も、すべてが当初の計画とは大きく食い違い続けた。そのような状況で突如出現した、神取のフリーランス独立問題は、会社のスタッフをただ動揺させるだけだったのだろう。

そして交渉が進まなかったふたつめの理由は、そもそも、女子プロレスには、それまで実質的なフリーランサーの選手は存在しなかったことにある。

一九四八年の誕生以来、女子プロレスの雇用形態は、常に伝統的な芸能興行の形を踏襲したものだった。興行会社の体質は、かつての女相撲がそうであったように、企業というより、むしろ大家族に近かった。そのような体質の中においては、選手は社員というより、むしろ、社長の娘分として生活全般の面倒を見てもらう立場にある。彼女たちは、生活が苦しいときなど、衣食住の面倒を社長一家に見てもらうことはあっただろう。また、その後、年をとって選手としては通用しなくなったときには、ほかの働き口をみつけてもらうことや、将来の結婚相手を世話されることはあっただろう。だが、そういった私生活にまで及ぶ親身な世話の陰で、給与や待遇面において選手を合理的に遇することは、さほど重要視されなかったはずだ。

そして、自分自身の家庭にさえ高校時代から寄りつかなかった神取と、興行会社の、このような大家族的体質が、折り合いのよいはずもなかった。

会社のスタッフと神取の主張はいつまでも平行線をたどり、結局、その年の春、彼女は一方的にフリー宣言をして会社を去る。だが、会社のスタッフは、このような独立を認めなかった。もし、これを認めれば、興行関係者から選手の管理能力を疑われてもしかたなかったのだろう。

そのため、五月になると、神取は一シーズンだけという契約で、リングに戻ることを約束させられる。彼女は、この申し出に乗気なわけでなく、疲れた表情さえ見せ始めていた。

彼女と会社の交渉は、すべてがオープンになったわけではなかったが、それでも、神取の去就は、この頃になると大きな話題となっていた。女子プロレスラーが自分だけの意志で、契約条件について会社と争うということは、それだけでニュースになりえた。

たとえば、これまでにも、何回か、結局は陽の目を見ない結果におわったものの、女子プロレスの新団体が発足しかかったことがある。そのとき、何人かの選手は、既存の団体から、新しい団体へと動いた。だが、それは、あくまでも新団体のスタッフに請われての移動であり、神取のように、主体的な意志で会社と袂をわかとうとしたわけではない。

また、彼女のような現役選手が、ファイトマネーの支払い方法についての会社と交渉することも初めてだった。引退した選手が、回顧談の中で、少なすぎる給与についてのグチを述べることは、ままある。だが、それまで、女子プロレスラーが表立って、金の問題に触れることはなかった。その意味でも、女子プロレスラーと興行会社は、実に日本的な、情緒を重んじる紐帯《ちゅうたい》で結びつけられていたと言えそうだ。

だからこそ、会社にとっては、どのような強硬手段をとっても、神取しのぶという選手を管理下に置く必要を感じているようだった。彼女は、それまで女子プロレスの世界では常識とされてきたことを、いちいちぶち壊しにかかっているのだから。彼女の要求を蹴り、元どおり会社に身柄を預けるサラリーマンレスラーの立場にもう一度押し込むことは、会社にとって、いわば威信の問題でもあった。

だが、神取を強引にからめとろうとすればするほど両者の関係はこじれていった。依怙地《いこじ》になった彼女は、たびたび試合を欠場するようになり、結果的に、無責任なレスラーだという悪評の的になった。

それでもなお、神取は、ファンや興行関係者から無視されたわけではなかった。彼女は無視するには、あまりにも大きく過激な異物なのである。神取は、女性としても、女子プロレスラーとしても、二二歳の若者としても、あまりにも強烈な存在感を漂わせた人物だったので、嫌悪することはできても、無視することはとうていできそうになかった。そして、そのような彼女に、新しい可能性を感じて注目する人もわずかながらいた。

たとえば、長与千種がそうだ。

最初のうち、ジャパン女子プロレスと神取に動揺し、反発し、憎悪をぶつけ続けていた長与は、いつ頃からか、神取に深く引きつけられていった。

彼女は、全日本女子プロレスの看板選手という立場上、神取の試合を観戦することはできなかった。だが、彼女の知り合いの何人かが、ジャパン女子プロレスの選手になっていたため、彼女は知人の話を聞き集め、驚くほど短時間に、神取という選手の像を把握したようだった。彼女は、次第に、神取の試合や人柄のことを、それほど詳しく私に聞かなくなった。そして、あるとき、彼女は笑いを含んだ微妙な表情で、こんなふうに言った。

「聞かなくても、わかるようになったのよ。あの人が、どんな試合をするのか、一度も観なくても、あたしにはわかるような気がする」

強い反発を端緒にして醸成された、この複雑な愛着は、おそらく、長与だけのものではなかっただろう。神取は、その頃、まだ五〇試合足らずの試合数しかこなしていなかったが、旗揚げ興行でのデビュー試合以来、彼女は観客の中に、今までの女子プロレスラーのファンとは異質のファン気質を誕生させていた。

私は、神取が欠場した試合のあと、会場近くの喫茶店で、彼女はいったいどうしたのだろうかと心配そうに話す、彼女と同年配の男性たちを、よく見かけたものだ。彼らの話す声は低く、真剣で、どこかに抑制された憧れが感じられた。そして、いつも彼らは、最後にはデビュー戦に話を戻し、そのとき彼女がどんなに凄かったかについて口々に話すのだ。神取はまさにその一試合だけによって、彼らの頭の中に鮮やかに生き続けているようだった。

それは、女が格闘するところを見物にくる男性の観客とも、それを排除して、会場を自分たちの熱狂の占有物にした少女たちとも異質の、シャイで純情なファン気質だった。長与が、神取に感じ始めたのも、一種、こういったファンの気持ちに似たところがあったのではないか。だが、プロレスラーである彼女は、その感情を、現実的なビジョンへと再生しようとした。

それは、具体的にはこういうことだ。

彼女は、ジャパン女子プロレスから神取がフリーになった頃から、取材の最中に、さかんに、全日本女子プロレスのマットへ招聘したいという含みを感じさせる発言をしはじめた。その発言は、最初のうち、慎重で曖昧なニュアンスを帯びていた。

そのうち、彼女は、より具体的なアプローチを始めた。ある日、長与を取材しにいくと、彼女は、こう言った。

「会ったよ、あたし」

彼女は、照れたように横を向いていた。二人は連絡を取り合って都内のホテルの部屋を予約し、そこで数時間、仕事とプロレスについて話し合い、意気投合したという。長与は、ときどき言葉につまりながら、二人のめざす女子プロレスのビジョンがどんなに一致したかを語った。

彼女の話を聞きながら、そのとき、私は、これをいったいどういう記事で書けばよいのだろうと、半分困惑していた。

クラッシュ・ギャルズ一辺倒で固まっている読者のファンにとって、長与の神取に対するアプローチは、あまりにも唐突で理解に苦しむものだろう。また、彼女のそういった行動は、対抗団体の誕生に神経質になっている全日本女子プロレスのスタッフにとっては、腹立しいものにちがいない。それを考えると、彼女の語ったことをストレートに記事にすることは躊躇された。しかし、長与が、神取と対戦することで、クラッシュ・ギャルズのブームを越え、さらに大きく女子プロレスの流れを変えることができるにちがいないと感じていることは確かだった。

「何時間も、あの人と話をして、その間中、神取はにこにこ笑っていたの。それなのに、あたしが帰る時間になって、あの人が扉のところまで送ってきて、あたしの後ろに立ったとき、あたしは鳥肌が立ったんよ。

わかる？　鳥肌が立ったんよ。自分の背中にものすごい殺気のようなものを感じて、あたしは振り返ったの。そしたらね、神取はどうしてたと思う？　彼女、前と同じように、にこにこ笑っていたんよ。

そのときね、この人となら、あたしは今までに見たことのない試合ができるってわかったんよ」

あたしは、今まで怠惰なレスラーだったんよ。ほんとよ。でも、彼女と試合ができるなら、あたしは、もう一度、真面目にトレーニングするよ。彼女は、ややかすれる声で話し続けた。

「二カ月、きっちりトレーニングして、身体を作ったら、あたしは、きっとプロレスラーになってから最高の試合ができる。きっと、できる。お客さんが、これが女子プロレスちゅうもんかぁ、まさか、これが、あの女子プロレスかぁて、目を疑うような試合が、必ずできる。あたしは、神取となら、まだやれる」

一九八七年の夏、クラッシュブームはまだ好調だったが、長与は、すでに全日本女子プロレスでの自分の時代がおわりつつあることを見抜いていた。

長与は、もともと、どのような試合が、観客に見果てぬドラマを感じさせるか、どのような仕掛けが観客を酔わせるかを見抜く、いわばプロモーターとしてのセンスにたけていた。それだけに、彼女は、限られた同僚レスラーとの対戦では、もう観客を心から酔わせるドラマを作り出せないことを、いちはやく感じ取らずにはおかなかったのだ。

彼女は焦っていた。自分に残されているのは、マンネリ化したプロレスの中で、ブームの緩慢な終焉を見届けることだけではないかと、長与はそのとき感じていただろう。

だが、もし、団体の枠を越えて、神取と長与が対戦するような、まったく新しい事態がおこれば、なすすべもなく、ブームの下り坂を転げ落ちていくことだけは防げるのではないか。

実際、長与の、派手で抜群の演劇的説得力のあるプロレスと、神取の圧倒的な力の表現が嚙みあえば、そこには、ジャパン女子プロレスの旗揚げ興行にまさるとも劣らない試合が生まれるはずだと私は思った。しかも、長与の熟達した芸人の技術を駆使したなら、そのような試合は、ただ一試合だけでおわらず、複数のバリエーションを生み出していくにちがいない。

そこで、私は、長与と神取の双方に取材しながら、彼女たちのビジョンを、少しずつ記事へ反映させていくことにした。

その頃、私と長与との連載インタビューは、たとえばこのような調子の記事になった。

(前略)

長与　最近、ずっと気んなってたのね、プラトニックラブという言葉が。気んなってしょうがなかったんね、ずっと。

うん、わかったよ。今、わかった。うち、プラトニックラブしたいんよ。プロレスに。

いや、ちがうかな。プラトニックラブ……。プラトニックラブする……プラトニックラブできる対戦相手。そうね。プラトニックラブできる対戦相手、ほしい。ほしいよ。

プロレスラーがたたかう原点ってね、原点？　本能ゆうのかな、なんだと思う？

―― わからない。説明して。

長与　あんね。あるところにプロレスラーがいます。いい？

―― はい。

長与　どういう人か、わからない。どんな顔？　どんな体？　どんな技使うん？

何も知らない。

―― はい。続けて。

長与　でも、ひとつだけ。ひとつだけよ。わかってる。強いんだ、と。

すごく強いんだ、と。

それだけ。

でも、それだけで十分なん。強い人がいたら、やりたい。やりたい。やりたい。純粋に、やりたい。

何もかも忘れて。

それがプロレスラーの本能、と思う。

(中略)

長与　考えてもみてん。もう何年も、うちら、ほとんど同じメンバーで試合してる。空気がかわらん、きっちりはまった枠ん中で、空気の動かん中で、同じメンバーとプロレスしてる。

そういうところで、ベルトとったら、どんなことになる、思います？　窒息。息つまってしまう。

ベルトゆうのは、チャンピオンゆうのは、あとからあとから、強い、知らないヤツが挑戦してくるから意味あるのでしょ。いっつも、見知らぬチャレンジャーに、プラトニックラブを送られ、送り返せるからベルトでしょ。プラトニックラブできないベルトは意味ないよ。ベルトは死ぬよ。

自由に、もっと自由に、枠をけやぶってプラトニックラブしたいんよ。うちは。長与千種は。

どこかに強いヤツがいるんなら、その強いヤツが、どこの誰だろうと、どんな事情と看板しょっていようと、それは関係ないん。

うちはプロレスラーの本能を殺したくないのん。

——こういうことかな。既存の、つまり、現在、組むことのできるカードでは、かつてのクラッシュの試合を越えるプロレスを長与千種がやることは難しい、と。

長与　そうね。クラッシュを超えることはできないでしょ。誰とやっても。長与千種は。

——じゃあね、これは慎重に答えてほしいのだけれど、仮にどんなカードであれば、長与千種はクラッシュを超えられると思う？　慎重に、という意味はわかる？

長与　わかる。わかるよ。自分がしょってる看板を意識してということでしょ。

——まあ、そうね。

長与　そう……あのね、夢のカードをやりたいのね。一回こっきりでいい。すべての人が看板を捨てて、団体の枠を一度、超えてみたらいい。

ずっとじゃなくていい。一回っきりでもいいのよ。その一回きりのカードで、千種はクラッシュ以降を乗り切って、もう一度、天下を取る自信あんの。ホントにあんの。

——……。

ね……あの……神取しのぶって強い？

長与　強い？

——はい。強い、いい選手よ。

長与　そう。そう、強いのね。

——はい。

長与　こんなことは許されないのかしらね。もう、やっちゃいけないのかしらね。時々、そう思うわ。もう夢の中でしか、レスラーの本能を生かすことはできないのかなあって。

——ええと、今の神取選手うんぬんのところは、一人言なのかしら？　それとも記事にするべき発言なの？　私はどっちだと思えばいい？

長与　……書いて。うん。書いてよ。いいわ。これは一レスラーとしての長与千種の発言なんだから。うん。

（「デラックスプロレス」八七年四月号）

神取しのぶとジャッキー佐藤

長与がこのようなビジョンを生み出していた頃、神取と会社との、半年にわたる膠着状態は、彼女とジャッキー佐藤との、思いがけない確執によって破れかけていた。

彼女がデビュー戦の相手だった佐藤と、公私にわたってうまくいかなくなったのは、いつ頃からか。この端緒は、ほかの選手と佐藤の、給与の大幅な差がクローズアップしてきた時期にあったのだろう。旗揚げ以来、綱渡り状態の会社の経営は、選手たちを、慢性的な不満状態においていた。そして、ジャパン女子プロレスの発起人でもある佐藤にとって、独立問題でゴネ続ける神取は、選手たちの不満を代表する人物のように感じられたのかもしれない。神取を抑えつけなくては、自分自身の面子が保てないとような気分が、いつしか佐藤の心中に生まれていた可能性はおおいにあると思う。

ともあれ、それは、まず七月六日の試合に端を発した。

その日、タッグマッチで対戦した神取の目を、佐藤の伸ばした左腕が直撃した。これは、本来なら胸板か喉元を狙うラリアートという技であり、佐藤に対した神取のように身長差のない対戦相手の場合、それが目を直撃することはめったにない。そのためには、腕をかなり上方にあげなければならないからだ。しかも、佐藤は、通常、右が利き腕だった。利き腕ではない左腕を、相手の目の高さにあげての攻撃は、ラリアートという技の〝型〟から考えると、たしかに不自然ではある。

そのため、前触れもなく、形と違う場所を攻撃された神取のダメージは大きかった。さらに、攻撃されたのが、正月以来痛めている右目だったことに、神取は佐藤の特別な悪意を感じ取り、日頃の鬱憤を、佐藤がプロレスの形を借りて返したものだと判断したのである。

神取は、この判断において早計だったのかもしれない。だが、神取が、七月一八日に、ジャッキー佐藤とのシングルマッチを企画してほしいとフロントに申し出たことを知ったとき、佐藤は、即座にその試合を受けて立った。神取の、そのときの剣呑な雰囲気を見れば、ベテランの佐藤は、一八日の試合が、いわゆる遺恨試合になることを十分察知できたはずだ。だが、彼女はそれを避けようとはしなかったのである。その点をみると、実際、佐藤は、ある程度、その攻撃を意識的に行なったのかもしれない。

その試合は、結果的にどのようなものになったか。

「ものすごい試合でした。観客も選手も、僕も、みんな震えあがりましたよ」

それを観戦した編集者は、たまたま仕事が重なって試合に行けなかった私に、こんなふうに感想を話した。

編集者は、リングサイドで試合を見ていた若い選手たちは、試合がおわる頃には、ふるえながら泣き始めたくらいですよ、とも言った。そして、試合がおわったあと、神取は、控室でプロモーターや会社の関係者に取り囲まれて難詰され、その後、どこかへ軟禁されたそうだという。

いったい、それはどんな性質の試合だったのか。私は想像できなかった。

神取の足取りは、その後数週間というもの文字通り行方不明になった。

そして、彼女の行方がまだ判明しないうちに、その試合を報じた「週刊プロレス」は発行された。それによると、彼女は、その試合で佐藤の顔面にナックルパンチを浴びせて戦意喪失に追い込み、ギブアップを奪い取ったらしい。

神取が、最後に佐藤にかけた関節技は、腕がらみと名づけられ、誌面には、パンチによって、完全に容貌のかわってしまった佐藤の写真が大写しになっていた。私は、その写真を見ながら、彼女が、これまでのプロレスラー生活の中で、一度もギブアップ負けを喫したことがない選手だということを思い出した。一方、逆上する佐藤を器用にあしらいながら、逃れようのない技で彼女を絡めとっていく神取の表情は、冷静を通り越して冷笑的にさえ感じられた。

そして、神取は、その試合から約一ヵ月後、唐突に姿を現わした。

いったい、行方不明の試合のあと、彼女がジャッキー佐藤を贔屓にしていたプロモーターや、興行関係者に軟禁されたらしいという噂は事実だったらしい。彼女は、事実、三日あまり、どこともわからない場所に閉じ込められていたという。彼女をそこに連れていった人たちは、その場所につくまで彼女に目隠しをしたという。そのため、彼女は、場所の見当がつかなかったのだ。

「怖くなかったかっていうと、やっぱ、そりゃ怖かったよ。あんな試合をしたからには、もうプロレスを続けていくこともできないだろうと思っていたし。

ただ、私がしたような試合を、一方で支持している会社内部の人もいてさ。その人たちも、軟禁された場所についてきていたから、多分、すぐさま刺されて死んじゃうっていうことはないだろうと思ってた。案の定、そいつらはとくに手を出すわけでもなくてさ、ただ、なんであんな試合をしたんだって、三日間、わんわん怒鳴ってただけ。

なんか、もう、これで終ってもいいんじゃないかなって思っていたのね。あんまり普通の精神状態じゃなかったのかもしれないけど、私の人生って、たいして面白くもなかったな、って感じてた。今刺されて死んじゃっても、たいして惜しい人生でもないなって。うん、なんかおかしいけどね」

彼らが、その軟禁を解いたのは、彼女が、フリー宣言を取り消し、ジャパン女子プロレスと五年間の専属契約を結ぶことを、口約束したためだった。だが、彼女は、関係者に連れられて、後楽園の会場へ行く途中で、エレベーターに乗り込む隙を見計らって、文字通り遁走する。そして、見つけ出されることを恐れて、アメリカへ飛んでしまったのだ。

ところで、彼女が行先をアメリカに決めたのは、そのときたまたま手元にニューヨーク行きのディスカウントチケットがあったからにすぎない。そのため、神取は、ホテルに荷物を置いたあとで、滞在費が不足していることに初めて気がついたという。

そこで、彼女は、どこか稼げるところがないかと、ニューヨークの街を終日歩き回った。一日目には収穫がなかったが、二日目の午後、彼女は柔道着を着た小学生の二人連れを発見する。急いであとをつけたものの、慣れない街で、彼女は二人を見失ってしまう。そこで、三日目の同じ時間、彼女は昨日と同じ場所で、小学生を待ち伏せした。

「柔道の練習に通っているみたいだったじゃん。普通、そういう練習は同じ時間に通うものだから、待ち伏せをしていたら、ざっとみつけられると思ったわけよ。

無知だったといえばそれだけなんだけど、ニューヨークって広いところでさ。最初ニューヨークの地図を一枚買ったんだけど、どうにも広すぎてよぅ、街の感触がつかめないんだわ。だから、この街に、自分となんか関係があるものを探したかったのよ。それで、三日間探して見つけ出したのが柔道着の小学生でさ、これがあるなら、多分、この街と自分には接点があるんだろうと思ってよぅ、そのときは、ちょっと嬉しかったですよ」

彼女の、この見込みはあたり、再度、姿を表わした小学生のあとを、彼女は今回は首尾よく尾行して、ある柔道教室に行き当ることができた。そして、幸運なことに、その道場主は、以前、ある国際柔道選手権試合に参加したとき、神取しのぶという優秀な日本人選手を見たことがあった。道場主は彼女を日本料理店へ食事に連れていってくれ、神取は、結局、その店で皿洗いのアルバイトの口をみつけた。そして、数週間、その店で働いて帰りの旅費を貯め、日本へ帰ってきたのである。

当然のことながら、彼女は、ニューヨークへの遁走によって、完全に失職した。

だが、そのあと数ヵ月すると、失職したはずの神取が、突然、ジャガイモの大箱を送りつけてきたので、私は驚いた。彼女は、失職以来、何人かの知人をたよって野菜や海産物の直販ルートを作り、生活を支えているのだという。そのジャガイモは、彼女が扱った最初の商品というわけだ。神取は、その後も何種類かの品物を仕入れ、なんとか食べられる程度の利益をあげ、生活していた。こういうゲリラ的な商売は、たしかに彼女に向いていた。

その一方で、実質的にフリーになったことによって、神取を全日本のマットに招聘するというアイディアは、長与だけでなく、ほかの全日本女子プロレス関係者をも魅きつけはじめた。八七年の秋になると、全日本女子プロレスのリングで神取の試合を見るというビジョンは、少しずつ、現実感を帯び、神取は、ジャガイモの直販をやって食いぶちを稼ぎながら、全日本女子プロレスの関係者と話し合いを進めるようになった。

長与も、以前よりはっきりした言い方で、対神取戦への抱負を語るようになった。長与のファンも、また、その頃になると、彼女の思いを受け入れる体勢を整えつつあった。

「あの人がやったことを聞くと、あたしは、自分がこれまで、何ひとつやりきらんかったように感じるよ」

長与は、苦笑に近い笑みを浮かべて、こんなふうに言った。ジャッキー佐藤とのケンカマッチから、逃避行、そのあとの〝商売〟へと続く一連の行動が、一五歳から興行会社の中だけで生きてきた長与にとっては、この上なく自由なものに思えたのだろう。

だが、神取本人は、佐藤との一戦を、ケンカマッチであるとは思っていないようだった。

「あれは、ケンカとは思ってないよ。思ってません。それなりに、プロレスラーのプライドを持ってやった試合だと思ってるの。

それを、ケンカだと受け取るか、試合だと受け取るかっていうのは、見る人のプロレスのとらえかたにかかっているんじゃん？　そうじゃん？　私は、あれは試合だと思ってやったよ」

神取は、ケンカをしたと言われるのが嫌いなようだった。なぜか。ケンカには美しさがないからだと彼女は言う。ケンカは、結局、勝てばいいのだから、そういうものには美学の生まれようがないではないか。

「あの試合のとき、考えていたことは勝つことじゃないもん。相手の心を折ることだったもん。骨でも、肉でもない、心を折ることを考えてた。ただ、それだけを考えていたんで、相手をいためつけようとは思っていなかった。本当に、相手をいためつけることなんか、目的じゃなかったよ。

あのね、私、柔道やってたじゃん。だから、勝負に負けるときっていうのはさ、最初に、心が折れるってこと知ってたんだよ。

だからさ、それを、佐藤さんにも味わってもらおうと思ったんだよ。

もちろん、腹が立ってたわけでよぅ、目なんか狙われて、カッとしてたわけでよぅ、だけど、だから殴ってやろう、なんて思ったわけじゃないもん。ただ、この人は、今まで、一度も、心が折れた音を聞いたことがないなって思ったんだよ。だから、こんな危なっかしい、嫌なことをするんだなって。

だからさ、心を折ってやろうと思ったんですよ。その音を聞かせてやろうと思ったのよ」

最後の決め技について、神取は、こんなふうに説明する。

「腕をアームロックにきめたのよ。まず、そこで痛みがあるじゃん。でも、人間って、痛みだけじゃ降参しないよ。痛みは、ある程度以上、感じることはできないから、それだけじゃ、人間って参らないの。

だから、次に、うしろに回した佐藤さんの腕に足を入れて、膝で首の関節をきめたの。これで、彼女は、首が固定されて、自分がどうなっているか見ることができなくなったわけよ。見ることができないって、人間ってすごく怖いものなのよ。自由がなくなったってことじゃん。自分が、これから何をされるのか、見ることもできないってことになったら、人間って、かなり参るんだよ。

それで、最後に上半身全体を、佐藤さんの肋骨に乗せた。つまり、肺を圧迫したわけよ。これで、彼女は呼吸ができなくなった。息ができないってことは、やっぱ、人間にとって一番の恐怖じゃん。

だから、ここで、彼女の心が折れたのよ。

苦痛と、見る自由を奪われることと、息ができない恐怖と、この三つがそろって、初めて、心が折れるのよ。

だから、これはケンカじゃないの。相手をボカボカ殴って気絶させたわけじゃないもん。私は、プロレスのリングで格闘技をやって、最後に、格闘技で相手の心を折ったんじゃん。

だから、あの試合はケンカじゃないんだ」


八七年の暮近くになると、長与はついに、神取を獲得できないものかと、表立って会社のスタッフに頼むようになった。かつて、プロレスは〝村〟なのだと言い切った長与にしてみれば、社内に波風をたたせる発言をすることは勇気を要する行為だっただろう。だが、団体の枠を越えて神取とプロレスを行なうというビジョンがはらんだ熱気は、ついに、彼女に一線を越えさせた。神取自身も、しばしば、全日本女子プロレスの会場に姿を現わすようになった。

その頃になると、観客にとっても、長与と神取の対戦は、女子プロレスファンにとって最大の夢として認知されるようになった。そして、当初は、老舗団体としての面子《めんつ》から か、神取というレスラーの存在さえ認めていないように見えた、全日本女子プロレスの関係者も、雑誌などで渋々ながら、神取と交渉を続けていることを漏らす発言をしはじめた。

遅々としたスピードではあるものの、すべてが、会社の枠を越えた対戦へと像を結びつつあるようにみえた。

神取と長与の新しいプロレス

かすかな成功の予感は、一九八七年の暮にはたしかに存在していた。それは、事実だった。

だが、ほんの一ヵ月後、それは、あっけなくついえてしまった。

一九八八年早々、全日本女子プロレスのフロントは、神取を取ってほしいという長与の申し出を、あっさり蹴ったのである。このことによって、神取の招聘問題は、一挙に暗転してしまった。

この唐突な破綻の理由は、いったいどこにあったのだろうと、私は、今でも考える。

ひとつの理由は、両団体の面子の張り合いにあっただろう。また、クラッシュブームが下降線をたどっていた当時、それはどの冒険をあえて行なうほどの興行的な見返りがのぞめないと、全日本女子プロレスが判断したことも、原因のひとつだろう。神取という、おそろしく管理のしにくいレスラーを身内に引き込むことへの不安も否めない。

だが、本質的な問題は、それだけか。

興行の見返りや、面子などの表向きの理由の陰で、女子プロレスという古い興行は、選手たちが、既存の枠を越えてまで自己実現をはかることに、より深い拒否感を持ったのではないかと、私は思った。

神取と長与が抱いたビジョンは、たしかに型破りなスケールを持っていた。二人は、ふたつの興行会社の境界枠をとりはずそうとしただけでなく、その対戦によって、自分たちの仕事としての女子プロレスを、意識の深い部分でとらえなおそうとしていたのだ。

そもそも、なぜ女子プロレスラーは格闘するのか？　女性が格闘によって得るステータスは、肉体的な強さなのか、それとも別の何かか？　そして、格闘に勝つことは、観客と選手に最終的に何を伝えるのか。このような素朴で本質的な問いに、彼女たちの対戦は、ある解答を与えてくれるはずだった。

しかし、興行会社は、選手たちが、そのような形而上的な問いを解決する場として、リングを提供しているわけではない。管理する側の論理として、会社は、そのようなややこしい問題に悩まない、単純明快な選手を望んでいたことだろう。

だが、長与と神取は、プロレスラーの問題を、より普遍的な領域に広げてしまった。

たとえば、長与は、対神取戦を、女子プロレスの枠内だけではとらえていなかった。彼女にとってその問題は、すでに会社と自分との関係のありかたに移行していた。会社が彼女の意見を聞き入れて神取との対戦を実現するかどうかは、長与にとって本質的な問題だった。その返答次第によって、自分が会社にとって単なる商品なのか、あるいはなんらかの発言権を認められたスタッフの一員なのかを、彼女はみきわめようとしていたのだ。

そして、長与の賭けはやぶれた。会社は、一九八八年早々、長与の申し出を拒否し、五月一四日には週刊プロレス誌上のインタビューで、神取を招聘しないことを明言したのである。

一年間におよぶ対戦への思いを断ち切られたときの、彼女たち二人へのインタビューは次のようなものとなった。


長与　正月にね、あたし会社に思い切って言ったん。もうこの機会しかないと思ったから。

神取を取れませんか？　なんとか、取ってもらえませんか。お願いします。試合をやってみたいんです。（中略）あたしが、あいつを、あいつとの試合を望んだからじゃないのよ。

ああいうまったく異邦人みたいな、外部のレスラーを受け入れることで、この会社の閉ざされた空気がパッと晴れるって、そう、うち、考えてた。いつも同じメンバーで、同じ試合、選手が誰とあたってもドキドキしない試合、そういう空気を、神取しのぶというヤツを引きこむことによって破ることができたら、うちだけじゃないんよ。他の、特に若い子たちにとって、どれだけの財産になるか。ね、考えてみてよ。お客さんを、どれかで、感動させられるか考えてみて。（中略）

——フロントの解答を教えてくれます？

長与　一言のもとにダメだ。それだけ。ダメだ。取る気はない。

うち、それでも、ねばったん。理由を聞かせてもらえませんか。なぜ取れないかの理由を教えて下さい。

したらね、こう言われた。

神取が何人客を引っ張ってこれると思うんだ。お前との試合を組んだところで、どれかで客が増えるんだ。それを考えてみろ。（中略）

うち、言ったの。客をどれだけ引っ張ってこれるかは、ほんと、試合をしてみないとわからんのと違いますか？

たとえば、試合やってみたら、うちのファンが大勢、神取に流れていくかもしれない。あるいは、神取のファンを、うちが全部取ってしまうかもしれん。そういう思いがけないことが起こるのが試合なんじゃありませんか？（中略）うちだってクラッシュを組むまでは、まるっきり客が呼べない選手やったでしょう。それが一回、大きな試合に出させてもらったら、突然変わったやありませんか。（中略）

だめやった。

まったく、何を言っても……うちのコトバって……あん人たちの耳には……ひとことも入っていかないみたいだった。

何を言っても、ただ、頭からダメ、取らない。それだけ。

じゃあ、なぜ、今まで交渉してきたんだろう。うちの会社、ぜったい取らないつもりの選手を取るための交渉をやってきたんだろうか。ねぇ、もう、うち、わからん。ただ、わかったのは、会社には、あたしの意見なんか入れる余地は、まったくないということ。

（「デラックスプロレス」八八年三月号）

この、長与とのインタビューを行なった日の午後には、同じ号に載せるための、神取への取材が控えていた。私は、長与の申し出が拒否されたことを、取材の前に神取にあらかじめ伝えた。その日、彼女とのインタビューはこんなふうになった。

——長与選手の話というのは、ここまでね。で、蛇足で付け加えれば、蛇足というのは、あなたは、おそらくそこのところをわかって聞いていてくれただろうと思うからなんだけどさ、これは長与千種選手のひとつの経験談として、あなたが、今後の交渉について考える上での一材料にしてほしいということね。

つまり、このことだけで、すべてを判断してかかってほしいとは、長与選手も望んでいないと思うのよ。

神取　ええ、ええ、それはわかるわ。

でも……その……つまり、最初から取る気がないのに、交渉を続けていたということになんのかしら。それじゃ、なんなの。いったい？

なんだか、それじゃ、やだなあ。やだ、最初っから話にもならねーじゃん。これじゃ。つまり、そういうこと？そういうこと？　そういうことなの？

——あなたの交渉は、今のところ、ジャパン女子プロレスとの間でのトラブルを解消するという方向で進んでいたんでしょう？

神取　そういった交渉をする気があるから、全日本側のほうからも、交渉する人を出してきたんだと思っていたのよ。（中略）ええと、つまり、どういうこと？　すべてが無意味だったってことなの？　これって。

――うーん、どうかな。あのさ、ここで、それが、真実、どういうことだったのか、あなたと私で考えているのって、ひょっとして、それこそ無意味なような気がしない？　私の問題であれば、私が答えられるし、あなたの問題ならあなたが答えられるだろうけど、これは私たちどちらの問題でもない。

神取　あ、そうか。なるほど。それは……いえてる。いえてるな。

あ、ちょっと待ってて、待ってて。今、あたし、考えてるから。何をすればいいか考えてるから。

（「デラックスプロレス」八八年三月号）

神取はこうして考えた結果、全日本女子プロレスと以後も粘り強く交渉を続けることを決めた。

彼女は、たしかに辛抱強かった。感情を爆発させることもなく、神取は、全日本とジャパンのふたつの会社と話し合った。会場に、彼女が姿をあらわすことも何回か続いた。だが、その交渉は、結局実らず、全日本側の関係者が誌上で、彼女を招聘する気持ちがないことを明言するようになった五月には、彼女も、すでに団体の枠を越えた対戦を諦めるようになっていた。

神取の復帰

その頃には、ジャパン女子プロレスの経営陣は、かつて、神取がケンカマッチを行なった後、国外へ遁走したときの顔触れが一掃されていた。全日本女子プロレスのマットにあがることを断念した彼女を、古巣のスタッフは、再度、リングに誘った。

こうして、一九八八年の七月、神取は、ついにジャパン女子プロレスのリングに復帰することを決めた。彼女が、失職してからちょうど一年が経過していた。七月一四日、神取は後楽園のリングで再デビューをはたした。

長与は、それからも、全日本女子プロレスであいかわらず、トップレスラーとしての位置を保っていた。だが、クラッシュ・ギャルズに対応する、ヒールの立て役者だったダンプ松本は、その年の二月末、早々《はやばや》と引退。これにつられたように、中堅や若手選手も一人二人と抜け始め、女子プロレス人気は、長与が一年以上前から予感していたとおり、次第にしぼんでいった。

女子プロレス専門誌だった「デラックスプロレス」が、その年の九月号で休刊となったのも、このようなブームの下降曲線を反映した出来事だった。そして、これによって、雑誌記者としての私の仕事から、四年ぶりに、女子プロレスの記事を書くことが姿を消した。

　長与は、その年の夏頃から、さかんに海外へ遠征に行きたいと漏らすようになった。彼女は、国内のリングにのぼることが、次第に苦痛になってきているようだった。彼女のこの希望は、この年の秋にかなえられ、長与はＡＷＡマットのサーキットに参加するために、ミネアポリスへ旅立った。

　メデューサが、初めて長与と対戦したのは、彼女が、このような状況にあるときだったのだ。対神取戦が流れたあと、長与がプロレスを長く続ける気力を失っていることは、誰の目にもあきらかだった。そして、全日本女子プロレスは、将来、長与というトップレスラーが抜けたあとに、文字どおり毛色のかわった外国人を起用し、思いきった新風を吹き込む考えを固め始めた。

　メデューサが日本にやってきたのは、このような状況を背景としていたのだ。

第九章
麗雰の帰郷とミシェリー家のクリスマス

天田麗文の華の一日

　こうして、全日本女子プロレスが、そこはかとない沈滞ムードに陥り始めていた一九八八年の暮、麗雰はどうしていたのか。

　彼女のプロレスのぎこちなさは、あいかわらずだった。技のバリエーションは増え、それに独特のストレートな熱意と気の強さが加わるので、彼女の試合は、あながち退屈というわけではない。だが、試合の盛り上がりをピークに持ち込む力が、あきらかに彼女には欠けていた。だから、観客は、天田麗文というレスラーの熱意は疑わないものの、彼女の試合に、プロレスそのものの完成度の高さを期待することは少なかった。麗雰の試合は、いつの場合も敢闘賞どまりのレベルを超越することができなかったのだ。

　また、彼女の肩からは、この時期になってもサポーターが取れず、脱臼は慢性化していた。それに加えて、彼女は膝も痛めていた。それでもなお、タイトルを獲得する機会には恵まれていた麗雰は、一九八九年に入ると、全日本ジュニア選手権と、全日本タッグ選手権のベルトを持つ立場になった。

だが、日本語のコミュニケーションに関しては、彼女は、むしろ退歩していた。すでにデビュー四年目をむかえた麗雰は、先輩選手の付き人などの仕事から開放されている。こういった下働き的な仕事は、デビュー三年目をすぎるとやらなくてすむようになるのだ。彼女は、このため、努力して日本語を聞き取ったり、話したりする必要さえ感じなくなってしまったようだった。

麗雰は、バスの中にまでウォークマンとマイクロテレビを持ち込み、移動の間中、同僚の選手たちとも言葉をかわさずに、画面へ没頭するようになっていた。

だが、彼女は、メデューサと話をしたことだけは覚えている。

「私は膝が悪いでしょう。メデューサも膝が悪い。そして、わたしがサポーターしないで試合に出ますね。サポーターしない膝は、とても痛くなる。そうすると、試合がおわったあとに、メデューサが、日本語で言いますよ。

麗雰！　またサポーターしない。膝はアウチね。あなたの膝、アウチ！

英語で、痛いってアウチと言うのですね。メデューサは、自分の膝を、こんなふうにさすの。そして、アウチ！　麗雰、アウチ！　と言います」

麗雰の表情は、その話をするとき、ふと、ゆるんだ。それは、彼女にとって、たしかに楽しい思い出であるようだ。

「メデューサとは、仲がよくなれたかもしれない。でも、わたしは英語がしゃべれないし、わたしもメデューサも、日本語がうまくしゃべれませんね。だから駄目ね。わたしたちは、駄目ね。

でも、試合がおわって帰るとき、わたしはメデューサとおしゃべりしましたよ。ええ、そういうこともありましたよ」

カシオの多国語電卓を仲介としてめばえた二人のガイジンの友情は、結局、言語の壁にはばまれて成就することはなかった。さらに、麗雰は、女子プロレスラーとして、金銭的な面での展望を失いつつあった。彼女の、そのときの基本給は、二年前と同じ一〇万円。女子プロレスラーになって大金を稼げば、夢がかなうだろうという当初の見込みは、彼女の中で日増しに失われていった。

そんな気分に陥りかけていた一九八九年の一月のおわり、麗雰は桐生での興行で、初めて長与と対戦する。彼女はなかなか活発に技を出して善戦したものの、一三分七秒にフォール負けを喫した。長与は、試合のあと、

「あんたのプロレスも、思ったより、ひどくなかった」

と感想を述べたという。

長与が言うように、彼女のプロレスのレベルは進歩はし

ていた。だが、彼女が、さらに大きく開花して、スター選手になれるかという問題になると、それは疑わしかった。中堅選手の群れから、一歩抜きんでるということは、非常に難しいことなのである。

　プロレスで自分の夢をかなえるというビジョンは、麗雰にとって、以前ほど確実に手の届くものではなくなってきていた。


　だが、そういった思惑とは裏腹に、彼女の最大の夢のひとつは、まさに、このときかなった。

　麗雰は、南京に帰ったのである。

「それは、八九年の三月のころです。テレビの人が言いましたよ。長いこと中国の家族に会ってないんでしょって。はいって言ったら、会いたいでしょって言いました。会わせてあげようかって言うのですね。

　ほんとですか、と私は言いましたよ。テレビの人は、そういう企画を考えてるからって言ったの」

　その企画は、三月二四日の特別番組という形で結実した。それは、通常の女子プロレスの試合放映をはさんで、麗雰がクラッシュ・ギャルズの二人と一緒に上海から南京へ帰郷するところをルポルタージュする、一時間三〇分の番組である。

　彼女は、日本から上海まで飛行機で行き、市内のデパートで、一七五八元の冷蔵庫とみやげものを買いこんだ。クラッシュ・ギャルズは、慣れない中国の町並に、少しとまどっているようだった。いつもより口数の少ない長与千種とライオネス飛鳥にはさまれ、みやげものの包みを山のようにぶらさげて、麗雰は歩いた。

　上海から南京までは汽車、南京から長江のほとりの家までは小型バスが、麗雰たちの足になった。麗雰は、頰杖をつき、車窓から外を見ていた。

「テレビの人は、わたしの家の人に、何もしらせずに行こうと言いました。両親は、わたしが、こんなに近くにいることを知らないのでしょうか、と思いながら、わたしはバスに乗っていましたね。

　バスに乗りますでしょう。

　わたしは、外を見ていますね。

　ああ、この道だなあと思いました。その道を、わたしは覚えていたのですよ。ああ、この道だって、この道だったんだって思いました。七年前と、なにもかわっていない。道もかわらない。家もかわらないと思いました。

　こんなにかわらないなんて、と思いましたよ。

　家にバスが着きますよ。中庭にバスがとまりますよ。おとうさんが、そこにいますよ。

　おとうさんは、昔、わたしが知っていた人と変わりません。着ている洋服も変わらない。昔、着ていた服を、おとうさんは着ていましたよ。

とうとう、とうとう、帰ってきたと思いました。とうとう、とうとう、わたしは帰ってきたのですよ」

養父は、痩せた体に紺サージの襟の詰まった上下を着て、麗雰のバスを出迎えた。彼女は、パァパと呼んで、彼に抱きついた。養母は、少し遅れて、家から中庭へ駆けて出てきた。マァマと叫んで、彼女は小柄な養母を抱きすくめた。

ずいぶん、やせちゃったね。おとうさん、からだは大丈夫なの？　どうして、こんなにやせちゃったの？　おかあさん、足のケガ、大丈夫？　歩けるの？

麗雰が、養父母ともつれあうようにして、家に入りながら、こんなふうに続けざまに問いかける様子を、テレビカメラは追った。

「おかあさんは、仕事場で足をケガしたと聞いていましたので、機械が、足の上に落ちてきて動けなくなったと手紙で読んでいましたので、走ってきたときにはびっくりしましたよ。

そして、家には、みんながいました。生まれてから、ずっと一緒にいた人たちです。みんないました。みんなのこと、わたしは覚えていたのよ。一人だけ、眼鏡をかけて顔がかわっていたので、最初のうち、わからなかった人がいたけど、すぐに思い出した。

ええ、みんな、わたしが生まれてから、ずっと一緒にいた人たちです」

彼女が、集まってきた人たちのすべての顔を見分けられたというのは、私には驚異的に思える。バスのまわりに押し寄せた人たちは、少なくみつもっても六、七〇人いたのではないか。その人たちが麗雰の家の玄関の両脇をぎっしり固めていたので、テレビカメラが家の中に入るのは一苦労だった。

こういった騒ぎが一段落したところで、麗雰は、中庭の大きな木の下にビデオを持ち出し、女子プロレスのビデオテープをかけて、みんなと観戦した。このビデオで、彼女は、両親や隣人たちに、初めて日本での仕事を実際に披露したことになる。みんなは、プロレスの過激さに驚き、こんなことをしていて、小琴は大丈夫なのかしら、と口々に言い合った。麗雰は、木の下に据えたベンチに座り、たくさんの人たちに取り囲まれながら、恥ずかしいとも誇らしいともとれる表情で、画面に見入っていた。

プロレスラー・天田麗文にとって、それは、デビュー以来の、華のある一日だった。

だが、彼女は、結局、その中庭に一時間ととどまらず、すぐ養父母と一緒にバスに乗り込んで南京にもどった。市内のホテルで、彼女は養父母と一泊することになっていたのである。

「ホテルでは、あまり話さなかった。両親は、わたしに、体は大丈夫なの？　日本は大丈夫なの？　って聞きますけど、自分たちのことは話さない。おとうさんは、学校を退職してから、夜は食堂で働いている。おかあさんはケガをしてからは、あまり働けない。そういうことしか、わからないの。

　わたしは、外国の人になってしまったのですから、おとうさんたちは、あまり詳しいことを話せないみたいです。中国人はそうですよ。あまり詳しいことを外国人に話してはいけないことになっています。だから、おとうさんも、おかあさんも、自分たちのことをあまり話さない。話してはいけないことが、たくさんあるのでしょうね、とわたしは思いました。

　おとうさんはね、悲しそうでした。そうかもしれません、とわたしは思いました。おとうさんは、何もやりたいことができない。戸口簿《フーコーブ》さえ、もとにもどせないでしょう。おとうさんは、やりたいことができません。頑固だから、人にものを頼まないから、おとうさんは、中国でやれないことがたくさんありすぎるのでしょう。

　おとうさんも、おかあさんも、ずっと泣いていますよ。ホテルに来てからも泣いていますよ。泣いてばかりいるから、話ができませんよ。何を言っても、すぐ泣いてしまうんだもん」


　特別番組は最後に、ホテルで一泊した翌朝、南京駅から汽車に乗って上海へ行く麗雰と、それを見送る養父母を映した。

　汽車が動き出したとき、麗雰は、プラットホームに立つ養父母に、短く叫んだ。画面の下に流れた字幕は、その一言を拾わなかったが、その番組をみた、中国語に堪能な知人は、彼女は、〝今度は、自分で帰ってくるから〟と叫んだのではないかと言った。

　麗雰は、養父母になんと言ったのか。

「わたしは、おとうさんたちに、今度は、仕事じゃなくて帰ってくるといったですよ。

　そのとき帰ったのは、仕事だったでしょう。テレビの人が、わたしを連れてきて、わたしはテレビのために、あっちに行ったり、こっちに行ったりしましたでしょう。

　わたしたちは、時間がなくて、早く早くってあせりましたよ。

そう。わたしは長江《チャンチャン》も見ませんでしたよ！

でも、わたしは一度帰りました。

わたしは、また帰るでしょう。

今度、帰るとき、わたしは仕事ではない。わたしは、次には、わたしの力で帰るでしょう、と言いましたのですよ」

　彼女にとって、この帰郷はプロレスをやめようかと考える最初の契機になった。仕事とはいえ、自分の目で帰りたい場所や、会いたい人たちを確認したことによって、彼女は、プロレスのファイトマネーでは、とても二度目の帰郷を実現することはできない、という現実に気がついたのだ。彼女は、急速に現実にめざめていった。

「たぶん、わたしはプロレスをやっていても、自分の夢に届かないとわかったです。

ええ。わたしは、プロレスをやっていたから、南京へ帰れましたです。それは本当です。でも、このままプロレスをやっていたら、もう一度、南京へ帰ることはできませんね。それも、本当ね。それから、わたしは、プロレスをやって、ホテルを建てることはできませんね。それも、本当ですね。

わたしは、今度は、仕事ではなくて帰ると両親に言いましたよ。だけど、月給は一〇万円で、いつまでもあがりませんね。ボーナスはありませんね。それに、わたしは、これ以上、きっと会社の中で強くはなれない。そしたら、あまりお金も入りません。わたしは、きっと自分のお金で南京へ帰ることはできませんでしょう。

だから、もっと違うことをやろうかって考えました。南京に、もう一度帰れるような仕事をみつけようかと思いました」

その年の六月四日、戒厳令下の北京・天安門で民主化を要求する学生と、それを制圧しようとする軍隊との間で大規模な衝突がおこった。養父母からの連絡は、数カ月間絶えたあと再開したが、彼女が被った不安は大きかった。そして、この事件も、彼女の引退への気持ちを強める原因となった。

最終的なきっかけは、九月の九州への巡業中におこった。ブームの沈滞は、社内の雰囲気を、どことなくとげとげしいものにしていたのだろう。

そういった雰囲気の中で行なわれた巡業は、途中で新人選手の一人が逃げ返ってしまうほど、すさんだものとなってしまった。麗雰はその空気に、女子プロレスが置かれている閉塞状況を感じ取った。そして、彼女はこの巡業を最後に、プロレスラーをやめることを決意した。

一〇月の初め、彼女は肩と膝のケガを理由に、会社へ退職願いを出し、すぐに引退した。彼女の引退式は行なわれなかった。そのため、天田麗文が引退したことを、観客の大半が知ったのは、すでに一九八九年が暮に近づく頃だった。

こうして、四年間におよぶ、麗雰の女子プロレス体験は終わった。

「日本は夢を与えてくれた国です。自分が思ったことができて、夢だと思ったこと、一生できないと思ったことが、日本へきて、できたです。プロレスも、一生できないかと思っていたら、できた。中国にも帰れないかと思ったら、帰れた。プロレスができたのは、とても嬉しかった。どんなことでも、自分が一生懸命がんばればできるとわかりましたね。この国にきて、わたしはよかったです」

麗雰は、その四年間を、こんなふうに総括して続けた。

「でもね、わたしは中国人ですよ。わたしの国籍は日本だけど、わたしの心は中国人です。

でも、わたしは、中国では死なないでしょう。中国を愛しているけれども、あの国は、もう、わたしの国ではないから。

でもね、わたしは、この国でも死なないでしょう。わたしは、今、この国で生きています。一生懸命生きますけれども、きっと、この国では死なないでしょう。

ええ、わたしは中国でも日本でもない国で死ぬと思うですよ。子供の頃から、きっと、わたしは遠くへ行くと思っていたんだから。長江の船に乗って、どこかへ行くと信じていましたのですから。きっとわたしは別の国で死ぬでしょう。

そして、おとうさんは、いつも、世の中に、強く願って、一生懸命やって、かなわないものはないと言っていましたから、わたしは、その考え方を、とてもよくわかりますから、きっと、どこかの国で、わたしはホテルを持つでしょう。きっと、夢をかなえるでしょう。

あのね。孫《スン》という家は、商売人の家なのよ。

だから、わたしも、きっとこのままでは、すまないのよ。

ええ、ほんとですよ」

彼女が、自分の孫という苗字を口にしたのは、これが初めてだということに、私は気がついた。

孫麗雰は、両方の頰に深いエクボを刻んで笑っていた。

長与千種の引退

長与千種が、ついに引退試合を行なったのは、一九八九年五月六日、麗雰が七年ぶりの帰郷をはたした約二ヵ月後のことだった。

彼女は、一九八八年秋のアメリカ遠征から帰ったあとは、どことなく諦観と言ってもよいような雰囲気を漂わせるようになっていた。神取を招聘して、女子プロレス人気を盛り返すことに失敗した衝撃は、アメリカを巡業してまわる間に、彼女の中で、引退をむかえる淡々とした境地へと、次第に変化したようだった。

とはいえ、横浜アリーナで行なわれた彼女の引退試合は、彼女らしく派手なものとなった。長与へのエールを書いた横断幕を張り巡らせた会場で、一万人近い少女たちは、文字どおり泣き叫んだ。そのなかで、彼女は、次々と後輩たちと引退のエキシビション試合を行ない、歌を歌い、観客の投げるテープに埋もれながら、プロレスラーとしての演劇性を最後の一滴まで絞り出した。彼女は、何回も衣裳を変え、最後には、女子大生の卒業式のような羽織袴姿でリングに登場した。その演出は、学校のクラブの純化した形としてのクラッシュブームの終焉に、まさにふさわしいものだった。

そして、神取は、引退試合を終えて帰る長与を、駐車場で待ち受けて花束を渡した。長与は、彼女に大きく腕をまわして抱き締め、花束は、長与のピンク色の羽織と、神取の白いポロシャツの間にはさまれて押しつぶされた。駐車場の外に集まったファンが、その光景を、夜陰をすかしてみつめ、絶叫に近い歓声をあげる。長与は、その声を聞きながら、ようやく体を離すと、誰にともなく手を振り回しながら車に乗り込んでいった。

神取と長与は、こうして別れたのである。

長与が引退したあと、観客は、横浜アリーナでの数時間で、すべての精力を使い果たしたかのように虚脱した。

そして、長与がやめて二カ月後の七月二八日、もう一人のクラッシュ・ギャルズであるライオネス飛鳥《あすか》が引退する。この引退試合は、やはり、彼女の持味に似て、静かなものとなった。彼女は、引退の舞台に、大がかりな会場ではなく、後楽園ホールを選んだ。そして、最後の相手として、自分のかつての先輩選手だった、ジャガー横田を指名した。その日は、彼女の二六歳の誕生日でもあった。

こうして、長与と飛鳥の二人が抜けたあとの、全日本女子プロレスの牽引《けんいん》車の役割は、一応、メデューサにまかせられた形になった。だが、あまりにも決定的になった女子プロレス人気の低落を持ち直すことは、まだ経験が浅く、その上、日本とのカルチュラルギャップに苦しむメデューサには、重すぎる任務と言えた。

結局、おおむねの関係者の思惑と異なって、このとき、次代のブームは、旗揚げ以来、資金的な危機から、倒産の噂が慢性化していたジャパン女子プロレスに生まれかけていた。八六年の旗揚げ直後にデビューした、キューティ鈴木という選手に、自然発生的な人気が出始めたのだ。

本名を鈴木由美という、一五五センチで五五キロたらずの彼女は、どこから見ても一般的なティーンエイジャーだった。女子プロレスラーの肉体的な特異性は、彼女には無縁のものだった。

ところで、鈴木に注目したのは、観客より、むしろマスコミや広告代理店のほうが素早かった。彼女は、マニアの観客にとっては、あまりにもレスラーらしくない選手だっただろう。だが普通の女の子としての彼女が訴えるものは、それまでの女子プロレスにおけるレスラーの観念をゆるがすだけの力を、たしかに持っていた。マスコミや広告代理店は、彼女が、無意識のうちに持っている、そのアピールの力にひきつけられたのだと思う。一九八九年の夏頃から、プロレスラー・キューティ鈴木は突如として、それまでのスター選手を凌ぐ、マスコミやCMへの露出を実現しはじめたのだ。

鈴木は、小柄な体ゆえに悲壮な試合を展開するといった、湿っぽい情緒性とは無縁な点で、もっとも現代的なレスラーと言えた。そして、ただ格闘したいからプロレスをやっているだけ、という彼女の持味は、次第に観客に浸透し、共感を獲得するようになる。鈴木のもたらしたブームは、クラッシュブームと比べて小ぶりではあるが、ユニークなものではあった。

また、このブームは、女性の格闘技全体への本格的ブームと同調してもいた。

たとえば、一九八八年のソウルオリンピックでは、女子柔道が、初めて公式競技として行なわれた。それは、一九九二年のバルセロナオリンピックでの正式種目化へとつながる、ひとつの流れだった。その一九九二年には、女子アマレスが、初めての世界選手権を東京で開催する予定になっている。

一九八〇年代の終わり、女性が格闘技をすることの一般性は、このようにして普及しはじめたのだ。格闘技をするために、女性は、必ずしも、巨大な体や、化け物じみたアピール、複雑なコンプレックスなどを必要としなくなった。そして、その傾向はプロレスという伝統的な興行から、オリンピックの参加競技までを含む、広い領域に及び始めていた。そのひとつの現象が、普通の体格をしたキューティ鈴木というレスラーへの人気の高まりだったのだ。

アメリカのレベルを越えたメデューサ

そして、同じ頃、一九五一年にビリー・ウルフの手によって創設された、アメリカ女子プロレスに、初めての女子プロレス専門興行団体が生まれた。それまでずっと、男子プロレスの幕間芝居として扱われてきた女子プロレスラーは、誕生後三八年で、ようやく自分たちだけの興行を持つことになったのである。

ちなみに、日本での女子プロレス放送の最初期に来日したミルドレッド・バーグは、この年の二月、七三歳で死去したと伝えられた。バーグの商売敵でもあり、また、長く、アメリカでの女子プロレスラーのまとめ役をしていた、ファビュラス・ムーラも、同時期に引退した。彼女は、年齢について、一切明らかにしていなかったが、バーグと同じ七〇歳代だといわれている。彼女には何人かの孫さえいた。

アメリカの女子プロレスのレベルとは、結局、このような高齢のレスラーを現役選手として君臨させうるようなものだったのだろう。

いずれにしても、このムーラの引退と、バーグの死去によって、アメリカの女子プロレスは転機をむかえたのである。

その女子プロレス専門の興行団体は、ＬＰＷＡと命名され、発足と同時に、選手の派遣などの面で、全日本女子プロレスと提携関係を結んだ。

この団体の興行戦略はユニークだった。ＬＰＷＡは、それまでのプロレスにとって、興行の基本となっていた巡業を、一切やらない団体として発足したのである。巡業をしないだけでなく、この団体は、観客を集めての〝生《なま》の〟試合そのものも行なわなかった。ＬＰＷＡのスタッフは、すべての試合をケーブルテレビ用に録画して、その放映権料だけを収入とした。この方法なら、巡業にともなう人件費や交通費などの経費が不要。また、収入が、観客の入り具合によって左右されるというリスクを防ぐことができる。

ケーブルテレビのカメラを観客がわりに行なわれる女子プロレスの試合とは、たしかに風変わりな光景だっただろう。だが、それは、最底辺のエンターテインメントとしての女子プロレスがアメリカで生き残るために試みられた、画期的な方法でもあった。

そのような動きがアメリカで始まった一九八九年の暮、メデューサは、ロビンズデイルにクリスマスをすごすために帰郷した。そして年があけた一九九〇年一月、隣町のミネアポリスで行なわれた、ＬＰＷＡの初めての録画に参加している。

実のところ、彼女は、そのとき、日本のリングでのカルチュラルギャップにひどく苦しんでいた。タッグマッチでの出番を、やんわりと遮られるだけでなく、彼女は、次第にシングルマッチでもよい試合に恵まれなくなっていた。

当初、彼女に向けられた、クラッシュ・ギャルズブームの次代をになう選手としての期待は、彼女が、日本や日本人選手とのギャップを前にしてとまどっているうちに、急速に薄らいでしまった。その原因を、プロレスラーとしての彼女の能力だけに求めるのは不当だろう。クラッシュ・ギャルズの二人が抜けたあと、少女のファンの間に蔓延した虚脱状態と、それに伴って、ずるずると際限もなく下がっていくプロレス人気を食い止めることは、誰にとっても容易なことではなかったはずだ。事実、その作業に、メデューサ一人がてこずっていたわけではない。日本人選手の誰もが、ブームを再燃させようとして、それに失敗しつづけていた。ブームのあとの虚脱は、圧倒的な存在感を持って、すべての選手の前に立ちはだかっていたのである。

だが、その年のクリスマスにロビンズデイルに帰ったメデューサは、そのような悩みから解放され、生気にあふれていた。

日本で本格的な女子プロレスの修行をしてきた彼女は、故郷のロビンズデイルでは、ちょっとしたスターだった。彼女は、市内で発行されている新聞にまで取り上げられた。同紙のダン・ワスコー・ジュニア記者がまとめた彼女の取材記事の見出しは、こんなふうだ。


〈日本は、アメリカからの輸入商品〝メデューサ〟に夢中！〉

ロビンズデイルの元住民、デブラ・ミシェリーは、日本の女子プロレスのチャンピオンだ。日本における西洋のシンボルのひとつとして、彼女は観客の熱狂と何千万円もの収入をその手にしている。


ワスコー記者は、彼女のメデューサ（Madusa）という芸名は、ギリシャ神話に登場する怪物メデューサ（Medusa）にちなむと同時に、アメリカ製品（Made in U.S.A）というフレーズを短縮したものでもあることを、記事の中で紹介している。

また、彼女の親友である斎藤文彦《さいとうふみひこ》氏の、

「彼女は、とても美人だ。そして大きく、力強い。彼女は、一二〇%のアメリカなんです」

というコメントを引用して、ワスコーは、彼女が、プロレスラーとして日本に活路を開いたことの賢明さを強調した。その記事は、非常に熱をこめて仕上げられ、その後、日本へ帰った彼女に、彼が郵送してきた新聞のコピーの余白には、

「この記事は、一月十四日の日曜版第一面の見出し読み物として掲載されたものです！」

という、興奮ぎみのメモが書き添えてあった。


もちろん、彼女の日本での体験は、記事が語るほど完璧な成功物語ではない。

だが、彼女も、自分が日本へ活路を開いたことが賢明な行為だったという確信を、この帰国によって得た。実際、LPWAの録画試合において、彼女は、自分が日本での試合を通して、アメリカの一般的女子プロレスのレベルをはるかに越えた技術と表現力を持つ、優秀な選手になったことを実感している。

「アメリカの、かつての同僚レスラーたちは、全員が、私が日本で仕事をしていることを知っていて、手ぐすねひいて待ち構えていたわ。そこには、嫉妬もひがみもあったと思う。でも、私は、自分がそういう嫉妬やひがみの対象に

なったことを知って誇らしかったの。

私のプロレスは、みんなにとって、考えもつかない新しいものだった。ほかの女子レスラーたちは単純な投げ技さえ、痛がってやりたがらないんですからね。そこに、私がジャーマン・スープレックスのような高度な技を出したので、何人かの女の子は、メデューサと当たらせないでってプロデューサーに泣きついたくらいよ。そして、こういう技が、日本ではごく普通で、けしてケガなどしないものだって、私が説明したときには、全員が目を剝《む》いてしまったというわけ」

メデューサは、さすがに得意そうな表情を隠せない。

「結局、LPWAの録画では、とても怖いレスラーという評判を取ってしまったんだけど、私は、これからもアメリカンスタイルの女子プロレスはしないつもり。

そりゃ、日本で仕事をしたことによって嫌なこともあったけど、私自身の中に、女子プロレスとはプロフェッショナルでリアリティのあるものだという確信が生まれたの。その確信は、一生、けして消えないでしょう。私は、日本にやってきて、初めて、自分がスポーツをやっているんだという実感がわいたのよ。

プロレスラーであるということはね、スポーツの技量と、表現する能力と、ものごとのタイミングをはかる勘がすべて備わっているということなんです。わかります？ つまり、プロレスラーであるためには、とても大きくて複雑な能力が求められるということ。日本での経験は、私にそれを教えてくれました。

だからね、私のプロレスラーとしての誇りは、この国にあるのよ」

彼女は、日本とアメリカの二つの文化のはざまで傷ついたが、同時に、そのことは、彼女が女子プロレスに対して単眼的な見方におちいることを防いだ。彼女が、歯がゆい疎外体験にもかかわらず、精神的な健康を保っているのは、結局、複数の文化を知る人間の強さによるものではないかと私は思う。


そして、なにより日本は、かつて一週間を八三ドルで暮していた貧乏なメデューサに、強い〝円〟の贈り物をした。

彼女は、次期のブームをになうスターレスラーとして、全日本女子プロレスから、比較的高額なファイトマネーを得て、故郷のロビンズデイルに帰ったのである。

期待以上の収入を手にしたとき、メデューサが最初に発想したのは、その金で家族に人並みのクリスマスをプレゼントすることだった。しかし、家族そろっての団欒を経験したことのないミシェリー家の人々が、本当に楽しいクリスマスをすごすことができるのだろうか？ メデューサは、一度ならず、そう疑っただろう。彼女は、だが、その発想を実行し、母方の祖父母の家に、ミシェリー家の人々は集合した。かつて、彼女を幼児虐待した実母、それを放置した実父、義理の娘を嫌い抜いた義母、そのほかの家族一同に、メデューサは贈り物を渡し、クリスマスシーズンをともにすごしたのである。

さらに、彼女は、ファイトマネーの中から、一家の墓を建てるための資金さえ、惜しみなく出した。

この年の暮に、彼女がもたらそうとしたものは、ミシェリー家にはついぞ存在したことのない、家族としての契《ちぎ》りそのものだった。彼女の家族が、そういった契りにふさわしいのかどうかは、この際、関係ないだろう。どういうことをしてきたにせよ、彼らは、たしかに、デブラ・ミシェリーの母であり、父なのだ。

そして、メデューサは、これから先、毎年のクリスマスシーズンが到来するたびに、そのロビンズデイルの一画に、自分の家族としての記憶が生き続けていることを感じたかったにちがいない。それは、彼女が、特定の土地に根づいて生きているわけではなく、どこにも完全には属さない、通過する人間であるからこそ必要だったのだと思う。

彼女のその気持ちは、はたして、家族に受け入れられたか。

「そのクリスマスシーズンの最後の日、義母は、私に言いました。

このクリスマスにおこったすべてのことに、私は感謝する、と。

義母は、私たちは、今まで、お互いのことを何ひとつ知らなかったね、と言ったの。でも、このクリスマスで、私はあんたのことを、あんたは私のことを、少しだけ知ったわね、と。

彼女は、考えてみれば十分に人間的な女性だった。それなのに、私たちが嫌いあっていたのは、半分は私の責任、半分は彼女の拒否のためなの。ええ、そうよ。

ですから、私は、日本に帰ってから、彼女に初めて手紙を書きました。その手紙の末尾に、これから、私は、友達としてあなたに手紙を書きます。だから、あなたも、もし書くことがあるのなら返事を下さいと付け添えたの。多分、しばらくしたら、義母から返事がくるでしょう。私たちは、変わったんですよ」

その義母からの手紙より先に、メデューサは〝君は、私たち全員のスターだ〟と書いた、実父からのカードを受け取った。

変貌した家族の中で、実母だけは、彼女を受け入れなかった。メデューサが話しかけようとすると、母はその場から逃げ出してしまうのだ。この態度は、クリスマスが終わるまでずっと続き、彼女は、ついに、実母に関しては仲直りするための手掛りをみつけることができなかった。また、その一時的な経済的豊かさに起因する一家団欒が永続するか否かは、誰にも予想のつかないものではある。

それでもなお、一九八九年の暮のその出来事は、ミシェリー家のクリスマスキャロルだった。

一方で、麗雰に七年ぶりの帰郷をもたらした日本の女子プロレスは、他方、デブラ・ミシェリーと彼女の家族に、このようなキャロル（祝歌）を贈ったのである。

ウチなるガイジンたちは、こうして、二人とも、その年月の対価を手に入れたのだった。

第十章
彼女たちのいま

メデューサは、LPWAの録画を終えたあと、また日本へ帰ってきた。

一九九〇年に入ると、試合での大きな出番が彼女に与えられることは、さらに少なくなった。この年に入ってからの、全日本女子プロレスの試合の基調は、昭和六〇年にデビューした選手と、それ以下の選手たちのいわば世代闘争だった。このミクロサイズの闘争に、ガイジンである彼女の持ち場はなかった。

そのため、メデューサは、春からキックボクシングを練習して、レスラー同士で行なうボクシングマッチ、別称〝異種格闘技戦〟に参加しはじめた。だが、はたして、この変調的な試合が、レスラーとしての彼女の成長に役立つ可能性があるかどうかは、まだ疑問だ。彼女をとりまく仕事の状況は、けして、めざましいとは言いがたい。

それでも、彼女は、日本について、こう表現する。

「初めて日本にやってきたとき、この国は、私にとって、ただ通りすぎていく国だったと思います。日本は、自分にとって通過する点でしかないと思ったわ。でも、思ったより、この国とのつきあいが深くなり……日本は、私の一部になっていった。いつか、日本を愛するようになるだろうなんて、想像したこともなかったけど、今は、いくつかのトラブルがあっても、この国を愛している自分を、ふと感じることがあるの。

だから、日本人が、私の前に、これ以上は入らせないという壁を作っているとしても、私は、それによって傷つかないわ。私は、その壁によって変わらないし、壁があることが自分の敗北だと思わない。それは、この国が、すでに私の一部だからなのよ」

こう言ってから、顔をうつむかせ、慎重に言葉を選びながら、彼女は、こうしめくくる。

「私は、自分が幸運だということを知っているのよ。ええ。考えてもみて。私は、一四歳の頃から、ほとんど学校に行かず、職業教育も受けずに高校を中退したのよ。私は、売春婦になっても不思議はなかった。私は、たった今、麻薬の売人をしていても不思議はないわ。

それなのに、私はまじめに生きることができた。自分の夢を実現するために努力することができた。私は、自分の人生のイニシアティブをとることができたのよ。

私はプロレスラーになったことで、いつか、自分の子供を持ったら、その子に、人生は生きる価値があるということを教えることができるようになったわ。それは、とても幸運なことですよ」

一九九〇年の四月、メデューサは、この年の暮まで、契約を継続する手続きをとった。彼女は、もう少し、この国のウチなるガイジンとして生き続ける道を選んだのだ。

引退後、麗雰は会社勤めを始めた。一人のファンの紹介で入社した、その機械部品卸問屋は、浜松町にある。彼女は、その会社で、ボールベアリングの数を数えて伝票に記入する仕事などをしている。運動をしなくなったために食欲が落ち、少し痩せた彼女は、給与で、トレーニング用の室内自転車を買ってテレビの横に置き、自室で自主練習をしている。

会社から貰う給与は、女子プロレスラーだったときよりも多いが、もちろん河辺にホテルを建てる資金になるほどではない。そのため、彼女は、勤めて数ヵ月すると、夜間のアルバイトを始めた。その収入で、南京に自費で帰るのが、とりあえずの目標だと麗雰は語った。

麗雰の実父の孫欣治《スンシンジ》は、目黒不動前の駅前喫茶店で、長女がプロレスラーになったことについて、こんなふうに回想する。

「昔、中国にいたとき、米を貰うために、長い旅をしました。私に配給される米だけでは足りない時期があって、そのとき、私は、妻の戸口簿《フーコーブ》のある塩城《イエンチオン》まで、半年に一度、彼女に配給される米を貰いに行ったね。

塩城には釣り橋がある。長い、おっかない釣り橋よ。そこを、配給の米袋を自転車のうしろに縛って、私は渡っていきましたよ。釣り橋は揺れるでしょう。自転車ごと揺れます。私と米袋と自転車はおっこちそうだよ。でも、その釣り橋を、私は渡ったよ。みんな、そうだったよ。みんな、闘っている。

麗雰もそうでしょう。プロレスは闘いですよ。私は、米袋と、釣り橋と闘った。娘は、プロレスで闘った。これは、同じことですと、思います」

引退後、芸能界に転身した長与千種は、予想以上の苦戦を強いられた。彼女は、初めの頃こそ、スポーツ番組のレポーターなどとして活躍していたが、次第に、そういう機会が少なくなった。今、彼女は、小劇場での演劇に役者として参加するなどして、転機をはかろうとしている。

一方、彼女より前に引退したダンプ松本が、芸能界でかなりの成功をおさめているところを見ると、女子格闘技が一般化してきたとはいえ、おおむねの一般人が考える女子プロレスラーのイメージとは、まだ、肉体的な異形さに偏るものなのだ。引退後の苦戦ぶりを見るたびに、私は、長与千種とは、あの後楽園ホールに蟻集した少女たちが、ほかならぬ自分たちの集団のためだけに鮮やかに作り出したマスイメージだったのではないかと考えた。そのイメージと一般的なプロレスラー像の間にあるギャップを乗り越え、さらに新しい自己像をつかみとることは、長与にとって難しいチャレンジにちがいない。

とはいえ、彼女は、引退後もたびたび試合を観戦しにくる。そして、控室などで、顔を合せるたびに、きっといつか、自分と神取が描いたビジョンを実現してみせると囁く。まだ十分に若い彼女の顔を眺めると、その可能性は信じられるかもしれないと私は思う。

一方、ライオネス飛鳥は、引退後、カーレースに興味を持ったようだった。実際、彼女は、何度かレースに出場している。しかし、この年の春、知人の結婚式でひさしぶりに出会った彼女は、今度は、芸能界に転身すると話した。

プロレスラーとしての彼女のイメージは、一般の女子プロレスラーのイメージと、どのような位置で関わり、どのような展開を生むのだろう。私は、結婚披露宴の料理を前にした黒いパンツスーツ姿の彼女を見ながら考えた。

神取しのぶは、プロレスラーとして四年目、二六歳になる年を迎えていた。これは、彼女にとっては予想しなかったことだっただろう。彼女は、デビュー直後には、二五歳すぎまで女子プロレスをするつもりなどないと話していた。

彼女がプロレスラーとしてデビューする前、考えていたことは、おそらくプロとして短く太く生き、そこそこの金を稼いで、次の商売に鮮やかに転身することだっただろう。

しかし、女子プロレスは思いがけない粘稠《ねんちゅう》度で、神取を、この興行の世界に引き止めた。予想以上の経済状態の悪さも、彼女を足止めしたひとつの理由だった。彼女は、四年間、プロレスラーと野菜や果物の流通商売を並行させても、なお、今いるところを去るための資金を稼ぎ出せずにいた。

彼女の女子プロレス体験は、何回かの、輝くように鮮烈な試合を除いては、おおむね不遇の連続と言ってよいのかもしれない。

そして、彼女は、再デビューをはたしたものの、その試合は、回を重ねるごとに、なんとなく生彩を欠くようになっていた。彼女は、プロの芸人として、どのように生きればよいのか、あらためて迷っている様子だった。デビュー戦と、それに続く佐藤とのケンカマッチの二戦で、観客に驚異的な印象を与えすぎた彼女が、壁にぶつかるのは、当然だったかもしれない。

だが、試合が生彩を欠くにつれて、彼女が女子プロレスへの執着を増してくるのも、また事実だった。なにごとも飽きっぽい彼女が、長与との対戦が流れたあとも、同じ興行の世界に関わりを持ち続けているのは不思議なことのように思えた。

自宅での取材の最後に、あなたは、なぜ、プロレスを続けているのだろう、と、私は、彼女にたずねた。


「私は、プロレスを究めたいんだと思うよ。

結局、今は、私は惰性だけで生きているのかもしれない。

試合もダレてきてるよね。

それがわかってないわけじゃないけど、でもさ、プロレスって面白いものだと思ってる。いや、面白いってんじゃない、奥が深いと思うよ。一回、一回、試合をやるたびに、プロレスは変わっていくじゃん。ようやく、最近、それがわかってきたのよ。だから、ここまで来てしまったんだし、これからも、きっとこうやって続けていくんでしょう。

あのね、多分、誰かと、肉体的にぶつかって闘争するってのは、結局、私の本能なんだと思います。誰かと闘争してると、なぜかわかんないけど、生きてる気がすんのよ。それは、たしかに生きてる気分で、それは、もう、私の本能で……だから、プロレスって仕事を、途中でやめることなんかできないんじゃん。闘争するってことをやめたら、私は生きている実感がなくなっちゃうわけだから。

でも、実際、私はもう二五歳じゃん。もうそんなに若くないじゃん。だから、この本能だけで生きるってことが、いつまで続けられるのかはわからない。ええ、わからないよね。それに、これから私は、さらに年をとっていくわけで。

そうやって、年をとるにしたがって、この本能が衰えてくるのか、衰えないのかは、自分自身でもわかりません。

第一、こんな人間がずっと生きていけるのか、生きていけずに妥協するのか、それとも、妥協せずに死ぬのか……それも、わからない。

でも、わからないからってやめようとは、思わないの」

一九九二年のバルセロナオリンピックには、女子柔道が正式種目として参加する。

彼女は、もう一度、そのオリンピックに、もう一度、柔道選手としてチャレンジしてみる気にはならないのだろうか。

彼女はゆっくり首を振って言う。

「私は、今は、プロレスラーで、プロレスで自分を表現しきらなくちゃいけないもん。ええ、柔道ではなくて、プロレスで。今、いるところは、ここで、このプロレスという場なのだから、私は、ここでなんとかしなくてはならないの。

うまく、行くかどうかわからない。でも、プロレスラーをなんとかしなくては、私は、きっとどこにも行けないよね。私は、そう思うようになってきたのよ。

私は、プロレスラーで生きてみたい」

神取しのぶは、少なくともあと数年、この仕事を続ける考えだ。

ところで、取材をすべて終えたはずの麗雰から、電話が入ったのは、一九九〇年の三月だ。

「わたし、もう一年、プロレスをやろうかと思いますんですけど」

電話口で、麗雰は、少しひるんだ声を出していた。一度、引退したことを気にしているらしい。彼女に再デビューを促しているのは、この年初から活動を始めているFMWという新興団体。この団体は他団体との差別化を、プロレスの試合のバリエーションの多さによって打ち出していた。そのバリエーションのひとつに、女子プロレスがあった。つまり、FMWは男女混合試合をも行なう、珍しい団体としてとして出発したのである。麗雰は、その月の初めに、知人を通して試合に出ないかと打診を受けていた。いったん見切りをつけたはずの女子プロレスへの誘いは、思いがけず魅惑的だった。打診されるまでもなく、誘いを受けたとたんに、今、勤めている会社の仕事のかたわら、もう一度、女子プロレスラーになってみようという考えを固めたことは、彼女の口ぶりから明らかだった。

だが、肝心の体のほうは復調しているのだろうか。

「ええ、とても調子がいい」

彼女は、ひるんだ口調から一転して、うきうきした声で答えた。

四目一日の後楽園ホールが、天田麗文の再デビューの舞台だという。

試合を観にいくわ、と私は約束した。

「わたし、家、逃げ出したの、一五歳のとき。運動会の前の日です。こないだ、四〇年ぶりくらいに同窓会したら、運動会で、みんなと一緒に遊戯するはずだったのに、家を逃げだして女相撲さ入ってしまったから、遊戯の人数が足りなくなって往生したって、みんなが言うの」

平井女相撲の興行主、平井利久氏の奥さんである、トキ子さんが、彼の母と同様、元太夫《たゆう》だったということがわかったのは、話し始めてしばらくたったときだった。無口に、おとなしく夫の脇に座っていた六〇歳代の彼女は、あるとき、たまらなくなったように、私もやってたですよ、と言い始めたのだ。

そして、女相撲のことを語るうちに、内気だった彼女は、身振りが大きくなった。話の合間には、茶盆を胸の前にかかえ、細い声でころころと笑った。

他の太夫たちの出自と同じように、彼女も比較的裕福な百姓家の娘だったという。あるとき、女相撲の興行が村にやってきて、一五歳の彼女を魅了した。彼女は、運動会の前日に家を抜け出して興行団に入った。そして、それから三〇年間、太夫として暮したのである。

「女相撲は華やかだもの。赤と白の幔幕《まんまく》張って、その前を通ると、三味線が鳴る、太鼓がなる。わたしは、鳴り物が大好きでしたもの。

わたしねえ、いてもたってもいられなくなったです。三味線の音が、赤と白との幔幕の中からジャンジャン、ジャンジャンって聞こえて。太鼓が、ドンドンドンドンって鳴って。夕方になると、村の人さ、小屋にたくさん集まってくるの。小屋のまわりを何巻きもするの。

太夫さんは綺麗で、強くて。鳴り物はすてきで。

わたしは、運動会の前の日に逃げ出して、それから三〇年、わたしは太夫さんでしたよ」

か細い、しかし、弾んだ声で、彼女は、四〇数年前の興行の夜のことを、昨日のことのように語った。

一九九〇年、四月一日。

後楽園ホールのリングに、天田麗文は、目を疑うほどの派手なコスチュームで登場した。

彼女は、赤と黒と白を基調にした水着の上に、同じ柄の、膝までのぴったりしたパンツをはいていた。コスチュームの模様は、星条旗をイメージさせた。彼女は、その上に、長くて白いフェイクファーのストールをかけていた。全日本女子プロレス時代の彼女は、非常に地味なコスチュームばかりを着ていたものだ。彼女は、その日の試合に出たどの選手よりも、華やかな雰囲気でリングに駆け上った。

彼女は、以前通り、投げや頭突きや蹴りなど基本的な技で地味に試合を進めていたが、その派手なコスチュームのせいで、彼女のプロレスのぎこちなさが薄らいだように私は感じた。また、彼女が相手のフォールを跳ね返すたびに必ず見せる不自然な体のねじりかたは、彼女の肩の脱臼癖が、いまだに治ってはいないことを物語っていたが、その表情は、本人が以前より、いくらかでも試合そのものを楽しんでいることをあらわしていた。

だが、彼女は次第に興奮してきた。相手の技術不足に業を煮やしたのか、試合が中盤にかかった頃、突然、真っ赤に上気して、相手の顔の側面にキックを二発浴びせる。

観客から、ブーイングが飛んだ。

彼女は、相手の髪を摑むと、ブーイングを飛ばした観客にみせびらかすようにして、勢いよく、相手の頭をマットに叩きつける。

ブーイングが、また聞こえた。

天田麗文は、腰に片方の手で相手の髪をつかんで観客席をにらんだ。

後楽園を満杯にした観客から、景気のいい拍手とブーイングが、半々に飛んだ。

全日本女子プロレスは、その年、タイ人と韓国人の新人選手を三名、入社させた。

天田麗文は、今でも、ＦＭＷのリングで女子プロレスを続けている。

あとがき

女子プロレスを合理的に説明するのは難しい。

芸能のひとつとしてとらえるには、あまりに荒々しい。

スポーツだと考えるには、色濃い演劇性がそれを阻む。形態面だけをとらえて、アマチュアレスリングのプロ版と思い込もうとしても、実は、女子のレスリングに関してはプロの発祥のほうが先だという事情が邪魔をする。

地方のひなびた巡業芝居の変形としての側面もある。だが、他方では、ニューメディアと結びつき斬新な格闘芸能の様相を呈してもいる。時代に乗り遅れたかのような、ノスタルジックな風情を見せているかと思うと、唐突なブームをひきおこして、オールドファンを驚かす。また、男性の観客をめあてにしたコミカルでセクシーなB級見世物かと考えていると、突如、それまでの観客とは無縁の少女たちが集まりはじめて、会場を、一種独特な祝祭空間めいたものに変質させてしまう。

一方、女子プロレスラーも、合理的な理解になじまない。

彼女たちは、なぜ、プロレスラーになるのか。

金銭的な理由がすべてではない。彼女たちの多くは経済的にはさほど問題のない中流家庭の子女なのだ。彼女たちが、十代の後半から二十代の前半までの五、六年間を女子プロレスラーですごし、そののち、また普通の生活にもどっていく経緯は容易に説明しかねる。

結局、まだ幼い彼女たちは、偶発的なブームにうかれて、かわった商売を選んでしまっただけのように見えることもある。

だが、それでもなお、私は、女子プロレスを一般社会と遊離した現象だとは思わない。

たとえば、中国未帰還者の子女だった孫麗雰にとって、パラワラミ・インディアンの母を持ちながら、白人そっくりの容姿を持つデブラ・ミシェリーにとって、また、柔道のタテ社会からの逸脱者である神取しのぶにとって、女子プロレスとは、強い日本円と、それがあがなう自由の象徴だった。

彼女たちのような〝異邦人〟が、女子プロレスという小さな因習の世界にとびこんだことは、それ自体が今日的な事件ではないのか。私はそう考える。彼女たちは、自分の責任ではなく、不合理な生を生きることを余儀なくされた。その内面の不合理が、女子プロレスのより大きな不合理と響きあい、結果、彼女たちを渦中へ引き寄せたと考えられなくもない。

いずれにしても、彼女たちは、それと闘争することを選んだのだ。

この本を書くにあたって、以下の方たちに、とくに大きな助力を得た。心から感謝申し上げる。

写真家の森田一朗さん、水野佳昭さん。麗雰の出生の事情について貴重な話をして下さった孫欣治《スンシンジ》さん。メデューサの取材を、何回にもわたってコーディネートして下さった斎藤文彦さん。女子プロレスの資料について示唆して下さった小泉優さん、堀英樹さん、府川充男さん。門外漢である私に、快く女相撲の歴史を話して下さった、吉本力《つとむ》さん、不流《ふりゅう》 満州男《ますお》さん、平井利久・トキ子夫妻。

最後に、一冊目に続き、二冊目の書き下ろしを書く機会を与えて下さった、かのう書房の竹内行雄さんに感謝申し上げる。

一九九〇年八月　井田　真木子

本項は一九九三年文藝春秋刊『プロレス少女伝説』文庫版を底本としています。

～大宅壮一ノンフィクション賞受賞によせて～

社会の死角をつれだす

女子プロレスラーは見えない人々である。彼女たちの、図抜けて大きな肉体と力は、庶民の目を長く楽しませてきた。だが、レスラーが自分自身を、女子プロレスという芸を、さらに、今の社会に占める彼女たちの居場所について物語ることを、誰も期待しない。彼女たちは、ただ芸を見せればよいのだ。女子プロレスラーが肉声を持った存在であることを思い出す人は、まれだった。

声のない存在を実感するのは、難しい。

自分について何ごとも語らない女子プロレスラーは、リングの上でしか見えない存在となった。そして、それが、プロレスの魅力と表裏一体の関係にある、一種のいかがわしさと合体したとき、女子プロレスに対する一般的な、そして根深い拒絶感も、また生まれた。

リングを降りたあとの彼女たちに、語るべき何かがあるのではないかと考えて以来、私は、この拒絶感とも向かい合うことになった。それは頑強、広範で、深い根を持つ拒絶だった。

だから、私は本を書こうと思った。

見えない彼女たちを、何ミリ分かでも、社会の死角からつれだそうと考えた。

同時に、それが成功する確率については、まったく楽観できなかった。取材をし、原稿を書きながら、あまりにも手強すぎる拒絶が目の前にそびえたっていると感じた。

女子プロレスラーが、社会の死角に封印されるように、彼女たちをノンフィクションのテーマにしようという試みも、結局、すみやかに忘れ去られるだけではないのか。私は、心底、ひるんでいた。

その予想を、この受賞は、大きく鮮やかに裏切った。

私は、悲観的すぎたらしい。見えない人を死角からつれだそうとする試みは、それほど無謀ではないらしい。

賞とは、内心のひるみを越えて挑戦するための励ましなのだと、私は悟った。

（「文藝春秋　一九九一年五月号より）

同性愛者たち

非凡で多難な人生を選ばざるをえなかった、
平凡な七人の同性愛者と、
その多くの友人にこの本を捧げます。

主な登場人物

新美広　にいみ・ひろし／二八歳（一九六五年生）東京都生まれ。都立高校卒業。七年前、一〇代〜二〇代の同性愛者で構成する活動団体「動くゲイとレズビアンの会（アカー）」を創立。現在にいたる。

神田政典　かんだ・まさのり／二八歳（一九六五年生）千葉県生まれ。米国へ高校留学後、私立大学卒業。私立高校教諭を経て、現在英語学校講師と翻訳業を兼ねる。東京都府中青年の家利用拒否訴訟の原告の一人。

永易至文　ながやす・ゆきふみ／二七歳（一九六六年生）愛媛県生まれ。国立大学卒業。現在、教育関係の出版社に勤務。

風間孝　かざま・たかし／二六歳（一九六七年生）群馬県生まれ。私立大学院卒業。現在は予備校講師。同青年の家利用拒否訴訟原告の代表。

大石敏寛　おおいし・としひろ／二五歳（一九六八年生）千葉県生まれ。専門学校卒業。コンピューター会社を経て、現在、第一〇回国際エイズ会議組織委員会内PWA（エイズ患者・感染者）小委員会スポークス・パーソン。

永田雅司　ながた・まさし／二五歳（一九六八年生）神奈川県生まれ。専門学校卒業。理容師業を経て、現在、書店勤務。同青年の家利用拒否訴訟原告の一人。アカー代表。

古野直　ふるの・ただし／二五歳（一九六八年生）東京都生まれ。私立大学中退。現在、編集プロダクション勤務。

プロローグ

一九九六年晩秋、とくに寒い日だった。地下鉄駅の出口を登ったところからアーケードが始まる。その中にも寒風が渦巻いていた。

久しぶりですね、ここにくるのは。道に迷いませんでしたか。目的のアパートに着くと彼は尋ねた。暖房がきいていないわけでもないのに、部屋の中でもジャケットをはおったまま襟を両手できつく握り締めている。

まさかと笑うと、でも、事務所の様子は随分かわったでしょうと、彼——新美広《にいみひろし》——は言う。あらためて見渡すと、2DKの部屋は随分整然とした眺めになっている。五年前、初めてここを訪ねたときには、多種多様な資料があちこちに積まれているだけだったが、今はそれを数十個のファイリング・ボックスがきれいにおさめている。

ファイリング・ボックスとOA機器に前方と側面を固められるようにして、テーブルがおかれ、そのテーブルの上にも絨緞敷きの床にもゴミひとつ落ちてないのは、新美の性格によるところが大きいだろう。この人には剛直な面と同じくらい、几帳面なところがある。

とはいえ、2DKの一部屋は、すでに事務所としては手狭だ。実際、玄関をあけたとき私はあやうくコピー機の用紙を受ける羽根の部分に体当たりしかけた。コピー機は半分、玄関の沓《くつ》脱ぎに身を乗り出す恰好で、リノリウム貼りのキッチンにおさめられていたのである。

あと、貼り紙が多くなった。〝ファイルはもとあったところにもどせ。そのあたりに置きっぱなしにすんじゃねえ〟、〝使いおわるまでやたらに次のコピー用紙をあけるんじゃねえ〟、トイレには、〝ここはみんなが使う場所だ〟と貼り紙があり、その余白に便器の外に飛散させることを禁じる旨の書き込みがあった。

この事務所が、新美広という男の人格そのものである。むろん、無数の人々が出入りするのだから公共の場所だということは事実だが、それを覆うに余りあるような、貼り紙の個性だ。その何枚かを眺めて苦笑していると、いろんな人が出入りするから貼り紙ばっかりふえちゃって、と彼が誰にともなく言った。

いくつになりました？

ふりむいて聞いた。

「三一歳ですね」

彼が三〇歳を越えたというのには特別の感慨がある。二〇代の頃、彼はよく〝死ぬ〟ことを口にした。おもにHIV・エイズに対する社会的無関心について憤るときである。自分が同性愛者で性行為感染で死ぬまでを人前にさらせば、あるいは無数の同性愛者がエイズを発症させて亡くなれば、世の中はようやく重い腰をあげるんだろうか。そんなふうに憤るときの新美は自暴自棄ぎみとさえ言えた。

　もちろん、当時も日本のＨＩＶ感染者の圧倒的多数は非加熱製剤によって感染した血友病患者である。しかし、新美が二〇代だった頃、政府はその事実さえ認めず、まして、政府認定第一号患者が同性愛者、第二号が血友病患者、三号が主に外国人を顧客としていた売春業の女性だという意味を把握する人は少なかった。短く言えば、認定一号から三号は非加熱製剤の問題隠しに最適であり、同時に日本にとって〝いてほしくない〟人々である。また、その人たちがどれほど抗議しようと、その声を無視できると日本が確信している人々でもある。

「ある一定数が死なないと、結局だめだってことだよな。でも、社会の対応が変わるときには、死んだ人たちは、それを見ることさえできないんだから、皮肉だよ」

　粗削りというより、いっそ乱暴とも言いうる新美の発言に共感できたのは、一方で、彼がつねに〝死〟によるセンセーショナリズムの一過性を知り抜いていたからだ。

「なにかがおこったからといって、その影響がずっと続く保証なんかないんだからね。一発、お祭り騒ぎがあって、次の日からはまた元通り。きっとそういうもんですよ」

　そう言い続けながら、彼は感染せず、若さの峠をこして三一歳になった。そして彼が作った組織は満一〇歳を数えた。

　このような時代に、市民運動などやっていくのは難しいことですか。私はその日、室内にいながら寒そうにしている新美に、このように聞いた。

　満一〇歳になったのは、彼が二一歳のときにわずか五人で作り上げた、男女の同性愛者からなる市民運動団体『動くゲイとレズビアンの会（通称アカー）』である。彼も一〇歳年をとり、組織も同じだけ年齢を加えた。加齢という問題は、個人においても組織においても微妙なものだろう。それだけ歴史を重ねたということでもあるが、それだけ容易に抜けない疲れが執念深くこびりつくということでもある。

　だから、難しいことですか、と聞いた。

　新美広は、わずかな逡巡を含んだ目を彷徨《さまよ》わせた。二六歳だった五年前、彼はそのような逡巡は見せなかった。取材を始めた当初、何かを問われたとき、新美は曖昧さのかけらもなく即答した。

　彼は答えるとき、椅子の上で上半身を反らせ、腕を高々と組んだものだ。

　骨の太い、黙っていても並々ならぬ膂力《りょりょく》を感じさせる男である。これはかなり威圧的だった。

　さらに、彼は独特の表情を作った。目を細めて眉を寄せ、口の端を極端に下げて下唇を突き出し、顎を鎖骨につくまで引きつけるのである。突き出され、大きくめくれあがった下唇は、本来、美貌と童顔がいりまじった顔立ちを、一瞬にして凶相にかえた。

私はこの人物と五年間にわたり、五、六回の旅をともにした。

もともと、あまり言葉で自らを表現する人物ではない。また、感情のアウト・プットがうまいとも言えぬ。その上に長旅の疲れがたまると彼は普段の言葉不足を補うかのように、感情の大爆発をおこした。物言いは、断定そのものになった。

これまで、一度もその感情的爆発を押し止めようという気にはならなかったのはわれながら不思議である。

あえて自己分析を行なうと、まず一般的に取材は、被取材者にとってうっとうしいものだろうという考えがあったためだろう。〝あなたは誰だ、何をしようとしている〟と横合いからやたらに尋ね続けられるのは、誰にとっても疎ましい。

だが、より本質的な理由として、私はつねに自分のほうが新美に無理を強いているという思いをもっていたのである。

私は同性愛とは何か、異性愛とは何か、性別とは何か、性的指向とは何か、同性愛者の彼と、異性愛者の私を分かつものと、両者が共有できるものはいったい何かと、彼に問い続けていた。いわば自分のポケットには何も持ちあわせずに、あなたのポケットの中身を見せてくれとだだをこねていたのだ。性的指向について頭だけでの理解ではなく、いわば腑に落ちる知識の一片さえ、ヒントになる直観ひとつさえ、私はそのとき持ってはいなかった。

だが、彼がそんな問いに答えられるはずもない。第一、同性愛者であるからといって、同性愛とは何かに答えられるはずがあろうか。私は異性愛者だが、それが何ものかと問われて答えようがない。もちろん、性別が男であるからといって男とは何かを確信をもって語れる人がいたら、その人は洞察に長《た》けているというより、むしろ無根拠な自信家の可能性が高いし、女もまた同じだ。

そもそも、異性へ性的に魅かれるということの実感をいったいどれほどの人が把握し、それを同性へ性的に魅かれる人々との関係においてつかもうとしてきただろうか。

そして、そのような努力をしてこなかった一人としては、性と性的指向のすべてについて会う人ごとに問いかけ、出あう風景、現象、事件のすべてにむかいあって自問自答を繰り返さずにはいられなかった。そのような取材者に対して、新美は十分な礼儀を保っていた。

あくまでも一般的構造においてという保留条件つきではあるが、異性愛者は多数派であるという事実からだけではなく、ほとんど無根拠に同性愛者を侮蔑の対象にしてきた。だから、新美は私に対して一方的に攻撃することもできたのだ。だが、彼は一度もその力を行使したためしがなかったのである。

ひとつには、彼が〝多数派は少数派をつねに抑圧している〟という図式でものを考えるタイプではなかったからだと思う。図式的な思考は、新美がもっとも苦手とするところだった。

だが、新美が節度を保った被取材者であった最大の理由は、彼が野卑ではなかったからという点につきるだろう。彼は激情の人ではあったが、いくら〝抑圧者〟であるとはいえ攻撃をしかけてもいない他人のうしろに回って、不意打ちに頭を殴るような野卑な真似はしない人間だった。

そして、この本は、性格、育ち方、同性愛への考えこそ万華鏡のように異なるが、〝野卑ではない〟という点において共通する七人の同性愛者の男性が、どのようにして彼らの青春を迎え、そして今、見送りつつあるかについて書いたものである。

私たちの社会構造が多数派の異性愛者が生きやすいようにできあがっているのは事実だ。ただし、それは一般的傾向であって、絶対的なものではない。

性はたしかに人間の本性だ。しかし、社会における強者と弱者を決めるものは、性的指向のみではない。ある人は同性愛者で攻撃的な性格で経済的な力を持っているかもしれない。別のある人は異性愛者だが、人に突き飛ばされても文句もいえない性格で世渡りがおそろしく下手かもしれない。

この両者が出会えば、おそらく前者が圧倒的優位に立つだろう。個体差は社会的優劣を決める上で大きな要素である。新美も同じ考えだった。彼は強烈な同性愛擁護者ではあるが、同時に個々として人を見る視線を崩さなかったのである。彼との取材関係が今まで続いたのは、この一点に負うところが大きい。

とはいえ、新美はつきあってすぐさま滑らかな交際を始められる人物ではない。口数は少ないし、当初は組織の前面に出ることを意識的に押さえていた。最前書いたように、突如としてケンカ腰になることもある。

しかし、組織を始めて一〇年、知り合って五年八ヵ月の歳月は、新美の中でなにものかを変えたようである。九六年晩秋の一刻、彼は人知れず喉元で詰めていた息を吐いた。

そして、さきほどの、このような組織をやっていくのは難しいかという私の質問にこう答えた。

「難しいですね」

よほど難しい？

「そうです」

　このように対話しているうち、部屋にもう一人の男性が入ってきた。

　きわめて陽気で元気そうなその人物は、私を見るなり吹き出した。今日の私はやたらに楽しそうだと言った。そうくりかえし言っているうちに本格的に腹をかかえて笑い出した。

　まったく、この人はいつもこんなふうだと憮然とした。するとそれがきっかけのように頭痛が始まった。風邪だろうか？

　目の前の新美も、暖かい室内でジャケットの襟をあわせているのをみると、体調万全とは思えなかった。事実、たえずこめかみを押さえ続け、ときに目を固く閉じ、疲労の色は隠しきれない。

　数分後、まことに元気そうな笑い声とともに、その人物は部屋を去っていき、こめかみを押さえた新美と私があとに残された。耳鳴りが微かにしはじめた。悪い予感がする。

　勘はあたった。

　案の定、私たちは数週間の時間差で長くて烈しい風邪にみまわれたのである。

　だが、私たちは、その日、実に陽気に部屋を訪れた人物よりはましだったかもしれない。

　いや、そう考えるのは不遜だろう。彼は自分のことを不運だなどとは思っていないからだ。しかし社会的に見れば、やはり私たちは彼よりましだというよりほかない。私たちを襲ったのはインフルエンザヴィルスだったが、その人物——大石敏寛《としひろ》——はヒト免疫不全ウィルス＝ＨＩＶの感染者だったからだ。

　インフルエンザで亡くなる人もいる。しかし、インフルエンザに罹ったからといって治療を拒まれることはまずないだろう。知人がインフルエンザを理由に離れていくこともないだろう。ましてや家族から見放されることもないだろう。

　しかしＨＩＶではことごとくがそうはいかない。前述したように、日本では今のところ非加熱血液製剤による感染者が圧倒的で、これは省庁と製薬会社の癒着による、いわば国家の犯罪とでもいうべきものだが、それでさえ実名で名乗り出れば、〝お気の毒に〟と表面上は同情されつつも、社会的な忌避は免れ得ない。

　だが、今後、増加することが自明なのは、異性間の性交渉による感染で、これは〝お気の毒〟でさえないので、忌避するほうも気が楽である。さらに同性間の性交渉となれば、忌避する側はむしろ積極的に感染者を排除できるだろう。性交渉で感染したのだから、〝身から出た錆《さび》〟であるだけでなく、同性どうしで性交するなどという〝気持ちの悪い〟ことをしたのだから死病にとりつかれて当然である。

このような状況下で、ＨＩＶ・エイズについての将来展望はけっして明るくない。いつか完璧な予防薬と治療薬が開発される可能性はあるが、二〇世紀のうちにそれが感染者に応用されることはないと推測されている。致死率は高い。一年間以内に感染した人の約六％が発症し、翌年には同じく六％、一六〜七年のうちにほぼ全員が発症する。もちろんその間にあらたな感染者が発生する。発症後、患者は、長くて数年のうちにまず例外なく死を迎える。

私はこのウィルスに性交渉によって感染した大石敏寛と約四年にわたってつきあった。

忌避感も恐怖感もなかったが、最初のうちは、感情的にかなりジタバタした。その次第は本文に譲るが、ありていに言えば目の前で知人が亡くなることに従容としていられるほどの覚悟がなかったからである。

彼のほうも多少動転したところもあったようだが、元来、他人はもとより自分のことまで、どこか突き放して見る性質の男である。いつもひとこと冗談が多いのも、おそらくこの性格に起因するものだ。彼の饒舌な戯れ口は、聞きようによっては、他者が自分の領域に入り込むことを拒否する警戒音と言えなくもない。いずれにしても、彼の冗談は多分にアイロニカルなのだ。

そして、いくら彼に揶揄されたとしても本格的に腹が立たないのは、彼が彼自身もアイロニーの対象にしていると感じられるからである。大石にはどこか、大石敏寛を演じているようなところがあった。演じている自分を覚めて笑っているようなところがあった。

その性格に影響されたわけでもないが、私の精神的悪あがきもいつしか緩やかになった。エイズは、とくにその末期、患者の人格を急速に、正確に破壊していく点において、みる者を畏怖させるが、発症にいたるまでの過程は人それぞれ異なるし、いつか訪れる死という意味においては、私たちもまた同じである。誰もが必ず死ぬのだ。エイズに感染した人だけが亡くなるのではない。

そのような心理的階段を時間をかけて登ることによって、次第に大石は、感染者・大石敏寛ではなく、また同性愛者・大石敏寛でもなく、一人の知り合いでしかなくなった。

それはＨＩＶ・エイズが他人事になったためにおこった心境の変化ではない。むしろ逆である。

私は大石と行動を共にすることによって、多数の感染者、患者と出会うことになった。アメリカの大都市部に住む壮年男子の約四〇％は感染者か患者である。日本での感染者・患者数の公式発表は約一万一千人だが、実際には少なくとも五万人の感染者・患者がいるとされ着実にその数を増やしつつある。世界的に見れば二〇世紀末の感染者・患者は四〇〇〇万人に及ぶと推定される。

ここまで数が増えれば、当然、人口にも変動を及ぼすだろう。ヒトの未来は測りがたい。ＨＩＶ・エイズを通して、私は改めてそう悟った。

そして、私は非感染者だが、ヒトの一人として、感染者とともにエイズというとてつもない規模の感染症がまきおこす運命からは逃れ得ない。エイズによって変容する世界像から、誰一人、超然としていることはできないのだ。エイズは人類の内なる疾病、〝私〟の病なのである。

そのことに思い到ったとき、私の精神的悪あがきは最終的に止まった。何をしても無駄だと諦念したわけではない。ＨＩＶは大石のものであると同時に、私のものでもある。同性愛者の男性の彼の問題は、異性愛者の女性の私の問題でもある。社会の変動が怒濤のように押し寄せてきたとき、私たちはともに見知らぬ岸辺へ流されていく小石なのだ。

同性愛者との出会いは、私にそのような変化をもたらした。

変化はほかにもさまざまなところでおこった。

新美や大石やその他のアカーのメンバーを取材しているうちに、メディアを〝ゲイブーム〟なるものが駆け抜けていった。おもに男性同性愛者をＴＶドラマの、いわば薬味に使ったところから端を発したもので、ゲイであることは、そのとき、先端的であることと同義語だった。しかし、極論を承知でいえば、それは男性同性愛者がＨＩＶ感染したとき、〝気持ちの悪い〟セックスをしたツケがまわっただけと断じる態度と裏腹ではないかと思う。

男性同性愛者であること、というより、同性でセックスをすることは非日常的で、よくも悪くもキッチュ（悪趣味）だが刺激的だと、ＴＶ制作現場においても多数派を占めた異性愛者は、そう判断したのだ。

少し考えてみれば、異性愛者にとって異性愛による性行為が本質のひとつ、日常のひとつ、人生の一側面であるなら、同性愛者にとっての性行為も同じだとわかりそうなものだが、流行物の生産現場において、このようなドラマに欠ける〝日常〟や〝本質〟は、数分で企画会議室の隅に置かれたゴミ箱行きになるのが関の山である。それは仕方がない。流行とはどのようなものであれキッチュなのだ。

しかしゲイブームがメディアでふりまいた同性愛のイメージにかなり錯誤があったことは確かだ。最大の問題は、男性同性愛者の性行為を、男と女が行なうセックスの転写図にしたところだ。

だから〝ゲイブーム〟におけるセックスは、異性愛者のセックスをそのまま同性に置き換えたものになりがちだったのではなかろうか。彼らは〝好きだ〟と言って目をみつめあい、キスをし、膣のかわりに肛門に性器を押し込んだり、フェラチオをしたりする。

ドラマを制作する彼らにとって、男性器は必ず何かに挿入されなければならないものなのだ。その考えの根本をさぐれば、フィスト・ファック——拳を肛門に挿入する性行為——や、極端な場合には頭部を挿入するスカル・ファックが同性愛行為の象徴だという幻想に突き当たる。

たしかに筋肉弛緩剤を用いて、より巨大なものを矮小な器官へ挿入するのを好む人がいるにはちがいないが、少し考えてみてほしい。一般的、物理的にそのようなことが誰でも可能か。

たとえば、異性愛者の私たちにそれは可能か？ 稀に万能な人はいるだろうが、きわめて特異な例だろう。異性愛者の身体と同性愛者の身体は同じヒトの身体である。

一般的な定義に従っていえば、フィスト・ファックは、正確には性器以外（女性なら女性器以外、男性なら男性器以外）を用いた性行為をさす。たとえばある人が手を使って双方の性的快感を誘えば、その人の性的指向がどうあれ、それはフィスト・ファックなのである。

また、男性同士の性行為の表現が後背位のみに限定されがちなのも、考えてみればおかしな話だと思う。肛門性交＝後背位という発想だろうが、性行為とはそれほど単純なものだろうか。

私たちはセックスをするとき相手を見たいと強烈に欲情するのと等分に、相手の顔は見たくない、自分の顔も見られたくない、このセックスに人間の顔はいらないと頑なに内閉する。相手との距離が、ヒトとしては危機感を感じるほどせばめられるために生じる矛盾した感情だろう。そして、この矛盾はセックスという行為の基本であり、ここにもまた、同性愛、異性愛の性的指向の差はあるまい。

私たちはときに目を固く瞑《つむ》って性交する相手を視野と意識から遠ざけ、しかし、次の瞬間、目をひらき無理にでも身体を捻り、自分の身体と繋がった他者の身体を、その身体を持つその人の顔を近々とみつめる。この相克する感情の岸のあわいをさざめくように打ち返すものが性行為というものではなかろうか。

皮肉は、性衝動は本来相手の気持ちなどおかまいなく自発的に湧き起こるものなのに、性行為はあきらかに双方向受発信の行ないだというところにある。

だが、自発的な性衝動と双方向受発信の性行為の間に横たわる矛盾の川を渡ることが、性的指向のいかんにかかわらず、セックスという交渉＝コミュニケーションだとすれば、それは〝相手の顔〟を見る行為にほかならない。ちなみに、性衝動のみを優先させようとするなら強姦しか方策はなく、これが相手に忌み嫌われることは言うまでもないだろう。

要するに、物理的には相手の顔が見えにくい後背位に同性愛の男性の性行為を限定するのは、同性愛が不毛で意味のない行為だということを言わんがためなのではなかろうか。

そのような風潮にのり、異性間性交渉をそのまま同性に置き換えたものが、〃ゲイブーム〃なら、あまりにも錯誤が多く、なにより単純で退屈すぎるから短命だろうと直観したが、それは当たった。ゲイブームはすみやかに去った。

しかし、一方でエイズによって浮上した同性愛者の問題は、九〇年代に入って生物としてのヒトの研究にビビッドな刺激をもたらした。

たとえば、免疫学者の多田富雄氏は、最近著『生命の意味論』（新潮社刊）で、一九九一年八月刊のアメリカの科学雑誌『サイエンス』誌に掲載された、カリフォルニア州ソーク研究所のシモン・ルヴェイ氏の研究発表論文を引きながら、性別《ジェンダー》と性的指向《セクシュアルオリエンテーション》がどのようにして作られるのかについて論を展開している。

ルヴェイ氏は、エイズ死した一九人の男性同性愛者と、エイズ死と他の死因を含む一六人の男性異性愛者、六人の（同性愛者か異性愛者かの別は明らかにされていない）女性の脳の視床下部を比較対照した。視床下部は自律神経系、物質代謝系の調節のほかに、情動や本能の中枢として働く。彼は四つの神経核を持つ視床下部内側核に注目し、その四つの大きさを計測した。すると、ＩＨＮ１〜４と命名された四つの神経核のうち、ＩＨＮ３の大きさと神経細胞の形状に、女性および男性同性愛者と、男性異性愛者の間に大きな差が見られた。大きさにして、前者は後者の半分以下、神経核に含まれる神経細胞の数も大きさも、前者は後者より少なく小さいことがわかったのである。

性的指向は、後天的心理環境のみによって決まるものでもなく、ましてや単なる趣味嗜好ではない。それは、生まれ落ちるときすでに後天的には不変な要素の多くを生物学的に組みこまれたものだ。要するに、同性愛者は〃なる〃ものではなく、〃ある〃ものなのだ。

このようなルヴェイ氏の考え方は、生物学の一仮説にすぎないが、多田氏はこの論文を引きながら、胎児はもともと女性として生まれたのち、ある特定時期に多量の男性ホルモンの働きかけによって男性になることを指摘する。また、男性を女性から区別して、男性たらしめているＹ遺伝子の数の少なさや遺伝子配置の粗さをしめして、男性が男性として生まれることの難しさを語り、同性愛は生物学的多型性のひとつの形態だと考えるべきだと述べる。そして同性愛を異常性欲として差別したり道徳的に非難したりするのはまったく根拠のないことだと断じている。

ルヴェイ氏の仮説以前にも、欧米においては同性愛についての検証や仮説はあったものの、これまでの日本において、科学者が同性愛者を性的逸脱を行なっている、いわばヒトの形をした〃モルモット〃としてではなく、多田氏のように、研究者と同じヒトの問題として捉えた例を、私は寡聞にして知らない。

さらに多田氏は性そのものは、けっして自明のものではないと論を進める。ことに男性とはきわめて回りくどい操作を行なわなくては実現できない状態である。具体的に言えば、X遺伝子に比べてひどく貧弱なY遺伝子が、ある時点で、ただひとつのTdfという遺伝子を働かせることによって、何もなければすべて女性として生まれてしまう体を、無理やり軌道修正させ、脳の一部を加工することによって男性という生き物はできあがるのだ。

「私には、女は『存在』だが、男は『現象』に過ぎないように思われる」

多田氏は著書の中でこう語っている。

そのため、男女の間にはさまざまな曖昧な性が存在しているというのに、従来の性に対する絶対主義的な概念は、同性愛者も含めた曖昧な性を持つ人々に対してひどい誤解を行なってきた。それは間違いである。いまや、曖昧な性とその性的行動様式を、自然の性の営みの多様性の中に位置づけることによって人間は生物学的により豊かな種となるのではないか。多田氏はこう結論する。

多田氏の研究は免疫学だから、HIV・エイズがその研究の射程に入ることは考えられないことではないが、氏を、従来の科学者と分ける点は、ヒト免疫不全ウィルスの問題から発してヒトの性的指向や性別の多型性に言及し、あくまでも生物学上の事実としてではあるが、同性愛者への偏見は誤りであるだけではなく、同性愛も含めた曖昧な性をヒトの自然な性に含めることによってヒトという種は豊饒に広がるという積極的意味付与を行なっているところだ。

もちろんルヴェイ氏の仮説も、またそれを引いた多田氏の仮説も、仮説の宿命として完璧ではない。一例をあげれば、両氏の論は、男性の同性愛者と女性の異性愛者を考える上では簡にして要を得たものだと思うが、女性の同性愛者がなぜ〝ある〟のかについては、やや説得力が欠けるのではあるまいか。

「女は『存在』だが、男は『現象』に過ぎないように思われる」

という多田氏の表現は性の分化を考える上では非常に納得させられるものだが、では、女性の同性愛者はどうなるのか。

さらに一人の異性愛者の女性として我が身をふりかえると自分がそれほど盤石の〝存在〟だろうかという疑問が湧く。私自身は思春期以来、完全に性的対象は男性だけで、女性にはまったく性的指向がむかないのだが、私の周囲だけを見ても、〝女性でもよい〟という人や、〝女性でなくてはだめだ〟という女性は数多くいる。女性であることは、本当に〝存在〟そのものなのだろうか。生物学的にはその通りであっても、別の側面からみると、女性もまた〝現象〟にすぎない面を持つのではあるまいか。

そのような疑問は湧くものの、私が新美広と初めて出会った頃、ヒトという種全体を考える上で、積極的に同性愛者を支持する論が、日本で出てこようとは想像もしなかった。

そして、多田氏は免疫学者として、ヒトという種が豊饒であるためには、曖昧な性と性行動様式を自然の性の営みの中に包含しなくてはならないと論じるわけだが、私は新美や大石を含む多くの男女の同性愛者に出会うことによって、やはり同じ結論に達した。私の場合は論者ではなく取材者なので、取材という現実的な行為を通して獲得した実感でしかないのだが、私は個別の誰かではなく、全般的に同性愛者がいない世界にはとうてい住めないと実感するようになったのである。

性は日常の中にあって、知らず知らず、文化風土を培うものだ。社会の鋳型を形成するものでもある。前述したように、私は堅苦しいまでの異性愛者だが、世の中が私のような人間ばかりであれば、どれほど社会は窒息観に満ちたものになるだろう。

性は単純に男女の二分別となり、そこには対決か、和合という名目のもとでの一方の屈服かという二者択一しかなくなる。その結果、文化も風土もきわめて平板なものとなるはずだ。当座はよいかもしれない。一見、平穏無事で均質な社会ができるからだ。しかし、均質で無風という状態は、所詮、生き物であるヒトがよく耐えうるものではない。生き物とは本来、いろいろと変化変容しつつ存続するダイナミックなものである。それを無理に、均質で無風、予定調和のみをよしとする社会に嵌め込んで不動としたなら、はたして生き物は生きていけるか。

当然、無理だろう。

偶発的変化があってこそ、人間は今を生き抜ける。生まれ落ちたときから、今後の人生が確固として決まっていたら、すでに生きる意味はなくなる。そこでは、生きることは死ぬことと直線的につながってしまうのだ。

だが、すべての人がそう思うわけではないらしい。世の中が、かたくなに異性愛のみを基準として貫き通すことを望む人々もいる。たとえば、アメリカにおいては、少数派に〝政治的平等（ポリティカル・コレクトネス）〟を行ないすぎた結果、多数派――白人の男性でプロテスタントにして異性愛者――による反発がこの数年著しいと聞く。また、日本では、〝ゲイブーム〟が去ったあと、拍子抜けしたように性的指向への言及は少なくなった。

これが現状だ。しかし、これからどうなるかは誰にもわからない。

それが人生だ。

この五年八カ月間の収穫を一言にまとめれば、こうなる。

すべては一九九一年に始まった。

その年の六月、私は初めて新美広とサンフランシスコに旅した。九二年のクリスマスシーズンは、大石敏寛と一緒にサンフランシスコにいた。

彼らと行動をともにすることによって、私は多数の男女の同性愛者に出会った。私は彼らと一緒にいるとき、すでに多数派ではなかった。私のほうが、異性愛者という〝少数派〟にして異物だった。そんな〝変わった〟人間が、より率直に言えば〝変態《クィアー》〟が、なぜ、なんのためにここにいるんだと言われて、私はよく返答に困ったものだ。どうして、と問われて答えはなく、何が目的かと詰問されても返す言葉がない。なぜ、異性愛者などという〝変態〟なのだと聞かれるにいたっては、棒立ちになるのみだった。

そして九三年六月。新美も大石も私も、また違う外国にいた。東西の壁が崩れてまもない統一ドイツという外国の、ある都市だ。

アメリカからヨーロッパに場所を移してもやはり、なぜ、なんのためにそこにいるのかわからなかった。

わかっていたことは、わずかだ。

そこがベルリンという街であること。そして、HIV・エイズと性行為感染についての国際会議場であること。

そして、一九九一年初春、新美や大石が属するアカーが、東京都を相手どって、東京地方裁判所に性的指向をめぐってひきおこした小さな事件の損害賠償を求める裁判の提訴なしには、私はそのときベルリンにいなかっただろうということ。

そういえば、もうひとつわかっていたことがあった。自分が予期しない事態にまきこまれているということだ。

ともあれ、九三年のベルリンに、この本のページを開いた人たちを招待しよう。

私はそのとき何もわからなかった。だが、目の前で何がおこったかは見えた。だから報告できる。

ものごとは多分、そのようにして引き起こされる。そして、覚悟のない人間をも否応なく引きずりこむ。

一九九三年六月一一日。

ベルリン郊外の国際会議場はそういう場所だった。要するにものごとが引き起こされるにふさわしい場だった。

第一章
ベルリン・一九九三年六月

一九九三年六月一一日。

ベルリン市、旧西ベルリン市街のはずれに威容を誇る国際会議場のホールは野次で騒然としていた。その日からさかのぼること六日間、会議場では九〇年代世界の最大テーマのひとつについて議論がたたかわされてきたのだ。エイズである。世界一三〇カ国以上、のべ二万人の参加者を集めた国際エイズ会議は、このベルリンで九回目を数え、回を重ねるごとに騒然とした熱気を増している。

とくに一九九二年、アムステルダムで行なわれた会議以来、熱気に拍車がかかった。直接原因はエイズ患者への支援組織や予防啓蒙活動を行なう市民団体など、医学専門家以外の人々で構成される非政府組織（ノン・ガヴァメンタル・オーガニゼイション、略称NGO）が会議に参入しはじめたからだ。

NGOはそれまで学術分野にかぎって議論がかわされてきたエイズ問題を、市井のレベルにひきこんだ。結果、エイズはより平易で生活感がにじむ言葉で語られる話題となったのである。それは専門家が学術用語を駆使して研究発表を行なう従来の会議とは、自ずから異なる空気を醸成した。

NGOの大量参加以降、すなわちアムステルダムでの会議以後の変化は大きくふたつにしぼられる。ひとつは、エイズを医学の専門領域に限定せず、政治、経済を含めた社会全体の問題としてとらえなおす姿勢である。NGOは政府のエイズ予防予算や、薬品会社の新薬開発における企業姿勢について活発に抗議や支援の活動をくりひろげるようになった。

もうひとつの変化は、従来、リスキーグループと呼ばれた人々が顕在化したことである。彼らはエイズを蔓延させる〝危険人物〟として忌避されてきた。たとえば麻薬使用者、売春婦（夫）、また、アメリカでエイズ蔓延の発端となった同性愛者たちである。彼らを一般社会から隔離し蔓延を防ごうという施策は、一度ならずさまざまな国で議論にのぼった。

だが、NGOの台頭は、隔離に対して彼らの顕在を主張した。感染の危険度が高い人々に対する正しい態度とは、彼らを封じ込めることではなく、むしろ社会の表面に浮上させ、彼らの問題を社会全体の課題として共有することである。顕在論の骨子はこのようなものだ。

顕在論は、危険人物を汚濁として隔離し〝清浄〟な市民生活を守ろうという態度はおよそ無意味だとした。なぜなら、人と情報の流通が高度に発達した現代において、完全に無垢清浄な社会など空想の産物にすぎないからだ。エイズが二〇世紀最大の感染症であるなら、リスキーグループと、そうでない人々との間に境界線をひくことはできない。彼我はひとつながりとなって現代社会を構成しているのである。

この考えのもとに、国際エイズ会議でのリスキーグループの顕在化は進んだ。売春婦（夫）はセックスの専門家として、予防啓蒙への発言権を持つようになり、麻薬使用者は麻薬針による感染防止指導のエキスパートとしての位置づけを得るようになった。

だが、なんといっても大がかりに顕在化したのは、同性愛者たちだ。

彼らはこう主張した。同性愛者がエイズ蔓延の中心となったのは、すなわち、彼らが蔑視と差別のもと、社会のもっとも薄暗い片隅に追いやられ、十全に生きる可能性を封殺されてきたからだ。つまり、社会は同性愛者に対して、実質上、ゆるやかな隔離を行なってきたのである。

そしてエイズは、隔離下の抑圧を培養基として生まれ、蔓延し、多くの同性愛者の命を奪った。だが、社会はなお、同性愛者の棲む暗がりでどのような惨劇がおころうと、自分たちの〝清浄〟な社会には関係ないと無関心だった。同性愛者など何人死のうが、大勢には影響がない。むしろ社会の浄化が進むとさえ考えて事態を放置した。ために、エイズは社会全体を巻き込む災厄に転じたのである。

彼らは次のようにも主張した。

エイズを克服する社会とは、すなわち、同性愛者が公然と社会生活を送ることができる社会のことだ。同性愛者の顕在化は、エイズ克服の指標にほかならない。

八〇年代後半から、国際エイズ会議での同性愛者たちの発言力は増しはじめ、九〇年代にいたって否みがたい勢力となった。NGOの多くは同性愛者によって構成され、活発な活動を展開している。同性愛者たちはまちがいなく国際エイズ会議の空気を変えた最大要因だったのである。

しかし、このような空気は、会議参加者のすべてにとって馴染みがあるものではなかった。

売春婦が学会席上で、

「私たちはエイズ予防において、百戦錬磨のエキスパートなのです」

と公言する事態はたしかに衝撃的ではあるだろう。ある日本人医学者は、背広を着た医者や行政担当者と、異性装をした同性愛者、車椅子に乗ったエイズ患者、プラカードを抱えた市民運動家が渾然と往来する会場のありさまを見たとき、思わずこう漏らしたという。

「これは学会じゃない」

そして、この医学者と同様の、会議に対する違和感をそこはかとなく漂わせた人物が、六月一一日、国際会議場の騒然としたホールの壇上に立ち尽くしていた。

日本での国際エイズ会議組織委員会委員会長・塩川優一博士である。

彼はその日、なぜそこにいたのか。

日本がベルリンについで、翌年、第一〇回目の国際エイズ会議の開催国となる予定だからである。それは、アジア地域で開かれる初めての会議である。同時に、リスキーグループの顕在化など、欧米を中心に展開されてきたエイズの認識が、巨大な異文化として、極東の国・日本に乗り込む会議とも表現できた。

それが、大きな衝突と混乱を招く可能性は高い。そして、塩川博士が国際会議場壇上で経験している事態は、将来予想される混乱の手始めであるとも言いえた。

ホール正面の演壇に立った塩川博士は、落ち着かなげに眼鏡をはずした。その眼鏡を口元にあて聴衆席を二、三回うかがいみる。

一階聴衆席では、数十人の男女が立ち上がり怒号していた。二階席には手摺から身を乗り出して叫ぶ一群がいる。彼らは頭上にプラカードをかかげている。日本の入国管理法を改正せよ。そう書かれたプラカードだ。六月一一日は、その月の六日から行なわれていた国際エイズ会議の最終日。ホールでは閉会式が行なわれていた。そして、塩川博士は、翌年の会議開催国を代表してスピーチに立ったのである。

怒声をあげているのは『アクトアップ』のメンバーだ。NGOの最大の組織のひとつで、欧米各地の同性愛者によって構成された団体だ。同性愛者差別を行なう組織や、エイズ対策に熱意をみせない行政機関などへの過激な抗議活動で有名である。そして、そのとき彼らの攻撃目標は、来年度横浜での会議開催を予定しながら、HIV感染者、患者について、部分的に入国制限を設けている日本の施策だった。HIVはエイズウィルスの頭文字である。

制限の内容は次のようなものだ。

日本の入管法は感染者、患者であるだけで入国を拒否しないが、入管係員の判断により、多数の他者に感染させるおそれがあるとみなされた人物、また、売春従事者と麻薬使用者については入国を拒否する条項を持っている。これは、かつて会議開催を予定したアメリカにおいて、運営上の大きな障害となった条文と似通う性格を持つ入国拒否規定だ。実際、ボストンで開催を予定された会議は、感染者や患者を、非感染者から区別する規定のために、会議に出席を要請する多くの人々が入国できなかった。

そのため、結局ボストンでの会議は中止され、アムステルダムに開催の場がうつされたという経緯があるのだ。

日本の入管法は第二のボストンの事態を招きかねない。日本NGOの諸団体はそれを懸念し、その変更を迫った。日本は、ベルリンでの会議開催中、終始、この問題によってやりだまにあげられていたのだ。

塩川博士の面前にプラカードを掲げているアクトアップの主張も、その問題に焦点をしぼっていた。彼らは入国管理法を見直せと繰り返し叫んだ。このような抗議活動を無数に行なってきたアクトアップのメンバーがあげる声は、たしかに罵声ではあるものの、巧妙な統制が保たれている。彼らはリズミカルに叫び、効果的にスピーチをさえぎった。

だが、実のところ、アクトアップにとって入管法改正は当面の抗議目標にすぎなかった。その奥に、アクトアップはもうひとつの抗議をもくろんでいた。怒号する彼らの足下に置かれた横断幕にその抗議が書かれている。とはいえ彼らにとって、〝奥の手〟を披露するのは時期尚早である。横断幕はまだ筒状に巻かれたままだ。また、その怒号の激しさとはうらはらに、彼らは塩川のスピーチを完全に邪魔する気もなかった。彼らの〝奥の手〟は、塩川のスピーチが始まらない限り行使できないからである。

そのため、塩川が口元に眼鏡を当て壇上で立往生していたのはせいぜい一分たらずのことだった。アクトアップは始めたときと同様、唐突に抗議をやめ着席した。塩川はそれを見て眼鏡をかけなおし草稿を読み始めた。

それは、来年度開催される横浜での国際会議に関係者各位の積極的参加を歓迎するといった、あたりさわりのない内容の草稿である。スピーチがおわりに近づいたのを感じとって、アクトアップのメンバーは巻かれた横断幕に手をかけた。塩川が、スピーチのおわりに、もし〝それ〟を行なわなければ、彼らは横断幕をひろげ、当初の抗議とは比較にならない激しい罵声をあげるつもりだ。

塩川は草稿を読了したあと、しばらく間を置いた。そして、〝それ〟を口にした。

「ここで、私はスピーチを求めている一人の日本人男性を紹介したいと思います。大石さん、こちらへどうぞ」

壇上に招いた男性と塩川が会うのは、そのときが初めてである。塩川は彼と軽く握手すると、マイクを譲った。その男性、二四歳の大石敏寛は、スピーチを始める前に黙って会場を見渡した。数百におよぶ聴衆席はそれぞれ前部に照明が組み込まれている。聴衆の顔は光の反射で白く輝いている。大石は一瞬、目を大きくみひらいた。まばゆさに耐えて聴衆の顔を一人一人確認するかのように小さく左右に視線をめぐらせた。

そのとき拍手がおこった。アクトアップのメンバーが着席した周辺から拍手は沸き、すぐさま会場全体にひろがった。彼らが求めていた〝それ〟は、大石だったのである。アクトアップの横断幕は、塩川に彼を紹介せよと迫るために準備されたのだ。

拍手はまもなく終わり、そのあと緊張の漂う静寂が続いた。

「私は大石敏寛です。日本の同性愛者の団体に所属しています」

大石は口を切った。

同性愛者と言った直後に、あらたな拍手がおこった。照明の白い光が反射する会場に指笛の音が高く響いた。大石は短い沈黙のあとに再び続けた。

「私は一人の同性愛者として、同時に、一人の日本人HIV感染者として、ここでスピーチをいたします。

また私は、来年、一人の同性愛者、一人のHIV感染者として、横浜の国際会議へ参加します。そして、その横浜で、私と同じ立場にいる、世界各国のHIV感染者、エイズ患者とともにエイズについて考えたいと切望しています。

どうぞ、みなさん、横浜においでください。一年後にお目にかかりましょう。そして、手を携えてエイズの克服をめざしましょう」

拍手があらたに沸き、それは長く続いた。会場の何人かは立ち上がって拍手を送った。そして壇を降りた大石を抱擁するために何人かが駆け寄った。

国際エイズ会議のしめくくりとして、アクトアップを含めた聴衆が求めたものは、その短いスピーチだったのだ。すなわち、日本人の同性愛者でHIV感染者の男性が当事者として自らの名前を名乗り、他の感染者、患者に呼びかけるスピーチである。

同時に、演説をする人物は、横浜の国際エイズ会議組織委員会委員会長である塩川優一博士のような、いわば権威の体現者によって演壇に招かれなくてはならない。すなわち、権威によって公に顕在化された同性愛者であり、HIV感染者でなくてはならないのだ。

エイズの克服という二〇世紀末最大の課題は、冒頭で述べたように、社会の中で異性愛者と肩を並べて生きる同性愛者の存在を無視しては実現されないからである。先進諸国において、同性愛者はエイズの最大の犠牲者だった。その結果、同性愛者はその課題について、もっとも先鋭的な意識を持つ人々となった。彼らは多数の犠牲者を生んだだけではない。多くの死者からエイズの時代を生きる知恵を得たのである。

同性愛者は次第にエイズというキーワードのもとに集まり顕在化した。そしてその集団からエイズの研究者や行政の担当者が輩出された。感染者、患者の立場を代表して適切な対策を求める人々も多数出現した。

その結果、時代の病としてのエイズは、それまで侮蔑、嫌悪、嘲笑でのみ報いられてきた同性愛者を、世間のもっとも薄暗い片隅から解放し、社会の正規の一員としてものを語らせる契機を作ったのである。同性愛者との対話と、彼らの積極的な関与なしにエイズという汎世界的な感染症を理解することは不可能だ。これが、アメリカを始めとする〝エイズ先進国〟の了解である。

一九九〇年代において同性愛者とは何を意味するか。それは、まさに時代を読み解くための最大のキーワードなのだ。

そして、アジアで行なわれる初めての国際エイズ会議を、いわばアジア地域の盟主として引き受けた日本にも、その了解が強く求められた。すなわち同性愛者の社会的顕在化と、権威による認知である。

大石敏寛という日本人同性愛者にして感染者の存在は、日本が〝国際的〟了解を持っていることの、いわば最低限のアリバイだった。ベルリンでの会議が始まってからでさえ、日本の運営委員会は大石のスピーチを積極的に推し進めたわけではない。日本人は同性愛者の、またHIV感染者自らの発言を疫学的研究や予防啓蒙に反映させているのかという諸外国からの度重なる問いに対して、日本側組織委員会は確答を避けた。塩川が大石を閉会式最後の演説者として壇上に招くことについても、それが組織委員会の意志として受け取られることについては終始消極的な姿勢だった。日本は欧米と違って、感染者が顕在化することに慣れていない。無理に顕在化を推し進めれば混乱をまねくというのが理由だが、アクトアップは、そのような日本の対応に対して抗議を企てていたのである。彼らが準備した横断幕には〝日本人の同性愛者の感染者代表に話をさせろ〟と書かれていた。彼らは、塩川博士が、同性愛者や感染者を公式に認めない可能性を恐れていたのだ。

そして、大石は、日本人の同性愛者の代表として、演壇の下で外国人のエイズ対策関連の活動家や同性愛者擁護の運動家に次々と抱擁されていた。彼は静かにたたずみ、少し涙を流した。背中を叩かれ、強く抱き締められ、両頰にキスを受けて、ひかえめに相手を抱き返した。

同性愛者でありHIV感染者であることを公に述べた大石の勇気を讃える人々の波が去ったあとに、大石は会議場の壁際にたたずむ一〇人足らずの日本人グループに合流した。

グループは大石と同じ、男性同性愛者の若者たちだ。大石は、彼らのもとに帰って初めて安堵の吐息をついた。同性愛者として、日本が〝国際社会〟の一員であることを証明する役割を果たした疲労と、公の場で自らを語った興奮が、彼の表情に一抹の疲れの色を加えていた。

日本人の同性愛者のグループは言葉少なに彼を取り巻いた。そして、取材者である私は、広い会場の一隅から、彼らの姿を眺めていた。アクトアップの動向について、また、国際エイズ会議における同性愛者の位置づけについて、私は、彼らを通して情報と知識の収集を行なってきた。大石のスピーチをめぐる諸事情についても、また欧米のNGO

の反応についても、その取材を通して知った。

彼らの無言にはいくつかの理由がある。

ひとつは、彼我の差だ。

同性愛者がこれからの時代を読み解くための必須事項だという考えは、国際会議の席上でこそ自明とされるが、会議外の世界の事情は異なる。同性愛者はいまだに社会の〝日陰者〟としてあつかわれがちだ。その傾向は日本においてはさらに強く、日本では、普通の人々としての同性愛者の像はないに等しいのだ。同性愛者とは水商売の世界に生きる特殊な性の趣味嗜好の持ち主という意味しかもたない。

ベルリンの会議場での同性愛者のあつかわれかたは、そのような状況にある日本から訪れた彼らの想像を越えるものだった。同性愛者が拍手をもってむかえられる会議場は、彼らにとってまさに異国であり、日本人同性愛者は彼我の落差をまのあたりにして言葉を失った。

同時に、彼らはひとつの驚きによっても無言だった。

同性愛者という問題がこれからの世界を読解するキーワードのひとつだと、彼ら自身が気がついた驚きである。

日本と日本人が気がつかないうちに、同性愛者の問題は世界で大きく膨れあがっていた。彼らは公然と見え、話し、生きる存在になりつつあった。彼らの姿は、これからの世界の様相をうつしだす鏡だった。

大石と彼を取り巻く仲間は、その事実に直面して無言だった。

だが、そのうち彼らは次第に寄り添い、言葉をかわし始めた。彼らは、閉会式をおえて人影がまばらになった国際会議場の一郭で、ひとつのかたまりとなった。

そして、大石のかたわらに、ほぼ同じ背格好の男性が近寄った。

大石は二四歳、その男性は二八歳だ。

新美広がその男の名前である。

大石は、新美の仲間だ。新美はそのほかに三〇〇人におよぶ仲間を日本国内に持っていた。同性愛という共通項を持つ三〇〇人だ。新美は、彼の仲間の集合体に名前をつけた。『動くゲイとレズビアンの会（通称アカー）』である。

この耳慣れない名称の団体は、二〇代を中心にした若い日本人同性愛者の集団である。日本ではまちがいなく、もっとも豊富で網羅的な同性愛者に関する資料を持ち、同性愛者への情報送受信基地としての機能を持っている。

彼らはどこからきて、いかに出会い、一九九三年のその日、大石をベルリンに送り込むにいたったのか。

はじまりは七年前だ。一九八六年、二一歳の新美広は他四人の同性愛者とともに小さな集まりを作った。当初は失敗の連続だった。創設時の仲間は早々に新美のもとを去った。ある人は、つねに社会の片隅で身をすくめて生きなくてはならない同性愛者の境遇に疲れ、ある人は、同性愛者をまともな人間として扱う気配を見せない世間への憎悪に燃え尽きた。またある人は同性愛者について考える以前に、重くのしかかる生活上の諸問題におしつぶされた。結局、新美一人が残り、新しい仲間を模索することになった。

変化は八〇年代後半に入って訪れた。さまざまな個性と経歴の持ち主が、新美のもとに吸収されたのである。彼らの個性の違いは、日本の同性愛者がいかに広い範囲にわたって遍在するかの証明だった。新美の仲間はさまざまに生まれ、さまざまに育ち、同性愛者であることをさまざまに受け入れた。受け入れ方はまちまちで、同性愛者についての考え方も人生観も異なり、性格にいたっては差異の見本市のようだった。

きわめつきの優等生と、きわめつきの劣等生がともにあり、平和主義者とケンカのプロが同居し、都会にしか生きる場を求められない若者と、田舎の共同体に根を下ろした若者がいた。差別一般が構造的に解消されれば、同性愛者もまた差別から逃れられると夢想するロマンティストと、同性愛者差別解消以外には非情なまでに興味を示さないラジカリストが肩を並べ、温和な常識人と過激な奇人が、遊び好きで傍観を得意とする享楽主義者と、明日は今日よりよくなると信じて努力に勤《いそ》しむ刻苦勉励主義者が共存していた。

彼らが日本の同性愛者たちである。

突出した異能の持ち主ではないが、奇態な人々でもない。普通の日本人であり、異性を愛する人々が普通であると同じ意味において、普通の同性愛者である。

ベルリンでの国際エイズ会議からさかのぼること二年前、私は彼らと出会った。

ひとつの裁判がきっかけである。

一九九一年二月一三日にテレビ各局が報道したひとつの損害賠償請求事件だ。東京都に本拠を置くアカーという団体が、都の公共施設の利用を拒否されたことによって被った被害、六四九万七一五四円を施設の管理者である東京都に対して求めたという、ありふれた事件である。

その日、テレビ各局が何回かにわたって提訴のニュースを流したのは、実は、裁判の規模によるものではない。提訴をおこした団体が男女の同性愛者で構成されたグループだったためだ。マスコミの注目はもっぱらその点に集中していた。

提訴は、東京都教育委員会が管轄する公共宿泊施設「府中青年の家」を、アカーが会員の勉強会を兼ねた合宿用に借りたおり、同宿した他団体から同性愛者だということを理由にいやがらせを受けたこと、その後、施設側が、いやがらせ行為によって青年の家の秩序が乱れることを理由に、いやがらせを行なった団体ではなく、同性愛者側の宿泊を断わったことをきっかけとしている。形式的には損害賠償請求の形をとってはいるが、実質上は同性愛者が少数派として社会に共存するにあたっての不備と無理解を指摘する裁判となった。

同性愛者の共存とはどのような意味か。

たとえば提訴が行なわれた直後、被告側の教育庁担当者は、新聞の問いに答えて次のような要旨のコメントを出した。

「社会通念上認められていない同性愛者に対しては、日帰り利用はよいが、宿泊はご遠慮願いたい」

これはきわめて端的な共存の拒否である。社会通念上、認知されるまで公共施設に宿泊さえできないというのでは、共存などまったくおぼつかない。

そして、新美たちの訴えは、教育庁の担当者が漏らした論旨が、彼一人に留まらず、世間一般に流布していることに対して行なわれたものである。同性愛者は社会通念上存在しないという不思議な考え方が世論を占めるのであれば、裁判は少数派である彼ら、同性愛者がたしかにそこにいることを言挙げするのに適当な手段といえた。提訴が認められることは、すなわち、彼らの存在証明であり、解決すべき問題がそこにあると証明することにもなるからだ。

私は、その日、二年前の二月一三日、テレビのワイドショーで彼らの提訴を知り、アカーの事務所に連絡をとった。

裁判を傍聴したいのですが、私はこう切り出した。そのうち、多少知識が得られるようになったらあなたたちの話を聞かせてもらえませんか?

それから二年間、私は新美のさまざまな仲間と話をした。そして、次第に、話をかわす対象はアカーの中核をなす七人の男たちに収斂《しゅうれん》していった。

彼ら七人は全員、一九六〇年代なかばから後半にかけて生まれた。職業、性格、経歴、考え方のすべてにおいて似通う点のない男たちだ。九〇年代において彼らを結びつけたものは、ただ同性愛者であるという一点だけだ。

彼らの名前は次のとおりだ。新美広。風間孝《たかし》。神田政典《まさのり》、永易至文《ながやすゆきふみ》、永田雅司《まさし》、大石敏寛、古野直《ただし》。

日本の若い男性同性愛者がどれほど幅広い差異をもって遍在する人々であるかということを実証するために、まずは彼らのプロフィールをざっと紹介しよう。

新美広は一九六五年、東京の最縁辺で生まれた。国道一六号線沿いの荒廃した地域である。一七歳で繁華街での享楽を知り、二〇歳でそれまでの生活とうってかわった活動を始めた。同性愛者の青少年の問題やエイズ対策について考える、同性愛者による市民団体を作ったのだ。それがすなわちアカーである。

裁判の原告の一人、神田政典は千葉県で生まれた。神田は、自分が同性愛者だと気づいたとき、キリスト教の中でももっとも反同性愛者色の濃いモルモン教徒だった。

もう一人の原告である風間孝は群馬県の酒屋に生まれた。闊達な優等生である彼は県立高校の生徒会長をつとめ、東京の私立大学に進学したあと、七〇年代以来、細々とながら命脈を保ってきた学生運動に参加した。

愛媛県の豆腐屋の分家に生まれた永易至文も相当な優等生だった。彼は国立大学で、風間と同じように学生運動に加わった。長じても、人なつこい優等生の雰囲気を失わない風間を陽画とすれば、自らの同性愛に気づいて以来、陰鬱に傾きがちで、インテリの気難しさが濃厚な永易は、いわば陰画であった。大学卒業後、神田は高校の英語教師に、風間は大学院に、永易は出版社に職を得た。

アカーの代表者であり、最初期のメンバーの一人でもある永田雅司は床屋である。ベルリンでスピーチを行なった大石敏寛と同じ一九六八年に生まれた。二人とも首都圏近郊で高校をおえたあと、東京に職を求めた。

永田はきわめて生真面目で、なにごとにせよ思いつめがちな職人気質の男性で、大石は対照的に盛り場での享楽を好むコンピュータープログラマーである。

被取材者の最後の一人、古野直も永田、大石と同じ一九六八年に首都圏近郊で生まれた。両親ともに共産党員で、経済的には恵まれていたが、倫理的にはきわめて強張った特異な家庭環境のもとで、文学を愛する青年として育った。

彼ら七人が、どのように多様な人生の軌跡を経て、日本に生きる二〇代の同性愛者になっていったかは、しばしおこう。

その前に、私はひとつの旅について語る必要がある。

日本の同性愛者の姿を知りたいと考え、彼らに接触した私が、なにより初めに経験したものは、ひとつの旅だった。その旅なしには、私は同性愛者について一切の実感を得られなかったにちがいない。それは、異性愛者の私が同性愛者の共同体にまぎれこみ、彼らの目に映る自分の姿に初めて対面した旅である。私はその旅の中で、おりおりつきつけられる異性愛者としての自分の像にたじろぎつつ、それを鏡像として、初めて同性愛者と呼ばれる人々と対面することができた。

旅に出発したのは、私がアカーに連絡をとった四ヵ月後である。

「僕は六月にサンフランシスコに行きます」

新美は言った。

何をするために行くんですか。私は聞いた。

「ゲイパレードです。サンフランシスコで大きなパレードがあるんですよ。それに参加するんです」

何ですか、その……ゲイパレードというものは。私はたずねた。

「アメリカのあちこちから、同性愛者が一堂に会してパレードをするんです。二〇年近い歴史があるんですが、日本人の同性愛者が参加するのは初めてです。参加するしないは、それほどたいした問題ではないけど、そこに行けば、あらゆる同性愛者に会うことができるという話だから、いろいろと勉強になるんじゃないかと思ってね」

パレードの存在については、それまでまったく知らなかった。どのようなものか想像もつかない。だが、そこに行けば、いろいろと情報が得られるだろうという点で、私も新美と同意見だった。

私は、裁判を報じるワイドショーをみてアカーに連絡をとって以来、同性愛とは何か、同性愛者とはどのような人々かという問題に当然の関心を寄せていたが、日本で十分な知識を仕入れることがほとんどできなかった。日本の情報媒体は同性愛の問題について完全に無関心なのだ。まじめな書籍も論文も皆無である。同性愛が精神神経科領域での病理からはずされ、当人がそれを自分の本質として認めているなら精神や心理の障害の原因にならないとされたのは、世界レベルにおいては一九七〇年代初頭だ。以後、同性愛を性的逸脱や精神病理として扱う傾向は全体として減少方向にむかっているが、日本ではその認知がいまだに薄い。日本にとって、それはいまだに変態の一種である。

しかたなく、海外で発表された論文を二〇種あまり取り寄せてみたが、発表年代の古さや文化土壌の違いから、それは満足がいくものではなかった。同性愛についての情報の少なさに、私は途方に暮れていた。新美の仲間たちの本質を十分に知るために、同性愛者と同性愛についての確かな実感が欲しかった。なかんずく、社会の一員として生きる同性愛者とは、どのようなものなのかを知りたいと思った。同性愛者は異性愛者の社会的隣人であるという題目だけでは、あまりにも抽象的すぎる。性的指向において対照関係にある異性愛者と同性愛者の共存の現実的な意味を、いわば肌身に近い感覚を含めて十全に知りたいと思っていた。

だから、そのとき私は申し出た。

私も、サンフランシスコに同行してはいけませんか。そのゲイパレードというものを見てみたいのです。そのパレードに参加する人たちと話をしてみたいのですが。

かまいません、と新美はうなずいた。

一九九一年、六月初旬のことだった。私たちは、神田や風間などほかの六人の主要メンバーを日本に残して、初めての旅に出た。

同性愛者とは誰のことか。同性愛者の問題はこの社会にとってどのような意味を持つのか、あるいは持たないのか。日本と外国の差は同性愛者に影響を与えるのか。アメリカのゲイやレズビアンは、日本の同性愛者と同じなのか、違うのか。

そのようなことについて知るための旅だ。すなわち、日本にいては、つかみどころのない同性愛者たちの像をつかむ旅である。

こうして、同性愛者の新美広と異性愛者の私は六月のサンフランシスコへ旅立った。

第二章 憂鬱のサンフランシスコ

六月二二日、サンフランシスコは例年とかわらず重苦しい曇天だった。

「いつものことだよ。サンフランシスコでは六月がいちばん、憂鬱な季節なんだ」

当地生まれのジョージ・チョイは言った。

その日、アメリカ西海岸・カリフォルニアには晴天とヤシの木しかないと信じてサンフランシスコを訪れた私たちは、小刻みに震えながら、ジョージの話を聞いた。私たちとは、二六歳の青年、新美広と私を含む数人の日本人である。私たちは、空港に降り立ったとたん、予想もしない陰鬱な曇天と陰気な寒風に見舞われ仰天した。ジョージは私たちの様子を見てこう説明したのである。

「六月には、カリフォルニア中の寒気と曇天が、すべてサンフランシスコ峡谷に結集する。理由はわからない。不思議なことに、峡谷をほんのひとつ越えただけで、空はきれいに晴れあがる。気温も夏なみにあがる。いわゆる〝西海岸〟風になるわけさ。まあ、今年はとくにひどい天気が続いているがね」

私と新美は、小雪さえちらつく寒さの中でジョージにうなずき、ホテルで荷を解くと、すぐさまブティックを探した。そして、新美は一軒のブティックで皮のジャンパーを求め、私はスポーツ用品店で化繊のスポーツジャケットを買った。

皮のジャンパーは新美によく似合い、あたたかそうだった。だが、スポーツジャケットのほうは寒気をふせぐには薄すぎるうえに、ひどく悪趣味な濃紅色である。

「日本に帰ったら、目立ちすぎて、ちょっと着て歩けないな」

新美がつぶやいた。同感だった。実は、いったんは、より防寒性が高そうな皮製品を探してみたのである。だが、それは、いかにも珍妙な光景だった。ある女性向けの洋服を扱うブティックをのぞいたときのことだ。店頭には小柄な客向きといっても日本人のMサイズ程度のものしかなかった。そのため、店員が苦労して店の奥からSSサイズの黒皮のジャンパーを捜し出してくれたが、それを試着したときには新美をはじめとして、その場にいた全員が吹き出した。

「なかなか、すてきなダイクじゃないか」

ジョージと同様、私たちを出迎え、街を案内してくれたゲイリー・タンがなだめるように言うが、それは事実とほど遠い。ダイクとは、男性的な逞しい容姿を誇る女性同性愛者のアメリカでの通称である。異性愛者が使う場合、とりわけブル・ダイク（雄牛のような、猛々しくさかりのついた同性愛者の女といった意味）と呼ぶときには蔑称にもなりかわるが、この場合は違う。ジョージもゲイリーも新美も、その店の店員も全員が同性愛者だからだ。

私は、その場でたった一人の異性愛者、アメリカ流に言えばストレートだった。そして、カーテンをあけはなった試着室の鏡が映しているのは、長すぎるジャンパーの袖口からかろうじて掌の半分を出し、困惑しきった表情をあらわにしている人物の像だった。

寝巻で来客の前に出てしまった子供の姿が容易に連想できた。だが、ダイクの女性が着れば粋にきまるはずのジャンパーが驚異的なまでに似合わない理由は、体格の貧弱さより、むしろ自分が同性愛者ではないという事実に求められるにちがいない。あまりにも自分の本質とかけはなれた服をまとえば落ち着かないものだし、ひけ目に似た落ち着きの悪さを感じて体をすくめていれば、何を着てもぶざまなのだ。

「もう少し、女性的な雰囲気のジャンパーはありませんか？」

私は店員に助けを求めた。

「それで十分、女性的だと思いますよ」

店員は答え、私は、用語の誤りに気がついて言い直した。

「女性的というのは言い間違いでした。つまり、異性愛者の女性が着るようなという意味です」

言いつつ、同時に私は反問した。いったい、異性愛者の女性が着るような、とはどういう意味だ？　日本にいるときには、それを、単に〝普通の〟服と表現してはばからなかった。微妙に挑発的なからかいや、冗談や、恋愛感情の応酬の相手から、直接の性の対象までがすべて異性に限られることを、当然として疑ったことはない。そもそも、自分を同性愛者と対照して異性愛者だと規定したことすらなかったではないか。単に〝普通〟の人間だと思っていたではないか。

私は、異性愛者という耳慣れぬ日本語を初めて聞いたときを思い出した。それはほんの三ヵ月前、アカーに連絡をとり、同性愛者であることを公言する何人もの若者と話して以来のことだった。自分のことを異性愛者だと口に出せるようになったのは、それから二カ月後だ。日本語になじまない武骨な語感に辟易したせいでもある。だが、率直に言えば、恥ずかしかったのだ。異性愛者というと、まるで自分が異様な性癖を持った人間だと告白しているようだった。性をむきだしで顔に押しつけられたような気分に陥った。異性を性的対象にしているという事実が、これほど羞恥を呼ぶものだとは予想もしなかった。それなのに、同性を性の対象としている人たちのことは、これまで同性愛者と呼んで平然としていた。彼らは同性愛者であり、自分は〝普通〟の人間だったのだ。

同性愛者とは何かはさておこう。異性愛者とは何者だ。異性愛者は何を着て、どうふるまうべきなのか。自問にすぐさま答えは出ず、自分の物言いが次第に明快さを失うのが感じられた。

「私は異性愛者なので、こういう男性的……という表現は適さないのでしょうが、つまり、ダイクの人が着れば似合うような服は似合わない。しっくりきません。私が着てしっくりくるような服が欲しい。着ていて不自然ではない服が欲しいのですが」

それから、こう付け加えた。

「不自然じゃない上に、なるべくあたたかい服がいいんですがね」

店員は、しばし黙ったのち、儀礼的に店内を見回して首をふった。

「少なくとも、ここには、なさそうですね」

私は、またもや自分の誤りに気がついた。

「そうですね、ここはカストロストリートでしたね」

店員は答えた。

「ええ、ここはカストロですから」

サンフランシスコ市カストロストリート。

その街は、二六歳の同性愛者の青年、新美広の〝目的の地〟だった。彼は、その陰鬱な六月の最後の日に、全米からの同性愛者の活動団体が行なうレズビアン・ゲイ・フリーダムデイ・パレード、通称プライドパレードに、初めての日本人として参加するために渡米した。ジョージやゲイリーは、彼を招聘したアジア系アメリカ人同性愛者の運動団体、ＧＡＰＡ《ガパ》（ゲイ・アジア環太平洋諸島連盟）のメンバーだ。

パレードへの参加は、日本で同性愛者の権利獲得の運動を五年間続けてきた新美にとって、重要な出来事にちがいなかったが、それ以上に、カストロへ足を踏み入れることは、同性愛者の彼にとって大きな意味を持っていた。

この一帯は、昔、カストロヒルと呼ばれた。街路の起伏が激しいサンフランシスコでは、上下動の比較的ゆるやかな地域だ。カストロストリートは、地下鉄のカストロ駅の出口を、丘陵の最高地として始まり、繁華部でやや下り坂になり、店やバーがとぎれる終点近くで再度せりあがる。メインストリート沿いに歩けば小一時間で、かつてカストロヒルと名づけられた丘陵の起伏を往復することができる。

通りの眺めはきわめて小綺麗で、他の通りには必ずみかけるホームレスの姿がここではめったに見当たらない。通りには衣食住をまかなうあらゆる種類の店が集まり、店舗はおおむね広く清潔で客足が絶えない。

カストロヒルは、一九七〇年代初頭、同性愛者の白人起業家の私的な集まりによって開発された。

カストロを、同性愛者たちの〝メッカ〟であるとして、日本の新宿二丁目界隈のゲイバー街のアメリカ版にたとえる向きもあるが、その置き換えは安易すぎる。二丁目はいまだ歓楽街にすぎぬ一面をもつが、カストロは同性愛、異性愛を問わず、生活者がいる街だからだ。そして行政に対する力を持ち、そのうえサンフランシスコでもっとも富裕な経済力を誇っている。そのため、日中の新宿二丁目は、扉をとざしたバーのみが目につく閑散とした街路だが、カストロは昼夜を問わず人が往来し、生活を営む街である。

この日米ふたつの街の差異を表現するとき、たとえば、こんな比喩もなりたつだろう。二丁目が持つ時間は夜のみだが、カストロは昼夜二四時間を持っている。また、こんな言い方も可能だ。すなわち、二丁目にあるものは消費のみだが、カストロは生産と消費双方の機能を持つ。

ふたつの同性愛者の〝メッカ〟は本質において異なるのだ。

だが、カストロは現在のような街の機能をやすやすと手に入れたわけではない。そこには二〇年余にわたる既成社会との軋轢《あつれき》と苦闘があった。

アメリカでの同性愛者は、六〇年代以前、強烈な社会的抑圧のもとにおかれていた。アメリカは、教義の基本として同性愛を罪と規定し忌避するキリスト教を精神的支柱として成立している。その規範のなかで生きる彼らは絶望的なほど不幸だった。自分が同性愛者であると宣言することは、よくて社会の枠外にほうりだされること、悪ければ、暴力によって物理的に抹殺されることを意味した。彼らは、男女を問わず、強引な社会の抑圧に声もなくおしつぶされていた。

アメリカ社会の同性愛に対する忌避感にはすさまじいものがある。一例をあげよう。ポール・キャメロンとケネス・ロスの社会心理学者二人が七〇年代最後半にまとめた調査がある。主要なテーマは、ユダヤおよびキリスト教社会の同性愛に対する態度一般についてだが、そのなかに、複数の研究者の調査を総合することによって、時代や宗教的背景の異なる集団別に、同性愛者に対する価値観がどのようであったかをまとめあげたものがある。集団は、ユダヤ、キリスト教の規範を厳守する社会、一九世紀から二〇世紀なかばまでの平均的価値観を持つ社会、一九七〇年代のリベラル層の平均的価値観社会、七〇年代の性的指向平等論者の集団の四種。

それぞれが同性愛をどのように扱ったかは次のとおりだ。ユダヤ、キリスト教を規範とする社会は、殺人者から強盗までを含む凶悪犯罪者と等価。一九世紀から二〇世紀の平均的社会では精神病と等価。倫理的な悪ではないと認識されるのは一九七〇年代からだが、なお、心理的障害の一種と考えられ、正常な状態だとみなす集団は最後の性的指向平等論者のみだ。同性愛は、アメリカにおいて長く、積極的に淘汰すべき大罪として存在していたのである。

その認識に変化がきざしはじめたのは六〇年代後半だ。その時代、アメリカから始まり、日本を含む北半球の多くの国を席捲した思想、人種、性の多様化の解放運動は、アメリカ本国においては公民権運動に、女性問題においてはウーマンズリブへ結集し、文化においてはカウンターカルチャーの氾濫を、そして日本に波及した結果として、青年たちの〝政治の季節〟を産み落とした。その同じ運動が、既成の性規範の被抑圧者だった同性愛者の解放と顕在化に手を貸したのである。彼らは時代に後押しされ、自分たちの性的指向を殺人者と等価に置く社会と激しく軋みあいながら、次第に少数派としての現実的な力を蓄え始めた。

力とは何を意味したか。それは、自分は同性愛者だと宣言したあとも圧殺されずに、社会の中で生き続ける力のことだ。当初、その力を持つにいたる同性愛者は一握りにすぎなかった。だが次第に多くの同性愛者が、自分の性的指向をあきらかにしたあとも、企業や行政といった社会の表舞台で生き残る可能性を手に入れ始めたのである。

ちなみに、日本語にはまだなじまない性的指向（セクシュアル・オリエンテーション）という用語も、この頃生まれた。日本ではこれに性嗜好と訳語を当てることが多いが、これは原語の意味を考えた場合、まちがっている。性的指向とは、同性愛者であることを、単なるセックスの趣味嗜好の問題から切り離し、全人格の問題としてとらえなおすために用いられた言葉であるからだ。

同性愛とは悪い遊びではない。いかがわしい趣味でもない。それは、性という、人間のひとつの本質の状態を表わす言葉である。これが同性愛者の主張だ。同性愛は即物的な性行為からいったん切り離され、より高位の問題として語られるべきだ。それ以外に、凶悪犯罪と同じゆゆしい位置に置かれていた同性愛の尊厳を救う方法はありえなかっただろう。

私も、また、同性愛に対するそのようなとらえかたに同意する。同意の理由は単純だ。異性愛者である私たちの存在は、今まで、けっして即物的性行為のみから読解され、解釈されることがなかったからである。なぜ、同性愛者だけが、性行為というたったひとつの特異な覗き穴からだけ観察されなくてはならないのだろう。セックスは人間の本質のひとつではあるものの、日常生活においてわずかな一部分をしめる行為でしかない。そして、私たちが異性を性的に好み、ときおりセックスをすること自体が、これまで悪い遊びや異性愛というかがわしい趣味として責められたり、揶揄されたりすることは一度もなかった。いったいどこに、同性愛者だけがそうされなくてはならない理由があるのだろう。

第一、同性との性行為を行なうことだけが同性愛者である証しとはならない。そもそも、性行為としての同性愛は異性愛者にとって不可能なわけではないのだ。現実に多くの異性愛者が、ちょっとした冒険を行なうつもりで同性との性交渉を持っている。また、同性愛者も社会の抑圧下で異性との結婚やセックスを強いられてきた。七〇年代後半以降に出された性行動に関する多くの研究は、同性愛はその行為の有無からは解析できないという点を指摘しているが、古くは、性科学者として名高いキンゼーが、一九四八年と五三年に出した報告にそれを示唆するデータが見られる。

これによれば、三〇歳の男性で異性としか交渉を持たない人の率は八三・一%。恒常的か否かの別なく、同性と交渉を持った経験者は一六・四%(無回答〇・五%、以下のデータも同様に一〇〇%から両者の加算分を差し引いたものが無回答の率)。同じく三〇歳の女性で前者は八八%、後者は八%。すべての年齢層に範囲を広げると、男性で、前者九二・六%、後者六・八%、女性は九〇・八%と八・四%(男性の統計は四八年、女性は五三年に発表)。

もし、この数字を、そのまま同性愛者の率におきかえるとすれば、三〇歳男性の一六%以上が同性愛者ということになるが、いくらなんでも、これは過剰だ。同性愛者の存在率については諸説あり、もっとも多くは男女ともに一〇％の存在率を主張しているが、私が調べた八〇年代後半までの調査研究文献の多くが男性で三〜七％、女性で一〜二％と算定している。

ちなみに、この比率は、近代を迎えた文化における比率というのが妥当だ。

人間にとって性的指向が同性と異性との二方向に分化する事実はおそらく普遍的なものだろう。だが他方、同性愛の顕在、潜在の別は、その文化や社会構造のありかたに深く関わる問題だと思う。社会の中で同性愛者がどのように存在するかは、その社会固有の事情によって左右されるのではないか。そして、貧富や文化の差にかかわらず、男性同性愛者が三〜七％、女性同性愛者が一〜二％遍在するのは、近代という時代のもとでの存在形態ではなかろうか。

たとえば、近代以前の国家においては、同性愛のありかたは今とかなり異なったはずだ。具体的にいうと、同性愛行為を内包する祭儀によって統治される宗教国家においては、同性愛者の存在率はきわめて高いものとならざるをえなかっただろう。その社会では、おそらく多くの異性愛者が社会的強制力によって同性愛に順化させられていたはずだ。

同じ条件のもとに共産主義国家も、宗教国家と同じ状況にある。もっとも共産主義国家において順化させられるのは同性愛者のほうだ。共産主義は同性愛を資本主義の病理とする教義を持つ。そのため、旧ソ連も中華人民共和国も長らく、自国には同性愛者は一人として存在しないという立場を貫いてきた。宗教にも似たその理念に綻びが見え始めるのは、ソ連邦解体を待たなくてはならない。九〇年代にはいって、まずロシアが少数者としての同性愛者を認め、九二年、中華人民共和国もしぶしぶながら自国民が異性愛者だけで構成されていない事実を肯定した。

また、ヒエラルキー社会の最上段に位置する階級が、性愛の楽しみを含め、すべての利益を享受する社会においても近代と事情が異なるだろう。たとえば、ギリシャやローマの貴族階級に同性愛行為が偏在していた例などだ。日本の中世近世における〝衆道〟も同じ事情によって生まれた支配階級の嗜好だと思う。同性愛は基本的に労働力を再生産しない性愛のありかたなので、貴族など、労働と無縁な階級にとって自らの属性とするにふさわしい性愛指向と受け取られたのかもしれない。

実際、きわめて多くの人的労働力が必要とされる一次産業の中では、同性愛はめったに顕在化しないと思う。そこに生きる同性愛者は、社会的抑圧のもとに自らの同性愛に気づくことなく、労働力の再生産のために異性愛に順化して生涯をおわるだろう。

だが、一次産業労働者も、ある条件下では同性愛者の大群を輩出することがある。たとえば、彼らが農業の不振などによって本来の労働形態による対価を得られなくなり、自らの性を商品として売買する場合だ。端的な例は現代の東南アジアなど先進国との経済格差が大きな国々にみられる。その国の貧困層は、男女を問わず売春という〝商業行為〟によって経済の格差を強引に縫い繕っている。だが、それをもって、タイやフィリピンの人々が好色であるというのが妄言そのものであるように、彼らの文化に同性愛指向が高いというのも暴論だ。事実は、彼らの国は貧しく、同時に、近代と異なる構造をもつというだけである。

そして、今あげたような国や文化の条件を持たない近代国家において、同性愛者は前述した比率で遍在する。そして、それを大幅にうわまわる人々が同性愛行為を経験しているというわけである。すなわち、同性愛行為の経験者の比率から、推定される存在率をさしひいた、三〇歳の男性の九～一三%、女性の六～七%が、性的指向の本質は異性愛においたままで、同性と性交渉を持った計算だ。しかも、キンゼーが調査した時点は、アメリカでの、いわゆる性解放運動以前。性の規範が緩化した現在では、はるかに多くの異性愛者が同性と交渉を持つと考えるのが自然である。

この数字が示唆するように、同性愛は単に性行為のある、なしによって読解されるべきものではない。それは、人間の本質のひとつである性が、どのような指向性を持つかという問題であり、その意味で同性に対して性のベクトルが決定されている同性愛者は、異性に対してベクトルが定められている異性愛者と等価である。性的指向という言葉はこのような考えから生まれたものだ。また、異性愛（ヘテロ・セクシュアル）という用語も、前述したように日本語になじまないが、これも性的指向と同様の事情によってあみだされた言葉である。

六〇年代アメリカにおいて、同性愛者たちは、その内面をあらわす表現として異性愛や性的指向といった言葉を作った。そして、その言葉によって自分の本質を肯定し、崩壊寸前の自尊心をたてなおす術《すべ》とした。また、外にむかっては、経済力を蓄え、政治的発言力を増していく。

さらに、少数派として自己実現をはかるために、彼らは保守的キリスト教徒の力が支配する中部や南部を嫌い、より自由な西海岸を選んだ。ために、彼らは、ロサンゼルスに、また、サンノゼに基盤を築いたが、その一部が、サンフランシスコで事業の成功をおさめ、カストロヒル一帯に同性愛者のための共同体を開発するために資金を注ぎ込んだ。同時に、企業内での同性愛者のユニオンが結成されるための援助も行なわれた。政治的には、サンフランシスコ市を中心にして、地域議会を起点としたロビー活動が行なわれた。結局、このサンフランシスコでの同性愛者の試みが、西海岸の中でも、もっとも大きな成功をおさめたのである。

そして、一九七五年は画期的な年となった。カストロヒルに基盤を持つ起業家で作った互助組織、カストロ・ヴィレッジ・アソシエイションの会長であり、自身、カストロ内でカメラ店を経営していたハーヴェイ・ミルクが、スーパーヴァイザーと呼ばれる、サンフランシスコの市政にもっとも力をもつ市議会議員に当選したのだ。

彼は、地域行政の中で同性愛者が異性愛者と同等の権利を獲得するための法律的な施行を強力に推進した。それは、同性愛者が行政の一員として声高に権利を主張する端緒ともいえた。

さらに、彼は同性愛者のために、ひとつの英雄伝説を作りあげた。彼自身が同性愛の権利獲得運動における殉教者となることによってである。ハーヴェイ・ミルクは、一九七八年一一月二七日、狂信的な反同性愛主義者であったとされる同僚議員、ダン・ホワイトによって、市庁舎にあった自身の執務室において銃殺されたのだ。

それは、個人的には悲劇的な死だったが、同性愛者の共同体にとっては、惨劇であると同時に不滅の英雄の誕生を意味した。すなわち、かつてカストロヒルの一カメラ店主から身をおこし、行政の場で自身が同性愛者であることを公言することによって、自分たちの権利を主張したハーヴェイ・ミルクは、反同性愛主義者の銃弾に倒れることによって、英雄伝説を完結させたのである。

ミルクは、その死によって一人のサンフランシスコ市議会議員から同性愛者の偉大な象徴となった。同時に彼を生み、彼が愛したカストロヒルは、サンフランシスコに数ある丘陵から、市きっての美しく、治安がよく、富裕な、全米最大の同性愛者の共同体であるカストロストリートに変身したのだ。

そして、私がジャンパーを試着した店は、カストロストリートの中心部にあった。つまるところ私はサンフランシスコの、またアメリカ全土の同性愛者共同体の中心にある店にいるということである。ここは、同性愛者が築き、同性愛者が盛り立てた、同性愛者のための街であり、そのうえ、この店が女性のダイクタイプの同性愛者が好む服装を備える店である以上、異性愛者である私に似合う洋服はないのがあたりまえだった。

「スポーツ用品店を見てみたらどうかな」

ゲイリーが助け舟を出した。

「スポーツ用品を扱うところだったら……」

彼は言い淀んだ。

「つまり、あなたにも似合うものがあるかもしれない。多分、そうじゃないかと思う。なぜならスポーツは誰でもやるものだから」

彼の忠告に従って、私たちは、数十分後にカストロストリートから少し離れた街区にある、ディスカウント専門のスポーツ用品店に行った。その店で購入したのが、三七ドルで安売りされていた濃紅色のスポーツジャケットだったのだ。それは、薄くて、安っぽく、悪趣味だったが、カストロの近くで、異性愛者の女性である私が手に入れられる防寒服は、それ以外になさそうだった。

「大丈夫だ、ほんの少しの我慢だよ。パレードの日が近づくと、サンフランシスコは突然、真夏みたいに暑くなる。ジャケットなんか着ていられないほどだ。Tシャツさえ脱ぎたくなるよ。嘘じゃない」

ジョージが慰めたが、私は疑わしいと思った。サンフランシスコの空はあくまでも暗く、重く、雲は深く垂れこめている。少し我慢したくらいで陽気な真夏がやってくるとは到底信じがたかった。

予感はあたった。それは、とても少しの我慢などというものではなかった。

真夏が来る前に、ウィルヒナがやってきたのだ。

ウィルヒナは、サンフランシスコ特有の季節風でも豪雨でも台風でもない。だが、そのすべての特徴を備えていた。

強烈で、手強くて、容赦がなくて、破壊的だった。

ほうっておいてくれ、見逃してほしいと懇願しても、いったん目標を定めると猛進をやめないところは、暴風雨なみだった。

ウィルヒナは黒い皮のジャケットと、黒いズボンと、黒いサングラスを身に着けてあらわれた。彼女はメキシコ系のアメリカ人で、力強い肉体と、意志的な顔立ち、きわめて美しい漆黒の瞳の持ち主だ。活発な活動家で信念の人である。そして、その信念は、私に対する場合、異性愛者である私を、同性愛者に変えることに向けられたようだった。

「レズビアンであることは、倫理的に正しいことなの、わかる？」

日本からパレードに初参加する新美に同行している限り、ウィルヒナにいたるところで出会うことは避けられなかった。プライドパレードが行なわれる六月は、各地からの参加者や活動団体を迎えて、サンフランシスコのさまざまな場所でパレードの前夜祭ともいえるパーティーや会合が、毎日のように開催される。ウィルヒナはそのような会合に頻繁に出席し、そのたびに私は彼女につかまるわけだ。

「わかっている？　これは、倫理的に正しいことなの」

私はうなずく。

うなずきながら、後ずさろうとする。ウィルヒナの顔と私の顔があまりにも近づきすぎているのだ。漆黒の瞳は美しいが、二〇センチたらずの距離から顔をのぞきこまれると脅威を感じる。そのため、体を引き離そうとするが無理だ。ウィルヒナの手が私の右腕をしっかり摑まえているのである。それは、まだ力強いだけで暴力的な摑みかたではないが、芯に鋼鉄のような力が潜んでいると示威するに十分な痛みを伝えてくる。

「それから、これは人間を幸福にする手段でもある。わかる?」

その表現を聞くのは、これで何回目かだった。

私たちはシャンティプロジェクトで開かれているパーティーにいた。六月二八日の夜である。シャンティプロジェクトはエイズ患者のためのホスピスを運営する事務所。今夜のパーティーは、プライドパレードの運営委員会が主催する大々的な前夜祭だ。

その日も、あいかわらずサンフランシスコは陰気で寒かった。サンフランシスコに到着して一〇日あまりが経過していた。

そして、その間に、私の自己像は実に卑小なものへと縮みあがっていた。これほど短期間に、日本にいたときには〝普通〟の人間だと信じて疑わなかった自分が、とるにたらず、正当な評価にあたいしない、おかしな人間だと感じるようになるとは、驚くべきことだった。

理由はふたつある。ひとつはウィルヒナであり、もうひとつは、ウィルヒナが私に〝宗旨変え〟を迫るのをとりなす周囲の人々の反応だった。

ウィルヒナは、初めて出会ったとき、私の腕を摑んでこう問うた。

「レズビアンね」

「いいえ」

私は答えた。

「違うの? なんなの? あなた、ストレートだっていうの?」

「ええ」

「なぜ?」

私は答えを失った。

「レズビアンが悪いことだと思ってる。そうね」

そんなことはありません、と答えようとしていると、ジョージが事態に気がついた。彼は、私とウィルヒナの間に割って入り、小声で言った。

「ウィルヒナ、やめてやってくれよ。彼女はストレートなんだ」

〝ストレートなんだ〟という部分を、ジョージはとくに声をひそめて言った。それが、初めての屈辱だった。なぜ、そんな小声で言わなくてはならないのだ? 私が異性が好きだということは、普通の声で語れないような事柄か。三一歳のグラフィックデザイナーである中国系アメリカ人、ジョージ・チョイは、きわめて礼儀正しい常識人だ。穏やかで暖かい人柄の好青年でもある彼が、私を侮辱しようとして声をひそめたのではないことはよくわかった。これはジョージの問題ではない。つまりこの街では、私がストレートであることが問題なのだ。

同質の経験は次から次へと積み重なった。

私が異性愛者であるという事実は、つねに小声で私から顔をそむけて語られた。

「すまない。彼女は実はストレートなんだ」

そう言われるたびに、私は縮みあがった。自分が、何か、ひどくいかがわしいものに成り下がったような気持ちだった。

そのうえ、ウィルヒナがやってくる。

「倫理的に正しいの」

彼女は言う。

「幸福になる方法でもあるの」

こうも言う。

「それに得なの。楽なの。異性愛者はそれに気がつかないだけなの」

「そうですか」

そう答えながら、少しも同性愛者になる努力をみせない私は、ウィルヒナにしてみれば、思慮と分別の足りない、〝遅れた〟東洋人の女性としか見えないのだろう。何度か腕を摑んで説得に努めたあと、彼女は、私を多少知能の遅れた人間として扱おうと考えたようだった。ウィルヒナの口調は日を追うにつれて、ゆっくりと、一語一語を明瞭に話す、いわば幼児にものを言うそれに近くなり、結果、私の自己像は急速に卑小化をすすめた。

「あのね」

ウィルヒナは腕を摑んで、私を引き寄せ、やおら黒いサングラスをとって、そのきわめて美しい瞳で私をみつめながら言った。

「あなた、私が言っていることがわかる？　わからなかったら、そう言っていいのよ」

私が屈辱に追いつめられつつある自分を感じて、むっとしていると、彼女は幼児に見せるような笑顔をうかべて言う。

「これはいいことなの。これは正しいことなの。これは幸せになることなの。わかる？」

彼女はたたみこんで問う。

「あなたは幸せなの？」

「わからない」

私は幼児扱いされて当然だったかもしれない。完全にふてくされていた。

「あなたは自分を正しいと思えるの？」

「わからない」

再度答えて、心底、たまらないと感じた。

当時、私の同性愛についての知識はほとんどないと言ってよかった。新美のサンフランシスコ旅行に同行したのは同性愛についての情報を得るためである。アメリカが同性愛者をどのように扱ってきたかもまだ知らない。それが、長く正邪の問題として語られ、多くの同性愛者が、今の私が、ウィルヒナに強制されているように、正しい人間であるために性的指向を変えよと迫られていた歴史にも不明だ。

だが、知識はなくても直観はあった。私が同性愛者ではないということは、幸福や正邪に関する問題ではない。なんであれ別種の問題だ。私の尊厳や知能といった、人間としての評価とは別のところに存在するなにものかだ。

直観はしているものの、ウィルヒナが摑んでいる腕の痛みが、それを口にすることをためらわせた。抗弁したとたんに、彼女は私の腕をへし折るのではないか。彼女の大きい肉体を見ればあながち非現実的とは思えなかった。彼女は容易に力をふるえる。私は無力だ。彼女は、私に同性愛者であれと言い、私はそれに抗っている。今のところ、彼女が暴力をふるわないのは僥倖にしか思えない。私が感じているのは、まさに身体的な恐怖だった。皮膚の内側に入り込み、骨を鳴らし、生理を軋ませる、そういった類の恐れだった。

「これは正しいことなの」

ウィルヒナが繰り返す。

私は周囲を見回した。だが、今日は、大きなパーティーだ。シャンティプロジェクトには、一〇〇人近い参加者がひしめいていた。誰も私などかまっていない。

「これは正しいことなの。百歩ゆずっても、とにかく得なのよ。なぜ、あなたが考えを変えないかわからない。なぜ、人生で得な選択をしないのかわからない」

そのとき、それは反射的な物言いだった。私はウィルヒナに出会ってから、初めて長いフレーズを一気にしゃべった。

「得なんでしょう。でも、関係ありません」

私は腕を摑んでいるウィルヒナの力を忘れようと努めた。

「あなたはレズビアンです。私はストレートです。私たちは違うらしい。でも、私が、たった一度でも、あなたが私と違うから変われと言いましたか？　言わなかったでしょう。一度も頼まなかった。一度も強制しなかった。

だから、私に変われと言わないで下さい。なぜなら、私が、あなたに一度もストレートになれと言わなかったからね。男を好きになれとは言わなかったからね。私は、何も、あなたに強制しなかったからね」

初めて、ウィルヒナは私を直視した。初めて、まともな知性を持った人間として、私を認識したようだった。

「私はストレートで……」

そのあと、自分が信じがたいことを言うのを聞いた。

「ストレートで、悪かったけど」

アイム・ストレート、アイム・ソリー？　なぜ、あやまる必要もないことで謝罪するのだ。私は自分にあきれた。サンフランシスコでの一〇日間たらずの時間は、私の自我をそれほど卑屈に追い込んだらしい。

「私は正しい人間かもしれない。間違った人間かもしれない」

ウィルヒナが怒り出すことを予期していた。集中豪雨のような、台風のようなウィルヒナが怒り出したら、カストロのダイクファッション専門店の一番小さいジャンパーさえ身に余った私など、まるで問題ではないことは承知していた。

「私は幸せかもしれない。不幸せかもしれない。私自身でさえ、それはわからない。正しいかもしれない、間違っているかもしれない。幸せかもしれないし、不幸かもしれない。これから幸福になるか、不幸になるかわからない。これから悪いことをするかもしれないし、正しいことを行なうかもしれない。そんなことはわからない」

ウィルヒナは予想に反して黙って聞いていた。

「しかし、それは私がストレートだという事実とは関係ない。私がストレートなのは、私の事実で、いつわらざる状態です」

最後に息を呑み込んで、こう言った。

「私の事実に、あなたは手を触れることはできない。私は異性が好きで、それがあなたにとってどういう意味を持つにせよ、あなたはそれをどうしようもない」

ウィルヒナの顔に予期せぬ表情が浮かんだ。

彼女は笑っているのだ。かなりシニカルではあるが、笑顔ではあった。

彼女は笑って私の腕を離した。

そのとき、ようやく、この女性がこの何日間も私をからかっていたことに気がついた。異性愛者の世界が同性愛者に対してふるった力を、〝倒錯〟してふるってみせ、それがどんな気分のものかを私に味わわせたのだ。倫理をふりかざし、幸福追求という題目で折伏を試み、ついには損得という抵抗困難なプラグマティズムを持ち出して説得する。そしてそれを執拗に、すなわち同性愛者の若者の自己像が修復不可能なまでに卑小化するほど執拗に繰り返す。本音を漏らせば暴力がふりかかるのではないかという予感で萎縮させ、考えを変えることによって拓くことができる自己実現の幸せをみせつけ、なお肯《がえ》んじない場合には幼児的な頑迷さを苦笑する大人の余裕を演じて、徹底的に相手をおとしめるのだ。

ウィルヒナは、異性愛者の私たちが同性愛者と呼ばれる対照的な性的指向の持ち主に対して言い続けてきたことを代行したのだ。

彼女が意識的だったか、あるいはたまたまカストロにまぎれこんだ東洋人の異性愛者が目障りで無意識のうちにいたぶったのかはわからない。だが、確実なのは彼女がやったことを、私たちが同性愛者に対して行ないつづけてきたということだ。そして私が言いつのったことのおおむねが、同性愛者の人々が長年胸の中におさめてきた抗弁に重なるということだ。

彼らは長い間、無言だった。だが、すでにそれをやめたのだ。

そして、カストロでは誰もが雄弁だった。私でさえ、そこでは無口でいられなかった。

「彼は、日本で初めて本格的な同性愛者のネットワーク作りに成功した男性です。名前は新美広。わずか二一歳のときアカーというグループを創り、六年後の現在、三〇〇人もの規模に拡大させました。彼はその発起人なのです」

私は言った。場所は同じシャンティプロジェクト。ウィルヒナから解放されてのちの出来事だ。周囲を取り囲んだ新聞や雑誌の記者、カメラマンは、私の講釈にいっせいにうなずいた。彼らはすべて、同性愛者を対象にした情報と報道をあつかうジャーナリストたちであり、彼ら自身も同性愛者である。サンフランシスコには、ゲイメディアと総称されるこれらの媒体が数多く存在する。活字と電波を問わず、彼らは自分たちと性的指向をともにする人々に必要とされる情報を提供している。私が言葉を切ると、彼らのうちの一人が問うた。

「つまり、新美さんの団体が、日本で一番大きな団体というわけですね」

いいえ。私は首をふった。

「日本で本格的に活動している団体は、まだひとつしかありません。他にグループがないわけではありませんが、本格的に活動をしているという意味においては、たったひとつなのです」

「ひとつだけ……」

質問者は微かにとまどい、なるほど、それであなたはこの団体を取材しようと思ったわけですね、と別の人が納得した表情でうなずいた。初めてのケースだから興味を持ったわけですね。

私はそれを聞きながら、あらためて新美が発起したグループ、アカーに連絡をとった日の、あれこれを思い出していた。

取材をしたいと思った直接の動機は、前述したように、あるテレビのワイドショーと、その報道前後の対応にあった。

具体的にはこういうことだ。

提訴について説明するため、原告となった彼らのうち二人は、提訴後、テレビでいくつかのインタビューに答えて、テレビの画面に素顔をさらした。インタビューにこたえたのは、当時、大学院生だった風間孝と、床屋の永田雅司だ。二人とも、これまでの人生でインタビューの経験などない人たちである。だが、その場でもっとも大きな動揺を受けたのは、取材現場の素人である彼らではなかった。むしろ、その玄人であるインタビュアーが動揺し、スタジオ内のキャスターのものいいも支離滅裂になった。ある女性のインタビュアーにいたっては、話を聞く途中で混乱のあまり泣きだし、インタビューを中断せざるをえなかった、と後日私は聞かされた。

いったいなぜ彼女は泣き出したのかと風間に問うと、彼はこういう事情だったと答えた。

「おかあさんがかわいそうだ」

彼女は取材なかばにして、そう言って泣き出したという。風間と永田は呆然とした。そのとき母親の話などしていなかったからである。彼らは提訴に至った経緯について説明していただけだ。なぜインタビュアーは泣き出したのか。

おそらく彼女は、自分が彼らのような同性愛者について報道することを予想しなかったからにちがいない。よりステレオタイプな像を予想していたのにちがいない。

同性愛者のステレオタイプとは次のようなものだ。テレビの画面上で、彼らはつねに仮名扱いだ。顔にモザイクがかけられ、話し声の音声は変えられている。そして、もっぱら性と風俗の話題にかぎって、女々しく告白する。仮名扱いやモザイク処理は、確かに彼らの人権を守るための手段ではあるが、同時に同性愛者とは本名もなのらず、素顔も声も表に出すことができない、うさんくさい人々なのだという見方が一般に定着したのも事実だ。

だが、そのときテレビに登場した風間も永田も、およそステレオタイプから遠かった。実名と素顔をさらしてひるまず、気負わず、風俗の問題としてではなく社会一般の問題として同性愛を語った。彼らが話すことは、まさに生真面目な正論だった。その日の朝、たまたまテレビをつけてインタビューの場面を見た私は、彼らの主張は、まともすぎて退屈なほどだと感じた。

二人は普通の顔立ちで、とりたてておしゃれでも、異貌の持ち主でもなかった。つきなみなスーツを着て、高くも低くもない声で話した。感情がたかぶることもなく、誇張の表現もなかった。あえて特異な点を探せば、二〇代なかばの彼らが、同世代の他の若者に比べて、少し堅苦しいほど真面目に見えるということだっただろう。

おそらくそれが彼女を泣かせたのだ。

彼女は、インタビューを行ないながら、自ら抱いたステレオタイプと現実の彼らの像を重ねあわせることができなかったのである。彼女は早々にその努力を放棄し、自分に理解できる通俗的枠組に逃げ込むことによって、とりあえず業務をまっとうしようとしたのだ。その場合、通俗的枠組とは母子関係のステレオタイプを意味した。

すなわち、彼らがどのような主張をしようと、田舎の母は都会に出て〝おかま〟になってしまった息子を見れば例外なく悲嘆するはずだという考え方だ。どのような母親も、〝おかま〟の息子を持てば、必ずや世間に顔向けができない、孫の顔を見ることができない、もう表を歩けないと言って泣くはずだという考えた。そして、母の通俗的悲嘆は、すべての論理を超越したところに位置して最強だという考えでもある。

だから、彼女は〝おかあさんがかわいそうだ〟と泣いた。自分を田舎の母に擬して、その場を切り抜けたのである。

彼らのインタビューの様子をスタジオで受けたキャスターやコメンテイターも似たり寄ったりだった。

あるワイドショーの司会者は、

「なんだか普通の人のようなんですが……まるで、隣の家の息子さんのような」

と言って絶句し、アシスタントの女性アナウンサーは、

「でも、普通じゃないんですよね。本当は普通じゃないんですよね」

と嫌悪と茫然自失がないまぜになった表情でいつまでも繰り返した。

コメンテイターの文化人も同工異曲だった。せいぜい、六〇年代のアメリカの性解放運動の、もっとも穏健な認知に立って意見を述べる人がいた程度だ。すなわち、愛情は万民に平等なものだから、同性どうしで愛しあってもよいのではないかという開明的主張である。だが、その主張が、日本の二〇代の同性愛者が九〇年代に提訴した社会的事件とどのようなつながりを持つのかは語られなかった。そもそも、アカーの原告の若者は、愛情について語っていたわけではない。彼らは、なぜ、同性愛者は公共の施設において問題をおこす人物たちとみなされ、拒否されるのか、その見地の是非を問うているのである。一種、牧歌的な開明派の主張は、現代の問題を読解するのに、力不足だった。

それは、まことに画期的な事件だった。なぜなら、われわれの隣の家に住む人々がおこした裁判だったからである。隣の家に同性愛者が住むとは予想だにしていなかった人々は、彼らの声を聞いてうろたえた。彼らが自分と同じように普通の人々だったからだ。彼らがもっと変わった外見を持ち、奇矯な行動をする人々であれば、問題は簡単だっただろう。世間は彼らの奇態を安堵して笑うことができる。だが、彼らはまさに隣の家に住む家族の一員以外のなにものでもなかった。提訴は、その意味で世間を不安におとしいれた。

そして、私も衝撃を受けた。私たちの隣人としてテレビ

の画面に身をさらした彼らの勇気に感じるものがあったが、同時に、それを報道する側の身も蓋もない動揺に驚いたのである。

そして熟慮のすえではなく、むしろ直観的にその裁判の経過を追わなくてはならないと思った。同性愛者が表通りを歩いたということが、これほどの支離滅裂を呼ぶものであるなら、彼らの裁判がまともに追跡報道される可能性は低い。判決の勝敗が数年後、ごく小さく報道されるのが関の山ではないか。それでは不十分すぎる。彼らがあえて素顔をさらした事情が何かを知りたいと思った。

私はワイドショーが終了した直後にテレビ局に電話をかけ、取材の意図を告げて連絡先を尋ねた。だが、実際に、アカーの事務所に電話が通じたのはそれからきっかり一二時間後である。テレビ局への電話は結局、三人の人々の間でたらいまわしにされた。一番初めの対応者は、

「電話番号はちょっと教えられません」

と断わった。それはおかしい。アカーは東京地裁に提訴している市民団体だとテロップが流されたではないですか。風俗店の電話番号を聞き出そうとしているのではありません。彼らの言い分をもっとよく取材したいだけなのです。そう抗弁すると、ちょっと待って下さい、と言って数分後、別の女性が電話口に出た。同じ用件を話すと、彼女はしばし黙ってから、同じようにちょっと待って下さいと電話口を離れた。最後の対応者が電話をとったのは、電話をかけ始めてからゆうに十数分後のことだった。

「これが電話番号ですから」

彼は声をひそめて伝えた。そそくさと番号を言うと、すぐさま電話を切った。

彼が教えた電話番号にかけると、ある材木屋に通じた。

「うちは、アカーとは言いませんがねえ」

困惑した店主が答えた。テレビ局のスタッフがいかにも秘密めかして伝えた番号は間違いだったのである。

結局、アカーと関係がありそうなさまざまな関係者に電話をかけ、ようやく新中野にある事務所に電話が通じたのは深夜近くだった。

あなたたちを取材したいのですが、とりあえず、事態についてまったく不明なので裁判を傍聴したいのです。なにか、さしつかえがありますか。私はそう切り出した。

電話に出た人は初めての口頭弁論は東京地裁で五月二〇日に開かれます、そこに来てはいかがですか、そう言った。その日にうかがいましょう。私はそう答えた。それからこう付け加えた。私はあなたがたの今回の試みはとても勇気があるものだと思いました。

それは、どうもありがとう。電話のむこうの男性は答えた。

彼らに連絡をとろうと思って果たせなかった一二時間は、いわゆる〝普通〟の世界に住んでいる私と同性愛者の間をへだてた距離そのものだった。私が軒をへだてた隣に住む彼らと言葉をかわすまでに、結局半日もの時差が存在したのである。

私は、五月二〇日、東京地裁にアカーの初めての口頭弁論を傍聴に行った。

その日、霞が関にある東京地裁七一三法廷は、裁判所の関係者をとまどわせるほど多くの傍聴者を集めた。多くの同性愛者とわずかな異性愛者がいた。おおむねが二〇代の若者だった。原告に立った三人の両親や兄弟姉妹もいた。原告の風間と永田は一五分間の意見陳述で、自分が同性愛者だと気づき、それを受け入れるまでのことを、またアカーに連絡を取り、この世の中に自分以外にも同性愛者がいることを知ったときの安堵と希望を語った。また、日本で同性愛者がおかれている現状を訴えるためには、裁判で素顔と実名をさらすことが必要だったこと、それを彼らの家族も支援していることを述べた。

それからさかのぼること二ヵ月の三月中旬、私は初めて新美広に会った。アカーの新事務所開きの日である。私が寿司の折り詰めを手にして事務所を訪ねると、そこに二〇人あまりのスタッフが集まっていた。彼らはきわめて若く、元気がよくて賑やかだった。これから行なわれる裁判について、あきらかな期待をこめて話し合っていた。深刻さや屈託は見たところ希薄で、彼らに連絡をとるまで半日を要した私は、その明朗さに好感を抱きながらも、いくらかとまどっていた。

だが、賑やかな語らいをしばらく眺めていると、その中に、どことなく保護者然とした沈黙を保っている人物がいることに気がついた。彼が新美だった。骨太な体格で、勝気な容貌の青年である。無口で、挙措動作がきわめて落ち着いている。そして、その態度が、彼がその場のヘゲモニーを握っていると直観させた。私は、談笑している若者をかきわけて彼に近づき挨拶をし、彼は自分の名前を告げた。

「新美と言います」

私はメモに名字を書きつけた。名前を問うと、彼は短く言った。

「新美はここに一人しかいませんので、名字だけで通ります」

ほどほどに拒否的で、充分に礼儀正しさを保った返答だった。そして、その声音は、異性愛者の女性である私は、とりあえず彼らの〝敵〟の範疇に含まれることを適切に伝えていた。それは一種の爽快感を伴う経験だった。私はついで、彼がアカーでどのような立場にいるのかと尋ねた。

「事務です。事務処理を主にやっています」

私は彼の顔をしばらくみつめ、それは建前にすぎないだろうと感じた。新美の物腰は事務処理に終始している人物にしては凄味がありすぎる。私は再び聞いた。

「あなたが、このグループのリーダーではないのですか」

「代表者は永田雅司と言います」

永田さんはここにいます？

「今日はいません。床屋の仕事があって忙しいのでね」

あなたは裁判の原告でもない？

「ちがいます。代表者の永田と、大学院生の風間孝と、神田政典の三人が原告です。神田は高校の教師でしたが、提訴に際して、塾の講師に仕事を変えました」

それで、あなたは事務をやっておられる。たった一人で？

「ほかに、大石敏寛と古野直という者が、事務面を担当しています」

そうそう、あなたが最初にかけてきた電話を受けたのは古野ですよ。最初は材木屋にまちがってかけてしまったそうですね。新美はこう付け加え微笑した。めったに表情を動かさないが、笑顔はひとなつこかった。

「あなたは、事務だけをやっておられるだけですか？ では、誰が三〇〇人ものアカーというグループをまとめあげているのですか？ 仕事で不在だという永田さんですか？それほど多忙な人がまとめ役になれるものですか？」

私がこう尋ねたとき、新美は初めて口ごもった。そのあたりについては、いずれ、と言った。

いずれ、と私も思った。同性愛者の権利をめぐる裁判などという日常なじみのない用件にもかかわらず、取材意欲の湧く相手に出会えて幸運だった。新美という青年と、いずれあらためて話をしよう。聞きたいのは、彼の名前であり、彼がアカーではたしている役割である。そして、同性愛者という未知の問題についての彼の考えを、また、なぜ、私が彼の〝敵〟の一員になったのかということを聞こう、そう思った。

しばらくたったあとに、私は最後の質問をした。ちょうど自分がシャンティプロジェクトでゲイメディアの取材者に問われたと同じ質問だ。

「日本には同性愛者のネットワークがいくつあるんですか」

こう尋ねたのである。新美は、本格的に活動をしているところはほとんどないと答えた。

彼が自分の名前を教えたのは、それから一ヵ月あまり後のことだ。新美広と彼は名乗った。あなたを取材してよいですか。取材原稿に、新美広と実名を記載してもかまわないですかと私は問い、かまいませんと彼は答えた。あなたがグループを作ったのですね、と問い、そうです、六年前のことでしたと彼は言った。

そして、新美は日本の同性愛者の事情について、さまざまなことを語った。話し方は必ずしも流暢でも学究的でもなかったが、私は彼が同性愛という風穴を通して、きわめて広範で深い知識を得ていることを知って舌を巻いた。

もっと話を聞かせてくれませんかと私は彼に求めた。当初は裁判の経緯がきちんと報道されないのではという危惧から彼らを訪ねたが、すでに最大の興味は同性愛という未知の分野について知ることに移っていた。同性愛について無知なまま、彼らの社会に対する抗議について関心を持ち続けることはできなかった。

だが新美の同性愛についての知識にも限界があり、前述したように、日本における文献は皆無に近かった。結局、私たちは、空しく帰るのもやむなしという覚悟で、プライドパレードに赴く以外になかった。

そして、シャンティプロジェクトでのパーティーで、ゲイメディアの人々に取り囲まれながら私が感じていたものは、そのような日本での事情と、プライドパレードを二日後にひかえたサンフランシスコの事情との齟齬《そご》だった。

それが私を饒舌にしていた。

「東アジアとアメリカをいちがいに比べることはできません。アメリカで実現しているゲイリブが、日本では実現しないのは進歩の差ではない。文化の格差によるものです。しかし、その格差を知りながら同性愛者が被る社会的な問題を摘出し、裁判の場にそれを持ち込んだ人もいるのです。それが彼です。新美広という二六歳の青年なのです」

私は、シャンティプロジェクトの片隅で、ボーダー柄のTシャツに紺色のジャケット姿で立っている新美を指さした。

「彼は同性愛者が自分たちの権利をめぐる裁判をおこしました。四カ月前のことです。彼と彼の若い仲間がおこした裁判であり、日本の裁判史上初めてのことなのです。私は記者としてこの裁判に関心を持ちました。もし、あなたがたも関心をもったら、記事でとりあげてみたらどうでしょう」

こう言いながら、私はアカーの裁判について説明したパンフレットを、シャンティプロジェクトに集まったアメリカのゲイメディアの人々に手渡した。

実はシャンティプロジェクトの建物にタクシーを横づけするまで、私はパンフレットを配る作業を手伝おうとは思っていなかった。だが、タクシーを降りてシャンティプロジェクトの高い入り口まで刻まれた階段の下に立ったとき考えを変えた。ほとんど英語のしゃべれない新美やその仲間にかわってパンフレットの説明をしようと決めたのである。

私たちの傍らを、プライドパレード委員会の役員が通りすぎていく。このパーティーは、パレードの前夜祭のひとつを兼ねているのだ。そして、もっとも魅力的な同性愛者を選ぶパレードコンテストの受賞者も、この階段を登っていく。受賞者のある人は、異性愛者の私が畏敬を持って見惚れるような美丈夫の男性であり、また、ある人は、その巨軀を美々しい女装で飾っていた。彼が片手でもちあげているスカートは威風堂々と風にはためいた。彼らは、ドラッグクイーンと言われる、異性装をする男性同性愛者の一群である。彼らは、おおむね白人で、そのパーティーの主役だった。

その日の主役である彼らは続々と階段を登り、私たちはそれを階段の下で見上げていた。

「なんか、アメリカ人ってでかいですよね。圧迫感ってあるもんですよね」

新美が言い、私もうなずいた。そして、アメリカ人と伍してシャンティプロジェクトの階段を登ったあと、私も会場を取材しながらパンフレットを配りましょうと、彼に提案した。

とても大きなパーティーのようですから、おとなしく黙っていたら、誰も気づかないでしょう。私もパンフレットを配って、なぜ、日本人の私たちが今日、ここにいるのかを説明してみましょう。そう言った。

このような事情で私はパンフレットを何部か持ってゲイメディアの人々に対した。しかし、同じようなことをしている人々はたくさんいる。パーティー会場を埋めている全員が饒舌なのだ。それが、この日のシャンティプロジェクトでの会合の様相だった。私がしていることはけっして珍しいことではない。会場のあちこちで誰もが自分たちの活動についてアピールしている。そして、私がパンフレットを渡した報道関係者たちも、あいかわらず人あたりのよい笑顔は崩さないものの、少しずつ離れていこうとしている。

そして、最後に残った女性がこう聞いた。

「それで、あなたはレズビアンなんですね」

いいえ、ストレートです。私は答え、彼女はけげんな顔をする。これは初めての経験ではない。異性愛者の女性が同性愛者の取材をしているということは、サンフランシスコを訪ねて以来、出会ったアメリカ人たちに共通した違和感を感じさせる事実だった。

ゲイメディアが発達したアメリカでは、同性愛についての報道は同性愛者によって行なわれるのが普通だからだ。ゲイメディアは、異性愛者によって支配されていた情報媒体から、同性愛者のための独占区域を奪取する形で生まれた。アメリカでは同性愛者と異性愛者は抑圧と被抑圧の二項対立でとらえられている。それは、まことに単純明快な対立構造で、異性愛者は同性愛者を抑圧し、同性愛者はそれに力で対抗するのである。

そのような考えからすれば、異性愛者の私が同性愛の問題について記事を書いていることは、不可解な行為だろう。しかし、それはアメリカでの事情であり、日本のそれではない。とはいえ自国の事情を説明する力量は不足しがちで、われながら情けなかった。説明はいつも、次のような一本調子なセリフとなった。

「日本では同性愛者が社会的に認知されていないのです。差別の有無以前に、一般市民として同性愛者が生活していることが、まだ意識にのぼっていないんです。だから、ゲイメディアというものも存在しない。日本の出版社やテレビ局にもおおぜいの同性愛者がいるでしょうが、彼らが自分たちの問題について語る土壌はないのです。日本とアメリカは違うのです」

サンフランシスコと日本は、同性愛者の生活事情において絶望的なほどかけ離れていた。八〇年代、すでにサンフランシスコ市は、男女を問わず同性のカップルに、異性の既婚者と同じ福祉や社会保障、法律上の権利を保障する法令をさだめている。彼らは養子の斡旋においても異性愛者と同じ権利を持っている。これは二〇年近い追跡調査の結果、同性愛者の養親に育てられた子供が、異性愛者の養親に育てられた子供に比べて、マイナスの影響を受けないと認められたためである。男性二人、女性二人が養子をわが子として育て、堅実な家庭を営むこともサンフランシスコではまれとは言えない。

一方、日本では同性愛とはもっぱら即物的な性的行為の側面でしかとらえられていない。アカーに対して、東京都教育委員会が出した宿泊の拒否理由のひとつは、同性愛者に施設を利用させると秩序を乱すおそれがあるというものだ。この場合、秩序の乱れとは性の乱れのことである。日本では複数の同性愛者がひとつの場に集まれば、必ず性的乱交がひきおこされると信じられ、これは世間一般にも通じる妄想でもある。たとえば同性愛者のことを話すとき、ほとんどの人は妙な笑いをうかべる。性的な話題を扱うさいに日本人がうかべる隠微な笑いだ。

また、拒否回答を出す前、教育委員会は、前述したように、同性愛者も日帰りで、また風呂に入らなければ、特例として利用を認めてもよいという奇妙な妥協案を提示したことがある。同性愛者は、まさに下半身だけの存在で、性行為以外は何もせずに生涯をすごすと思わなくては出せない提案だろう。

サンフランシスコではすでに市民生活を獲得している同性愛者は、日本においては、まるごとの人格を社会に認めさせることさえ難しい。これが現状なのである。

「あえて同性愛者であることを認めれば、よほどの才能や経済力がないかぎり、普通の人づきあいのすべてを失う危険にさらされます。そして結果的に職業と将来の展望も失うかもしれない。日本は仕事の場において、人間関係がきわめて重要ですからね」

不得手な英語での説明は時間がかかる。私はしばらく言葉をきって、あと何を言うべきかを考えた。どう言えば、同性愛者が〝結果的に〟排除される日本の文化土壌をアメリカ人に理解させることができるのか。

「では、自分が同性愛者であると言わなければ、すべてうまくいくのか。そうでもないのです。日本の企業社会はサラリーマンが結婚して家庭を持つことを前提として成り立っていますのでね。同性愛者は自分がそうだと言おうが言うまいが排除されるわけです。その点、マスコミ人も例外ではないのです」

彼女は儀礼的にうなずいた。

「取材者が同性愛者であればよかったとは思います。しかし、異性愛者である私のほうが負担が少ないのも事実なのです。同性愛者の取材者は、おそらく、取材をする過程で、自分が同性愛者だとあきらかになることを恐れるでしょう。それまでその人が同性愛を認めていなければ、なおさらです」

彼女は微笑した。

「よくわかりました。アメリカでも、最近ではゲイとストレートとの歩み寄りが行なわれています。とてもすばらしいお話だったわ。よい結果をお祈りします」

優雅に別れの握手をすると、彼女は離れていった。

複雑な気分だった。ゲイとストレートの歩み寄り、などという高度なレベルに立っているわけではないことはあきらかだったためだ。私がゲイメディアの人々にパンフレットを配ったのは、その場において、新美たちと私が圧倒的少数派に属したからにすぎない。日本人という少数派だ。同性愛に関して徹底して未開な極東の国から、あたかも漂着するようにして、白人がヘゲモニーを握る大陸へ足を踏み入れた同国人だったからだ。その事実の前には、同性愛者と異性愛者の違いなど、どれほどのものでもないと感じたからである。

その感想は、一部カストロストリートの真実に抵触するものだった。サンフランシスコのカストロストリートは、たしかに異性愛者に拮抗して同性愛者の権利平等を勝ち取った街だったが、それは、同性愛者の中での平等を意味しなかった。あえて言えば、それは白い肌を持つ共和党支持の男性の同性愛者にとっての平等だ。そのほかの人々は、彼らが頂点を築くヒエラルキーの下部に配置された。ヒエラルキーの下層はアジア系が占め、また、女性はつねに男性の下に位置された。すなわち、アジア系のレズビアンが最下層である。頂点に立つ白人同性愛者の男性は、香港あるいはフィリピン移民のレズビアンが、どれほどの貧困に苦しもうが、街路でレズビアン嫌いの男に殴られようが、ともに闘う姿勢はまず見せない。むしろ、自分たちの富の蓄積に忙殺されている。また、ベトナムやタイの男性同性愛者に関しては権利などには無知な、かわいい〝坊や〟であってほしいと思う一方で、自分たちが異性愛者から二等市民扱いされることには憤激する。

そのなかで、アジア系の新参者である日本人とは何者を意味したか。それは、きわめつきの被差別人種にほかならなかった。


そこにヒエラルキーがあることを、私はプライドパレード委員会の役員十数名が壇上に並んだときに気がついた。彼らはすべて白人だった。最前、私の畏怖の的だった。逞しくて強烈なウィルヒナでさえ、一段下のフロアから、壇上の白人たちを見上げていた。

「ウィルヒナ、なぜ白人だけなの」

さきほどの恐怖を忘れて、私はたまたま近くにいた彼女に尋ねた。

「なぜヒスパニックがいないの、なぜアジア系がいないの」

ウィルヒナは黙っていた。彼女のたたずまいから攻撃性は失せていた。気弱にさえみえた。

「この街の市民の半分はアジア系だというじゃないですか。それなのに、どうして東洋人が誰もいないんですか」

ウィルヒナはようやく口をひらいた。

「見ればわかるでしょう。これが、アメリカの現実というものよ。こんなあからさまな白人優位は、ほかの社会ではもうありえないわ。ゲイコミュニティとは……つまり……極端な人種差別社会でもあるのよ」

別の日、ジョージ・チョイはプライドパレード委員会のパンフレットを指で叩いて言った。役員一七人の顔写真が一覧できるページである。

「白人、白人、白人、白人、白人。黒人がたった一人。中国系なし。日系なし、フィリピンなし、タイもベトナムもない。メキシカンもネイティブアメリカンもなしだ。一七人中一六人が白人だよ。しかもほとんどが男だ。申しわけ程度に白人の女がまざっているだけ。この状態がパレードが始まって以来ずっとかわらない。

そして、彼らは僕たちのことをこういう。茶色い坊や。あるいは黄色い坊やだ。白人ではないレズビアンのことなどまさに変態扱いさ。

委員会の会長はこの二〇年来かわっていない。もちろん白人の男だがね。その彼が、今年、パレードで出る膨大なゴミをどう処理するかという会議で、どう言ったか知ってるか」

ジョージはドイツ系の委員長の声音を使って言った。

「ゴミ？　ゴミならベトナム人か中国人の坊やに片付けさせとけばいいじゃないか」

彼はそれからこう続けて笑ったのさ、ジョージは言う。

「アジア系ってのはゴミのために生まれたんじゃないのか、おい」

ゲイコミュニティは、一方で一般社会に対して自分たちの共同体を奪取したが、その実現を急ぐ過程で、一般社会における〝努力目標〟のいくつかをとりおとしたのかもしれない。そのひとつが人種差別と性差別の解消だったのだろう。そう考えなければ不自然なほど、ゲイコミュニティの内側には露骨な白人男性の優位主義が根づいている。

「変わらないんですか？　ずっと、このままだと？」

私はジョージにウィルヒナに問うた。ジョージは、少しずつは変わるだろうさ、と答えた。僕たちは、ゴミ問題についての委員長の発言に、公式に抗議文を出したんだ。それさえここでは初めてのことだったんだぜ。こう言った。

「彼は抗議文を出されたとき、しまったという顔をした。ざまあみろだ。僕たちが考える能力を持った茶色や黄色の人間だということに初めて気がついたんだろうよ」

そして、私に問われて気丈さを少し持ち直したウィルヒナはこう答えた。

「来年よ。来年を見ていて。あの壇の上に、茶色や黄色や黒色の顔を並べてみせるわ」

来年よ、彼女は私の顔を見て約した。異性愛者の私をいたぶっていたときの表情はなかった。友人に言いわけするような口調で語り、私の腕を軽く叩いた。

新美は、あいかわらず会場の隅に立ち尽くしていた。一七〇センチたらずの身長で、硬くて黒い髪の、無口な東洋人の青年である。賑やかに社交をくりひろげるアメリカ人の中にあって、彼はくすんだ色の小さな石のようにみえた。

サンフランシスコのシャンティプロジェクトで日本人でいることは、なかなか難しいことだった。そして、日本人として語ることは、さらに難しい作業だった。

私がそれに気がついたのは、シャンティプロジェクトのパーティーに臨んでからのことだったが、新美がそれを意識したのは、より早い時期だった。それは、彼の不断のいらだちの原因だった。

「サンフランシスコは自由な街だから、ゲイだから、アジア人だからって差別されることはないんじゃないの」

彼が感情を爆発させたのは、この発言を聞いたときが初めてだった。場所は、カストロストリート近くの中華料理店。シャンティプロジェクトでのパーティーに先立つこと四日前だった。その日の夜、私たちは、ＧＡＰＡの事務所を初めて訪ねた。ＧＡＰＡはジョージ・チョイやゲイリー・タンが所属する、アジアと環太平洋諸島出身の同性愛者の市民団体。彼らは、新美をパレードに招き、サンフランシスコ滞在中、諸般の世話役となってくれた。

彼らは親切な人々だった。日本から初めてやってくる同性愛者の青年がとまどわないように、その日、わざわざサンフランシスコに一〇年近く滞在し、ＧＡＰＡのメンバーと生活を営んでいる日本人男性を二人、事務所に待機させてくれた。新美は事務所でGAPAの活動内容について概略を聞いたあと、その日本人をまじえて遅い夕食をとりに中華料理店へ赴いた。そして、そこで爆発したのである。

彼は、サンフランシスコは自由な街だと言った、一人の日本人に、食事中にもかかわらず険しい声で答えた。

「そんなこと、ないでしょう。まさか、そんなはずないでしょう」

彼のとげとげしい態度に、その日本人は鼻白んだ。なにも気負ってそう言ったわけではなく、一〇年近く前に自分があとにした日本と、サンフランシスコで現在享受している環境との違いを素朴に口にしただけなのだ。それが、故郷の日本からやってきた青年の神経を逆撫でする発言だとは予想もしなかったはずだ。また、アメリカ慣れした彼にとって、そこは参加した誰もが社交的にふるまうべき会食の場である。険のある新美の態度は、彼にとってまことに不本意な反応だった。

彼は会食の間、なるべく新美と話さないように苦慮し、新美もまた、それ以上爆発しないように自分を抑えた。

だが、それも料理店を出て、二人と別れるまでの我慢だった。彼らの姿が見えなくなったとたん、新美は激しく罵った。

「あいつら、最悪だよ。あんた、なぜ、あんな奴らとまともに話すんだよ。そんな必要ないですよ。あいつら、最低だよ」

サンフランシスコは自由な街だなんて呑気な寝言にすぎない。見てきたわけじゃないが、世界のどこにも完全な自由や平等などあるものか。もしあるなら、誰もカストロストリートを作るはずがない。この街は城砦だ。あなたもそう思ったでしょう。

新美は怒りで歯ぎしりせんばかりだった。カストロは、周囲の圧力から同性愛者が身を守るために作った城砦だ。自由がないからこそ、危険があるからこそ築かれた街なんだ。そう思うでしょう。くりかえし言った。

たしかにそう思う。私はうなずいた。カストロストリートは、サンフランシスコの中では、めだって富裕、小綺麗な街だ。周囲の街から区分された城砦のような街と言えなくもない。だが、それほど激怒しなくても、という感想は胸に呑み込んだ。剣幕はただごとではなかった。

私たちは夜半のカストロストリートを歩いていた。その日も寒い日で、スポーツジャケットを通して六月とは信じがたい冷気が肌を刺した。新美は皮ジャンの腕を組み、街路を蹴り立てた。

百歩譲って、カストロには完全な自由があるとしよう。だが、奴が一〇年前に見捨てた日本はどうなるのだ。新美は続けた。いったい奴はどこで死ぬつもりなのか。カストロで一生を送り通せると思い上がっているのか。いつか病を得て帰郷を望んだとき、日本がどうなっていてもよいのか。

奴は重要なことについて何も考えていない。腐ったお気楽野郎だ。新美は激しく言い、私は多少とまどい、黙ってそれを聞いた。彼の怒りの本質をまだ完全には把握していなかったのである。

それに気がついたのは、数日後、シャンティプロジェクトのパーティーの前日に行なわれた、あるディスコでの集まりでのことだ。今回は私も自分の感想を遠慮なく口にした。腕時計を彼の目の前にかざし、文字盤を指さしてこう言った。

「時間は、もう、それほど残っていないんですよ」

新美は腕を組み佇立していた。薄暗い店内でもなお、拒否感が明白な姿だった。彼は、その集まりで、GAPAのメンバーに、踊ろう、一緒に楽しもうと何度も誘われたが、返事さえ返さなかった。そして、私は連日彼が見せる不機嫌といらだちに、半分うんざりし、半分心配していた。GAPAの人々はおよそ愛想がない彼を無礼と感じないだろうか。そして、すべてに不慣れな彼の世話に嫌気がささないだろうか。それではわざわざサンフランシスコまで旅をした甲斐がない。

あなたはサンフランシスコにケンカを売りにきたんですか、それとも仲間を作りにきたんですか。私は尋ねた。もし後者なら、仏頂面をしている時間はないんじゃないですか。

「俺なんか、くるべきじゃなかったんだ」

ディスコの中庭のもっとも暗い一郭から彼の声が聞こえた。中庭の隅に植えられ、盛大に葉が繁った大木の陰に立つ新美の姿は輪郭でしかとらえられない。

「俺、英語もできない。大学にも行ってないし教養もないのに、会う人たちは、みんなインテリだ。話にならない。もっとふさわしい人がきたほうがよかったんだ。日本の事情をきちんと説明できる人。アメリカ人が何を言ってるのか理解できる人。日本人のインテリがくるべきだったんだ」

そのとき初めて、彼の怒りの全容を読みとることができた。日本にいても同性愛と同性愛者について十分な知識を得ることはできないが、アメリカにやってくればやってきたで、文化の画然とした格差に悩むだけなのだ。彼我の差に苦しまない、〝お気楽な〟日本人になることができれば別だが、新美には不可能である。切ない使命感に燃え、社交好きでパーティー上手なアメリカ人の中で違和感にさいなまれ、きわめて親切なGAPAの人々に、同じ同性愛者としての共通項より、東アジアと北米大陸の住民の間に横たわる埋めがたい差異のほうを大きく感じていらだっていたのだ。

「ねえ、君。僕は日本人の事情がよくわかる気がするんだ。同じアジア人だからね。アジア人は同性愛を白人とか西欧とかの悪習として片付けたがる。チャイナタウンじゃ、今でも、同性愛は白人にかぶれた息子の悪癖なんだ。日本人も、結局、そのとおりなんだろう？　日本人同性愛者が今までめだたなかったのは、いわゆる西洋の流行として軽んじられてきたからだろう？　また一方で、アジア的な家族主義に守られて、家庭の問題として処理されてきたからなんだろう？」

中国系のゲイリー・タンがこう問うたとき、新美は返答につまって無表情になった。しばらくしてから、私にこう通訳してくれと言った。

「家族とか社会とかいう前に、日本にはいったいどれだけの同性愛者がいるのかさえわからないと伝えてくれませんか？　そして日本では同性愛が人格のレベルの問題としてとらえられていないんだともね」

たとえ、そこに根深い人種差別問題があるにせよ、サンフランシスコの同性愛者は交流の場としてのカストロストリートを、統合の象徴としてのプライドパレードを持つ。また、GAPAのようなグループによって、自分たちに通底する文化背景を確認しあうこともできる。サンフランシスコの同性愛者社会が、さまざまな問題を含みながらも、あきらかに新宿二丁目とは雰囲気が異なる、地に足の着いた共同体基盤をもつのはそのためだ。そして、その基盤に根を下ろして、同性愛者は各自の自己実現をはかろうとしている。

それに比べると、日本の同性愛者はまさに水上に浮いた人々だと、新美は表現した。アカーは、まさにその浮遊する人々を繋ぎ止めるブイとして結成されたが、いったんブイから離れれば、彼らはまた飛散していくのではないか。その不安を持ちつつ、アメリカ人同性愛者の安定に対するとき、新美の口調は自然、とげとげしくなった。

「結局、あなたはGAPAで何をしたいんですか？」

サンフランシスコでの二日目を、わざわざ美容院での仕事を休んで市内案内につきあってくれたゲイリーに対してこう詰問した。ゲイリーは挑発に乗らない。彼は、いたって穏やかに答えた。

「GAPAはエイズの予防啓蒙を行なったり、アジア人移民の同性愛者の実態調査や支援を行なっているが、基本的には、アジア系同性愛者が自分はけっして一人ではないと感じる場であればよいと思っているんだよ。いわば、アジア人の魂の安息所であればよいんだ」

GAPAの会長のフィリピン系アメリカ人ダグラス・ヤラノンに対してはこう嚙みついた。

「組織を大きくする気はないんですか？　このままでいい

んですか？　あなたが組織を引率している目的はどこにあるんです」

このままでいいんだよ、ダグラスは答えた。

「なぜ組織を大きくしなくてはいけないんだ。私たちは市民団体であって、政治結社じゃない。ほかの誰かと競い合って勝たなくてはならないわけじゃないんだ。同性愛者の社会に、自分たちなりに貢献できればいい。君こそ、なぜこのままじゃいけないと思うんだね」

ちがうんだ。そんな公式見解じゃなくて、本音を聞きたいんだ。そういう新美の口調は、お世辞にも友好的とは言えなかった。

日系三世のドナルド・マスダには、なぜ、単なる楽天地を求めてサンフランシスコにやってくる日本人に対して何も文句をつけないのかと問うた。

「文句を言わないわけではないよ。しかし、その前に事実を調べなくてはね。だから、僕たちは、日本人社会についての調査を始めている。それが難しいんだ。なにしろ、恥とか身内とかいったものを規範とした社会だからね。でも、少しははかどっている」

新美の問いと、GAPAの人々との解答は微妙なところでいつも食い違った。アメリカに根づいて長いGAPAの人々は、同性愛者の共同体を維持するために、すでにそれほど過激な行動や上昇志向を必要としていなかった。彼らはおおむね穏健なリベラリストだった。それがときに新美の態度を荒れさせた。

より卑近な日常生活での食い違いも無視できない問題だった。日常の所作、つきあい、生活行動のすべてにおいて、二六歳の新美広は愚直なまでに日本人の特性を崩さなかった。堅苦しさ、遠慮、抑制の砦にこもり、アメリカの開放的社交との同化を拒否した。

たとえば、彼は一通りの自己紹介と、相手の仕事や役割への礼儀正しい質問を経なければ、けっして会話を始めようとしない。名前も知らない人と親しく口をきくのは、彼にとっては無作法のきわみなのだ。彼は自分を名前で呼ばせなかった。日本にいるときと同じように新美と呼ぶよう求めた。アメリカ式の抱擁を可能なかぎり拒み、おじぎで押し通した。

サンフランシスコで初めてGAPAのメンバーと引きあわされたときの新美の緊張は特筆にあたいした。きわめて社交的に、またひとなつこく投げかけられる質問に、新美はとまどいが高じた無表情で対した。一〇の問いに対して一つも答えなかった。最後にはほとんど無言になり、両手を膝の上にのせたまま身じろぎもしなかった。

「彼は、よほど疲れているのかね」

GAPAのメンバーは心配そうに何度も私に尋ねた。新美の緊張の理由を一言で表現するのは至難の技だと思い、そうね、多分疲れているんでしょう、と答えると、彼らはうなずき口々にこう言った。

「笑いなさい。新美。笑って。楽しそうにして。そうすれば疲れなんかとれるよ」

こみいった説明を避けて、彼は疲れていると答えた安易さを、私は悔いた。新美を窺いみると、彼の表情は不審を通り越して懐疑に近い。初対面の人に、〝笑え〟と言われる事態は、彼の理解を大きく越えることなのだ。

彼は沈黙の殻にとじこもり、初対面の数時間をすごした。

新美は笑わない。口をひらけば攻撃的だ。いったいどういう男なんだ、という不満もしばらくすると聞こえ始めた。だが、ジョージ・チョイやドナルド・マスダなど、GAPAの主要なメンバーは終始、彼を庇護した。彼らは物慣れぬ新美にある程度手を焼いてはいたが、彼の剛直さとあくまでも同化を拒む頑固さを好もしいと評した。

彼はつきあいやすい人間ではない。だが非常に男らしいではないか。安直に妥協しない。信用に足る人物だ。ジョージやドナルドはそう評価し、新美を弁護した。

「彼はとても若いんだ。若いということは、すぐに結果を欲しがるということだ。そして、劇的な効果を求めるということだ。人生は劇《ドラマ》ではない。しかし一〇〇の退屈を積み重ねることが、たったひとつの成功を生み出すことを、若い人間はなかなか理解しないのは事実じゃないか」

これはドナルドの弁だ。彼は新美に批判的な人にむかってこう言った。

「彼は若いよ、たしかに。だからどうだというんだ。俺たちだって、かつては若かったじゃないか」

新美は、自分がこのような弁護によって守られていることを知らないわけではなかった。自分がもっとも親切なGAPAのメンバーにつっかかっていることも知っていた。だが、同時に自分はけっしてアメリカ人のふるまいに同化しないことも知っていた。そして、それが彼の怒りの中心だった。

彼はたえまない自己嫌悪にさいなまれていたのである。

そして、彼が嫌悪感のさなかに立ち尽しているディスコの一隅で、私は考えつくすべての言葉を動員した。

「あなたはここにくるべきだったと思います。今はどうあれ、帰国したあかつきには、自分こそがサンフランシスコにきてよかったと思いますよ」

このように話した。

「インテリはインテリでしかない。それ以上でも以下でもないでしょう。もちろん、彼らは多分アメリカにあなたほどの違和感を覚えないでしょう。でも、今、必要なのはまさに違和感であり、日常の苦労じゃないですか。日本での同性愛が何かをわかるためには、安易にアメリカに慣れてはだめなんじゃないですか」

大木の陰に隠れて判然としない新美の輪郭にむかって、私は喋り続けた。

「違和感を持たなければ問題の本質をみないですごしてしまう危険がある。それにくらべれば、たとえ、ときには無礼であっても、普通の日本人としての疑問をぶつけるほうがよいでしょう。そのほうが収穫があるにちがいない。収穫が何であるか今はわからないが、そのうちわかるでしょう。可能性があるのならあきらめるべきじゃないでしょう」

それに、と付け加えた。ダメモトという言葉だってあるじゃないですか。

「そうかなあ」

新美は言い、そうですよ、と私は請け合った。


パレードの日、六月三〇日には、新美も私もへとへとになっていた。アメリカに疲れ、アメリカの同性愛者に疲れ、日本を顧みて疲れていた。

そして、その日のサンフランシスコは私たちの気分と対照的だった。

カストロストリートは奇跡のように晴れ上がったのである。それまでの陰気な曇天が嘘のようだった。サンフランシスコに着いた当日、ジョージ・チョイが予言したように、その日、突然暑い夏が訪れた。雲ひとつない空から陽光はまばゆく照りつけ、目をまともにあけるのも難しい。そして、通常、全市七〇万人の人口を擁するサンフランシスコに、三万人のパレード参加者と一〇万人をこえる観客が集まった。市街の目抜き通り、マーケットストリートに、それらの人々は集中する。この通りで、その日の一一時からパレードが行なわれるのである。沿道には鉄柵が置かれ、ボランティアの監視要員と案内係りが配置された。パレードの終点には運営本部席が設けられ、その前に、マスコミ関係者の写真撮影用の巨大な台が仮設された。パレードの解散地点は広大な公園だ。そこにはパレードに参加した団体の無数のブースがひらかれ、パレード終了後、多くのイベントがひらかれると聞いた。

気温は午前九時で三〇度以上にあがり、熱く乾いた空気の中をおおぜいの人々が闊歩する。マーケットストリート沿いのビルには見物客が鈴なりだ。そして、路上におかれた鉄柵は、歩道を埋め尽くした人々におされて内側に大きく膨らんでいる。久しぶりに浴びる陽光は、それまで陰気な寒さにちぢかんでいた肌を容赦なく照らし、沿道で売っているミネラルウォーターを三本飲んでも喉の乾きはいやされない。

それは、めまいを起こしそうなほど澄明な朝だった。そして新美はこうつぶやいた。

「サンフランシスコじゃ、天気も同性愛者の味方をするわけだね」
「きわめて大がかりなパレードなんだ。だから、それぞれが勝手に動いていたら、かならず迷子になる。いいか。一〇時には、マーケットストリートの時計台の下に集まること。集まったら勝手にあちこちしないこと。そして、順番がきたら、落ち着いて歩くこと。パレードは三〇〇組余りのグループが歩くが、アジア系の僕たちの順番は四〇番台、すなわち一二時半から一時にかけて歩くことになる。長く待つが、歩き終ったあとは好きなようにすればいい。でも、パレードに参加したかったら、歩くまではきちんと規則に従ったほうがいいね」

ジョージはパレードの前日の遅い午前、新美たちが投宿するホテルにやってきて、ことこまかにパレード参加のためのレクチャーを行なった。

彼は褐色がかった肌をした香港からの移民二世だ。アーモンド型の目が美しく、瞳は黒褐色で穏やかな丸顔。中国なまりのあるアメリカ語を、やや高い音調でゆっくりと話す。いつもきちんとした身なりをした礼儀正しい男性である。サンフランシスコの下町で、床屋の母と、市場に勤める父との間に生まれた七人兄弟の六番目で、地元の大学を卒業後、デザイナー事務所に勤めた。GAPAには五年前からかかわるようになり、主に、アジアのHIV感染者・エイズ患者への支援活動であるGCHP《ジーチップ》（GAPA・コミュニティ・HIVプロジェクト）の世話役として活動してきた。

ジョージはいつも、午前中に新美たちを訪れた。そして、一二時が近くなると忙しげに辞去した。そのあとジョージの姿を見るのは、夜遅くなってからだ。辞去するとき、彼はこう言う。

「さあ、僕の患者に会う時間がきた。では、また」

彼は、GCHPの作業の一環として、エイズの末期患者の食事の世話をしていた。彼が受け持っている患者は、エイズの症状が脳中枢を冒し、自発的な食欲を持つことが困難だ。そのまま放置すれば、たやすく餓死する状態である。ジョージは、この患者に食事を食べさせる仕事を毎日続けていた。

自分本来の仕事と、そのようなボランティア活動を両立させ、さらに、日本からやってきた不慣れな人々をパレードに参加させるという作業は、確実に彼の体力を奪っていた。

ジョージと初めて会ったのは、私たちがサンフランシスコに到着した当日だったが、それからわずか一〇日たらずで、彼の顔には疲労の皺がいく筋か刻まれた。新美たちの投宿するホテルのロビーのテーブルに、疲れ果てた様子でつっぷすジョージを何回か見かけた。

「いいえ、大丈夫。最近、寝不足だというだけですよ。でも、それは、パレードに関係するみんなに共通することで、僕だけのことじゃありません」

ジョージが行なったのはパレードのレクチャーだけではない。彼はほとんど毎日、市内に不慣れな新美たちを、パーティーや会議、打ち合わせの場まで引率した。新美たちの間で、ジョージが、〝献身的な彼〟と呼ばれるようになるまで時間はかからなかった。そして、気分が荒れがちな新美も、ジョージに対してだけはあまりつっかかることがなかった。ただ一度こう聞いただけだ。

「あなたは、エイズ患者の世話に、なぜそれほど一生懸命になれるんですか？　それがボランティアの仕事だからというだけじゃない。もっと個人的な理由があると思うんだ。それは、いったい何ですか？」

ジョージは答えた。

理由は簡単だ。つまりひとごとではないからだよ。僕の担当患者は同じ中国人で、同じ二世で、同じように同性愛者だ。

「しかも、俺たちは香港で知り合いだったんだぜ」

それはこんな話だった。

移民一世であるジョージの両親は、彼がエイズ患者のボランティアをしていることを、ひどく恐怖していた。彼がエイズはそう簡単に罹患する病気ではないと説明してもかたくなな恐怖は解けなかった。

そこで、ジョージはひとつの企みを講じた。床屋を生業《なりわい》としている母に患者の伸びた髪を切ってくれないかと頼んだのである。職人としての矜持がエイズの恐怖を上回った。彼女はおそるおそる患者の家を訪ねてきた。そして恐怖は髪を切る作業を進めるにつれて薄れていき、彼女は長年、客にやってきたように、患者になにくれとなく話しかけた。

その日、患者の意識は幸運にも澄明だった。そして、互いに名前を教え合い、家族について、また故郷について話をするうちに、実は、患者の祖父母の家が彼女の生家の隣で、香港に住んでいた時代には親しくつきあっていたことが判明したのだ。

「あんたは、あの家の人だったの。あの家族に生まれた子供だったの」

母親はそう言って、あらためて患者の髪をなでた。患者はすでに中年にさしかかっていたが、それは子供を愛撫するような手つきだった。ジョージの母は、そのとき、郷里の隣人の家に生まれた男の子の髪をなでていたのだ。

「これ以上、個人的な理由はないだろう？　僕らには、深いつながりがあったわけだ。その彼が病気になって死に向かっているのだから、ひとごとではないんだよ」

新美はとりあえず、その答えにうなずいた。だが承服はしなかった。

何かあると思うんですか、私は尋ねた。隠していることがあるとでも？

「直観でしかないけど、もっとほかに理由があると思う」

だってさ、病人の世話ってね、きれいごとじゃできないもの。社会正義だとかじゃ、たちうちできないもの。新美は続けた。

「病人の世話って、結局、下《しも》の世話のことですもの。まったくきれいごとじゃないんだから」

新美の祖母は彼が物心つく頃から寝たきりだった。麻痺がひどく、口をきくことも自由に寝返りをうつこともできなかった。彼は、その祖母の末期を病院でみとった。小学校高学年のときだ。病人の世話とは何を意味するかを、彼はその年齢で熟知したのである。

「ジョージを疑っているんじゃない。ただ、僕には愛とか正義っていう抽象的な言葉は、どうしてもうわついたものとしか感じられないですね。ひょっとしたら、僕は愛情を信じていないのかもしれない。アメリカ人じゃないからね。日本人にはアメリカ人の〝愛〟はわからないかもしれない」

ジョージがボランティアに挺身する理由については判断しかねた。だが、アメリカ人の〝愛〟がなかば不可解という点については同感だった。

パレードは、その〝愛〟の行進だったからである。それは、なかば恐ろしく、なかばあらがいがたく魅力的で奇怪だった。

マーケットストリートは片側三車線以上の、南北四キロの道路である。始点は市庁舎の時計台で、三〇〇組のグループが路上に待機している。新美はすでにその三〇〇組、三万人の中に呑み込まれ、私はパレードの口切りのグループが時計台の下から出発するのを路上に座り込んで待った。写真を撮るためである。

パレードは一九七一年に始まった。サンフランシスコの六月の恒例行事になって長い。昔からの参加者である白人は、パレードを歩くことが強い緊張や興奮をもたらした時代はおわったと語る。パレードは、彼らにとってすでに通俗的な観光行事のひとつであり、路上に報道カメラマンやテレビクルーが少ないのも同じ理由だ。

だが、一方アジア系の人々にとって、パレードはいまだに新しい緊張を強いる行事だ。彼らがパレードに参加しはじめたのは八九年、わずか二年前である。参加の直接の原因は、八七年のエイズパニックを経て、それまで同性愛者のヒエラルキーの上部を占有していた白人男性同性愛者の多数が命を落としたことにある。それまで行政や経済に大きな力を持っていた指導的立場の白人を失った同性愛者の共同体は、従来圧倒的下位に置かれていたアジア系同性愛者や、女性の同性愛者の手を借りざるをえなくなった。彼らの協力なしには、同性愛者の共同体の力の維持はすでに困難なのだ。

エイズ以前、パレードは白人の同性愛者による異性愛社会への示威運動にすぎなかった。だがエイズ以降、それはいまだに根深い人種差別の問題をひきずりながらも、より広範囲な同性愛者のためのパレードになりかわったのである。非白人の同性愛者のパレード参加は一九八八年、ネイティブアメリカンを嚆矢とし、翌年東アジア、東南アジア系の人々が加わった。

非白人の同性愛者がサンフランシスコの表通りを歩くようになったのは最近の出来事なのである。彼らにとってパレードは新しい経験であり、それは私にとっても同じだった。

私は午前一一時の太陽に照らされたマーケットストリートの路上に膝をついた。正面には口切りのグループがいる。ダイクス・オン・ザ・バイクス。すなわち、レズビアンのバイカーたちの集団だ。三〇〇人に及ぶ彼女たちは、全員ハーレー・ダビットソンにまたがり、皮ジャンをまとった黒い一群となって出発を待った。スロットルがふかされ、轟音が地を這い熱波のように押し寄せる。

彼女たちはけっして急がなかった。時計台が一一時を打ったとき、ハーレーの大群は悠然とすべりだした。歓声がおこったのは、最後の一列がマーケットストリートを走り出したときである。ダイクス・オン・ザ・バイクスは鋭く口笛をふき、歓声をあげ、初めて速度をあげた。ある人の長い金髪がなびき、ある人はサングラスを短い黒髪の上にはねあげて六月三〇日の太陽のまばゆさに一瞬目を細め、またある人は風にあおられた皮ジャンの前がひらいて、両乳房があらわになった。ジッパーをあけたままのジャンパーを裸体に直接まとった彼女は、ハンドルを握りながら空を仰いだ。

それが始まりだった。そして、彼らは永遠と思われるほど長く続き、無限と思われるほど多様だった。グループはひとつとして同じではなかった。半裸で観客に投げキスをし、路上で性行為のまねごとをしてみせる団体のあとには、熱暑のさなか、ネクタイをしめ背広を着込んだ同性愛者の弁護士の一団が続く。レズビアンを友人に持つ異性愛者と同性愛者の混成団体が通ったあとには、全身皮革でおおったSM愛好者の一群が歩く。

家畜を運ぶ車に白人の男女が積載され、もちろんエンジンはついているのだろうが、浮世離れした美丈夫の黒人がその〝家畜〟車を太綱一本で悠然と引き、かたわらで無色に近い碧眼のカウガールの集団が牛追いの鞭を頭上で振り回すパフォーマンスは、路上の報道関係者を逃げまどわせた。カウボーイハットをかぶった彼女たちが振る鞭は、長さが二メートルあまり、厚みが一センチほどだ。一撃されれば機材もろとも叩きふせられるだろう。彼女たちが去ったあと、結局、どのような主張の団体だったか思い出せなかった。長い革鞭の空を切る音が記憶をかすませたのである。

剣呑な集団ばかりが歩いたわけではない。トライアスロン愛好者の同性愛者団体が行進すればフォークダンス愛好者も踊った。爬虫類の愛好家と犬好きの人々も行進し、同性愛者と動物の権利を守れとシュプレヒコールした。一方で企業内に結成された同性愛者のユニオンも驚くほど広範囲におよんでいる。地元のアップルコンピューターやリーバイスジーンズはきわめて大規模な団体を組んでいるし、労組員の中の同性愛者団体も多数見受けられる。

身障者の団体も通る。海軍に結成された同性愛者のHIV感染者の一群が、すでに発症した患者の車椅子を押して続く。九一年時、アメリカの軍隊は同性愛者の兵士の存在を認めていなかったので、これはなかなか過激な示威行動といいうる。

子供たちもパレードに加わった。

「私には二人の愛するおかあさんがいる」

そう書いたプラカードを立てた養子の赤ん坊の乳母車が通り、二人のおとうさんと手をつないだ子供たちがあとに続く。一〇代に達した養子たちは、主張をより強く訴えながら行進する。

「私の自慢の娘はレズビアンよ」

「ええ、うちの息子はゲイですとも」

このようなプラカードを掲げた中年男女の大群が通ると、沿道の観衆はとりわけ大きな拍手を送った。

行政関係者も例外ではない。オープンカーに乗った同性愛者の政治家が車中から手を振り、同性愛者の消防士が、また警察官が、さらにはサンフランシスコ市長と市警察本部長が消防自動車とパトカー十数台をつらねて通りすぎる。そして、彼らの車の間を、女装したドラッグクイーンたちが数メートルの竹馬に乗って歩きながら観衆に色とりどりのコンドームを撒く。コンドームを使用して、エイズに罹らない安全なセックスをしようという啓蒙運動の一環である。

最初の数十分、夢中でカメラのシャッターを押し、そのあとは路傍でみつめるばかりだった。当初は、彼らの多様さにナイーブな驚きをもって対したが、まもなく、プライドパレードの意義とは、アメリカでの同性愛者がきわめて広い範囲にわたって存在することの示威運動だとわかり、彼我の違いに愕然としていたのだ。

アメリカは、このパレードで同性愛者の差異をくまなく認め、顕在化し、きわめて過激に主張させようとしていた。パレードが示威する平等主義を、私は畏怖とともに実感し、パレード全体を貫いている欧米型の〝愛〟を恐れた。そこでは、誰もが誰かを強く愛し、声高に求めていた。高い調子で濃厚に求められる〝愛〟は、極東の異文化からの旅行者をひるませた。

だが、四〇組台のパレードが始まったとき、なんとか気をとりなおした。この中には、八九年に初めてパレードに参加したアジア系の同性愛者のグループが含まれるはずである。私はマーケットストリートをパレードに向かう人々の群れに遡行して市庁舎にむかった。まだ始点に待機している新美たちと落ちあうためだ。パレード開始から二一年が経過したあいだに規模を拡張し、強力に、また多様になったアメリカの同性愛者集団をかきわけ、私はアジア人グループを求めて歩いた。マーケットストリートの沿道は大変な混雑だ。群衆は続々とその数を増やし、すでにマーケットストリートの全貌をみわけることは不可能だ。

新美は、メキシコ系アメリカ人の賑やかなダンスを踊る集団の後ろにいた。ジョージも、ゲイリーも、ドナルドもいた。彼らは、異様なほど静かに、自分たちの出番を待っていた。さまざまな意匠をこらした、それぞれに主張の声高い人々をかきわけて彼らの姿を見出したとき、アジア系の人々とはなんと小柄な人種かと実感した。黒い髪の背の低い彼らは、またなんと静かな人々だろう。

そして、そのなかでも新美はきわだって静かだった。彼はふりそそぐ陽光のもとで、両足をわずかにひらきたたずんでいた。

ここにいましたか、と私は言い、探すのにずいぶんかかりましたね、と新美は言った。

それにしても、このパレード、怖くありませんかと私は問い、怖い、と彼は答えた。サンフランシスコ到着以来、初めて気を許した口調だった。

「怖くないはずないよ。ここにいると、自分がアメリカにいるんだってことを、実によく思い知らされますよ」

行進が始まると、新美はアカーの名前を書いた横断幕を、もう一人の仲間と持ち、ゆっくりマーケットストリートを歩いた。アジア系の団体は、アカーを含めて五つである。彼らは、身を寄せあうようにしてまとまり、通りの中央を歩いた。穏やかな色彩の小さな集団だった。

新美が初めて目立つ動きをしめしたのは、四キロの行進が終点に達し、そこに設けられたアナウンス席でアカーの名前が呼ばれたときだ。

「次は、日本からやってきたアカーです」

アナウンスは短かった。新美はそれを聞くと同時に、左手を突き上げた。顔をサンフランシスコの空にあおむけて、しばらくそのままでいた。短い黒い髪と汗ばんだ額が正午の激しい陽光に光った。

観客席からぱらぱらと拍手が聞こえた。

そして、全員が全員を見失った。終点にいたって集団を解散すると、行進中の緊張が一挙にとけたかのように、広大なイベント会場にそれぞれが散会していったのである。ある人たちは、イベントを見学に行き、別の人々はコンサートを聞きにいった。無目的に公園をさまよう人もいた。新美もそうだった。私も同じだった。パレードがおわった人々で混雑する公園を右に左に、ただ歩いた。

「ふしぎに穏やかな気分だった。それまで知らない感情だった。

ただ歩きまわっていたんだ。何かを見ていたわけではなく、何かを探していたわけでもない。ただふしぎに穏やかな心をかかえて歩いていたんだ。たくさんの人たちの間をぬけて、こみいった道を何本も歩いた。頭も足も少しふらふらしていた。このまま、どうなってもかまわないやと感じた。心の中で、どうなってもいいやと言ってみた。そして、安堵というのは、こういう気分なのかと思ったよ」

新美は回想する。

アメリカを訪れて以来の不機嫌と不安は影をひそめた。表情から険が失われ、彼は幸せな放心のさなかにいた。ふと気がつくと、トイレを待つ人たちの行列の中で、静かに順番を待っていた。日本にいるとき、新美はつねに短気だった。無口だが怒りっぽかった。行列をおとなしく待つなどもってのほかの行動である。だが、そのときは一生でも待つことができると思った。

何が彼を安堵させたのか。

「世界と自分があれほど折り合っていると感じたことはなかったよ。いつも、俺は折り合いが悪かった。気に入らない世界と肌をすりあわせて気分は荒れていた。

なぜかって、それは俺が同性愛者だからだよ。そして、世界は同性愛者が気に入らないし、俺は世界が気に入らないからだよ。いつも世界にムカムカしていた。

でも、そのとき初めて世界と折り合った。アメリカは違和感だらけの国でもあるし、頭にくる国でもあったけど、少なくともそのとき、あの公園の空気は、俺がこの世界に生きていいんだと言っていた。まわりがすべて同性愛者だからじゃないと思う。そんな単純な理由じゃない。新宿二丁目で同性愛者に囲まれていても、あんな気分になったことはないもの。

あれは、パレードの力だったと思う。パレードはすごく奇妙なものでもあったけど、あれを通じて訴えかけられているものは、結局、同性愛者はこの世界に生きていていいんだってこと。そのたったひとつのことを訴えるのに、あれほど大きなパレードを行なったんだと思う。

世界は初めて俺に生きていいと言った。

あのとき初めて、生きていることに不安も不愉快も怒りも感じないですんだんだ」

日本に帰る前日、GAPAは新美たちのために中華料理店で別れの宴を持ってくれた。その席で、韓国生まれの中国系二世、ツン・ウー・ハンはこう話しかけてきた。

「私はずっとパレードが嫌いだった。異様な見世物だと思っていた。レザーをまとった白人の同性愛者や、彼らの色情狂めいたしぐさは、恥を忘れた人間の姿でしかなかった。SMの人が通ると肌が粟立ったよ。どうだろう。あなたにもパレードはそう見えたのではないだろうか」

そうですね、と即答するのはあまりにも不躾《ぶしつけ》に思えた。一瞬答えをためらったが、ツンは答えを待たずに続けた。

「いいんだ。そう思ってもいいんだ。だが、こういうことも知っておいてほしい。私がパレードに参加したのは二年前のことだ。ほとんどのアジア人にとって、パレードはそれまで参加するものではなかった。無縁なものだとも思っていたね。だから、実際にパレードを歩きながらも、けっしていい気持ちではなかったよ。恥ずかしかった。緊張もした。まったく楽しめなかった。

ところが、後日、ある中国人の同性愛者が私にこう言ったんだ。私はあなたがパレードを歩いているのを見た。それを見て泣いたよ、と。アジア人もパレードを歩くんだ。私たちは一人ではないんだ。仲間がいるんだ。それが嬉しくて泣いたよと」

それから、私のパレード観は少し変わった。あらためて、それはアジア人にとっても必要なものだと感じ始めたんだよ。ツンは言った。私も同感だった。パレードはある面では直視しがたいほど凄じいアメリカの〝愛〟の開陳であり、別のある面においてはすでに通俗的な観光名物に堕していた。だがそれは同時にきわめつきの新参者である日本人青年、新美広に生まれて初めての安堵と安定をもたらしたではないか。

もちろん、それはGAPAという、アジア人の特性によって結びついたグループなしには成立しない安定ではある。だが、パレードはなんであれ、彼にとって無意味ではなかった。

そして、新美は宴がはねるにあたって、GAPAにむける感謝の言葉を席から立ちあがって述べていた。話し上手とは言えない彼の顔は、おおぜいの人の前で喋る緊張で上気していた。

「新美は僕たちが日本人に対して抱いていたイメージを大きく変えたよ。彼はきわめて男性的で意志的で、きっぱりしている。新美の二六歳という年齢を考えると、彼は本当にがんばっているというしかない」

近くの席に座ったGAPAのメンバーの一人が言った。

新美は翌日サンフランシスコを去り、アカプルコで開催された同性愛者の国際会議に参加して一カ月ぶりに日本に帰った。

出国したとき色白だった肌は、パレードの日の陽光と、その後に続くアカプルコの晴天で褐色に焼けていた。

こうして日本人の同性愛者と異性愛者が、性的指向についで手探りした初めての旅はおわった。旅立つとき手ぶらで帰るのもやむをえないと観念していたが、結局は恐れたほど空疎でもなかった。日本を立つ前に比べて、いくつかの認識が増え、いくつかは未知のまま残された。そして旅立つ前、異性愛者の私と同性愛者の新美の間にはほとんど会話がなかったが、旅がおわる頃、私たちは互いの性格と人柄のいくらかを知りあうようになっていた。私たちはすでに無言ではなかった。真面目な話題を主に、冗談めかした話もときに話した。ときたま、きわめて私的な愚痴や打ち明け話さえした。

もちろん、わからないこともあった。同性愛の、また異性愛の本質については判然としなかった。同性愛、異性愛の差異を、アジアとアメリカの文化格差が上回ったためでもある。ジョージもゲイリーもツンもドナルドも、アジア系の同性愛者として語った。アジア人であることは、そのさい同性愛者であることをうわまわる重要事だった。そしてパレードへの参加は、新美がそのアジア系同性愛者の一員であることを再確認する行為だった。それは同時に、同性愛は深くその個人の本質に関わることであると同時に、個人相互を縫い合わせる文化の背景とは無関係になりたたないことを教えた。

同性愛の問題は、すなわち文化の問題だと認識できたことは貴重だった。日本人の同性愛者の問題は、必ず日本社会を横目で捕捉しつつ、その国が生みだしたあらたな問題として解かれなくてはならない。

つまり、それは、〝先進国・アメリカでは同性愛はすでに市民権を得ている〟というような文脈で解かれてはならない。自国の文化を無視して解読される問題ではないのだ。アジア系アメリカ人についてはともかく、長年、白人が優位をおさめてきたゲイコミュニティと日本の事情は違いすぎる。ハーレーにうちまたがったダイクの大群は刺激的ではあるものの、日本がそこから何かを学びうる光景ではなさそうだ。

同性愛者をどのような社会の一員としてむかえるかという問題は、すぐれて地域的な問題ではないのか。そしてまた現代的な問題でもある。歴史的考察の対象である歌舞伎や衆道の歴史が単線的にのびた先端に、一九九〇年代の同性愛が位置すると考えるのはばかげている。それはあくまでも現代の事情の上で解かれなくてはならない問題なのである。

同性愛者の可能性と困難はともにそこにある。可能性は、それが現代日本という基盤に根を持つことにある。ここ以外でしか解けない問題なのである。そして困難は、その根から枝をさしのべ、葉を繁らせ、小さくとも実となる花をつけるには、日本はあまりにも脆弱な土壌しかもたないことにある。同性愛者が根を下ろすには、土はおざなりに薄い。

同性愛者が異性愛者の隣人として顕在化し、パレードが終了したとき、新美が公園をさまよいながら感じたような世界との折り合いを手にするためには、日本の土壌は暴力的ではないが、酷薄にして冷笑的だ。侮蔑と無視が積み重なった痩せた土地である。

そして、その痩せた土地と、その上にかぼそい根を下ろした若い同性愛者のもとに新美は帰った。すなわち風間孝や、古野直、大石敏寛、神田政典、永易至文、永田雅司たちのもとへである。

帰国後しばらくすると、サンフランシスコのジョージから手紙が届いた。彼の担当患者が臨終を迎えたという報告だった。彼は同じ文面を私とアカーに送ってきた。手紙はアカデミックな言葉になじまない中国系二世として、比較的洗練されない文面である。私は、中国なまりをまじえながらゆっくり喋る彼の口跡と、ともにすごした何時間かを思い出した。

たとえば、ジョージが私を日本料理店に誘ってくれたおりだ。彼は箸を上手にあやつりながらこう尋ねたものだ。

「僕が育った環境と、あなたが育った環境はひょっとして似ているんじゃないかな？」

そうですか？　あなたはどういうところで育ったの？　問い返すと彼はサンフランシスコの比較的貧しい一隅ですごした子供時代を話し始めた。こんなふうにだ。

「僕は小さなアパートでおおぜいの兄弟と親戚に囲まれて育ったよ。家は狭くてきれいじゃなかったけど、そういう環境は嫌いじゃなかった。そうだね。僕は生まれた環境にずいぶん影響を受けている。たとえば、わりきることが得意じゃないんだ。そういえば部屋を片付けるのも上手じゃないし、きれいな部屋に一人でいるより、ごちゃごちゃしていてもたくさんの人といるほうが好きだね。つまり、あまりアメリカ的じゃないんだ。

どういうわけか、アメリカ人はわりきることが好きで、孤独が好きなんだよ。だけど、僕はだめだね。仲間と一緒にいないとさびしくてたまらない」

そして、彼は、その〝仲間〟である香港出身のエイズ患者についてこう書いてきた。

「僕の患者は、もう見ることも聞くことも喋ることもできません。これから訪れる死を、彼が恐怖を持たずに受け入れられるように、そう願いながら看病してきました。でも、最近、彼の別れた恋人が最期を看取るためにニューヨークからやってきました。そして、僕は、彼の元恋人に看護をまかせることに決めました。僕に多くのことを学ばせてくれたホスピスの仕事は、あと数日でおわります」

ここにはジョージの日常がある。俺はそれを羨む。新美は手紙を読んでうめいた。

看護する仲間を持ち、さらにその臨終にかけつける仲間もいて、しかも普通の社会生活もある。このジョージと比べて、日本人の同性愛者はなんと空虚なことか。

「俺と俺の仲間には、子供の頃、親とすごした日常しかない。同じ仲間と作り上げる日常がない。異性愛者と共存する日常はさらにない。思春期に同性愛者であると気がついてからこのかた、自分自身を率直にさらして生きる日常生活はなかった」

それが日本の〝形〟なのか。

新美はひとりごとのように問うた。

そしてうなずいた。

俺たちは本物の日常ではなく、〝カッコつきの〟日常しか与えられていない。つまりそれが、日本の形なのだろう。

第三章
彼らの以前、彼らの以後

日本で同性愛者が送る〝カッコつきの〟日常とはどのようなものか。

それは以前と、以後にわかれる。すなわち、同性愛者であることに気づく以前と、それ以後だ。〝以前〟と〝以後〟の分水嶺は思春期である。分水嶺を越えたとき同性愛者の人生の景色は一変する。

思春期をむかえる前、彼らは実にさまざまだ。異性愛者がさまざまであるように、同性愛者も多様なのである。

そして、〝以後〟は〝以前〟の鋳型に添い出現する。同性愛に気づいたからといって、彼らが一挙に〝以前〟の鋳型を脱ぎ捨て、同性愛者のステレオタイプに雪崩《なだ》れこむわけではない。これもまた、異性愛者が少年少女期の鋳型を思春期を軸に転回させ、〝以後〟の人格のもといを作り上げるのと同じだ。

だが、決定的に違う一点がある。

異性愛者の〝以後〟は、〝以前〟と連続して成長するものだ。私たちは思春期をこえ大人になる。思春期には基本的にそれ以上の大きな意味はない。

同性愛者は違う。

彼らもまた大人になる。だが、同時に異質にもなるのだ。

具体的には次のような事態だ。

思春期をむかえた同性愛者は、まず自身の資質が周囲の多くの友人、知人、また兄弟、両親と異なることを感じる。最初は、ちょっとヘンな感じにすぎないが、そのうち、それはたしかに異質な手触りを増してくる。違和感は独特のものだ。それまでは、よくも悪くも、周囲の人々と似たりよったりの平凡な少年や少女が、ある日、自分のなかに周囲との決定的な差があることに気づくのである。

それがよいものか、悪いものか、最初のうちは判断もつかないだろう。だが、少なくともそうなりたいと、本人が望んだ結果ではないのだ。個性や癖とも違う、何かヘンな状態、奇妙な違和感である。ふと気づくと、内面に芽生えていた差異なのである。

そのうち、それははっきりとした特徴をそなえはじめる。漠然とした違和感から、あきらかな違いへと移り変るのだ。すなわち、兄弟は、友人は、そして自分を生んだ両親は異性が好きなのに、自分一人は、異性を好まず、性的に同性にひかれるという違いである。

その時点で同性愛という概念を知る人がわずかあり、知らない人が大半をしめる。

だが、知る人も知らぬ人も、まもなく、自分の内面に芽生えた差異がなにかやっかいごとをもたらしそうだという予感を覚え始める。

その予感にとまどう同性愛者は少なくない。彼らの周囲にはそれについて正しく説明できる大人が乏しいのだ。だからといって、友人どうしの会話としても成立しにくい。友人は、異性愛者としての思春期を乗り切るのに精一杯なのだ。

結果、ある人は差異を持つことそのものに恐怖して、また、ある人はそれが暗渠に似た性という領域での差異であることにうろたえて、人知れず身悶えるようになる。

そして、自分にやっかいごとをもちこみそうな差異を内面からふるいおとせないかと、一度ならず試みる。だが、それは微動だにしない。光の届かぬ深い内奥に根をおろしているのだ。

そのうち彼らも、同性愛という根を抜けば、自分そのものが空虚となってしまうことを知るようになる。

新美の仲間たちの思春期も、まさにそのとおりだった。

そして、互いにへだたった土地と境遇に生まれ育った、彼ら二〇代の若者たちは、同性愛という分水嶺をこえたことによって、たくまず、ひとつの共通点をもつことになった。

皮肉なまでの非時代性をである。

一般的に他人との差異に敏感で、〝隣の人と同じ〟であることを求める二〇代の人々の中で、彼らはあからさまに異なった。そのため、彼らは〝隣の人〟とまったく違う問題意識をもたざるをえなかった。時代に逆行すると評しても過言ではない、オーソドックスな問題意識である。

私はなにものか。私はいかに生き、いかに死ぬのか。私と私以外の社会はどのように争い、和解するのか。

その問いが彼らを一九八〇年代おわり、新美の仲間として交錯させ、また同じ問いが、一九九三年六月、大石敏寛という一人の日本人同性愛者をベルリンの国際会議閉会式の最後の演説者に送り込んだのだ。

彼らは、その問いを生んだ同性愛者としての思春期を、いかにむかえたか。

それは、まさに、七人七様の人生の風景だった。

例えば、同い年の永田雅司、大石敏寛、古野直は一九六八年、同じような都市周辺部で、次のように異なる〝以前〟を送っていた。

永田は床屋の二階で育った。神奈川県川崎市幸区。目の前を大きな産業道路が走り、ダンプが通るたびに店舗兼自宅の床屋は揺れた。幼稚園にあがるまでに、店に居眠り運転したダンプが突っ込んだことが二度もある。公害問題が盛りを迎えていた昭和四〇年代前半において、川崎は公害都市のひとつの典型だ。工業団地に囲まれた一郭で生まれた彼の記憶は、まさにスモッグとともにあった。

父母は二人とも床屋である。両親だけではない。彼の親戚は、父方も母方もすべて代々床屋を生業とする一族だ。母方の祖母は神奈川県厚木に二〇人の従業員を使う床屋を経営し、三人の姉妹にそれぞれ川崎、横浜、新橋の店をまかせた。

母は長女で、千葉県船橋出身の父と見合い結婚して川崎に店を出した。まもなく生まれたのが彼である。三歳まで産業道路の交差点角の家ですごし、それから横浜の店に移った。母の姉妹たちは、そのようにして店を回り持ちしていたのである。

父の記憶はきわめて乏しい。父は、永田とうりふたつの顔立ちの、細面で無口な男性だったというが、父がいる風景は数えるほどしか思い出せない。物心がつく頃、母はすでに父と離婚していた。自発的な離婚ではなく、父が見合いのさいに心臓疾患を隠して結婚したという理由で、祖母に強引に離婚させられたのだ。女手ひとつで床屋を大きくした祖母は一族のゴッドマザーであった。誰も彼女に逆らうことはできず、離婚したものの、互いに好きあっていた父母が復縁したのは、祖母が亡くなったあと、彼が小学校一年生になってからのことだ。だが、その生活も長く続かず父は彼が小学校四年の時、発作をおこして頓死した。

永田は父が亡くなる一カ月前の日曜日の午後を覚えている。当時は埼玉県に暮していた。家は一階が床屋の店舗。

二階に三部屋。二階への階段を登ると正面に四歳違いの妹の部屋があり、永田は扉をあけはなった部屋で妹に絵本を読んでやっていた。長い間そうして遊び、ふと階段のほうを見て、永田は素頓狂な声をあげた。父親が階段をのぼりきらぬまま、二階の廊下ごしに息子と娘をじっと眺めていることに気がついたのだ。父はそうやって三〇分あまりも子供たちをみつめていたらしい。永田は初め仰天し、そのうち父の姿がおかしくて笑い出した。妹がつられて笑い、父も笑った。三人は長い間笑い続けた。その一ヵ月後、父は急逝した。

母が父の死から立ち直ったのは二ヵ月後だ。彼女は店に若い女性を雇い、仕事を再開した。一〇歳の永田は、店を懸命に手伝うけなげな息子として近所で評判だった。少年の彼にとっては、家長である父の死と、その後の生活上の困難が最大の問題だった。同級の男ともだちに対して淡い憧れを抱いた記憶はあるが、それが現実の性衝動を伴わないかぎり、同性愛の問題は永田の意識にのぼらなかった。職人の息子である彼は、現実ばなれした抽象的問題を考えることになじまないのである。

その点で、古野直は永田と対照的だった。古野は、ある時期まで空想の世界にのみ生きる少年だった。

六八年五月に生まれた古野には兄が一人いる。両親は、ある野草の名前を兄につけた。もし古野が女の子として生まれたとすれば名前は〝なずな〟になるはずだった。両親は子供たちに、野の草花のように清廉な一生を送れと願ったのである。古野はあいにく男の子として生まれ、直《ただし》という比較的凡庸な命名になったが、都会には珍しい野草の名前をつけられた兄こそ災難だった。虚弱な体質で、小さい頃から眼鏡をかけていた兄は、近所の子供にとって格好のいじめ相手だった。いじめる理由はことかかない。古野の家庭は、長男の名前にふさわしく、ずいぶん浮世離れした環境にあったのである。

古野家の家風はあくまでも勤直だ。たとえば、けっして民放は見ない。NHKのみ。新聞は「朝日新聞」と「赤旗」。両親は共産党員。そのため、二人の息子は子供どうしのつきあいの必須科目とも言えるアニメの話題も知らず、学校では親から頼まれた党の運動についての署名簿を回覧していた。これでは、世間からうきあがるのも自然のなりゆきである。

大きな黒目がちの瞳を、武骨な眼鏡でかくした古野は、兄よりは世間との確執を避けやすい名前を持っていたが、それも程度の差にすぎなかった。華奢な長身で、おとなしいが、気分が乗れば陽気なお喋りの一面を持つ彼は、地域の中に数少ない友人をみつけ、より多くの知己を文学作品の中に見出した。そして、少年期に入ると、当然のように夢想を好むようになった。空想の世界で、彼は自由で万能だった。杖をひとふりすれば世界を一変させることができる魔法使いに自らを擬した。ままにならぬ現実はそこでは問題にもならない。古野は、避けえない現実生活における不適応を、夢の世界で解決した。まさに正統的な文学少年の姿勢である。

それに比べると、大石は不適応という言葉さえ知らぬ素朴な環境に育った。彼は六八年一〇月千葉県で生まれ、静岡県の郊外部で育った。父の実家がその土地にある。大石は五人兄弟の下から二番目で、双子の戸籍上の兄だった。上に二人の兄と一人の姉があり、その下に二卵性双生児の兄弟が生まれた。

『天皇陛下の家』。それが彼の生家のあだ名である。とくに金持ちだったわけではなく、単に一階に一〇畳の広間を持つ古い日本家屋だというだけだが、子供たちは、木造の日本家屋の珍しさを的確に言い表わす言葉を持たず、結局、天皇が住むような古い家という素朴にしてユニークな表現に落ち着いたのである。家の近くに大きな食品メーカーの工場があり、大石の家はその従業員を下宿させていた時期もあった。

素朴は地域の特性でもあり、また大石の性格でもあった。父は祖父が経営する塗装会社に勤め、母は病院の事務をとっている。家族一同が顔をそろえる日曜日の朝ごはんはふかし芋、昼ごはんはラーメンに決まっていて、幼児の大石はそれがむしょうに嬉しかった。彼は客観的にみればささいなことを素朴に喜び、わずかの楽しみで無邪気に満足する子供だった。

双子の弟とは外見、性格、行動のすべてにおいて対照的だったが仲はよかった。小柄な弟はスポーツ少年団に入りサッカーに熱中し、大柄な大石は姉と一緒にピアノを習い、運動会では五〇メートル競走の選手だった。弟は我が強く主張を通すためなら殴り合いも辞さなかったが、大石はものごとを要領よく丸くおさめるほうを選んだ。弟は好悪がはっきりし、勉学においても負けず嫌いの優等生だったが、大石はよほどのことがないと他人を嫌わず、成績を上位におしあげることははなから諦めているようなところがあった。

大石のあまりにも平和指向型の態度を女っぽいとからかう友人もいないではなかった。敏寛という名前のかわりに、トシコとふざけて呼ぶ級友もいた。だが、そのふざけかたが度を越すと、ケンカの強い弟が殴りかかって兄をかばった。それは、大石にとって嬉しいというより不思議な光景だった。弟がむきになるのはありがたいが、トシコと呼ぶのが友人であれば、彼は深く傷ついたりはしないのだ。同じ土地で育ち、幼稚園も小学校も一緒という間柄に、深刻な嫌悪が生まれるはずがない。そう信じていた彼は、自分のために地面をころがりまわってケンカをしている弟をはらはらと見守っていた。

そして、中学にあがったあとも彼は自分が男女どちらを好きなのかを知らなかった。性的な記憶として、小学校高学年のときカブスカウト活動でキャンプに行き、みんなでシャワーを浴びたとき、自分の体にあらわれた第二次性徴を他人がみとがめるのが恥ずかしいと感じたことを覚えているのみである。そのとき、彼はわずかに体をひねって体毛を他人の視線から隠したが、それも強烈な羞恥のためではなかった。ほとんどすべての少年が経験する淡い恥じらいの感情によるものだといってよかった。

彼は自らの性に気づき、結果、滑らかであるべき世間との違和感に気がつくまでにはかなりの時間を要した。彼は自分を普通だと信じ、自分を嫌悪する人々が出現する可能性など想像もしなかった。


もちろんすべての同性愛者が、大石のように自分の本質に対して意識希薄で楽天的だったわけではない。

対照的な人々もいた。

たとえば永易至文だ。彼は思春期よりはるかに早く、自分が同性愛者だと気づいた。大石の二歳年上、一九六六年夏に生まれた永易にとって、同性愛であるという意識は自意識の始まり、個人の歴史の始点とほぼ重なっていた。痛ましいほど明晰な認識だった。

まだ保育園に通っている頃だ。永易はアニメのヒーローで勃起した。タイツをまといブーツを履き、マスクをかぶったヒーローである。たとえば〝仮面ライダー〟などだ。ヒロインには反応しなかった。ヒーローにのみ反応し、勃起をズボンの上から手で押さえると一層気持ちがよくなることも知るにいたった。

永易の祖父は愛媛県の瀬戸内沿いの中規模都市で豆腐屋を営んでいた。一族はすべて近隣に集まっている。そのあたりで豆腐屋の屋号を知らない人はいない。

市は工業城下町である。一九世紀なかば、住友が鉱山を拓き産業化した。市内の住民のほとんどがなんらかの形で住友と関連を持つ。

永易の生家は市の郊外、海沿いの農村地帯にあった。車で数分走ると瀬戸内の海浜に出る。四国と本州中国地方をへだて、近海魚の豊饒な漁場である瀬戸内海は、高湿度の夏の午後、鏡のように凪ぐ。耐えがたい酷暑、無風の一刻がすぎ、再び風が海沿いの街路をそよぎ始める夕暮れ時には、さざなみの立つ明るい墨色の海面に夕陽が迫り、残光を背負って美しい影絵のようにたたずむ釣り人が堤防に散見された。背後をふりかえれば、四国特有の高低二段構えになった山岳が霞みがかった光を通して眺められる。再び湾に目をやれば海原はあくまでもたおやかに波立っている。

彼の母方の家族は、絵葉書の情景にも似た瀬戸内沿いの土地に古くから根づいていた。父方は郊外の農家の出身である。そして、この濃い血縁がからみあう土地柄で、永易は四歳たらずのとき自らの性のありように気づいた。

大石とはちがう理由で、永易の家庭に波乱はなかった。母は十二分に優しく社交的で、父は好人物の家長だった。そして彼は物心つく頃から、ぬきんでて頭がよかった。二歳きざみで弟が二人あったが、彼らは兄に似ず平凡で、永易は余裕をもって弟たちとつきあった。彼の家はまさに安定した家庭の見本である。

もし、そこに一片の齟齬があるとすれば長男が同性愛者であることだが、永易は内側の葛藤を外に見せない自制をすでに持っていた。

自制心は、彼が人一倍早く感得した自らの性の感覚にも歯止めをかけた。アニメのヒーローに勃起した保育園の時代から、彼は快感とともに、なにか非常にまずいことを抱え込んでしまったという意識を持っていた。勃起に対しても、またそれをズボンの上から押さえていることについても、それは人に見られてはならないこと、誰かに言ってはならないことだと思った。秘密なのだと感じ、かえってそのためにアニメ番組に興奮し、その感覚を人に気取られることを畏怖した。

絵葉書のように美しい瀬戸内の風景の中で、永易は痛ましい自意識の塊だった。その中心には言葉は与えられていないものの、驚くべき早熟さで捕えられた同性愛の核心があった。少年の永易は、優秀さというコインの裏側にきわだった疎外感を隠しもっていた。

永易の知的優秀さを残して、疎外感だけを除き陽転させれば風間孝の性格になる。永易の一歳年下、一九六七年に生まれた風間孝は、彼と実によく似た家庭環境にあった。だが、風間は両親の自慢の長男、弟妹のよい兄貴として、深刻な悩みとは無縁に生きていた。

風間も永易と同じように血縁の深い土地柄で育った。群馬県の郊外都市である。両親は土地で酒屋を営んでいた。二つ違いで妹が生まれ、七歳下に弟が生まれた。風間はライトバンで配達にまわる父の助手席に乗るのが好きだった。父は新潟から上京後、酒屋の見習いを経て、当地生まれの母と結婚し店をかまえた。人当りがよく、なにごとにつけてもほどがよい人物だ。日曜日の朝はまだ幼い長男を傍らに座らせてテレビの時事放談を見ていた。週日の夕方にはワンカップ大関を酒屋の横で立ち呑みする会社帰りの客と、景気や政治の話をするのを好んだ。議論好きだが、基本的に中庸で人なつこい。

風間はこの父によく似ていた。父親っ子と言ってもよく、幼い頃は、どこにでも一緒について歩いた。父の議論を横で聞いていたので、社会問題への関心は年齢不相応に高かった。小学生の頃に細川隆元の本を注文購入した記憶がある。だが、議論好きでもけっして他人に嫌われない父に似て、風間のこのような行動も、生意気な早熟とは受け取られなかった。コツコツとよく勉強をするが陰気ではなく、はきはきものを言うものの攻撃的にならない、闊達な優等生として周囲に受け入れられた。

その反面、この酒屋の長男が実は早くから性にめざめていたことに気づく人は少なかっただろう。永易と同じように、最初の記憶は幼稚園の頃だ。アニメに勃起した永易より、風間の記憶はリアルだ。前後の事情はさだかでないが、ある日、彼は男のともだちと裸で抱き合っていた。それはとても楽しい遊びだったので、彼らはいつまでもじゃれあっていた。そのうち、親がそれに気づき、頭ごなしにそんなことをするんじゃありませんと怒鳴り、彼らはわけられた。

風間は、その時点で、自分の行為に罪悪感を持っても不思議ではなかった。抱き合って楽しかっただけでなく、大人に激しく叱責までされているのだ。だが、彼はこの経験によって、まったく傷つかなかった。性に関しては早熟だったが、自意識のとりこになることはなかった。誰の肌にも触れず、ただテレビの画面にうつった映像に勃起しただけで、憂鬱な自意識と畏怖にみちた罪悪感を抱いた永易とは好対照である。

男ともだちと抱き合っていたものの、それが周囲から排斥されるような、珍奇な性的興奮から行なわれた行為だという意識がまったくなかったからだ。自分が行なう性的な行為と、同性愛という異端とはまったく隔絶されていた。親からどれほど叱責されても、同性愛者としての自意識がかすり傷ひとつ負わなかったのはそのためだ。

彼は、自分の人生に孤立を予想しなかった。つねに、多くの親しい仲間とともに歩めることを疑ってもみなかった。地方都市の小中学校で成績面では一、二番をあらそい、生徒会ではリーダーシップを発揮して会長をつとめていた。彼はきわめて幸せな少年ということができた。

風間の無意識の幸福を根こそぎ覆し、同性愛者の少年の不幸を一挙にになわせれば、それは神田政典になる。彼は、幼い頃からけたたましい変り者として生きる以外になかった。一九六五年に千葉県で生まれ、周囲と折り合わぬ性格から仕事先を転々とかわる父の気まぐれによって引越しを繰り返し、物心がついたときには東京の最辺縁の町に落ち着いていた。

上に兄、下に妹がいる。兄弟は神田にとって、その程度の意味合いの存在にすぎない。情緒的な家族の連帯は薄く、父親にいたってははっきりと嫌悪の対象だった。父は建築士の仕事のかたわら、近所の子供相手に空手を教えている。

無償で道場をひらいているため、近所では評判がよかった父は、自分の長男と次男も空手の練習に参加させた。そして運度神経のよい長男には満足したが、次男には失望した。反抗的ではないが、いやいや練習に通っていることが明らかで、第一、運動神経が鈍い。父はいつまでたってもうまくならない次男にあきれ、一方、神田は道場での時間が早く過ぎ去ることを待っているだけだった。

神田は、気分次第でやにわに怒号する父を嫌った。外面はよいが、家庭の生活に対しては無責任な父に一貫して親近感をしめさなかった。安定した仕事を持たない夫をもって苦労する母には同情していたが、母親のほうは、次男がなぜほかの男の子のように元気がよくないのかといぶかっていた。

神田は家の中にある時計や宝石、化粧品などをもてあそぶのが好きだった。時計を何度も分解して壊し、母をひどく困らせた。母は息子に外で遊んだらどうなのと勧めたが、彼は外に出るのを嫌った。それでも、小学校の級友に、むりやりソフトボールに誘われたことが一度ある。そのとき彼はこう言った。

「僕はソフトボールが下手だと何度も言ったのに、君たちがどうしてもと無理を言うからきた。だから僕は努力はしない。努力をするのは君たちのほうで、このゲームが僕にとって楽しくなきゃ嫌だ」

このような正論が現実にむくわれるはずもない。すぐさま、彼はへたくそだと罵られた。泣いて家に逃げ帰り、以後、ぜったいに誘いに乗らなかった。だが、ソフトボールに誘われようと誘われまいと、神田が集団になじまない子供であることは明らかだ。母が、仕事の安定しない父の稼ぎを補うために近くの工場のパートに出ていたので、小学生の彼は学童保育を受けていたが、そこでも異質だった。ほかの子供たちは、おとなしく昼寝や読書をする時間をどうやって中断させるかに熱中していたが、彼がやりたいことはおとなしい昼寝であり読書だった。学童保育の仲間が駄菓子屋で万引をしようぜ、などと計画していると、彼は嫌悪で死にそうな気分になった。

神田が求めたのは、静かにしていたいという望みが、周囲に尊重されることだけだった。自分が自分らしくあることを邪魔されぬことだった。だが、それは却下された。理由は、ただ彼が元気であるべき男の子だからである。彼はつねに孤立していた。まわりに迷惑をかけるわけではないのに、なぜ自分の要求は拒まれるのか。ただ静かにしていたいだけなのに不当ではないか。神田は主張した。

だが、周囲からみた場合、彼はけして静かな存在ではなかった。率直に言って、人騒がせな少年だった。小学校高学年で、彼は肩まで髪を伸ばしていた。当時は一九七〇年代なかば。長髪が世間ではばをきかせていた時代である。

小学生の神田は、理由はわからないながら、長髪が好きだった。周囲にそんな髪型の人がいないことも、あえて髪を伸ばす理由になった。そして、声変りの時期がまだおとずれていなかったので、髪の長い神田は、よく女の子にみまちがわれた。

高い声と、かわった髪型で、彼は異端を排除する世間に対していつも怒っていた。〝単純カッカ〟というのがあだなである。ちょっとしたことで、すぐカッとして怒る変り者が彼だった。

しかも物心つくやいなや、神田は女言葉をしゃべった。一人称をわたしと言い、それをくれ、と言うかわりに、それをちょうだいとしゃべった。語尾は〝よ〟であり〝わ〟だった。誰のまねでもなく、教わったわけでもなかったが、聞きまちがいがないほど明瞭な女言葉である。すなわち、周囲と穏当にまじりあう可能性がなかった。暴力的でも不穏当なことをするわけでもないが、男と女のステレオタイプを順守する世間にとって彼はあきらかな厄介者だった。

神田が女性的な言動と、妙に論理的な攻撃性で周囲からきわだっていたとすれば、それを男性的に、そして肉体派に反転させれば新美広になる。

彼は、町の荒廃から生まれた。やすらぎも、うるおいもなく、肌を刺すような緊張と、救いがたい貧しさと、その結果としての暴走が彼の故郷だった。新美は神田と同じ東京の最辺縁で育った。だが、神田がより安定した新興住宅地域で育ったのに比べて、新美が生まれたのはアメリカ軍の基地近く。国道一六号線沿いのその地域は、外国人労働者問題から、貧困、暴力、公立学校の荒廃まですべての都市の問題が集約され、救いのない渦をまいていると言われてきた。

彼はそのさなかに生まれた。神田の場合、形骸的に保たれていた家庭さえ、新美は持たなかった。彼は物心ついてしばらくしても、自らの父と母を肉親とはとうてい思えなかった。

父の一族は浅草の魚屋。母は韓国の釜山生まれで引き揚げ後、北九州で育った。自分のことを九州弁のならいとして〝オレ〟と呼び、それにふさわしく気性はきわめて激しい。彼女は中指に大きな紫色の珠のついた指輪をしていた。その珠は新美にとって痛みの象徴である。母は気性の激しさのままに、しばしば息子を指輪をはめたこぶしで殴った。一方、父は男らしいとも酷薄ともいえる美貌の持ち主で、そのような風貌を持って生まれた男のならいとして寡黙で、子供は人生の邪魔とでもいうかのように、一切、あたたかい関心をしめさなかった。

そのような父母の間に長男として生まれた新美は後年、同性愛者は親子の希薄な人間関係によって作られるという陳腐な俗説を知ったとき、思わずうなずいたことさえある。彼の家庭は、それほど徹底的に情愛の希薄な雰囲気だった。

両親は大型団地の近くに魚屋を開いていた。店はおおいにはやり、店舗も一時は三軒に増えたが、家業の繁盛の一方で、あたたかい家庭を営むことは両親ともに苦手だった。苦手という意識さえなかったかもしれない。商売の儲けはもっぱら浪費に使われ、子供の教育や一家団欒、また、多少なりとも、環境のよい場所に住いをかまえる資金として使われることはなかった。

両親はあきらかに、子供を育てるに足る家庭の形を知らなかった。父は休日をギャンブルですごし、浮気沙汰もたびたびおこした。母は息子を実姉と実母が同居するアパートに預けて週日は仕事に熱中し、たまの休みは遊びで費やした。

新美は実家と祖母たちのアパートを転々とし、何が家庭の生活かを知らずに育った。外遊びの嫌いな、したがって友達づきあいも避けたがる、極端な偏食癖をもつひよわな子供だった。二歳下に妹が生まれ、彼同様実家と祖母たちの住居を転々として育ったが、彼には妹がかわいいという感情が湧かなかった。少年期以降、顕著に発揮される男性的な側面は、幼児の頃にはまだあらわれない。その頃の彼の望みは、家の中で一人遊びをしたいということだけだった。

荒廃は家の中にあるだけではなかった。家庭の外も、子供が健やかに育つ最低限の環境をもたなかった。新美が小学校に就学してまもなく、家業はかたむき始める。両親のおおざっぱな性格は、店舗を規模拡大するのにむいていない。実家近くに支店を三軒出したのが最盛期で、まもなく父は共同経営者に資金を持ち逃げされ、巨額の借金をかかえこんだ。

新美は、住み慣れた祖母たちのアパートから、借金をかかえた両親のもとへ帰り、あれこれと返済の手立てを企てる父母の計画のままに、転居と転校を繰り返す。とうてい安定した友人関係を築ける状態ではない。そのうえ、転校生が被りがちな暴力による通過儀礼が転校のたびにふりかかった。彼は〝新入り〟の力を試そうと集団で襲いかかってくる暴力に、何度か負け、何度か勝った。一週間も寝込むほどのケガを負ったこともあれば、相手に同程度の返礼でむくいたこともあった。

その経験は、新美の心身にいくつかの変化をもたらした。一見きわめてひよわに見えた偏食児童が、たびかさなるケンカを通して誰よりも精悍な少年に変わった。そもそも新美は体格がよかった。運動神経も抜群によかった。いったん自分の力にめざめると、彼は早々にケンカのコツをものにした。

また、新美は敵意に満ちた環境に肌をさらすことによって、集団心理を一瞬のうちに把握し、操作することを覚えた。新美が転校を繰り返した東京の北西端の一帯は、一九七〇年代後半、最悪の学校の状況にあった。校内暴力は日常茶飯。無傷の教室はまれで、半壊状態の校舎さえ珍しくなかった。何にもまして生徒の精神が荒れはてていた。

新美がもっとも長く学校生活を送った土地は、当時、あまりにも悪名高かった暴走族、ブラックエンペラーの発祥地で、彼の住いがある団地は〝族〟の巣窟だ。ブラックエンペラーは国道一六号を、また青梅街道を暴走するだけではなかった。学校の校舎の中をも暴走した。バイクの爆音が聞こえ始めると授業は自動的に放棄され、生徒は教室を飛び出した。それは〝族〟どうしのケンカに加勢するためだったり、教室を襲ってくる〝族〟のパイプやチェーンから逃げ惑うためだったりした。いずれにしても誰一人、机に座っている生徒はいなかった。

少年たちを脅かすのは、仲間の暴力だけではなかった。暴走族取り締まりの名目によって警察が少年たちに暴行を加えるのも日常茶飯事である。その地域に住む、ケンカの強い少年が暴力沙汰から逃れることはほぼ不可能だった。

新美の神経は、このような環境の中で生き残るために一種動物的な勘をそなえはじめた。彼はいつケンカやリンチが勃発するかを、登校した瞬間の空気で察知した。暴力が、一匹狼である自分に向くのか、校外の集団に向くのか。それは回避可能か、うまく立ち回れば矛先を自分以外の誰かに向けられるのか、あるいは重傷を負う覚悟で受けて立つ以外にないのか。判断において、彼は正確無比だった。人間の一面の真実を知っていたからだ。

人は扇動次第でどんなことでもやってのける。

新美広はこの殺伐とした認知だけを武器に思春期に突入した。それは残酷なほど正しく、同時に、少年が抱く世界認知としてもっとも悲惨なもののひとつといえた。

だが、そこにふたつの救いがあった。

ひとつは祖母だ。

祖母は、新美の乏しい感情生活を唯一うるおす水路だった。新美は、母性や愛情という言葉を耳にすると、今でも反射的に祖母を思い出す。祖母は理屈ぬきに彼を愛し、優しい感情を与えた唯一の人物であるからだ。祖母は愛情を行動でも言葉でもなく無形の感覚として彼に伝えた。これは比喩ではない。事実上、彼女は口がきけず、身動きすら容易にできなかった。

祖母は、新美が物心ついた頃には、すでに脳卒中で寝たきりだったのである。

だが、寝床に横たわった祖母は幼い新美に、なにがどうあれ、孫を愛し無条件に受け入れていることを感じさせた。まともな対人関係を築くに足る環境を与えられなかった新美が、それを記憶に残すことができたのは幸運としか言いようがない。

祖母は、その後、症状が重くなり病院に収容された。そして、ケンカに明け暮れていた新美にとって、もっとも楽しい時間とは、土曜日の午後、祖母が入院している病院に店一番の新鮮な魚を持って見舞いに行き、昼飯をともにすることだった。彼は食事の介護をし、おまるをとりかえ、寝返りをうたせた。そうしながら、祖母の症状がそれほど悪化しない前、まだアパートの布団に横たわっていた頃の記憶を愛しんだ。その記憶の中で、幼児の新美は彼女の布団に一緒にはいり、孫を抱くことも話しかけることもできない祖母の顔をみていた。

もうひとつの救いは、彼が同性愛者だったことである。性のめざめはけっして早くなかった。だが、それはおとずれると同時に、彼の関心をあやまたず同性に向けた。恋人を作ったのは中学二年のときだ。同級生の一人だった。彼は同性への愛情を古野のように夢想の中でもてあそばない。同時に永易のような痛ましい自意識とも無縁だ。彼は自意識の土壌となる他者との人間関係網を十分に持たなかった。

彼にとっての愛情とは、相手を抱き締め射精にいざなうことである。同性愛という言葉は知らないが、彼は自分が男を性的にも心情的にも愛している事実をはっきり知っていた。


それが彼を救った。

中学入学時で、彼はすでに暴走族の構成員の一歩手前にいた。彼の前には、暴走による死か、暴力団の下部組織にくみこまれる将来がひらいていた。だが、彼は結果的にその道を選ばなかった。

〝族〟は暴走し、鉄パイプで武装するだけではないからだ。彼らはきれいな女の子を戦勝品のように侍らせ、異性との性にも暴走する。そして、〝族〟の男と女がくりひろげる、粗暴にして徹底的に異性愛指向の空気は、同性愛者の新美の嘔吐をさそった。彼は半裸の女を両脇に抱いてバイクで疾走する男根の群れのような〝族〟を嫌悪した。

新美広という少年は、異性愛者であったならいずれかの時点で命を落としていた可能性が高い。彼はそれほどまでに危険な環境にあって、自身、危険な存在だった。

だが、彼は死なず、暴力団の闇にも溶けなかった。

同性愛者だったからだ。


そして、同性愛者たちに思春期が訪れた。〝以後〟の季節だ。一九八〇年代なかば前後のことだった。

彼らの〝以後〟はどのような光景だったか。

一九八六年の春。たとえばこのような光景があった。

「どう言えばいいのかわからん。なんや、お前のことが好きでたまらん」

永易至文はこう言って、相手を抱きすくめた。

「好きなんや。お前が好きなんや」

抱き締めた相手の唇に唇が触れた。思考はすでに情感の奔流に没し去った。何をどうすればよいのか、一切考えが及ばない。彼は一九歳で、初めての接吻だった。体と心を寄せ合う方法を接吻以外に知らず、ただ好きや、たまらんのやと言い続けた。

永易は岡山にいた。相手の実家に立ち寄ったのである。相手永易はその年、東京にある国立大学に合格していた。相手は大阪の予備校の同級生である。永易は関西の大学を受けた彼の合否発表を見るために岡山に同行し、その日、ひとつの床の中にいた。

彼とは、予備校時代、もっとも仲のよい友人だった。読書家だが、闊達に喋る、顔立ちが知的に整った男性である。親友だと信じ込んでいた彼に、自分が強烈な恋愛感情を持っていたことに気づいたのは、別々の大学を受験し、合格後は関西と関東に別れなくてはならない事態を目前にしたときだ。

それまでポスターなどで男性の半裸を見て興奮したことなどはあっても、田舎の大秀才としてすごした永易には、自分の性的指向を生身の人間に向けるという発想が欠けていた。同性愛を意識するのは早かったが、現実的に誰かを好きになることを知らなかったのである。

それだけに、初めて恋におちたとき、彼はほとんど時代錯誤を思わせる悲恋のとりことなった。それまで他人を性的に好きになったことがないので、彼は、恋愛とは、具体的に何をどうすることなのか想像できない。思いが切迫するあまり、性衝動すら感じなかった。ただ、別々の大学にひきさかれる前夜に、胸にあふれる恋慕を打ち明けることしか考えなかった。打ち明けたあとは、当然のように別れが訪れると信じて疑わなかった。

そして、恋人を抱き締め続けた夜が明けると、永易は岡山駅で彼と別れた。今後出会うことはないだろうと信じた。いい思い出をくれてありがとうと、涙をこらえて言った。

絵に描いたような悲恋など世の中にありえないと知ったのは、それからほんの三ヵ月後だ。永易は関西の大学に行ったはずの彼が、実は東京の大学にいることに気づいた。彼がなぜそれをひた隠しにしたのか、永易は即座に見抜いた。彼は永易が同性愛者として自分を愛していることを恐れ、厭ったのだ。

三ヵ月前の悲恋は、たちまちにして修羅へと姿をかえた。たえまなく血を吹き上げる自尊心をかかえて、永易は彼にもう一度会いたいと懇願した。拒否されて懇願は哀願にかわった。

さらに拒否されたとき、永易の自尊心はすでに血を流さなかった。すでに壊死《えし》寸前だった。しかもなお彼は生き続けなくてはならない。彼は大学の寮にとじこもった。その国立大学の学生寮は、これまた、やや時代錯誤を思わせる自治委員会によって管理されていた。彼らは政治議論にあけくれ、インターナショナルやシュプレヒコールの声が聞かれた。

ちなみに、これはその大学だけの特質ではない。現在、二〇代の大学生によって行なわれている政治活動の全般的傾向なのだ。その雰囲気は、学生運動は七〇年代のおわりを以て命脈を絶ったと信じる人々を、ややもすれば愕然とさせる。推測するに、学生運動が七〇年代なかばに衰退し、その後に続いた私も含む世代が、いわゆる〝全共闘世代〟への嫌悪感をともなう無関心に徹したため、かえって〝全共闘〟の方法論は一種の歴史の化石として、はるかに若い世代に、二〇年前そのままの形式を保ってひきつがれたのだろう。

ともあれ、生まれて初めて性的に男性を好きになり、愛すると同時に失恋した永易が閉じこもる場として、その寮は最適の条件をそなえていた。そこには浮世の風はめったに吹きこまない。彼らは寮の大部屋で、ひとつの大鍋で作った料理を全員で食べ、消費と恋愛沙汰にあけくれる〝昨今〟の学生を軽侮してすごした。

だが、その一人、永易至文が実は、恋愛沙汰の痛手そのものから寮に逃避したことを知る人はいなかった。ましてや、その恋愛の相手が男性であることは想像だにされなかった。

そして、その四年前、一九八三年のアメリカ、ユタ州・ソルトレイクシティでは、次のような悲惨な思春期の光景が展開された。

神田政典と、彼の留学先のホストファーザーのいる光景だ。ホストファーザーは怒り狂っていた。そして神田は彼の顔をみあげて身震いしていた。

「お前はゲイなのか。もしそうなら日本に強制送還してやる。学位もあきらめることだな。もしこの家にいたかったら、ゲイをなおすことだ」

ホストファーザーはこう怒鳴った。

神田は一七歳の夏のおわりにこの家にやってきた。モルモン教徒の一家である。神田自身も、日本にいるとき、すでにモルモン教徒として受洗していた。中高生に、英語を無料で教えてくれる教会が神田の家の近くにあり、英語好きだった彼はそこに通っていた。そして、それほど強い宗教的関心はなかったものの、教会の牧師に誘われて洗礼を受けたのである。それがたまたま、モルモン教の教会だった。同性愛をもっとも忌避するキリスト教の一派である。

神田は信仰生活にさほど強い関心をよせたわけではなく、いうなれば英語を教わる方便として洗礼を受けたため、モルモン教の同性愛嫌悪については忘れていた。第一、自分がかなり変人だという自覚はあったものの、同性愛者だという意識はいまだに希薄なのだ。同性愛の知識は日本にはきわめて少ないのである。

神田は将来、英語の教師になることをめざして、高校二年のなかばで留学試験に合格し、モルモン教徒であるところから、当然のようにその牙城であるユタ州のソルトレイクシティの家庭に預けられた。しばらくして、神田は、それはとんでもない選択だったことに気づいた。ソルトレイクシティは一〇代の少年が同性愛者であることに気づくには、最悪の宗教都市だ。住人のほとんどがモルモン教徒なのである。そしてモルモン教は同性愛だけでなく、直接生殖に関わらない性一般、自慰や避妊までをも強く禁じているのだ。

神田は卒業証書を受け取るまでにあと半年を残すのみだった。そして英語は上達したが、折も折、ホストファーザーが彼が同性愛者であることを知ったのである。それは留学のもくろみを水泡に帰しかねない事件だった。

きっかけは、神田が女の子とのデートに行く気配もみせず、うつうつとしているのを見て、ホストファーザーが学校のカウンセラーと話をしてごらんと勧めたことにある。そして、カウンセラーは彼の性的指向を即座にみわけた。モルモン教があまりにも強く同性愛を忌避するため、皮肉なことに、ソルトレイクシティでは同性愛に関しての心理障害が珍しくない。ちなみに、これはモルモン教だけの事情ではなく、アメリカ全土にならしても、同性愛者の青少年の自殺率は、異性愛者のそれと比べてきわめて高い。調査によっては六倍におよぶと算定されることもある。

ともあれ、同性愛者の少年の悩みに通じていたカウンセラーは、神田を面接して二回目で、あなたは同性愛者《ゲイ》なのではありませんかと言った。

神田は当初それを喜んだ。生まれてこのかた、周囲との違和感のタネだった自分の本質にようやく名前が与えられたからである。ゲイとは、神田が初めて得たアイデンティティだった。

そのとき、彼に常識的な判断がなかったわけではない。モルモン教が同性愛を忌避することもわかってはいたが、初めてアイデンティティを得たいきおいで、ついホストファミリーの同年配の子供にそれを打ち明けたのである。それは、即座に父親に筒抜けになり、彼は今、神田を強制送還すると脅しているわけだった。

「いったいどうしたらいいんだ。今、この家を追い出されたら逃げ込めるところはあるんだろうか」

ホストファーザーがさんざん恫喝して部屋を去ったあと、神田は数少ない日本人の知人に電話をかけて助けを求めた。

「そりゃ、ホストマザーの機嫌をとる以外にないよ。おじさんが追い出すと言っても、おばさんが反対すればどうにかなるんじゃないか」

彼はその一言にすがった。気分屋で家族の独裁者として恐れられているホストマザーに、すぐさま鍋の豪華なセットを贈り、ご機嫌とりにつとめた。幸運にして作戦はあたり、ホストファーザーはしぶしぶながらこう譲歩した。

「しかたない。君のゲイの問題は、留学期間がおわるまでこの家では問わないことにしよう」

ホストファーザーは重々しく宣言し、神田はにっこり笑ってみせた。心中ではとにかく愛想よく半年をすごし、卒業証書を手に入れて日本に帰ることだけを念じていた。

半年後、彼は無事に証書を受けとって帰国し、大学受験資格を取得すると都内の私立大学の英文科に入学した。

留学は思春期の彼に、いくつかの事実を与えた。同性愛者という名前もそのひとつだ。同性愛者の孤独もまたひとつ。そして最大のものは世間に対する恐怖感だった。

帰国後、彼は留学前にもまして孤立した。留学する前、彼は変人ではあったが恐怖心はなかった。いまや、彼は変わっていて、しかもそのことに恐怖しているのだ。孤立は当然の結果だった。しかるに、彼は孤立に耐えうる人柄ではない。人並み以上に他人からの注目と愛情を必要とするのである。彼は必死に他人と接触をはかった。多くの場合、それは失敗におわった。神田はゲイマガジンの通信欄に手紙を出し続け、それでも足りずに、ついには公衆便所の壁にかかれた卑猥な落書さえ熟読するようになった。だが求めているものはめったに手に入らなかった。

同じ一九八三年。静岡では大石敏寛が妙に予感的な思春期のただなかにいた。

彼はなんともいえない不吉な感じにさいなまれていた。中学の廊下だ。彼は、目の前にエイズという文字を見ていた。その文字に、彼は本能的な嫌悪感と恐怖を感じた。大石が中学校を卒業する寸前で、すでにエイズという正体不明の病気はアメリカとヨーロッパで不吉な話題となっていた。そして、日本でも単なる海外ニュースのレベルではあるが、エイズについての報道は流されていた。

大石が見ていたものも、その報道の一種と言えた。彼は廊下に張られた壁新聞を読んでいたのである。

「エイズは同性愛者の病気です」

新聞にはこうあった。

そのとき感じた嫌な気分は、いったいどのような質のものだったか。大石は、今でも考えることがある。中学三年のとき、同性愛者であることをすでに意識下では認めていたのかもしれない。だが、ひとつはっきりしているのは、エイズと同性愛の関係をさかさまに考えていたということだ。

エイズが同性愛者の病気だとすれば、エイズに罹ればその人が同性愛者だとバレることになるんだな。こう考えたのである。病気になったうえに同性愛者だとバレたら、いったい周囲からどんな目で見られるだろうか。大石は想像して名状しがたい嫌悪感を味わった。

しばらくのち、今度はテレビで同性愛者のドキュメント番組を見た。その番組でもエイズが同性愛者の病としてとりあげられていた。しかも、罹れば例外なく死にいたる疾病だという。大石は壁新聞を見たときと同じ不吉さを感じた。

すでにセックスの実態についての知識はあった。また、それに関して、大石らしいきわめて素朴な結論も持っていた。

自分はセックスはしない。これが結論だ。理由も簡単である。女の子にまったく性的興味がわかないからだ。なにがあっても女性との性交は不可能だという確信があった。それを不幸とも奇妙とも感じなかった。それは彼にとって、ひとつの事実にすぎなかった。

その奥にもうひとつの事実があることに気がついたのは、壁新聞とテレビのドキュメントに身ぶるいしてからまもなくだった。地元の新設高校の一年生になった大石は、駅前の本屋でゲイマガジンを発見した。

それは、大石のそれまでの人生で、もっとも激烈な感覚だった。刺激が音をたて、脳髄から四肢へ走った。彼はいそいでその雑誌を買い、一人になって、自分の全身を貫通した刺激の実態をあらためて凝視した。それは男性の裸体だった。

凝視のあとで、彼はいったんその雑誌を捨てた。激しい興奮の裏に、一抹嫌悪を感じたためだ。だが、それが男性の裸体に対する嫌悪ではなく、ゲイマガジンのポルノ風の体裁に対してのものだと確信してからはまよわなかった。彼はゲイマガジンの定期購読を始めた。高校二年になっていた。自分が求めているものは男とのセックスだと、彼はこのうえない明瞭さで把握した。

まもなく、大石はゲイマガジンの通信欄に恋人を求めるコメントを送った。同じ市内に住む三〇代の男性が連絡をとってきたので、陸上競技場の裏で待ち合わせをしてホテルに行った。偽名を名乗り、同性愛者であることを隠して生活をしている男性だった。初めてのセックスの相手という以外に特別の感慨はなかった。一ヵ月つきあうと、同性とのセックスとはどのようなものか、だいたいわかったので別れた。

彼は神田と違い、性の相手に愛情も理解も求めなかった。実に単純な理由からだ。彼は家族や友人を愛し理解している。それで十分だ。なぜいまさら見ず知らずのセックスの相手にまで愛を求めなくてはならないのだ?

彼はセックスに対してまったく情緒的ではなく、そのためセックスの機会にことかかなかった。情緒が乾いているほうが、セックスの相手は探しやすいのである。

大石は、夏休みにゲイマガジンに紹介されていた新宿二丁目を訪ねた。ゲイマガジンを集めた書店で視線が合った男性とセックスをした。それからあとも何回か上京した。

東京は、無風状態の田舎で育った大石にとって、もっとも恐ろしい都会だった。田舎者を手玉にとって身ぐるみはいでしまう魔都だった。そして彼はセックスが、あたかも危険を冒して都会に出ていく代償と考えたかのように、それなしには、けっして東京をあとにしなかった。セックスの機会を手にするためには勤勉だったが、ホテルを出るときには罪悪感にさいなまれた。同性愛に対する罪悪感ではなく、セックス全般に関する羞恥まじりの嫌悪に近かった。あえていえば、見ず知らずの人と接触した気持ち悪さだった。

大石にとっては、東京はセックスの機会を得る街だった。それ以上ではない。

そして、一九八六年、日本でのエイズパニックの前年、大石は高校を卒業し、東京の専門学校に進んだ。コンピューター技師の資格をとるためだ。そして、彼は新宿二丁目という同性愛者の繁華街を自分の庭とすることになった。

その〝庭〟で、いまひとつの思春期が展開していた。新美広の思春期である。

彼は高校二年生で、そのとき、新宿二丁目で一人の初老の男の話を熱心に聞いていた。

「われわれホモは女装していたり、していなかったりします。どこからみてもホモとわかる、私みたいなホモもいるし、あなたたちみたいに普通の人たちもいます。つまり、同性愛者はどこにでもいるんです。会社の中にも盛り場にも、家庭にもいます。

われわれは昔からいました。ホモなどという言葉が生まれる前からです。ホモという言葉が日本に入ったのは昭和四〇年代です。私は大正六年生まれです。だから、ホモという言葉など知らなかった。私たちは、単に女嫌いと自分たちのことを言いました。そして、世間から嫌われてきたけれども、私は自分をやましいと思ったことはない。

私がこういう話をするのは、君たちを誘いたいからではない。君たちと寝たいからではない。私たちはここに生きているということを言いたいからです」

彼はこのように語り、新美はその言葉を胸の中で反芻した。彼は〝おはなしおじさん〟と呼ばれていた。二丁目のゲイバーの名物の一人である。

その日、新美は、そのバーを中学時代からの恋人と一緒にのぞいた。ゲイマガジンに、その店が同性愛者が集まるところだと紹介されていたからだ。新美と恋人は二回、その店の前を素通りし、ようやく三回目に足を踏み入れた。なよなよした女性的な男が意味ありげな視線をかわしていたり、逆に力ずくで客を言いなりにしようという凶暴な男が集まっているいかがわしい店なら、店員を殴り倒してでも逃げる覚悟だった。店に入ると、入り口近くにいろりが切ってあり、いろりの近くにカウンター、奥に椅子席があった。若い人が二、三人、年配の男が一人座っていた。その年配男性が〝おはなしおじさん〟だったのである。

〝おはなしおじさん〟は、新美たちのように初めてゲイバーを訪れた若者に、同性愛者についてのレクチャーをほどこす使命感に燃えた人物だった。ゲイバーは単なる風俗店ではなく、同性愛者の一種の共同体として、必要な情報を得ることができ、人間関係を築ける場だということを〝おはなしおじさん〟は熱心に説いた。

新美は感動した。二丁目がひとつの社会だという考えは、一縷の希望だった。

だが、頬を紅潮させた彼が隣に座った恋人を顧みると、彼は退屈そのものという表情をうかべていた。それが、新美が初めて恋人との将来に不安を感じた瞬間だった。

新美の恋人は、彼と同じ中学から、同じ都立高校に進学した。中学の卒業生の三分の一が就職し、八分の一が少年院送りなどでドロップアウトするなかで、高校進学者は珍しい。新美も高等教育の必要をとくに感じていなかったが、恋人が進学するというのにひきずられる形で、一緒の高校に入学したのである。

簡易住宅団地で育った新美にとって、同じ地域ながら、裕福な新興住宅地に住む恋人の存在意義は大きかった。新美は、リビングルームというものを、恋人の家を訪ねて初めて知った。放課後、恋人と一緒に下校することは一日のうちで唯一、すがすがしい時間を意味した。当時、すでに団地の住居に父母ともによりつかず、妹はうるおいのない家庭に絶望してなかば家出状態で、学校もドロップアウト寸前だ。リビングルームと一家団欒のある恋人の家庭は、あらゆる意味で新美にとっては夢物語である。

恋人は同年代の少年にくらべて身体の成長が遅かった。事実上、性交が可能になったのは高校もおわりになった頃である。それまでのあいだ、彼らは世の中で誰よりも好きな友人どうしとして抱き合っていた。

身体の成熟の違い以外に自分たちにはくいちがいはないと新美は信じていたが、実は、そこに決定的な違いがあった。新美にとってそれは悲劇の芽でもあった。新美は彼以外の同性にも性的な魅力を感じていたが、彼のほうは新美でなければ抱き合いたいとは思わなかったことだ。

すなわち、恋人は根本的には異性愛者だったのである。彼は新美が大親友であるからこそ、抱き合って嫌悪を感じなかった。かけがえのない親友への友誼のあかしとして新美の性的指向に同調もした。だが、それは彼自身の性の本質ではなかった。

当初、新美はそれに気がつかなかった。恋人も自分と同じように同性が好きなのだと信じて疑わない。だが、ときおり、恋人はとんちんかんなことを言った。そのいくつかを、新美は今でも鮮明に思い出すことができる。そのさいに感じたかすかな懐疑も、同時に思いおこせる。それは、もしや恋人は異性愛者ではないかという懐疑だったが、新美はその恐ろしい疑いが意識の表面にうかぶことを、力ずくでおさえこんだ。

それは、たとえばこんなときだ。

「お前、俺は女みたいな格好をしたほうがいいのか」

恋人は中学三年のときこんなふうに尋ねたことがある。

「まさか」

新美はのけぞった。

「何、考えてんだ。お前が男だから、俺はお前が好きなんじゃないか」

また、こんなこともあった。

「あいつら、俺のことをホモじゃないかって言いやがんだ」

高校の友人に、お前と新美は仲がよすぎる。ひょっとしてホモじゃないのかとからかわれたとき、恋人は激怒してそう言った。新美は彼の怒りに首をひねった。

「なんで怒るんだ。お前、そうじゃないか」

恋人は妙な表情をうかべて問い返した。

「そうじゃないかって、何がそうなんだよ」

「お前、ホモじゃん。実際に」

新美が答えると、恋人は黙り込んだ。

ゲイマガジンを初めて電車の網棚にみつけたときもそうだ。

「こんなの、みつけたよ」

新美が雑誌を渡すと、恋人は一瞥して顔をそむけた。

「いやだな、そんな雑誌」

そうかなあ。つぶやきながら新美はもう一度、雑誌を見た。たしかにポルノのいやらしさはあるが、恋人の目のそむけかたには別種の嫌悪がある。その雑誌のどこを、それほど嫌悪しているのか、新美はいぶかしく考えこんだ。

その様子を窺い見ていた恋人が、思い切ったように言った。

「なんだっていいけどさ。とにかく、それ、家に持って帰らないほうがいいんじゃない？　捨てちゃえよ」

なんで？　新美は聞いた。なんで家に持って帰るとやばいんだよ。

「わかんないけど、やっぱり俺はやばいと思うよ。やめたほうがいいよ」

恋人は神経質な口ぶりでそう答えたが、結局、新美は雑誌を持ち帰り、ぱらぱらと流し読みした。さほど面白くも刺激的でもなかったが、広告ページで、新宿二丁目に昼間から営業しているゲイバーがあることについては、その雑誌で知った。

　そして、それが、今、二人が〝おはなしおじさん〟の話を聞いている店なのだ。

　隣に座った恋人は今でこそ退屈そうにみえるが、むしろ望んで二丁目にやってきた。自分たち以外の同性愛者を見てみたい。そう言ったのだ。それは新美の思いでもあった。

彼ら二人は、その日、〝おはなしおじさん〟のいる店で半日すごして帰った。そして、それをきっかけに、たびたび二丁目へでかけ、おおぜいの同性愛者に出会った。

その経験が新美と恋人の差を画然とわけた。

自分たち以外の同性愛者を見て、新美は自分が同性愛者であることをあらためて実感し、一方恋人は新美以外の同性愛者を見て、自分が異性愛者だと確信したのである。


そして、思春期をむかえた新美は〝たけし〟になった。

〝たけし〟は二丁目のバー街でつけられた名前である。

彼は用心深かった。なかには〝おはなしおじさん〟のような人もいるが、基本的に水商売に生きる人々は信頼できない。彼はそう直感し、バーには行っても、本名を名乗らず、住居もあかさなかったのだ。そして危険なまでに若く蠱惑《こわく》的なのに、警戒心をけっして緩めない彼に手を焼いたあるバーの店主が、あるときこう言った。

「あんた、名前をぜったいに言わないんじゃ、声をかけようにもかけられないじゃないの。わかった。言いたくないなら、私が名前をつけてあげる。あんた、ビートたけしのファンだったわね。これから、あんたを〝たけし〟って呼ぶことにする」

　こうして彼は〝たけし〟になった。


　そして、新美の恋人は女性とつきあい始めた。二丁目のバーを訪ねた直後、すでに新美は彼との別れを予感した。ひとつには、新美自身が彼以外の同性愛者の恋人をみつけたためである。その人は音大に通う大学生で、中学時代からの恋人と違ってまぎれもなく同性愛者だった。彼と比べてみれば、やはり以前の恋人はぎくしゃくしてみえた。

　あらためて考えれば、最初の恋人が異性愛者だということは、新美の目にも明らかだった。新美はついにそれを認め、彼との間柄は自然、疎遠になったのである。最初の恋人は高校三年の一年間、女の子とつきあい、卒業するやいなや彼女と結婚し、子供を作った。仕事は大工職に求めたという。いったん土地を離れたが、最近、新美がかつて住んでいた団地にまいもどったともいう。家庭生活がどのようかは知るよしもないが、ときに酒に酔って荒れることもあるという。すべて高校の同級生仲間から、新美がまた聞きした話である。

　新美は、自分以外の同性愛者と出会うかわりに、おさななじみの恋人を失った。中学以来、恋人どうしだった彼らは、一方が女性の恋人を持ったときをさかいに、すべての関係を絶ち、一方は同性愛者の社会に身を投じ、また一方は異性愛者の世界に将来を求めた。

　それはあらがいようのない運命といえた。


　だが、思春期を迎えると同時に恋人を持ち、そののち、望んで二丁目に出ていき、他の同性愛者を知った新美は、同性愛者のなかにおいては、実はきわめて少数派なのである。

　新美のほかの仲間たちは、おおむね、そのような機会には恵まれなかった。古野直は東京の郊外で、風間孝と永田雅司はそれぞれ北関東の地方都市で、表向きは平穏無事な生活を送りながら、ひとつの共通した苦悩を抱え込んでいた。

　世界中に同性愛者は自分一人しかいない。それが彼らの苦悩だった。

　思春期を迎えた彼らは、すでに、自分が女の子を性的に好きになれないことを知っている。そのような状況を変える手立ても、また積極的に同性を求める手腕や度胸も持てなかった。古野も風間も永田も同じだった。

　彼らは、この広い世界の中で、自分だけが変り者なのだと信じた。その孤立と苦悩から逃げようとあがくこともあったが、だいたいの場合、絶望の深さに負けて、再び氷のような孤独と萎縮の中に逃げ込むのがならいだった。

　どれほど多くの人々の中にいても、彼らは、いつもたった一人だった。


　だが、彼らが知らないうちに出会いは予想外に近くに迫っていた。

　それぞれの思春期の傷を負い、また、同性愛者であるための避けがたい孤独を背負いながら、出会いは次第に近づきつつあった。出会いとは、彼らと新美広の邂逅《かいこう》である。

　すなわち彼らが世界の中で自分はたった一人ではないと知る、その瞬間である。

　一九八六年の夏が初めての出会いだった。

　その年の夏休み最後の週だった。

第四章
交錯

すべては、その夏休みの二年前に始まった。一九八四年の春だ。父がこう言った。

「俺はもうだめだ。多分、この団地から一歩も出られずにおわるだろうよ。俺にはそれがわかっている」

それは、おそらく生まれて初めて、父とその息子、すなわち新美広がまともに話をした瞬間だった。新美はその日、両親と妹の住む団地を出て、都心で一人暮しをすると宣言した。それまでも家族のほとんどが家に居つかない奇妙な生活ではあったが、やはり一言断わっておいたほうがよいだろうと考えたのである。

新美は高校を卒業したばかりだ。将来のあてはなく、頑丈な肉体だけがたよりだった。一八歳の同性愛者として、はたしてまともに生きていけるのかどうか。考えることは、その一点に集約された。家族に対しては愛着も信頼もなかった。憎みもしないが好きでもない。ふとなにかのおりに、自分が両親のような異性愛者ではなく、同性愛者のカップルから生まれたらどれほど幸せだっただろうと考えることはあった。新美はそれほどまでに同性愛者を慕い、異性愛者を疎んじた。自分と性的指向を同じくする人々とともに生きることだけが、彼の望みだった。そして、ついに自分が同性愛者のカップルから生まれたらよかったのに、という非現実的な夢を見るまでにいたったのである。それは、空想癖のない新美が唯一抱く夢想であり、その件に関すること以外に、家族が彼の頭にうかぶことはなかった。

家を出ることに対しても、だから、とりたてた反応を予期していなかった。そのため、父がふいに漏らした感慨は長く新美の記憶に残った。

「俺はだめだが」

父は長男に言った。

「お前が団地を出ていくというのなら、お前、この団地からできるだけ離れるようなことをやってくれ。二度と、ここにもどってくる必要がないようなことをやってくれ」

この団地は敗残者の団地だ。父はつぶやいた。ここにいる人々は、ここを出られない人々だけだ。彼は魚屋をつぶしたときに背負った巨額の借金をいまだにかかえていた。調理師の免状をとり、各地の料理屋をまわって手間賃仕事をしているが、借金はおそらく死ぬまで彼にとりついて離れないだろう。慢性的な窮乏状態のなかで、父はすでに積極的に生きる意欲を失っていた。

「お前、俺ができなかったことをやってくれ。ここからほんの少しでも離れられるようなことをやってくれ」

新美は、その父親の言葉を不思議なもののように聞いた。父が自分への気持ちを表明するようなことは、そのときまで予想もしなかったのである。だが、言われてみれば、彼自身もその団地から出ることを意識下で強く求めていた。

彼らが住む団地は、昭和三六年から三八年にかけて、東京都が地方出身の低廉賃金労働者を入居対象に作った簡易耐火住宅群である。団地と名前はついているが、およそそれらしいたたずまいではない。私鉄の駅から数十分バスにゆられると、広大な敷地に小さな平屋住宅が散在する団地に着く。トタン板で周囲を囲んだ屋根の低い平家の正面には、一坪にみたぬ小さな庭が設けられ、一間幅の掃き出し窓が庭に面している。だから、家をおとなう人は、トタン板のとぎれた入り口から、僅かな菜っ葉などが植えられた庭を通り、沓脱ぎを踏むわけでもなく、濡れ縁をまたぐでもなく、掃き出し窓を引いて直接家に入ることになる。窓ガラスは往々、大きく破損し、そこに週刊誌を当てて風を防ぐ家もあれば、ベニヤ板を当てる家もある。

団地はいくつかの大きな道で仕切られ、そこを歩くと、平家の棟々を越えて、激しい風が吹きつける。団地内のバス停留所のベンチにはスプレーペンキの字が、当時の極彩色を失ったものの、いまだ鮮明に読み取れる。ブラックエンペラー東大和連合。

土地に不案内な人が団地をすみずみまで歩きつくすには一時間あまりを要する。同時に、ここが昭和三〇年代以降のあらゆる開発から取り残された、いわば都市の空洞なのだと納得するにも同じだけの時間が必要だ。建築当時の姿で年月を経るままに荒れ果てて傾いた板塀、破れた窓、穴のあいたトタン板、無人になった半壊状態の空き家などは、あまりにも時代離れした風景で、それが高度成長が実を結ぶ前の日本の風景を撮るための映画のセットなどではなく、現実のものだとにわかには実感できないのである。

新美は、時代から取り残されたその団地で同性愛者であることに気づき、暴走族の発祥地の殺伐たる空気の中で、孤立の予感に怯えた。

そして、彼は今、一八歳の同性愛者としての自活を求めるために団地を去ろうとしていた。だが、学歴も教養も経済的な裏付けもない新美にとって、将来はけっして明るい色彩を持ってはいない。父は、この団地から一歩でも遠ざかることを息子に望んだが、同性愛者である息子にとって、それは必ずしも社会的成功を意味するわけではなかった。彼は、団地にさえ帰れず、孤独な同性愛者として、街の片隅で人生を無為に蕩尽するかもしれないのだ。

だが、彼は出ていくことを選んだ。

ひとつには、団地の周辺に、いたましい恋愛の記憶がわだかまりすぎたからだ。

中学時代以来の恋人も、また、そのあとつきあったが、結局別れることになった恋人も、団地のそばの住人である。高校卒業まぎわまでつきあった二番目の恋人とは、双方とも十分すぎるほど傷ついて別れた。

別れの原因は新美にあった。同性愛者に対する強すぎる愛着、そして繁華街に対する強すぎる憎悪が、恋人とつむいでいた小さな平和をやぶったのだ。

繁華街に対する憎悪は、新美にとって一種の近親憎悪である。新美は偏愛に近い強烈さで、同性愛者を愛し、異性愛者を疎んでいる。だからこそ、同性愛者が繁華街で見せる虚偽を許せないのだ。

繁華街には、同性愛者であることを隠蔽して異性愛者の世間と折り合い、週末のみ二丁目で同性愛者としての自分を解放する人々が集まる。新美は彼らに強く反発した。人はそれぞれの事情に束縛されて生きざるをえない、などという斟酌《しんしゃく》が新美にはない。若い彼は、この点においてはきわめて狭量だった。

新美は繁華街に慣れるにつれて、彼らへの憎悪をつのらせた。それは、客観的でもなく、ただひたすら直線的なだけの憎悪だったが、それだけに、日本の同性愛者の実情がはらむ虚実をつくことになった。二丁目は、新美広の怒りにもっともな言い訳ができなかったのだ。

一週間無難に働いた報酬として二丁目での解放がある。繁華街に遊ぶ彼らはそう言う。だが、酒と享楽しかない繁華街での解放とはいくばくのものか。新美は罵った。実生活から遊離し、酒とタバコと悪徳の匂いしかしない自由とはどれほどのものか。週末だけの自由を、そもそも自由というのか。では、週日の現実はいったいどうなるのか。週末の自由とは、結局、奴隷の自由のことではないのか。

そして、次のようにも罵った。同性愛者がいつまでも薄暗い社会の片隅に閉じ込められているのは、あながち、異性愛者の世間が同性愛者を抑圧するからだけではない。同性愛者自身が、自分たちには奴隷の自由、すなわち、世間という〝主人〟が土曜の夕方から月曜の夜明けまでの何時間か険しい管理の目をそらせたすきに、つかのまの快楽をむさぼる自由しかないといわんばかりに行動していたからではないのか。

教養のオブラートにつつまれないだけに、新美の怒りは同年配の若い同性愛者に対して、奇妙に強烈な吸引力を持った。〝たけし〟は、よるべない思いを抱えて二丁目をさまよう若い同性愛者が頼るに足る人格と魅力を持っていた。それは一種の性的吸引力にはちがいなかったが、彼自身は自分の魅力を、単に性的なものにとどめたくないという願いに駆られていた。そして、次第に彼の周囲には、同年配の同性愛者が集まるようになった。まだ高校生の頃だ。

それが彼と恋人との関係をささくれだたせたのである。

新美の恋人は音大に通う学生だった。きわめて繊細、敏感な感性の持ち主で、自身が同性愛者であることについては周囲に漏らしたくないと考えていた。だが、週末の二丁目だけを息抜きとする同性愛者たちを嫌悪する新美の前にあって、彼は自分の安定指向を恥じた。そして、新美が二丁目に集まる同年配の青年たちの相談所を、数人の仲間とともに始めると、自分から望んで住居をその連絡先にあてたりした。

だが、そもそも、彼は新美のようにもっぱら外に対して行動をしかけるやりかたにはむいていなかった。ピアノを愛し、芸術を好む彼は、もっと内向的で静かな同性愛者として生きたいという本音を、新美への愛情のためにむりやり押えつけていたのである。

「俺は疲れた」

ある日、彼は言った。新美が高校三年生の最後をむかえた頃だ。新美はすでに二丁目に集う若者たちに単純な情報提供や、素朴な電話相談を行なう数十人からなるグループを作りあげていた。

「もうダメだ。自分が同性愛者だということを受け入れるだけでも大変なのに、これ以上、お前のやることについていけない。自分のことを考えるだけでせいいっぱいなんだ。もう、俺はだめだよ」

彼はノイローゼ寸前だった。新美と話している間に、さしたる理由もなく、発作的に泣き出すことが数回を数えた。

「大丈夫だよ。俺はお前をひきうけるよ。安心していい。俺はすべてをなげうつから。俺はお前とつきあうこと以外に、何も考えない。すべてを投げうってお前をひきうけるよ」

そのとき、もしこのように言えば彼は救われただろう。今でも新美はそう思う。だが、その一言を彼が切望していることを知りながら、新美はそれを言わなかった。

「言わなかったんじゃない。言えなかった。あまりにも早い時期に二丁目に出て行ったから、あまりにも多くの同性愛者たちを見てしまったから、同性愛者たちの将来がどれほど希望がないものか、いやというほど実感したから、どうしても自分たちだけが幸せならいいと思い切れなかったんだ」

二丁目で遊ぶ人々は、明るく絶望して、悲しみもなく乾いて、明日を信じずに今日を楽しんでいる。そして、新美は彼らの本質的な不幸に呼応せずにはいられないのだ。

この心情は、単純に新美個人のヒロイズムに還元できないところがある。それは、同性愛者全体の事情を正面から考えた場合、一種の必然性をもつのだ。つまり同性愛者の社会は、全体の幸福と個人の幸せが乖離《かいり》して成り立つほど、社会として成熟、分化していないのである。それはまだ社会でさえない。そして社会なしに、また個人もありえない。すなわち、社会以前の段階にある同性愛者たちにとって、全体としての幸不幸は、結局、直接個人の幸不幸に響きがちなのである。新美はそれを本能的に察知していたというべきではないか。

「もちろん、将来に希望なんかなかったですよ。自分一人が、同性愛者をどれほど考えたところで、世の中がどうにかなるわけじゃなさそうだし、第一、目の前にいる奴はノイローゼ寸前だし、奴を救えないくらいなら、誰一人ほかの奴なんか助けられるわけない。俺は砂漠の中にいるようでした。砂を嚙むようでした。

それでも、自分だけがつかのま楽であればよいとは思えなかった。奴が死ぬほど苦しんでいると知っていても、俺にはできなかったんですよ」

その新美の前に恋人はくずおれた。

彼らは別れた。そして新美は、前の恋人以上に、彼との別れを哀惜し傷ついている自分を発見した。前の恋人と違い、彼は自分が同性愛者であることに関しては揺るぎなかった。そして、新美は初めて愛情と性の充実との一致を、彼にみいだしたのである。

彼は愛と性というふたつの領域にまたがって、新美の前にあらわれた真正の恋人と言いえた。彼を失うことは、新美にとって私生活の一部を失うことであり、その記憶が残る団地付近を往来するだけで痛みはかきたてられた。

彼は、団地を出た。当面の生活費は、羽田での荷揚げ労働や、基地での肉体労働でまかない、一年後には、運送会社の寮にもぐりこんだ。

団地を出てからの新美は何を求めていたのか。

まず、彼は〝たけし〟から脱皮しようとしていた。

それはどのような内容の脱皮だったか。

ともかく〝たけし〟ではないものになることだった。その時点では、彼自身もそうとしか言いようがなかった。

肉体労働で生活を支え、恋人の音大生としての将来を見守る将来は破綻した。では、自分はなんのために生活の資を稼ぎ、家族とも無縁に生きているのか。彼は自問を続けた。少なくとも、稼ぎを二丁目につぎこむためではなかった。あるいは、週日は異性愛者のふりをして暮す男性へ、週末の自由と享楽を与える若者として暮すためでもなかった。

何をすればよいのか、彼は考えあぐねた。一〇代おわりの新美のかたわらを流れる時間は不透明に混濁していた。そして、彼は、時間の渦のただなかで孤独だった。いったい、そのとき何を考えていたものだろう。新美はいまだにその答えを得られない。ただ、二丁目の〝たけし〟以外のなにものか、東京のスラムで生まれた青年以外の何ものかになろうと思っていた。団地を離れる日思いがけず父が口にした望みと似た何ものかを求めていた。

そして、団地を出てから一年後、将来への見通しはいまだ不透明ではあるものの、彼は二丁目の同年配の同性愛者のグループをさらに大きくしていた。それは、いわば繁華街の修羅場を無事にくぐりぬけるために必要な相談所のようなものだった。二丁目が持つむきだしの弱肉強食の力の前で途方にくれている、同世代の若者の駆け込み寺と言ってもよい。

　二丁目の弱肉強食は、端的に言えば次のような形をとる。田舎から出てきた若い男の子が、二丁目の常連に、数時間あるいは数日の時間とセックスを売り渡し、代価としていくばくかの金と、将来への失望を手に入れること。最悪の場合には代価を得ることもできず、二丁目の路上にほうり出されることである。すなわち、〝人買い〟である。そして、新美の当面の敵は繁華街を〝人買い〟の場として利用している同性愛者たちだった。

　皮肉なことに、新美自身は、その被害からもっとも遠いところにいた。きわめて巧みな処世術と勘で、〝人買い〟の修羅場をすりぬけてきたのである。だが、すべての若い同性愛者が新美のように世間慣れしているわけではない。彼らは、しらずしらずのうちに〝買われる立場〟に陥り、しかもそれに気がつかないこともしばしばだった。〝売り買い〟は、つねに殺風景で猥雑な雰囲気のもとで行なわれるとはかぎらない。それは、愛情めいたカモフラージュをほどこされることもある。金銭が一時的な目くらましの役割を果たすこともある。

　第一、〝人買い〟の場面においては、買い手のほうが売り手よりはるかに世間智にたけていた。そこには、社会的有名人もいる。たとえ同性愛者であることが世間に露呈したとしても、自分の立場を失う危険が少ない芸術的才能の持ち主もいる。また、長年、自分が同性愛者だということを隠蔽しながら、驚くほど大きな企業を経営する老人もいる。すでに晩年に足を踏み入れた彼らは、二丁目に生々しいセックスだけを求めにくるわけではない。それまで〝隠れ同性愛者《クロゼット》〟として生きてきた自分の思いを継承してくれる、息子がわりの同性愛者の青年を求めにくることもある。そのような老人の願いにほだされる若者も少なくない。

　二丁目にはさまざまな人間の思いが交錯していた。そして新美は、中年や初老の同性愛者に共感しないわけでもなかった。だが、同時に彼は、〝日陰の〟立場を大前提とした人間関係が、どう糊塗しようと、沼地に似た陰性のつながりであること、そして、その湿地に足をとられることによって、どれほどにたくさんの若い同性愛者が、まともに生きる気概を失ってしまったかをつぶさにみていた。

　若い彼らはとまどっているのだ。新美はそう感じた。二丁目を浮遊しながら、彼らは自分たちの心身にまとわりつく湿潤な空気のもとに、いっさいの真剣な問いをからめとられ立ちすくんでいるのだ。

彼らも、抵抗したくないわけではない。しかし、いったいどうしたらよいかわからないのだ。なぜなら、彼らは同性愛者だということに気がついて以来、現実から目をそらして生きてきたからである。また、〝おかま〟という、世間が彼らに課した枠組にあわせて、自分が当然の攻撃性、怒りを含めた気概を持つことをあきらめているからである。〝おかま〟は女性的でなよなよしていて、まともな意見などなく、恋愛沙汰だけを騒ぎたて、空しく人生をやりすごせばよいと思い込んでいるからだ。

それなら俺が、それはまちがっていると言ってやろう。新美はそう思い決めた。

俺たちは、たしかに同性愛者だと言ってやろう。だが世間の日陰者じゃない、世をすねた大人たちのおもちゃじゃない。俺たちは同性愛を隠して生きている人々のなぐさみものではない。俺たちは俺たちだ。誰の犠牲でもなく、誰の身代りでもない。

〝たけし〟こと新美は、こう言い続けることによって、繁華街で若い同性愛者のグループ化をはかった。

そして、一九八五年、ひとつの事件が新美を〝たけし〟から決定的に離脱させた。

同性愛者の間でひきおこされたエイズパニックである。

それまで、繁華街に集まる若者と、ゲイマガジンの通信欄への投稿者を中心に、関西と東京でいくつかの若い同性愛者の集まりができあがっていた。だが、それはいまだに同じ悩みを持つ人々の寄り合いにすぎない。とりあえず、一〇代の根なし草的な若者が、繁華街の陥穽におちいるのをくいとめる防波堤としての役割を果たしてはいるが、それは必ずしも前向きな目的設定といえなかった。ともすればそれは二丁目からの、または同性愛嫌《ホモフォビック》いな世間からの、単なる駆け込み寺の機能を果たすだけという場合が多かった。

駆け込み寺はないよりはあったほうがよい。だが、それだけでは十分ではない。駆け込み寺の存在は、同性愛者がつねに弱い立場の人間だという事実を補足するものの、それ以上の積極的意味合いを持ちえないからである。

同性愛者として、日本の社会により深く、鋭く、爪を食い込ませるに足る問題を、〝たけし〟から脱皮しつつある新美は求めていた。

エイズは彼が求めたそのものだった。

始まりは八五年夏である。ある有名ゲイマガジンと私立大学病院が協賛して一〇〇人の同性愛者のエイズ検査なるものを行なった。すでに、ゲイマガジンなどでは、エイズという奇妙な疾病が、同性愛者に特有な性行為と思われている肛門にペニスを挿入する、俗称アナルセックスによってひろまる病気だと報じられていた。

同性愛者一〇〇人のＨＩＶ検査は、もっぱら、同性愛者の健康を保障するためのこころみだとされ、その夏、ゲイマガジンがつのった一〇〇人の同性愛者がＨＩＶの陽性陰性を問う検査を受け、そのなかの五人が陽性、すなわち、発症はしていないがＨＩＶに感染していることが判明した。

そして、この検査の直後、日本における初めてのエイズパニックはまことに人為的に作られた。本来、検査の結果はきわめて私的な情報として、報道においては特別扱いをうけなくてはならないはずであるにもかかわらず、一〇〇人中五人の陽性者が出たという事実はきわめてすみやかに東京新聞と毎日新聞で報じられたのである。

一九八五年一〇月のことだった。

新聞は次のように結果を報じた。

すなわち、同性愛者の五パーセントがＨＩＶ感染者である。

ここに、日本のエイズ、および同性愛者に対する恐慌が端を発した。実際には、この五人の感染者のうち、日本に在住している人はたった一人で、その他四人はすでにアメリカで検査ずみで、自分が陽性であることを再確認した人々だったにもかかわらず、いったん、病院での調査が新聞に漏洩されてからは、日本の中にエイズとは〝おかま〟の病気だという認識が定着したのである。

巻き起こされた恐怖感と同性愛者忌避《ホモフォビア》の大きさを考えると、そのきっかけとなった調査は実に小規模なものだった。たった一〇〇人を対象とした、一冊のゲイマガジンと私立総合病院の提携調査にすぎないのである。にもかかわらず、それはすみやかに全国紙をまきこみ大がかりな報道に膨れ上がった。

すでにその年の三月、エイズサーベイランス委員会は、男性同性愛者を認定患者第一号としていたので、パニックはいやがうえにもあおられた。この一連の動きの背景には、エイズを同性愛者の病気と定義することによってまぬがれうるもうひとつのエイズ問題があったと考えられる。

たとえば、血友病の問題である。

同性愛者の五パーセントがＨＩＶ感染者であるという報道が流された時期、一方で非加熱血液製剤の使用によるＨＩＶ感染者患者の存在がすでに判明していた。

そして行政府は、製剤の輸入を危険を承知しながら長年許可してきた責任の弁明に苦慮しているところだったのである。そのような時期に、エイズは同性愛者という繁華街に住みついたいかがわしい遊び人が自業自得で得た病気だという認識が世間に流布されれば、結果的に行政府は一息つくことができただろう。

ところで、同性愛者の存在が他のＨＩＶ感染の原因追求の力を弱める要素として利用される事情は日本に限らない。それはほかの国にも共通してみられる傾向なのである。たとえば、アメリカでも一九八三年に同性愛者がＨＩＶ感染者の第一号として認定されたが、実際にはそれ以前に感染がひきおこされていた非加熱製剤経由の患者を認定したのは、同性間の性行為感染の第一号認定から三ヵ月たったときだった。

ところで、日本でのエイズパニックは同性愛者の感染を端緒としてひきおこされ、その後、独自の展開をみせる。八五年から八七年にかけて、厚生省は、繁華街での流行を食い止めるためという理由のもとに、保健所や病院でＨＩＶの検査を受けた人々の情報を、上部機関に吸い上げることを義務づけた『エイズ予防法』への制定に動き始めたのだ。そして、その予防法への反対運動が新美のグループを、単なる同性愛者の〝寄り合い〟から、より大きな目標のもとでの、同性愛者たちの顕在化へと発展させたのである。

予防法は三つの要点を持つ。

ひとつは、感染を確認した医師に対して、次の二つを義務づけたことだ。まず感染者にＨＩＶの伝染防止に関し必要な指示を行なう義務。次にその感染者の氏名、居住地以外の情報を知事へ報告する義務。ふたつめの要点は伝染防止の指示を与えられたにもかかわらず、なお多数の人々に感染させるおそれがあると医師が判断した感染者については、氏名と住所が知事に対して公開できるという点である。

多数に感染させるおそれとは、感染した人々が、常識的な抑制を越えて性行動をひろげるおそれということだ。

ところで常識的な抑制とはどのようなものか。すなわち一夫一婦制の倫理観に近いものと考えるのが妥当だと思う。そこにおいては、売春や風俗産業の従事者もさることながら、いわゆる普通の結婚生活の枠組からはずれる人々は、性行動において非常識だと判断される可能性が大きい。もちろん、異性との家庭を築くことのない同性愛者は、〝常識的な〟枠組からかぎりなく遠くに位置づけられる。

予防法の三番目の要点はより強権的な趣きが強い。すなわち多数に感染させるおそれがあるとして知事に氏名等を通報された感染者に関しては、知事は伝染防止の指導という名目で、職員を通じて必要な質問を行なうことができる。そのさい、感染者が虚偽の回答を行なった場合には罰金刑に処される。

そしてなにより同性愛者を社会的に不利な立場にたたせた要因は、予防法にほどこされた修正案をめぐってひきおこされた。これは非加熱血液製剤経由の感染者に関する修正案である。すなわち、製剤によって感染した人々については、氏名、居住地以外の情報の通報義務が除外されるというものだ。

これは本来、同性愛者など性行為感染者と製剤による感染者を区別する目的で作られた修正案ではないのだが、結果的に製剤によって感染した血友病患者は同情に価する〝よい感染者〟、性行為、とりわけ認定第一号患者に指定された同性間性行為で感染した人は〝悪い感染者〟というイメージが流布するきっかけとなった。

具体的には厚生省の保健医療局長が、製剤による感染者は、定期的に医師の指導を受けているため、多数の人々にＨＩＶを伝染させる危険はないといった旨の国会答弁を行なったり、一部の血友病団体関係者が、修正案は血友病患者の社会的立場を考慮したものであると発言して、あたかも修正案の適用外に置かれた性行為感染者の社会的立場が低いかのようなイメージを世間に与えたのである。

そしてこのようなイメージは、マスコミ報道などによりすみやかに増幅され、世論として定着した。

つまり、製剤によって感染した血友病の人々は、気の毒だが悪い人ではない。だが、セックスでＨＩＶに感染した人々は自分勝手に性を楽しんだ〝おつり〟として感染したのだから自業自得だ。しかも、彼らは反省しない。目を離せば、いつまた危ないセックスに興じるかわからないから、個人的な情報を管理する必要があるということだ。

これが日本の世論だった。エイズは、そこでは個人の倫理をはかるふるいとして扱われていた。つまりＨＩＶに感染したということは、血友病のようなやむをえない事情をのぞき、その人物が倫理的に悪い証拠なのだ。

予防法をめぐるこのような事態は同性愛者たちを大きく変えた。たとえば、エイズ以前、同性愛者の問題は、たとえば二丁目での人買い事情に対する苦情や、家族や社会に受け入れられないといった悩みに終始していた。あくまでも個人的、私的レベルでの苦悩であり、心配事である。それらは解決しなくてはいけない問題だが、同時に瑣事に近いそのたぐいの問題をいくら問いつめたとしても、そもそも同性愛者全般にわたる問題とは何なのかという本質的な問いへの光明が見えにくいのも事実だった。

エイズパニックはその限界を打ち破る事件だった。

皮肉は、エイズがまことに多くの同性愛者を殺したことにある。その一方で、生きている同性愛者に対しては、自分たちの問題を正面切って話す機会を与えたということにある。エイズは同性愛者の宿痾《しゆくあ》であり、同時に、同性愛者がみずからの問題を語るための強力な伴走者でもあった。

エイズパニック以来、同性愛者たちは同性愛の問題をより一般的な話題として語る可能性を手に入れたのだ。エイズは一般社会と同性愛者の社会双方を貫く問題だからだ。そのため、同性愛者はエイズを語ることによって、自分たちの属性である同性愛について語る可能性を手に入れたのである。

それは画期的な転機だった。

同性愛者はそれまでどれほどあがいても、性風俗の枠組をぬきにしてみずからを語ることができなかったからである。もちろん、エイズパニックによって、同性愛者が正面切って発言する機会が十分に与えられたわけではない。それはささやかな可能性にすぎなかった。だが、たとえささやかであるにせよ、本質的な部分において事情はかわった。たとえば、新美は、同性愛者の代表としてエイズ予防法への反対表明を、東京都など公的機関に対して行なうことができるようになった。たとえ人為的に作られた報道にせよ、同性愛者はエイズの認定患者第一号という立場を得ているためである。

また、予防法は感染者一般を囲い込む偏見構造をもっているだけでなく、性行為による感染者、とりわけ同性愛者へのあからさまな蔑視を含んでいるためでもある。予防法は、家庭を持つ異性愛者は、まともな生活環境の中で常識的な性生活を送るが、同性愛者にはいっさいまともな生活がないといった世間の評価を強める役割を果たした。

異性との家庭生活を送らない人々は、もっぱら繁華街で性生活を送る。そして、エイズという汚染を〝まっとうな〟結婚生活を送る人々にまきちらす。このような考えに対して新美たちは初めて反対することができた。それは、彼らが初めて世間に焦点をさだめた攻撃だった。それまで、彼らはとるにたらぬ〝おかま〟として扱われてきた。だが彼らはエイズという契機を得た。そして、その契機によって世論の偏見がきわめて明確になり、彼らは初めて攻撃することを知ったのである。

一九八六年、すでに同性愛者の問題は、二丁目という〝庭〟の内側での問題ではなかった。それは全世界をまきこむエイズ流行という前代未聞の事件を核にはらみ、急激に膨れあがりつつある、時代の課題のひとつだった。そして、新美広というわずか二一歳の高卒の青年は、そのとき時代の課題の一端をたしかに担っていた。


こうして、その年、夏休みの最後の週、初めての出会いが実現した。

その夏の日、朝の五時半に、永田雅司は越谷の自宅で目を覚ました。目覚めた瞬間から緊張で体がこわばっていた。でかける時間になると、普段着からアロハシャツと麻のズボンに着替え、ポケットに工作用のナイフをしのばせた。護身用の武器である。

埼玉県越谷から東京の中野まで、彼を運んでいく電車はまるで大型冷蔵庫のようだった。クーラーが利きすぎていたのだ。だが、永田はその冷気を全身にあびながら汗を流し続けた。

中町駅に着いてからはじめて、自分が今日行くべきところを知らないことに気がついた。

「中野サンプラザというところはどこですか」

通行人をつかまえてこう聞いた。その人は駅前のビルを指さした。永田はビルにたどりつき、六階までエレベーターで昇った。部屋を探しあてたとき、無意識のうちにポケットのナイフを手で探った。扉の把手をしばらく握り、手前に引きあけた。

正面に壇がしつらえてあるのが目に入った。

そこに新美広がいた。


「そのときの僕には明日がなかったんです。そして、突然、明日を与えられたんです。中野で、です。中野で僕の明日はみつかったんです。僕は熱にうかされたようになりました。食べることも忘れ、眠ることも忘れました。何をすることも忘れました。同性愛者として生きることができる。そういう明日があるということに夢中になって、僕は生きることとさえ忘れていました」

一九八六年夏、中野サンプラザでの記憶を、永田雅司はこのように表現する。その日の永田と新美の出会いは、その後に続く主要な同性愛者たちの出会いの口切りだった。

永田は、まさにその扉をあけたのだ。

新美がそのとき中野サンプラザで開いていたのは、エイズ予防法をきっかけとしてグループの改編をはかろうとしていたアカーの会合だ。具体的には、二丁目など繁華街以外での、積極的な仲間集めだ。同性愛者すべてが繁華街に集まるわけではない。会合は、繁華街の存在を知らなかったり、また嫌悪する同性愛者に訴えかける手段のひとつだった。とはいえ、ポケットにナイフをしのばせた永田はそのような事情など知らない。また、サンプラザの会合場所の扉をひらくまで、永田の同性愛者像は実におぞましいものだった。

その会合についてはゲイマガジンの誌上で知った。一〇代から二〇代の若い同性愛者の話し合いの場が、中野サンプラザでひらかれると雑誌にあったのである。永田がそれに参加したいという旨の手紙を出したのは、そのゲイマガジンを信頼したからでも、同性愛者の会合に期待したからでもない。

ゲイマガジンは人一倍潔癖な永田の嫌悪をさそった。なぜ、人間の体をこれほど露悪的に撮影したり表現したりできるものなのか。永田は半裸の体にふんどしをしめて陶酔しきっている男性のヌードを見るたびに、編集者と雑誌の愛読者の正気を疑った。雑誌同様、二丁目もおぞましく、暗く、世にもおそろしい悪所としか思えなかった。

永田は中学のおわり頃、自分の性的指向に気がついた。抽象的な考えが苦手な床屋の息子らしく、彼が自分を同性愛者だと考えたのは友人の一人を強烈に好きになったからである。また女性に対してなんら性的興味が抱けないからである。

ある日、床屋の二階の自室で彼はその友人に抱く感情と対面した。彼は友人を愛していたが、とうていそれを彼に告げるような気分にはならなかった。また、すでに性衝動は覚えていたものの、彼とのセックスを夢見ることもなかった。彼はそのとき、友人との恋愛をどのように展開しようかと悩んでいたのではない。自分が同性に対して持つ不思議な衝動について考えていたのだ。長い逡巡のあと、彼は絶望的にこうつぶやいた。

「僕は、どうもホモとか、おかまとか、同性愛者とか呼ばれるものらしい」

そして彼は、まったく希望のない将来像にむかいあった。次のような将来だ。

「僕は親とは住めない。僕は女装をしなくてはならない。僕は一生、場末《ばすえ》の恐ろしく暗い隅で生きなければならない。友達にも、親戚にも、おふくろにも会うことができずに一人で生き、一人で孤独に死ぬんだ」

彼は実際には女装などしたくもなかった。そもそも女性が疎ましいのだ。繁華街などにも出ていきたくなかった。テレビの特集などで見る二丁目は、いかにもけがらわしい悪徳の街である。暗闇を通して赤外線カメラでとらえられた、二丁目の同性愛者は、画面を通してさえ目を刺すかのような尿臭の漂う片隅で、得体の知れぬ獣の群れのようにうごめいていた。永田はふるえあがった。彼は太陽の下で自然に囲まれてすごすことを愛していた。

だが、永田の持って生まれた過剰なまでに生真面目な性格が、同性愛者として生きるためには、そのような嫌なことを経なくてはならないと思い詰めさせたのである。その思い込みは、かけがえのない母親の期待を裏切る自責的な気分と、なにごとも修業という回路を通さなければものごとを考えることができない職人の卵としての発想の双方から生まれた。

永田にとって、女装をすることや、繁華街に出ることは、大人の同性愛者として生きるために必要な修業を意味した。一人前の床屋になるためにはつらい修業を経験し、うっとうしい人間関係のあれこれを乗り越えなくてはならない。同性愛者になるのもきっと同じことだろう。同じような刻苦勉励を経て、同性愛の少年は、めでたく一人前の同性愛者になるはずだ。

そのような考え方が、いささか滑稽なまでの思い詰めかただとは、まったく考えもしなかった。

彼は唇を噛み、学生服を着て自転車にのり、隣町の本屋まで大嫌いなゲイマガジンの定期購読を頼みに行った。本屋の女店主はさぞ驚いたことだろう。緊張で青ざめた、いかにも真面目そうな制服姿の少年が声を励まして、

「『薔薇族』の定期購読をお願いします」
と頼みにくるのである。
同時に、彼は母親のために立派な床屋にならなくてはと
も思っていた。
高校は普通科に進んだが、卒業後は床屋になるべく、休
みは実技練習に通っている。一族郎党のすべてが床屋でし
められている家に生まれたため、彼は床屋以外の将来を考
えられなかった。だが、その時点で事態は少しかわった。
床屋になる将来と、一人前の同性愛者になる将来が、複線
化したのである。
だが、それは容易に縒《よ》りあわすことのできない二本の線
だった。永田はいかに大人の床屋、大人の同性愛者になる
か考え乱れた。
高校最後の夏休み、中野サンプラザを訪れる前の永田は
すでに正気を保つだけの余裕を持ちかねていた。目の前に
孤立の壁がたちはだかり身動きがとれない。息苦しさは耐
えがたく、何かをしなくてはおかしくなりそうだった。た
とえ、それがどれほどおぞましく、いかがわしい同性愛者
との出会いにおわるとしても、永田は中野サンプラザに行
かざるをえない気分に追い詰められていた。
そして、彼はその部屋で壇上の新美をみつめ、集まった
十数人の聴衆を眺めた。
そこにいるのは、赤外線カメラでとらえられた地の果て
に住む奇態な動物の群れではなかった。彼らは平凡で、あ
えていえば永田自身によく似ていた。普通の風貌と普通の
物腰の青年たちである。
「そりゃ、そうだよな」
永田はひとりごちた。
「そりゃ、そうだ。そういうもんだよな。だって、僕が普
通なんだから、ほかの人だって、そうそうかわっているは
ずがないんだ」

新美は会合なかばで部屋に入ってきた、いかにも若々し
い青年に目をとめた。その青年は、壇上から見ていてもわ
かるほど興奮している。パネリストであるか否かにかかわ
らず、会場の誰かがしゃべると、一言一句聞き逃すまいと、
話し手を注目する。彼の表情は必死でもあり、また夢見心
地でもあった。無意識のうちに何度もあいづちをうってい
た。
あいつを会合のあとの飲み会に誘ってみよう。どうも縁
がありそうだ。新美は決めた。
彼はすでに各地の同性愛者のグループや、同性愛者によ
って構成される国際組織の日本支部とも連絡をとりあうよ
うになっていた。これら同性愛者のグループは、予防法に
反対の立場をとる医師や他の民間グループと提携して、政
治家への働きかけや行政組織への陳情活動などをすすめて

いる。日本にとってのエイズ元年は、この国の同性愛者にとっても、集団化、顕在化の元年でもあった。

それまで公共の施設を借りて会合を開くことなど夢想だにしなかった同性愛者は、すでにこのような会合を通じてメンバー作りに手を染め始めたのである。

だが、それは容易なこころみではなかった。二丁目以外で同性愛者を集める試みは、だいたいにおいて流産しがちだった。

理由はいったい何だったか。

一九六五年生まれの新美に次のような反省が浮かんだはずもないが、それは組織作りの方法があまりにも古臭かったからではないか。そう私は推測している。

そのような会合では、活動家と呼ばれる人々が、自由や闘争、人権、革命、性解放といった七〇年代用語を駆使して、集まった人々をアジテートしたが、〝政治の季節〟から二〇年を経た一九八〇年代おわりにおいて、そのような方法と用語によって、みずからの鬱勃とした不満を概念化したいと望む若者は、おそらく少ない。

時代は、すでに活動家に学校の校門近くで呼び止められ、喫茶店で〝世の中の矛盾と不正〟について高い調子で〝オルグ〟されるときをすぎている。社会矛盾に抗議するためにデモしなくてはいけないと熱狂するようなナイーブさは、金融緩和政策によってだぶつく〝バブル〟な円の全盛のさなかで、経済的豊かさを背景として個人的趣味に自閉する八〇年代の若者にはもっとも乏しい資質だった。

さらに、同性愛の問題は世の中の大勢にとって、大上段から語りにくい問題でもある。同性愛の問題は、いわば日本の中で多数派と少数派がいかにおりあっていけばよいのかという、きわめて地味な問いだ。問題の設定がそもそも大勢の熱狂を呼びにくいだけでなく、無前提にその問題に共感をしめす人々が、世の中の絶対少数だという難点がある。

つまり、これは政治の腐敗や財界の犯罪といった、いかにも抗議の大義名分をもぎとりやすい問題ではないのだ。

そのような事情に対して、抽象に偏りがちな論旨と政治用語で〝オルグ〟するやりかたは有効ではなかった。同性愛者差別を声高に訴える活動家を前にして、自分たちが受けている差別とはいったいなんだろうと会衆はとまどった。同性愛者の権利とは、いったいどのような人が何を行なうための権利なのかと、かなり意識的な同性愛者でさえとまどった。

新美は、そのなかにおいて次第にユニークな方法を生みだしつつあった。彼は同性愛について、他の日本人同性愛者と同様、日本語から学ぶことができず、しかたなく英語文献を苦労して読み下すことによって知識を得ていたものの、本来およそ抽象的な思考になじまない人物である。

そのため、彼は会合を開くにあたって、自分の身丈にあわない抽象論をかわすことを避け、同性愛者であれば誰もが黙秘できない現実について、それぞれが否応なく話し出さざるをえない場をもうけようと考えた。そして、そこにやってきた人たちのなかで、自分の仲間としてやっていけそうな人に声をかければよい。

新美は、会合においても、きわめて身近な話題をテーマに選んだ。彼は、社会正義の実現を企てていたわけではなく、むしろただ素朴に仲間と呼べる人々を求めていただけなのだ。同性愛者の集団にひとつの社会性を持たせることが、彼が半分無意識で求めた目的だった。

そして、永田が新美に出会ったとき、彼が設定したパネルディスカッションのテーマはこのようなものだった。

新宿二丁目とあなたはどうつきあっていますか？

二丁目でどのような経験をしたかという話題から、その会合は始まった。

そして、永田は会合がおわりに近づいた頃、何かを話さなくてはならないという欲求に、やみくもにかられた。同性愛者として話したことは今までない。今がそのときだろう。部屋の扉を引きあけた瞬間からつづいていた興奮が彼の背中を押すことになった。

「二丁目については」

永田は立ち上がって言った。

彼はそのとき、一年前に初めて二丁目を訪れたとき、ふと誘われるがままにアパートまでついていった中年男性のことを思い浮かべた。その男性はアパートでたくさんのクラシックのレコードを聞かせた。いわれるがままにレコードに耳を傾け、数時間じっと座っているうちに、おそらく、自分はクラシックさえしらない無教養な少年だと思われたのだろうと永田は感じ始めた。たしかに教養はないが、あからさまに馬鹿にされて平気というほどではない。一七歳の永田は歯がみをした。そして、いとまごいを告げるきっかけを必死に探し、外が薄暗くなるのを待って、ようやく、帰りますと言い出した。

「なんで、帰るんだ」

アパートの主は驚いて言った。

「あの、申し訳ないけれども、とにかく帰りたいので」

永田が再び言うと、彼はふと薄笑いを浮かべた。そして、ディズニーランドで売っていたという、顔面ほどの大きさがあるスティックつきのキャンディーを永田にもたせた。

帰り道、永田は、そのキャンディーの意味について考え続けた。そして、ひとつの結論に至った。つまるところ子供扱いされたわけだ。レコード鑑賞のあとにひかえているセックスに耐えられないほどうぶな坊やだと思われたにちがいない。

永田はたしかに繊細な風貌の持ち主ではあったが、子供だましの飴を貰って喜ぶような男ではなかった。彼は噴き出すような屈辱感とともにキャンディーを駅のゴミ箱に捨てた。

中野サンプラザの会場で話し始めた永田は、そのときの屈辱の記憶につきうごかされていた。

「つまり、必要なのはきちんと見ることだと思います。何かをやるか、やらないかではなく、それが、自分にとってどのようなものなのか、他人にとってはどうあれ、自分はそれをどう思うのか、そのことについての十分な分析と理解がなくてはふれてはいけない場所。それが二丁目なのだと思います。

誰よりも真剣で慎重な人、大人の力をそなえたと信じられる人が二丁目に行くべきなのだと思います。

もし、自分がまだその力を得ていないと思うなら、二丁目に行く必要はないです。二丁目に行くことが大人になることじゃないです。逆なのです。大人になって、その上でなお二丁目のような場所が必要ならいけばよいんです。若い人が背伸びして大人になるために二丁目に行くのは、原因と目的をとりちがえているだけだと思います」

一時間後、新美は壇上から下りて、永田に話しかけた。一重の切れ長の目を見開いて体をこわばらせている永田の気持ちをほぐすように穏やかな笑顔を浮かべた。新美は微笑むと、それまでのこわもてぶりから、一転、ひきこまれるような優しい表情にかわる。

「このあと、少しお酒を飲んだりして、もっとリラックスした話をするんだけど、あなた、一緒にきませんか? お酒を飲めない年なら、普通の飲み物もあるだろうし、どうですか、もう少し一緒にいませんか?」

永田は、その会合を通して、新美とはなんと不躾な男だろうと思っていた。

その青年の態度は、ほとんど粗暴といってよかった。彼はつねに攻撃的なしゃべりかたでものをいうだけではない。新美は抽象論を毛嫌いした。同性愛を文芸の問題として潤色したり、同性愛者の問題解決を社会正義の実現としてとらえる優等生的な意見が出ると、不躾な彼は、主催者であるにもかかわらず露骨に舌打ちをした。気に入らないときには机を爪先で蹴った。

新美の粗暴はなかば演出だった。彼は、それまでの会合で、同性愛者自身が、ともすれば同性愛の生々しい現実から目をそらせるために抽象論に逃げ込みがちであることを知っていた。そして、抽象に逃避したら最後、けっして前向きな解決の糸口が見出せなくなることも知っていた。

同性愛をエロティシズムの問題としてとらえるのはひとつの論点だが、それは、男の同性愛者が同居のためのアパートを借りるのがなぜ至難の技なのかと分析する役にはたたない。日本にはなぜ正義や平等といった規範が根づかないのか、という議論は政治の腐敗構造を分析するうえでは有効だろうが、なぜ酒好きでもない自分が同性愛者に会うためには繁華街をうろつかざるをえないのかという問いに答えを与えることはできない。また、同性愛はそれぞれの同性愛者に固有の問題なので、話し合いなど不可能だとシニカルに考えることは自由だが、それならなぜ、このような会合に毎回、緊張しきった、永田のような青年があらわれるのか解釈できまい。

　同性愛に対する論や思想が不要だということではない。それはおおいに必要だろう。また、社会制度の充実がすべてを解決するわけでもない。たとえば、将来、同性愛者世帯への年金制度がひかれることがあっても、なお同性愛者はさまざまな独自の苦悩をかかえこみ、年金は経済的問題以外の悩みを癒すことはないだろう。

　だが、同性愛の問題を考えるとき、それはどこから始められるべきか。新美は、それはまず、現実の直視からだと実感していた。現実の把握なしには、すべての論はすみやかに空虚になる。そして、空虚な論をみんなで弄《もてあそ》んだあとには、より深い失望と孤立感が残されるだけなのだ。論は必要だ。思想も必要である。しかしそれは現実という手強い相手と切りむすんでこそ、豊かなみのりを得られるものではないのか。

　だから、新美は話し合いが空論に傾きかけると、即座に舌打ちをした。現実から目をそらさせようという気配を感じると机を蹴った。その威嚇のもとに、同席者を直視しがたい自分たちの現実にひきもどそうと企んだのである。

　自分たちは社会のなかでどのような存在なのか。その点にまず目をむけさせなくてはだめだ。それが新美の実感だった。自分たちがあきらかに二等の人間としてあしらわれていること。しかもそれを当然のこととして受け入れていることを知らなくては、だれも先に進めないのだ。

　新美の不躾は、このような実感の表現であり、それが永田を驚嘆させた。新美のような同性愛者に、それまで会ったことがなかったからである。永田がわずかながら知っている同性愛者は、いちように人当りがよかった。やさしい物腰でものやわらかにふるまった。だが、そのやさしさは、裏面に深い諦観を隠しもっていた。すなわち、同性愛者は世間の日陰者であるという諦観である。

　新美はそのようなやさしさとも諦観とも無縁だった。ただこわもてだった。

「どうですか、このあと、少し一緒にすごしませんか」

　その新美に言われて、永田は宿縁めいたものを予感した。新美が同性愛に対して持つ情熱に自分もまきこまれること。そして、それを自分が望むだろうという予感である。

　その日以来、永田は毎週日曜日になると、同性愛者の国際組織の日本支部が事務所を置くアパートに働きにやってきた。

四谷にあるその事務所は、以後半年間新美と永田の二人によって実質上切り回されることになり、一九八七年三月、永田が高校を卒業した翌日、彼らはそのアパートを出て、自前の事務所に引越しをした。中野にある、異様に日当たりの悪いアパートの一室だ。

引越し前、永田は母に自分が同性愛者であること、今後、新美とともに同性愛者のグループ作りを行なっていきたいと考えていることを話した。

「やっぱり片親だからいけなかったのね。私が育て方をまちがったのね」

母はこう言って泣き、永田は憤然とした。

「僕は、片親の子供として悪口をいわれないように、必死にがんばってきました。母が世間からうしろ指をさされないように誰より努めてきたんです。その母にこんなことを言われるのは心外でした。僕は一挙に心が冷えました。自分の育て方が悪かったと思いたいなら思えばいい。僕はそう思って家を出ました」

そして、家賃の安さだけが取り得のその部屋で、新美と永田は共同生活を送っていた。

彼らは恋人になったのか。ちがう。

単なる仕事上の協力者だったのか。これもちがう。

彼らはいわば一体だった。いいかえれば、新美がそれから二年の間に主要な仲間を吸収することができたのは、永田が必要な雑事をすべて肩代りしたからである。もし、永田がいなければ、新美は特異な組織力を持ちながら、早々に燃えつきていただろう。生真面目でおとなしい永田には新美のかわりはできない。だが、彼を組織の中心として機能させる役割については誰にもなしえないことをやりとげた。単純にして退屈な事務作業を繰り返して、けっして諦めなかったのである。

高校を卒業したばかりの永田は、時間を大幅に割かなくてはならない床屋修業はとりあえず避け、虎ノ門の喫茶店ウェイターのアルバイトを始めた。そして夕方事務所に戻ると、連絡事務や電話のカウンセリング、また全国から寄せられる相談の手紙の処理に忙殺された。永田は毎日、ほんの数時間の睡眠しかとらなかったが、その彼が疲れて眠る早朝、新美はこれまたわずかな睡眠からめざめて新聞配達にでかける。

新美が新聞配達で得た給料はすべて永田に渡った。そして、永田は他のグループとの会合などに忙殺されて、新美にはとうてい手の付けられない事務一切と、二人がかつかつ生きていける程度の家事をひきうけた。

睡眠不足と疲労から、彼らは急激に痩せ細っていった。

疲れのあまり会話もなく、新美と永田は日当たりの悪い一室で短い眠りと単調な作業を繰り返していた。

そして、それから二ヵ月後の五月、新美と永田は上野公園にいた。

その日、公園ではエイズ予防法に反対する複数の市民団体が集会を行ない、ブースを出して公園の散策者にパンフレットなどを配っていた。そして新美も、予防法に反対するグループのひとつとして、『動くゲイとレズビアンの会（通称アカー）』の看板をあげたのである。公園のように誰もが往来する場に、同性愛者という名前がかかげられたのは、おそらくこれが初めてのこころみだっただろう。だが、新美も永田もそれに感動する余裕はない。彼らは連日の激務にやつれはて、永田は高校時代からすでに十キロ近く体重が減り、新美は蒼白な顔色だった。そして彼らが設けたブースは、他の団体に比べていかにも小さくささやかなものである。

ブースの前をおおぜいの人々が通った。何人かは、アカーの看板に目をとめた。しかし、しげしげとみつめる人は少なく、新美たちに話しかける人はさらに少なかった。

だが、新美も永田も気がつかぬうちに、彼らと同年配の一人の大学生が、ブースの前を三回往復していた。

彼はそぞろ歩く人々にまじってめだたず、けして看板を直視することもない。だが、さりげない往来のあいだに、彼はアカーという名前を正確に読み取り、ゲイとレズビアンというカタカナを脳裏に刻み込んでいた。

彼は感動していた。彼は風間孝だった。

高校を卒業して、東京の私立大学に進学した風間は、子供の頃の持味だった闊達さを、さすがに一部失っていた。思春期をむかえて、きわめつきの順応型優等生の風間も、自分が同性愛者という異質だと認めざるをえなかった。だが、家族との深刻な葛藤さえ経験したことのない彼にとって、同性愛者という事実はとうてい素直に受け入れられるものではない。

彼は東京の私立大学での勉強と、その大学に細々ながら命脈を保っていたノンセクトの学生運動に没頭した。彼は、そのうち学生運動にかぎらず、あらゆる差別撤廃を追求する市民運動に親近感をしめした。それらの運動が教える、ほとんど現実から遊離しかかった理想主義的正義追求の姿勢は、明朗な正義漢でありつづけたいと願う同性愛者・風間孝にとって一種の逃げ場でもあった。

彼は、その日も、エイズ予防法に反対する市民運動に興味を持って上野公園を訪れた。人なつこい彼はつねのように一人ではなく、大学の友人と一緒だった。だが、彼の感動をもっともそそったのは、エイズ予防法反対という主張ではなく、アカーがかかげた一枚の看板だった。

公衆の面前で自分たちが同性愛者だと宣言する人たちも

いるのか。

彼は驚いた。そして新美や永田を見た。彼らが自分と同じ普通の風貌の男であることに感動した。

だが、その感動は、いつものように大学の友人と共有できるたぐいのものではなかった。それは、そのとき、風間一人の胸中におさめなくてはならないものだった。


そして七月、中野の事務所に、一人のきわめて内気な男性が永田を訪ねてきた。

「同性愛についての英文資料翻訳のボランティアを募っていると聞きましたが」

男は尋ねた。永田がたしかに募集していると答えると、彼はそれをやってみたいと言った。永田は、最前、ヨーロッパで行なわれた同性愛者の国際団体による会議の議事録を渡して翻訳してみてくださいと促した。男は言葉少なにうなずくと資料を持ち帰った。

一〇日あまりのち、永田に返された彼の翻訳は正確だった。その後、何回にもわたって、新美と永田は彼に翻訳を頼み、彼はいつも無言でうなずくと資料を受け取って帰った。

およそ影の薄いその男は、初めて事務所を訪ねた日、教職員採用の一次試験に合格したところだった。その年の初めから試験勉強に没頭していた彼は、一次試験の合格報を聞いて、ひさしぶりに好きな映画を見に街頭へ出た。好きな英文学の本も久しぶりに買った。そして、ついでに購入したゲイマガジンでアカーが翻訳ボランティアを求めていることを知ったのだ。

彼もまた、エイズパニックをきっかけにして同性愛の問題が、性風俗の枠組を離れて顕在化することがなければ、新美と知りあうことがなかったはずの人物だった。性を卑しむからではない。むしろ、彼は同性愛者との直接的な性生活については他人の力を必要としていなかった。その点では完全な個人主義者だった。

彼がアカーを訪ねたのは、同性愛者のグループが、直接的な性の問題とは関係なく英語翻訳の能力を求めていると知った驚きによった。彼は英語を偏愛していた。同性愛者として、その能力がいかせるとは思いもよらなかったため、アカーがそれを求めていると知って喜んでいた。

神田政典である。

小中学校では機関銃のような女言葉でしゃべりまくって、〝単純カッカ〟とあだなをつけられ、高校時代留学したユタ州で自分が同性愛者であることに気づき、あわや強制送還されそうになった神田の五年後の姿がそれだった。彼はしばらくして、ある私立高校の英語科教員に奉職する。

一〇代を不毛な恋愛の記憶で埋め、そのとき一〇代にまさる孤独な二二歳をむかえていた神田からは、饒舌も、これみよがしな自己主張も表面上影をひそめていた。息さえひっそりと吐くようだった。長身の彼は、学校の教師むきの金縁眼鏡の奥に、実は大変な強気を秘めた明るい色の瞳を隠し、ともすれば毒舌をはきがちな唇をぴったりと閉じ、そのわずかな隙間から小声を漏らして用件を伝えた。

だが、彼は次第に頻繁に事務所を訪れるようになった。そして新美は、この神田という男にはめったなことで私生活のことなど尋ねないほうがよいと直感した。とりあえず彼とは、英文の資料翻訳を仲介にしてつきあったほうがよい。直接接触しようとこころみれば、彼は次の瞬間逃げ去るか、その場に崩れ落ちるかどちらかだろう。あるいは過剰防衛の大爆発をおこすかもしれない。いずれにしても剣呑だ。一〇日に一回ほどの間隔でひっそりと事務所を訪ねてくる彼には、内部によほど大きな傷を負っている気配が濃厚だったのである。

同じ頃、永田は東京で働いている一人のコンピュータープログラマーから手紙を貰った。

アカーとはどのような団体なのだろうか。そのような質問がひかえめに書かれた手紙だった。永田は、ぜひ事務所を訪ねてきて下さいと書いた。だが返事はこなかった。それはよくあることだったので、永田はすぐさま彼のことを忘れた。

だが、手紙の差出人は返事をもらったことを忘れなかった。彼は大石敏寛だった。彼はゲイマガジンでアカーのことを知ったものの、同性愛者の団体というと、どうしてもいかがわしい集団しか思い浮べることができなかった。とくに、それが東京の団体だというところに彼の不信感の根があった。田舎育ちの彼にとって、東京は怖いところだった。そのうえ同性愛者の団体とくれば、連絡をとるなりとんでもない目にあわされそうな気がした。

しかし、大石はアカーという団体の存在を忘れたわけではなかった。

彼は自分がいつかそこを訪ねるだろうと思っていた。今ではないが、いつかだ。礼を失すると思いながら、永田への手紙の返事を書かなかったものの、いつか自分は同性愛の問題にかかわるにちがいない。

八八年の五月、新美たちは東京大学で講演会を開いた。そして、陰鬱な表情の四国なまりの一人の男がこの講演を聞きにきた。永易至文である。

「肌の白い男だな」

永易は新美を見て思った。そして彼がスーツを着ているのを見て、ある感慨を覚えた。

なんと同性愛者もスーツを着るのか。そういう感慨である。

新美は、永田のときと同じように壇上から永易の姿をとらえ、講演がおわったあとで酒にさそった。永易はほとんど無言でついていった。新美は焼鳥屋に入り、永易は呆然とこう思った。

なんと同性愛者はビールを飲み、焼鳥を食べるのか。

彼自身は、その頃、あまりにも強い不適応感に悩み、いっそのこと中国へ留学でもしようかと考えていた。四国の郷里にいるとき、永易の楽しみはラジオで北京放送を傍受することだった。毛沢東に傾倒した時期があった。政治への興味もこの時期に生まれた。永易はどのような問題に対しても、ひたすら思想的に対処しようとしていた。

その彼にとって、ビールを飲み、焼鳥の串をくわえる同性愛者は衝撃だった。彼は初めて、同性愛者の日常を見たのだ。

彼は、それからアカーのもっとも無口な一員となった。だが新美は、永易のあまりにも暗い目つきを見て、正直なところ彼がまともに社会にむかいあえるのだろうかと、何度もあやぶんだ。

そして、古野はまだ他の同性愛者の誰にも会わず、両親が強いる、〝正しい暮し〟と、同性愛者である自分の現実との間にはさまれて立往生していた。彼は私立大学に進み、誰かを好きになりたいと思っていた。だが、文学青年の古野は現実面での積極性をもてず、ただ何か予想もしない境遇がふりかかってきて、気弱な自分が一変することを夢想するだけだった。実際には、それは、二年後に到来するアカーとの出会いであり、また、新美広という男との出会いだったが、そのときの古野は、もちろん何も予感してはいなかった。

エイズは、こうして新美の前にいくばくかの道をひらいた。

それまで彼と無関係であり、またエイズパニック以降でなければ知りあわなかったであろう同性愛者が新美の前を往来したのである。彼らはいちように、グループのリーダーとしての新美の特性に瞠目した。それは必ずしもリーダーシップの高さに対してではない。アカーのような、いわゆる〝市民運動団体〟を引率する人物としての特異さ、あえていえば異質に対してである。

新美はまったくステレオタイプではなかった。いわゆる良識派ではなく、市民社会の理想や、草の根からの社会改革などの信奉者ではなかった。そのポーズさえとらなかった。だが、それは彼の関心が異性愛者が多数派を占める社会で、同性愛者はいかに生きるかという一点に絞られていることを考えれば当然のことだ。

たとえば、新美と対照的な〝良識派〟である風間孝は、その理想主義的な考えを推し進めるかぎり、けっして自分が同性愛者であることを前面に押し出すことはなかったはずだ。彼にとっては、同性愛への差別解消は、〝草の根からの社会改革〟がすべて終了し、市民社会が理想とするあらゆる価値観の平等が実現されたあとに結果としてもたらされるはずのものである。

「僕は、本当にそんな夢みたいなことを考えていたんです。すべての価値観の平等が実現すれば同性愛は問題でさえなくなる。そのとき、僕は初めて自由になるとね」

風間は回想する。

「それが夢想にすぎないとは思わなかった、いや、思えなかった。すべての価値観の平準なんていう、現実離れした理想と一体にする以外に自分の同性愛の問題を考えられないのは、要するに自分自身でそれをいかがわしい、直視したくないものだと感じているためだと認めたくなかったわけです。僕は、当時、ほんとうにそんなふうでした」

おそらく、風間がおちいったと同様の思考の筋道によって、同性愛の問題は、いわゆる〝良識派〟の反差別運動からはつねにはじきだされてきたのではないか。環境から動物愛護にいたるまでおよそすべての差別に反対してきた市民運動は、どのような理由からか、これまで同性愛差別だけは、らち外に置いてきた感がある。事実、新美の仲間作りが他の市民団体の援助を受けたことはなく、新美以前に同性愛を主眼に据え、本格的に活動するグループは少なかった。それらの運動はなぜ同性愛については避けて通ったのか。それについての明晰な説明を、私は寡聞にして知らない。

だが、反差別運動が草の根からの改革によって市民社会が理想とするあらゆる価値観の平等を目的としていたなら、同性愛の問題がはじきだされるのは自明のことだと私は思う。

まず、あらゆる価値の平準は、おそらく実現しないと思われるからだ。第一、それは〝市民社会の理想〟とするにはあまりにも過激すぎる目標である。すべての価値観の差異が平らにならされたときとは、すでに国家も文化も消滅した状態だろう。おそらく〝市民〟の大半はそのような事態を喜ぶまい。すなわち、それは達成不可能な目標であり、したがって同性愛差別が結果的に解消されるときも永遠に訪れないということである。

また同性愛者は、圧倒的少数派だからである。いわば、〝草の根〟とはいっても、きわめて狭い範囲の草の根である。社会の構成員一般の幸福追求とは重なりあいにくい。草の根運動の要諦が〝名もないわれわれ〟が社会に対して行なう抗議だとするなら、同性愛者はあまりにも数少ない〝われわれ〟なのである。

同性愛の問題は、一般的な方法によっては陽の目をみない特異な問題だと思わざるをえない。市民運動という優等生の方便めいた抗議に同調し、その行列の最後尾に名を連ねたとしても、出番が訪れる可能性はきわめて少なかった。出番をつかむには、単線的な差別撤廃運動に対して、まったく枠組の違う、あえていえば一種横紙破りの力を加えるようなTPOが必要とされただろう。いいかえれば、ある特異な条件のもとでしか同性愛の問題は、世の中の大半にとって意味を持ちえなかった。

その条件のさいたる例がエイズだった。エイズによって、同性愛の問題は社会正義の実現や価値観の平準といった文脈ではなく、より切実な現実としての突破口を得た。

そしてその突破口の可能性を、ほとんど動物的な勘によってかぎつけたのが新美だ。これまた、まったく市民運動のリーダーに似つかわしくない人物だった。

同性愛はエイズという、時代の〝横紙破り〟によって、その表面に浮上した。そしてエイズがあけた小さな噴出口から、同性愛者は窒息寸前に浮き上がる稀有な可能性をとらえたのである。

そして、新美は、仲間が集まり始めた八六年から八七年にかけて、文字どおり、従来の市民運動の引率者らしくない試みを行なっていた。

彼は、エイズパニック以降の繁華街に沈潜していったのだ。しかも、それはゲイバーやディスコではなかった。彼は、もっとも危険な領域と言われる場所に赴いた。乱交場だ。新美は、そこにある事実を探しにいったのだ。

なぜエイズ以後も、実質上、繁華街で〝人買い〟を行なう男性同性愛者がまったく減らないのか。その理由を探しに彼はそこへ赴いた。

ところで男性同性愛者はエイズ検査に対してきわめて拒否感が高いことが知られている。エイズ予防法のような、検査による情報が一部、上部行政機関に強制伝達される場合になると、エイズ検査を受けると表明する同性愛者はわずか三〇%だ。同じ問いに対する異性愛者の男性の回答は九〇%、女性も同じ九〇%。情報が行政に伝えられなければ検査を受けると答えた同性愛者は六〇%。これは、医学専門雑誌『ランセット』の調査である。ちなみに、同性愛者の拒否率は、血友病患者、性産業従事者と同じ。つまり、もっとも罹患の危険が高いグループほど、検査は受けたがらない傾向にあるわけだ。

それはなぜか。そして、いくらエイズの恐ろしさが訴えられても、繁華街の男性同性愛者はなぜ性生活をかえないのか。そもそもなぜ彼らは繁華街で、乱交場で性を消費するのか。新美はそれを身をもって体験しようとしていた。

彼はふたたび〝たけし〟となって、新宿をはじめとする同性愛者のための風俗街に出ていった。

「繁華街については、どうしようもない街だと思っていました。

いやな街、むかつく街だった。でもね、その街は死人を出す街なんだよね。それは、決定的にまちがいないんですよね。死人はね、この街から出なかったらどこからも出ないんですよ。そして同性間性行為関連感染者の隣では、異性間性行為関連感染者という死人が出る。それは、二丁目と歌舞伎町が隣りあっていることからだってよくわかるでしょう。日本は、あきらかに死人を生みだす街をもっているんだよ。それを無視しては、同性愛の問題も語れないし、エイズについても語れない。

繁華街というものは、どれほどエイズの恐怖を訴えてもけっして反省しない人々の群れらしい。では、どうして反省しないのか。本当のところは自分で確かめなくちゃ、わからないじゃないですか」

新美自身、かつては繁華街の住人だった。〝たけし〟のかつての隣人は、本当に、エイズという感染症の危険について周知徹底されてもまったく行動形態をかえないのだろうか。そもそもエイズについて、どのように思っているのだろうか。

一九八七年から八八年の一年間にかけて、新美は東京の風俗営業界をのきなみ歩き回った。

ゲイバーについては、〝たけし〟時代によく知っている。新美は、より直接的な性交渉の場——乱交場——に身を投じた。都内に五〜六軒あるサウナと、同程度の軒数をかぞえる旅館である。アメリカでエイズが蔓延しはじめたのも、このような同性愛者の乱交場からであった。それは、まさに死人を生む街の暗渠といえた。

彼は一人の若い客としてその場に赴き、服を脱いでサウナに入った。おおぜいの人々の誘いをおおむね断りつつ話をし、そのうちの何人かには自分がなぜ乱交場にきたかを語って、別の日に話を聞いた。そして、新美自身が性的興味を抱いたわずかな例外に関しては、乱交場から引き離したあとに何回かのセックスを持った。

一年間、そのような経験を重ねた上での結論はどうだったか。

「乱交はなぜ必要になるのか。同性愛者を死ぬほど憎んでいる同性愛者がいるからです。自分自身が同性愛者であることを深く憎む同性愛者がいるからです。そういう人々は、自分以外の同性愛者の顔も見たくない。話もしたくない。一緒に酒を飲むなどまっぴらです。しかし、セックスはどうしても処理しなくてはならない。乱交場は、そういう人たちに適しているんです。暗い室内で誰とも喋らずにセックスだけはできるからね。

乱交場では、極端なことを言えばみんながみんなの顔を見ることを嫌っているんです」

だが、自分の本質である同性愛を憎悪しつつセックスするつけは大きい。

エイズはもっとも大きなつけだが、それだけではないことを、新美はまさに肌で知った。

彼は、たった一年で、エイズをのぞくさまざまな性行為感染症を患ったのである。クラミジアであり、非淋菌性カイセンだ。毛ジラミや尿道炎もわずらった。それは性交からだけではなく、乱交場の不衛生なタオルやサウナで一眠りするさいにかぶる毛布などからうつり、新美を苦しめた。会話と酒と同性愛者を嫌う人々が集まる同性愛者の風俗店には、人々の会話の不毛を補うかのように、性行為による感染症が蔓延していたのだ。

新美は、そのほとんどすべてに罹患して苦しみ、とくに、非淋菌性カイセンには長く悩まされた。その感染症は手指の股を中心にした気も狂わんばかりのむずがゆさで患者を苦しめる。

新美は実感した。

「カイセンでさえ、これだけ苦しむのだから、誰もエイズに罹ってよかったとは思わないだろう」

繁華街にはときおり、むやみと勇ましい発言をする人々がいる。

どう生きても一生なのだからエイズも怖くはない。その人たちはこう言うのだ。どうせ同性愛者なんて日陰者なんだから、やりたいことをやってエイズに罹ってもしょうがない。そして、こうも言う。罹ったなら、どうせ死ぬんだから、いまさら検査なんてしても意味がない。

この発言は、HIVの検査を拒否する理由の最大のものだ。新美はそれを端的に断罪する。

「そんなの嘘です。嘘、大嘘だ」

エイズを得て本望な人はいない。繁華街の乱交場でも、みんなエイズを恐れていた。恐れながら、もっとも危険な行為をやめられないのだ。エイズが自分一人だけはよけてくれるように空しく願いながら乱交場に集まってくるのだ。同性愛者を厭い、自らを呪う荒涼とした孤独のもとに彼らはエイズの至近距離まで近づく。

彼らは誰も愛さない。自分も他人もだ。彼らは諦観と憎悪の中で、日々、HIV感染のロシアンルーレットを行なっている。そして、病気に対する恐怖感は、発病する時点まで一見楽観的な自棄の底に隠されたままだ。エイズとは、また性病とは、これほどたやすく人間の性行動に食い込み、食い荒す病気なのである。

しかも、性行為感染症は実に治しにくい。

そもそも、こういった感染症をあつかう病院が少ないのだ。新美は、非淋菌性カイセンという、性病としてはさほど深刻ではない症状を治療する病院を探して一年間を費やした。五回目に訪ねた病院での治療だった。

そしてカイセンが完治した八八年春、新美はエイズ抗体検査を初めて受けた。カイセンに悩まされたのなら、当然、エイズにとりつかれる可能性もある。初めて新美は恐怖に駆られた。思えば、エイズ予防法反対の活動をしている当の人物が、それまで本気で検査を考えないほうが不思議なようだが、新美はその点では繁華街に遊ぶ人々と似た心理状態にあったといえるだろう。

「結局、同性愛者に日常がないことが問題なんですよ。繁華街でしか性生活を送れない人というのは、一言でいえば日常のない人々なんです。日常生活に性を持ち込めないから繁華街に出てくる。そして、どれほど脅されても行動を改めない。繁華街以外に性生活の場がないのだから、それを改めたら性行為をあきらめる以外にないからね。だから、エイズの検査についてもまったく積極的ではないんです」

彼自身の検査は陰性だった。検査を受けた時点で、彼は陽性をなかば覚悟していた。結果を聞いて、彼は自分が意外にも強運だったことを知った。

その強運のもとで、新美はエイズについていくつかの事実を得た。

ひとつは、それを予防啓蒙しようとする人も、それに感染する危険のある人も、双方がエイズという病気について圧倒的に無知だということだ。

もうひとつは、エイズは人間相互の孤絶に住みつく病だということである。

八八年晩夏。

アカーを始めとする、エイズ予防法反対諸団体の活動は流産した。

エイズ予防法が国会を通り、翌年施行されるはこびとなったのである。

新美と永田は、しばらくのあいだ放心してすごした。

永田の体重は四〇キロ台に落ちていた。

さらに、追い討ちをかけるように、彼は職場を追われた。彼は当時、ある企業の支社に準社員扱いで就職していた。真面目な働きぶりなので、まもなく正社員に昇格する内約ができていた。

だが、あるテレビ番組がその可能性を閉ざした。予防法成立直前に、永田は予防法関連のテレビ番組への出演を求められた。法制化反対の立場をとる市民団体の一員としての出演だ。彼は番組に出て、同性愛者がなぜ予防法に反対するのかを説明した。

職場の空気の変化を、彼が察知したのは翌週だ。番組以来、誰も昼食に行こうと誘わないことに永田は気がついた。食堂に行くたびに、そそくさと席をたつ同僚が目立つようになった。仕事中、誰も彼と話さなくなった。そのうち、永田は自分がエイズ患者だと噂されていることを知った。

つまりこういうことだ。同僚の何人かが、予防法に反対する同性愛者のグループの代表として彼が出演したテレビ番組を見たのである。そして同僚たちは、次の二点から永田自身がエイズ患者であると短絡した。すなわち、永田が同性愛者であること。内容はわからないものの、ともかくエイズに関するコメントを出していたこと。

しばらくすると、同僚たちはあからさまに彼と一緒に仕事をしたがらなくなった。同性愛者の永田の近くに寄ればエイズがうつると恐れたのだろう。そのように永田は分析している。

そして、ついに彼の問題は本社で行なわれる総括本部会の議題になった。

永田は本社に呼ばれ、七、八人の本部長の前でアカーの活動内容と、予防法についての対応を説明した。同性愛者ではあるが、HIVの感染など無根拠な噂にすぎないこと。そもそも、同性愛者と聞けばすぐエイズ患者だときめつけるのは偏見以外のなにものでもないことも付け加えた。

二〇歳の青年としては整然とした説明だった。その説明の前に会議の参加者は無言だった。全員が苦り切った表情を浮かべていたことを永田は記憶している。

彼はそのまま支社に帰されたが、数日後、一人の現場主任に酒を誘われた。

主任は異様ににこやかだった。永田がなにごとかといぶかっていると、彼は永田が行なっているという活動について教えてほしいと切り出した。彼がそれ以前に興味を見せたことはない。また、永田もアカーやエイズ予防法について会話した覚えもないので、彼が、過日、本社で行なわれた会議から知識を仕入れたことはあきらかだった。

永田は本部長たちの前で話したとおりのことを、彼に説明した。なんであれ興味をもってくれたのはありがたいし、このさい、エイズ患者だという噂を否定しておきたかったのである。

主任は、永田の説明にいちいちうなずき、たしかに最近、君について心ない噂がある、気の毒なことだと慰めた。永田は、職場の中にもようやく理解者ができたことを確信してほっとした。だから、主任が続けて次のように言い出したとき、永田は耳を疑った。

「噂については、僕自身はまったく嘘だと思っているし、同性愛者だということもたいした問題とは思わない。本当は、職場のみんなも君のことを特別な目で見ているわけではないんだよ。

でも、社外の人は違うからね。マスコミとか、外の人たちが、もし君のことを知ったら、会社のイメージはまるつぶれなんだよ」

ほら、写真週刊誌とか、そういった類のマスコミさ。ああいった連中が会社にやってきたら困るじゃないか。お客さんだって逃げてしまうだろうしね。主任はあくまでもにこやかに語った。

「個人的には気の毒だと思うが、外の人たちに、いちいち説明してまわるわけにもいかないだろう。だいたい、うちは接客の商売だから、こういった噂が一番怖いわけだよ」

彼は永田に実質上の退職を促したのである。

さっきの説明を理解したのではなかったのか。永田は呆然と彼の顔をみつめた。ついで、背筋が凍った。主任はただ、解雇をいいわたすためだけに彼を酒に誘ったのだ。活動内容を聞きたいというのは、単なる前置きにすぎなかったわけだ。そして、その解雇は、あきらかに本社から指示されたものにちがいない。永田は確信した。総括本部会に呼ばれたことと、今、主任が彼に退職を勧めていることが無関係とはとうてい思えない。

「僕たちは、本当のところ、なんとも思っていないんだ。同性愛だって差別するわけじゃない。人間、何をやっても自由だしな。だが、実際、君だって今の職場の雰囲気だとやりにくいだろうし働きにくいだろう。君のためにも退職したほうがいいと思うんだ」

主任は永田が手に持ったままの杯に酒をつぎたした。おい、呑めよと促した。永田は機械的に杯を口に運んだ。数日後、永田は退職した。

彼はこの経験によって、異性愛者の社会の中で生きる自信を失った。社会経験の乏しい永田はそれまで、ともに仕事するのに異性愛者と同性愛者の別はないと思っていた。実際、自由な雰囲気の職場で、先輩社員には何人か心を許せる人もいた。エイズ予防法反対キャンペーンに参加しているところが、テレビに映されるくらい、自分の仕事場にとってはどれほどのこともないと信じていた。

永田は退職後しばらく人を恐れた。同僚が誰一人いない職場がないものかと祈りながらアルバイト雑誌を繰り、結局、床屋の修業を再開することに決めた。手に職がつけば一人きりで商売もできる。彼は心中の怯えをかくして青山にある床屋に見習いとして通い始めた。


永田にとっても新美にとっても、八〇年代おわりはけっしてよい季節ではなかった。失業の不安と、社会からの孤立と、エイズの恐怖に怯え、世間に対してはかたくなな不信感を抱いていた。

彼らは中野の日当たりの悪いアパートの一室で、エイズ以降の同性愛の可能性についてときおり考えた。考えは否定的な方向をむきがちだったが、一方で事務所を訪れる若い同性愛者は増えていった。

神田はあいかわらず翻訳を受け持っていた。高校の教師に職を得た彼は、次第に当初の影の薄さを脱ぎ捨てつつあった。機嫌がよいときには、子供の頃からの〝女言葉〟が機関銃のように口から出るようになった。

風間は一年間迷ったあげく、八七年の五月、上野公園でみかけたアカーという団体に連絡をとろうと決心を固めていた。大石も、一年前に、永田から返事をもらったままだったアカーを訪ねてみようと決めた。

永易は東大の五月祭以来、アカーの集会に顔を出してはいたが、いまだに違和感がとれなかった。大真面目で理想主義的な彼の気質と、新美の現実主義の間には大きなへだたりがあった。また、新宿二丁目や、神田のように〝女言葉〟をしゃべる人々については、実のところ、この世のものとも思えなかった。

永易が想像可能な悪徳とはたったひとつ、ゲイマガジンを買うことだった。彼はすてばちな気分になると、必ずゲイマガジンを買い、それで自分を汚辱の巷に沈めたつもりになった。気を許せる友人も恋人もなく、彼の関心事は、そのときアカーより、八九年夏に企画した中国への留学にむいていた。

同性愛者たちは、中野のアパートでかろうじて交錯したが、いまだに自分たちが出会ったことの意味を知らなかった。

彼らがそれを知るのは一九九一年になってから、すなわち、提訴が成立してからだ。

そして、彼らが一人のHIV感染者と、一人のエイズ患者に出会ってからだ。

大石敏寛と、ジョージ・チョイである。

第五章
僕は神が降臨するのを待っていた

「神さまが降りてくるって、なんです」

新美は混乱していた。動転していた。恐怖していた。この強気な男が、これほど動揺するところを見るのは初めてだった。

彼の動転が一部うつり、私は即答ができなかった。

「降りてくるってなんです。神さまがなぜ降りてくるんです」

私は、新美にもう一度、サンフランシスコからの電話の内容を尋ねた。

新美はわずかにどもりながら、ＧＡＰＡからの電話を繰り返した。

「なんです、いったい」

降臨《こうりん》でしょう。

私は答えた。

キリスト教の神さまは、ある日、空から降りてくるんです。そう言われているんです。空から降りて人々の前に臨む。だから降臨。

「ある日って、いつ」

最後の審判の日。世界がおわる日。神さまが空から降りてきて人間をいい人と悪い人にわける日。いい人に永遠の命を与えて、悪い人には永遠の地獄を与える日。

「どういうことなの」

ジョージ・チョイは世界がおわると信じたんです。

一九九二年九月九日だった。中野のアカーの事務所で、私と向かい合わせに座った新美は暗然と黙った。

つまり、ジョージはもうこの世はおわりだと思ったんです。だから、最後の日、神さまが空から降りてきて、悪い同性愛者のジョージを地獄に落とさないように、同性愛をやめて永遠の命を貰うために空を見上げていたんです。

新美は黙り続け、私は喋り続けた。

「エイズでしょう」

さらに続けた。

「ジョージ、自分が悪い同性愛者だったからエイズになったと思ったんでしょう。同性愛をやめれば、神さまは空から降りてきて、ジョージに新しい人生をくれる。エイズにかからない幸せな人生をくれる。そう思ったんでしょう」

その前日、ＧＡＰＡから新美にかかった電話は、ジョージの身の上におこった事件を伝えるものだった。

ジョージは、その年の春、エイズを発症していた。私たちがサンフランシスコで出会ったとき、すでに彼はＨＩＶ

に感染していたのだ。

かつて、新美は、なぜジョージが末期患者の世話に熱中するかの真意を疑った。それに対してジョージは患者が自分と同じ香港出身の移民だからだと語った。ひとごとではないからだと説明した。むろん嘘ではなかろう。だが、別の意味でも、その患者は彼にとってひとごとではなかった。彼自身が感染者であり、かなり高い確率で、患者と同じ状態を迎える可能性があったからだ。

ジョージの予想は一部あたり、一部はずれた。

彼はたしかに患者と同じような脳中枢をおかすエイズの症状を呈した。

だが、その状態は彼の予想を超えて悪かったのだ。


「神さまが降りてくるのを待っているんだ」

サンフランシスコの下町にある高校のバスケットコートでジョージはこう言ったと、GAPAからの電話は伝えた。

彼は、校庭の隅に膝を抱えて座り込んでいた。痩せてとがった顎をあげて真上をみあげていた。電話はそう言った。

サンフランシスコは一九九二年九月八日の深夜だ。

彼の前にはパトロール中の警官がいた。ジョージはその日、投宿しているホテルを抜け出して姿をくらましていた。エイズを発症した彼は、それまで病院で入院加療していたが、ある程度、症状がおさまると病院は患者に退院を促す。アメリカは絶望的なまでの病院不足状態にある。

ホテルは、病院をていよく追い出されたジョージの当座の居場所として、彼の面倒を見ていたソーシャルワーカーが借りたものだった。ジョージはすでに職業を失い、自宅も引き払っている。両親や兄弟はエイズを恐れて彼に近寄らない。エイズの発症は、かつて新美が羨んだ、彼の日常生活を徹底的に破壊していた。

ソーシャルワーカーは姿をくらましたジョージの捜索願いを出し、多くの人が、サンフランシスコの街路を右往左往して彼を探した。

その一人が彼の前に立っている警官であり、彼はジョージが何を言っているのかさっぱりわからなかった。中国系のその男は、ただ神さまのことしか喋らなかった。地面に座り込み、空を見上げて警官には理解できない神さまの話を繰り返していたのだ。

「神さまが降りてくる。僕は僕の神さまを待っている」

そのバスケットコートは、彼の母校近くにあった。彼が卒業した頃にはまだ治安がよかったが、今では、アメリカの都市としては比較的治安良好といわれるサンフランシスコにおいても物騒な土地柄だとされるところだ。

彼の両親が住む家も、またその近くにあった。サンフランシスコ名物である路面電車の線路沿い、海に近い地域にある、小さなアパートだ。薄く貧しさが漂うその一郭が、彼が生まれ育ち、兄弟たちとともに教育を受けた場所である。そして、今、彼は夜空を見上げていた。誰一人いないバスケットコートで、痩せこけた顔に恍惚の表情を浮かべていた。体重はすでに四〇キロを切り、語ることも、表情も、目の輝きも、彼が尋常な状態ではないことをあらわしていた。

GAPAからの電話は、ジョージが発症後、急速に宗教にのめりこんだことも伝えた。

彼がバスケットコートで呟いていた〝神さま〟は、その宗教の神、すなわちファンダメンタリスト――二〇〇〇年前、旧約聖書に書かれた事柄を忠実に守ろうとする原理主義者――の絶対神である。原理主義者はキリスト教のもっとも保守的な一派であり、聖書が大罪のひとつとした同性愛は最大の禁忌とされる。ちなみに、聖書が同性愛に触れた部分とは、旧約聖書レビ記二〇章一三節。以下のような部分だ。

「女と寝るように男と寝る者は、ふたりとも憎むべきことをしたので、かならず殺されなければならない」

この教えを忠実に守るファンダメンタリストは、同性愛者に対する非公式なテロ集団さえ持つと言われているのだ。

にもかかわらず、ジョージは、自ら望んでファンダメンタリストの教会に駆け込んだとGAPAのメンバーは伝えてきた。教会の牧師は彼に同性愛を禁じた。この世で最大の罪悪は男の裸に欲情することだと言った。もし救われたいのなら、死ぬまで、けっして男を思慕してはいけないと言った。

ファンダメンタリストの牧師としては、そうとしか言いようがなかっただろう。

だが、サンフランシスコにはファンダメンタリスト以外の教会がないわけではない。同性愛者のためにわざわざ門戸を開いたキリスト教団体もあるのだ。なぜ、ジョージは、そこに救いを求めなかったのか。

中国人だからだ。

ファンダメンタリストは、一九二〇年代から三〇年代にかけて、サンフランシスコのチャイナタウンに大々的な布教を行なった。ファンダメンタリストの教会の信徒になることは、中国人移民にとって、キリスト教を文化の支柱とするアメリカの一員になるパスポートだったと語る人は多い。

香港からの移民二世であるジョージ・チョイも、ほかの中国人と同じように、幼い頃には、ファンダメンタリストの教会に通った。牧師は、同性愛という〝罪悪〟にまみれる前の、無垢なジョージを知る人だった。

「地縁というものですよ。

牧師は、彼を小さい頃からよく知っていたんです。彼が同性愛者だと気づく前から、牧師は、チョイ一家の六番目として彼を知っていた。

彼がファンダメンタリストの教会に駆けこんだのは異常な事態ではありませんよ。考えられることです。人間には歴史がある。一人で生まれてきたわけではない。父や母の歴史を背負って生まれてきた。つまりそういうことでしょう」

日系三世のドナルド・マスダはこう解説した。後日、なぜ、よりにもよってファンダメンタリストに拠り所を求めたのかと、私が尋ねたときだ。そのとき、元気だった頃のジョージのふくぶくしい丸顔を思い浮べていた。エイズによってやせこけ、ファンダメンタリストの牧師から同性愛をあきらめよと終日迫られているジョージの顔を、同時に私は想像していた。ドナルドに対する私の口調は詰問に近かったかもしれない。

ドナルドは物理治療士として病院に勤めている。その病院で、患者にもっとも人気のある治療士だという。柔らかい心情と温和な人柄に恵まれた日系アメリカ人である。彼の英語は、中国なまりの強いジョージの英語と違い、きわめてなめらかだ。流暢すぎて私には聞き取りにくい。サンフランシスコに行ったおり、世話好きな彼が話しかけてくれるのに、その言葉がわからず、しばしば聞き返していると、あるとき、温顔というにふさわしい彼の顔が苦痛に歪んだ。なにごとかと思うほどの変化だった。

「キャンプのせいだ」

彼は唐突にそう言った。

「日本語が喋れなくてすまない。日本人なのに、だめなんだ。祖父と祖母は第二次世界大戦中、日本人を敵性外国人として強制的に収容するキャンプに入れられた。祖父母はそれ以来、自分の子孫をアメリカ人にしなくてはならないと思った。

自分の家の中で英語以外を使わせず、日本語は早く忘れるようにと言った。

だから、僕は日本語が喋れない。本当にすまない」

ジョージ・チョイにとってのファンダメンタリストの教会は、つまり、ドナルド・マスダにとっての強制収容所と同じなのだろう。同性愛者であろうと、異性愛者だろうと、人間は誰も歴史からは逃れえない。そういうことなのだろう。

そして、元ファンダメンタリスト教会の信徒、ジョージ・チョイはバスケットコートで、またその後保護されて収容された末期患者の施設でこう言い続けた。

「神さまが、今、降りてくる」

彼は繰り返した。

神さまと約束したんだ。だから、今、降りてくるはずだ。嬉しそうに言った。

そんなふうに気分がいいときもあったが、脳中枢を冒された彼は、ときに暴れ怒号した。

「早く、早く、早く」

彼は大声で叫んだ。

早く弁護士を連れてきてくれ。安楽死するから、その契約書を作るんだ。

いったいどうしたんだと聞かれて、ジョージは答えた。

「神さまが、僕を違う人にしてくれると言ったんだ。今言ったんだ。

だから、安楽死するんだ。

だから、弁護士を呼ぶんだ。安楽死のための契約書だ。もう同性愛はやめるんだ。そしたら、新しい命を与えてくれる。神さまが今そう言ったんだ。

神さまは、だから、今、降りてくるんだ。降りてくるはずなんだ」


「僕は行きたい」

大石敏寛は言った。

「僕は見たい」

そう言った。

ジョージの狂態を聞いたあとだ。

「僕は自分の目で見きわめたい」

一九九二年の九月だ。大石は感染を知って一〇ヵ月目を迎えていた。一九九一年一二月一日、世界エイズデーに検査を受け、その二週間後に感染を知ったのだ。感染と発症の潮目を分けるT細胞値は四〇〇。免疫機能に深く関わるこの細胞の値が二〇〇を切ると、エイズを発症する可能性があると判断される。細胞値四〇〇の大石は今のところ健常者とまったくかわらない。

その彼が言った。

「僕はエイズをちゃんとこの目で見たい」


当初、ジョージのところに行くと言い始めたのは大石ではなく、新美だった。

だが、彼の決意は二転三転した。

行きたいんですか。行きたくないんですか。私は質《ただ》した。

行きたいんですけど……新美は珍しく口ごもり、こう続けた。

「でも、耐えられそうにない」

俺は怖い。俺はわからない。俺は自信がない。痩せ細った末期のジョージを見て、そのあと、飛行機に乗って帰る時間に耐えられるかどうかこころもとない。多分、耐えられないんじゃないかと思う。

「私と一緒だったらどうです」

私は尋ねた。いずれにしても、ジョージの再取材には行くつもりだった。かつて私は、取材開始時に同性愛について無知なままで裁判の経緯は追えないと思った。同じように、エイズに無知なままで現代の同性愛者の問題を理解することも無理だとわかったのだ。

新美はうなずいた。そうだね、きっと一人でいくよりましです。

だが、しばらくたって、彼はこう切り出した。

「でも、どうせ行くのなら大石が行ったほうがいい」

第一、と新美は付け加えた。

「大石がエイズの実態をみたいと思っているなら、やはり、彼が行くべきでしょう。だいたい、大石がそんな意欲を見せることが、俺にしてみれば不思議なんですよ」

新美は苦笑を浮かべていた。

「大石はずっと〝お気楽〟な人生を送ってきて、あいつに関心があるのは遊ぶことと男のことだけだった。だから、俺はあいつが大嫌いだったんですよ。

でも、そのあいつが、今、自分の状態を見きわめようとしているんです。彼を行かせないという手はない」

それに、俺には裁判があるしね。

そうでした、裁判がありましたからね。私も同意した。

裁判は、一九九一年の二月に提訴され、同年五月に初公判が行なわれた。

その頃には、主要な七人の顔ぶれは揃っている。

そして、裁判のきっかけとなった府中での事件は、彼らにとってまさに試金石の役割を果たした。

事件の経過を再度、手短にまとめると次のようになる。

一九九〇年二月一一日、アカーは、東京都教育委員会が管理する、青少年向けの宿泊・学習施設「府中青年の家」を、合宿用に借りた。公共の施設なので賃料が安かったためだ。参加したのは一八名。彼らはバレーボールなどのレクリエーションをしたあと、恒例の学習会と会合を行なった。その日の夕方、当日、青年の家を利用していた四グループのリーダーが集まる会合が持たれ、永田と風間がその席に臨み、アカーが同性愛者の団体であること、同性愛についての学習と差別解消活動を行なっていることを自己紹介がわりに報告した。

そのあと、他団体メンバーからのいやがらせが頻発した。アカーのメンバーは入浴しているところを覗かれ、嘲笑され、会議室の扉を叩かれ、廊下や食堂でホモ、おかまと罵倒された。そのいやがらせは、翌日も続いた。

そこで、アカーは青年の家の事務担当者に、他団体のリーダーと、再度話し合う場を作ってくれるよう頼んだ。

事務担当者は、当初、アカーに協力的だったが、次第に完全に嫌気がさしていることを露骨にしはじめた。彼は、他団体の迷惑になるので、話し合いの時間を割くことを求められないと言い続けたが、アカーは結局、その日の午後、ふたつの団体のリーダーと話し合い、後日、青年の家にあらためて改善策の提示を含めた要求書を手渡そうとしたが拒否された。

翌三月、前回は不在だった青年の家の所長とアカーは要求書についての話し合いを持ったが要求書の受け入れは再度拒否されたのみならず、二カ月後の五月に予定し、三月一日には前もって電話予約をいれていた青年の家の宿泊を断わられた。

宿泊を断わられた理由は、同性愛者は社会的に認知を受けていない、そのため他団体との間で不要な摩擦が生じると運営にさしつかえる、また、同性愛者の存在は青少年の健全育成に悪影響を与える、同性愛者は同室しているだけで、他の人のよけいな想像、すなわち乱交のイメージをかきたてる等である。

アカーは次に青年の家を管轄する教委の事務局である、都教育庁との間でも交渉を持ったが、教委は四月二六日、青年の家と同様の拒否回答を出した。拒否理由は青年の家の秩序を乱すおそれがあり、管理上支障があるためである。

この事件に対する提訴は、二つの側面がある。ひとつは、外に向けて、同性愛者への行政側対応の不当性を問うものだ。

そしてふたつめは、内に向け、若い同性愛者たちに、自分たち自身が同性愛について、また同性愛者として生きる人生についてどのように考えているかを鋭く問うものである。

すなわち世間に流布する同性愛者のステレオタイプに正面から挑戦する気迫を持っているのか。

それとも、多勢に無勢で勝ち目のない争いをするなど野暮だと、再び、同性愛者の持ち分だった諦観に逃げ込むのか。

同性愛者たちはこの二者択一を迫られた。

事件とそれに続く裁判が、彼らにとっての試金石になったとはこういう意味だ。

「僕は、あの事件の当事者でした。でも、ずっとびくびくしていた。青年の家の担当者に抗議しながら、必死でした」

これは風間孝だ。

彼は上野公園でエイズ予防法反対の看板を出していたアカーに、連絡をとるのを一年間躊躇したが、いったん事務所を訪ねてからは活発だった。そして、彼がおりおりに口にする平等主義の建前は、現実に深く傷つき、あらがっているメンバーの反発をよんだ。たとえば、新美や神田などだ。風間はあまりにも世間知らずの優等生だと彼らは批判した。だが、彼は同時にアカー全体にとっては貴重なバランサーの役割を果たした。

何か問題がおこったとき、風間のように建前的な対処を言い出せる人物は、実は少ないのだ。建前が出されて初めて、さまざまな議論はつくされる。数人で始めた当初の時期はともかくとして、すでに定期刊行物の購読申込み者が三〇〇人を数えるようになっていたアカーは、建前を必要とするようになっていた。もし、新美や神田の過激な本音だけに三〇〇人の集団がふりまわされたら、それはひとたまりもなく分解していたことだろう。新美の資質は、世の中の常識を覆し新しいものを作り上げるにはむいている。だが、それを多数の人々の合議によって維持するには適していないのだ。風間こそがその適任者だった。

そして、彼がそのときびくびくしていたのは、彼の〝建前〟が初めて現実の理不尽に出会って怯えたということだ。

「オカマだとか、ホモだとか、ほかのメンバーが罵られたとき、風呂場を覗かれたとき、新美と神田は間髪を入れず激怒しました。

そして、僕はそれにおびえた。そんなふうに怒れなかったからです。

もちろん不愉快だったけど、一拍おいてしか怒れない。瞬間的に激怒できる人を羨みました。自分が建前の一拍をおいて、怒りを演出していることをどうやって悟られないでいられるか。僕は必死だった。なんとか、同性愛者として排除されたことに激怒してみたいと。そう必死で考えていました」

怯えたあまり、まったく無反応だった人もいる。

古野直がそうだ。彼は、事件の半年前にアカーに、正確にいえば、新美広に出会った。

新美は古野が在籍する大学の学園祭のシンポジウムを開催し、古野は一聴衆としてそれに参加し、永田や永易と同様、新美に声をかけられたのだ。そして、その後の会合で、古野は新美との恋愛を直感的に察知した。

古野は、同性愛者としての共感について語るその会合で、実に文学青年らしい発言をしたのだ。

「同性愛者と言ったって、結局個人でしょう。個々の人間どうしなんて、そんなにわかりあえるものですか。同性愛者だろうと、異性愛者だろうと、そもそも他人に共感なんてもてるものですかね」

古野にとって衝撃だったのは、自分を誘った新美広という無愛想な男が、それこそ間髪を入れず、こう答えたことだった。

「私は同性愛者たちに共感を持っています。いつでも持っていましたし、これからも持ちます。その共感をたやさないように具体的に生きています」

古野はそれ以上、話さなかった。話すことができなかった。会合がおわったあとに、彼は外に出ていった。ほかの人々はどうあれ、彼は、ふらふらしていた。同性愛者に対して斜にかえることしかしらなかった彼に、新美の発言は、一種の強烈な殴打だった。

「僕は、やってはいけないことを面白半分にやって、大人に初めて殴られた子供のようだった。子供の世界にとじこもろうとしている意気地なしを、容赦なく殴って外に連れ出す大人に会ったようだった」

ふと目の前を見ると、新美が横断歩道のかたわらで信号がかわるのを待っていた。そして、古野は確信した。

「僕は、この人と恋愛するだろう。この人を好きになるだろう。好きにならなくてはいられないだろう」

それまで一度も、本格的に男性を好きにならなかった古野の、初めての直感だった。

そして、古野は府中で怯えていた。風間と同じようにびくびくしていた。

「いつ、自分のバケの皮がはがれるかと恐怖していました。それまで、自分が同性愛者のくせに同性愛に対していかに軟弱に、気楽に、自分さえよければいいという態度ですごしてきたか。それが、事件をきっかけにみんなにバレたらどうしよう。

いや、新美にバレたらどうしよう。それが本音です。新美に軽蔑されるのが怖かったんです。

ええ、新美が好きでしたから」

傍観していただけの人もいる。大石がそうだ。

「煙草を吸ってましたね。怒っている新美や神田や風間や、そのほかの人を尻目に、みんながかんかんがくがくやっている部屋を出て、通路で煙草を吸ってました」

大石は、煙草を吸う仕草をやってみせる。妙になまめかしい仕草だ。

「〝おねえ〟ですよ」

大石は言う。

〝おねえ〟は、一般的には、女性的な男性同性愛者の形容だが、あえていえば、諦観的な同性愛者の姿そのものでもある。〝おねえ〟は、意識的に女性的なそぶりをし、女性的な言葉を使い、一言でいえば、異性愛の女性より過剰な女っぷりを演出する。同性愛者である自分が、既成の男性社会とは隔絶した人間だと主張するには、もっとも効果的な方法に違いない。

そして、それは、すべての切迫した問題から身をかわす姿勢でもある。

どうせ既成社会ののけものなのだから、まじめな問題について考える義理もない。それが〝おねえ〟の対外態度だ。静岡ののどかな田舎から上京して東京の住人となった大石は、その〝おねえ〟を選択した。ひとつには、きわめて平和主義的な性格のためだ。彼は争いを望まなかった。そして、〝おねえ〟は争いと無縁な人々だった。

もうひとつの理由は、大石がどれほど多くの未知の人とセックスをしようが、心理的には身内の人々との調和以外に自分を外側へ開こうとは思わなかったからだ。〝おねえ〟の態度はいわば周囲の世界に対して、表面上だけ手柔らかく、内実では徹底的に拒否する姿勢だ。女性よりはるかに女っぷりのよい男性同性愛者の〝おねえ〟は、明るく、騒がしく、もの柔らかに、だが、実質上すべてのコミュニケーションを拒否しているのである。

大石は、上京後、積極的にそのような態度をとった。

アカーに参加してからも同じだった。静岡にいたときの自称は、〝僕〟だったが、すでに彼は自分を〝あたし〟と呼び習わしていた。そして、永易や風間がふきかける議論には、一貫してこう言い続けた。

「あたし、そんなむずかしいことわからないわよ」

彼はあながち、本当に事態がわからないわけではなかった。基本的に正しい理解力があった。素朴な使命感もあった。一種の屈折した正義漢だった。むしろ、そのために大石は、〝むずかしいことはわからない〟同性愛者、すなわち、誰からも馬鹿にされ、省みられない諦観的な同性愛者を代弁したのではないか。

〝おねえ〟の態度は、まさに世間の人々が考える〝おかま〟のそれだった。新美は、また風間や永易はそのステレオタイプに反発したが、大石は、むしろそれに同調し、同じ同性愛者からさえまともに扱われない彼らの立場を代弁した。〝おかま〟の、社会に対する屈折した態度を、大石は同じ同性愛者の前でも崩さなかった。その意味では、ずいぶん気丈な男だった。顰蹙《ひんしゅく》をものともしない生真面目な人間でもあった。

そして、彼は、〝おねえ〟として府中でおこった事件に反応した。

「何がおこっても、脚を組んで、煙草をふかして、まったく世の中はいやなものよねえと言ってる。それが僕の態度だったんです。〝おねえ〟なんですよ。たばこの煙と一緒に、すべての真面目な問題を吹き飛ばしてしまう。ふうと煙を吐いて、ほんといやよねえ、こんな世の中なんか。そう言い、でも、いやなことをどうにかしようと思わない。

それが〝おねえ〟です。僕がそうです。いやなことは世間にいろいろあるけど、自分と関わりがあるようなふりはしないで、たばこをふかしていたのが僕です」

事件がおこった日の夕方、彼らは「府中青年の家」の帰途、駅前の喫茶店に立ち寄った。それから三々五々、それぞれの住居に散っていった。

「僕は疲れた、もう家に帰りたい」

古野が、ふたりきりの場面で新美に言った。本当にやつれた表情を見せていた。

「しまった」

新美は悔やんだ。この内気で優しい青年を追いつめてしまったかもしれない。そう後悔した。

古野は前年の秋の大学祭を契機に、アカーの事務を手伝っていた。その時期、事務作業は実質的に古野と新美の二人が処理した。

毎日アパートの一室で事務処理に追われながら、古野は隣に同じ作業に忙殺される新美がいることを励みにしていた。単なる恋愛感情だけではない。古野は、なにかやるべきことをしているという充足感を、新美とともにすごす時間のなかで得ていたのだ。

そして、新美は古野が自分に魅かれていることを、出会ってまもなく察知した。かつて、ピアノを愛する音大生を恋人にしたことでもわかるように、新美は、古野のような自分と異なる資質を持った男を恋愛相手としてもとめる傾向があった。

なにより、古野の受動的な敏感さが、新美の恋人としての資質をみたしていた。

古野は、きわめて感じやすい受動的な男である。彼の感性のアンテナは、他者と触れ合うとき怯えをふくんで繊細に揺れ動いた。古野が望むことは、自分の個性を守りつつ、波風のたたない他者との共存をはたすことである。そして、彼にはその適性があった。他者に対する想像力にすぐれているのだ。その他者が、同性愛者であろうと異性愛者であろうとかわりない。古野は他人の心情に敏感な心優しい男だった。問題は、彼がほどこす想像力や気遣いを、他人はけっして彼に返さないということである。ましてや彼が同性愛者だと判明すれば、多くの人はすべての気遣いを免除されたと感じる。つまり想像力と気遣いの貸借表において、古野はつねに赤字状態なのだった。

新美は、結局、そのような人物を好きになる宿命にあった。彼にとって好ましい他者のイメージは、全身不随の祖母が自分を受容する姿だ。損得抜きに無私の愛情を与える人である。報われることを期待することなく他人を思いやる古野と新美は似合いのカップルといえた。だが、一方、そのような個人的事情だけでは、新美と古野は結びつかなかったにちがいない。

もちろん、新美は古野にひかれた。それは恋愛感情でもあったが、同時にアカーという集団にとって古野のような存在が必要だという予感があった。

「古野がついてこれなければ、誰も結局はついてこれない。そう思いました。

古野は、敏感で繊細で、あえていえば坊っちゃん育ちでひよわだけど、ある意味で頑固な男です。わからないことを、安易にわかると言いませんからね。そこが貴重なんです。わからないけれども、ついていこうという意志そのものが、古野という人間なのです。

もし、そういう人物を切り捨てたなら、俺が始めたことはまちがいだったと思います。同性愛について、わからない、わからないと言い続けながらも考える人を尊重しなければ、それは意味のない活動なのだと思いましたね。だから、古野については個人的に好きだというより、こいつを追いつめてはいけない、こいつを疲れさせてはいけない、その気持ちが一番大きかった。こいつはアカーという集団が正常に機能しているかどうかのバロメーターだ。そのバロメーターを焼き切ってはいけない」

一方、古野は疲れた表情で嘆いた。みんなが前に進もうとしているのに、僕は何もできない。僕は水をさすだけだ。

新美は冷静さをとりつくろった。たいしたことはないさ、という雰囲気でこうなだめた。

「他人の思いって、案外、わからないもんだよ。自分が考えるほど、他人はあんたのことを気にはしてないかもしれない。自分で感じるほど、悪い事態じゃないと思うけど」

なんであれ、これ以上、古野を心理的に追い詰めないようにと新美は内心、必死だった。

最後に古野は思い返した。自分がここにいてよいのか悪いのかわからないけど、やってみるよ、そう言った。

それから二週間ほどたった三月のおわり、古野はあらためてこう尋ねた。

「あなたは、個人的には僕のことをどう思っている?」

新美は、今回はむっとした。なんと手のかかる男だろうと思ったのだ。

彼らは、それまで一度、同じ床で眠ったことがあった。同衾とあえて言わないのは、古野が新美を拒んだからだ。前年のクリスマスの日、終電にのりおくれた古野と新美は事務所の床にふとんを敷いて雑魚寝《ざこね》した。新美は古野の気持ちを確かめようと手をのばしたが、古野は体を固くして拒んだ。ぜったいにいやだ、と古野は言い切った。

「ものすごい口調でしたよ。なにがなんでもいやだって。体が硬直しているから、俺、悪いことをしたなと思ってね。いや、ごめんごめんってすぐ手を引いた。つまり、こいつは、俺には好感を持ってくれてはいるが、性的な関係は持ちたがっていないんだなと納得していた。

そしたら、今度は、どう思っているのかでしょう。俺、むっとしたよ。こいつの文学的なプライドや、なんてんですか、揺れ動く心ってやつですか。そんなものに丁寧につきあうほど、俺、時間がないんだよ。手がかかるやつだなあ、まったく。率直なところそう思いましたよ」

なぜ古野は、クリスマスには〝ぜったいいや〟だったのか。そして、三カ月後には、新美の気待ちを確かめたかったのか。

「パンツ……」

古野は言う。

「パンツが古かったんだよ。あのクリスマスの日。本当のところ、古いパンツを見られるのが恥ずかしかった」

古野は、まるで性情報が遮断されていた時代、初夜の床にむかう処女のような羞恥でこわばっていたのである。

そして、新しいパンツを買った古野は、新美にあらためて自分たちはどのような関係なのだろうと尋ねたのだ。古野にとって、新美への個人としての感情と、同性愛者そのものへ向ける気持ちは、一部で重なり、一部で離れていた。そして重なりあう部分において、それは、きわめて繊細だが幼いところを残した古野を一人前の同性愛者の男として成長させる可能性があった。彼にとっては、新美と恋愛することが同性愛者としての成長を意味したのである。

そして、アカーのもっともひよわなメンバーの一人である古野の可能性は、実は、多くの古野に似た内気な同性愛者の可能性でもあった。誰かを好きになることだけが、自分の世界を外に開く可能性だという人は世の中にたくさんいるのだ。

新美はこう答えた。

「好きだという感情はある。

でも、好きだからと言って、すぐ性的な関係に入ってしまうと、なんだか馴れ合いみたいでいやだ。お互いの気持ちをもう少しためしてから、そんなふうになりたい。セックスはいつでもできる。いつでもできるから、いやなんだ。お互いに求めあって、覚悟を決めたいんだ」

古野はこれにもうなずいた。

どうやら危機は回避されたらしい。新美は胸をなでおろした。

古野の動揺に対して新美があわてたのには、それなりの理由があった。府中での職員とのやりとりは、まさに修羅場だったのだ。とりわけ、新美と神田の激昂ぶりにはただならぬものがあった。新美はかつて都市スラムで育った気の荒い男としての側面をいかんなく見せ、一方、神田は、モルモン教徒であった時代も含め、過去のすべてのトラウマが火を吹いたような勢いで暴発した。

それは古野ならずとも思わずあとずさりをする光景だっただろう。

風間はこう記憶している。

担当者がアカーの要請で、他団体の事情を聞き取りに行き、しばらくのち事務室へ帰ってきたとき、彼はやや恩着せがましい口調でこう言った。

「君たちのおかげで疲れちゃったよ」

疲れたってなんです。それが仕事でしょう。

神田が癇走った声で叫んだ。風間は一瞬、言葉を失った。

「そんなことを言ったら、まとまる話もまとまらなくなる」

そもそも、その担当者には事態を収拾するだけの力も、また立場もないことがあきらかだった。

「彼はただの事務員のおじさんで、そこに、突然、同性愛者の団体なんてものがやってきてしまった。そういうことでしょう。僕は結局、原告代表になりましたし、自分がやっていることを正しいことだと思いますが、一方でその担当者については不運としか言いようがないと思いましたよ」

風間はこう回想する。

事務担当者の不運は、アカーが事情聞き取りを頼みにいったとき、どのような理由からか、彼が安請け合いをした点にもある。その初老の男性は、同性愛などわからないと率直に口にするかわりに、若者のよき理解者のポーズをとった。

「君たちの気持ちはよくわかるよ。僕はずっと差別の問題に関心を寄せてきたからね」

彼はこう言い、新美は内心、しめたと思った。彼の発言を信じたからではない。たとえポーズであろうと、よくわかると言った手前、彼は団体間の調整をせざるをえないだろう。調整がうまくいけばよし、失敗しても悪くはない。それをきっかけに問題を提起できるからだ。

「同性愛の問題がどれほど扱いにくいか、それは俺たちはよくわかっているけれども、異性愛者はそこに困難があるということさえ認めてこなかった。

だから、安請け合いするんです。しかし、安請け合いでもなんでもいい。これは、異性愛者に同性愛の問題の難しさを知らせるいい機会だと思ったね」

案の定、担当者は数件、聞き取りを行なった時点で音《ね》をあげた。

新美の予想はあたったのだ。事務担当者の安請け合いが、裁判にいたるすべての幕をあけた。

以後、提訴にむかうまでは、新美の独壇場といえた。古野をはじめとするアカーのメンバーは彼が異性愛者の権威に対して切るタンカに引率されていたと言ってもよい。

「一生かけて後悔させてやるからな」

都教委に意見書を渡して立ち去るときに、新美はこう言い捨てた。

「てめえの顔、ぜったい忘れねえぞ。覚えてろよ」

教育庁の対応者に対してはこう捨てゼリフをした。

タンカは一方的に切られたわけではない。教委や教育庁の役人は十二分に侮辱的だった。

アカーの弁護士は教育庁の担当課長と直接電話をしたさい、次のような発言を記録している。

「アカーはまじめな団体だと言ってるけど、本当は何をしてる団体かわかりませんよね」

次のような発言もある。

「お風呂で色々あったって言うけど、そっちの方が何かそういうへんなことをしてたんじゃないでしょうかねえ」

青年の家の所長は、以後、アカーの施設利用を拒む表明を行なったさい、同性愛者の性行為について繰り返し、次のように問うた。

「『イミダス』なんかを見ますとね、同性愛者は不特定多数を相手に性行為を行なうという記述があるわけです。それは、どうなんですか。『イミダス』に書いてあるようなことはあるんですか」

彼はその点に執着した。

「あなたたちは、青年の家ではそういうことはないというけれども、それ以外でも性行為がないんですか」

同性愛者であれ、異性愛者であれ、普通、性的に設定された場所でなければ性行為を行なう気にはならないものだ。このような常識的見解は彼の頭には浮かばないようだった。性行為を行なえば〝悪〟、行なわなければ〝善〟という、この二分論の質疑応答の立場をいれかえ、異性愛者が見ず知らずの誰かに執拗にこう問われたら、私たちはどのように答えることだろう。

「あなたはずいぶん真面目なことを言うようですけど、女(男)とセックスはしないんですか。たしかに今はしないようなふりをしているけれども、別の場所でしないという保証があるんですか。女(男)とセックス、するんですか、しないんですか」

失礼ですね、私がセックスをしようがしまいが、あなたにどういう関係があるんですか、私たちはそう言うのではなかろうか。同じように、アカーのメンバーも答えた。そんな質問に答える必要があるんですか。セックスはきわめて個人的な問題じゃないですか。

「それなら、セックスすることはないんですか」

だが、青年の家の所長はさらに言い募った。

「何を考えているんですか。あなたは、同性愛者がふたり集まればつねにセックスをするとでも思ってるんですか」

と問い返されると、次のように続けた。

「そういうことじゃないですよ。だって、(『イミダス』には性交を行なうのは)ふたりとは書いてないから」

〝ふたりとは書いてないから〟という言い方は、つまり、あなたたちはふたりくらいではがまんできないくらいセックスしか考えていないのでしょう、どうせ乱交じゃなくちゃ気がすまないんでしょう、という無根拠な侮辱を伝えるに雄弁だった。

何人かのメンバーは、この侮辱を前に燃え尽きた。侮辱をタンカで切り返すこともできぬまま、自らの内面を怒りでくまなく焼き尽くしたのだ。

たとえば、あらためて青年の家に要求書を持参した日だ。アカーがその模様を撮影したヴィデオには、とくに威嚇的とも思えないメンバーに怒号する職員が記録されている。

「早く玄関からどけといったら。お客さまの邪魔だろうが」

彼はヴィデオの中でこう叫んでいる。

お客さまとはいったい誰のことだろう。青年の家は都民に開放された施設である。その施設でお客さまと尊称される人々は、この状況を考えると、おそらく同性愛者ではない都民のことにちがいない。都民に開放された施設の玄関に同性愛者がたむろすれば〝まともな〟お客さまは青年の家の管理の悪さに眉をひそめる。それは迷惑だ。早く姿を消してくれ。そう言っているのだろう。

「なぜですか。僕らは、ただ所長あての書面を渡しにきただけですよ。暴れているわけでもないのに、どうしてそんなことをするんですか」

職員がメンバーを押し返す画像に、風間の声が重なった。

「だめだ。お前ら、外に出ていけといったら」

職員はしゃにむに腕をふりまわした。

結局、風間は書面を渡すために室内に入ったが、多くの人々は外に押し出された。

彼らは青年の家の外にかたまった。罵言《ばげん》に傷つけられ、言葉にならない怒りを蜃気楼のように漂わせた一群だった。そして、その靄のような怒りを破ってある人が叫んだ。

「ばかやろう」

永田雅司と同じ時期にアカーに参加した人物だ。アカーの初期を支えた一人とも言える。彼は青年の家の職員が閉ざした玄関扉にむかって吠えた。

「ばかやろう」

そして、この日以後、彼はほかのメンバーの前から姿を消した。

ばかやろうという一言が、彼がなしえた世間に対する最初で最後の抗議だったのである。

「燃え尽きるとはこういうことか。そう僕は思いました。ばかやろうと一言言うために、一生をふいにしてしまう人もいる。

彼は必死に生きたのだと思います。必死に同性愛者について考えたのだと思います。しかし、最後には燃え尽きてしまった。もう耐えられなくなった。耐えられないという気持ちを、ばかやろうというひとことに込めたのでしょう。でも、暴発したらそれでおわりなんだよね。そうしみじみ思った。おわったら、どうしようもないんだよね。僕は、彼をみて、そして彼が吠えるように言った〝ばかやろう〟を耳にして、燃え尽きるとはどういうことかがわかりました。

燃え尽きたら負けだ。いなくなったら、何もできない」

その場面を見ていた古野はそう思った。

アカーは、新美のタンカにひっぱられながら、ときに、このような自爆の例も出し、しかし、着実に裁判に向かって進んでいた。

そして、永易至文はその年の四月九日、留学先の大連から大学の寮に帰った。自分用の状差しをのぞくと、アカーという差し出し名で一通のニュースレターが入っていた。封を切ると、府中青年の家とか、都教委との折衝、提訴などの文字が並んでいる。

永易はしばし文面に見入ってから、ひとりごちた。

「なんのことやら」

折衝の、提訴の、という事態は、たしかに彼にとっては、なにがなんのことやらだっただろう。

彼は、アカーの会合に行くようになってからもなお、他の寮生と共用の状差しにアカーからの郵便物が入っているとうろたえた。アカーは、男女の同性愛者グループであることを明記している。それをみとがめられないかと恐れたのだ。

同じように学生運動をしている風間孝には、ほかのメンバーと比べてシンパシーが持てたが、ある街頭デモの中に彼の姿をみかけて、ついに声をかけることができなかった。アカーという同性愛者のグループの中での知り合いであることを公然と認める勇気がなかったのだ。彼は、それにひけめに似た罪悪感をもった。

思えば、アカーに出会う前、彼はきわめてピュリタニックな性道徳観の持ち主だった。アカーに出会ったあと、彼は初めて二丁目という場所のことを聞き及び、同性愛者の売買春の事実を知った。永易にとって、それは一種の異文化障壁だった。彼は同性愛者に性風俗という側面があることさえ考えたことがなかったのである。そして、その異文化を知ったあとでは、それまでの自分は清廉潔白だったのではなく、実は、同性愛者の〝性〟について、目をそらしていたかっただけだと気がつかざるをえなかったのだ。

そもそも鋭敏すぎる自意識の上に、自分は偽善的だというひけめが加わり、彼はほかの同性愛者の前に出ると、気の毒なほど緊張した。

合宿に参加して風呂に入るときなど緊張は最高潮に達した。人前で裸になることへの緊張ではない。寮には共有の風呂しかない。彼は風呂を使うのに躊躇したことなどなく、平気で人の背中を流していたのだ。だが、同性愛者と風呂に入ったとたん、彼は硬直せんばかりに緊張し、腰にタオルをまこうか、まくまいかという単純な選択肢に迷って死なんばかりの思いだった。

「自分の体を、自分のペニスを、いったい人がどう見るんだろう。そう思うと震えがきました」

永易はこう言う。だが彼が恐れたのは、おそらくペニスを見られることではない。彼は自分の偽善を見破られることを恐れたのだ。彼の過敏な自意識は、偽善性が自分の肉体の上に刻印され、今にもそれを他人に指摘、糾弾されるかのように感じて震えたのだろう。

ちなみに、世間に流布している男性同性愛者に対する見方のひとつに、彼らは手当たりしだいに性の相手を求めるというものがある。乱交場などでの事情が影響しているともいいうるが、もっと大きな理由は、男性同性愛者の〝性〟が肛門性交をする人々という以外に、まったく見えない状態になっているからではないか。同じような言い方をすれば、女性同性愛者の〝性〟は、指やバイブレーターや、その他、ペニスの代替物でセックスする人々という以外に、まったく見えない。しかも、その顕在率が男性に比べて低いために、その実態は知るにもあたいしないものとして放置されているのだろう。

ともあれ、たとえば、男性がみんなで入浴するさいに同性愛者がまざっていることがわかると、なぜ恐慌におそわれるかの理由は、彼らの〝性〟のありようがわからないためだと言ってよいのではないか。そのため、それをやたらに一方的な攻撃としてとらえ、過剰防衛を始めるのだ。

「府中青年の家」でおこった事態の本質は、おそらくそこにある。

また後日、都教委が出した、

「同性愛者も宿泊と入浴をせずに、日帰りの利用であれば、これを許可してよい」

という珍妙な妥協案も同じように解釈されるだろう。


風間は、アカーに連絡をとる直前にこのような経験がある。ある晩、彼は大学でもっとも親しかった友人を自宅に泊め、その当時、なにより頭を悩ませていた問題、すなわち、自分が同性愛者であることについて打ち明けた。そのとき、風間が親友だと思っていた男性はどのように言ったか。

「俺、今夜はジーパンはいて寝るよ」

ジーパンをはくとは、風間が知らぬまに彼を押さえつけ、肛門性交を強要することを防ぐという意味合いだろう。

「気持ち悪い。お前、襲ってくるなよな」

彼はそうも言った。そしてジーパンをはき、下半身すなわち肛門への唐突な挿入を防いだまま、まんじりともせず、電車の始発を待って逃げるように立ち去っていったのだ。

友人として築いた信頼関係は、同性愛者という一言で崩れ去った。風間はすでに彼の親友ではなく、寝ている間に体を奪うかもしれない暴漢になりかわったのだ。

同性愛者が性行動においては見境がないという見地とは、たとえばこういうことなのである。

しかし、実際には一般的な家庭に生まれつき、繁華街にとくに興味も好意も抱かない人々は、風呂場であろうと、サウナであろうと、無差別に手を出すどころの騒ぎではない。むしろ、そのときの永易のように、自分が〝性〟を持った同性愛者であること、そして自分の肉体が、まぎれもなく同性愛者の肉体であることさえ受け入れられずにどぎまぎするのだ。

彼らは自分の〝性〟さえまともに受け取れない。そのような彼らが、手当たりしだいにセックスの相手を求められるものだろうか。永易に似た彼ら、性行動についてあまりにも抑制的な同性愛者は、ナイーブな異性愛者が異性の前に全裸をさらす以上に、他の同性愛者を見ただけで異常な緊張状態に置かれるものなのである。

そして、永易は、中国留学を終えて再び、自分に異常な緊張を強いる同性愛者のグループ、アカーが出したニュースレターを読んだ。そして翌五月の連休に、ようやく寮を出て赤羽のアパートに移った彼は、再びアカーに連絡をとった。

提訴を控えて、アカーの会合はきわめて頻繁になっていた。同性愛者でありながら、同性愛者に心を開くことができない永易でさえ、思わず、ひきこまれざるをえないほど多くの会合がひらかれた。

日本の若い同性愛者は、『府中青年の家』での一件以来、これまでの沈黙を破って語り始めた。それは、心の片隅にしまわれた絶望の記憶だったり、また、精神の内奥に針をおろす文学的述懐だったりする。

だが、どのようなものであれ、語ることはひとつの力を持った。

彼らの多くは、それぞれの境遇や考えを、提訴から裁判にいたる時間の中で初めて知ったのだ。

すなわち、提訴という大問題について話し合っているうちに、むしろ個人的な事情のほうがあかされるようになったのだ。同性愛とは何かを、同性愛者が生まれ育った土壌と無関係に語ることは不可能だった。同性愛者自身がその問題を語り合ったことがないため、いわゆる統一見解などはもとよりない。彼らは、あくまでも個別の自分自身から出発して、同性愛者という一般を手探りする以外になかった。

それが結果的に、彼らどうしを初めて知り合いにさせた。個人史について語ることはそのうち、アカーの中で定例化していく。それは、そこにいる全員が同性愛者という共通項を確認する作業でもあったが、同時に、同性愛者とはいえ、自分たちはそれぞれなんと違う個人なのだろうという認識を得る場でもあった。両者はけっして矛盾しなかった。むしろ、彼らが偏狭な教条主義、不毛な理想主義の陥穽におちいらないために必須な作業だった。

彼らのうちのある人は、勝共連合にある時期所属していたと語った。それを聞いたある人は、ぎょっとして、僕は共産党員なんだがな、と言った。俺、実は韓国人、嫌いなんだよね。いつも朝鮮高校のやつらとケンカばかりしてたからさ、とある人が告白すると、隣に座っていたある人が、あの、僕、在日なんだよね、とあかした。

僕、面食いなんだと誰かが言い、馬鹿じゃないの、心はどうしたの、心は、と誰かが切り返す。そして、さらに、僕にも心はある、あるけど面食いなんだ、悪いか、と最前の人物が言い返した。

俺、昔、気に食わないネコを殺したことがある、と誰かが告白すると、ネコをなによりも愛している動物好きの人物が卒倒しかけた。今度中島みゆきの「夜会」に行くんだとある人が楽しそうに言い、別の人が、あんたの趣味を疑うよ、とつぶやいた。

そして、あまりにも傷ましい自意識の持ち主である永易も、すべての人が自分について語るその場に吸い寄せられていった。

「彼は、そのとき、なんといえばいいのか、中国人民そのものみたいな格好をしていましたよ。どこで買ったのかわからない、紺色の服を着てましてね、人民帽みたいなものをかぶっていた記憶さえありますよ。そして、むちゃくちゃ暗い目つきなのに、議論を始めると、とにかく喋る、一方的に喋り続ける。相手が聞いていようといまいと、まったくおかまいなしでしょう。

彼は、たしかに僕と同じように学生運動をしているとはいっても、僕とまったくかけはなれた人物でしたね」

風間は当時の永易について言う。

そして、永易は風間についてこう思っていた。

「どうもスタジアムジャンパーを着て、髪にムースをつけて、学生運動をやっている男というのはなあ、信じられんなあ」

たしかに、風間は派手なスタジアムジャンパーをはおり、髪をムースで整えていた。実は、派手好みだったからではないのだ。風間はアカーのメンバーに一種の、容貌コンプレックスを抱いていた。終始、教条的な平等主義者だったにも似合わず、風間は、当初、同性愛者の団体を美少年の大集団のように思っていた。少女マンガのヒーローのような、瞳に美しい星を映した美少年がとぎれもなく湧いてくるような非現実的な想像にとらわれていたのだ。そして、自分を美貌だとも、社交的だとも思わぬ風間は、その集団において、自分が多少劣る容貌によって排除されるのではないかと、本気で恐れたのである。仲間はずれという事態は、順応をモットーとする彼のもっとも耐えがたいものだった。スタジアムジャンパーも、ムースも、実はそのような事情によって採用された小道具だったのだ。

同じ理想主義者の風間と永易には、そのような食い違いはあったものの、アカーに参加する機会が増えるにつれ、風間は提訴のための訴状作りの中心人物に、また永易は活動記録の文案を作る立場におさまるようになった。

そして、風間は、何度もその立場を放棄したくなった。

同性愛者の共存をめぐって訴えをおこすことなど、誰がやっても疲れ果てる作業だっただろう。彼は、百家争鳴というべき、同性愛者の若者の意見に耳を傾け、それをまとめあげることに、たびたび音をあげそうになった。

他方、永易はつねに陰鬱で、人が聞いていようといまいと突発的に話し始めることはあったが、ならしてみれば言葉は少なかった。他の人々が裁判に向かってスタートを切っているのに、自分は中国から遅れて帰ってきた青年にすぎない。彼はさらなるひけめにさいなまれていた。

彼はうつむいて、会報を作る作業にいそしんだ。それが、彼ができる唯一のことだった。そして、彼は、うつむきながら、こんなことをときおり考えた。

「新美は、なんというか、つまり毛沢東みたいだ。

それから、裁判は彼にとって、人民公社みたいだ」

〝人民公社好《レンミンコンシヤハオ》〟毛主席のこのひとことで、中国農村経済の構造は底辺から変わった。結果的に、人民公社は農村を壊滅的にいためつけたが、あえていえば他に例をみない、まことに革命的な人民公社制が、毛の一言で中国全土に敷かれたのだ。結果は惨憺たるものだったが、発想そのものは、混迷をきわめた中国という大国を、根源的に過激な方法によって建て直そうというものだったはずだ。

そして、新美の切迫感は社会の枠組を変えるという情熱については、まさに人民公社なみに真剣で過激だった。同性愛者の問題とは、単に時間を経れば必然的に解消されるような事柄ではない。これは現実的におこることへの一対《いちたい》一対応《いちたいおう》で切り抜けられぬ問題だ。社会が、異性愛だけを正当とし、それ以外は単なる逸脱とする枠組を持つかぎり無理だ。つまり、構造そのものを変えなくてはならないのだ。それ以外の穏当な抗議は、同性愛については無意味である。

新美はそう感じ、行動している。永易はそう思った。新美は、自分がくつがえそうとしているものの層の厚さを実感として知っていた。それが、正論や建前で歯がたつものではないことをも知っている。

つまり、理論だけで、この世の中の同性愛者の問題に対処できると思ってきた自分たちに対して、新美はだめ、と言ったのではないか。そして、横紙破りであるかもしれないが、裁判という手段に訴えることについて〝好〟と言ったのではないか。

中国から留学を終えたばかりの永易は考えた。新美の牽引力は、その当時、たしかにカリスマ的な強烈さを持っていた。

そして裁判は提訴に向かった。

それはひとつのおわりと、ひとつの始まりを意味した。

おわりは、ほかならぬ新美がアカーではたす、牽引車としての役割の終演である。

府中青年の家でおこった事柄について提訴を行なうことを決めた時点で、新美は表舞台から下りることを覚悟していた。

裁判という公的な手続きにとって、新美はあまりにも欠点が多かった。

彼はかつて二丁目の人気者だったからだ。

〝たけし〟を知る人はおおぜいいる。彼らは、〝たけし〟の恋愛沙汰について、あれこれととりざたするにちがいない。それは、あきらかに裁判にさしつかえる。

「裁判の原告は無垢の人でなくてはならなかったのです。同性愛者は、おおむね、彼らのような人々です。しかし、彼らはそのままでは浮上できなかった。俺のような、たとえば繁華街に生き、同時に市民運動のようなものにもかかわれる人間はとても少ない。俺のような生き方はたしかに非常識でもあるだろうし、自分自身、まったく誉められた話じゃないと思ってる。同性愛者として少数派でもあると思う。

だけどね、この両方を知っている人間がいなければ、他の同性愛者は多分、ものを語れなかった。

繁華街も、裁判もともに男の同性愛者の真実を映す鏡ですけど、そのふたつの世界を両方生きられる人間はまずいない。それが日本の同性愛者の実態なんだと思いますよ。セックスを求めて繁華街に出ていけば、まずまともな日常生活からは遠くなる。かといって、まじめに暮そうとすれば、結局、セックスを諦めなければならなくなる。その二律背反の中で、まるごとの同性愛者についての事情を語れる男は、アカーの中では俺くらいしかなかった。

そして俺は語りました。自分の本分は尽くしました。

だが、なんといっても、俺は裁判などというおおやけの場にはふさわしくない、うしろぐらい、あげあしをとられやすい生き方をしてきました。俺が出ていってはだめなのです。俺をひきずりおろせる人は多すぎるほどいる。俺は他の同性愛者を表に出すためだけに通用する人間なんです」

新美は、裁判が決まった時点から、自分の存在を消そうと努力した。同性愛者は、異性愛者と同じように普通の人としての社会生活を得なくてはならない、というのがアカーの訴えの骨子だが、新美はその原告としてはあまりにも型破りだからだ。彼は繁華街で生き、それなりに媚びを売り他人を裏切りも傷つけもし、さまざまな人と性交渉を行なった。危ないセックスは行なわなかったが、いわゆる道徳清廉主義とは無関係な生き方をしてきた。

「そんな人間が、同性愛者の代表として裁判に出ていったら、同性愛者の悪いステレオタイプをいっそう強めるだけでしょう。

だから、裁判の原告は風間でなくてはならなかった。永田でなくてはならなかった。神田でなくてはならなかった。

なんであれ、俺であってはいけなかったんです。つまり、〝たけし〟はけっして原告になれなかったんですよ」

新美は、他の同年配の同性愛者が提訴の決意を固めるまで、アカーという、ほんの数年前まで得体もしれなかった集団を牽引した。

そして、彼は提訴が近づくにつれ、むしろ、個人的な生活のほうにこもるようになった。彼にとっては、初めて経験する安定した感情生活、すなわち、古野直との恋愛にである。

彼らは、九〇年五月に初めてセックスをした。

それは、彼らに相応の充足感を与えた。

そして、七月にはアカーと大学生活の双方をまっとうできないことを、勤直を旨とする両親にとがめられた古野が家を出てアカーの事務所にころがりこむ。

その年の四月に次男から同性愛者であることを打ち明けられた母は、ある日、たまたま彼が実家に帰ったところをつかまえて詰問しはじめた。そのうち、気分が昂じてそこにあった一斤の食パンの細長い塊りを手にとり、息子の頭を思い切り殴りつけた。

しかし、気質としては繊細かもしれないが、古野はすでにまぎれもない大人の男に成長していた。食パンの塊りで殴られて改心するようなやわな肉体をもたなかった。それどころか、自身はおそらく考えもしなかっただろうが、もし力を奮おうと思えば、並みの体格の男は相手にならないほどの強さをもっていた。ともあれ身長においては大男の部類だろう。少なくともパンで殴られて怯え畏縮するほど幼くはなかった。彼は憤然とし、以後実家によりつかなくなった。

新美は困惑した。それは、たしかに大変なことだった。古野の家出を両手を広げて受け入れるには、中野の事務所は狭すぎる。そもそも家賃はどうなるのだ。新美は途方に暮れていた。

だが、同時に、古野は新美にとって初めてのステディな恋人という新しい経験を運んできた。

「恋愛というものには意味があるなと、俺はそのとき感じました。

恋愛がなければ、人間は、ひとつのことにただひたすら必死になれる。だけど、恋人との関係は、結局あらゆるところにアンテナをはりわたさなくては実現しない。

つきあって三カ月もすると、いったい、なんでこんなやつとつきあっているんだろうと思いましたよ。

たとえば、俺が朝帰りをすると、何してたんだ、とつめよるでしょう。気になって、一晩眠れなかったというでしょう。それを聞くと、しょうがねえなあと思いますよ。でも思う反面、こいつ、ほんとに眠れなかったんだろう、ほんとに、俺が帰ってくることだけを待っていたのだろうと思いましたよ」

　彼は、そのような瑣事に足を取られながら、裁判とは何かを考えた。そして、それはこのような瑣事を含んで、なお大問題に対して前に進んで行く意志なのだと思った。すなわち個人的な事情を、社会的事件と同じ切実さで考える意志なのだと思った。

　そして、彼は、ときどき、深夜、事務所の同じ床に休む古野の寝顔をみつめた。

　実家を離れた古野は、頻繁に悪夢に襲われるようになっていた。

　彼は眠りながら眉根を寄せ、ときにこうつぶやいた。

「あ、差別だ」

「あ、これも差別だ」

　寝苦しそうに頭を転々としている彼を見て、新美は苦笑した。

　なんで、こんなやつ、好きになっちゃったんだろうなあ。

　本当に、お坊っちゃん育ちというか、いい家のお嬢ちゃんみたいだ、こいつ。

　きっと、今まで、こんな狭いところで、他人と肩を寄せ合って眠ることなんてなかったんだろう。生まれて初めて、こんなところで、俺の隣の狭いふとんにつめこまれて、毎日、ものすごくストレスを感じているんだろうな。

　あと、こいつは差別は感じなくてはならないんだ、と必死になってんだろうなあ。それくらい、直接的な暴力とは無縁のところで育ったんだろうなあ。

　へんなやつだ。

　新美はもう一度、寝言を言う古野の顔を見て思った。

　俺、なんで、こんなやつ、好きになっちゃったんだろう。

　同じ頃、大石敏寛は、アカーと縁を切ろうと考えていた。彼は、アカーだけではなく、日本と縁を切ろうとも思っていた。大石は、提訴までに二度、サンフランシスコに行ったことがあった。一度は、東京で通った専門学校の研修旅行、もう一度は個人的な旅行だ。そして今、彼には、二度目の旅行で知りあった、中国系のアメリカ人の恋人ができていた。彼は、さかんにアメリカで一緒に住もうと誘う。大石には珍しく、彼へは家族に似た愛情を持つことができた。彼と築く家庭には、それなりの魅力があった。

　さらに、大石は、裁判をめぐるこむずかしい論争には違和感があった。提訴の直後から、アカーという集団の中で、いったい自分は何ができるというのか、ただのお荷物なのではないかといぶかり案じていた。すでに、あるコンピューターソフト開発会社に就職していたが、裁判の問題と、仕事と、恋人との将来とは、彼の中で相互に結びあうことなく、ばらばらに存在していた。しかし、彼が仕事を本格的に始めた九一年五月には、裁判闘争が本格化する。

「僕の家では、母も姉も含めて、全員が働いていました。ちゃんとした職業を持たずにアルバイトで食いつなぐなんてのは、どんな理由があれ、大石家の人間には考えられない非常識なんです。

だから、僕が同性愛者の裁判にとりくみたいから、せっかく就職した会社をやめるなど言い出したら、家族がどれほど驚くか、悲しむか。

でも、一方で、僕はなんだかこんな気がしたんです。このバスを逃したら、もう自分が乗れるバスはこない。同性愛者の仲間と一緒に乗れるバスは、きっともうこない。

だから、僕は六月に会社をやめました」

彼は人事部長に、僕は同性愛者です、と申し出た。同性愛者の裁判の支援と、仕事はとうてい両立しませんので退社します。こう言った。

それからあとの半年は、大石にとってもっとも不愉快な時間となった。長兄は退社を責め、母は、息子はついに東京でおかしくなってしまったと怯えた。彼は、すでにその年の二月に帰省したさいに母に同性愛者であることを告げている。母は怒った。東京という魔都が、かわいい息子を同性愛者などというものにしてしまったのだ。

さらに、彼は古野とまったく気があわなかった。退社後、彼はアルバイトで食いつなぎながらアカーの事務面に専念したが、同じように作業をしている古野との気持ちのすれちがいは深まるばかりだった。一度なんとか穏やかにものごとをおさめようと、新宿のゲイバーで話し合いを持ったことはあるが、結局、〝おねえ〟の大石と、文学青年である古野とは、とうてい接点をもつことができないということを了解しただけだった。

彼らは、新美をめぐる感情をおいてもそしらぬふりで対立していた。古野は確信的に、そして大石はそこはかとない愛着を新美に感じていた。それは、おそらく、彼らだけの事情ではなかっただろう。提訴に至るまで、新美は抗しがたく強烈な牽引力を、アカーのメンバーの上におよぼした。アカーの主張に同意しながら、新美の力を無視できる人はいなかったはずだ。

にもかかわらず、新美にとって、大石は気に障る存在だった。

たしかに事務作業はまじめだが、大石は提訴についての話し合いには傍観を押し通す。話しあいにはけっして真剣に加わらない。それだけでも気に障るのに、大石はアカーの若いメンバーに人望があった。なにしろ面倒見がよいのだ。大石は難しいことをいわず、他人を攻撃しない。彼は、同性愛者であることにとまどいを感じている気弱な一〇代の少年の庇護者として最適役だった。古野はこう当時を分析する。

「新美は、多分、あのとき大石に嫉妬していたのじゃないでしょうか。

新美は敏感なんですよ。自分の敵になりうるものについてはね。大石は、新美と違う意味で人望があった。力をもっていた。新美は、おそらくそれに嫉妬したんだろうと思いますよ」

さらに、大石は同性愛者の問題をまじめに考えてはいるものの、一方で身になじんだ繁華街での享楽も捨て去ろうとはしなかった。その態度についても新美は嫌った。新美にとって裁判と繁華街はけっして並びたたない。一方をとるなら、他方を捨てるべきなのだ。実際、「府中青年の家」でおこったことを、裁判の場に持ち込むことについては、繁華街に関係する多くの人々が反対していた。

「とくに、ことをあらだてることはないじゃないか」

代表的な意見はこうだ。

「女とケンカして勝ち目はないよ」

そういう人もいる。女というのは、この場合、教育庁の女性担当官のことを言う。

「いいじゃないか。ホモは、地下にもぐっているからホモなんだ。日のあたる場所にはふさわしくないんだよ」

これも、またよく聞かれた見地だ。

そして新美は、かつてのねぐらだった繁華街の論理を徹底して嫌ったが、大石はそれを否定しなかった。いわば是々非々の立場を取り続け、その点においてはきわめて頑固だった。たとえば、提訴に向けてのチラシを二丁目にまきにいこうと誘われたとき、最後まで抵抗したのは大石である。

「二丁目は、僕にとっての庭だから、そこにチラシなどまきにいけない。二丁目は裁判とは別の場所だ」

大石はこう言った。

そして、新美はほとんど嫌悪に満ちた表情で、そのように言う大石をみつめ、楽観的な大石も、さすがに自分が疎まれている雰囲気を感じとった。

「アカーは自分を必要としていない。むしろ邪魔にしている。あえて会社まで退め、裁判の支援に集中しようとしたのに、彼らは僕を必要としていない。

それなら、と僕は思いました。いっそのこと、アメリカに行ってしまおう。どうせ日本にいてもたいして役にたたないんだから、アメリカで恋人と暮すほうがいいかもしれない」

秋口には、彼はアメリカ移住をなかば決めていた。

「なんだよ、裏切り者」

風間は怒鳴った。一人だけアメリカに逃げる気か、となじった。

「お前、アメリカ人にだまされてんだよ。それでもいいっていうならしょうがない。さっさとアメリカにでもどこにでも行けばいいじゃないか」

新美は冷たく言い放った。だまされているとはなんだ、と大石は少なからずむっとしたが、言い返しはしなかった。彼は一見穏やかな風貌と態度からは予想できないほど深く失望していた。自分に対しても、また他の同性愛者に対してもだ。そんな気分の中で、彼は、その年の一二月をむかえた。

一二月一日。世界エイズデーだ。三週間後にはサンフランシスコに行くチケットをすでに手に入れている。

「その日、ええ、晴れでしたね。

事務所に行くと、たまたま会合が重なっていてね。けっこう大勢の人たちが部屋の外にあふれていました。僕に好意を持ってくれる、一〇代の人がおおむねでした。

僕らは、やることがないから、じゃあ、エイズ検査でも受けにいこうかと話したんです。都庁で世界エイズデーのイベントが行なわれていて、保健所が無料で検査を行なっていました。

僕らは、新宿御苑を横切って歩きました。いい天気でした。お喋りをしていました。僕らは一〇人でした。僕らは検査を受けました。

そして、僕だけが陽性でした。

一〇人のうち、九人は陰性、そして、僕は陽性でした。知ったのは、アメリカに行く前日でした」

一二月一六日だった。

大石は保健所を出てバスに乗った。バスに乗り、窓の外の景色を眺め、たしかに陽性だったと反芻していた。バスは大石の気分にとって、もっとも手頃な乗り物だった。それは生きている人々をかきわけて走る。まだクリスマスには時間があるが、街はジングルベルを奏でていた。ジングルベルだ、クリスマスだ、生きていることは楽しい。そう思いながら、彼は車窓を流れゆく景色を眺めた。

エイズについては知っている。陽性になってもそれがすぐ死を意味しないことも知っている。自己憐憫ともまた別だ。彼は自分を憐れむ余地のないほど殺風景な状況で感染したのである。のちに、彼は私の質問に答えて、こう言った。

「僕がどうして感染したか、それを語ったら、きっと、あなたは僕のことを、とんでもない人物だと思うでしょうね」

珍しく険しい顔だった。

「多分、あなた、これを聞くと、僕の見方が変わると思う。でも、それをわかってあえて言いますけどね。つまり、僕がどうして感染したかです」

私はなかばそれを確かめたかった。同時に確かめたくなかった。彼が、行きずりの人と性交渉を行なって感染したのだろうと予想していたからだ。

そして、彼は言った。予想したとおりの事情だった。彼

らだ。
その人に伝えることはできない。ただの行きずりの男だか
身上もわからない。自分が陽性だということがわかっても
に感染させただろう人物については、住所もわからない、

古野は、その日、たまたま中野のアカーの事務所で大石にすれちがった。彼は、見慣れぬ書類を手にして啜り泣いていた。

「今晩、新美君と永田君と一緒に四人で会いたい」

彼は言った。

「また男と別れたのか」

古野はそう思った。大石が手にしていた書類を手紙かとかんちがいしたのである。恋人から別れ話をしたためた手紙を送りつけられて涙にくれているのかと思ったのだ。

あの人、結局、その類のことしか悩まないからなあ。古野は大石の悲嘆にきわめて冷淡だった。

「ひょっとして、双子の弟も同性愛者だったのかなあ。それでショックを受けて泣いているんだろうか」

永田は大石から涙声の電話をもらったときこう思った。四人で会いたいと大石が言うのは、弟についての相談をしたいためかと想像したのである。

「なんだ、借金か」

大石から電話を受けた新美は思った。大石は二丁目に通ったり、いろいろな人とつきあったりで、いつも財政的には苦しい。借金を繰り返したあげく、結局首が回らなくなったんじゃないか。新美はかんぐった。彼も、古野同様、冷淡だった。

その晩、事務所近くの呑み屋で四人は会った。

「まず、これを読んで」

大石は保健所で渡された書類を新美に渡した。新美は数値がやたらにたくさん列挙してある、その書類を眺めた。そして、無表情で古野に渡した。古野も無表情で数値を読み下した。永田は最後にそれを手にした。

永田は何度もそれを読み返した。

嗚咽が洩れたのはいつだったか。

永田は身を震わせて泣いていた。大丈夫だよ、大丈夫だよ、平気だよ、平気だよ、死んだりしないよ、しないよ、しないよ。嗚咽のあいまに、そう言いながら大石を抱き締めていた。

その声で、ようやく新美は我にかえった。書類の中にあったＨＩＶという文字を思い出した。信じられなかった。頭が事態を呑み込むことを拒否し、顔の筋肉が凍りつき、呆然としたあまり表情は完全に失われた。大石がＨＩＶに感染したという事実を信じることができないのと同じように、体を動かすこともできなかった。ただ、嗚咽しながら肩を抱き合っている永田と大石をみつめていた。

古野も事態を呑み込んだ。そして、彼はここにいたっても、まったく感情が動かないことに驚いていた。泣いている永田と、永田に肩を抱かれている大石、ショックで凍りついている新美は、古野からはるか遠い存在だった。

「なんて共感度が低い人間なんだ、僕は」

古野は驚いた。

「ひょっとして、僕は僕自身が死ぬときでも無感動なのかもしれない。少なくとも死ぬからといって涙を流すことはないかもしれないなあ」

しばらくして店を出たとき、初めて、新美は口をひらいた。横断歩道で信号待ちをしているときだ。ささやき声に近かった。

「早く、日本に帰ってくればいいのに」

聞き違いか。その声をとらえた古野は、一瞬、そう思った。え？　と新美に聞き返した。

「大石、早く日本に帰ってくればいいのになあ」

古野は新美の顔をみつめた。

「早く帰ってくればいいって、大石はまだ、アメリカに行ってさえいないじゃないか」

古野は言い、新美はこう答えた。だから早くアメリカに行って、早く日本に帰ってくればいいんだよ。そしたら、彼の感染のことを、俺たちも一緒に考えられるじゃないか。

古野はもう一度、新美の顔をみつめた。

新美はついさっきまで、大石をこう罵っていたのだ。

「まったく、あいつ、早く姿を消してくれないかなあ。アメリカまで男を追いかけていくんなら追いかけて、ずっとそのまま帰らなくていいよ。ああいう遊びだけが上手という奴がいると、目障りなだけだよな」

それが、感染の事実を聞いた瞬間にこれだけ変貌するとは、この人は、いったいどういう男なんだろう。古野は新美の後ろ姿をあらためてみつめた。

そして、しばらくのちにこう納得した。つまり、なんというか、彼は母親みたいなんだな。結局、傷ついた者は受け入れて包容してしまうんだ。父親のように、よい子供と悪い子供を峻別しない。いや、できない。新美にはできないんだ。

新美は、自分の仲間をどこまでも抱きかかえていく母親なんだろう。


そして、裁判への提訴を決めたとき、すでに、日本の若い同性愛者たちによって織りなされる物語の主役を半分降りかけていた〝母親〟は、この時点で、完全に舞台を降りた。その後は、裁判の裏方にまわった。正確に言えば、裏方にまわろうと努力した。しかし、彼の圧倒的な牽引力と存在感はたやすく隠せるものでもない。たとえば、私が初めて新美に出会ったさい、彼がその場のヘゲモニーを握っていることはわずかな時間で見て取ることができた。そのさい、彼が主張した、〝僕は事務を担当しているだけの立場だ〟という主張は、いわば、彼の願望だっただろう。

しかし、全体的に考えてみた場合、新美という〝母親〟はすでに役割を果たし終えた。替わったのは、〝放蕩息子〟だ。大石は、その翌日、一二月一七日、予定通りアメリカ・サンフランシスコへ旅立った。

予定どおりだったのは、成田を飛び立つ時間と、サンフランシスコに到着する時間だけだった。アメリカの恋人との逢瀬が目的だったはずの旅行は、惨憺たるものとなった。大石は、機内での約一〇時間、動揺と悲嘆の涙を流し続けた。

彼の荷物の中には、出発前に新美が手渡した金と手紙が入っていた。

金はチケット代金をはるかに越える額だ。新美は、昨晩、大石の感染の事実を知ってから、この金を集めるのに奔走したのだ。そして、手紙の内容は、ほんのふたことでまとめることができる。こうだ。

「早く帰ってきてくれ。俺たちを信頼してくれ」

新美は、たしかに〝母親〟にちがいなかった。

大石は、金と手紙とともに、泣きながらサンフランシスコに向かった。

それが第一歩だった。

彼、大石敏寛を、二年後の一九九三年六月、ベルリン・国際エイズ会議の最後の演説者にする第一歩である。

彼はサンフランシスコの空港に降り立った。T細胞値は四〇〇台だ。

大石は、日本人HIV感染者として、その第一日目を迎えた。

第六章
クリスマスからクリスマスへ

「クリスマスにはカラオケをやりました。
みんなで歌って騒ぎました。
なんだか楽しかったなあ。真夜中になると、メリークリスマスって言って、みんなで抱き合うんです。僕は笑って、歌って、騒いでいましたね」

ＨＩＶに感染したことが判明して初めてのクリスマスだ。大石は、その日、一晩中、サンフランシスコでカラオケを歌ってすごした。

一二月一七日にサンフランシスコに到着した彼は、その後一ヵ月半、同地に滞在した。陽転したことは公然と言わなかったが、恋人には打ち明けた。

その一ヵ月半は、あながち陰惨なものではなかった。空港に着いたときこそ、大石は涙ぐんでいたが、恋人に抱擁され、友人にひきあわされ、カストロストリートのレストランで食事をしたり、酒を飲んだりという時間をすごすうちに、自分のＨＩＶ感染の事実が、はるか遠くに去ったような気分になることもあった。

だが、彼が、そのクリスマスの日、感染の事実を忘れ果てたように笑い騒ぎながらすごしたといっても、能天気だときめつけるわけにはいかない。

ＨＩＶに感染したからといって、その人が四六時中、エイズと死についてだけ呻吟しているにちがいないという見地は誤解にすぎぬからだ。

彼らはＨＩＶ感染したという以外には、非感染者とかわらない。感染前に考えていたことは、感染したからといって変わるわけではない。もちろん、悪人が善人になるわけではなく、善人がＨＩＶを得て聖人に位《くらい》あげされるわけでもない。

彼らは、私たちが生きて死ぬと同じように、日常のあれこれをすごしながら生き、正しいことと、過ちを応分にはたし、そしていつか死ぬ。私たちがすごす日常があたりまえのものなら、ＨＩＶに感染した人々の日常も同じようにあたりまえのものなのである。

なぜ、ＨＩＶに感染したからといって、その人が、それまでの日常との間に、とんでもない断層を抱え込むかのように考えられるのか。それは、エイズが時代の疾病であるというイメージがあまりに強烈だからだろう。同時にそれは、非感染者の無知、鈍感であり、同時にＨＩＶ感染者への理解の拒否から生まれるものである。

大石が感染したと知らされたときの私が、まさにそのとおりの無知さ加減を露呈していた。

彼がクリスマスをカラオケですごしてから帰国して、三カ月後、一九九二年五月のことだ。

新美が事務所に来てくれないかと言った。私はそれに応じてアカーの事務所に行き、大石敏寛という、それまで顔は知っていたが話はかわしたことのない男に紹介された。

「彼は、ＨＩＶに感染したんです」

新美は言い、私は答えた。はい、そうですか。

「彼は、それを公にしたいと思っているんです。

どういう形か、それはまだ決めてないんですが。でも、自分が感染した経緯から始めて、さまざまな情報を公に提供したいと思っている。なぜなら、そのようなことがなければ、エイズはけっして公共の話題になりませんのでね。とくに同性愛者の場合は」

なるほど。そう答えた。新美は続けた。

「そこで、あなたの意見が聞きたいんです。彼は、いったい、どのようにして公になればいいのか。そして、一方でどうやってプライバシーを守ればいいのか。

必要なことをどうやって伝え、知らせたくないこと、知らせるべきではないことについては、どのように守ったらいいのか。そういうことなんですけどね、聞きたいことは」

新美のあとを受けて、大石がこう続けた。

「あの記事は悪い記事ではありませんでした。文章を読む習慣がない人間にも、けっこうすんなり読めました。僕は、本を読む人間ではない。難しいことを考える人間ではない。でも、あの記事、けっこう楽しみました。

たとえば、自分の感染について、あなたに記事を書かれることは、いいんじゃないかと思います。あなたに話をしてもいいと思ってます」

それは、どうも。私は頭を下げた。大石が、〝悪い記事ではない〟と言ったのは、新美とのサンフランシスコ旅行について、女性週刊誌に四回分載した一〇〇枚前後の中編記事だ。大石はそれを読んで、自分の感染を告げてもよい人物に私を含めたらしい。私は大石と新美に尋ねた。

「公に知らせるということなんですが、どのように考えていますか。たとえば、記者会見をして同性愛者が実名を持って感染を告白するという形にしたいんですか。つまり、アメリカなどで、有名人が行なうような方法ですが。それとも、まったく違う形を考えているんでしょうか」

新美はため息をついて、うなったまま答えなかった。

しかたなく、こう続けた。

「私の意見について言えば、率直なところ、どういう方法がよいのか、皆目、見当もつかないんです。なぜかというと、こんな事態に対面したのは初めてなので、つまりＨＩＶに感染したと公言する日本人に出会ったのは初めてなので、どう考えたらよいのかさえわからないんです。

ですから、とりあえず、あなたがどうしたいのか聞かせてもらえればありがたいんですが。考えのきっかけでもつかめれば幸いなんですが」

新美は腕を組み、唇を噛んだ。

「僕もどうしたらいいのかわからない」

大石だけが、なんとなし落ち着いたそぶりだった。彼は、あまり喋らずに、ただ私を見ていた。

私たちは、結局、たいした内容の会話をかわさずに、数時間をともにすごしたあと別れた。

「とにかく、感染したということを公にするのは、勇気があることでしょう。そう決めたことは、勇気のあることだと思いますよ」

私は最後にこう言い、大石は、どうも、と短く答えた。

翌朝は晴天だったという記憶がある。

朝早く、ふとんの上に起き上がって、私は、昨日、なにかあったような気がすると思った。しかし、とくに覚えておくべきことではない。そんな気分だった。

だが、しばらくして、ちがうと思わず口に出した。ちがう、ちがう、とにかく何かがあった。

さて何だったか。大事なことだったような気がする。膝をかかえて考えた。何か、とても大切なことだった。

そして思い出した。

私は、昨日ＨＩＶに感染した人に出会ったのだ。その人は、私に自分の話をすると言ったのだ。

なんということだ。そんなことを忘れていたのか。

私はふとんを跳ねのけた。

だが、しばらくの間、私のエイズに関する認識は無知かつ鈍感だった。

たとえば、私は発症を遅延させる予防薬であるＡＺＴを、大石がきちんと飲むかどうか、それが気になって落ち着かなかった。

ＡＺＴを飲まないと、すぐさま大石が死んでしまうような気がしたのである。また、彼が、感染者の免疫を弱めると言われるタバコや酒をたしなむのにも平然としていられなかった。彼が私の前で吸っているその一本のタバコで、Ｔ細胞値が音を立てて危険域に下がるような気がしたものだ。だが、そのような不安をよそに、大石はヘビースモーカーで酒好きだった。そのうえ、ＡＺＴは保険を適用してもなお高価なので、経済的に苦しい大石は、ほかの支出のために薬を買うのをやめることも多い。そんなとき、私は今にも大石が死ぬのではないかという、非現実的な恐怖にさえ駆られることがあった。

私は、その不安を口にすることはなかったが、それはよく考えた結果ではなく、単に大石とそれほど親しくなかったからにすぎない。あと一歩、親しければ、私は彼の口からタバコをもぎとる短慮をおかしたかもしれない。そして、もし彼が自分の近親であったならば、彼の発症を早めるような、あらゆる社会的ストレスを遮断しようともくろんだ可能性もないとはいえない。結果、彼を一種、精神的な隔離状態において、しかも自分がそのようなおせっかいをしていることに気がつかないおそれさえあった。結局、私が大石にも普通の日常があるということを認める心境になるには、感染の事実を知ってから一年後だった。その間、大石はこう言い続けた。

「僕、お酒、飲むんですよね。タバコも吸います。でも、もともと、そうなのですから、しかたがないです。

感染した当初は、もちろんショックでした。今にも死んでしまうような気がしましたよ。でもね、今は、感染したということを人生でなにより優先させて考えなくてはならないと思わないんですよ。僕はずっと普通にします。普通ではやっていけないことも多いだろうけど、なるべく普通にしますよ」

はい、そうですね。そう答えながら、私は彼の〝普通〟を受け入れることは、なんと大変なことかと感じていた。

だが、大石が、また新美が求めていることは、社会が、大石のような感染者や患者の〝普通〟を受け入れることなのである。そのために必要であれば、実際に生きているHIV感染者の姿を公にして、彼らの〝普通〟を肯定させようというのである。

いいかえればこういうことだ。

HIVに感染したというだけで恐怖したり、一転、やたらに同情したり、また、とんでもない不道徳漢のように嫌悪したり、反対にヒーローにまつりあげたり、という過剰反応は、感染者や患者を、非感染者の日常から隔離する行為にすぎない。忌避すべきものとして隔離するのも、賞賛すべきものとして格上げするのも、本質的には同じことだ。

エイズに対して理解がある社会とは、エイズ患者をヒーロー扱いする社会のことではなく、感染者や患者が望むかぎりの普通な生活を手に入れられる社会のことなのである。

しかし、そのためには、いったい何が彼らの〝普通〟なのかを知る必要があった。私は、それを知らず、さらに知らされてもなかなかそれを認めず、不安を露骨に表出はしないものの、その実、心理下では彼らをなんとか非日常の中に囲い込めないかとあがいていた。その点では、私の事情と社会の事情は酷似していた。

そして、大石はそれまでと同じように普通にすごした。彼の〝普通〟とは、とうてい几帳面とはいえない日常だったので、彼はそのとおりの生活を続けた。それは、彼を見守る人々の気を揉ませるに足るだらしなさだった。

たとえば、永田は、大石がコタツに入ったまま寝起きし、目覚めると、コタツ板の上に放置してあったポテトチップスをかじり清涼飲料水を飲んで朝食がわりにしていることを知ると、彼の健康を気遣うあまりノイローゼのようになった。

ほかの人も似たり寄ったりだった。当初は、感染したことにショックを受けた人々も、そのうち、彼があまりにも病人の自覚がないと腹立たしくなることもあった。

しかし、彼ら、感染の部外者がどうあがこうと、感染者である大石はまことに悠々と、HIV感染した当事者の道を歩んでいった。

それは、彼の個性でもあると同時に、彼が一九九一年のサンフランシスコのクリスマスによって学んだことでもあった。

たとえば、サンフランシスコでそれを学ぶ以前、大石の最大関心事は寿命だった。

「僕は、いったいいつまで生きられるんだろう」

彼はしばしばこう尋ねた。サンフランシスコ空港に感染者として降り立ってから一カ月後、西暦年号は一九九二年にかわっていた。当初のショックと、それに続く軽躁状態を経て、ようやく彼はエイズに関する情報を仕入れるという作業にとりかかっていた。まず、血液検査をやりなおし、T細胞値について、またAZTやその他の発症遅延予防薬についてのレクチャーを医師から受けた。

すべての手配をしたのは、その年の六月に新美を受け入れたGAPAで、ジョージ・チョイが中心となって組織した感染者患者支援組織、GCHPだ。

ジョージは、当時、誰にも自分が感染しているとはあかしていない。大石も、まさか目の前の彼が、自分と同じ感染者であるとは想像もしていない。そして、大石が寿命について気にすると、ジョージはこう答えた。

「いつまで生きられるのか。それは短くて二年、長ければ一生だ」

大石は憮然とした。もっと同情的な、少なくとも情緒的な答えを予想していたのだ。短ければ二年とはなんだ。そんな無味乾燥な事実を聞かされた感染者はいったいどう思うか。GCHPを主催しているとはいっても、やはり感染していない人は冷たい。

ジョージは続けた。

「つまり、いつまで生きられるか、それは誰にもわからないということだ。

だから、そんなことは考えるのをやめたほうがいい。無駄だよ。

それより、今、何をやりたいのか考えるほうが大切だ」

ところで、君は何をやりたいの。ジョージは大石に聞いた。

さて、なんだろう。大石は自問して呆然とした。

何をやりたいのか、などと考えたことはなかった。HI

Vに感染して泣きながらサンフランシスコに到着しただけだ。そして、カラオケを歌ってクリスマスをやりすごした。さて、何をやりたいのか。

ここで、初めて大石はHIV感染者の〝普通〟な日常に直面したのである。

HIVに感染していようがいまいが、私たちは誰も、自分がいつまで生きられるかを知らない。それはまさに二年かもしれない、まさに一生かもしれない。つねに、自分がいつ死ぬかと考えて生きるのは、不可知な将来の暗闇をうろついて無益に人生を蕩尽する行為に等しい。

やるべきことは、日常なのだ。普通の日常で何をやりたいかだ。そして、もしHIVに感染したということが日常に何らかの影響を及ぼすとすれば、その人が、一般的なエイズ問題に対して積極的にかかわりたいと思った場合以外にはありえないだろう。

ところで、自分はHIVに感染したという以外に、エイズそのものに関心を持つことができるのか。エイズを個人の悩みに留めるのか、それとも自分以外の誰かの問題としてもとらえなおすことができるのか。

大石はそれについて考えた。

短くて二年、長くて一生の間に、自分は何をやりたいのか。

そして、とりあえず、彼はふたつのことを決めた。

ひとつは恋人との別離だ。

九二年一月、大石は言った。別れよう。恋人は、猛然とさからった。なぜだ。HIV感染したということは問題でもない。これから、その問題もあわせて二人の将来を考えようとしていたのに、なぜ別れなくてはならないんだ。

大石は頑強だった。僕は日本でエイズのことを考えたい。つまり、あなたと築くアメリカでの私生活は、僕がHIV感染したという事実によって自動的に不可能になったのだ。エイズに感染した一人ものとなって日本で生きるか、サンフランシスコであなたと生活をするか、どちらが幸せかは比べるまでもない。一方には孤独と苦闘だけがあり、他方には恋人との蜜月があるわけだ。しかし、僕は日本に帰る。日本で何かをしようと思う。僕の日常は日本にしかない。

彼はこうして恋人と別れた。

九二年二月、恋人はサンフランシスコ空港から日本に帰る大石を見送りにきた。

大石は一カ月半前サンフランシスコ空港に着いたときと同様、ショックにうちひしがれていた。到着したさいには、感染したということが彼の悲嘆の原因だったが、帰国のさいには、T細胞値が三八八にまで落ちていたことが衝撃だった。その値について、日本にいたときの彼は知らなかったが、エイズに関してはるかに知識が進んだアメリカの医師は、感染して一年以内は、T細胞値は七〇〇から八〇〇を保っているのが普通であること、そして四〇〇を切っている大石の値は、異例に早く、ＡＺＴなどの予防薬の投薬が必要なラインに達していると告げた。

大石と恋人は空港の出国ゲートで抱き合った。そして、体を離し、大石敏寛は日本に帰った。

「ただいま、帰ったわよ」

サンフランシコスで作ったピアスを耳に輝かせ、サングラスを頭の上にはねあげ、長いコートの裾をはためかして、大石は日本に帰ってきた。

それは、まさに堂々たる〝おねえ〟の凱旋だった。サンフランシスコの空港で恋人と抱きあって泣いていた姿は片鱗もうかがわせなかった。けたたましいばかりに饒舌で、白熱せんばかりに陽気だった。軽薄な〝洋行帰り〟の姿とさえいえた。その姿を見せつけられた、アカーの一〇代のメンバーの何人かは、なかば怯えた。

そして、当時、裁判に忙殺されていた風間は言った。

「あんたの乗った飛行機なんか落ちちまえばよかった。なんで、今さら帰ってきたんだよ」

大石は苦笑した。風間はそのとき、彼の感染を知らなかったので、まさに妥当な感想と言えただろう。

ともかく大石は帰国した。日本にしか、自分の居場所を求められないと考えた〝おねえ〟の帰還だった。

何をするのかはわからなかった。だが、彼が、日本で何かをしたいと考えて、アメリカから帰ってきた、同性愛者でありＨＩＶの感染者であることはたしかだった。

彼は、この国で自分の〝普通〟を生き続けることを決めたのだ。

だからこそ、彼はそれほど動揺したのである。

帰国した年の夏だ。

発症後のジョージが一種の人格崩壊状態に陥った夏である。

たった半年前、ジョージはこう言ったではないか。

「短くて二年、長ければ一生」

僕はいったいいつまで生きられるのだろう。そう問うたときに、一見、薄情なほど冷静に答えたではないか。

こうも言ったではないか。

「だから、いつまで生きられるかなど考えるのはむだだ」

そして、今、何かやりたいかを考えたほうがよいと忠告したではないか。そういう言い方で、大石を励ましたではないか。

それなのに、なぜ、〝神さまが降りてくる〟なのか。

なぜ、〝同性愛はやめる〟なのか。キリスト教原理主義の教会なのか。安楽死なのか。

つまり、自分が信じ、支えにしていたものは根底から覆されたというのか。それは、まったくの虚ろな信頼だったとでもいうのか。本当にそうなのか。

ジョージは、大石が帰国後しばらくして、自分が実は感染者だと公にした。

それを聞いたとき、大石は、寿命について思いわずらうのは馬鹿げているとジョージが言った意味をあらためて正確に受け取った。彼がそう言ったのは、非感染者の冷酷からではない。感染者であるジョージが、感染まもない大石をいたわり励ましたためだと、そのとき初めてわかったのだ。

以来、ジョージの存在は、大石にとって最大の支えとなった。たえがたい恐怖を癒す唯一の処方箋でもあった。

大石は、帰国して一ヵ月ほどたつと、いてもたってもいられないほどの恐怖と焦燥にかられるようになった。

理由は単純だ。彼は死を恐れたのである。

「僕は死ぬのが怖い」

大石は新美に言った。

新美は何も答えられなかった。新美でなくても、この述懐を平然と受け止められる人は少ないだろう。

そして、ある朝、大石は目覚めたとたんに、あまりにも激しい恐怖に襲われて、中野の事務所に電話をかけた。その早朝の電話を受けたのは、当時、実家を出て事務所に仮住いしていた古野である。

「僕は死ぬのが怖い」

新美同様、古野もそれには答えられなかった。

だが、そのとき初めて、古野は大石を親しい人間として認めた。それまで、大石はただ気の合わない他人にすぎなかった。気が合わないというレベルを越えて、積極的に嫌いな男でもあった。だから、感染の事実を聞いても、まったく心は動かなかったのだ。その認識が、電話以来、微妙にかわった。

「あの人、僕を頼ってきたんだなあ。そう思いました。もうどうしようもないときに、あの人、結局、僕に電話をくれたんだなあ。

妙な言い方ですが、僕の中に初めての感情が生まれたんでしょうね。そのときね、多分、生まれて初めて。

ええと、それは親にも兄弟にも感じたことがない気持ちでしょうね。誰かに頼られたという感じですか。僕、そういうことなかったですね。これまで。自分も人に頼らないし、他人からも頼られない。そういう人間関係について、僕という男は絶望的だと思っていましたのでね。とても、あの人が僕を頼ってくれるなんて信じられなかった。だから、驚いた。

信頼、ですか。そういうものですね。せっぱつまったときに、僕を頼ってくれたという、気持ちをそのままに吐き出してくれたという、そういうことですか。

ひとことでいえば、少し感激しました。あと、なにか、あの人の気持ちが、なまにわかるようになったというのですか。そんなことです。

あの人は、つまり、そのときから、無縁の人ではなくなったのです。あの人を無縁の人と思えなくなったのです。あの人は、僕にとって無視できない、信頼をかわしあう友達になったのですね」

大石の恐怖は、古野や新美のような仲間の存在が一部、癒した。そしてより多くの部分は、大石自身が、ジョージのきわめて前向きな姿勢を思い出すことによって癒された。それは、一九九一年のクリスマスでの記憶であり、翌年の六月、アメリカを再度訪れたときの記憶でもある。

彼は、六月、プライドパレードへの参加をかねて、感染の事実をあかしたジョージを訪ねた。そのさい、ジョージはまさに大石にとってエイズと伴走する人生の師だった。彼はプライドパレードのあとほぼ一ヵ月間、ジョージの自宅に身を寄せ、エイズに関する情報をあらたに収集した。

このとき、すでにジョージは発症者特有の病態をしめしている。物音に異様に敏感で疲れやすく、外出の機会もまれになっている。不眠を訴えることも多いが、一方、一日中寝たきりのこともある。一ヵ月のうち、体調が万全なのは半分ほどだ。

その状態で、彼は大石にＨＩＶ感染者として生きる技術を教え込んだ。

症状の進み具合に対して、どのように対応すべきか、そして、感染者自身としてどのように日常生活を送るべきか。自分の症状、状態を他人に伝えるときには、どうすべきか。他の患者や感染者に接するときは何に気をつければよいか。エイズを患っているかぎり、必ず襲ってくる恐怖やストレスはどのような方法で解きほどけばよいのか。

ジョージは、まさに手とり足とり、大石にそのような知識を教え込んだ。

たとえば、こんなふうにだ。

「このステーキの焼き方はだめだ」

ジョージは大石が実に旨そうなステーキを焼いたにもかかわらず、厳しい口調で言った。

いったいどこが悪いのか、といぶかしげにする大石に、ジョージはステーキをナイフで切ってみせ、内部がわずかにピンク色を呈しているのを指さした。

「肉や魚を生の状態で食べることは、ＨＩＶに感染、発症した人間にはタブーなんだ。免疫がさがっているので、生の肉や魚がもっているかもしれない微生物にもはげしく反応してしまう。ステーキを焼くのなら、中まで完全に焼かなくてはならない」

大石はつきかえされたステーキを再度、フライパンで焼いた。

ジョージは、ときには家を歩く物音さえ耐えがたいと苦しむこともあったが、精神はきわめて澄明だった。病態が深刻なときには家の中にこもったが、体調がよいときは果敢に社会にたちむかった。

ある朝、大石が起きてみると、彼は憤激しながら長文の手紙をしたためていた。テレビを見ていたら、市長がエイズと同性愛について非常に無礼な発言をしたんだ、背後に立った大石を振り返ってジョージは言った。今、市長あてに抗議の手紙を書いているんだよ。ジョージの書き机の上には、エイズに関する資料や新聞雑誌の切り抜きがうずたかく積まれていた。また、エイズに関してやるべきことのメモが山積していた。

ジョージは、大石の名前をうまく発音することができず、彼に顔立ちが似ている、ある映画俳優の名前をとって、ケンと呼んだ。

「ケン、新しいエイズウィルスが発見されたそうだ」

「ケン、おいで。テレビがエイズに関するドキュメントをしている。説明してあげよう」

ジョージは、いつもこんな調子だった。

そして、大石は繰り返し、こう尋ねた。

「目的は何ですか。何のためにこういうことをしているんですか」

ジョージが万全ではない体調をおしてGCHPで行なっている支援活動の目的を、また、大石におしみなく注いでくれるホスピタリティの出所がどこにあるのかを、彼は聞き続けた。それは、すなわち、大石自身がこれから日本でやろうとすることへの指針そのものだった。いいかたをかえれば、エイズを得て、初めて可能になる〝社会貢献〟の実態を彼は知りたがったのだ。

彼はジョージだけでなく、他のGCHPのメンバーにも同じ質問を繰り返した。ジョージを含めてさまざまな人が、さまざまな答えを与えた。

「他人ごとではないからだよ」

「エイズを無視して生きることは、もう誰にもできないからだよ」

「仲間が苦しんでいるからだ。単純だ。同性愛者でアジア人という仲間がね」

だが、どれもピンとはこない。

結局、目的をみつけるためには、エイズについてもっとよく勉強しなくてはならないのだ。知識がないところに目的もない。それが当座の結論だった。大石は、GCHPのHIVを学ぶクラスに一カ月通った。

「人間、戦うのをやめたらおしまいなんだよ。それが目的だよ。ケン」

ジョージは言った。

そして、大石がサンフランシスコを去る日の朝、シナモントーストを作ってこう語りかけた。

「僕は桜が好きだ、ケン」

英語を聞き取るのがまだ不得手な大石のために、ジョージはゆっくり一語一語を喋った。

「四月」

「来年の四月」

「四月、桜が咲く頃、日本に行く」

「四月。春。桜が咲く。僕は日本に行く。日本で会おう」


だが、翌年の四月が来るはるか前に彼は崩れ落ちた。

戦うことが目的だと語った同性愛者のエイズ患者、ジョージ・チョイは、わずか数ヵ月前、人生の先導者として大石に語ったこととは似ても似つかぬ本能的恐怖の中に体をすくめたのだ。彼の人格は、まるで水を吸った砂の山のようにもろかった。一見、堅牢な岩のように見えて、いったん恐怖の波に襲いかかられると、それはあらゆる角度からはかなく崩れ去った。そして、最後に残った一握りの古い中国人としての記憶の中に、ジョージは小さく畏縮した心を沈ませたのである。

大石にとっては、それは信じがたい事態にちがいなかった。もし、本当にジョージがそこまで人格を切り崩したとすれば裏切りにすぎなかった。感染者や患者は寿命がつきるまで社会人として生きるのだと、堂々と戦うのだと、そのためにはステーキも徹底的に火を通すと言ったのはジョージではないか。なぜ、彼がそれほどひどい状態をひきおこすのか。

「僕はジョージに会いにいく」

だから、大石は言った。

「僕は、エイズの実態を見に行きたい」

だが、それは、ジョージが倒れた年のクリスマスまで待たなくてはならなかった。

そして、『府中青年の家』での事件をめぐる裁判は、そのときまでに、あるクライマックスをむかえていた。


それは不思議なクライマックスだった。

要するに、クライマックスという表現にふさわしい力がなかったのだ。進行するうちに、それはまことに劇的要素に乏しい側面をあらわにした。平凡に、事務的に、遅々と、だが着実に前に進むだけだった。

裁判以前、彼らは、同性愛者が表舞台に出れば、よくも悪くも世間は過剰反応をおこすと覚悟していた。中傷と非難を、驚嘆と罵倒を予想していた。そして、それに倍する力で抵抗してやろうと力んでいたのだ。

だが、その予想はあっさり裏切られた。

それはあえていえば退屈な裁判だった。

だが、退屈にせよ、それはたしかにクライマックスだった。

新美の人生も、また、古野、永易、神田、風間、永田の人生も、それに大きく左右されたからだ。また、大石の感染者としての人生も、その退屈きわまりない裁判によって軌道を定められたからだ。

裁判が退屈なものとなったのは、一にも二にも、訴追された行政側の迫力不足にあった。

被告が裁判にさいして提出した準備書面は、訴状と読み比べるとき、思わず同情をさそわれるほど貧弱な弁明で埋まっている。

たとえば、訴状では、青年の家の所長が、施設利用を断わる旨を通達するためにアカーのメンバーと会ったさい、同性愛者の性行為の有無について執拗に尋ね侮辱したとあるが、それに対する原告の抗弁はだいたいこんなところだ。

当時、所長は同性愛の明確な内容がわからなかったので、市販されている情報辞典等の記述をひいて尋ねただけなのである。けっして侮辱するつもりではなく、ただ率直に同性愛についての知識を得たかっただけだ。市販されている情報辞典などを見ると、同性愛者は強迫的、反復的に、複数の相手とセックスをすると書いてあるが、それは本当かと虚心坦懐に尋ねたのだ。

侮辱などではない。ただ、純粋に質問しただけである。同性愛者の名誉を損なおうなどという意志はまったくなかった。すなわち害意はなく、単なる知識欲、罪のない好奇心から質問しただけなのに、相手が怒るのは不本意きわまりないということだ。

また、宿泊拒否の理由として不当だと訴状が指摘した表現については、次のように抗弁している。

「他の青少年の健全育成にとって、同性愛者の存在が正しいとはいえない影響を与える」

青少年の健全育成と同性愛者の存在がどのように関連するのか、それはそもそも別個の問題ではないか。関連しているとすれば、その点について明確な釈明をしてほしいと求められると、こう抗弁している。

「客観的に見て、現在の我が国においては、同性愛に対する国民の認識、理解が十分であるとは言いがたい状況にあることから、人格形成の途上にあり、性的にも未熟なうえ、物事の判断力も未だ十全とはいえない青少年の健全育成を目的として設置された教育機関（青年の家）の長としては、同性愛者の団体と青少年の同宿を認めるわけにはいかない」

この釈明には、〝性的に未熟〟で、〝物事の判断力が未だ十全とはいえない〟ために、あらゆる社会の現実から庇護しなくてはならないと考えられている青少年の中に、青少年の同性愛者がまったく含まれていない。

現実的に、青少年と呼ばれる人々が、それほどナイーブな存在であるのかどうかの論議は別にしても、被告側の行政担当者は、全員が一〇代を含む、きわめて若い青年で占められているアカーを見てもなお、同性愛者もやはり〝かよわい〟青少年でありうるという発想を持てなかったわけだ。同性愛者はそこでは年齢も与えられていない。生身の人間ではない、なにか抽象的な存在であるかのようだ。

すなわち、被告側の弁明は、ひとえに彼らは同性愛者と愛者とはどういう人たちなのか、まったくわからないのに、同性愛者以外の青少年が性的に恥ずかしい連想をし、動転する事態を防ぎたいと切望したあまり、彼らを排除したというのである。

結局、被告側が唯一、盾にとった論理は、男女別室ルールという青年の家の基本原則だ。

〝そこ（青年の家、注——筆者）において、男女の同室での宿泊を認めた場合は現実にそこにおいて男女間の性的行為が行なわれているか否かにかかわらず、他の青年の家の利用者、すなわち人格形成の途上にあり、性的にも未熟で、成人に比して性的羞恥心が強く、判断力も未だ十全とはいえない青少年に対し、無用な混乱や摩擦を招き、ひいては同家の秩序を害するおそれがあり、その管理上も支障があると言わざるを得ないのである。〟

被告側はこう述べている。そして、男女を同室させないルールは異性愛に基づいているが、同性愛者は性的指向が同性にむけられているので、同じ規範が同性愛者の同室についても適用できるはずだということを拒否の論拠にしている。

裁判の争点は、結局、この一点をめぐって展開されたといってよい。

それは原告にとっては退屈な、そして、被告にとっては有利な展開となった。

退屈さは被告側の行政担当者が同性愛者を罵らなかったことに由来する。彼らは、同性愛を逸脱とも悪徳とも言わなかった。

原告となった若い同性愛者たちは、むしろ、罵言を予期していた。日本社会が同性愛を排除する積極的な理由を求めていた。それが得られるなら、反論も可能だからだ。だが、被告側の釈明は言い訳にすぎなかった。非難でもなく、罵りでもなかった。積極的な敵意は撃ちたおされる可能性はあるものの、攻撃も可能だ。しかし、青年の家の職員に代表される〝世間〟は、いわば消極的な排除、あるいは無意識のうちに内在化された嫌悪によって動いているだけだった。

そのため、同性愛者たちは、攻撃を行なう前に、まずは本人たちが気がついていない差別感や嫌悪を顕在させなくてはならなかった。すなわち、日本の〝世間〟のしくみは、同性愛者はいないという前提のもとに作られている。男女別室ルールもそのひとつだ。これは、同性愛者が自らの属性をあきらかにして公共の施設を利用することはない、あるいは同性愛者は風俗街以外には住まない、と無意識のうちに信じているからこそ、定められた規範なのだ。そして、提訴された事件は、本質的には差別事件というよりは、同性愛者ぬきに作られた規範が、同性愛者の顕在によって機能しなくなったためにひきおこされた混乱というべきなのである。

さらに、同性愛者側から攻撃すべき点は、実は、直接的な差別感そのものではなく、混乱がおこったあとの対応なのだ。同性愛者ぬきに作られた規範が、同性愛者に対して機能せず混乱をおこすのは、ある意味で当然の話である。そこには無知以外、とりたてて攻撃にあたいする点はない。だが、混乱後、それを理由にして、同性愛者を排除するなら話は別だ。必要なのは、排除ではなく、規範の枠組を新しくひきなおすことではないのか。

だが、〝世間〟は、枠組の再検討を選ばなかった。かわりに、混乱も、またその原因である同性愛者も、なかったことにしたのだ。

男女別室ルールの基本姿勢は、混乱を未然に防ぐといえば聞こえはよいが、実のところ、非現実的な過保護にすぎないと私は思う。青少年が多い施設で性交を奨励する必要はないが、夫婦さえ別室に離し、青少年の性的な連想を防ごうというのは、ほとんど滑稽なお節介だ。たとえ、その場で性的連想から青少年を完全に隔離したところで、日常生活の中に性的場面はいくらでもある。青年の家という密室でだけ、性から若者を切り離したところでどうなるものでもないではないか。性は、普通の〝日常〟なのだ。

たとえば、青年の家が、その〝日常〟さえ認めぬ、特殊な性規範を持つ宗教集団が主催する施設であるなら、この措置もうなずけるが、そこは公共施設である。もう少し、現実的な一般性を持っても悪くはないだろう。

しかも、日本の同性愛者を結果的に抑圧してきたのは、結局、このような非現実的、保護的な空気なのである。それは、アメリカの保守的キリスト教のように、同性愛者を積極的に攻撃してはこない。だが、同性愛者は、とりあえずその場にはいないことにしてルールを作るのである。つまり、日本全体が大きな『青年の家』の内側にあるかのように、性に対して過剰にナイーブなふりをしつつ、同性愛者の存在を排除するのだ。

そして、この〝いないことにする〟という空気は、実は最大の防御にして手強い攻撃だった。

同性愛者は世間一般の機構の中に、同性愛者が実質上〝いないこと〟になっていると、まずは証明しなくてはならないからである。すなわち、一般の認識における同性愛者の不在証明を行なわなくてはならないのだ。そして、同性愛者に対する差別などない、と思われている事実が、なにより同性愛者を抑圧していることをときあかさなくてはならないからだ。

この困難でひねくれた作業が終了したのちに、同性愛者はようやくそれを撃つことができるわけである。それは、まことに退屈で爽快感のない作業だった。

「なんで、僕たちが異性愛者のために、そんな教育的作業をやらなくちゃいけないんだ」

アカーのメンバーの中でとりわけ短気な神田政典は、何度もそう言って憤激した。

もっとも世間に順応的な風間孝でさえ、これは、たしかに妙なケンカだと思った。

「まずは、なぜ殴るのかをこんこんと説明して、相手が納得したうえで殴る。つまり、そういうことでしょう。なんだか妙だし、なんだか疲れるし、スカッとしないし、僕はときどきいやになることがありました」

同性愛者側の退屈と疲労に比べて、裁判は被告側にとって有利だった。

彼らはただ逃げればよいからだ。そして、逃げるにさいして盾にとるものは、青少年の健全育成という、アナクロニックな埃が分厚くつもった純潔主義の建前だ。同性愛者と異性愛者の共存といった、きわめて現代的な問題は、その埃の堆積に足をとられてなかなか前に進まなかった。

青少年はとにかく性的にナイーブで、直接的な性の場面に直面させるにしのびない。社会はそれを未然に防いで、若い彼らに、性の将来はきわめて明るく健全で、普通にやっていれば、自然に妻か夫と何人かの子供ができあがると信じさせないといけない。そのためには青少年が築く将来にとっての不安材料が、その場にあってはならない。少なくとも青年の家という公共の場に、〝普通〟の枠組の普遍性を疑わせる同性愛者はいてはいけない。

庇護すべき若者の前から、一切の違和感をもよおさせるものを排除し、彼らの性的ナイーブさを守ることが社会の使命であるという論は、実は、なにより巧妙な武器だった。

原告は、被告側が正面きった同性愛者批判を行なわないので、裁判の進行上、なんら本質的ではない議論、たとえば、被告と原告がかわしたやりとりが意図した侮蔑だったか、あるいは率直な質問だったかという瑣末な議論に参加せざるをえなかった。しかも、その議論において、被告側はきわめて反応が鈍かった。誰も、はっきりとした見解を述べるわけではなく、ただ時間だけが経過していった。

裁判が始まってから一年あまりその事情はかわらず、その後、九二年にいたって、口頭弁論が一〇回を数えるようになると、傍聴席は多勢の傍聴人で埋まるようになったが、裁判の主役たる原告側の士気はそれに比して、実のところ、あまりあがらなかった。

「どうしても被告の人たちに敵意を持つことができない。誰がそんなことできるっていうんです。口頭弁論でも手ごたえはまったくないし、役職上、こんな裁判の場に引き出されてしまった気の毒なお役人としか思えないですよ。これが、とても裁判に臨んだ当事者の感想とは言えないことはわかるけど」

風間孝は被告団について、こう感想を漏らした。彼は裁判が進行するにしたがって、かつての闊達さを失っていった。以前のように、明白な正義と不正義の二分法を信じることができなくなったのだ。彼は家族の秘密を初めて知った中学生のような表情をうかべるようになっていた。あるいは大人になることの苦味を味わった聡明な少年のような表情である。

「この試合は、つまり、ヒール（悪役）がいない試合なんですよね」

プロレスのファンである彼はこうも表現した。

「憎々しいヒールが誰もいない。とほうにくれた初老の被告団がいるだけ。僕らは、本当に手ごたえのない戦いをしていた。つまり、プロレスはなりたたなかったんです」

そして、誰よりも向こう気が強かったはずの神田政典でさえ、九二年の晩秋には、次のような感想しかもてなくなっていた。

「なんだか、僕、もう、罵る気力がなくなってしまった。もっと、もっと、世間を罵りたい気分があったんですよ。人生の当然として、愛されることを求めて、不当にも誰にも愛されない同性愛者として、異性愛者の社会を罵倒して罵倒して、一生罵倒してつきないと信じていた。

その気持ちがまさか、これほど早くなくなるとは思いもよらなかった。第一、相手が罵倒を返さないんです。

ばかやろうと怒鳴ったら、すみません、全然、悪意なかったんですと、やにわに謝られてしまった。もの凄い罵倒が返ってくるはずと身がまえていたから、謝られて拍子抜けしてしまう。でも、また気をとりなおして、ええと……この無神経野郎とか怒鳴ってみた。本当にすみません、とにかく気がつかなかったので、と言い訳が返ってきた。さらに拍子抜けした。

そのうち、罵倒しようにも語彙がなくなってしまったということなんでしょうね。息が切れてしまった。まさか、こんな事態は予想していなかった。とんでもなく疲れてしまった。罵ることができなければ、じゃあ、僕は何をすればよいのか、人生で何をすればよいのか、本当に悩んでしまいましたよ」

さらに、提訴にあたって神田は高校の英語教師をやめ、塾教師に転職している。原告として、出廷などに時間をとられるので、高校に奉職しつづけることは無理だったのだ。塾教師の仕事は収入が不安定だった。しかも、彼は子供を教えることに情熱を持てない。英語は好きなのだが、教育が好きなわけではないのだ。理想を言えば、英語と同性愛の双方に関わりのある仕事につけばよいのだが、そうそう都合のよい仕事があるわけもない。

彼は将来の不安と、経済的逼迫にさいなまれながら、裁判の後半部をむかえていた。

永易至文もきわめて絶望的な気分で裁判記録をまとめていた。

「私は、なぜ異性愛の社会が、それほど根本的に同性愛を排除するのか、感覚的によくわからなかったんですよ。つまり、私自身がそれまで、率直な感性のレベルで社会に対応していませんからね。ひらたく言えば、頭でっかちということです。

だから、なぜ私たちがそんなにいやがられるのか、それさえわからなかった。嫌悪の理由を探ることが、結局、解決の唯一の糸口のはずなのにね。そんなふうだから、裁判に参加しているとはいっても、私だけは全然まわっていない歯車だというような気がしましてね。情けない気分でした。最悪でした」

また、永易は大学の七年目を送りながら、翌年に迫った、同性愛者の社会人としての一年目をどのようにしてすごそうかと悩んでいた。もともと堅実で真面目な性質である。アルバイトで食べていければいい、というような気楽さはない。

彼は、いっそのこと郷里の高校にでも奉職しようかと考えることがあった。東京のような都会で自分ができることは何ひとつなさそうにみえた。自信を失っていたのだ。同時に、もし、ここで逃げたら、二度と、同性愛者の仲間には入れないと恐れていた。とはいうものの、いつか、理屈だけはたつが、実際の役には立たない男として、その同性愛者の仲間からも排除されるのではないかと恐れていた。まるで八方ふさがりだった。

悩みの本質には、自分が性生活も含めた、等身大の同性愛者として生きることができない事実があった。

「誰かを好きになるということは、私にとってなにより難しいことでした。もちろん、それを心から望んでいたのですけどね。それについて率直に語れない私は、同性愛者の運動もできない人間なのだ、そう思ったのです」

それでもなお、永易は同性愛者排除の論理について、必死に考え続けた。だが、同性愛者は労働力の再生産に寄与しないからだろうか、というきわめて理屈っぽい解釈しかうかばなかった。そして、それは多分まちがいだろうと直観した。

「そんな理屈っぽいことを考えて同性愛者を排除するわけじゃない。もっと感情的なレベルなんでしょう。条件反射。それに近いものじゃないんでしょうか」

裁判が後半に近づいたこの時期、もっとも建設的な気分を保っていたのは、永田雅司だ。

彼はすでに裁判以後のことを考えていた。

「裁判がすべてではないんです。勝訴敗訴は別にして、裁判がおわったあとやることがなければなにも意味はない」

第一、アカーという団体は長い期間、組織を維持することだけを目的としているわけではない。永田は言った。異性愛者が圧倒的多数を占める社会の中で孤立している同性愛者が、一時、息をつき、同性愛者として生きていける自信と励ましを得られる場所であればよいと思う。そのあとは個人それぞれの生活が始まる。いや、始まらなくてはならないが、社会が今のままでは平凡な生活そのものを営むことが不可能なので、裁判をやっているわけだ。

「裁判は大切だけど、ゆくゆくは一人一人が同性愛者であることを肯定して生きていくきっかけであれば十分でしょう。僕だって、一生、裁判をやってるわけじゃありません。やっていたいわけでもありません。早く普通の同性愛者の生活がほしい」

そのためには、まず生活の手段だ。これが永田の頭を悩ませ続ける最大の問題だった。彼自身は、提訴と前後して、勤めていた床屋をやめ、母が経営する店で働いている。だが、床屋では、自分だけを食べさせるにはよいが、他の同性愛者の生活を考えたとき、あまり貢献的とは言えぬ。自分の口に糊する手段であり、同時に他の同性愛者のためにもなる仕事は、何かないものか。

そう考えた永田は、三度《みたび》、職業を変えた。床屋をやめ、二丁目のポルノショップに勤めたのだ。目的は、同性愛者向けの出版物やビデオの流通を学ぶことだった。

「僕自身はポルノ、好きじゃありません。でも、実際に、同性愛者はこういうポルノショップに集まってくる。今のところ、それはポルノを買う目的でしかないけど、もし、ポルノも置くけど普通の本や、映画情報なんかも置く店にしたら、はたして同性愛者はこなくなってしまうんだろうか。いや、そんなことはないはずだ。そう思ったんです」

つまり、彼は、同性愛者専門の書店兼情報センターが将来、商売として成り立たないかと考えたのだ。ちなみに、このような店は、カストロストリートをはじめとして、欧米の同性愛者が集まる街では珍しくない。経営も成功している。同性愛、異性愛にかかわらず、本屋と呑み屋が人を集めるのは事実なのだ。だが、同性愛者が集まる店としてバーとポルノショップしかない状態の日本では、いわゆる普通の本屋の可能性を考える前段階として、きわめて偏向した形ではあるが、ポルノショップの流通を熟知しないとできない。

「僕はポルノだけを置かなくなっても、同性愛者がこなくなるとは思わない。だって、みんな行くところがなくてポルノショップにくるんだから。ポルノなんて吐き気がすると思っている人も、ほかに行くところがないから二丁目にくるんだから。僕自身だってそうだったんですから」

永田はこう言い、かつて自転車に乗って『薔薇族』の定期購読を頼みにいったさいの真面目ぶりを発揮して、その店でポルノショップの売り子となった。勤勉かつ熱心な仕事ぶりで、オーナー店主の信用をすみやかに獲得した。風俗街の中心にある店に勤めながら、ゲイバーにも行かず、浮いた噂ひとつたたなかった。アカーでの活動を通して知りあった恋人がいたためでもあったが、彼は、端的に言って、俗の街に落ちた一滴の聖という風情だった。


裁判は、このように退屈に遅々として進みながら、それにかかわった同性愛者たちに、いちようにその後の生活について深く考えさせた。

なぜなら、神田が言うように、同性愛者が異性愛者の社会を罵ってすごせる時間など、とるにたらないものだからだ。

また風間が言うように、同性愛者の問題が異性愛者との争いにあるとするなら、それは、まったくプロレスにならないプロレス、闘いがいのない退屈な闘争でしかないからだ。

裁判は、たしかにそれに関わった同性愛者の若者の人生を変えた。だが、それは彼らが予想したようにではない。彼らは闘いがいのない世間と切り結ぼうとし、勢いあまって何度もたたらを踏んだ結果、それは必要な裁判ではあるものの、同時に自分たちの人生の一大目標にするにはふさわしくないとみなしたのである。裁判に勝ったところで、世間はなかば条件反射のように嫌悪をむけつづけるだろう。そのいちいちを追跡していたら、一人の人間の人生などあっというまに尽きる。しかも、世間は結局闘わずして逃げおおせる可能性が高い。

有効な闘いとは、彼らを排除しがちな世間に対して、必要な場合には警戒音を響かせながら、個々の自分たちにふさわしい日常生活を築くことだ。そして、同時に、それを個人の生活でありながら、同性愛者という社会的存在としての意味合いをも持たせることである。

それは、アメリカ式に言えば、ゲイコミュニティの実現ということになるのだろう。だが、わずかな時間とはいえ、カストロストリートのゲイコミュニティを覗き込んだ経験をもつ私には、そう表現することに躊躇がある。

カストロストリートは、まさにアメリカのゲイコミュニティではあったが、それは文化差の大きい日本のそれになりかわるとは思えない。要するに、同性愛者と異性愛者を問わずあらゆる社会集団はその固有の文化の上にしか育ちえないと思うからだ。空中に根を張る草がないように、どの文化にも普遍的に根づく〝ゲイコミュニティ〟は、おそらくありえない。

適切な表現がなければ、とりあえずそれをゲイコミュニティと呼ぶしかないが、それは日本のゲイコミュニティであって、アメリカのそれと同じにはならないだろう。アメリカとは異質な警戒音を発し、アメリカとは異質な緊張関係と共存関係を、アメリカとは異質な異性愛者の社会との間に結ぶはずだ。

その結果、実はもっとも普遍的な問題が浮上する。さまざまな現代の文化に通底した現代の悩みだ。

家族とは何か。これだ。すなわち、家族はいかに作られ、崩壊し、その後どのような再生の可能性を持つかという問いだ。また家族にとって血縁とは何かという問いでもある。なぜ、家族の問題が普遍的でありうるのか。

現代社会は、どのような側面を切ってみても、生産と消費の双方において、血縁で結ばれた家族を最小単位として構築されてはいないことが確かだからだ。家族が生産消費双方の機能を主体的にはたすことはまれだ。わずかな例外はあるだろうが、父が耕し母が集めた収穫が子供の口を潤す形態は、はるか昔のものである。生産は、基本的に孤独な個人によってはたされ、その収穫を分配するものは企業だ。分配を得た孤独な生産者は、その消費においてさらに孤独の丈を深める。ここにも例外はあるだろうが、消費社会の進度は、基本的にその社会がどれほど現実から遊離した〝一人遊び〟の魅力を開発できたかによってはかることができる。消費行為は、すなわち、孤独の魅惑、現実遊離の楽しみと戯れる行為なのだ。

これはあながち悪いことと決めつけられない。時代の趨勢であり、これもまた進化の一側面と言いうるかもしれない。いずれにしても、時間が人間におよぼす変性については、誰もおしとどめることはできないのだ。

だが、現代の家族が自律的な機能を失い、血縁の絆の建前のもとに、孤独な構成員を収納する箱と化しているという問題は、同性愛者が〝いないつもり〟で作られた社会においては、けっして本気で語られることはない。

生活者としての同性愛者集団という、あらたな存在をかかえこんだあとでなければ、この問題は表面化しないからだ。血縁の絆によって漫然と結ばれた家庭から、主婦が消滅し、家長はそれを維持する意味を手放し、子供はそこへ碇《いかり》をおろすに必要な抑止力を失った結果、家庭がただの箱に変わっても、異性愛者社会は同性愛者という対立者が顕わにならないかぎり、家庭は壊れていない〝つもり〟をふるまえるのである。

同性愛者の集団は、血縁が人間にとって唯一の結着剤だという建前にまっこうから対立する。とりわけ、彼らが生活者として家族に似た単位を集団で築き始めたとき、家族の問題はあらためて深刻にとらえなおすべき事態として浮上するわずかな可能性をもつだろう。血縁とは無関係な、また子孫の存続とも基本的には無縁な生活者が、集団で顕在化すれば、血縁は壊れていない〝つもり〟はさすがに押しとおしにくいという気分が生まれることがあるかもしれない。家族の自律的な機能が時代の趨勢とともに壊れ、なお、異性愛者が孤独を厭うならば、それは血縁のほかに拠り所をさぐり、複数の親しい人々がひとつの器の中でよく機能する形を再生する以外に道はないと思われる。だがその覚悟を、世間の多数派である私たちが固める可能性は、同性愛者の顕在ぬきには訪れぬはずだ。異性愛者の一人として私はそう考える。

では、同性愛者はそれについてどう考えていたのか。たとえば古野直である。

彼はまったく闘争的ではない。彼が裁判のさなかに考えていたことは、実は〝家族〟についてだった。裁判の正当性について、同性愛者の人権については、古野は裁判が後半部におよんでもぴんとこなかった。

彼はそもそも、そのような類の〝正義〟に鋭く感応する男ではない。彼がもっともよく感応するのは、他者に対する愛憎に対してである。

具体的に言えば、古野は生まれて初めて性愛両面において好きになった新美広という男と、たとえ生まれ変わっても好意は持つはずがないと確信していたのに、HIV感染以降、なんとはなしに切実な身内意識を持つようになった大石敏寛という男への感情を通して、同性愛者の問題を考えたのである。そして、それは同性愛者にとっての家族という問題に次第に収斂していった。

大石については、古野は複雑な心理の曲折をみせた。もともと相性が悪い上に、大石が新美に対しておよぼす影響力に心は穏やかならなかった。感染の事実を知らされてもなかなか共感できなかったが、一九九二年のある日、彼が死への恐怖を訴えて電話をかけてきた時をさかいとして、古野は大石を無視できなくなった。大石の泣き声での電話は、古野の心の一角をぽっかりと切り崩したのである。

それが、古野直が同性愛者と家族の問題を考え始めた端緒だった。

「僕はそれまで、自分は一生涯、家族とは無縁だと思っていたんですね。つまり、自分が同性愛者だと父母に言った時点で、複数の人々が至近距離でつきあい、生活をともにする関係からは、完全に疎外されたのだと思ったわけです。僕は、他の誰かに家族的な感情を抱くことは一生ない。愛情だけじゃなくて、家族でなければ感じないような反発や、うっとうしさや憎しみって、あるでしょう。そんなものとも、僕は無縁になったのだと、そう信じていましたね」

しかし、大石の電話以来、助けを求める他者の声に感応する自分を発見して、古野は驚いた。

僕は今、たしかに大石によって求められている。ほかの誰かではかわりがきかないのだ。彼は今、彼の心を僕に委ねている。死ぬのが怖い、という誰にも答えようのない訴えを、恋人でもなく、兄弟でもない僕にくりかえし訴えている。

つまり、大石は一人になりたくないのだ。

古野はそう感じ、次の瞬間、卒然と気がついた。

自分もそうじゃないか。僕も孤立したくない。そして、今、僕は孤立していない。なぜなら、大石が僕を求めているからだ。自分の存在が、なにがしか彼の慰めになっているからだ。

つまり、人間は血縁によるつながりだけで生きるというわけではないんだ。古野はこう考えた。同性愛者だということは、束縛はないが、同時に果てない孤独の荒涼を生きることだと思っていた。しかしそれはまちがいみたいだ。なぜなら、僕は大石を一人の家族として感じているからだ。

大石に対してそう認めたあとでは、他の気持ちの通じ合う同性愛者の何人かへ、その認識を広げることはたやすかった。彼らはときにはいとおしい存在だが、一方でうっとうしくもあり、ときには疎ましい存在でさえある。だが、やはり一緒に生きていたい。これは、まさに家族に対する感情に似たものではないか。同性愛者も、家族や共同体を求めるのだ。日常をともに生きる他者を求めるのだ。

これは、はたして自分だけが持つ感想だろうか。古野は自問した。ほかの人たちは、こんなことを考えずに、ただ裁判の行方に没頭しているんだろうか。裁判のさなかに、同性愛者の家族について考えている自分はおかしいのだろうか。新美がいつもからかうように、自分は甘ったれた夢想家の坊っちゃんにすぎないのだろうか。

そして、彼は新美にこう尋ねた。

「あなたは、いったい何が目的でこの裁判をやっているんだろう」

新美は答えた。

「わからない。何もわからないんだ」

「勝ったら嬉しいんだろうか。あなたの目的は裁判に勝つことなんだろうか」

古野は再度尋ね、新美は再び答えた。

「裁判に勝つことなんか期待していないよ。負けたらもちろんおちこむだろうけど、勝ってもその先どうなるだろうって思う。俺はいったい何をしてるんだろう。そう思うよ。なにか砂漠を歩いているみたいなんだ。砂を踏みしめても踏みしめきれないんだ。一面が砂でおおわれた風景の中でよろめいてるみたいなんだ。その先に何があるのかわからない。砂以外、何もみえないような気分だよ」

この人もそうなんだ。同じなんだ。やっぱりそうなんだ。

古野は思い、それが彼の心の角を、いまひとつ切り崩す力になった。古野は新美に言った。

「つまり、共同体ってやつではないの。それがあなたの目的だということではないかな」

新美は当初、判然としない顔をした。

「つまり、あなたは家族みたいなものがほしいんじゃない？」

「そうかな」

「いろんな同性愛者が、それぞれに役割を果たして、でもひとつの関係網の中で生きているという形を求めているんじゃない？　他人どうしで家族のロールプレイをするといえばいいかな。血縁関係はないけど家族みたいなものといえばいいかな。もちろん性的な関係も含んだ共同体だけどね。あなた、ひょっとしてそういうものを求めているんじゃない？」

新美はまだ曖昧な表情ながらうなずいた。

「そうかもしれない」

そして、しばらくのちにまた尋ねた。お前もそう思ってるのか。お前も、その家族のようなものを求めているのか。

「そうだと思う。それから、僕以上に、あなたがそれを求めているんだと思う。

裁判はそういう人間関係を作るきっかけなんだよ、きっと。だから、勝つことが目的にならないんだ。共同体と言ったらいいのか、家族といったらいいのか、僕にはまだよくわからないけどそういうものを作るのが、結局、あなたの目的だと思うよ」

そうか、そうなのかもしれないなあ。

新美はうなずいた。

「こいつも、こいつなりに一生懸命考えたんだな。一生懸命、ただの坊っちゃんから大人になろうとしたんだな」

そんな感想が浮かんだ。新美は、率直に言って、個人的には古野を足手まといだと思わないこともなかった。彼は大変手のかかる恋人なのだ。新美が遅く帰宅すると、古野は憔悴しきった表情で寝ずに待っていた。いったいいつ帰るのか。そう思いわずらって眠れないと訴えた。

新美は、恋人をこわれもののように庇護する習慣も技術も持たなかった。古野が心細そうな顔をしているのをみれば不憫と感じるが、一方で、なぜこれほど依存されなくてはならないのかと気が重かった。

その彼が、新美自身も言葉にできなかった共同体への希求について語ったことに彼は一種の感動を覚えたのだ。要領が悪いとばかり思っていた弟が思いがけず卓見を述べたときの感慨に近いものだっただろう。

だが、それでもなお、新美が感じている〝砂漠を歩いているような感じ〟は癒されたわけではない。世間は、同性愛者の存在がつきつける家族の問題に、容易に正対しようとはしなかった。

裁判に関しても、私が取材を始めたさいの予想をたがえることなく、その経過を追う報道はまれだった。裁判史上初めてのケースであるにもかかわらず、また、原告、被告ともに味わっていた疲労のたかにもみあわず、同性愛者をめぐっての裁判は、まるでこの世に存在しないようにあつかわれた。

他方、九〇年代に入ると、同性愛者をめぐって、世間は興味深い流行を巻き起こした。タレントや有名人ではない〝普通人〟の同性愛者が、さまざまな媒体にその姿を露出しはじめたのである。それは、ゲイブームと呼ばれる流行を呈した。

ざっとまとめると、この流行は、異人としての同性愛者、とくに男性同性愛者を知人にすることによって、自分の知的プレステイジが高まるという奇妙な現象だったと思う。底意地の悪い言い方をするなら、異性愛者である自分たちの枠組は変えようとは思わず、また既得権も手放す気がない人々が、枠組外の〝普通の〟人々に共感することによって、架空の知的冒険を行なおうとした流行だと思う。

そして多くの同性愛者がメディアに登場したが、事態は本質的なところで大きく変わりそうには見えなかった。

そして、アカーがおこした裁判をめぐる人々は、このようなブームを横目に、一方で退屈きわまりない裁判を進行させ、一方で裁判を契機としておぼろげながら形を作り始めた家族のような、また共同体のような〝なにものか〟への手探りを始めていた。

その手探りは永田にとっては、二丁目のポルノショップで働きながら、将来、同性愛者向けの情報センターを作れないかという望みである。また、神田や永易、そして風間にとってはそれまでなおざりにしていた私生活をいかにしてみたすかという課題である。そして、新美と古野にとっては、裁判の、また裁判後の生活目的をどこに置くかという問題だった。

そして、裁判の進行と、共同体への模索、そしてそのすべてに対する世間の無視の三つの流れに同性愛者が身をひたしていた時期、大石敏寛が、三度《みたび》サンフランシスコへ旅立った。

一九九二年一二月。彼が初めてＨＩＶ感染者としてサンフランシスコ空港に降りたってから一年が経過していた。

再び、クリスマスだった。

サンフランシスコではクリスマスに雪は降らない。とはいえ、十分に寒い。とりわけエイズをわずらった人々にとっては。

彼らの一部は、クリスマスに家を失う。すでに職を失っている彼らは、家賃も含め年末の支払い諸般ができず、家から追い出され路上でクリスマスを迎えるのだ。病院のベッドは望むべくもない。医療費の高さにあわせて、ベッド数とそれを必要とする患者数の格差は絶望的でさえある。

また一部の人はクリスマスに愛情も失う。彼らの兄弟や友人は、彼らと一緒にクリスマスを祝いたがらない。エイズ患者と一緒では、とてもキリストの生誕を寿《ことほ》ぐ気分にはなれないのだ。彼らは、けっして届けられないクリスマスパーティーへの招待状を待ち、鳴るはずのない電話の前で、親しい人々がメリー・クリスマスと告げてくれるのを待つ。そして、誰もがクリスマスには自分のことを忘れたがっている事実を前に、ふるえるのだ。サンフランシスコのクリスマスはそういう彼らにとって十二分に寒い。

そして、丸顔の中国系アメリカ人ジョージ・チョイも寒いクリスマスを生きていた。

大石はその彼に会いに、旅立った。そのとき、私も一緒だった。

私たちは、サンフランシスコに着いたその日に、彼のホスピスを訪ねた。

「今日は、彼は調子がいい。調子がいいときに会っておかないと、いつまた会えるかわからない。今日、ぜひとも訪ねてみたほうがよい」

ＧＣＨＰの事務所を訪ねると、ジョン・シルバが言った。ジョンはジョージが基を作ったＧＣＨＰの議長をつとめている。フィリピンの裕福な家庭に生まれ、二〇代からこのかた、同性愛者の権利獲得活動に専従してきた。アメリカでこのような経歴を持つ人々は、私が見知ったかぎりにおいては、共通してきわめてタフな現実主義者だ。ジョンも例外ではなく、四〇代なかばの今は、活動家としての年季は十分すぎるほど入り、資金調達の腕も、ロビイングの手腕も筋金入りだときかされた。小柄で温顔の中年男性だが、いったん激すると、手強い理論家にかわる。

彼は、ほとんど無表情に、とにかくジョージに会ってみることだと言った。ジョージが精神状態を崩壊させたとき、その状況をつぶさに伝えてくれたのは彼である。私はその無表情がわずかに気になった。

「最近はどうなんですか。夏の間、あなたが教えてくれたところによると、かなりひどい状態だったようですが、それから回復したんですか」

ジョンは表情を変えずにこう答えた。

「それはすぐ確かめられるさ。ホスピスに行けばね」

第七章
僕はまだ生きている

痛いんだ。そこは。

彼がそう呟いたので、私はあわてて彼の背中においた手をおろした。

傷ですか、傷があるところに触ってしまったの？

「ちがう。いつもどこか痛い。ある日は脚だし、ある日は肩だ。ある日は腕だしね。今日はそこだ。そこが痛いだけ」

ジョージ・チョイは小声で喋った。ため息がゆるく凝固してようやく言葉にまとまったという風情だ。私たちは彼が住んでいるホスピスの一階にある小さな空き部屋にいた。

ありふれた街路に面したその建物の片開きのドアをひらいた日本人は、まず母国にはありえない、天井の高さをみあげることになる。太陽光線は高い天井近くに切られた明かり取りの窓から鋭角的に室内に差し込む。きわめて高い角度から差し込む陽光は、空から降り、人々を照らし、街路に反射し、最後に明かり取りから室内にすべりこむいずれかの段階で、人の肌を温める暖色を失い、さえざえとした明るい光のかたまりとなって玄関ホールをみたす。

そのホールの左手に受付がある。少し先に二階にのぼる螺旋階段がある。階段の前からのびる油引きした木の廊下は、左に大きな応接間の、右に二つの小部屋の、突き当たりにいまひとつの小部屋への扉をひらいている。

受付の女性にジョージにとりついでほしいと言うと、彼女は部屋に内線電話を入れて都合を聞いてくれる。しばらく待っていると、ジョージが螺旋階段の手すりを左手で握り、ゆっくりと階下に降りてくる。

私は、その姿をみあげ、彼がいったん足をとめ息を整えたところで階段を昇った。彼がおぼつかなく握っている手すりから手を離させ、ジョージの脇に体をすべりこませた。脇に腕を差し込んで体を支え、同時に、掌を彼の上半身にあてうなじから腰まで撫で下ろした。

彼は痩せていた。かつてジョージ・チョイと呼ばれた男の骨格に私の指は触れていた。

大石は階段の下にとどまったまま、それを眺めていた。彼はジョージが階段をくだりおえ、話ができるところに行こうと呟いて、すでに外光が入らぬ廊下を歩き、突き当たりの部屋に私たちを案内したときにも無言だった。

「僕は、僕がどこにいるかわかっているよ。

ここにいる人たちは、つまり、待機している人だということはわかっている。いわば、次の旅の準備をしている人ですよ。次々に旅立っていく。この二カ月でもね、三人が旅立った。個人的にもよく知っている人がいたから辛かった。だから、僕は、この家にいる人ともう話さない。知り合ってしまったら、あまりにも辛いからね。誰とも知り合いにならないようにしている。

わかってるよ。ここは末期患者のための家だ。末期患者がいずれむかえる旅を待つ家だ。この家はそういう家だ。みんな、それを待っていますよ。いろんな形でね。隣の応接間でテレビを見たり、人と喋ったり、個室にこもってテレビを見なかったり、人と喋らなかったり、それはいろいろ」

廊下の突き当たりのその部屋は、小さな応接間というより、祭祀を行なうために、司祭が着替えを行なう控え部屋のようだった。閑散、雑然としていながら、妙に、宗教的な空気を感じさせた。

ジョージはその部屋の隅の椅子に座って、背中が痛いと言った。私が階段を降りる彼を介護しながら、ずっと手を当てていた背の部分である。私はすぐさま手を離して謝った。私はジョージの真横に座り、大石は私の背後にいた。

体調はどうですか。少しは……好転しましたか。私はこう聞いた。

「ずいぶんいいよ」

ジョージは言った。

「昔はおかしかった。まったく何がなんだかわからなかった。狂っていたんだ。今でも、そういうふうになることもあるけど、いつもじゃない。昔よりはいい。僕はよく意識を失うし、その間の記憶もないけど、今は、それよりきちんとしているよ」

彼の手をとりたかったが、暗く雑然とした小部屋の小さな椅子に体を預け、ため息のような声で喋っているジョージには俄かに手を触れがたかった。手を触れて彼を痛めるほうがむしろ気づかわれた。

そして、こう尋ねた。

「今、なにをすればあなたの助けになりますか」

彼はすぐには、それに答えなかった。かわりに、そのホスピスの医療体制に対して話し始めた。

「ここは教会が資金を出しているホスピスなんだ。資本は出すが、そこに入る末期患者に対して口出しはしない。もちろん宗教的な押しつけもない。

ホスピスには看護人が週に二回やってくる。医療介助ができるスタッフは二四時間体制で詰めている。具合が悪くなって、僕がまだ自分の足で歩ければここから病院に通院する。だめなら、誰か僕を病院に運んでいってくれるボランティアを、ジョン・シルバなどに探してもらう。

ホスピスに滞在するための金か？　それはＧＣＨＰが負担してくれている」

その答えをきいて、私はジョンがホスピスにくる前にことづけた封筒を思い出した。ジョージも同時に思い出したようだった。

「ジョンからことづからなかった？　お金なんだけど」

私がそれを手渡したとき、ジョージは初めてすばやい動きをみせた。封筒をせわしなくあけると中をのぞきこみ、金を確認するとシャツのポケットにしまいこんだ。

「これだ。これがないと、僕はここにいることができない。この金がないとね」

そう言いおわると、放心したように黙り込んだ。もともと可憐なアーモンド型だった目は、やせ衰えた今、不吉に見開いた楕円にかわり、視線は前方低くおちがちで、表情は固着していた。

ずいぶんたってから彼はこう切り出した。

「そうだね」

私が最前問うたことに答えるつもりのようだった。

「何が助けになるか」

それから言った。

「なにも助けにはならないよ」

なるほど。私と大石はうなずいた。

「ときどき気分がいいときがあるんだ。そのとき、つきあってくれないか。それでいい。

おい、仕事、忙しいかい。日本は忙しくやってるのかい」

最後の質問はまず大石に向けられたが、彼はしばらく無言だった。ジョージは次に私のほうを見た。私は答えた。

「ええ、私も忙しいし、彼らもとても忙しい。裁判はどんどん進んでいるしね。みんな、とても忙しい」

ジョージは初めて微笑した。

「忙しい。それはよかった。それはよかったよ」

忙しいのはいいことだ。それはよかった。みんな忙しいんだね。彼は繰り返した。

「みんなが忙しく仕事をしているのを聞くのが、一番助けになる。それが一番嬉しい」

あなたが忙しいかって聞いているけど。私は大石にむかって言った。彼は、みんなが忙しくしているのを見るのが一番慰めになるそうですが。

「僕は大変忙しいです」

大石は英語で答えた。

そうかい、それはよかった、それは。忙しいのはいいことだ。元気なのはいいことだ。ジョージは繰り返し、次第にその声は小さくなり、最後には本物のため息のように小部屋の空気にまぎれていった。

「僕の部屋をみるかい」

しばらくして彼はゆっくり立ち上がった。

再び廊下を通り、大きな応接間の前まで行くと、彼は室内をのぞきこんで、ここが応接間だと言った。大きなテレビがある。椅子とテーブルもあるので談笑ができる。あそここにあるのは、クリスマスツリーだ。大きい。

私たちは彼の説明にいちいちうなずいた。

大きなテレビと大きなクリスマスツリーがある応接間には、二人の男性が大きなひじ掛け椅子に座りむかいあっていた。彼らは入口で説明を続けるジョージを一瞥したが、軽く会釈しただけで、また椅子に体をもどした。むかいあって座っているものの、彼らが談笑しているようには見えなかった。

螺旋階段をのぼって二階に行くと、彼は共同の台所と洗濯場所を見せた。

これは冷蔵庫だ。とても大きい。これはレンジだ。電子レンジもある。テーブルだ。食事もできる。とても清潔だ。これが洗濯機だ。とても大きい。乾燥機だ。とても大きい。とても清潔だ。

最初から最後まで調子はかわらなかった。とても大きくて、とても清潔な台所や洗濯場には消毒薬の匂いがただよっていた。大石が息を詰めてその匂いをかがないようにしているのが、気配でわかった。

「もう説明はいいだろうか」

ジョージが唐突に言ったので、もちろん、と私たちは答えた。早く、彼をベッドにもどしたかった。

彼の個室は、まだしも息がつける状態だった。つまり雑然と散らかっていた。初めて会った頃、彼は、僕は部屋の整理整頓が苦手なんだ、中国人だからかなと言ったものだ。中国人であるからかどうかはわからないが、たしかに整理は悪い。エイズは彼の内外をさまざまに変えたが、この性格だけには手をつけなかったようだ。あらゆるものがやりかけ、やりっぱなしで放置されているこぢんまりとした部屋のベッドに彼が落ち着くと、大石と私は散乱している洋服やコップをどけて、しばらくのあいだ腰をおろした。

このホスピス、気にいってますか。そう聞くと、わずかな間があった。

「気にいってるよ」

どういうところが？

「一人になれる」

個室があるということ？

「そうだね。この部屋に入って鍵をしめてしまえば、静かで安全で一人っきりだ」

このあたり、治安はよさそうですね。

「そうなんだ。それがすごく重要なんだ」

突然、ジョージは雄弁になった。

「アメリカは狂ってる。すぐ人を殺す。銃で撃つんだ。危険で狂っている。

街はホームレスがいて、彼らの半数がエイズ患者だ」

彼は顔の前で弱々しく手をふりまわした。いったん雄弁になると言葉はなかなかとまらなかった。

「いったいどうしたんだろう。こんなことになってしまって。政府は医療にお金を出さないし、くだらない軍備のほうにばっかり金をつぎこんで、街がどれほど荒れても知らん顔をしている。そこらじゅうで、人は殺されるし、どうしてこんなことになってしまったんだろう」

彼は私の名前を呼び、サンフランシスコの変貌があたかも自分の責任であるかのように釈明した。昔から、こんな街ってわけじゃなかったんだよ。僕が生まれた街はなかなかいい街だったんだ。

「あなたは、前もそう言ったわね」

箸を上手に操りながら日本料理を食べていたジョージ・チョイを思い出してこう答えた。そのときも、彼はほとんど言い訳がましいほどの口調で、サンフランシスコは、本来はこのような土地ではないと言い続けたのだ。エイズ患者が路上に放置されて死んでいくような恥さらしな街ではないのだと。

「ここにいれば、静かで安全なんだ。誰もこない。誰も入ってこない。一人でいられる。

でも、ここにいても外は安全じゃない。比較的治安はよいけれども完璧じゃない。知ってるか。一週間前だが、僕がここに寝ていたら、外で銃声が聞こえたんだ。ああ、あの音。気が変になりそうだ。誰が銃なんて撃ったんだろう。誰にむけて撃ったんだろう」

ジョージの顔に疲労の色が急速に濃くなるのをみとめながら、私は大石のほうを見た。大石も積極的にジョージと話したい風情ではなかった。

さて、次はいつ会えるかしら。私は切り出した。私たちは一週間サンフランシスコにいます。ジョンの家に泊めてもらうんですが。ですから、いつでもあなたの都合がいいときにお訪ねしようと思うけど、どうですか、都合は。

ジョージは表情を動かさずに言った。

「二四日と二五日は無理だよ。クリスマスイブとクリスマスだから」

私はいぶかしげな表情を浮かべたにちがいない。彼はこうつけ加えた。

「イブだろう、クリスマスだろう。きっと僕は他人に会えないと思うんだ。家族のパーティーだ。みんな集まってね、クリスマスを祝う。僕もそれに出なくちゃいけない。きっと、出なくちゃいけないはずだ。きっと電話があって、その二日間は僕はここにいられない。家族に呼ばれてね。僕はクリスマスは他人には会えないだろうと思う」

そうですね。クリスマスには、あなたは家族の集まりに行く。それ以外の都合がいい日に連絡をとりあって私たちは会うことにしましょう。私は言った。電話をします。あなたも電話をください。近いうちにまた会いましょう。

彼が、エイズと同性愛者という二重の理由によって家族から忌避され、結果、玄関ホールには清涼な光が満ち、室内には消毒薬の匂いが漂う、大きなクリスマスツリーと清潔な洗濯場のあるホスピスの個室にたどりついたことは、そこでは言ってはならない事実のひとつだった。

私たちはまもなくホスピスを辞去した。

昼食の時間をずいぶんすぎていた。食欲は、と私は問い、少しねと大石は答えた。私はカストロストリートのレストランに大石を誘った。ジョージと新美、そして私が初めて会ったレストランである。彼は巨大なオムレツを頼み、私は一番単純で量の少ないサラダを下さいと頼んだ。それでも、皿の上に堆積した細切れの野菜や肉や卵は、うんざりするほど嵩高《かさ》かった。

「ジョージ・チョイは静かで安全だと言っていましたが、あなたは、ああいうところで死にたいですか」

私は山のようなサラダを切り崩しつつ聞いた。

大石はオムレツの小山にフォークをつきたてて答えた。

「いやですね」

なぜ？　私は問うた。

「なぜ、ああいうところで死にたくないですか。なにがいやですか」

大石の表情をみながらこうつけ加えた。

「もし、ジョージのような立場におかれたとすれば、あなたはどうなるだろうか。末期患者としてあのような環境におかれればどうだろうか」

「発狂する」

大石は言った。

「僕はとても耐えられない。あんな施設で、あんな個室に入れられたら一日で狂ってしまう」

同感ですね。私も狂うでしょう。

私はそう言ってうなずき、しばらくのちに再び聞いた。ところで、しつこいようですが、何が一番いやだったんですか。あのホスピスの静かさですか、教会みたいな雰囲気ですか、みんながお互いに知りあいではないふりをしていることですか、消毒薬の匂いですか。

「それはまあ全部といえば全部がいやだけど……」

大石はオムレツをつつく手をとめて考え込んでいた。

「僕、最近になって思うんですが、発症したら、僕は東京で暮す勇気を失うかもしれません。結局、田舎に帰ってですね。実家で、母や兄弟の顔をみながら死にたくなるんじゃないか、そんなふうに思うんですよね。

つまり、一人になることですね、一番いやなのは。

たった一人で安全に死ぬくらいなら、危険でもいい、知ってる人にまみれて死にたい」

ジョージも結局は同じだろう。私は思った。だからこそ、彼はイブとクリスマスには他人には会えないと言うのだ。彼は、家族が彼を実家に招いてくれるのを待ち続けるのだ。彼は、おそらく電話が鳴らないことを知っている。家族は、〝チョイ家の六番目〟は、すでにこの世の中に存在しないふりをしたがっているのだ。だがなお、彼は招待の可能性にすがりつく。電話がけっして鳴らぬと認めてしまえば、この寒い季節を発狂せずに乗り切れないのだ。

「でも、こうも思う。もし、そうやって田舎に逃げ帰ってしまったら、僕はいったい何のためにサンフランシスコでエイズについて勉強したり、ジョージと話したり、あえて世間に僕自身の感染を知らせようと、その方法についてあれこれ悩んだりしていたのかわからない。そうじゃないですか。僕は田舎に帰って死ぬために、今まで生きてきたんじゃないでしょう。そうですよね。

自分は何のために生きてきたのかわからない。そう思いながら死ぬのは、ひょっとしたらすごく辛いことかもしれない」

家族でなくてはだめなんですか。つまり、一人きりでなければ、他人でもいいということはないんですか。私は問うた。

「他人って?」

「たとえば友人、たとえば恋人、たとえばただの知り合い、たとえばアカーのメンバー」

しばらく彼は黙っていた。

「理想を言えばね、きっと一番いいのは、あの中野の事務所。あの事務所に僕の一室をもらうことだなあ。それで、みんな忙しく働いているのを、僕はふとんに寝て見ている。見ることができなくなったら耳で音を聞く。ふすまのある部屋でね。ふすまごしに、みんながいる音がする。みんなが生きて、何かをやっている音を聞いて、初めて寂しいと思わなくなるんじゃないか。

あのね、僕をとくにかわいそうに思ってもらう必要はないんですよ。枕元で泣いてくれる必要もないんですよ。

ただ、僕が死んだあとも、みんなは忙しく生きるんだとわかればいい。同情はいりません。みんなが生きていることを見たり聞いたりしながら、僕は少しずつ死んでいく。ドアでしきられた個室じゃなくて、ふすまを少しあけた和室でね。

それが理想だけど、やっぱり無理でしょう。世話してくれる人だっているはずないし、今の日本だと、病院にすらまともに入院できない状態でしょう。だから、ひょっとして僕は田舎に帰ってしまうんじゃないかと、それが現実的なのではないかと思うわけですよ」

しかし、一方で、それでは何のために生きてきたのかわからないしね。大石は続けた。

「考えがまとまらないのは、僕がまだ自分が死ぬということに現実感がないからじゃないでしょうか。

たしかに、感染を知ったあとでは、死は以前よりうんと手前にきたんです。でも、まだ目の前というわけじゃない。手をのばして触れるほどじゃない。だから、考えがまとまらないのかもしれない」

それからしばらくの間、大石は小山のようなオムレツを、私はサラダの山を攻撃したが、結局それは、大石がかかえこんだ問題と同じように、うんざりするほどの堆積を崩さなかった。大石と私はだいたい同じ頃合いでフォークを投げ出した。

もったいないけど、もうやめましょう。もう店を出ましょう。私は彼にそう言い、私たちはカストロストリートに出た。

一九九二年一二月二二日。穏やかな日だった。

私たちはジョージが生まれた街を数時間散歩した。さほど寒くはなかったが、雲間からさしこむ一二月の陽光がはかないことも、また事実だった。

私たちはジョージについて断続的に喋った。

ジョージは二四日と二五日をどうやってすごすだろうか、私は問い、わからない、と大石が答えた。

しばらくして、私は大石にこう尋ねた。ジョージは今、どのような状態にいるとあなたは思っていますか。

彼はこう答えた。ただの病人。

「ただの病人というのはどういう意味？」

「もう昔の彼ではないということ」

「立派な病人だとは思わなかった？　自分の死についてあれほど明瞭に語れる病人はまれだと思いませんか」

「それは立派だけど、えらいと思うけど、やはり昔のジョージはもういない」

「何が失われたんですか？」

「彼、もう外の世界に興味がないでしょう。自分の状態にしか関心はないでしょう。エイズはもう彼にとって自分だけの問題ですよね。社会の問題でもなければ、同性愛者の問題でもない。アジア人の問題でもない。

僕がこの前、ジョージの家に泊めてもらっていたとき、彼はあんなふうじゃなかった。少なくとも、僕という他人の感染の問題については関心を持っていたわけです。僕がエイズに関して、感染者として何ができるのだろうかと相談すると、まずなによりエイズについてよく知ることだと言って、僕をＨＩＶの学習プログラムに通わせてくれた。

体は弱っていたけど、市長が不用意な発言をすると、怒りながら抗議の手紙を書いた。今はもう彼には感情がないみたいだ。何を言っても無表情。もう感情さえない」

大石は顔を手でおおった。背中がふるえ嗚咽が洩れた。

私たちは教会のベンチに座っていた。同性愛者のためのキリスト教会だ。街を歩き回るのにも疲れ、ちょうど誰でも入れるように扉があいていた教会に入りこんだのである。

「悲しいの？　悔しいの？　それとも怒っているの？」

嗚咽している大石にそう尋ねた。

「悔しい」

「ジョージが立派な病人ではあるけれども、エイズの予防啓蒙活動家としての闘志を失ったから悔しいわけですか」

「そう、もう闘わないからね、もう違う人だからね、僕が尊敬するジョージじゃないから、僕が信頼したジョージじゃないから、僕もこんなふうに生きられればいいなと思ったジョージじゃないから、僕は悔しい」

嗚咽は長くは続かなかった。彼が柔らかい物腰とはうらはらに、かなり負けず嫌いな男だということは、日本でのわずかなつきあいと、サンフランシスコまでの空路約一〇時間のあいだに察していた。彼は私に面倒をみられることを嫌った。自分でできることはやや背伸びをしてでもやり、むしろ私の分まで代行してやろうとした。

さらに、取材者としての私に対する警戒もまだ解けてはいない。そんな人物の前で泣き出したことを、彼は一種の感情失禁として恥じたにちがいない。一人前の同性愛者の市民活動家としてまた感染者として正論を語ろうと思っていたのに、のっけから不用意にも心中の波乱を見せてしまった。それをまずいと舌打ちしてもいただろう。彼は必死に体勢をたてなおそうとしていた。大丈夫です、平気です、と繰り返しながら平静な表情をとりもどそうとしていた。

私は大石の不本意さと、それほどの波乱をもたらした深い悔しさを同時に感じた。いつもは、けたたましいものの、およそ正面攻撃とは無縁にみえる〝おねえ〟の大石が、悔しいと言い、悔しさで背中を震わせ、悔しさがきわまった涙を流す光景は、大石の気分を忖度《そんたく》してもなお、印象に残るものだった。

「さて、では、何をこの一週間でやるか、それを考えませんか。あなた、何をやりたいですか。どこにいって誰に会いたいですか。何を聞きたいですか。何を日本にもって帰りたいですか。それを考えましょう」

「僕は、なによりもまずジョージに聞きたかったんですよね。彼にとって、〝活動家《アクティビスト》〟であることは、どういうことなのか。何を思って、今まで生きてきたのか。生きていることの目的は何だったのか。それを聞きたかったんです」

私にとって、ジョージ・チョイは〝活動家〟という生硬な表現になじまない、一人の香港移民の青年だ。同時に大石も、またアカーの主催者である新美も、〝活動家〟という前時代の埃をかぶったような表現になじまない。だが、エイズについての知見がないに等しい日本で、大石のような負けず嫌いの男が顔をあげて生きていくには、そのような生硬な言葉を用いるよりほかはないのだろうと思った。

「ジョージに、それを質問できる可能性がなくなったわけじゃないでしょう。彼は今日、特別に具合が悪かったのかもしれない。

彼にその質問をしたいだけですか。それだけでいいんですか」

「それだけではない、そう思います。

つまり、僕が日本に帰って何をすればいいのか。僕が感染したことを、どうやって、誰に、どのような目的で伝えればいいのか。

それを最終的に知りたい」

では、それを考えてみましょうよ。私は言った。

「とりあえず、いろんな人を探しましょう。ジョンにも適当な人物を紹介してもらいましょう。クリスマスが近づいているから、のんびりはできないでしょうね。クリスマスにはみんな家に帰ったり、旅行に出たりする。

でも、帰る頃には、とりあえず何をすればいいのかわかっていればいいですね。そうなるように努力してみましょうよ」

私たちがいすわっていた教会は、その頃になると騒然としはじめた。クリスマスの祭礼の準備をするために、まず神父が入ってきた。彼は、そのあとに続いた逞しい体軀の女性のオルガニストとあたりはばからぬ大声で話し、オルガニストは大石と私をちらりと見たものの、壇上に置かれたオルガンのほうに大股でむかった。

「何をすればいいか考えましょう。何ができるのか考えましょう。ジョージにも、なるべく多く会えるようにしましょう。どうですか、そういうことにしませんか」

大石の答えは、突然のオルガンの大音響に消された。その逞しい女のオルガニストは、筋金入りの音痴で陽気な音楽家だった。狂った音程で、おそらく聖歌だろうと思われる騒音がオルガンから叩き出された。

大石が何か口を動かしているのはわかったが、すでに聞こえなかった。

手まねでここを出ましょうと伝え、レズビアンのオルガニストが奏でる大音響に追い出されるように、また街に出た。すでに夕暮れだった。


「ジョージに会ってどうだった。あなたはどう思った？

そして彼はどうでしたか？」

ジョン・シルバはそう問うた。それから三時間後だ。

「大石さんはとても衝撃を受けたと思います。私も同じです。それから大石さんは失望し、落胆したと言いました。私は失望も落胆もしませんでした。ただ悲しかっただけです。知っている人を失う悲しさです。自分がそれについて無力である悲しさです。大石さんは失望し、落胆し、涙をたくさん流しました。ジョージが以前のジョージでなくなったことについてです」

そうですか。ジョンは答えた。

「彼がすでにエイズ全般について語らないことに、大石さんは、失望したんです。彼は、すでに大石さんを導く存在ではなくなったことを嘆いたのです」

「だが、彼を責めることはできないよ」

彼は言った。ジョージに会ったたくさんの人々に、何度も言ったセリフだと思った。言い慣れた口調だった。

「彼は責められない。一生懸命やるだけのことをやった。患者、たとえばGCHPの資金繰りをすべて軌道に乗せた。感染者に対する支援にしても、身を投げ出していろいろなことを行なった。だから、今、彼の治療費をGCHPは全部負担している。

やるだけのことをやって、彼は今、自分の世界に閉じこもったんだ。

それが責められるか。誰がそれを責められるんだ。

彼はやることをやり、彼は去ったんだ。

おおぜいの人が彼に会い、会ったあとには、もう会いたくないと言った。それはしかたがないことだと思う。ジョージは自分の役割を終えたんだ」

では、ひとつだけあなたの意見を聞かせてもらえますか。

私はジョンに言った。どうぞと彼は言った。

「ジョージはどんな過程を経て、今のような状態になったのですか。何か、突発的な事態が彼を変えたのですか。ちがうのですか」

ジョンは腰かけている椅子の中で脚を組み替えた。

「なにも突発的なことはおこらなかった。何もおこらなかったんだよ」

何もおこらなかったんですか。

「そう何もおこらなかった。彼はただ弱っていったんだ。ゆっくりと正確に、順調に弱っていったんだ。それだけだ」

順調に弱る？　その表現は耳慣れなかった。聞き違いだろうと思ったので、よく聞き取れなかった、もう一度言ってもらえませんかと私は頼んだ。ジョンは再び言った。

「ジョージは、順調に弱っていったと言ったんだ。何も突発的なことはなかった。特異な事故はなかった。少しずつ正確に弱っていったんだ。それは大変順調な進行だったんだ」

ところで、君はなぜ泣いたんだ。ジョンは大石に顔を向けて問うた。そして、彼の答えを待たずに言った。

「彼を理想にするならやめなさい。彼は希望ではない。奇跡でもない。彼は特別な人ではない。彼はGCHPを作りあげた。一生懸命やった。おかげで、僕たちはいろいろな作業ができている。彼のおかげで僕らは十分、元気に働いている。

彼がずっとそのままだったらいいだろうけど、彼はもうおわった。彼は自分の小さな平安と安心の中にとじこもっている。

十分だ。これ以上、彼には何もできない。僕たちは彼にそれ以上を望むことはできない。

あなたにとっての希望はジョージ・チョイにはない。医療の開発と研究の進み具合にしかない。ジョージはその進歩に、不幸にしてまにあわなかったが、あなたはまにあうかもしれない。確証はないが。


結局、そういうことだ」

サンフランシスコに滞在した一週間、私たちはあと一回、ジョージに会った。

あなたは桜が好きだといったね。桜が咲く頃、日本を訪ねるといったね。その計画はどうしたの？　大石は彼に聞いた。

その年の初秋、ハワイ在住の患者で、エイズの予防啓蒙について講演活動を行なっている、ショーン・デュケー氏が日本講演にあたってホテルから宿泊拒否されたことを知ると、ジョージはこう言ったのだ。四月に日本を訪ねて、税関で自分が患者だと申告してみよう。もし、それを受け入れられたら前例ができるし、拒否されたら問題提起ができると勢いこんでいたのである。

「僕は四月には日本にいけない。無理だ」

彼は簡潔にこういった。

大石はすでに私の前で涙をみせることに抵抗しなかった。

彼は涙ぐみ、唇を噛んだ。

私たちはさらに一回、ジョージに会った。クリスマスのあとだ。彼へのクリスマスプレゼントを探そうと、二人で百貨店の中を右往左往した。結局、私は東洋的な絵柄の一九九三年のカレンダーつきの日記帳を買った。大石もこまごまとしたものを買った。

来年の日記帳兼カレンダーを見て、ジョージは初めて笑った。これだ、来年のカレンダー、これが欲しかったんだ。その感想を聞いてほっとした。そのようなものを贈るのは、ひょっとして悪趣味かもしれないと思っていたからだ。

だが、そのような日はむしろ例外で、私たちが滞在した期間、ほぼ毎日のように、ジョージは意識不明に陥った。ジョンは毎朝、具合が悪い、医者を呼んでほしいというジョージの電話で目をさまされた。

「クリスマスは最悪の季節だ。僕は、クリスマスだけはこの街ですごさない。

クリスマスは寒い、金はなくなる、孤独になる。そしてクリスマスにはほかの季節より多くのエイズ患者が死ぬ。クリスマスパーティーにも招待されずに、路上で一人で死ぬんだ。

最悪の季節だ。患者にとってもボランティアにとっても。だから、僕はクリスマスだけはこの街ですごさないよ。なんとしても」

そして実際に、彼は二五日にはニューヨークの女性の友人の家に旅立っていった。それは、あわただしい旅立ちだった。朝九時、いつものように悲鳴まじりの声でジョージが助けを求める電話をかけてきたが、彼を医者に連れていくボランティアがなかなかみつからないのだ。なにしろ、今日はクリスマスなのである。

結局、一時間半後に一人のボランティアがつかまり、ジョンは自宅の鍵を私たちに渡し、あわただしくニューヨークにむかった。

大石と私は、主のいなくなったジョンの家を拠点として、まだ休暇や旅に出る前のGCHPの誰彼に取材を申し込み、あてどなく話を聞いた。

おおむね、エイズの予防啓蒙の具体的方法についてだったが、あるとき、GCHPのメンバーが不審そうな顔でこう問うたとき、わずかに展望がひらきかけた。彼は、こう言ったのだ。

「君、感染していることを世間にどんな形で言おうかって迷っているわけだろう?」

大石がうなずくと、かれは率直に聞いた。

「なぜ、言わなくちゃいけないの、そんなことを」

大石が黙って考えていると、彼は重ねて言った。

「だって君、風邪を引いたからといって、世間に発表する人はいないじゃないか」

「だから……それが風邪じゃないからです。みんなかかる可能性があるという意味では、エイズも風邪も同じことだけど、エイズを風邪と一緒だと考える人は日本にはまずいないしね」

「つまりこういうこと? みんながエイズの実態を知らないから、それを感染者本人の口から語る必要があるというわけ?」

「そうです。ただ、どんなふうに語るのかが問題なんです。その……マジック・ジョンソンみたいな形では、喋った本人だけがめだって、何を伝えたかったのかがわからないままじゃないかと思うし、日本はアメリカと同じ方法では通用しないと思うし、でも、何も話さなければ、同性愛者のエイズの問題なんて誰も考えないだろうしね」

彼は考え込んだ。その顔を見ていて、ふと思いついた。深く考えた上でのことではない。そのとき、それはただの思いつきだった。私は彼にこう質問した。

「大石さんがマジック・ジョンソンでは通用しないといったのは、つまり、エイズとは無条件に、世間一般に対して語るべき話題なのだろうかという提議なのだと思います。つまり、誰に対して語るべきかということが問題なのでしょう。

もし、あなたが彼と同じ立場だったら、あなたは誰に最初に語るべきだと思いますか。語ると言ったのは、告白するという意味ではないのです。僕はエイズだと叫んで泣くことではないのです。自分の感染を通して、ほかの感染者にも共通する伝えるべき情報があると思ったとき、あなたはまず誰にそれを語るでしょうか」

私が質問したGCHPのメンバーは自身が感染して長かった。そもそも、GCHPは感染者、患者によって運営される支援グループなのだ。

「それは知るべき人々にでしょう。世間一般の人全員がエイズについて知りたいと思っているわけではないでしょう。やたらにたくさんの人に話したところで効果があるとは思えない。それについて知りたいと思っている人だけに、適切な知識と情報を伝えていく。そういうことをきっと僕はするだろうな」

「たとえば医者とか、看護婦とかですか」

「そう。実際に患者に接して、彼らの病状に手を触れる人々ですね」

私は彼が言ったことを大石に伝えた。

大石は、そういえばと言い出した。僕は、サンフランシスコにくる直前に、主治医の仲介で集まってもらった看護婦さんのグループに、感染者としてどのような医療サービスが必要かという話をしたんです。

「彼は、看護婦さんのグループに話をしたと言っています。どうでしょう、あなたの感想は」

「それはとてもいいことじゃない？　だって、それは必要とされる場所で、必要とされる話をしたということだろう。つまり、切実に知りたいと思っている人以外には話す必要はないし、知りたいと願う人がいれば話しにいく。それはとてもいいことじゃないのか」

私が彼の言い分を通訳すると、大石は何度も小刻みにうなずいた。

「これまで不満に思っていたことって、それなんです。感染について表明するっていうときに、なぜ、誰に対して表明するのかが問題にされないんだろうと思っていたんです。エイズについて知識を得たい人も、得たくない人もひとまとめにして、その前で表明するということを大前提にしているでしょう。なんだか変だと思ってはいたんです」

そのとおりですね。私も同意した。表明するほうが、誰に表明するかを決められないというのは、やっぱりヘンな話だ。まったく沈黙するか、さもなければ、無差別に、あえて言えば無目的に開陳するかという二分法は、どうみても未熟だ。乱暴だし、現実感にも乏しい。

「なにも、無差別に公言する必要はないんだ」

大石と私はコロンブスの卵を初めて見た人間のように、何度もそう言い合い、なぜ、それほど単純なことに今まで気がつかなかったんだろうとお互いの顔をみあわせた。

「うろたえていたんでしょうね。あなたの感染について聞いてからこのかたずっと」

私は言った。率直にそう思っていた。感染を社会に表明したいと彼に聞かされて以来、マスコミを集めて記者会見をするというイメージからまったく逃れられなかった。だが、一方でプライバシーを守りたいのなら沈黙するしかないとも思い、結局、両者を行きつ戻りつするだけで、ただ混乱していた。私自身が、この件について未熟だったのである。別のいいかたをすれば、感染の事実を前にしてうろたえていたのである。知るべき人に知らせ、必要とあれば随時その範囲を広げればよい。それでも十分、社会への表明になるという普通の考え方ができなかったわけだ。

「僕もうろたえていたんですよ、きっと。僕だけじゃなくて、新美も古野も、そのほかの人たちも全員が」

大石は笑った。

「なんだか感染という文字のまわりを、みんなであわてて駆け回っていたみたいだ。大変だ、大変だ、感染だ、感染だって叫んでね」

大石と私は再び顔を見合わせ、なんとはなしに笑った。それは、あながち自嘲の笑いというわけでもなかった。

そして翌日、そのGCHPのスタッフがベルリンの国際会議について知っているかと言ったのだ。彼は、手元にあるかぎりの資料を見せて説明した。

「国際会議の参加については、感染者と患者が優先されるんだ。参加費用も無料になる。ただし、自国の支援団体や研究団体などの推薦状が必要になるが。

君たちの話を聞くと、日本ではほとんど感染者や患者が表面に出ていない状態だろう。ということは、君は推薦状を大変とりやすいわけだ。競合する人がいないわけだものね。

ねえ、君、この会議に参加してみたらどう？　誰に話をすればいいか、そのヒントも得られるかもしれないよ」

大石は、医療関係者と市民団体によって構成される団体に所属している。個人としての参加ではなく、アカーとしての参加で、その担当者として末席を占めているだけだが、ともかく推薦状を出すことができる団体には属しているわけだ。

「ただ、僕は自分が感染者だとは言っていないから、それを言う必要がありますね」

そう言った次の瞬間に、大石は初めて気がついたように言った。

「つまり、そういう言い方もあるわけですね」

そして、彼は帰国すると、国際会議に参加すべく話し合いを始めた。結局、推薦状は、研究者、医学者を対象とするとして、非専門家である大石には適用されなかったが、彼はその団体に所属する関係者の斡旋によって、翌年一九九三年六月に、ベルリンに赴いた。私も同時に、ベルリンへ取材に赴いた。そして、新美もベルリンに赴いた。

しかし、一九九二年のクリスマスの時点では、誰も、その六カ月後にベルリンでおきる事態を予想することはできなかった。

大晦日近く、サンフランシスコを去るとき、私は空港で、ジョージ・チョイの個室に電話を入れた。留守番電話が応答した。彼の部屋はこの数日、留守番電話がこたえるだけで、誰も本人の声は聞いていなかった。

「私たちは日本に帰ります」

私は吹き込んだ。そして、大石に代わった。

「僕は日本に帰ります。どうもありがとう」

再度、大石から受話器を受け取って私は続けた。

「会えてよかった」

そしてまた大石にかわった。

「どうもありがとう」

それから、数回の呼吸を経て、私たちはかわるがわる言った。

「またね」


大石が三度目のサンフランシスコからもどって数カ月後の一九九三年の春、アカーの七人のメンバーたちは、ある季節を迎えていた。恋愛の季節とも言えるが、むしろ巣作りの季節と言ったほうが適切だ。裁判が結審までの退屈な時間のみを残す時期に至って、彼らはなぜかいっせいに、恋人との所帯を持つことに専念しはじめた。

永易がその典型だった。あまりにも理屈っぽく運動を考えてなかばノイローゼのようになった彼は、ある日、かなり年下のアカーのメンバーに絵画展にいきませんか、と誘われた。

彼はそれに応じ展覧会を二人でみた。考えてみると、彼はこのような息抜きの時間さえ、裁判の記録をとりはじめてからすごしたことがなかった。ただ悩み、恐れて時間を費やしていたのだ。

彼はまさに窒息寸前で水面に顔を出した、泳ぎの下手な犬のようだった。

永易をさそった年下の男は、美術館を出て道を歩きながらなにごとか、大切なことを言いかねている様子だった。それを見たとき、永易のなかにそれまで覚えのない感情が生まれた。いとおしい、不憫だ、彼はそう思ったのだ。それは、どのような同性にも、二人の弟にさえ感じたことはない感情だった。

永易は、悶々と下を向いて歩く彼をいとおしいと思った。彼は、それまで永易の好みだった、いわゆる白皙の秀才ではなかった。対照的とまではいわぬが、かなり違う人柄である。それにもかかわらず、永易は彼にひかれ、いとおしいと思った。

永易は彼の両肩をつかんで言った。

「俺、お前のこと好きだよ」

年若い彼はそう聞いた瞬間、永易の肩に額を押し当てた。額を肩にあてたまま顔をあげないことで自分の気持ちを如実に表した。

「率直に言いますと、ある時期まで、これでセックスに不自由しなくなるという気持ちもありました。惚れられた強みを利用してやろうという身勝手な考えがなかったかと言えば嘘になります。いや、はっきりあったといってもいい」

彼は、その件について話すとき、過剰に露悪的になった。全面的に彼を頼っている若い恋人を、手軽なセックスの相手と考えたことはたしかだと何度も繰り返した。自分には、そういう身勝手なところがある。相手の弱みにつけこむところがある。相手は若いし、ものごとをうがって考えたり、人の言葉の裏をさぐったりすることはできない性格だ。そんなところにつけこもうという気がなかったわけではない。彼は飽かず告白した。

だが、そう言いながら、彼は恋人のことに話が及ぶと顔に血がのぼった。色が白いので、赤面していることが気の毒なほどはっきりした。難解な話をするときにはよどみのない永易が、恋人の名前を言うたびにどもった。彼が告白してやまぬ、〝身勝手〟なエリートの像とは裏腹に、それは純情という名の光景にほかならなかった。

私は尋ねた。

「では、いつからあなたは〝身勝手〟ではなくなったんです？」

「やはり、半年近くつきあっていると、なんというのでしょうか。自分の中に、本当にそれまでまったくなかった感情があると認めざるをえなくなったということです。それまで、私は誰も守りたいなどと思ったことがない。しかし、自分の中に、あきらかに奴がかわいくてしかたない、守ってやりたい感情が生まれて……」

「それに屈する以外になかったんですね」

「屈する……そうともいえますし……やはり自分の事実だと認めたんでしょう。それまで、私が自分を同性愛者として規定していた像からは想像がつかない事態だったけど、それは錯誤でもなんでもなくて、やはり、それも自分なのだと」

「あなたの課題は、性を含めて等身大の同性愛者として生きることでしたね」

「ええ、そうです」

「それを手に入れたのだとは思いませんでしたか？」

「ええ」

永易は一息入れて続けた。

「そう思いました」

「どうですか、等身大になった気分は」

さらにもう一息、永易至文は息をついだ。それから、四国の美しい海辺の田舎町に生まれ、四歳にして自分が同性愛者だと自覚していた早熟な彼は言った。

「それも、なかなかよい。いや、とてもよい。そう思いました。少なくとも、裁判や闘争や思想や主義以外に考える事柄がある、いや、事柄ではない、人間がいる。いや、そうじゃない。人生に抽象や思想以外に、いとおしみ、守りたい男がいることは、なんといいますか、とてもましなことだと思いました」

永易は就職がきまったら、その年若い恋人と所帯を持つことを決めた。同性愛者として初めて抱いた、現実的な目標だった。彼は次第に明るくなり、裁判の経緯についても、かえって積極的に追うようになった。その変貌ぶりは、他の人の目にも明らかだった。

「なんだか、あまりにも陳腐な言い方になるけど、男は守るべきものを持って初めてしっかりするというんですか、思わず、そういう言いぐさを連想しましたよ。永易の変わりかたを見ていたら」

新美は微苦笑しながら言う。

「以前は、どこかびくびくして孤独なエリートだった。今は、なんだか堂々と落ち着いた〝とっつぁん〟ぶりでねえ。あいつの本質って、なんと、あのあたりにあったんだねえ。おかしいったらないよ。俺、見ていて吹き出したくなるよ」

神田はいまだに生活上の苦労に四苦八苦していた。自分が原告となっている裁判への情熱もふるいおこすのに努力を要する状態である。彼はエネルギーを燃やし尽くして、宙づりにされたような気分だった。

だが、最悪の状態のときに、最良のチャンスが訪れることもある。彼は、その時期に、初めて安定した交際相手にめぐりあった。神田のそれまでの〝恋愛〟については、自身が、かなり無軌道な恋愛をしてきたと自認している大石でさえこう言ったことがある。

「あの人の恋愛って、普通の人にとっての〝であいがしら〟なんですから。三日でおわってしまっても、それをあの人は恋愛と言うんです。瞬間風速みたいな恋愛なんですから」

その瞬間風速の恋愛が、彼が最悪の精神状態にあったときに変わった。

それはつねになく安定した関係で、ケンカもめったになかった。神田は遅ればせながら、長く穏やかな関係のよさにめざめたのである。

「三カ月です。最長不倒距離ですよ」

神田は私と会うたびに、嬉しそうな表情でこう言った。次の機会にはこう言った。

「四カ月ですよ。また距離がのびちゃったよ」

半年ですよ。こう宣言したときには躁状態に近かった。

これが、かつてトイレの卑猥な落書まで目を皿のようにしてみつめ、つかのまの恋愛とセックスを求めてあがき続けた人物かと目をみはる光景だった。

だが、それは神田に特有の事情ではなかった。ほかならぬ神田自身がそれを知っていた。

「みんな、そんなふうだったんです。僕だけではなく。結局、裁判のような非日常を支えるには、また同性愛者の活動家などという非日常的人物でいるためには、実はありふれた日常こそ必要なのだと、みんなして一斉に気がついたみたいでした。最初世間と闘うということは、それだけで爽快感があることだった。ルサンチマンを大声で解消できるなら、ほかのことなんか何もいらないと思った。

でも違ったんですね。世間と闘うためには、手に職も必要だし、社会保険もいるし、世話をしなくてはならない日常も大切なんですね」

神田は恋人をよく家に招いては、シチューを、カレーを作って食べさせた。あいかわらず不器用な彼が作るシチューやカレーは、料理雑誌に載っているまま、つまり平均的家族四人前の分量なので、食べても食べても減らなかった。しまいには鍋の底に焦げついた得体のしれない固形状の塊が残り、私はその残飯整理を一度引き受けた。

神田は初めて手にした安定的な恋愛に深く影響されていた。

「影響されたのは僕だけじゃない」

彼は言った。

「みんな、裁判が後半にかかり、それぞれの生活を考える時期にいたって、恋人を作り始めた。つかのまの恋人ではなく、人間関係の核になる安定的な恋人です。いったい、どのような理由から、みんながそれを始めたのか、不思議ですよ。

古野と新美も、ほぼ同じ時期に、恋人どうしなのだと公言するようになった。風間とその連れあいも同じだ。いったい、どうしたんでしょうね。

みんな裁判にかかわる背景で、個々の私生活を求め始めました」

神田が言うように、新美と古野はこの時期に初めて連れあいどうしだと公言した。それまではグループを束ねている立場上、新美がそれを明かすことを嫌ったのだ。

風間も一九九二年のプライドパレード前後に同い年の男性とつきあい始めた。一九九三年春、カップルとして写真におさまった。多様なカップルを撮ることによって、日本を描出しようという試みを持った写真家の作品集においてである。

風間は、同時に、裁判のために、夫婦同室を認める東京都管轄の「青年の家」の例を複数捜しだし、それを裁判の正式な証拠として採用させて、意気軒昂だった。彼は、一時は、自分のあまりにも優等生的な性格に劣等感を抱いていた。また、新美とは違い、カリスマ性にも勘にも恵まれない自分が、今後、アカーを牽引する一人としてやっていけるかどうか自信を失いかけてもいた。しかし、彼もまた連れあいとの生活に支えられていた。

「裁判を通して、自分にいかに限界があるかを思い知ったというんでしょうかね。一時は、僕なんか何をしてもだめだとさえ思いましたけれども、やはり、その辛い時期にも、アパートに帰れば、肩を借りることができる他人がいる。よりそわせることができる心がある。それは、とても大きな自信でしたね」

風間の連れあいは、彼と同室を始めたとき、かなり精神的に不安定だった。実家の親兄弟との関係がこれ以上ないほどささくれていたためだ。同性愛者の彼は、同性愛を最大の恥と感じる家族に罵倒され、侮辱され、深く傷ついて風間のアパートに逃げ込んだのだ。

その後、しばらくの間、彼の精神状態は荒れ果てていたが、いつしかその傷口に薄皮が張り、過敏な痙攣をくりかえす自尊心も落ち着きをとりもどし始めた。ひとつは時間の経過のため、もうひとつは風間とすごす日常のためだ。

「彼が日に日に落ち着いてくるのを見ると、なんていうんですか、僕にもできることがある。そういう気持ちですか。裁判に勝つなんて大仰なことじゃないけど、僕にもなにかができたと。

そして、やらなくてはいけないことで、僕にとって苦手なことがあるなら、コンプレックスに悩んでばかりいてもしかたない。僕はたくさんの人をひきつける力を生来持っていないけど、それなら学べばいい。持っていないものについては学習すればいい。そういうふうに思うようになりましたね」

そして永田は情緒不安定から抜け出そうとしていた。

情緒不安定の原因は、なんといっても、アカーの創立期から経済的にグループを支え続けたストレスだ。裁判闘争の表舞台に立つこともなく、二丁目のポルノショップで働き、実家を手伝い、アカーの事務所家賃を払い続ける、多忙にして味気ない毎日を続けるうちに、彼の全身をストレス性の湿疹がおおった。理由もなく笑ったり、泣いたりするようになり、自分が壊れるのではないかという危機感のために、さらにストレスが深まった。

客観的にはものごとがすべて悪く展開していたわけではない。実際には、永田は目的の一部をはたしつつあった。ポルノショップの経営者が、同性愛をテーマにした小説や写真集の専門書店を、同じ二丁目に出す計画を進めていたのだ。いわゆるゲイブーム以降、その類の書籍は専門書店の棚をまかなえるほどの質量で流れ出したのである。しかも、経営者は永田の勤勉な働きぶりをみて、その専門書店の店長を彼にまかせたいと言い出した。将来、自分自身で情報センターを兼ねる書店を経営したいと考えている永田にとっては、願ってもないチャンスだ。

彼には、また恋人もいた。苦労人の永田と異なり坊っちゃん育ちの、のんびりとした気性の大学生だ。

結局、永田を追いつめていたものは、自分の生活局面のすべてが、グループのために吸い取られていくという、あまりにも特異な状況だった。アカーを経済的に助けることは彼自身が望んだ役割だったものの、それは二四歳の青年の社会生活としては公私の時間のバランスを逸しすぎる暮しぶりだった。

そして、ついに永田も個人的な生活にふりむける時間と余裕を求めたのである。

だが、あまりにも追いつめられていた彼は、自分一人でその決断を下す余裕がなかった。母が助け舟を出したのだ。

「一緒に住んでみたら？　そしたら、あまりカリカリしないですむんじゃないの」

かつて、息子が同性愛者だと聞かされたとき、片親だからこうなったのだと嘆いた母は、裁判を通して、誰よりも同性愛について理解の深い人物になっていた。その彼女がこう言ったのだ。

「あれもこれも完璧にやってたら、誰でも余裕がなくなるものよ」

母は言った。

「あんたは、彼は坊っちゃんだ、だらしがないし依存してるって怒るけど、それなら、離れていて怒るより、一緒にいて教えてやったらどうなの。そのほうが、ずっと安定すると思うよ」

そうか。永田はうなずいた。そういう手もあるのか。

九二年の暮れ、彼はレンタカーを借り、荷物と〝坊っちゃん〟を車に積み、新しいアパートに引越しした。

母親の判断は正しかった。翌年に入ると、永田は目に見えて安定した。

「本当によかったね。やっぱり所帯を持つと心が安定するもんだよね」

よかった、よかったと母は喜んだあと、わずかに心配顔でこうつけ加えた。

「あんたね、あの子は、あんたと育ちが違い過ぎるんだから、きりきりしちゃいけないよ。とりあえず初めのうちは、ゆったりかまえて受け入れてやらなくちゃ、きっと萎縮しちゃうよ。ちょっとしたことで追いつめなさんなよ」

かつて同性愛者に拒否的であったにも関わらず、これほど柔軟になった母を持つことは、同性愛者・永田雅司の誇りだった。

彼もまた恋人との日常のあれこれに、アカーを経済的に支える苦労と同性愛者の将来に対する不安を解きはなった。

神田が次のように言い出したのは、そのような巣作りの季節のさなかだった。

「みんなが、それぞれの私生活を模索しはじめた。しかも、その生活の場が、事務所に近い中野近辺に集まりはじめた。これがいわゆる共同体の端緒というものなのでしょうか。つまり、共同体が持つ好ましさと疎ましさも、ここから始まるわけなんでしょうか。正直なところ、これからどうなっていくのか僕にはよくわからない。あなた、わかりますか」

神田が言うとおり、一九九三年に入ると、アカーのメンバーの数が増加しはじめただけでなく、事務所のある中野近辺に住む同性愛者が目に見えて増えてきた。アカーの存在が各地方に分散した同性愛者に知られるようになり、孤立を恐れる彼ら、若い同性愛者たちのアイデンティティの拠り所となった結果だろう。

裁判の感触もけして一方的に悪いわけではなかった。

とくに一九九三年初め、アカーは同性愛の青少年への行政のとりくみに関して、サンフランシスコ市の教育委員会委員長、トム・アミアーノを証人として法廷に呼ぶことに成功した。彼は、裁判途中で追加要求した証人であるだけでなく、他国人でもあるので、地裁が彼を証人として認めたこと自体が驚くべきことだった。それは、あきらかに裁判官がこの裁判に興味を抱き始めたせいだと思われた。

アミアーノは公立小学校の教師から職歴を始め、教職者で初めて同性愛者であることを公言し、教育現場における同性愛者の青少年の存在へ社会の意識を喚起するきっかけを作った人物だ。彼はその功績によって、同性愛者として初めて教育委員会の委員に選出され、委員会内で、同性愛の児童と青少年への行政対応のプログラムを作りあげた。委員長への選出は、そのプログラムに対する高い評価によるものだ。

このような経歴の、しかもきわめて雄弁なイタリア系アメリカ人であるアミアーノにとって、男女別室ルールや、その後の行政の対応について、同性愛者の青少年擁護の立場から反論をくりひろげるのは、まさに朝飯前《あさめしまえ》という雰囲気だった。

「同性愛者の青少年にもルールは守らせるべきです。ルールを破ったときには罰するべきです。異性愛者の青少年と同じようにという意味ですが。

しかし、それは同性愛者も異性愛者と同じ場に参加させてからのことです。あらかじめ排除するのは無意味です。参加させ、その場ではセックスをしてはいけないとルールを教え、たとえば、職員を夜間巡回させればよいのではないですか。そして、ルールを犯した人がいれば、それが異性愛者であろうと同性愛者であろうと、その場からつまみだせばよろしい。

それだけのことです。参加がなければ、ルールも適用されない。ルールがないのであれば、要するにそこは社会ではない。ルールが犯されるおそれがあるからといって、同性愛者の参加をあらかじめ排除するという態度は、社会性を持つ公共施設がとるべき対応とは思えません」

これに対し、被告側の反論に見るべきものはなかったと私は思う。原告団も同じ感想だった。

アミアーノのような援軍を得て、同性愛者は、裁判所の内外で集合力を次第に増し始めた。

しかし、人はつねにトラブルとともに集まる。

また、たとえ共同体がそこに芽生えかけていたにせよ、個人の問題がすべて共同体によって解かれるわけではない。

だが、たくさんの人々が集えば、そこには共同体に対する過剰な期待も生まれる。すなわち、自分の人生は同性愛者が集合する場所にたどりつくだけで、自助努力なしに充実するものだという期待などだ。

同性愛者どうしじゃないか、どうして助けてくれないのか。そのような期待をもった人々は言う。

そして、あなたの人生は自分でどうにかする以外ないじゃありませんか、他人に助けてくれというのはおかどちがいですよ、と諭《さと》されると、彼らは憮然とする。また、同性愛者の共同体とは、互助会ではないのです、孤立しがちな同性愛者が、自分以外にも同性愛者が社会的存在として生きていることを公言すれば、異性愛者だけしか認めない社会より有利に社会生活を送ることができる場にすぎないのです、と言われると、まるで迫害されたような顔色で去っていく人もいた。

「いったい、僕ら一人で、何人の同性愛者の面倒を見るべきなのだろう。見なくてはならないのだろう。見る必要があるんだろう。

助け合うことは必要ですよ。なにしろ、僕だって、同性愛者は世の中にたった一人だと思っていましたからね。トイレの落書にだって光明をみいだしかねなかったくらいだからね。

とはいえ、無差別に助け合うことは、かえって害があると、他ならぬこの僕がそう思うんです。助けるとは一方的にかかえこむことではない。適性も能力もない人を、一生涯かくまうことができる共同体などありえないでしょう」

神田は言う。あまりにも深い人間関係におけるトラウマと、それになかば起因するけたたましい自己顕示の奥に、この二七歳の男がいだいているものは、実は常識人としてのバランス感覚であり、穏当な正論なのである。

だが、と神田は続ける。

「いったい、誰が他人の適性や能力などを判定するのだろう。それが、同性愛者であろうと、異性愛者であろうと、その人が共同体の一員として機能するか否か、誰が決められるというんだろう。

多分、そんな基準を個人は持ちえない。しかし、同時に、普通の人は、他人を無差別に誰もかれも受け入れるわけにいかない。一人の同性愛者は、しょせん一人の同性愛者でしかない。超人でもないし、博愛的である必要もない。普通の男であり、女であり、ありふれた人間にすぎないわけだから」

たとえば、と神田は言いかけた。

たとえば？

「たとえば、大石ですよね。あの人を、どうやって支えていくのか。そもそも支えられるのか。彼は感染したという以外に、何をなしとげたいのか。

そうです。たとえば大石です。ええ、そうですよ。大石です」

そして四月がやってきた。桜が咲いた。

ジョージ・チョイが好きだと言った桜だ。そして、ジョージがその月までは寿命がもたないだろうと思っていた四月だ。彼の余命は、大石と私がサンフランシスコを訪ねたとき数週間と宣告されていた。

しかし、彼はまだ生きていた。

彼は、滞在するホスピスをかえた。結局、彼は個室に耐え切れなかったのだ。彼はカストロストリートの裏通りにあるホスピスへ移った。以前のホスピスとは対照的なところである。具体的には雑居性が高く、すなわち、ジョージの性格どおりに整理整頓が悪く、調理される料理は白人向けではなくアジア系の人のための、米を主体にしたものだった。

ジョージにとって、それは大きな安らぎだったにちがいない。彼は病状が進むにつれて、西洋的な食生活を厭うようになっていた。パンとステーキはすでに彼の喉を通らなかった。米飯と、南部中国の伝統的なレシピで調理された惣菜以外は受けつけなくなっていたのだ。新しいホスピスは、彼が望むような東洋の料理を出した。全体的にアジア系の人々にとって快適であるような雰囲気作りがされているホスピスだった。

彼はそこで、西洋的孤絶から解放され、雑然とした施設で米を主体にした食事をとることができた。さらに不満があれば、通りをひとつ渡ればカストロストリートだ。中華料理店にはことかかない、同性愛者の街である。そもそも、サンフランシスコは南部中国系の人々が人口の半数を占める街なのである。

彼は、ホスピスのとなりに門戸をひらいた成人学校の絵画教室に通い始めた。毎週ゆっくり歩いて教室に行き、絵を描いた。ジョージは病いを得るまで、グラフィックデザイナーとして生計をたてていた。彼は自分の人生を思い、他の同性愛者を思い、チャイナタウンを思い、一九九七年には消え去る父母の故郷・香港を思って、何枚かの絵を描いた。ときおり、日々の感慨をこめた手紙を、新美にあてて書き送ってきた。

そして、彼は日本に桜が咲く季節まで生きた。

彼は、医師の宣言を越えて生きていた。孤独ではあるかもしれないが、孤絶と手を切ったことにより、香港からの移民二世、ジョージ・チョイはまだ生きていた。

第八章
そしてベルリンにいた

あぐらをかいて床に座りながら、この姿はホームレスと大差ないと思った。一九九三年六月、ベルリンの国際会議場だ。

右隣に同性愛者の国際団体のブースがある。その階でもっとも人気のあるブースのひとつだ。

理由は、ブース内で終日、流されているビデオにある。コンドームを使ってセイフセックスを行なってもなお、情熱的なセックスが可能だということを、実証的にしめしたビデオだ。

会議参加人数二万人近くを数えた人々は、通路を通りながら、男性と男性が、また女性と女性が情熱的にセックスをくりひろげているその画面に目を吸いつけられる。同性愛者の性行為を、ある人は、なかばのけぞりながらみいり、別の人々はビデオの前に二列三列と列を作ってのめりこむように映像を注視している。

それが、私が座り込んでいる右側だとすれば、左側にあるのは、対照的に人気のない統一ヨーロッパの広報機関のブースである。実に閑散としたブースだった。受付の人さえいなかった。

そして、その間にはさまれた狭い空間が、大石と新美、そしてほか三人のアカーのメンバーとたまたまオランダに留学中の同性愛者の一人の若い学者、そして私が落ち合う場所だった。荷物を窃盗から守るために、常時誰かが、その場に座り込んでいた。

大石に関してはたしかに、日本の公的団体からの手配を受けた無料参加だったが、そのほかの人々については、ほとんどつじつまあわせに等しい算段による参加だった。

私自身はふたつの目的でその会議に臨んだ。ひとつは、その前年、アムステルダムから会議の性格がかわったと聞かされたからである。アムステルダム以降、会議は医学者のみによってとりしきられる学術会議ではなくなった。むしろ、感染者、患者の存在を前面に出し、積極的な参加を求めるようになった。民間団体の参加も活発になり、その多くが同性愛者によって構成されているという。その実態を自分の目で見たいと思って、私はそこに参加したのだ。

ふたつめは、大石が、日本人の感染者として、来年の横浜会議にどのような活動を行なえば有効か、ベルリンの会議を取材することによって情報を得たいと語ったからである。また、私は、日本の実行委員会が横浜会議に対して、および、同性愛者の感染者である大石に対して、どのような態度表明を行なうかについても興味があった。


そのときアカーはすでにエイズの予防啓蒙を行なっている民間団体のひとつとして、組織委員会の周辺組織に参加している。

これは予防法反対運動以来の、アカーの活動が公に認められたためである。

このように、同性愛を正面から標榜するグループが厚生省が音頭取りをする国際会議の開催組織の一員となったことは、画期的な事態ではある。ただし参加しているとはいえ、委員会に対する実質的な発言権、決定権の有無という意味においては、無力に等しい状態だ。

実際、彼らにはブースのわりあてはなく、特別な便宜もはかられず、自費による渡欧だった。

そもそも日本の実行委員会のブースそのものがお世辞にも活発とはいえなかった。墨絵と和服姿の女性と神社仏閣を映したポスターがはられているそのブースの趣きは、翌年、アジアで初めて国際会議を招致する国のブースというより、地方都市の観光案内所にふさわしい。

そして、大石を含めた六人の同性愛者は、同性愛者の国際団体の、いわば〝好意的な無視〟のもとに、ようやくその床面を自分たちの居場所とすることができたのである。

新美と大石は、日本の同性愛者とエイズ患者の置かれた立場について英文で講釈したパンフレットを床に置いた。横浜の会議に関して、日本政府がＨＩＶ感染者、患者の入国を一部禁じた法令の存在を批判的に指摘した記述もそのパンフレットにはあった。

そして、彼らの行為、すなわち入管法への疑義を提示したこと、また日本の行政には同性愛者への対応の面で問題があると訴えたことは、ふたつの対照的な反応をひきおこすことになった。

ひとつは日本の組織委員会からの反応だ。彼らはまず、パンフレットの配布に難色をしめした。入管法への態度において、アカーと委員会の間にくいちがいがあったためだ。委員会は、感染者、患者の入国制限は、会議開催にあたって特例的に解除されるので障害にならないとしている。これに対して、アカーのパンフレットは、問題は特例が認められるか否かにあるのではなく、入国制限の存在そのものにあるのだと主張している。このような意見が日本人団体から提出されることは、委員会にとって、ある種の〝目ざわり〟だっただろう。

もうひとつの反応は、主に海外の感染者、患者によって構成されるNGOからもたらされた。

彼らはこう主張した。アムステルダムではっきりと顕在化し、ベルリンではきわめて大きな勢力となったエイズについての事実とは、市井の同性愛者の問題をぬきにして、エイズを医学、疫学上の問題に封じ込めることは無意味だということだ。エイズは同性愛者自身によって語られなくてはならない。またいかにエイズと共存するかを医学面だけではなく、社会のあらゆる側面から考えていかなくてはならない。そのため同性愛者、なかんずく感染者である同性愛者は、エイズに関して、汎世界的な協力態勢を作らなくてはならない。

はたして、日本はそのような意識を持ちうるのか。たとえば大石敏寛という同性愛者の国民にして、感染者をどのように扱うつもりなのか。排除するのか、それとも受け入れて横浜会議において感染者として重要な役割をふりあてるのか。もし排除すれば、それは日本がエイズに関して汎世界的な協力をみせないという意思表示だ。次回会議開催国として〝国際的〟な態度をしめしたいのなら、まず大石を受け入れ、日本が彼の役割を評価し支援する態度をしめさなくてはならない。

これに対して日本の委員会は、大石が感染者、患者の代表に立候補するのはかまわないが、委員会がすぐさま彼を代表として認定するわけにはいかない、と消極的だった。

大石とほかのアカーのメンバーは、ブースとブースの間の小さな床面に座って、ふたつの反応が彼らの前をゆきかい、拮抗するのを眺めていた。

そして、国際会議の最終日に近いある日、大石は大会場で、公衆疫学の研究者の発表を聞いている私に近づいてきた。

　彼はその日、日本の実行委員会との最後の話し合いをすると言っていた。

　大石が近づいたので、私は椅子を勧めた。

「僕は、言います」

　何を？　私は問うた。

「僕は感染者で、同性愛者だということを」

　いつですか。

「まずは、日本の組織委員会の記者会見の場で」

　どうやって？

「日本に、同性愛の感染者の受け入れ先を求めている、いろんな国の人々が、〝結果的に〟助けてくれるといいます」

　そうですか。そのさきは？

「わからない」

　なにか、気になることは？

「そうね。とりたてて。ただ、なんだか早過ぎるかなあ。そんなふうにも少し思う。僕にとってはそれほどではないけど、きっと、ベルリンで何がおこっているのか知るよしもない静岡の母や兄弟にとっては、きっとこれは早過ぎることだろうと。それだけ」

　日本の組織委員会の記者会見は大紛糾した。エイズは、欧米を中心にした文化では、すでに同性愛者を顕在化する最大の課題となっているが、アジアにおいて、同性愛者は社会に存在しないごとく扱われている。そのような大きな落差のある状況下で、アジアで初めてエイズの国際会議を自ら招聘した日本が、質問の嵐にさらされないですむわけもなかった。

　組織委員会は混乱をおそれて、アカーを始めとする日本の民間支援団体のメンバーが記者会見の場で発言をすることを実質上、封じた。だが、記者会見では、あらゆる国と立場を代表する団体が会場から次々と立っては質疑を繰り返し、日本の組織委員会は最初の挨拶と、もう時間ですから退出してくださいという最後のコメントをわずかに言い得るのみだった。

　そして、大石は、その混乱のすきまを縫って、会場の三カ所に置かれたマイクの一番左に位置をとった。

「私は大石といいます。アカーという日本の同性愛者の団体に所属しています。私は感染者として、横浜会議に臨もうと思っています」

　彼がそこまで言ったところで、司会をしている日本人通訳が別の人に発言を振り向けた。

　記者会見は騒然としたまま一五分持ち時間を超過して解散した。

　大石はやるだけのことをやった。それで十分だと私は思った。

　まさかその次があるとは予想もしていなかった。だが、大石敏寛はもうひとつの舞台を用意されていたのである。

「どうすりゃいいんだと思います？　このスピーチのことを帰国してからみんなにどう伝えればいいんだと？」

新美が一人ごとのように言った。

「こんな事態なんか、まったく予想しなかったでしょう。いったい何を、どうすればいいものか皆目見当がつきませんよ」

会議場の食堂だ。

〝こんな事態〟とは、組織委員会の記者会見で感染者だと名乗りをあげた大石が、この会議の閉会式のスピーチの最終部で、ＨＩＶに感染した同性愛者として、翌年他国の研究者や民間支援団体や患者、感染者を、日本へ招聘するための演説をするということだった。

それは、日本に同性愛者で感染者である大石のような人物がいなくては、そして、彼が実行委員会内で発言力を持たなくては、みしらぬ極東の国で国際会議を開く意味がないと感じている、欧米の活動家の意図によるものだった。

彼らは日本の組織委員会に大石を最後の演説者とするよう、強く促した。

そしてついに、大石の閉会式での演説が具体化したわけだ。唐突な話ではあったが、それは理想的な条件をそなえていた。国際会議での演説は、大石が同性愛者であること、ＨＩＶに感染していること、そしてそれを契機に社会に対してなにかをしたいと願っていることを表明するのに、このうえなくふさわしい。

「何を喋るか頭に入っていますか」

私は、隣で皿をつついている大石に言った。演説までの待ち時間を、食堂で軽食でもとってすごしませんか、とアカーの人々を誘ったのだ。

「ええ」

この格好でいいと思う？　紺のスーツの襟元に同性愛者のシンボルであるピンク色の逆三角形を描いたバッジをとめた大石は、私のほうを向いた。

もう少し、そのバッジを上にあげたらどうですか。そうすれば、あなたがマイクにむかって話すとき、そのバッジがカメラの中に入るから。あなたが同性愛者ということが、みんなにはっきりとわかるでしょう。

彼はバッジをつけなおし、準備のために一足先に食堂を出ていった。

大石を最後の演説者にしようと力をいれた人々とは誰か。それは、横浜の会議にむけ、アジアにとっては異様にさえ感じられる価値観を、エイズの現実として日本に受け入れさせようという異文化勢力にほかならない。私はこれから閉会式が行なわれる巨大な会議場の隅でカメラの部品を点検しながら、そう考えた。その異文化は敵なのか。味方なのか。異文化勢力によってもたらされた〝この事態〟は吉と出るのか、凶と出るのか。それは今のところ、見当がつきそうもない。

閉会式のスピーチは次々とすみ、ついに大石の出番が訪れた。

二四歳の大石敏寛は、会議場の壇上でその異文化の風景とむかいあった。客席では、エイズの撲滅のためなら文化差も階層差ものともしない同性愛者による国際組織であるアクトアップが、〝日本人同性愛者、感染者を出せ〟という横断幕を座席の下に置いていた。日本の実行委員会は会場の壁際にはりつくように傍観していた。なにやら不本意なごりおしをされたという雰囲気に見えなくもなかった。

彼が壇上に立ったとき、私はその真下でカメラをかまえた。

もう少し、壇が低ければよいのに、そう思った。そうすれば、彼がスーツの襟につけたピンクの逆三角形が正面から十分撮影できるだろう。ピンクのバッジは仰角のフレームが切り取った大石の姿の最下端に見え隠れしていた。

レンズごしの大石敏寛は、左右に視線をめぐらせていた。緊張はしている。恐怖もあるだろう。だが怯えてはいない。

左右を見渡す目が中央で止まり、大石はレンズごしにこちらを見た。ふと笑ったように思えたので、レンズから目をはずした。大石は誰にむけるともなく微笑していた。私はカメラに目をもどした。

「私は大石敏寛です。日本の同性愛者の団体に所属しています」

壇の下に集まったカメラマンの間をすりぬけるのはなかなか骨が折れる。何人かの体をとびこし、あわただしくレンズを交換し、大石の表情を追った。

「私は一人の同性愛者として、同時に、一人の日本人HIV感染者としてここでスピーチいたします。

また私は、来年、同性愛の感染者として横浜の国際会議へ参加します。そして、その横浜で、私と同じ立場にいる、世界各国のHIV感染者、エイズ患者とともにエイズについて考えたいと切望しています。

どうぞ、みなさん、横浜においでください。一年後にお目にかかりましょう。そして、手を携えてエイズの克服をめざしましょう」

演説のあとに続く拍手を上の空で聞きながら、フィルムの残り枚数の表示に目をやり、なかば無意識のうちに新しいフィルムの有無をウェストバッグの中に探った。指に触れるのは空箱と電池数本だけだ。私はあらためてバッグの中をのぞきこみ、大石を撮影したフィルムがベルリンに自分が持ち込んだ最後のフィルムだったことに気がついた。

帰国して二カ月後、大石敏寛は、第一〇回国際エイズ会議組織委員会から、患者・感染者小委員会のスポークスパーソンに任命された。

スポークスパーソンは、アカーとしてではなく大石個人への任命である。そのため、彼はアカーを代表して参加していた委員会内の組織、コミュニティー・リエゾン委員会から抜け、あらたに若いアカーのメンバーが二人、リエゾン委員会に参加した。これで、自ら同性愛者であると公言する組織委員会のメンバーは三人に増えたわけだ。

もちろん、組織委員会は、大石の演説を、彼が独断で行なったことであり、委員会の総意ではないと主張することもできただろう。第一、国際会議に対する一般の興味はきわめて薄い。ベルリンにおいても、わずかな例外を除き、日本の新聞、雑誌は取材意欲をほとんど見せなかった。つまり、大石が行なったことを目撃し、記録した日本人はきわめて少ないのである。国内からの注目と監視がないのだから、大石の行為は場合によっては独断とされ、組織委員会内で無視される可能性も高かった。

だが、最終的に、組織委員会は、同性愛者・大石敏寛が、日本の患者、感染者の会議参加を呼びかける窓口になることを決めたのだ。

彼は八月なかば、厚生省において記者会見を行なった。

実名で、自分が感染者であることを表明し、次のような表現で、患者、感染者の会議への参加をつのった。

「日本では患者、感染者の扱われかたはひどいものです。自分自身も生きていく上で社会に引けめを感じています。来年の会議では患者、感染者も（医療関係者や研究者など、従来、エイズの専門家として扱われた人々と同様に、HIV感染の当事者として――注　筆者）エキスパートとして扱われるようにしていきたいと思います」

会議には世界中から多くの患者、感染者が集まり、役に立つ情報もおおいに得られます。日本の患者、感染者もぜひ多数参加してください。彼は呼びかけた。それは、大石自身の感想でもあっただろう。

国際会議は彼に、そのように表明する機会を与えた。

もちろん、それは彼に何ものかを与えるだけではすまなかった。機会を得るかわりに、彼はいくらかのものを失った。

たとえば体重だ。

彼は会議前に一〇キロ体重をおとし、会議とそれに続く二カ月でさらに六キロ痩せた。

厚生省での記者発表という場を与えられたにもかかわらず、全国紙ではほとんど話題にならなかったその会見で、彼の目の下にははっきりとした窪みができていた。

T細胞値は、徐々に発症の目安である二〇〇に近づいている。

だが、体重減以外に兆候はない。

ベルリンと日本との往来が、彼から奪ったものは、ほんの一六キロばかりの体重でしかなかった。そうとも言える。

第九章
それからの彼ら

大石とはその後、四回会った。うち二回は偶然である。一回は、帰宅ラッシュ時の地下鉄銀座線の車内だ。大石は座席に座り、ウォークマンを聞きながら、てもとの雑誌に目を落としていた。

ラッシュの人混みに右へ左へと押しやられながら名前を呼ぶと、彼は目をみはり、ウォークマンを耳からひきはなした。

「どうしたんですか、こんなところで」

仕事から帰るところなんですよ。私は彼にこう答え、ところで、あなたこそどうしたんですと聞いた。

「僕も仕事帰りなんですよ」

彼は、都心にある弁護士事務所の事務員に職を得ていた。週四回の勤務で、休日は、国際会議組織委員会の仕事や、アカーの活動、さもなければ休養に当てている。

「体調はどうです」

「そうね、かわらない。いや、また少しさがったかな」

「どのくらい」

「T細胞が三〇〇台ですか」

委員会ではどうですか。スムースに動けますか、何か問題がありますか。

「そうだね。これは個人的な意見にすぎないけど、何か、対処に遅れているんじゃないかという感じはするんですよね。それは、まあ、いわば、自分自身の状態からくるものかもしれませんけどね」

私たちは、満員の地下鉄の車内でとぎれとぎれに会話をかわしながら、赤坂駅で別れた。

二回目は中野だ。JR中野駅の線路下通路を自転車でゆっくり走っていたとき、不意に名前を呼ばれた。ふりむくと、大石が横断歩道ぎわにたたずみ手を振っている。

私は自転車のサドルに腰かけたまま、彼と話をした。

大石は、そのとき、厚生省記者クラブで、組織委員会の患者、感染者代表として記者発表した直後である。反響を尋ねると、複雑ですね、と彼は答えた。

「全国紙はあまり取材に積極的ではなかったようですね。そのかわりに、地方新聞にはずいぶん大きく掲載されました。まったく無視されるよりはましなんだけど、地方では、どうも噂とか、偏見とかのレベルでしか受け取られないような気がする。

僕の地元でも、ちょっとした騒ぎだったようですよ。騒ぎがおこること自体は、僕はよいと思っていますけどね。つまり、騒ぎがきっかけになって、エイズをみんなで考えてくれればいい。

でもね、そこが難しいですよ。騒ぎが、ただの騒ぎでおわってしまうことのほうが多い」

自転車に乗った私と、横断歩道の傍らに立つ大石のかたわらを、通行する人々の帯がとぎれず流れていった。

「でも、わかったことがひとつだけありますよ」

何です、それは。

「一回だけじゃだめだってこと。エイズについては、何回も何回も話さなくてはならないということ。

一回だけなら、ただの騒ぎでおわってしまうかもしれないけど、何回も繰り返し話せば、何か変わる、とは言い切れなくても、変わる可能性はあるでしょう。

要するにね、何回も、何回もが必要なんですよ」

風間は、弁護士とともに、男女別室ルールを適用しない青少年向け公共宿泊施設の例を捜し出すことに成功した。これは、「青年の家」が行なっているような男女別室が、全国的な通例ではないという実証として、地裁に提出された。

彼は、この一年来、かつての活発さを一部失いつつあり、今もそれは変わらない。市民運動のような対社会的活動に専従するより、むしろ、内省的な仕事に適しているのではないかと考え込むことも少なくない。多数の人々を引率していくリーダーシップにもなかなか自信が持てない。

だが、彼は他の同性愛者と比べてかなり恵まれた境遇にいると言わざるをえないだろう。彼の両親と弟妹は、一貫して裁判を支援し、傍聴にもよく訪れる。とはいえ、最近、彼はこのように緊密な家族関係にもタブーがないわけではないことを知った。恋人と同居していることを家族に伝えたときのことだ。

「家族は非常にショックを受けました。それをみて、僕自身もショックを受けました。僕が同性愛者だと話したときでさえ、これほどのショックはなかったからです。

きっとそれまで、同性愛の問題は裁判の問題であり、市民運動の問題だったからですね。それは、性の問題ではなかった。

なによりショックだったのは、僕自身が、家族が感じた以上の抵抗感や罪悪感に悩まされたことでした。僕も、自分が性生活を持っていることを、一種、タブーと感じていたことです」

性という問題は難しいですね。風間は呟くように言う。

人間が性を持つということは、複雑な問題なのですね。複雑で手強い問題なんですね。本当に。

「多分、両親は僕がいつか改心すると思っていますよ。改心して、まっとうになる日を待っている。そして、その日がくるまで、僕がセックスをすることなど、夢想だにしないでしょうね。両親にとっては、セックスとは、結婚した男女が子供を作るために行なう行為なんですから、結婚もせず子供も作らない僕にセックスなどありえないと思っている」

つまり、僕らは親子だといっても、これほどまでに隔ってしまったんですよ。

古野は両手を広げる。彼の長い両腕は際限のない隔たりを表して雄弁だ。

「でも、それでいいんじゃないかと思う。親だから子供を理解できるわけではなく、理解しなくてはならないわけでもない。

同性愛者であるというのは事実で、誰かの愛情や理解によって許可されるものじゃありません。仲のよい親子であることは望ましいけれども、なにがなんでも必要だということはない。そう思い込んでいる人はたしかに多い。それは結局、強迫的になっているだけだと思う。いたましいことだと思う。

誰から愛されなくても、誰から理解されなくても、僕たちは同性愛者なのです」

「どうしても、いつか、お母《かあ》んに理解してもらう、そう思っとるんよ」

四国の実家で永易は母にこう言った。

「僕はお母んを捨てるわけやない。同性愛者やと、こう言うてるんは、これからもずうっと、お母んとつきおうていきたいからや。

田舎やお母んや、そういうものを投げ捨てて、都会の人間として無責任に生きるのはいややから、きちんと背負うものは背負っていきたいからこう言っとるんやが。

同性愛者やからといって、まともな社会生活を放棄したわけやない。その証拠に、就職先も決めてきたやが」

久しぶりに帰郷するという連絡を、息子から受けたとき、「なんしたん。好きな人でもできたんか」

と陽気に笑っていた母は、今、息子の前でとめどなく涙を流していた。涙のあいまに、彼女は小声でこう繰り返しつぶやいた。

「至文《ゆきふみ》さん、かわいそうやが。かわいそうやが」

なんが、かわいそうなんか、と息子に問われると、母は答えた。

「あんたは、ずっと優しい心の人やった。

だから、きっと、今も正しいことをしてるのやろうと思うよ。あんたが悪いことをするはずがない。あんたが支援している裁判なら、それは正しい裁判なのやろう。おかあさん、そう思うよ。あんたは、いつも弱いものいじめが嫌いやったもの」

そんなら、かわいそうなことなかろうが。永易が反問したとたんに、母は一段と高い声で一息に言った。

「だから、かわいそうやが。あんたは正しいことをしてる。けど、きっと、世間はわからんもの。同性愛者なんやら、ぜったい、世間は理解せんもの。だから、かわいそうやが。至文さんは、いくら正しゅうても、世間にけっして受け入れられないもの」

誰もが沈黙した。そして、しばらくのち、永易はややゆっくりした口調でこう言った。

「お母ん、それでも、僕はかわいそうやないが」

数日後、再度上京した彼は出版社に勤めた。新しいアパートに引越し、恋人と生活を始めた。

その後、おかあさんはいかがですか、と問うと、だいぶ変わってきたようですと彼は答える。

「時間はかかるでしょう。でも、いつかはね。きっと、いつかは」

そして、ジョージ・チョイにとっての〝いつか〟がやってきた。

一九九三年九月一〇日だ。

その二週間前から、数通のファックスがサンフランシスコから舞い込むようになっていた。

「まもなくです。この週末、あるいは来週初め。おそらくそのあたりです」

　ファックスはそのように伝えてきた。

「肺炎の症状が深刻です。きわめて衰弱してきています」

　そうも書いてきた。

「少し前まで、話をすることはできたんです。でも、次第に、話のさいちゅうに、僕が誰かわからなくなり始めた。意識もだんだん遠のくようだった。どうしても、僕の名前が思い出せないんですよ」

　新美は言った。サンフランシスコからのファックスは、彼を経由して私に届く。三通目のファックスに、新美はこんなメモをつけてよこした。

「こんな便りばかり送るのは、本当に気がめいります。僕は、自分が〝死の使い〟になったような気分になってきました」

　そのメモに返事を書こうとしている矢先に、新美が電話をかけてきた。

「サンフランシスコから、またファックスがきました。今日だそうです。電話をしてほしいと言っています。もう何も見えないし、聞こえないし、口もきけないけど、誰かがいつも枕元にいて、彼の耳に受話器を当ててくれるそうです。だから、話すだけ話してくれということです」

　あなたは電話しましたか。こう聞くと、しましたと新美は答えた。


「息しか聞こえなかったです。荒い息でした。肺炎が急に悪化したんだそうです」


　九月一〇日午後三時、国際電話をホスピスの個室にかけると、それは留守番電話に切り替わった。彼の枕元にはもう誰もいないのかといぶかしみながら、ジョージの声を聞いた。

　つねのように明るく、やや高い音調で彼は応答メッセージを吹き込んでいた。

「ジョージです。せっかく電話してくれたのに、この場にいなくてすみません。あとで僕のほうからかけるから、留守番電話に、あなたの名前と電話番号とメッセージを吹き込んで下さい。帰り次第、すぐ連絡します。

　電話をくれて、どうもありがとう」

　メッセージの吹き込みを促す発信音が短く流れた。ジョージ、気分はいかがですかと口を切り、私はこう続けた。

「今日、電話したのは、本の最終稿を脱稿したことを伝えたいと思ったからです。

　あなたや、新美さんや、ほかのたくさんの人々に話を聞いた、あの本の原稿がようやく完成しました。日本の同性愛者についての本です。エイズパニック以降を生きる若いアジア人の本です。

　あなたに、あらためてお礼を申し上げたい。話を聞かせてくれてありがとう。あなたに、めぐりあえて光栄でした」

最後に、少し躊躇したが、こう結んだ。

「では、ジョージ、さようなら。

ほどなく、またお目にかかりましょう」

四〇分後、サンフランシスコからの電話で訃報を聞いた。

ジョージ・チョイは、現地時間九月一〇日金曜日、午前零時、サンフランシスコのマイトリ・ホスピスで亡くなった。死因はエイズ合併症。三三歳である。


少し太りましたね。

一〇月一一日、ジョージの日本での告別式で大石に出会ったとき、思わず率直な感想を口にした。

「そうなんですよ。三キロ太ってしまった。顔が丸くなっちゃってね、ちょっとみっともない」

大石は顔をなでながら、冗談めかして言った。

彼は、つい最近、アカプルコでひらかれた、第六回世界エイズ患者・感染者国際会議に参加して帰国したばかりである。どうでしたか、と聞くと、一転してまじめな表情になる。

「やはりね。ちがうもんですよ。ものすごく緊張しました。今までのように呑気ではいられないことが、よくわかりました。

つまり、僕はそういう場で、いやおうなしに日本を代表するんですものね。今までのように、ただ自分のことさえ考えていればいいというわけにはいかない。とんでもなく緊張して、あがってしまいました」

蕁麻疹《じんましん》が出るくらいでしたよ。大石は言った。実際に、全身に蕁麻疹が出てしまったんです。彼は麻疹の痒みを思い出したように、喪服の上から体をさすった。

「そんなことがあったわりには、太って帰ったんだから、わからないもんですね」

そう言って、また笑った。

大石は最近、〝ロングターム・サヴァイバー〟と呼ばれる、発症後も長く命を保つ患者について調べ始めている。中野のアカーの事務所で最後に出会ったときも、結局、その話になった。私たちは事務所の前の路地で長い間、立ち話をした。

「不思議ですね。昔は、生き残ることなど、考えてもみなかった。

ロングターム・サヴァイバーが稀な例だということも知っていますし、その可能性にすがりついているつもりもないんですよ」

しかしね、最近、考えるんですよ。大石はアパートの壁にもたれて言った。

「エイズを得ても、なお生きているとしたら、それはどのような人生なんだろうか。ロングターム・サヴァイバーたちは、どのような思いで生きているのだろうか。

エイズで亡くならない人生とは、いったいどのようなものだろうか。そんなことを考えるんですよ」

それについて知りたいんですね、エイズで亡くならない人生について、亡くならなかった人々について。

「そうです。僕は、それを知りたくなったんです」

そう語る大石の傍らを自転車が一台、通り過ぎていった。自転車に乗った男性が軽く会釈し、それを見て大石は我に返り、彼に声をかけた。

「今日は、もう帰るの？」

自転車に乗っている男性は、アカーの若いメンバーの一人で、近くのアパートに帰るところだ。そのアパートで、彼は年下の男性と所帯を持ち、会社に通勤している。仕事がおわると、彼は自転車でアカーの事務所に通い、自分にわりあてられた仕事をこなし、また、アパートに帰っていく。

彼は、大石の問いかけに、ふりかえらずに首を振って答えた。私たちが立ち話をしている路地の奥まで行き着くと、片足を地面に着けて自転車の後部を小さく回転させ、左に方向転換して姿を消した。

そして、私たちが背をもたれていたアパートの一階の部屋からは、神田が、毎日、朝の五時すぎにあわただしく飛び出していく。彼は、性にあわない塾の講師の仕事から転職するため、友人と共同出資して商売を計画した。早朝に部屋を飛び出していくのは、その商売のため。そして、いつもあわただしいのは、塾の講師もいまだに続け、かつ、同性愛関係の翻訳の仕事までかかえこんでいるためだ。

彼は、いつも、アパートの前の路地を前のめりになって駆け抜けていく。

永田も神田同様忙しい。

永田の勤めているポルノショップのオーナーは、秋以降、二丁目に同性愛関係の書籍を集めた新店舗を出そうと計画した。永田はその店長をまかされることになっている。

ポルノショップにして書店という形は、永田が長年、思い描いてきた同性愛者の情報拠点の理想に近い。彼は、その店をまかされることに期待を持っているが、おそらく、店が儲からなければ、ほんの数カ月でオーナーが店を撤去してしまうだろうとも予想している。

一一月のある晩、その本屋を捜そうと二丁目に出向いた。いくつかのポルノショップを通り過ぎ、同性のセックスの売り買いの関係を求める人々の小さな塊りを横切りながら、私は、通りすがりの人々の中に、ふと知り合いの顔をみかけた。

こんばんは。

私は言った。

こんばんは。

彼は答えた。

このあたりに、永田さんが店長をやっている本屋があると聞いたんですが、知りませんか。

知りません。すみません。

彼は詫びた。

知らなかったんです。永田さんが本屋をやっているなんて。本当にそうなんですか。

ええ。

私は答えた。

彼が、その店を出したときいたので、一度、訪ねてきてくれと言われたので、今日、捜してみようと思ったのでね。

ごめんなさい、知らないで。

アカーのメンバーである彼は言った。

いいえ、呼びとめて、こちらこそすみません。

そして、彼は二丁目の方向に去った。


アカーと都教委の裁判には、一九九四年三月二八日、判決が下る。

エピローグ

一九九四年三月三〇日、午前一〇時。

晴天だった。

判決が出るはずの三月二八日を二日超過して、『府中青年の家事件』訴訟の地裁判決が下ったその日、霞が関の東京地裁に、判決が出ると聞かされていた午前一〇時ちょうどに到着したのだが、すでにそのとき、裁判判決は出ていた。

裁判所の門をくぐり、入口近くの穏やかな日だまりを抜けて建物の中に入ったとたん、私は一群となって外に出ようとしている、数十人のアカーのメンバーと鉢合わせした。

彼らはゆっくり裁判所を出ていこうとしている。なにやらざわめく雰囲気が伝わってくるが、さほど嬉しそうでも、興奮しているわけでもない。当初はそう思った。

その中に古野がいた。彼は私の姿を認めて名前を呼んだ。側に寄るとひとこと言った。

「勝った」

しばらくは意味がわからなかった。

だが、ふとみると、その一群の中には、感激のあまり泣いている人もいる。

「残念でしたねえ。一時間、早まっちゃったですよ、判決が」

彼は笑った。

「感激の一瞬ってやつを見逃しちゃいましたねえ。もうみんな落ち着いちゃった。これでもね」

目を凝らすと、一群の中央に永田がいる。判決から一時間弱がたつというのに、彼の体は細かく震えていた。足元も危うかった。この物事に感じやすい青年は、勝訴の判決を聞いたとき、どれほどの衝撃を受けただろう。いまだに泣いている人、今まで泣いていたことが歴然としている人、そして笑っている人たちの姿が明るい日だまりの中へ溶け出すように出ていくのを見ながら、私はそのあと予定されているという記者会見に参加するために広い階段を登り、三年前の提訴のあと、同じように記者会見を開いた地裁二階の小部屋をめざした。

なぜ、こんなにあっけなく勝ってしまったのか。そんなことを考えていた。

勝ったはよいが、では、そのあとどうするのか。敗訴すれば控訴という手段がある。そのあいだの時間を用い、彼らは彼らをみつめ、同時に私は彼らをみつめ、見返す視線で自分の姿をみきわめることができる。

手軽な勝訴は、大局的に見れば、同性愛者という異物を、〝お客さま〟扱いして小さな損害賠償請求事件の勝者に祭り上げ、いわば、低い屋根に登った彼らの足元から梯子をさらいとって、問題がなかったということにしてしまう。それでは、裁判には勝ったが、この国の異物排除の〝空気〟には負けたことになるだろう。

そんなことを考えていると、自然、視線は低く落ち、気がつくと私は自分の靴の先だけをみつめて歩いている。思えば裁判所に一歩足を踏み入れた瞬間、私は不意をつかれたのだ。

階段を登りきり、会見室の前まで俯いて辿り着くのと、前方に人影を認めたのが同時だった。

最初、私はそれを鏡に映った自分の姿かと疑った。酒を呑んでいるわけでもないのに千鳥足で、目は力を失い、顔には当惑としか呼びようのない表情が浮かんでいる。両腕を力なく垂らし、覚束なげに足を運んでいる恰好は、今、まさに破産宣告でも受けた人物のように見受けられる。

数秒間、その姿に目を凝らして、それが自分ではなく、新美広が廊下の向い側から歩いてくる姿だと悟った。

そのうち、新美が私の姿を視野に捉えた。彼は立ち止まり、脱力したまま、私を見ている。私は廊下の中央で新美に向かい合った。

こういう場合、何をすればよいのか、皆目、見当もつかない。

新美は、今、サンフランシスコのGAPAのメンバーに電話で報告をしてきたところだという旨のことを喋った。だが、語調ははっきりせず、言葉はとぎれがちになり先細りに消えていった。

「とりあえず」

私は言った。

「とりあえず」

と新美が答えた。

「おめでとう」

私は右手を差し出した。

新美と握手しようと試みたのは初めてだ。この人は他人との、このような形での接触を嫌う。だが、ほかに振舞いようがなかった。彼は差し出された手を奇妙なオブジェを見るような目で見ていたが、ゆっくり自分の右手を出した。差し出されたのが右手だったのは幸運である。さもなければ、両者の手は宙を彷徨《さまよ》ったはずだ。

短い間、握手しあったあと、

「じゃあ」

と、どちらからともなく言い、

「また、いずれ」

と、同時に手を離した。

一九九四年三月末の麗らかな日。

結局、のちに行なわれた記者会見の場でも、私は何ひとつ質問はせず、質疑応答のみを録音しただけで、地裁をあとにした。判決文の中でもっとも印象的なのは次の部分だ。

〝そもそも国民の大部分はこれまで同性愛について深く考えたことがなかったのであって〟（原文ママ）、だから都教委が宿泊拒否の理由とする同性愛者についての国民のコンセンサスが得られていないためという主張には同意できないとした、まさにその点である。

たしかに勝った。それで？　反問のみが頭をよぎっては消え、消えてはあらわれた。


だが、まことに人生は思いもよらない。

東京都は敗訴のあとに、控訴したのである。勝訴したが、あとは何もわからなくなったでは、これまで取材してきた甲斐がない。裁判は結果ではなく、経緯が大事なのだと考えて、これまで取材をしてきたはずなのだが、一九九四年三月三〇日の不意打ちのような勝訴は、少なくとも私にとっては、同性愛者と異性愛者の物語に、乱暴に幕を降ろされたようなものだった。

しかし、控訴なら話は別だ。これでまた、彼らの姿を追うための時間が稼げる。さらに行政側の積極的な敵意がどのようなものなのかという重要な一点も引き出せるかもしれない。地裁のレベルでは、行政側はただ逃げの一手だった。同性愛者差別などしていたのではない、ただ何も知らなかったからだと言い続けた。何も知らないことに対しては、何をやっても罪はないという論理である。この論理を用いれば、極端なことをいえば、相手が生きていることさえ知らなければ大量虐殺も許されるわけだ。

しかし、控訴するとなれば、すでにその論理は無効である。府中青年の家という公共施設から、青少年健全育成の妨げになるという理由で、同じ青少年にあたる同性愛者をなぜ排除するのか。その積極的理由を述べざるをえないだろう。

面白い展開だと、今になってはそう思うが、最初からこここまではっきりと控訴が持つ意味を捉えていたわけではない。

だが、二審が長引き、アカーのメンバーのまたそれ以外の人たちへのさらなる取材を通して、私はより多様な同性愛者、異性愛者と出会った。同性愛者だと〝カムアウト（世の中に自らの本質を公言する）〟する立場は積極的に取らないと言う人々にも会った。誰も彼もが、自分の内面を表に曝さなくてもよいではないか、と彼らは語った。そもそも性的指向の曖昧性、多型性が人間の本質なのだから、異性愛にしろ同性愛にしろ、それを固定させることは時代に逆行するのではないかと問う人たちにも会った。そのとおり、と頷いた。私が異性愛者であることは、この本においては〝カムアウト〟の意味があるが、別の本においては意味がない。

〝カムアウト〟しないで、エイズの時代を生きる同性愛者としての感慨をそれぞれの仕事などを通して表現しようとしている人々にも会った。さらに、同性愛者を意味もなく嫌悪する異性愛者の人々や、逆に意味もなく好む人々、さらには嫌悪も偏愛も持たずに互いの性的指向と向かい合う同性愛者と異性愛者に出会うことによって、私は裁判が二審に入ったことの意味を次第に理解しはじめた。

ひとつは、これで性的指向というような、きわめて内面的な問題をあえて裁判の場に持ち出す意味が明確になったということである〝カムアウト〟は裁判に持ち込むというようなレベルにおいては有効である。しかし、それは、すべての同性愛者に自らの性的指向をあらわにせよということではない。

とはいえ、アカーの裁判のようなあからさまな行為がなければ、〝カムアウト〟しない選択も、私たちの前にはあらわれなかっただろう。また、私が異性愛者であること〝カムアウト〟できたのも、彼らが私のような事情不通の人間にも到達するような形であらわれたからである。

また、彼らの存在は、八〇年代に生まれ九〇年代においてもまだ続いている市民活動の意味について、これまた事情不通の私が考え込むきっかけにもなった。

市民運動体が市民に、また社会に働きかけるとはどういうことなのか。そもそも名もなき〝市民〟とは誰のことなのか。運動体の動機のありようと、その目的は、二〇世紀もあと数年を残すのみとなった今、どのようなものなのか。

さらに、運動体が持っている組織としてのまとまりと、その中で、または外で個別に生きている個人は、どのような関係にあるのか。個と組織の理想的な〝婚姻形態〟があるとするなら、それはどのようなものか。

二審が長引く意味は、このような問題について考え込むことができる〝超過〟時間を与えてくれたのだと今になっては思う。

一九九六年晩秋、取材者、被取材者ともにこうむった、長くて烈しい風邪は暮れまで長引いた。

二度目の取材はなんとか風邪の小康状態を得た、その年の暮れも押し迫った頃である。新美は大きなマスクをして取材場所の喫茶店に入ってきた。

咳がね、少し前までひどくて。

今日はずいぶんおさまりましたから、大丈夫だと思いますけど。

取材は大丈夫か、と聞き、彼がそう答えたので質問を始めた。

裁判は手段ですか、それとも目的ですか。

「手段。

でも、それは最初、まったく理解されなかった。裁判をおこすと言った途端に、周囲は短期決戦をほとんど例外なく迫りましたね。でも、俺は違うと思ってた。短期決戦型は、つねに破綻していくんだ。それ、周囲のケース見ててよくわかった。勝った、で、どうした。何も残らなかったってことになるんですよね。だいたいの場合。

だから、勝つことは目的じゃないというのはちょっとした信念としてありましたね。とにかく、裁判は長期作戦に限ると。とくにこんな特殊なケースの場合は。でも、これが理解されにくい。弁護士さんを探すときも、その点を理解してくれる人を、というのがあったけど、一〇人いれば九人までが、とにかく勝つことが目的だと言いましたね。

負けたっていいんだ。裁判は手段でしかなくて、その時間を使って、何が作れるか考えればいいという考え方に共感してくれたのが今の弁護士さんたちですけど、それまでに、どれだけ勝訴、勝訴とこだわる人がいたかわからないよ。支援してくれる人にも多かったな。支援してくれるのは、とてもありがたいんだけど、当事者の俺たちより勝つことに熱くなっちゃうのには参った」

もう少し具体的に聞きましょう。裁判によって、アカーの規模は大きくなった？　小さくなった？　それとも変わらなかった？

「規模は変わらないです。というより、意識的に変わらないようにしました。裁判をおこしたってんで、いろんな人がやってきました。だけど、規模拡大が目的じゃないですから。第一、規模が大きくなってしまっても、実務をやる人間、俺みたいな人間ってんですか、要するに裏方にまわる人間って増えないですよ。裁判も含めてスポットライト浴びて表舞台に立ちたい、あるいは華やかさにあやかりたい人は、これはたくさんやってきた」

質問を変えましょう。この五年間、あなたを一番カッとさせる人は誰でしたか？

「同性愛者でしょう。俺、今、そういう表舞台に立つ奴らに批判的なこと言いましたけど、他の奴らにアカーは裁判だ、国際会議だって正義の代表みたいないい子ぶりしてる、裁判に本気になる奴なんて馬鹿正直だっていわれるとき、とくに俺の同類ってんですか、同性愛者にからかわれるとき、俺、一番、カッときましたよね。異性愛者に批判されるときより」

同じですね、と呟いた私の声を聞きとがめて彼は問うた。

「どう、同じなんですか」

裁判は野暮だと言われるとき。裁判で世の中は変わらないと言われるとき。とくに異性愛者から。野暮を承知で裁判は進んでいるのだから、そんなことをいわれると暴力的な気分になりました。

ところで、取材の最初の時期、同性愛者の団体は日本にいくつあるのか聞き、それはほとんどないと答えたことを覚えていますか。

「覚えてますね」

今、同性愛者の団体はあきらかに増えています。そのなかでアカーに求められているものは何ですか？

「そこで、やっぱり裁判の問題が出てくるんですよね。裁判をやっている団体は強い、派手だ、頼れる。そう思う人たちはいろんな意味でたくさんいる。

アカーはアカーという一団体なんだけど、その幻想みたいなものを崩すというか、実態をどう動かしていくかというか、それがわりあい大変ですよね。

で、団体の規模を例に引くと、裁判始めたときも、会員数は三〇〇人、今も三〇〇人で増員なし。それは、そのあたり、考えたからですよ。規模拡大が目的じゃない。裁判おこしたから規模が拡大できたわけじゃない。アカーの考え方を受け入れる人もいるだろうし受け入れない人もいて当然だよね。少数派たって、個人は個人だから」

個別差？

「そう、結局、同性愛者っていったって、個別の別々の人間でしかないってこと」

最初からそう思っていた？

「いやあ、やっぱり、最初はヘテロの男は敵だって思ってたね、俺。だけど、これだけ時間がたつと、やっぱり、セクシュアリティだけで人間をまとめようってのは、やっぱ、無理、そりゃ無理ですよ。

いくら、ヘテロは敵、レズビアン&ゲイは味方って思いこもうたって、アカーの中でだって、いやな奴はいやなんだ。気があう奴は気があうし。たとえば、俺、こういう育ち方してるでしょ。やっぱり、そうなると、お金持ちでぽやぽや育ってきただけって奴には、最初、むかついちゃうんですよ。もちろん、あとになって理解しあうというのはあるけど。

でも、同じ臭いっていうのかな、そういうものって結構、大きいですよね。

均質《ホモジニアス》にしちゃうってこと、これはどだい無理ですよ。人間、別々《ヘテロジニアス》にしかできあがっていないから」

では、個別の同性愛者の集まりであるアカーの運営はどうなっています?

「会員になった人からは、それぞれの経済的な立場を考えて会費をつのります。あと、国際会議なんかをきっかけに行政の委託事業などにも参加するようになりましたから、そういった事業費や助成金と会費がだいたい同程度だな」

具体的には?

「会員を三〇〇人として、会費を定期的に支払ってくれる人は一六〇人から一七〇人ですか。会費も最低が月一〇〇〇円から、一万円以上までまちまちです。そういった収入に対して事業所や運営維持費などの支出が毎月五〇～六〇万円かかります。

裁判費用は、一審の三年間を通して約一〇〇万円ですね。九六年の三月から顧問弁護士制に変えました。これは、弁護士さんの立場を守るためですね。これでかつかつやっていけるというところです」

そういう会計は公開してますか?

「してます。アカーって、金の出入りはガラス張りなんですよ」

それは、あなたの考え?

「ですね。金の流れだけは明確にしておきたかった。

いわゆる市民運動って金というものを問題にしない。これ、最大の欠点だと思いますよ。金がなくて何ができるかって。人間、志だけじゃ何もできやしない。

とはいっても、何もしないのに、金ばっかり集まるのも意味ないでしょう。金だけ集めて、どうするんだよ。それから、金がなくって、志だけあってどうするんだよ。

金と志と、うまくバランスとれないと意味ないんじゃないですか。

あと、そうだなあ、海外視察にたびたび行くっていうのも、いろいろ言われたなあ、周囲から。

アカーは結局、外国かぶれなんだろうとかさ。でも、それ、逆なんだよね。俺、日本で何ができるのか知りたかった。だから、日本と違うところを見出すために外国に行った。どこが外国と違うのか、俺、知りたかった。で、結論は、ヨーロッパは会員の寄付金にほとんどを委ねる方法、アメリカは企業や行政からの助成金に頼る方法。

どっちもどっちで、弱みもあれば強みもある。実際、助成金一本槍のアメリカのNPO（非営利公益法人）って、経済が傾くと歩調をあわせてがたがたになりますよね。

でも、そういう弱点があっても、ヨーロッパの風土には会員制度があっているし、アメリカの風土や行政のありかたには助成金制度があっているということ。で、日本は、もちろん、そのどちらにもあわない。当たり前の話だけど。だって日本の風土というものがあって、それは所詮、欧米とは全然違うわけだし、日本だけで考えてみても、いろんな人がいて当然だしね。

だから、今のところ、アカーはその折衷案みたいなことをしてますね」

どういう折衷ですか？

「とりあえず、あれとは違う、これとは違うということがわかったから、あれともこれとも違う方法をとっている。具体的には会費半分、助成金半分というのが今の形ですか。

会費たって、未払いの人を追いかけ回してまで取ることはしませんね。出ていきたい人は出ていき、入りたい人は入る。会費制でがちがちに縛っちゃうと、いったん、その団体に入った人はよほどのことがないと出ていけなくなるでしょう。

だから、裁判始めたときも三〇〇人、今も三〇〇人と言ったけれども、同じ三〇〇人じゃないんですよ。どんどん入れ替わっている。それでシステムとしてはいいと思うんですよ。いったん入ったが最後ってことになったら、これ、すでに市民運動体じゃないでしょう。なんか別のもの、宗教団体とかそういうのに近くなるよね。人の入れ替わりは積極的に必要だと思うんですよ」

彼、新美広は一九九七年、今年の四月で三二歳になった。長引いた風邪は年を越えてもまだ彼を悩ませ、すでにそう若くはないのに、アカーの牽引車でなければならないという役割も、三〇歳を越えた彼の背に覆いかぶさっているように見えてならない。

さらに忘れ去られるのは、彼が自分の家族を持っているという事実だ。彼を頼る人は多数いるが、同性愛者という少数派の中にあって、圧倒的強者になった彼が喘ぎつつしのいでいる彼自身の内部の事情に思い致す人は少ない。

彼の両親も親戚も老いた。異性愛者であれ同性愛者であれ、老いた家族をどのようにして抱えるかは解決のつかぬ悩みだ。

床屋から二丁目の書店勤務になった永田はその職を追われた。この事情には、彼の能力が足りなかったわけではなく、彼にこの本へ取材協力してもらったことに責があることを記する。それ以上は述べない。

彼は今、母と一緒に床屋を営んでいる。

風間は塾教師を続けながら、第二審の原告を、永田とともに続けている。

「なんとか生きてます。これからって考えたらどうしようもないよね。裁判始まったときと同じです。とにかく、僕は、今は生きてます」

彼はすでに優等生的ではない。世の中のものごとすべてを〝人権〟のひとことでくくれないこともおおいに認めつつあるが、ともすれば出てくるのは人権擁護派の側面であることもたしかだ。しかしこの側面を失ってしまえばすでに風間は風間たりえないだろう。また、アカーが新しい事務所を同じ中野に設けた一九九七年初め、〝一度、来てみて下さい〟と一行、手書きで付け加えて、転居の知らせをくれたのは、やはり優等生・風間孝らしい万端心配りの抜からぬ仕業だった。

神田は原告団を抜けた。さまざまな職業を経験したが、今は地方の学校の教師である。

「あいかわらず元気ですよ。あいつ。大丈夫。大丈夫。元気ですよ。以前のとおり。地方に行く前に送り出しの会をしましたけど、ま、口数が多かったこと、ハイだったこと。勤務地でも、あの調子でやってると思いますよ。あいつ、変わりようがないですからね」

アカーのメンバーの何人かは言う。

永易はしぶとく、就職先の出版社に勤めている。同性愛関係の書籍も出した。がんばっていますね、と言うと、彼はしみじみと言う。

「世間で生きていくということが、ようやく身に沁み始めました。大変なことですね、それは」

連れ合いとの所帯のほうはどうですか。

「おかげさまで」

笑いを含んだ声で言う。

「仕事をする。他人とつきあう。所帯を持つ。平凡だけど大変なことです。はい。難しいことですね。でも、やり続けることが大事なんでしょうね。こういうことは」

彼はあきらかに、取材当初より包容力のある人格をあらわすようになった。もう二年ほど前になるが、私が少し体調を崩し、アカーにかかわりがある人たちが企画したイベントに参加できない旨を伝えたのも永易あてだった。

「大変でしょう。わかりますよ。大事にして下さいよ」

彼の口調はほとんど庇護的だった。

古野は編集プロダクションでのアルバイト仕事をやめ、ドキュメンタリー制作会社に勤め、最近ベテランのディレクターとともに独立した。

家庭には何も期待しないと、当初の取材では強調しながら、この人ほど、周囲の変化が大きかった人はいない。また、周囲の変化に一番影響されたのも古野だ。

数年前、彼の父は亡くなった。

「以前、まったく自分の家族に興味もなかったんですが、父が亡くなったのを契機に、父の郷里から縁者がたくさんこられまして、それが、なんというかあたたかい。父も、こんなあたたかい縁の中で生きてきたのかと実感しました。父に由縁のある人たちは、とにかくあたたかくて素朴でした。僕は、なんていうんでしょうね。そういう共同体っていうのも悪くはないと思いました」

彼と疎遠だった兄は、父が亡くなったあとに勤めていた会社をやめ、本当に好きだった道を選んだ。接客業である。

「兄、ずっと僕に冷たかったんですよ。きっと僕のこと好きじゃないんだろうって、勝手に思ってた。

でも父が亡くなった途端に兄は、いわゆる〝正しい〟職業というのをやめた。そしたら、なんだかうちとけるようになった。兄は料理を作ったり、お客さんに接したり、そういうのが本当は好きだったみたいです。僕に冷たかったのも、お前だけが勝手にやりやがって、全部〝正しい〟ことするツケは俺にまわってきてんだって、そこからきてたんじゃないかなあ」

時折、彼は兄が勤める店に行く。

「もちろんね、両方とも照れますよ。そりゃあ。でも、以前よりずっと互いのこと、話すようになりました」

古野は大きく息をつぐ。

「昔、変わりっこないと思ってた。兄も両親も。でも、そうでもなかった。兄、今、結婚を考えているんです。相手の女性、とてもいい人みたい。

自分で言うの恥ずかしいところがあるけど、家族の再編成ってんですか。できなくはないような気がしてきた。まだ母は難物ですけどね」

古野を伴って独立したベテランのディレクターは男性。私より少し年配の異性愛者である。柔軟かつ、しぶといドキュメンタリストだ。古野は、彼のもとで大石のドキュメントを、また、公立学校をまわりながら、中学生に性的指向の実態を伝える活動をしている人々のドキュメントを撮った。

「大石のときは、撮りにくかったですよ。なんだか、紋切り型の発言しか出てこない。僕が質問すると、なおさら冷たいんだよね。公式見解ってんでしょうかね。でもそこに大石を追い込んだのは僕らなんでしょう。だから仕方がないっていえば仕方ないけど。

いや、もちろん、これは僕のぐち。僕が一人前の腕前を持てばいいだけですけどね」

異性愛者が経営する出版社に勤める永易と同じように、彼は、異性愛者の信頼できるディレクターとともに、ともあれ、この数年間は仕事をしてみようと心に決めている。

大石は、患者・感染者が中心の自助グループ（せかんどかみんぐあうと）を主宰し、全国の専門家などに対して講演活動を展開している。古野が言う、〝公式見解〟的態度が前面に出たのは、はためからみても多少わかる。

しかしそれは仕方ないだろう。彼は、国際会議のような場で、〝セカンド・カミング・アウト（同性愛者にしてＨＩＶ感染者であることを公表する）〟する役割を引き受ける代償として個人的発言についてはかせをはめられざるを得ないのだ。

彼は少し前からアジアの感染者と連携がとれないだろうかと考えている。家庭の問題は、ともかく大家族だということもあって、ばらばらだ。彼の公的発言が、講演などを重ねるに従って、次第に紋切り型になっているのは事実かもしれないが、彼独特のアイロニカルな毒舌はいまだ衰えない。これがなくならないかぎり、大石敏寛という人物の本質はかわらないと楽観している。

新美との最後の取材は互いの身体をいためるような寒風ふきすさぶ街路に出ても続いた。わざわざそんなことをしたいわけもない。だが、私は会話を終わらせることができず、彼も不調をおして街まで出てきた。

同性愛者の成熟って何なんでしょう。

私は問い、寒気が肌を刺すのを感じて、ダウンコートのジッパーを首までひきあげた。

私が知っていることはただひとつです。私は続けた。同性愛者の成熟なしに、私たち、異性愛者の成熟もありえない。これは、どちらかが優位に立てば解決する問題だと思えないのですよ。

新美も両腕で身体をかかえ、寒風から身を守りながら言った。

「それが……一番、難しいよね。どうやったら成熟するのか。この時代に」

そう。絶対貧困というものがないこの時代に、私たちはどうやって成熟するのでしょうね。

「難しいよね」

難しいですね。

私たちは地下鉄の入口で喋っていた。地下鉄の昇り口からは、なま温かい空気がときおり竜巻のようにのぼってくる。それが、外のとげとげしい寒気をさらにきわだたせる。

成熟、などという言葉の前に互いに立ち尽くしていると、最終電車だったのだろう。地下鉄の入口から大量の乗客が溢れ出し、そのうちの一人が新美の後ろに立った。

しばらくしてから、その人が、一審の原告と入れ替わりに、二審の原告になった人だと気づいた。

ああ、俺もあとで事務所にいくからと、新美は言い、その人は笑いを残した表情で駅裏の路地に姿を消した。

その人の後ろ姿を見やってしばらくしたとき、取材は終わりだと思った。新美広は私も含む誰彼と同じように、成熟の困難の中にいる。対話は終わるはずがないが、答が今すぐ出るはずもない。

今は、これまでだ。


一九九六年九月一六日。

東京は小雨まじりの寒い一日だった。台風一九号が西日本に上陸していた。

この日の遅い午前、東京高等裁判所は『府中青年の家事件』について、地裁判決に引き続き、被告・東京都の過失を積極的に認め、原告・アカーに勝訴を言い渡した。

その報告集会の最後、原告団の一人として、またアカー代表として永田雅司は謝辞を述べた。性格そのままに遺漏ない謝辞を述べたあと、永田は深く頭を下げた。拍手が終わっても頭は上がらなかった。もう一度、拍手の波が起こった。永田は頭を下げつづけた。拍手の音色《ねいろ》に、もうお辞儀はいいから頭を上げてほしいという懇願が感じられるようになってもなお、彼の頭が動かなかったとき、この二九歳の青年の姿は提訴以来の時間を体現していた。

要するにこういうことだ。一九九〇年、小さな事件が東京の縁辺で起こった。一九九一年二月、彼らは提訴した。あれやこれやがあり、六年七カ月が過ぎた。これからも時間は流れていく。九月一六日の勝訴の事実も、いずれ時間の果てない澱《よど》みに溶かし込まれていくだろう。では、今、このとき人間は何をすればよいのか。永田雅司の微動だにしない姿はそのひとつの回答だった。過ぎ去った事柄と出会った人々の記憶をつぶさに思い起こし、予測のつかない将来を気負うことなく受け入れ、過去と未来の連続性については疑いなく信じ、信じつつ疑う、懐疑と楽観のバランスを辛抱強く保ちながら生き延びるのである。

いつまでも上半身を深く折り、頭を下げつづける永田の姿は、痛みを伴う過去への追悼と、将来の受容をともにあらわす姿勢そのものだった。

そして、長すぎるほどの時間を置いて彼が頭を上げたとき、九一年二月一三日の提訴のさいテレビに初めて素顔を曝した彼の表情には、六年七カ月分の時間の陰がひとはけ掃かれていた。それは疲れともいえ、したたかさともいえた。あえて表するなら、暗い池の底で一瞬光を放つ鯉の鱗のひらめきのようだった。

現在、この本の中で実名で発言してくれた七人の男性同性愛者はそれぞれに仕事を選び、アカーは一九九七年初頭、事務所を移転したものの、同じ中野に事務所を持っている。

彼らの将来がどうなるか。それはわからない。アカーについても同じだ。

しかしまごうことのない事実がひとつある。

彼らは社会の中であなたの隣人であり、あなたは彼らの隣人である。互いによき隣人でも悪しき隣人でもないことが多い。

しかし、私たちは隣り合わせて住まい、否応なく隣り合わせなければ生きていけない。隣人の名前を知り、自分の名前を知られ、互いの関係を知ることはうっとうしい。まして〔や〕、部屋の壁がやたらに薄く互いの声が筒抜けだったり、家の軒が敷地の境を越えて重なったりしようものなら堪ったものではない。だが、人生は〝堪ったものではない〟事実の集積なのだ。堪ろうが、堪るまいが、人間は一人きりでは生きていけないのである。

これは事実だ。

これが事実だ。

本項は一九九七年文藝春秋刊
『もうひとつの青春　同性愛者たち』文庫版
を底本としています。

かくしてバンドは鳴りやまず

（未完）

第一章
トルーマン・カポーティとランディ・シルツ

〝切実さ〟について

私は十五歳のとき、一冊の本を持っていた。どういう本だったか詳しく覚えてはない。手元にある本の一冊かもしれないし、知らないうちにどこかでなくした可能性もある。わかっていたことはわずかだ。

まず、それが誰のものでもない、『私』の本だということだ。誰かにすすめられたわけではなく、自分で選び、毎月の生活費から削った金を集めて買った本だから、たしかに私が所有する『私』の本なのだが、それ以上の理由がある。その本は当時、一人暮らしだった私のただひとつの持ち物としてあちらの下宿、こちらのアパートと移り住んだ。目が覚めるとまず本が横にあり、外出から戻ると本は壁際に寄りかかっていた。そんな日々を送るうち、次第に本と自分の間の境界線は薄れ始め、どちらが欠けても私が『私』ではなくなってしまったのだ。

道路際の角部屋に住んだときの光景はいまだに鮮やかだ。私はいつものように畳に寝ころがり、本の表紙を眺めていた。二階の部屋なので街路の常夜灯の光がまともに差し込み、部屋の半分を青白く照らす。光は、本の表紙をも白く反射させていた。

少しずつ思い出してきた。あの本は多分、古書だったのだ。そもそも、買ったときから黄ばんでいた。だから、それが無愛想な常夜灯の光に照らされて骨のように白く光ったとき、私は初めて見るもののように、『私』の本に見入ったのである。題名が横書きにされ、著者名がカタカナだ。あれは翻訳書だったのだ。

そうだ。それに、あの本は小説ではなかった。私は小説を読むことが教養を積むことになると信じられていた最後の世代に属するが、世代がどうあれ、私に教養を蓄える袋というものがあるとしたなら、その袋は穴だらけでいくら強制的に袋口から教養を注ぎ込んでも徒労にすぎないのである。だから、その本が『私』の本になるまで同居を続けていたというのは、少なくともそれが教養を積むための小説ではなかったということだろう。

とはいえ、その手の小説は読まなかったものの本嫌いというわけではなく、むしろ活字中毒の類だった。要するに小説にも面白いのと、そうでないのとがあるのだが、教養になるから読めと偉そうな口調で言われると、面白いものも面白くなくなってしまうわけだ。結局、読書＝教養という図式がうっとうしかったのだと思う。
『私』の本は多分、その当時、ルポルタージュとか実話ものとかいう名前で呼ばれていた書籍に属していたはずだ。私は地図が好きで、動物や植物の図鑑が好きだった。そのくせ方向音痴で、アパートから駅までの地図を書くのが大の苦手だったし、大人になるまで狆《ちん》はイヌとネコのかけあわせでできるものと信じきっていた。ルポルタージュが好きだったのも、地図や図鑑が好きなのと同じで、正確な知識を得たいと思ったからではない。もし、思ったところで私には無理な話だ。ルポルタージュや実話ものが好きだったのは、ひとえにそれが、この世にはたくさん知らないものがあるということを教えてくれたからだ。

　幸いなことに、私にとって世の中は知らないことであふれていた。いや、一度は教えてもらったのかもしれないが、私の記憶には教養の貯蔵庫同様、どこかに穴があいているらしく、読むはしから忘れていくので、『私』の本は何度読んでもいつも知らないことを教えてくれる本なのだった。そして、私はなかば『私』の本と相互寄生しあって過ごしていたようなものだから、私には『私』という出来事がいつもよくわからず、ゆえに何度読んでもその本は新鮮だったとも言える。

　そして、もしかすると、多少、世の中の小説観に反発を感じていたのかもしれない。

　本来、小説の世界とはもっと広いものだと思うのだが、小説教養主義者《ペーパー・プランナー》とでも呼びたい人たちが言う小説は、教養《アブストラクト・セオリー》を与えるだけでなく人の人生とはどうあるべきかとか、人間存在とはとか、自意識といったことについて悩むものでもあった。だが、それは私にとって疑問というほどのものではなかったのだ。人生はなるようにしかならないし、人間存在なんて言われても、私は『私』であって、『私』以外の誰でもないということしかわからない。意識なんて体温が四度上がれば混濁、下がればお陀仏するものではないか。

　そのうえ、小説教養主義者は、小説ではない本については、えらくおおざっぱな捕らえ方しかしていないのだった。

　要するに、涙を流さずにタマネギの皮を剝く方法などを書いたものとか、無人島で三年間ゾウガメと暮らした日記などが非小説で、非、という表現が差別コードに引っかかるとでも考えたのだろうか、ルポルタージュとか実話ものという代替名を与えたようなのである。さらにどういう根拠のもとにか、そういった本は日本語の技術に不足がある人が書くものだとされ、たまたま著者の日本語が美しかったりすると、
「この著者は小説が書ける可能性もある」
などと、妙な褒め方をするのだ。
だから、私はあくびをして、面白ければ小説でも、ルポ

ルタージュでも、ただの〝本〟でも、なんでもいいやと、教養に背を向けていたのである。

だいたい、本を読まなくても『私』は教養とは呼ばないまでも切実な出来事を知ることができた。

たとえば、あれは四、五歳のときだった。私は、自分が生きた肉体をもっているという切実な出来事を実感したことがある。

ある日、近所の子供と路地で穴掘り遊びをしていた。しばらくすると、右横にいた一歳ほど年下の子供がシャベルの柄を持ち替え頭上に振りかざした。

私はシャベルを見上げ、シャベルを持ったその子の顔を見た。輝かしいほどの笑顔を浮かべている。悪意という言葉はまだ知らなかったが、私にはわかった。この子は私を微塵《みじん》に砕いてしまいたいのだ。

彼の顔の輝きが増すのを見て、もう一度、頭上のシャベルに目をやる。

それは最初ゆっくりと、最後の瞬間にはとても速く振り下ろされた。彼はその間、慎重に私の小指をみつめていた。シャベルの側面は正確に小指の第一関節に当たり、彼の顔から輝きが消えた。彼は私の指に食い込んだシャベルを持ったまま、尻もちをつき、弱々しい声で泣き始めた。怯え、泣いている彼はすでに美しくもなんともない、ただの幼児にもどっていた。

無傷なほうの手でシャベルの刃を指から抜き去り、遠くに放ると、彼は本格的に泣き叫び始めた。

「連れて帰って」

その子の姉に言った。

「こんなに泣いたら遊びにならない」

私より年かさの女の子は黙って立ち上がり弟の手を引いて家に帰っていった。

彼らが遠ざかる気配を感じながら、裂けた小指を目の前にかざして見つめた。シャベルの刃は骨まで届き、損傷した部分はぐったりした肉片に変わっている。見つめているうちに、肉片は薬指にもたれかかってきた。その断面に目を近づけ、泡立っている血を口で吹いて見つめると、切断された箇所から何本かの細い筋やちぎれて伸びた血管や肉が見える。人間の肉というのは青白いことを、そのとき初めて知った。肉片は細かく震えている。まるでもうひとつの肉片を求めているようだ。シャベルが叩き壊せなかった関節の骨は、すばらしく白かった。

しばらく見入ったあと、私は路地の水桶の蓋をあけてひしゃくで水をすくうと傷口の泥を流し落とし、精巧なおもちゃを組み立てるような気分で断たれた肉片を元の位置にもどして、しばらくおさえていた。

こういうふうにすると、完全に切断された肉体も復元するということを知ったのは後年のことである。

だが、その小指が切断されたままであろうとなかろうと、本当はどうでもよかったのだ。私は『私』の肉体についていくらかの切実なことを知ったのである。

そして、悪意が輝かしいものであり、後悔が醜いものであることも同時に知った。

傷跡はいまだに私の左小指に残っている。私が『私』の本と相互寄生して生きてきたように、私は『私』の傷とも寄生しあって生きてきた。

それは、私にとって、とても切実な事柄だったのだ。

本に関して言えば、年齢を追ううちに、冊数は増えていき、二十歳を越える頃には、それはノンフィクションという名前を与えられるようになっていた。自分も自分が読みたいと思うテーマを扱った本がないので、三十代なかばにして本を書いた。それもまたノンフィクションと呼ばれた。

しかし、それらが実話ものと呼ばれようとノンフィクションと呼ばれようと、たとえ名前がなかろうと、それは『私』に寄生し、『私』が寄生する本であることに変わりなかった。

この連載では、そういった本のいくつかについて、また、それを書いた人について書く。

それは私にとって切実な本だ。

そして、私以外の人にも、この『本』が切実なものになることがあるだろうか。私はいつも、それについて考えてきた。もし、これから先、誰と会うことも禁じられ、外界からも遮断されて生きなければならないとき、その『本』はあなたや私に切実であること、言い換えればリアリティをもたらしてくれるだろうか。

リアリティとは生きた証しであり、今も生きていると私たちに感じさせるなにものかだ。それさえあれば、私たちは孤独も破壊も狂気も恐れなくてすむ。だから、それは切実な『私』と相互寄生する切実な本なのである。そして、私や『私』や、その本の著者や書かれた人が死んだあとも、一瞬にして、それらを蘇生させる力を持つ本。さらには次世紀に持っていく価値のある本だ。

ともあれ、私はこの問いを文字にする作業に入る。すでに賭けは始まっている。

では、賭けの会場へ。

すでに私は札を賭けた。

彼らはどこで〝生まれた〟か？

トルーマン・カポーティについて少し調べものをして驚いた。私にとってカポーティは旧約聖書なみに大昔の人である。まずは、その人がなんと一九八四年まで生きていたことが驚きだ。また、彼がランディ・シルッと同じようにゲイだったことをそれまで自分がまったく気に留めていなかったことにもびっくりした。

もちろん、彼が小説家に分類されている人だということは知っていたし、何冊か小説を読んだ覚えもある。だが、それはこれまでどうでもいいことだった。あえて言えば、カポーティ自身についてもたいした興味はなかったと言える。私にとっては、彼の著書『冷血』が強烈な興味の対象としてあり、それ以外のことはロバのオモチャがついた、非実用的な携帯電話用ストラップ同様、無用の長物だったのである。

なぜロバかというと、彼は天使みたいに華奢な上半身とロバ並みの武骨な下肢の持ち主だと言われていたからだ。とはいえ、写真を見ると、そんなにアンバランスというわけではない。要するに、彼が頭頂から爪先にいたるまでスノビッシュなニューヨーカータイプのゲイじゃなかったと言いたいだけだろう。

奇しくも南部生まれのニューヨーカー、カポーティが亡くなったのはロサンゼルスで、その頃、中西部生まれの西海岸人シルツは、ロスの隣町のサンフランシスコにいた。三年前に定職を得た新聞社で、腰を据えて記事を書き始めていた。シルツのテーマはもっぱら、のちにエイズと呼ばれるようになった正体不明の疫病についてである。このレポートを集大成したものが、彼の代表作『そしてエイズは蔓延した』だが、この邦題は本の内容からあまりにも乖離している。原題は『AND THE BAND PLAYED ON: Politics, People, and the AIDS Epidemic』。メインタイトルは、映画『タイタニック』で船と運命をともにした楽隊が沈没とともに奏でる曲だ。

『運命《さだめ》はわれらとともに：エイズの政治学』くらいに訳しても罰は当たるまい。

そのタイトルがあってこそ、この現代の叙事詩とも言うべき大作の最後の一節が心に響く。エイズの温床となったバス・ハウス（乱交場）閉鎖のために粘り強い努力を重ねたゲイの活動家、ビル・クラウスが自らエイズで息を引き取る場面だ。訳文から引く。

〝「こういうものなのね」。看護婦は低い声で言った。「彼は死んでるんでしょう。でも何だか彼じゃないみたい」（中略）

「でも、彼に間違いないわ」。看護婦はやや混乱の色を見せながらつけ加えた。

「それでも、やっぱり彼じゃない」。彼女はまた言った。「彼はほんとうは死んだわけじゃないのよ」〟

タイタニック号が、沈没したときの姿のまま海底からひきあげられたとしたなら、きっと誰もが、この看護婦のように呟くだろう。

『そしてエイズは蔓延した』に登場する人物のほとんどは、エイズで命を奪われる。エイズから逃げ回った人も、エイズと戦った人も同じ運命だ。そして著者シルツもまた同じ運命をたどった。

カポーティに会う機会が万が一あったとしても遠慮したことだろう。『冷血』は私にとって旧約聖書なのか。聖ヨハネの『本』なのだ。その著者と何を話せばいいというのか。聖ヨハネに公園で声をかけられたのと同じくらい困ってしまう。

しかし、シルツにだけは会いたかった。シルツがエイズに興味を持ち始めた八一年、私もデータベース検索でこの病気に出会っていたからだ。その頃は、まだグリッド（ゲイ腸症候群）と呼ばれていた。私はほとんど無意識のうちに、グリッドの情報に当たると、それをプリントアウトし、〝病気〟と書いた類別用ファイルにしまっていた。ゲイについてはまったく無知だったし、とくに医学的な興味があったわけでもない。だが、それは、とにかく気にかかった。

そして、それから約十年後、ランディ・シルツという未知の人が、この〝病気〟について本を書いているのをみつけたときには、どうしても話をしたくなったのだ。少なくともシルツは新約聖書的で、聖ヨハネと話をするよりは話題がありそうだったのである。

それから数年、念には念を入れて取材準備をしていたら、シルツはエイズを発症し、九三年のクリスマスシーズンにひとつ、九四年にもうひとつ肺をパンクさせて死んでしまった。


その晩年、といっても亡くなったのは四十二歳だが、しぼんでしまった片方の肺を胸に糊付けしたシルツは、人間そっくりである。冗談を言っているつもりはない。そのくらい特徴のない無害そうな人なのだ。あえて動物にたとえるのなら、ラブラドール犬に似ている。実際、彼はラブラドールを飼っていたし、あの犬は平和主義者で番犬には向かないそうだ。

カポーティとシルツは少なくとも外見的には対照的だった。

さて、ここで私は亡くなった二人の作家の中にもぐりこもうと思う。ノンフィクションというのは結局、〝目〟だ。よく体当たりの取材なんていうけれども、他人に体当たりされるのが好きな人など思い浮かべられない。関取やラグビー選手も、四六時中、体当たりしたりされたり、というわけじゃないだろう。

しかし目はどんな人の中にもすべりこめる。すべりこまれた人は一瞬、電波障害をおこしたテレビの画面を思うだろう。パソコンがフリーズしたのとは違う。まさにテレビが煩わしい音をたてて走査線を走らせるあの画面を思い浮かべるはずだ。

それが、『私』の目がその人の目に入り込んだときだ。私の目は、これ以降、その人の目の中にもぐりこんだり出たりを繰り返して彼が見たかもしれない光景を報告する。

あと、もうひとつ。

この二冊の本について著者が語っている部分において、あえて引用と記していない箇所は、『私』のズタ袋なみの記憶の中にあるカポーティやシルッの語った言葉やエピソードである。あきらかな間違いは少なくするよう努めたが、忠実無比を期するより、むしろ私の記憶の中にその言葉がどう留まったかを掘り起こすほうに力を入れた。これらの『本』は私と相互寄生しあって時を過ごしてきたので、これもまた引用の一方法だと思ったためである。

一字一句、正確なところを知りたい方は原著にあたってほしい。

ともあれ、この『本』は私にとってきわめて切実な本だったのだ。


カポーティは今、鏡を見ている。

彼は自分の笑顔が婚期を逸した女性や、結婚するのにあきあきした女性や、結婚するには美しすぎる女性を束縛してやまない力を持つことを知っている。彼は幼い頃、自分を遠戚にあたる老嬢たちに預け、二人目のやくたいもない男と二度目のやくたいもない人生を求めて去っていった母ニーナの姿を鏡の中に捜さない。彼の目にまず入ってくるのはこの〈困ったママ〉が自分を捨てていく後ろ姿ではなく、老嬢たちの手によって、ヨーロッパの上流階級の子供のコピーのように幼女の装いをさせられた自分ただ一人だったはずだ。

彼は鏡に対してフェティッシュなナルシストだったと言われている。フェティッシュだったかもしれないが、ナルシストというのは間違いだと思う。自分の美しい顔にうっとりできる人はそれだけで幸せで、とくに文字を書きたいとは思わないだろう。

美貌に希望より絶望を、そして、笑顔に人懐っこさより苦悶を見てしまうのが文字を書く人の常だ。そして鏡は、他人を魅了するものは完璧さではなく、おぞましい奇形だということを容赦なく教え続ける。

カポーティも鏡に向かってこう言う。

〝たしかに僕は美しい〈子供〉だ。でも一体全体、なんで美しい〈子供〉という奴は、これほど滑稽なんだろう。ぞっとするほど孤独で他人も自分も愛することを知らない動物、それが美しい〈子供〉というものだ。そして僕は鏡がある限り、この美しくて滑稽な〈子供〉から逃れられない〟

彼と同じタイプの人をインタビューしたことがある。その人はクロゼット（ゲイであることを公にしていない同性愛者）のタレントだったが、取材中、話が興に乗ってきたとたん、突然、姿が見えなくなった。そして次の瞬間、私の足下から顔を出した。テーブルの端に手をかけて体を沈め、床をスライディングしてテーブルの反対側に座っている私の前に出現したというわけだ。その仕草はコケティッシュとも言えたが、彼はむしろ不安げだった。

「ねえ、人間って滑稽だと思いませんか。こんなことができちゃうんなんて。あなたは全然笑ってないし、僕もあなたを笑わせようとしたわけじゃない。それなのに、こんなことができちゃうなんて、滑稽ですよね」

話が終わり、私がレジで金を払おうとしていると、彼は私の横に立ち、呟いた。僕、鏡を見てると、鏡を飲み込んでしまいたくなるんですよ。

そういう彼を見ながら、取材に先立って、彼のマネージャーが私に打ち明けた話を、私は思い出した。マネージャーはこう言ったものだ。

「僕は奴ほど綺麗な男を見たことがない。そして誰にでも好かれるんですが、内面的には困ったくらい頑固で扱いにくい商品です。芸能人なのに学者みたいに地味な生活が好きだし、ときどき難解なことを言い出しましてねえ」

金を払い終えた私は彼の正面に立った。

そう。あなた鏡を飲み込みたくなるの。できるかしら。

「できないと思う?」

あなた次第じゃない? あとは訓練次第。

「訓練?」

たとえば最初は小さな破片を飲み薬用のオブラートに包んで、それから、だんだん包みを大きくしてというようなこと。

彼は黙っていた。

答えをはぐらかしたつもりはないのよ。ただ私が言いたかったのは……。

私は店を出るよう彼を促しながら、付け足した。

鏡を飲み込むのって、結局、そのくらい具体的な作業だということ。

「あなた、僕のこと嫌いになりませんでしたか?」

嫌いになりません。

「もっと話したかった」

また、いつかお話ししましょう。鏡のことなんか、とくにね。

それから二回ほどパーティへの誘いがあったが都合がつかないからと断った。少なくとも鏡を飲み込めるかどうか、という話題はホームパーティ向きじゃない。

彼は数年して女性と結婚した。だが、今でも鏡を見るたびに、そこには黒い髪と黒い瞳を持つ、滑稽なほど美しい顔が映し出されているだろう。

カポーティの鏡には、脱色したように白い肌、絹糸のような黄褐色の髪、薔薇色の頬、冷酷さを感じさせないとび色の瞳が映っている。

〝僕はお人形さんみたいだ。とくに意地悪で孤独なおばあさんが好きそうな〟

カポーティもまた、その鏡を飲み込んでしまいたいと思っただろうか。思っただろう。派手な外見とは裏腹に地味な努力家でもあったカポーティが、自分以外映らない鏡にうんざりしなかったはずがない。鏡に両手をかけて壁からひきはがし、それを粉々に砕いて、無数の自分を映す無数のかけらを飲み込みたかっただろう。

　そして鏡を目のかわりにして他人を映し、同時に他人を映す目を持った自分を別の鏡でまじまじと見たいと願うのだ。

　だが、同時に彼は〝お人形〟としてふるまう功利的な面も計算できる男だった。〝お人形〟でいることによって、自分を知らない場所につれていってくれ、毎日、とんでもない人間たちを自分の鏡に映せるチャンスにめぐまれるなら〝お人形〟であるのも悪くはない。

　そして自分がたったひとつ、この世の中でできること、すなわち御伽話《おとぎばなし》の中に真実をみつけ、真実の中に御伽話をみつけてそれを観客に披露し、その人たちの心を自分のものにできる機会に恵まれるなら、彼はすすんで〝お人形〟を演じたはずである。

　そんなカポーティにとって十一歳のとき移り住んだ一九四〇年代後半から五〇年代前半のニューヨークは最適の街のひとつだった。ニューヨークのまんなかには金と知恵と意地悪とおしゃれのセンスは売るほどあるのに、ベッドで抱いて寝る人形だけがないおばあさんがたくさんいる。

　とはいうものの、ニューヨークのおばあさんは、生まれ故郷で彼に女の子の服を着せて喜んでいた老嬢たちより、ずっと手強かった。でも、ニューヨークのおばあさん対カポーティの勝負は、結局、カポーティの粘り勝ちに終わる。

　彼は高校を卒業すると、雑誌『ニューヨーカー』の雑用係になった。ニューヨーカー社内の廊下をバレリーナみたいに走り回る〈子供〉みたいな大人のカポーティを、おおかたの人は、奇妙な昆虫が社内に紛れ込んできたくらいにしか思わなかっただろうが、カポーティは同社を首になるまでのわずかな時間でちゃんと、自分のパトロネスを捕まえている。それは、編集部中で嫌われているサディスティックなお局《つぼね》管理職だったり、癇《かん》の強い女性編集者だったりした。そんな手強い彼女たちをふりむかせることができた最大の理由は、よく言われているように彼が早熟の天才だったからではなく、彼が鏡の粉末を毎日少しずつ飲み込んでいくような努力をおしまない、ものかきだったからだ。

　もちろんカポーティが自分が〝人形〟に見えるのをいいことに、年齢から経歴まで嘘八百で固めていたことは有名な話だが、嘘のうまい作家志望の美少年なんて、多分、ニューヨークには掃いて捨てるほどいるにちがいない。しかし、その中で処女作以降も作品を書き続ける苦役に耐える人は少ないだろうし、ましてや彼自身もそのときは知る由もないが四十代にもなって『冷血』のような、他人には画期的などと持ち上げられはするが、やっている本人にしてみれば辛気臭いだけの手作業をする頑固一徹さを隠し持つ若者はそうそういるものじゃない。

カポーティのそんな律儀なところが、ニューヨークの意地悪な女たちに、この〝人形〟を『ニューヨーカー』の廊下から拾い上げ、彼をアートシーンという名の上流社交界へ導こうという気をおこさせる要因のひとつになる。

しかし、人生が少年少女向きの物語と違うのは、カポーティの律儀さや努力が、彼を幸福に導いたわけではないところだ。それは彼を最終的に破滅に導いた。

思うに、『冷血』の舞台となったカンザスで、彼はついに鏡を全部飲み込むことに成功したのだ。二人の殺人者はカポーティの内側の鏡に全身をさらしていた。カポーティはそれをまじまじと見て、その自分の姿も別の鏡に映し出す。そして、初めて鏡に自分以外の他者を見ることができたのだ。

カポーティがより多く感情移入したと言われる殺人者、ペリー・スミスは頑丈で大柄な上半身にみあわない、奇形のように短く貧相な両足の男として描かれている。それは表層的に考えれば、カポーティが自分の奇形的な体型を重ね合わせたからだと言える。要するに、天使の上半身にロバの下半身を持ったゲイの作家が、ロバの上半身にウサギの脚を持った犯罪者に奇形どうしのつながりを感じたというわけだ。

実際、ジョージ・プリンプトンによる伝記『トルーマン・カポーティ』には、カポーティはペリーと関係したのだと言い張る刑務所の関係者まで出てくる。そこまで断言しなくても、カポーティがペリーを自分の分身のように思い、感情移入しすぎたばかりに、体型までも自分に似せて描いてしまったと解析する人は結構多い。

しかし、題名を考えてもみてほしい。『冷血』である。冷血＝冷徹《イン・コールド・ブラッド》、ということだ。登場人物の姿を泥人形のように自分に似せて作り上げるといった安手の感情移入は、『冷血』にはもっとも似合わない。

カポーティはペリーの姿を作ったのではなく、実際そう見えたのだとしか言いようがない。彼の鏡にはペリーの姿と、それを見ているカポーティ自身が映っていた。両者とも完璧とは言えない体型である。そして、互いを映す鏡を見つめているうちに、カポーティはふと天地がわからなくなるような心地に襲われたのではないか。

〝ペリーの頭はどこだ。僕の脚はどこにある。奴は逆立ちしているのか？　それとも僕が？　おい、ペリー、僕の脚の下から顔を出すのをやめてくれないか。それから、ディック、あんたの顔の左右がぶれて見えるのは、これは鏡が歪んでいるからなのか？　それとも、あんた自身が歪んでいるわけかい〟

ペリー・スミスの身長は一六五センチ、体重は七二キロ。写真を見れば、たしかに長い脚の持ち主とは思えないが、そんなことを言えば日本人はみんなペリー・スミスということになる。また、交通事故で顔の造作が非対称になった男として描かれているディック・ヒコックも写真を見る限り、ちょっとウィンクした程度の顔立ちだ。

この二人の描き方から直截《ちょくせつ》に類推できるのは、彼らを幾重もの鏡に映してみたときの風景をカポーティは書いたということだ。

カポーティは多分、その映像を見た。見続けた。その中には自分の像も入っていた。そして、そのとおりを書いたのだ。見たとおりを冷徹に。かつて、自分の美貌を滑稽だと感じたその視線で、彼は『冷血』の殺人者を見て、書いたのである。

もちろん動揺はあっただろう。なぜなら、二人が事件をおこしたテキサス州のカンザスシティはそのとき、カポーティの故郷になりかわっていたからだ。南部は天使とロバの複合生物《キメラ》である彼を産み落とした土地でしかない。ニューヨークは故郷と母親を喪失した繊細な〝人形〟を演じてパトロネスの心を奪う第二の故郷だと言えようか。

そして、そのときそこで、彼はもうひとつの、どこよりもひきつけられてやまない故郷をみつけてしまったのだ。

そして、その故郷から二人が逃亡する道筋を通って逮捕されたラス・ヴェガスまで行く間の風景は、結局、すべてがカポーティの故郷になった。

カポーティは今、カンザスの田舎町へと向かっている。新しいアメリカが胎内に育んできた悪意を身にまとった殺人者が、退屈だが安全な古いアメリカの田舎町で、善意以外知らない一家を皆殺しにいく、まさにその道を彼は車に乗って走っている。

〝なんてことだ。なんてことだ。なんてことだ。この風景を僕はたしかに「見た」ことがある。僕の中にその光景があり、そこには無教養な二人の殺人者がいて、しかもそれが『僕』なんだ。ここが『僕』の故郷だ〟

その頃中年に達していたカポーティはすでに美貌でも、人を魅了する笑顔の持ち主でもない。ときどき突拍子もないいでたちで人前にあらわれ、良識ある人々の顰蹙《ひんしゅく》をかったりもしたが、『冷血』取材時のカポーティはどういう格好をしようと、基本的にはさえない中年男だ。彼はついに滑稽な仮面をぬいで自分自身になったのである。

そして彼は決意する。

〝見知らぬ他人が見たもの、見知らぬ他人が語ったことを、よけいな小説的想像力抜きで構築するだけで、作品は十分作品たりうる。ただそのためには、その他人が未知の人であっても自分とわかちがたい存在であることが必要なんだ。胸が詰まるほどわかるんだ。彼は、彼らは殺さなくちゃいけなかったんだ。あの日じゃなくても、別の日に。別の日じゃなければ、また別の日に。悪人だからじゃない。僕にはそれがわかる。彼らはやらざるをえなかった。殺さなくちゃ生きていけなかったんだ〟

カポーティは頭を抱える。

〝こんなふうに思いながら、他人に対してと同時に、自分自身に対しても冷血漢じゃなくてはいけないっていうのは疲れる。でも僕もやらざるをえない。やらなければ生きていけない。彼らと僕はすでに同じ道を走り出してしまったんだ〟

カポーティの律儀さは、『冷血』でたしかにピークをむかえていた。だからこそ、そのあと、彼を待っていたのは破滅への道だ。

さて、『冷血』を書き終えたカポーティは今、目を閉じて、もうひとつの見知らぬ人々が住む町、ニューヨークを思い出しているところだ。

〝あそこにも見知らぬ人たちがいた。僕の親しい、でも厭わしい人々。あの人たちも、僕の鏡に映るだろうか。僕はそれができるだろうか〟

そして彼は結論を出す。

〝できる。いや、やらなくてはならない〟

しかし、それはやらなくてはならないことでもなかったし、できないことでもあったのだ。

上品で意地悪で虚ろに美しいニューヨークは、結局鏡に映らない街だからだ。それは、実体のない世界、いわば〝お人形さん〟たちの世界である。

どんなに驕奢《きょうしゃ》で盛大なパーティも鏡に映せば、誰もいない狭い街路と同じである。それがニューヨークの脆《もろ》さであり、華やかさ、洗練だった。

そのうえカポーティは、カンザスシティに抑制した郷愁をもてたのと違い、ニューヨークという故郷に対しては卑屈なほどの同化欲求を抑えられない。故郷は留まるところではない。それは見つけ、そして失うものなのだ。それがわかっていてもなお、彼はニューヨークの胎内に入っていたかった。それが敗因だ。こんな欲望にかられていたら、作品が冷血＝冷徹に描かれる可能性はあらかじめ失われていて当然である。

ニューヨークという故郷は『冷血』以後、トルーマン・カポーティの手から砂のようにこぼれおち、消え失せていく。

カポーティが『ニューヨーカー』の廊下を走り回っていた頃、ランディ・シルツはイリノイ州に生まれた。父は極右に分別される在郷軍人組織の束ね役。一九五二年生まれのシルツは末っ子で、暗褐色の巻き毛の小柄な男性だ。

彼は同性愛者という言葉を十代後半になるまで耳にしたことはなかった。彼がその言葉を知って一年後、まず上の兄にそれを打ち明けたときには、弁護士志望の兄は、まあどんな家庭だって、ひとりくらいカクテルパーティで話のネタになる人間がいたほうがいいからな、と言い、その一年後、極右思想の持ち主である父親に言ったとき、君がまわりと違うことは八歳のときからわかってたよと父は言った。母が一番とまどったようだった。しかし誰も侮辱などを浴びせなかった。ゲイだということより、彼が反戦活動に熱をあげているほうがシルツ家では問題だったのである。これは高校生時代から始まったことで、オレゴンの大学に入ってからは、シルツはヒッピーになった。

彼はひとことで言えば、典型的な六〇年代センスを持った八〇年代人だった。


六〇年代人的という表現については思い出がある。オークランド郊外に住んでいる私と同年配の夫婦が、夕食に招いてくれたときのことだ。

彼らが、自分たちの世代はいわば六〇年代人型なんだと表したとき、私は茫然自失したようだ。夫婦は顔を見合わせ、夫のほうがまず口をひらいた。彼は私と同い年だ。

「ブロッコリーは嫌いかい？」

私は驚きのあまり、フォークにのせたブロッコリーを床に落としていた。

ブロッコリーは好き。落としてごめんなさい。落とすんだったら六〇年代人のほうにすればよかったわ。靴でふみつぶせるから。

夫婦は笑いだした。

「君にとっての六〇年代のイメージを教えてくれると、食事がもっとおいしくなると思うんだけど、どう？」

私は慎重にフォークを皿に置き、六〇年代的だと思うものを呪詛《じゅそ》のように並べ立てた。

六〇年代的から連想するのは自己憐憫、自己愛。間抜けなヘッツ（ヘテロの蔑称。おかま、おなべといった言葉の対語）の大群。ボブ・ディランの真似事師。アメリカ旅行でマリワナパーティに参加したことを世界放浪と言う奴ら。若い頃、デモで大声を出しすぎて聴覚障害をおこしている奴。そういうところね。

「わかるわよ。デモでしょ。シュプレヒコールでしょ。あとダイ・インね」

夫より三歳年上の妻がようやく笑うのをやめて言った。

「私たちだってそうだった、と思う。よく記録映画でやってるもの、その頃の映像って」

不幸なことに日本でもやってるわ。

「でもさ、僕らが言っているのは六〇年代にアングリー・

ヤング・メンが何をしていたかということじゃないんだ。あくまでも、基本に流れていた信条なんだよ。だから、あえて六〇年代的ではなくて、六〇年代人的というふうに言ったわけなんだ」

じゃあ、教えて。

「そうだね。ひとことで言えば、将来に対して楽観的であるということだ。いつか、それがいつかはわからないさ、だが、ものごとは変わる。よい方向へ。そういうことさ」

楽観的である時間的範囲は?

「少なくとも自分が生きている間だけじゃないわね。そこが〈私たちの〉六〇年代人的なところ。あえていえば〈彼らの〉六〇年代的とは違うところよ。私も彼も現状には十分悲観的よ。二人ともそれほど馬鹿じゃないから」

具体的にどんな点で一番楽観的なの?

「近い事象に対しては悲観的。遠い将来に対しては楽観的。私たちは現実主義者だもの。騒いでも変わらないものに対して騒ぐのは時間の無駄だと思っている。でも、だからって絶望なんてする必要がない。絶望は何も生まないでしょ、違う?」

それから私たちは次第に無口になった。共通の友人がエイズ発症寸前の状態だったからだ。その女性はロング・タームと呼ばれる、感染してから十五年以上発症しないタイプの感染者だった。しかし来年には、そして再来年には確実に……たしかにタフな楽観主義者でなければ彼女の友人ではいられない。

「ベッキーも六〇年代人的だと思う?」

私がようやく、その女性の名前を口にすると、夫婦はゆっくり首を振った。

「ベッキーは、この九〇年代に人生をかけて六〇年代人的に生きる八〇年代人よ。八〇年代人っていう意味、わかるわよね」

私たち、ということ?

「そう、私たち、ということ」


もし、生前、シルツに会えたとしたなら、彼も同じことを言っただろう。

〝ヒッピーの理想主義というのは、僕らはいつかこの世の中を変えられる、公平な世の中を作れるということだった。でも、ヒッピーはあるとき、理想を捨ててしまったみたいだね。ところが、僕はその理想がおさまるところにおさまる条件を備えた問題をみつけたのさ。ゲイの問題で〟

彼は、オレゴンにある大学を出て、西海岸に出てきたときも、こんなふうに言っただろう。

〝僕はゲイだ。たしかに。

でも、世間にはいろんなゲイがいる。

ゲイの社会の中に閉じこもって楽しく暮らしたい人だっ

ているさ。でも、僕はそうは思わない。僕の理想、僕の人生の目的をゲイの問題で果たしたい。だから、ゲイのゲイによるゲイのための共同体と馴れ合いたくはない〟

そんなこと言っていると、いつまでたっても高校の生徒会長みたいな奴だって思われないかしら。要するに、子供っぽい上昇指向を持つ田舎の優等生だって。

こう挑発してみたら、彼はどう答えただろう。

〝いいじゃないか。何事だって、一番有効な手段でやるのはいいことだろ？　君が思っているより、僕は広い視野を持ってるつもりだよ。だいたい親父は右翼だし、僕の生まれた郡で民主党が優勢だったことなんて、一度もないんだ。そんな中で、僕は左翼活動家だった。でも、学校じゃ人気があるし、家庭だって円満だった。

なぜなら、僕が左も右も両方わかる人間だったからだよ。ほとんどの場合、左の人は、左一辺倒、右は極右って具合いに固まって、相手の利用のしかたも知らずにいがみあっているよね。馬鹿馬鹿しい。それじゃ、やりたいことは何もできやしないさ〟

ゲイのメディアで働くのが嫌なのも、それが理由？

〝そのとおり。僕はメインストリームの雑誌で、ゲイとヘテロの別なく、読者自身の問題として、たとえばゲイを通して人権を、ゲイを通して共同体を、ゲイを通して政治の問題を、あくまでもプロフェッショナルに書く記者になりたい〟

でも、あなたは結局、最初のキャリアをゲイ雑誌の『アヴォトケイト』から始めることになるわ。そうそう、あれはたしか、あなたがカストロ・ストリートに住み着いてまもなく。二十三歳の頃よね。

〝有名税ってやつだよ。僕はすごく有名だったんだ。カレッジ時代からゲイであることを公にしていたからね。あんまり有名すぎて、僕を雇うメインストリームのマスコミはなかったというわけ〟

しかし、シルツはまもなく『アヴォトケイト』をやめる。そのあとの三年半はラジオ局で週一回放送されるゲイ問題のレポーターを務めた。

〝僕は運がよかった〟

これが彼の口癖だ。メインストリームではないにせよ、サンフランシスコでジャーナリズムの仕事につけて〝幸運だった〟。そのあとすぐラジオ局からレポーターの口がかかって〝幸運だった〟。

〝僕は有名人だったんだよ〟

〝僕は幸運だったんだよ〟

彼はそう言うとき、きっと微笑していただろう。明らかに意識して、楽観主義を活用しているのだ。

二十代のシルツの現実は、客観的に見ればさほど幸運とは言えない。

〝幸運にも〟口がかかったレポーターの仕事が終わったあとは、シルツは完全に無職である。さすがに、この時期についてだけは、彼はこう言っている。

〝そして、まったく何もなくなってしまったんだ。何ひとつね。本当に、何ひとつ、なくなった〟

その間にも、ニューヨークでは劇作家ラリー・クレイマーがゲイの破壊的な性生活を描いた作品『ファゴット』で大当たりしている。だから、シルツが無職に甘んじたのは、ゲイの活動家としてあまりにも〝有名だった〟からとは思えない。

おそらく、彼がいわゆる遣り手のジャーナリストらしくなかったことが最大の原因だろう。正しいことを平和的方法でやるラブラドール犬は、マスコミの世界には必要がないと思われたのだ。

当たり前のことだが、彼はカポーティではないのだ。はったりも、美しい夢のような嘘も、脚色された自己像も持たない。

ただし、粘り強さだけは、シルツとカポーティに共通してあった資質だ。

シルツは無職で展望もない時間を耐え抜いて、サンフランシスコのゲイタウン、カストロ・ストリートにはりつき、周囲を観察することをやめず、八一年にはついに『サンフランシスコ・クロニクル』の社員に採用される。

そしてこの時点で、イリノイ出身の記者志望の男は、自らの意志ではなく『そしてエイズは蔓延した』を書く運命へと導かれ、『冷血』の作者を越えたとまで評価される作家としての第一歩を踏み出したのだ。

しかし、その一歩は、カポーティのバレエダンサーさながらのデビューのしかたと対照的に、まったく滑らかではなかった。彼の最初の一歩は、まずつまずきから始まった。

こういうことだ。

彼は当初、バス・ハウスが、この感染症と関連があるかどうかの疑義を提示する記事を書いた。だが、それは即座にバス・ハウスの経営者と利用者の猛反撃に遭い、彼はヘテロに媚を売るゲイとして誹謗の的になったのである。

シルツは暗褐色の巻き毛の頭を振って呻《うめ》く。

〝なぜだ。なぜなんだ。僕は誹謗されるようなことをしたか。ただ疑問を呈しただけじゃないか。この町では、疑問を持つことは罪なのか？　この町の人々は、いったいどういう人たちなんだ〟

シルツはその日、一杯目のバーボンに手を伸ばす。

〝今日、お前は、昨日より飲むだろう。そして明日は今日よりもっと。僕はこの興奮剤に溺れていく。いったいどうしたらいいんだ〟

正しい予想だった。シルツの飲酒量は急速に増えていく。

毎日、アルコール、そしてマリワナ。マリワナが先か、アルコールが先か。いずれにしても、彼は素面《しらふ》では過ごせなくなった。微笑も消えていっただろう。六〇年代人型の八〇年代人、ランディ・シルツの意識した楽観主義はいつしか綻びをみせていく。

そして、八四年二月二十一日がきた。

その日の夕刻、シルツは空になったダブルのウィスキーグラスの底に、つくづくと自分の姿を映し出している。

〝ゲイリーが死んだ。僕の友人のゲイリーが死んだ。これまでに何人もが死んだ。この病いで。僕も？　いや、まさか。僕がかかっているものか。安全なセックスをしてるんだから。

検査は有益だ。できれば受けたほうがいい。

僕は、多分……いや、必ず陰性のはずだ。

でもゲイリーは死んだ。次が僕じゃないと、誰が言い切れる？〟

その日、『そしてエイズは蔓延した』の中でも大きな役割を果たすゲイの精神療法士、ゲイリー・ウォルシュが死んだのだ。シルツにとっては被取材者であると同時に、友人だった。友人で最初のエイズの死者である。

二月二十一日はちょうど夜勤だった。食事休憩で外に出ると、シルツはジャック・ダニエルのダブルを六杯立て続けに呷《あお》った。

シルツはあけてしまった六杯目のダブルグラスの底を、またのぞき込む。すでに、イリノイで反戦運動に熱をあげ、オレゴンでヒッピーイズムに共感した若者の顔はそこにない。

〝とんでもない季節だ、今は。僕はゲイなのにゲイの社会の中でこれだけ叩かれ、友人は死んでいく。友人でない人たちも死んでいく。でも誰もまともに受け取ろうとしない。

みんな、エイズは人を殺すと知っているのに。バス・ハウスは危険だと知っているのに。政治家は知らんぷりだ。そうだな、エイズは政治の病気かもしれない。政治は人が作るものであるはずなのに、今は政治が人を縛っている。誰も有効に動けないように。

それから人間だ。人間は、なんで人間を殺すようなことをするんだ。どうして？　憎しみからか？　恐怖からか？〟

彼はそのグラスの底に、カナダ人の美しいスチュワード、ガエタン・デュガ、別称0号《ゼロ》患者——感染の中心にあって、積極的に感染を拡大する最初の感染者——の魅力的な微笑を見ただろう。

ケベックで養親に育てられたデュガは、女々しい少年としていつも友人たちに虐待され、傷つけられた。そして、自分がゲイ癌（エイズは当時そう呼ばれていた）に感染していることを知ったときには、激怒してエイズを告知した医師にこう怒鳴った。

「誰かが僕にこれをうつしたんなら、僕だってみんなにこれをうつす権利がある」

それから、彼はカストロ・ストリートの悪夢となった。乱交場に行っては美貌と優雅な身ぶりで何人ものゲイを誘い、暗がりの中で優しいが出血を伴うような激しいセックスをしたあと明かりをつけ、胸に紫色の島嶼《とうしょ》の地図のようにできたカポジ肉腫を相手が十分見終わるまで披露してからこう言うのである。

「僕はエイズさ。ということは、あんたもエイズに罹《かか》ったというわけだ。あんたは死ぬ」

デュガはカポーティが『冷血』で描いた二人の殺人者さながら、優しい無差別殺人者として他人を死へと追いやっていったのである。

シルツがグラスの中に見たものは、まず、デュガのような絶対的な悪を認めなければならない自分の姿だったはずだ。

シルツはジャック・ダニエルの酔いがまわってきたことを感じながら考え続ける。

〝彼らは卑怯だとか、悪人だとかいうわけじゃないんだ。いつか、正しい情報を得たときさっと世の中は変わる〟

そのとき、シルツは自分の中の六〇年代人が、ウィスキーよりも、絶望によって酩酊しかけていることに、勃然《ぼつぜん》と気づく。彼はグラスをカウンターの上に置いた。これまで感じたこともない恐怖が彼を貫く。

〝怖い。僕はどうしたんだ。これじゃだめになる。いやだ、こんなことは。ウィスキーをがぶ飲みして、マリワナに酔って、僕は気が狂ってるんじゃないか。なんでこんなことをしてるんだ。

ちょっと前まで僕はなんて思ってたんだ？　いつか正しい情報を得たとき、世の中は変わる？　そうだ。そう思ってただろ。

おい、しっかりしろよ。世の中を変える前に、僕がもう、こんなことと手を切らなくちゃいけないはずじゃないか。

僕は苦労した。とても苦労した。この町で生きのびようと力をふりしぼった〟

シルツは〝幸運だった〟という口癖と微笑のかわりに多難であった人生を、いま、目の前に見ている。

〝僕は死ぬほどがんばった。それで、ここまできたのに、こんな安っぽい興奮剤のために自分の努力をふいにしてたまるものか。やめた。こんなこととはおさらばだ〟

その日、つまりゲイリーが死んだ日以降、彼は、アルコールと手を切ろうとした。しかし、とても自分一人では不可能だ。シルツは中毒者のサポートグループに入ることにした。

一年間の断酒期間を経て、シルツはようやく暴飲と手を切る。その一年後には、マリワナとも縁を切った。シルツは自分が以前と比べて明らかに落ち着き、冷静に記事を書けるようになったことに気づく。

〝マリワナは中毒にならないなんて言うけど、あれは嘘だ。相当、毒性が強いドラッグだよ〟

シルツはこんなふうに当時をふりかえっているが、彼がマリワナ以上に中毒性の高い薬物を使っていた可能性は捨て切れない。実際、バス・ハウスの中ではコカインが砂糖なみに扱われていた。そしてゲイタウンで使われていた薬物についての、シルツの描写は真に迫っている。

そしてマリワナに危険があるとするなら、それはそれ自体の毒性より、より中毒性の高い薬物への水先案内人になるという点だ。

いずれにしても、酒と薬物から足を洗ったシルツは明晰に、そして冷静に、エイズという時代と社会の病弊をレポートする人間に生まれ変わる。

だが皮肉なことに、そのとき、すでにエイズウィルスは彼の体内に巣くっていた。彼は早期検査がよいことを頭では知っていた。八六年に入ると、個人的な検査が受けられる機関も増えてきたので、彼が九三年にジャーナリストのギャリー・ウィルスのインタビューに答えた言葉を引けば、「かかりつけの医者が（検査を）望めば受けようと思っていた（中略）僕はかかりつけの医者は知っていた方がいいと思って言ったんだ。『もし検査したければしして下さい。でもいいニュースでない限り僕には言わないで』でもそれからすぐに、そんなふうに言ったことを忘れてしまった。これって心理学的にも不可解だよね（後略）」（『CUT』94年1月号）

だが、すでに彼は『そしてエイズは蔓延した』の執筆作業にかかっていたので、検査を受けるのは仕事が一段落するまで延ばそうと決める。

そして八七年三月十六日、エピローグを除いた本文すべてを脱稿した日にシルツは前日予約を入れておいた医者に言った。

「『オーケー、もう仕事は終わったから検査してもいいですよ』（中略）それまでは、もし自分が陽性だってわかったら本に影響が出るんじゃないか、不公平な書き方をしてしまうんじゃないかって不安だったんだ。（中略）だから、『さあ、いまなら検査していいですよ』って言ったのさ。するともう検査はしたって言われたんだ」

結果的にいうと、彼が感染したのは八〇年か八一年。セックスのやりかたを安全なもの——乱交はしない。肛門性交を頻繁にはしない。コンドームをいつも装着するなど——に変えたのは八二年か八三年だから、ほんの一、二年の〝情報不足〟期間が、彼を感染の射程圏内に追い込んだとも言える。

それに、カストロ・ストリートに住めば、たとえ、どれほど優等生的であろうと、むしろ十代後半まで同性愛という言葉を知らなかったほど平和な環境の中で育った人間であるからこそ、あの坂道の町で自分を試してみたくなるものだ。

　カストロ・ストリートの地下鉄の駅をあがると高い丘陵に向かって左側に大きなバーがあり、その隣にエスプレッソ専門のコーヒーカウンターがある。道をはさんで軽食も出すカフェがあり、その店のレズビアンのウェイトレスはとても親切だ。さらに坂をのぼると、映画館があって、その円柱にもたれながら本を読むのが好きな中年女性がいる。

　それから大きな十字路にたどりつくまでに本屋が道の両側に一軒ずつあり、レザーウェアを扱うブティックがある。その店のディスプレイのマネキンの筋肉の盛り上がりは凄い。

　ここがシルツの故郷、そして私の故郷だ。

　シルツが死ぬまでサンフランシスコを離れなかった理由はよくわかる。彼はこの人為的に作られた町、カストロ・ストリートの〝悪〟を自分ではほとんど持っていなかったから、その興味はまさに死ぬまで尽きなかったのだろう。

　私？

　私にはそこが徹底的に私を阻む坂道だったからだ。日本にいても、私はなんとなく変わった人だと言われ続けてきたが、日本人はとても優しいので、お前は日本人みたいに見えないので嫌いだ、私たちはみんなが同じ顔に見えなくては不愉快なのだとは言わないのである。私は、そういう優しさに真綿で首をしめられ死にたくなかった。

　その点、同性愛者の町カストロ・ストリートは、はっきりしていた。この坂道は私に言った。

「お前は変態《クィア》だ。よく異性なんかと愛し合ったり、セックスしたりなんぞできるな」

　私は答えた。

　そうよ。私は変態よ。どこにいたって変態だけど、あなたにそう言われるのが、一番、名誉だわ。

「変な奴だと思われて怖くはないのかい？」

怖いわよ。でも変な奴なのに、そう言われないほうがずっと怖いものよ。

「ふうん、お前ってほんとに変な奴」

　カストロ・ストリートは言い、こう続けた。

「そう言うんなら、ここに入るなとは言えない。お前が周囲の敵意を味わいたいと言うのなら受け入れてやろうじゃないか」

　私は、おじぎをしてみせた。

　ありがとう。敵意を。これで私はようやく自分が誰かがわかるわ。あなたは、私の愛する故郷よ。こう言ったって逃げやしないわよね。私はあなたの敵なんだから。

　カストロ・ストリートと、その住人たちはふんと鼻を鳴らして、そっぽを向いた。

だが、実のところ、理由はこれだけではない。カストロ・ストリートに一歩踏み入ったとたん、私は確かにこの町を見たことがあると感じたのだ。おかしな話だ。私はヘテロの日本人で、おまけにサンフランシスコにやってくるまで、そこにこんな坂道の町があることなど知りもしなかった。しかし、初めてこの坂に立ったとき、私は確信した。私は、遠い昔、この町を捨てた記憶がある。そして今、また戻ってきたのだ。

私は一軒の本屋の前に立っていた。街路に向いたショーウィンドウは、たった一種類の本で埋められていた。私は腰をおとし、本のタイトルと著者名を読んだ。

『THE MAYOR OF CASTRO STREET／RANDY SHILTS』(邦題『ゲイの市長と呼ばれた男　ハーヴェイ・ミルクとその時代』)

この町を興した白人ゲイの活動家、ハーヴェイ・ミルクの自伝を書いた、シルツの処女作である。ずいぶん前に出されたものだったので、表紙の角が陽に焼けているものもあった。十五歳のとき持っていた『本』が、街路の常夜灯に照らされたときの光景が一瞬にして蘇った。私は長い間、本屋の前にうずくまり、ようやく決心して店内に入り本を買った。

私はいまだにアメリカの書籍の流通システムがわからない。同じ本でも本屋によって値段が違うのだ。私が求めた本は古本なみに安かった。本屋を出てシルツの『本』をカバンから取り出すと、掌を表紙に当ててしばらく立ちつくしていた。サンフランシスコの午後の陽光を浴びた本は、私の掌を通して体温を吸い取り、最後に私たちは同じぬくもりで互いを暖め始めた。

こうして、この坂道のある町は、カポーティがカンザス・シティを選び取ったように、シルツが選び取り、私も選び取った故郷になったのである。

僕は勉強ができない

ところで、カポーティとシルツという、一見、まるきり気質が違うように見える作家には、ずいぶん多くの共通点がある。

たとえば勉強ができなかったことだ。

カポーティもできなかったが、それ以上にできなかったのがシルツだった。シルツは大学卒業まぎわまで、とりわけ国語が苦手だったのである。にもかかわらず、彼はオレゴン大学の国文学の単位をとるための論文に『リア王』を選んでしまった。

〝本当にだめだったんだよ。単純な平叙文一行さえ、書くこともできなかった。文法が全然わからなくて。そもそも

文法なんて授業でほとんど教えないものね。どこにコンマを打ったらいいのかさえわからなかった〃

平叙文というのは要するに事実をそのまま字に置き換える文のようなものだから、彼はリア王とコーネリアの関係を書くとき、どうしてもこう書けなかったということだ。

「シェークスピアによる戯曲『リア王』で、コーネリアは主人公リア王の末娘である」

これが、コンマも打てないとなると、こんなふうになる。

「『リア王』は戯曲ですがシェークスピア、が書いたコーネリア。彼女は娘、の三番目で最後でリア王は主人公です」

オレゴン大学の学生になったシルツは、デモをしたり、みんなをアジテートして政治に働きかけ世の中を変えようという方法は無効だとすでに考えている。大学で文学を専攻したのも、人間の偏見は過激な抗議活動で正せるものではなく、きちんと情報を伝えることでゆるやかに変わっていくものだと信じたからだ。しかし、この文章力では、情報を持っていたとしても、それを他人に手渡せるはずがない。

だが、あるときジャーナリズム学科の教室をのぞいたシルツは、ここでなら自分が望む技術が得られることを知る。要するに、シルツは『リア王』を通して、誰かに何かを伝えたいとは思えなかったわけだ。伝える気もないのに文章ができあがっていくというのは、むしろ不気味なものである。ジャーナリズム学科には、シルツが他人に伝えたい素材がたくさんあった。そういうことだろう。

シルツはそれからもっぱらジャーナリズム学科の教科しかとらなくなり、たちまちめざましい成績をあげるようになった。そして、最後の一瞬まで、シルツは自分には文芸は皆目わからないと言っていたが、『そしてエイズは蔓延した』は、とくに峡谷の町、サンフランシスコ市の風景描写において十分文芸的である。

そこでは、エイズの死を前にした人も、エイズを無視しようとする人も、峡谷の草叢《くさむら》や不定型な花崗岩の岸壁と同じ、この世界の一風景として描かれる。無駄な心理描写はなく、これみよがしな現象分析もない。

『そしてエイズは蔓延した』は語りかける。

〃生にこれといった意味はないよ。だからこそ人生は生きるに値する。生の意味があらかじめわかっているなら、わざわざ生きてみることもないだろ。ちがうかい?〃

それはまさにカポーティが『冷血』の中で冷血=冷徹に、人物をも風景のように描写しようとした態度に共通するものだ。もちろん、シルツは自分を文芸などわからないジャーナリストだと思っていたから、事実をなるべく、実際におこった状態に近い形で記録することが義務だと考えていたし、自分が書くものはノンフィクション・ノヴェルだと規定していたカポーティは客観的事実との多少の食い違いについては指摘されても平気だった。

しかし、シルツもカポーティも、本質的なところでは同じことを感じている。

その証拠に、二人は別々の時期に、別々のインタビュアーに対して、同じ意味の答えを返している。あなたの作品では、あまりにも都合よく情景ができあがっている。あれほど劇的で暗示的な描写ができるには、どこかに創作が入っているのだろうという質問にさらされたときだ。

〝ときどき物事は偶然に、そして完璧におこることがあるんだ。誰かのことを調べていると、別の誰かとの接点が偶然浮かび上がり、さらにその人は別の重要な人物の関わりあいをすべて実証してくれるというような〟

シルツは言い、カポーティは次のように述べる。

〝いくら僕の本から〈僕〉という表現が省かれているからといっても、本をよく読んでくれればわかるはずだ。〈僕〉は神じゃない。誰かが何かをしている、と僕が書くとき、それは別の誰かがそれを見ていて、僕に証言してくれたときなんだ。

信じられないかもしれないが、いつも、人間は誰かに見られ、誰かとつながっている。ありのままにおこったことを書いて、それが作品になるということは、そういう偶然が僕自身も予期しないうちに手に入るということなんだ〟

そして、カポーティも勉強はできなかったが、平叙文も書けなかったシルツがジャーナリズム学科ではとてつもない勉学意識に燃えたように、カポーティも自分が必要なことに対しては異常なほど勉強熱心だった。

たとえばカポーティは『冷血』を書くにあたって、耳で聞いたことを、忠実に再現できる技術を手に入れようと、あたかもスポーツ選手の強化練習のようなことをしている。友人に長い文章を目の前で読んでもらい、それをどのくらい正確に書き写せるか練習に練習を積んでいるのだ。正確度は日々あがっていき、90点近くになったとき、カポーティは凱歌《がいか》をあげている。そういうとき、彼はとても大人と思えないほど素朴で素直だ。

〝今日、僕は書き取りテストで昨日より5点あがりました。コンマの打ち方もテキストどおりでした。わお。明日はきっとまた5点あがります。長い文章も書き取れるようになりました。僕は、100点をとれるようになるまで、ぜったいぜったいがんばります〟

まさか日記にこんなふうに書きはしなかっただろうが、カポーティが自分の〝勉強〟について語っていることを平たく言えば、結局こうなる。彼はまるで……幸せな知能遅滞児みたいだ。

しかし、自分をジャーナリストと思っていようが、ノヴェリストと思っていようが、事実という、とんでもなく理不尽なものに立ち向かっていこうとする人は、そもそもどこか、頭の構造に欠損部分がある人なのだ。そこそこ頭がいい人間なら、事実そのものと向かいあいたいとは思うまい。ものごとはだいたい予定調和的におこるものだと考え、そこで事実から顔をそむけてしまうものだ。

ともあれ、勉強ができなかったシルツとカポーティは、訓練によって能力不足を補った。そして、聞いたことを正確な文章にして表わせるようになったのだ。

実は、この訓練こそ、事実の理不尽さと対決するのに不可欠なものだ。見聞きした〈なにものか〉を自分の五感を通して文字という動かない形におさめてみたとき、初めてそこに、人間の想像力を超えた事実が姿をあらわす。

やわな想像力など軽々と凌駕する事実をとらえるために、よく聞き、よく見て、忠実に書く。その作業なしには、事実は、ただ抽象的なものに留まるだけだ。事実の本性――とてつもない野蛮さ――は、ただ見て、聞いて、書き取ることでしか捕捉できない。

そして野蛮な事実とわたりあうことで、作家の『私』や『僕』は、その野蛮さを自分のものにする。カポーティもシルツも、とても野蛮な作家だ。物事をあからさまに、無遠慮に身も蓋もなく書いていく。その野蛮さはパフォーマンスによって得られたものではなく、彼らが事実と格闘を続けているうちに、自然に身についたものだ。それが、結果的には読者の『私』や『僕』も目覚めさせ、野蛮な読者、身も蓋もない事実を貪り読む人々を生産することになるのである。

ところで、作家がわたりあう事実が野蛮なら野蛮なほど、それを記述する作業は、冷血=冷徹なものにならざるをえない。相手が野蛮だからといって熱くなったら、もうその時点で勝負は人間の負けだ。野蛮な事実に対するには、どこまでも冷たく傍観する目、カメラのように事実が動くままに、それをなめて追いかける目を持つことだ。

カポーティは『冷血』の主人公二人の減刑嘆願をしなかったことを責められた。しかし、自分ならぬ他人の運命に、傍観者がどうして手を触れることなどできるだろうか。

同じように、シルツはあきらかな殺意を持った0号患者、デュガについても一行も批判的なことを書いていない。シルツはデュガの家族にインタビューをとりにいき、デュガが最期を迎える光景を間接的に描写しているが、この殺人者についてはこんなふうに書いている。

「ケベックでの生活は女々しい男として、雪に顔をおしつけられたりしたが、成人してからはそんなことはなかった。彼は両親と姉を愛していた」

この文章の静けさは、カンザスの殺人者二人が処刑される日のカポーティの姿に重なるものだ。

カポーティはその日、目立たない傍観者として死刑執行の現場に臨んだ。

ペリー・スミスは、カポーティにキスをして、アディオス・アミーゴと言ったといわれているが、この慣用句に特別の意味を持たせる必要はない。ペリーはさよなら、と言っただけだ。たしかに、さよならだ。人生にも、殺人にも、憎しみにも、そして彼自身にも。

シルツとカポーティは、たしかに悪というもの、殺人というものに近づいたが、それは他人のものだった。彼らはそれを見て記録した。傍観者で留まった。それに徹したことがシルツとカポーティの最大の美質なのである。

ノンフィクション・ライターに与えられる賛辞は、ただ他者の内側に深く入り込みながら、自分と他者も区別し続けられたということにつきる。それ以上でもそれ以下でもない。

しかし、賛辞を受けるためにではなく、ただ自分に忠実であるために彼らが払った〝見て、聞いて、書く〟努力は甚大である。

それがなければ、カポーティは自分を賛美するだけのナルシシストになっていただろうし、シルツは面白くもおかしくもないユートピア論者になっていただろう。彼らは、それぞれの方法で内なる他者と、外の風景を同時に見て、かつ、それを批判する神の高みに立つことを賢明にさけたために、まさにトルーマン・カポーティとして、またランディ・シルツとして名を残したのだ。

彼らのミステリー

彼らはともにゲイだった。それがどうしたとも言える。しかし、まてよとも思う。彼らのセクシュアリティはカポーティが『僕』であること、シルツが『僕』であること、そして二人の本が私の『本』であることに何か関係するのだろうか。

シルツの場合は、ＨＩＶが当初、ゲイの病気だったことによって、個人としては感染者、作家としては『そしてエイズは蔓延した』の著者という結びつきがあることは、ある。

だが、彼はこの本が出た時点では、自分の感染を秘していた。

公表したのは九二年。『そしてエイズは蔓延した』の次作、『CONDUCT UNBECOMING: Gays and Lesbians in the U.S. Millitary』（素行不良：軍隊内の同性愛者たち――タイトル筆者訳、本書は未邦訳）を発表した直後である。シルツは『サンフランシスコ・クロニクル』紙上で自らのＨＩＶ感染を公表したあとは、感染についての取材を一切、拒否した。公表したのも積極的というより、誰かほかの人に暴露されるよりは自分から言ったほうがよいと判断したためだ。

それより以前、すでに『そしてエイズは蔓延した』を書いている頃から、彼の感染は噂になっていた。彼に会ったこともない私でさえ、彼がほぼ確実に感染者だろうと考えていたくらいである。

公表後、彼は宣言した。

〝もうエイズについては書かない。エイズを生きながらエイズについて書くというのは……僕には耐えられない〟

そしてこうも言う。

〝どうです、お加減は？　こういう質問は、基本的には、あなた、まだ死なないのってことなのさ〟

ゲイであり感染者であることが、不品行の証しのように扱われ続けた影響かもしれない。晩年の彼は六〇年代人的楽観論者と言うにはやや神経質な感じを与える。

〝ひどいコラムを書かれたこともあるんだ。要するに、エイズについてあれほど詳しく知りながら感染するというのは、よっぽどとてつもない欲望の持ち主なんだろうっていうんだ〟

セックスマニアのように言われるのは、たしかに気分がよくないことよね、ランディ。

私はこう聞きたい。

そこをあえて質《ただ》したいんだけど、それはとくにゲイのあなたにとって気分がよくないことじゃなかったかしら。だって、あなたはゲイの乱交場から生まれた病弊、エイズを追いかけてきたわけだし、あの頃、たしかに一部のゲイの人たちはセックスしか目に入っていないようだったわ。

〝ゲイだけがそうだったわけじゃないって、僕は本に書かなかった？　何人かのヘテロの男性が僕に打ち明けたと。もし、ヘテロの男にとっても、バス・ハウスみたいに相手が自分のいいなりになる場所があったら、そこにいれあげていただろうって。過剰なセックスはゲイの問題じゃない、男の問題なんだよ〟

でもね、あなたは高校のとき、とても好きな女性の先生がいたって言ったわ。そして、ある日、彼女はこう話した。ゲイは異常者ではなくて、ただ病気なのじゃないかと思うって。それを聞いたとき、あなたはとてもショックだった。

〝ああ、ものすごくね〟

ランディ、答えてくれない？　あなたはゲイであり、同時に病人になることに対して怒りを感じていた。病いというものが、ゲイの属性のように語られることに我慢がならなかったし、ほかならぬ自分がそうなったときもっと我慢ならなかった。そうじゃない？

私の中のシルツはもう答えない。それは『私』の謎であり、『私』が答えなくてはならない問いなのだ。

さて、カポーティのほうは？

彼は『冷血』のあと、かなりの時間を置いて、ニューヨークの享楽的な生活について何本かの短篇を書いたが、それは惨憺たる結果を呼んだ。上流階級の享楽的な生活の暴露本としてしか評価されなかったのだ。

多くの人が去っていった。

彼らにとって、すでにカポーティは美しい子供——大人ではない。暴露好きな老いた〝おかま《ファゴット》〟でしかないのだ。

彼はもともと、突然、意地悪になる癖があったが、その頃から、ひどく不機嫌な人間になった。

〝もう美しくないからさ。自分が美しくないことに腹を立てていたんだ〟

何人もの人がそう証言している。

〝トルーマンは『冷血』ですべてを使い果たしてしまったんだ。あれがピークだった。あんな大作を書いたあとじゃ、いい作品を作るには力が残ってるはずもない。そして、トルーマン自身が自分が下り坂になっていることをよく知っていた。作家には、そういう勘が働くものだ〟

そして彼は薬に手を出し始める。だが、決定打はアルコールだ。カポーティは四六時中酔っぱらって過ごすようになる。律儀だった頃の彼、努力家だった彼を知る人たちは、にわかにそれを信じられない。

しかし、最後にはすべての人がそれを信じざるをえなかった。『冷血』のあとのカポーティには、『冷血』の前のカポーティはいなくなってしまったのだ。

しかし、セックスは？　彼にはジャック・ダンフィという恋人がいた。彼との個人的生活も『冷血』のあとのカポーティには残されていなかったのか。

〝彼には性生活と言えるものはなかったと思うよ。だって、あんな体で、あんな声だもの。誰もあんな人間を愛せるはずないよ。たとえ彼の作家としての才能に魅せられる人がいても、彼のほうからお断りだったはずだ〟

カポーティのセックスに対する反応を想像してみよう。

時は七〇年代。彼は今、ニューヨークにやたらに増えてきたセックス・クラブのひとつにいる。シルツにとってはうんざりするほど見慣れた、お尻に穴のあいた皮のズボンをはいた男たち、薄暗い個室で皮紐で縛られ俯《うつぶ》せに寝た美しいゲイたちの群れ。カポーティははしゃいでみせる。

〝わお、なぜそんなことしてんの、君たち。わあ、驚いた。すごいよ。君のって三〇センチはあるんじゃない？〟

そして家に帰る。すぐベッドにもぐりこみ、まもなく啜《すす》り泣きが始まる。ここ何カ月も寝室のブラインドカーテンは閉まったままだ。カポーティはただ泣き続ける。

〝僕の家の電話はずっと黙っている。誰も僕なんかに電話をかけてこない。電話をかけるのは僕のほうからだけ。そのときだけだ。人が僕としゃべってくれるのは。でも、僕が電話をしなければ、僕としゃべる人なんかいない。誰も、

誰も、誰も〞

しかし、カポーティはノンフィクション・ノヴェルについては絶望していなかったはずだ。

〝たくさんテーマはあると思うんだ。身近なところで言えば、たとえばワッツ暴動なんかもいい主題だ。破綻した結婚生活を書いたらどうだ、なんて言う人もいるけれども、それは無理だと思うね。双方ともに、本当に大事なことについては語りたがらないだろう。暴動は、その点ちがう〞

ワッツ暴動は公民権運動の端緒のひとつになった人種間軋轢による騒乱事件である。

しかし、それなら、なぜカポーティはニューヨークで一九六九年におこった、ストーンウォール事件には注目しなかったのだろう。

この事件はニューヨークのグリニッジヴィレッジにあったゲイバー『ストーンウォール・イン』で、ゲイに嫌がらせをしていた警官に、ドラッグ・クイーン（女装した男性同性愛者）が襲いかかった暴動事件である。この暴動によって、ゲイ解放運動は始まった。

そして一九六九年なら、『冷血』上梓のたった四年後だ。カポーティはまだ酒浸りになっていない。自分の力を信じられたはずだ。

しかも、彼は自分がゲイであること、差別される側に立ちながら、作家だという特権でそれを免除されているだけだということを知っている。彼はゲイの人たちが置かれている立場に対して無自覚ではないのだ。

実際、彼はあるとき、バーでゲイについて侮辱的なことを言った外国人の屈強な男たちに、たった一人で抗議し、言葉が通じないにもかかわらず、彼らを黙らせてしまったことがある。

そのカポーティの目にストーンウォール事件はどう映ったのか。

もう一度、想像してみよう。彼は、今、自分がよく知り抜いているグリニッジヴィレッジでおこったゲイの暴動について、聞いたところだ。

彼は叫ぶ。

〝わお〞

そして寝室に行く。シーツにくるまる。奇妙な音が聞こえ始める。啜り泣きの声だ。

〝僕には力がない。僕のことは誰も愛してはくれない。僕はゲイだ。だからといって、ほかのゲイの人たちに受け入れられるはずがない。僕はのけものにされるだけだ。僕はただの滑稽で、ねちねち嫌がらせを言う、ものほしげな目をした「おかま」で……〞

そのあとの言葉はもう聞こえない。彼の鬱状態はすでに始まっている。七〇年代に入って上流階級の暴露話を書き、みんなに嫌がられてから、突然、鬱に沈んだわけではないのだ。彼が自分で自分を〝おかま〟だと決めつけてしまったとき、すでにカポーティの力は終末の時間に向かって滑り落ち始めていたのである。

ストーンウォール事件は自分をゲイとして規定できるシルツにとってはたしかな希望だったが、もう一人のゲイ、トルーマン・カポーティにとっては自らを破滅に導くきっかけのひとつにすぎなかった。


シルツはカポーティのことをどう思っていただろう。

カポーティのようなゲイはただ単に時代後れというだけでなく、ニューヨークの社交界という特権階級にしがみつく、クロゼットより卑怯な軟弱者にすぎなかっただろうか。

でも、それならランディ。エイズが社会問題化するのに一番役に立ったロック・ハドソンはどう？　彼は本当のクロゼットだった。そして、ハリウッドという砦に隠れて、死の最後の瞬間までエイズで死んだことを認めなかったわよね。

ハドソンは認めてカポーティを認めないなら、その理由はただひとつ。カポーティが不幸にもエイズで死ななかったからということにならないかしら。

どう、ランディ。答えて？　エイズで死ぬことは幸せなの？　アルコール中毒で死ぬよりも。

〝まさか〟

私の中のシルツと、『私』は同時に言う。

〝幸せな死なんてあるもんか〟

でも不幸せな死というものもないわよね。

〝結局、どっちでもないのさ〟

八四年までアルコールと薬漬けになって生きたゲイと、アルコールも薬も断ったのに、九四年、エイズで死んだゲイが一緒に言う。

〝死には意味なんてない。ただ死があるだけだ〟

でも、それはとても大きな教訓だわ。人を殺さなくては生きていけない人間がいて、人が殺されなくては自分が生きていることを切実に、実感できない人間がいる。

あなたたちは、それを教えてくれた。

そして力尽きた。

でも、私は知っているわ。こういうことを。

〝あなたたちは死んでいるんでしょう。間違いないわ。それでも、やっぱりこの死人はあなたたちじゃない。いいい、いいい、あなたたちはほんとうは死んだわけじゃないいのよ〟

第二章
『さもなくば喪服を』と『きけわだつみのこえ』

〝喪〟の時間

照明を落としたバーに行ったのは夜十時すぎだった。千駄ヶ谷の国立競技場を取り囲む高い街路樹の暗がりを数分歩いて扉をあけたというのに、店内の闇は外よりはるかに濃く、瞬きを何回か繰り返さないとバーカウンターの中を透かし見ることもできない。

　ただ趣味がいいというだけでなく、なんだか日本にいるような気がしなかった。こんな奇妙に非日常的なバーに入ったのは初めてだった。

　そもそも、それまで私が知っているバーは飲みにいくところではなく働きにいくところである。トタン板で屋根を葺《ふ》き、ところどころで打ちつけた歪んだ廃材が壁を支えているのが、私が知っているバーで、未成年の私がカウンターの隅で氷を割っていても見咎《とが》められない場所なのだ。私はそういう店の奥で発泡スチロール箱に入った氷をアイスピックで砕いていた。

　あるとき常連客の一人が、金が入ったからと、店にいる全員を中華料理屋に連れていったことがある。前もって、頼んでいたのだろう。大きな海老の炒めものが出た。

「ときにはなあ、うまいもん、食わにゃなあ」

　誰かが呟いたが、誰も海老に手を伸ばさない。私も同じだ。殻がついたままの海老をいったいどうやって食べろというのだ。私にはそれは胴の長い甲虫にしか見えなかった。

　翌日の午前中、その常連客は、私を多摩川沿いの散歩に誘った。曇った日だったのに、そのお客さんは、歩きながら空を見上げ、何度も目を細める。

「普通の日はいい」

　そんなことを彼はときどき言った。

　相づちを求められないことだけが救いだった。川がすぐ近くにあるというのに水の匂いはまったくせず、河川敷の砂利は曇り空からわずかに洩れる光を吸い取ってもなお、鈍い色合いだ。

「晴れてるなあ、今日は」

　思わず顔を見ると、次の瞬間、彼は顔を両手で強くこすった。手を顔から離しても顔色も表情も変わらない。

「いや、日があるうちに起きるのが大切ってこと」

　お客さんは、そういえば、いつも夜十一時すぎに、素面《しらふ》で店を訪れる人である。何か言おうとしたが口が動かない。所在なく川原べりの雑草の穂から種を鋤《す》き落とそうとすると、思いがけず強い口調でたしなめられた。草木に軽々しく手をかけるのではないということだったと思う。手をズボンのポケットに差し込んでまたしばらく歩いた。

「普通の日がいいな」

はい、と答えた。

常連客の人は、それなら、私鉄の駅がここから歩いて数分だから、電車に乗ってアパートへ帰りなさいと言った。河川敷から上がり路側帯を左に行こうとしたら、下から見上げていた彼が、逆だよ、逆だよ、と手を大きく振った。白い薄手のジャンパーにナイロンの黒いズボン、頬骨が目立つ、小柄な人だった。

そのような店が、私にとってのバーだったので、二十二歳のとき、『ピーターキャット』の扉をあけたときには瞬きするよりほかなかったのだ。

『ピーターキャット』というのが、そのバーの名前だった。村上春樹さんという方が開いておられるジャズバーだと、会社の同僚から聞かされた。

村上さん……あの翻訳をなさっている。

「ちがいます」

普段は温厚だが、専門分野のことになると頑強になる同僚が、きつい目つきになった。

「ちがいます。翻訳はなさっておられない」

その剣幕はなかなかのものだった。

「村上さんは作家です」

私が、村上春樹さんが七九年に群像新人賞を授賞された『風の歌を聴け』を、カート・ヴォネガットの新訳だと思いこんでいたことなど知れたらどうなるものやら。私は内心びくびくしたが、その同僚から、村上さんが『ピーターキャット』を閉店後、貸し切りにして内《うち》うちの人だけで映画上映会をするという話を聞かされたのだ。そのため、私は〝内うちの人〟の最後尾についてそのバーを訪ねたのである。

ところで、『ピーターキャット』に行ったのは寒い季節ではなかったものの、真夏でなかったことは確かだ。真夏なら、会社の帰り、それも十時すぎにバーに行く元気など二十二歳の私にはなかった。私の勤め先は『ピーターキャット』とは違う意味で非日常的な趣味に彩られていたからだ。厳寒期と酷暑期の室内の温度差を四十度近くに保ちたいと切に願っている経営者を戴いていたのである。

そのため冬は暖房なし、夏は冷房なしの上に経営者が籠っている部屋につけられた三台のクーラーが、その部屋と対面する形で配置された社屋に熱気を送り込んでくるので、真夏の午後ともなればほぼ熱帯である。

三日に一人は熱中症で倒れる人が出た。水を飲みにいこうとして膝からくずおれる人を見て、ここは何かに似ていると思ったが、倒れた人の頭に濡れた雑巾を当てるたびに、それを考える気力は失せていった。そもそも、なぜこの会社に入ったのか、理由が思い出せなかった。

ただゲラに向かっているときだけは違った。私が勤めていたのは出版社で、そこで校正をしていた私は、たとえば、カート・ヴォネガットをはじめとして、いろいろな作家の原書と翻訳文を交互に照合することができた。あの特異な室内環境さえなければ、今でも私は校正者をやっている。

ところで、そうだ。『ピーターキャット』の中に入って何度か瞬きしたあとだ。カウンターの奥に人影をみつけて、私は目を疑った。

なぜ、こんなところに、あのお客さんがいるのだ。

カウンターの中の人が、昔働いていたバーの常連客に見えたのだ。いま考えるとなぜそんなことを思ったのかわからない。『ピーターキャット』の店主は、間違っても、白いジャンパーに黒いナイロンズボンなどの装いと縁がありそうではなかった。

さらに多摩川の河川敷にも、『ピーターキャット』の店主は似合わない。

あえて間違った原因を捜せば、その店主も多摩川河川敷の〝陽の目をみない〟お客さんも、存在感を消そうと試みているためかえって存在感が増すところが似ていたのかもしれない。目が闇に慣れ、この二人の容貌がまったく違うことに気づいたあとも、私はしばらくその姿から目が離せなかった。そんなに凝視しては失礼だという意識がもどったのはどのくらいたってからか。私はカウンターのほうを見ないようにして、スツールに腰かけた。

その姿勢のまま、マルクスブラザーズの映画がバーの壁面にしつらえたスクリーンに映し出されるのを見終り、翌日八時にはまた奇妙な趣味の会社に出勤した。

それからしばらくして、自分が勤めている会社が何に似ているかに気づいた。

多分、戦場だ。しかも敗走の。そして倒れた人はまさに傷病兵で、看護する私たちは、従軍看護婦である。ここはまるで太平洋戦争末期のようだ。その時代の人々が書いた『きけわだつみのこえ』という本があった、と、私は一冊の本のことを思った。だいたい、ここは八〇年代・東京のはずなのに、夏場の室温が体温より高いというのは戦前の呪いにかかっているとしか言えないではないか。『きけわだつみのこえ』は太平洋戦争末期に応召した二十代前半の大学生を大半の記者とした日誌である。彼らのほとんどは亡くなったので、亡者の記録とも表現できるし、また、大学進学率が想像できないほど低かったことを考えると、エリートがいかに死に臨んだかという臨床日記とも言いうる。大変なベストセラーだったそうだが、すでに私が大人になった頃には、内容の細部は忘れられ、題名と、記念碑的作品だったと過去形で語られる栄冠のみが残っていた。有名になりすぎた本の宿命かもしれない。

　ともあれ、その本の名前を熱中症ぎみの頭に浮かべられるようになった頃には、私は会社をやめたくなっていた。この仕事を最後にしよう。私は机の上のゲラを見ながら三季節あまりをやりすごした。ゲラは、ある世界的ベストセラーの文庫化にあたってのものである。『さもなくば喪服を』が本の題名で、ドミニク・ラピエールとラリー・コリンズという七〇年代までを代表するノンフィクション作家のコラボレーションだ。二人は『きけわだつみのこえ』におさめられた人々より十歳ほど若いが、同じ太平洋戦争を連合国側から見ている。

　その本を校正し終わってまもなく、決心どおり私は会社をやめ、同じ頃、村上春樹さんも『ピーターキャット』を閉めた。

　それから二十年がたち、村上さんはオウム事件の被害者にインタビューした『アンダーグラウンド』というノンフィクションを上梓したが、私はよほど、村上さんについては錯覚を繰り返す性質らしい。初めて『アンダーグラウンド』を読み終えたとき、私はこんなことを思った。村上さんは『きけわだつみのこえ』を再現なさろうとしたのではなかろうか。

　それは当然自問でしかなかったが、あの熱帯の戦地のような会社の社員として、『ピーターキャット』という不思議なバーに足を踏み入れたときから、私はまったく未知の作家である村上さんを、すぐさま自分の記憶と合体させる癖がついてしまったようだ。

　記憶は、あの原書に囲まれた暑くて寒い社屋の中で撓《たわ》み果て、ついに村上さんの像はあの頃のあの季節とわかちがたいものとなり、一種のコラボレーションを私の中に作り上げてしまう。

　ところで、このコラボレーションのタイトルはなんだろう。二十年前の記憶を手探りしていると、『さもなくば喪服を』というのが一番ふさわしいような気がしてきた。この本は二十年前、私がその会社で、最後に校正した本の題名である。

　フランス国籍のドミニクと、アメリカ国籍のラリーは、スペイン内乱を一人の闘牛士の半生と交錯させて一冊の本に仕上げた。それが『さもなくば喪服を』だ。闘牛士の名前はマヌエル・ベニテス〝エル・コルドベス〟。タイトルは、マヌエルが死を賭した大きな試合に出て行く前、それを止めようとする姉、アンヘリータに語った言葉からとられた。

　マヌエルは同じ極貧の環境で育った長姉のアンヘリータに向かって言う。

「泣かないでおくれ、アンヘリータ、今夜は家を買ってあげるよ、さもなければ喪服をね」

〝喪〟という言葉を、こんなにも優しく、しかし乾いた語感で、また正確に〝生〟と鮮やかに対比して使った例を、私はそれまでに見なかった。家を買う行為は、すなわち生きることである。しかし、それに失敗したときでさえ、人間には喪服を購《あがな》う儀式が残されている。生と死は、その間に〝喪〟という時間を挟み込んだとき、初めて、人間にとって親しげでどこか哀しい風景として立ち上がってくるのだ。

喪の儀式に送られることなく死んだ人も、喪の時間を何より恐れる人も、そして死について何も考えない人も、いつか心に喪をまとうときをむかえる。

そのとき、『ピーターキャット』の店内にたちこめていた濃度の高い闇は、私たちを取り巻くだろう。そして次第に体の輪郭が暗がりに溶け、『ピーターキャット』の壁に映像が映し出されたように、自分自身の姿を闇の奥に見るとき、死を考える人も考えない人も、平等に心に喪をまとう。

その闇と喪のコラボレーションは私の撓んだ記憶の中で低い音を繰り返し奏でている。昔はかすかに、そして今はより強く。

マヌエル・ベニテス〝エル・コルドベス〟にとっての〝喪〟はどのようなものだったか。そして、彼を描き、ニュージャーナリズムが八〇年代アメリカで台頭するまでノンフィクションの父と言われたラピエールとコリンズに、〝喪〟は訪れたのか。『きけわだつみのこえ』の人々に〝喪〟を感じる時間はあったのか、それとも、それはただあっけない死そのものだったのか。

私はそれと知らず、数限りない喪の風景とすれちがって生きてきた。呪われたように寒くて暑い社屋の中で読んだ本も、ふと想起した本も。そうだ。『ピーターキャット』のあの非日常的で奇妙な闇も〝喪〟の空気に似ていた。そして、その店主と見間違った、すでに名前も思い出せない人も、また同じ空気をまとっていた。

その人は、かつて私に河川敷から堤をあがって家に帰れと言った。

あの人は一回も思わせぶりなことは言わなかったけれども、実によく喪服が似合う人だった。そういう世界に住んでいる人だろうと、子供の私にも感じさせた。

だから、彼は喪の風景を思わせる、あの曇り空の下の、灰色の河川敷からあがって家に帰れと言ったのだ。

しかし、誰でもいつかはあの風景に戻っていく。子供がやたらに〝喪〟の風景の中に慣れすぎるのもよいことではなかろうが、そこが、誰もが帰る場所であることも、また事実なのだ。そして、あれからすでに四半世紀の時間が流れた。今、あの風景を、もう一度思い出してはいけない理由などどこにあるだろう。

固茹《ハードボイルド》で卵がある風景

ドミニク・ラピエールは一九三一年にフランス・シャトレオンで、ラリー・コリンズは一九二八年にアメリカ・コロラド州で生まれた。彼らは一九五四年、パリのNATO最高司令部で通訳官と軍人として知り合い、のちラピエールは『パリ・マッチ』の記者として、コリンズは『ニューズ・ウィーク』パリ支局長として再会を果たす。

彼らの共同著作として代表的なものは『パリは燃えているか』『さもなくば喪服を』『今夜、自由を』『おおエルサレム!』がノンフィクション、『第五の騎手』がノンフィクション・ノベル。その後、彼らはコラボレーションを解き、コリンズはもっぱら国際サスペンス小説へ、ラピエールはまたノンフィクション・ジャンルにもどっている。

彼らの共同著作すべてがベストセラーだが、飛び抜けているものをあげれば『パリは燃えているか』『第五の騎手』、そして『さもなくば喪服を』になる。ノンフィクションでは『パリ』と『さもなくば』が代表作というわけだ。前者は十七ヵ国語、『さもなくば』もそれに匹敵するほどの多言語に翻訳された。そのすべてにとって、私はよい読者とは言えない。正確にいえば、私は『さもなくば喪服を』だけを偏愛していて、あとの本は偉大だとは思うものの、荘重すぎて身丈に余る。しかし、あの本には震えた。闘牛士マヌエル・ベニテス〝エル・コルドベス〟のあの物語には。

最初のページの一文を校正しただけで胴震いがして、赤鉛筆が止まってしまったほどだ。ゲラの上に顔を俯かせて仕事をすすめているふりを取り繕った。いくらなんでも、校正をしながら泣く人間がこの世に存在することを悟られたくなかったのである。

今、マヌエル・ベニテス〝エル・コルドベス〟は、闘牛士として一流と認められるために、アンダルシアのラスベンタス闘牛場へ出向くところだ。彼は生まれ故郷のパルマ・デル・リオ村の自宅の寝室を出る。家の外には、村の人々が彼を見るためにおしあいへしあいで大騒ぎである。彼はアンヘリータの肩を抱き、ドア一枚へだてて群衆と向き合う。

アンヘリータはめまいをおぼえ、泣き続けている。その姉の上に、マヌエルが身をかがめ言うのだ。

「泣かないでおくれ、アンヘリータ」

マヌエルがそう囁いている間に、アンヘリータの目は弟の手が闘牛服の上に置かれているのを見ている。

「泣かないでおくれ、アンヘリータ、今夜は家を買ってあげるよ、さもなければ喪服をね」

なんて文章だ。なんという抽象力だ。この言葉によって、スペインの市民革命の顚末もその時代性も、ヨーロッパの変動もむだな説明を要さない光景へと一瞬にして変貌をとげる。市民革命はマヌエルの住むような小さな村から中心部に押し寄せ、嗚咽と歓喜のいりまじった怒号の中で、家を持たない人に家を、さもなくば喪服を与え、家を持つ人から屋敷と土地と既得権を奪い、喪服とともに彼らの農場から放逐したのだ。


マヌエルはアンヘリータを家に残して、闘牛場へ向かう。闘牛場の土は濡れそぼっている。ほんの少し前まで雨だったのだ。雨が降れば土はぬかるむ。足をとられる。バランスを崩した闘牛士は、そのとき、牛の角で傷つけられるより前に、自分の体からあふれる血を予感するのだ。雨は彼らにとって弔いの唄になりかわりかねない。

しかし、客席は満杯である。そして、マヌエル・ベニテス〝エル・コルドベス〟――スペイン最南端のアンダルシア地方の中にあってもっとも貧しい地域、コルドバからはいあがってきた文盲の青年――は、誰よりも、その満杯の客席の意味を知っている。

彼は闘牛服の上着の肘がひっぱられるのを感じる。しかし振り向かない。彼は誰がそうやっているのかを知っているのだ。

だめだ、やめたほうが、マヌロ、だめだ。

助手が彼の肘をとらえ、こう訴え続けているのである。

彼はようやく助手のほうを向く。今日のマヌエルはいつになく静かだ。

「パコ」

彼は助手に語りかける。

「パコ、あなたは棉をつかんだことがないだろう。心配するなよ。おれの足はこういうぬかるみに慣れてるんだ」

観客でふくれあがった闘牛場がこう語りかけていることを、マヌエルはすでに知っている。

「きみの闘牛を見に来る連中は、きみの血を見るまではおさまるまい」

マヌエルは観客の声に耳を傾け続ける。

動揺を抑えきれないパコが次に気がついたとき、マヌエルは係員に、始めましょうと言い渡している。パコはマヌエルの顔を見る。ラピエールとコリンズはこう書いている。

「闘牛士の顔に浮かんでいた表情は、硬ばったような、ゆがんだ微笑、兎のような微笑だった」

こんなことを書ける著者は、いったいどういう人なのだ。

私は震えながら考えた。マヌエルの兎の微笑を見たのは、ラピエールかコリンズか。それとも二人がひとつの目になって見届けたのか。

アンヘリータに「さもなくば喪服を」買ってあげるよと囁いた、その声を聞いたのは誰だ。

ながらく私はそれを、ラリー・コリンズだと思い込んでいた。コリンズがハードボイルドをお家芸とするアメリカ出身だったためである。

要するに、私を震わせたものは、この作品が持つ、ハードボイルドの本質だった。マヌエルが語る一文はきわめて短い。しかしそこにはきわめて抽象力の高い言葉がぴたりとおさまっている。それがハードボイルドという固茹で卵の味わいなのだ。

言い方をかえよう。

固茹で卵は、けして上等な食べ物ではない。半熟卵には一家言ある人も、ただひたすら茹であげて固まらせた卵には、蘊蓄《うんちく》などかたむけられまい。しかし、あの卵には普遍性という何にもまさる特質があるのだ。要するに、食通であろうとなかろうと、空腹な人にとっては、固茹で卵は、

「これは食べ物だ」

という実感をはこんでくる。

ハードボイルドが多人種、多言語の国であるアメリカで発達したのは、そのためだろう。なるべく短い文章で正確な意味とニュアンスを伝える術を、あの国の人々は求めたのだ。遊戯としての言語は必要とされなかった。見知らぬ人の素姓を感じ取らなければ生き残ることができなかったのだ。あの国の大半の人々は。

私はノンフィクションもまた、ハードボイルドたりうるのだという驚きにも震えていた。そして、それこそが『さもなくば喪服を』に溢れ、ほかの荘重な作品にはわずかしか与えられていないエッセンスだったのである。

しかし、私は読みの浅い読者だった。実はこれらの声を聞き、書き、マヌエル・ベニテスという無学な男の存在を、スペイン市民革命と対等に配置したのは、フランス人のラピエールのほうなのだ。

そして、ラピエールとコリンズの別れは、少なくとも作家、ラリー・コリンズの〝喪〟を意味していたのである。

たしかに『パリは燃えているか』では、彼らは対等なコラボレーターだった。しかし、この作品では違う。決定的だったのはコリンズがスペイン語をラピエールほど巧みにあやつれなかったことだ。スペイン語だけではなく、彼はすべての言語能力において、ラピエールより劣っていた。

これはコリンズに才がなかったということではない。ラピエールがあまりにも恵まれすぎていたのである。

ラピエールは外交官の父と、ジャーナリストの母の間に生まれ、十四歳のときから欧州各地、アジア、アフリカで過ごしている。いくらコリンズがハーバード大学を出た秀才にしてUPI通信員から『ニューズ・ウィーク』のパリ

支局長になった経歴をもっていても、異なる文化の、異なる人々に、異なる言葉で均質なニュアンスの問いを投げかけ、ひとつの物語に織りあげる能力と勘と知識において、ラピエールの後塵を拝することは明らかだろう。

実際、『さもなくば喪服を』の取材においても、マヌエルやほかの闘牛士との同行取材はもっぱらラピエールが行っている。コリンズはコルドバにおいた連絡事務所から、マヌエルが生まれた頃のスペインを知る人を訪ね歩いて、いわば脇を固める資料収集に専従していた。そしてこのあたりから、すでにラピエールが書くフランス語版テキストと、コリンズの英語版テキストの間には差異が現われ始めている。

二人は、まず、それぞれが母語でまとめたサマリーを熟読し、検討を加え、加筆して、決定稿のあるべき姿を決め、その後、さらに自分たちの母語でそれぞれテキストを書いたので、両者は本質的に同じものだと主張しているが、『さもなくば喪服を』以降、フランス語版と英語版のテキストの構成が急速に異なっていったことは事実だ。

さらに彼らの最後の共同作業である『第五の騎手』にいたっては、構成や細部の表現が異なるだけでなく、事実関係も食い違ってくる。実質上、ふたつの物語ができあがっているのだ。そもそも同じ事実を書いたとしても構成が違えば、それは違うふたつの作品と言うべきだろう。そして、『さもなくば喪服を』の場合、日本語版訳者は章の数が少なく、彼らが得意とした映画的なフィードバック手法がより顕著に出ているコリンズ版のほうを採用したが、マヌエルの話す言葉は明らかにラピエールの手によって織りあげられたものだ。

それは、コリンズがラピエールと別れてから書いたいくつかの小説の文体を見るとき、残酷なほど明瞭になる。コリンズが書く言葉はひたすら重苦しい。具体的に言えば、一文が必要以上に長い。ジャーナリストの書く文章とは思えないほどだ。

遠慮のない言い方をすれば、コリンズの文体は固茹で卵だと思って齧ったら、白くペンキを塗った鉄球だったというようなものなのだ。卵を食べるつもりで歯を折ってしまうのではたまったものではない。一人になったコリンズはあっというまにベストセラー作家の座を失うのである。

今、世界でもっとも有名なラリー・コリンズ氏は、太腿が一メートル以上あるボディビルダーで、小説家ラリー・コリンズの名前は偉大なその太腿の陰に隠れてしまった状態だ。

一方、ラピエールは一人になってからもしなやか、かつ華やかに活躍し、彼の名前はうんざりするほどあちこちに溢れている。ひとつにはラピエールがコリンズと別れてから、作家兼博愛主義者として活躍し、世界各地、とりわけインドの最貧困層救済支援家としてマザー・テレサに並ぶ有名人になったからである。そのマザー・テレサが一九九七年九月に亡くなったとき、ラピエールがほぼ即日、英語で打電した文章は次のようなものだ。タイトルは『僕の最後の日まで、僕はあなたを忘れない』。

「（前略）マザー・テレサ。僕の生きた証し。僕の魂の人。僕は今、世界でたった一人になったみたいだ。

（中略）

僕が僕の最後の日をむかえるまで、僕は彼女を忘れない。その弾んだ歩調を。貧しい人たちの苦しみを消し去り、涙をぬぐった、彼女の微笑を。

（中略）

最後の最後の日まで、僕はベイルートにいた彼女の姿を忘れない。キリスト教とイスラム教の戦いの最前線に、たった一人で、幼子を胸に抱き、死に恐怖をいだくこともなく、ただ優しさだけで戦いをやめさせた彼女の姿を。殺し合っていた男たちは、伝説のサリーを纏った女性の前に、銃と手りゅう弾を置いたんだ。

（中略）

僕はけして忘れない。彼女が僕ら富んだ者たちの街を歩く姿を。〝なんてかわいそうなの。あなたたちは。本物の癩病より、もっとひどい病いに苦しんでいるのね。一人きりの孤独の中で、これまで誰にも触れてもらったことがないんだわ〟彼女はそう言ったんだ」

もちろん、この文体はハードボイルドではない。追悼文をハードボイルドで書くのは、とくに相手がマザー・テレサともなれば至難の技だろう。

しかし、ラピエールはいざとなれば、そういう追悼文も書けたはずだ。実際に彼は乾いた文体を駆使する人だった。同時に、彼はもっとフリルとレトリックの多い難解なフランス語も書くことができた。多言語を使う才人にして、文体の達人である。しかし、何より彼は対象にぴったりした文体を瞬時にして選び出す才能において嫌味なほど秀でた人なのだ。

そして、このマザー・テレサへの追悼文が、単純明快にして一種の泥臭い扇情力を持つ米語的な英語で書かれているということは、ラピエールがその追悼をアメリカ人に向けて発信したことを物語っている。

アメリカ人にとってマザー・テレサは、たしかにラピエールが書くような女性だったらしい。私はある特異な教会で出会ったアメリカ人の男性の熱情的な口調を思い出す。

そこはそもそもカトリック教会で、彼はプロテスタントであるだけでなく、カトリックが認めないゲイだった。その地域で生まれた彼は、貧困層と移民層で構成されているその地域のために、教会で何かをしたいと考えていたが、彼と同じセクシュアリティを持つ人々も、また、その地域でもっとも悲惨な立場に身をおいている男女の売春従事者も、そこがカトリックの教会だからという理由でよりつくことができない。

「ところがだよ。人生ってどんなことがおこるかわからないもんだね」

彼は頬を紅潮させながら私に言った。

「あるとき、マザー・テレサがここに来たんだよ。僕はあの偉大な女性を見にきた。この教会に。

そしたら、なんと彼女が僕をみつけたじゃないか。〝あなたはここで、何かをやりたいのね〟僕が自己紹介したわけでもないのに、マザーはそう言った。〝人の苦しみに対して何かをしたいのね〟

僕は酔ったような気分だった。〝ええ、マザー。人が苦しんでいるのを見るのはいやです。でも、僕は何もできませんよ。ここはカトリック教会で僕はプロテスタントのゲイですから〟

〝だったら変えたらいいわ。簡単なことよ。全部の宗教を受け入れたらいいわ。どんな職業の人も、もちろん、あなたのような男性も女性も性転換した人も〟

僕は口がきけなかった。そしたら、マザーはこう言ったんだ。

〝私が変えるわ。だから、あなたはそれを続けて〟」

そして本当にすべてが変わった。カトリック教会なのに、ヒンドゥ教から仏教にいたるまで、すべての祭壇を設置し、司祭、修道女が配属され、その地域で最大のホスピスへと変身したのである。

彼は現在、もう一人の女性とともに、教会の運営をまかされている。

マザー・テレサは、あなたにとってどんな女性なの？　表現してみてくれない？　そう頼むと彼は答えた。

「僕の魂の人。僕は死ぬまで、彼女を忘れないだろう。彼女は愛情によって、すべてを改革してしまう、強くて優しい〝マザー〟なんだ」

あなたのおかあさん以上に？

「彼女は母以上の母。聖人とはあえて言わないよ。母親が子供を育てることを奇跡と言わないようにね。でも、彼女は僕の〝マザー〟なんだ」

このようなアメリカ人には、ラピエールが打電した文章は、まさに魂に垂直に刺さる矢だったにちがいない。

ラピエールは、コリンズと対照的に、他人の心を動かす術を体得していた。それを、出会う対象ごとに微妙に変え、彼の文章の鼓動がより多くの人の鼓動と同調するようにした。ハードボイルドはぶっきらぼうな口語体文芸というわけではない。要するに、その固茹で卵が柔軟に弾むかどうか、その味わいが理屈ぬきに腹にしみるかしみないかが、肝心な要素なのである。そして、それはフィクションだろうが、ノンフィクションだろうが、とりわけ〝喪〟の風景を描くとき露骨に明らかになる。

戦争で死ぬこと、病院で死ぬこと

『きけわだつみのこえ』も、その意味においては、ハードボイルドとして読むことができる。というより、この本は、本物の固茹で卵から、熟れ過ぎたトマトなみに柔らかい半熟卵までの集大成とも言えるのだ。

　前にも書いたように、これは亡者の記録であると同時に、エリートの臨床日誌でもある。エリートという卵はやっかいなものでなかなか煮えきらない。あれやこれや理屈をつけ、ともすれば黄身は液状化をきたし、白身との境界線もあいまいになる。それを、

「僕の柔らかい感性」

　などと自賛された日には救われないのだが、感性の柔らかさが、自意識の高さに比例することもまた事実のようだ。とりたてて高い知性をもたずとも、高すぎる自意識に苦悩したり、そのうちその苦しさが快楽にかわっていったりする人はおしなべてエリートではないだろうか。少なくとも私にとっては、そうだ。

　もちろん、こういう人たちの死に際が乾いているはずはない。下手をすむと、死にゆく自分を情緒纏綿《てんめん》に謳いあげ、まわりの人たちを死にたい気分に陥らせることさえある。しかし、いったん彼らから自意識が強引に奪われたとき、〝喪〟は内側に容易に消えない炎を抱くことになり、その光は、人の死を超えていつまでも瞬き続ける。そのとき、なかなか茹だらない卵は、本当の固茹で卵となって、〝普遍的に〟人の心を震わせるのだ。

『きけわだつみのこえ』で自分が自分であることに悩まなくてもよかった人は、意外に少ない。国のための自死を選んだ人も、拒否しつつ抗えなかった人も、死ぬとは思わず死を迎えざるをえなかった人も、死そのものより、むしろ、死を考える自分に執拗に苦しめられる。

　なにしろ、あの無学なマヌエルでさえ、闘牛場で自分を待ち受ける死の気配に向かいあうときには、神経質な、「兎のような微笑」の中で凍りついたではないか。彼は自分の血が、牛の血よりも望まれる闘いをむかえる日の早朝には、よく寝室でギターをつま弾き嗄《しゃが》れ声でこんな歌を口ずさんでいた。

『俺は貧乏暮らしに慣れてきた／金がないと嘆いたことはない／金などあっても／もし世界中の金が俺の手にあっても／何をしてくれる／この俺の苦しみを／この俺の孤独を』

　マヌエルならぬ、日本のエリートたちは、もっと心理的にじたばたする。それが『きけわだつみのこえ』のひとつの貴重な価値にもなっていることは確かだ。従容《しょうよう》として死

に赴くなどということは、ほとんどの人間にできはしないことを、この本におさめられた人々は私たちに教えてくれる。もし、そんな死が簡単に手に入るという人がいたら、そいつは詐欺師だ、耳を貸すなと、亡者となった彼らはいまでも囁いている。

　典型的な一例を引こう。東京帝国大学第二工学部電気工学科に入学二年目にして、航空研究所に動員、一九四五年五月二十四日、二十四歳で戦災死したある青年の日誌からだ。

　彼は研究所時代に知り合った女性を恋人に持っている。名前に棒線をひかれた人物が、その恋人だ。

「三月七日

　苦しもう。苦しみを貫くことより解決の道はないからだ。苦しい中にこそ真心も希望も輝き始めるからだ。それゆえに自分の現在を甘受しよう。感謝し一層闘志を出そう。捨《す》て石《いし》たらん意味すらひしがれんとする生活。だが、それは未だ自分が弱いからだ。―子のことにしたって、二人がこの現在の前途暗澹《あんたん》たる中にも本当に真心を通じ信じ合い、この恋をもっと真たらしめんと汗と涙の中を通らなくては。（中略）しかし今は反省思索は徒《いたず》らな気分に溺《おぼ》れてはならぬ。現実は厳しい。足もとに、というより自分の身に火をつけられているのだ。（中略）国家の悲境は飽《あ》くまで自分の心痛となって疼《うず》く。それゆえに己れの生の倫理も未《いま》だしということも感じはする。だがこの悲境に苦しみつつ、国家のために自分を最善に生かそうとする努力とそれより生れる生命の充実感という希望は許さるべきではないか（後略）」

　また、こんな例もある。慶應義塾大学経済学部に入学した年の暮れ、松本第五〇連隊に入隊。一九四五年五月十一日、陸軍特別攻撃隊員――すなわち特攻隊員――として、沖縄の米機動部隊に突入戦死した二十二歳の若者だ。

　彼には死に先立ってふたつの遺書があった。ひとつは表向きのもの、もうひとつは家族にあて、自宅離れにある自分の本箱の右の引き出しに遺本があるので捜してほしいという不思議な伝言である。

　まずは表向きの遺書から。正確に言うと、遺書と題されたものの、前文のように付記された文章だ。

「特攻隊員（振武隊）となりて〔日付け不明〕

　予め期するところ、死所を得たるを喜こぶ。選ばれて今日の晴れの栄光を受く。淡々たる気持ちは何の変化もなし。勿論、思想上においても変りなし。生きて尽くすも大した奉公はできぬ。死して日本を守るのだ。

　悠久の大義に生きるとか、そんなことはどうでも良い。あくまで日本を愛する。祖国のために独立自由のため闘うのだ。

　天国における再会、死はその道程にすぎない。愛する日本、そして愛する冶子《きょうこ》ちゃん」

遺族に託されたもうひとつの遺書の鍵は、この表向きの遺書の最後の一言にある。本箱の引き出しの中には、羽仁五郎著の『クロォチェ』という本があった。その一章、市民的哲学者という項の本文には、ところどころ丸印がつけてある。それをたどると、彼の第二の遺書が出現するのだ。ひらがなと、わずかなカナと漢字を拾い集めて書かれた遺書は次のとおりである。

「きょうこちゃん　さようなら　僕はきみがすきだった
しかしそのとき　すでにきみは　こんやくの人であった
わたしはくるしんだ　そして　きみのこうフクをかんがえたとき　あいのことばをささやくことを　だンネンした
しかし　わたしはいつも　きみを　あいしている」

哀切である。だが、これは固茹で卵ではない。自分の恐怖、自分の死、自分がいずれまとう喪の空気のみを道連れに、人の血を吸った闘牛場へ下りていく人間の言葉ではない。

皮肉なことに、戦災で亡くなった人、特攻隊として自死した人より、戦わずして野戦病院で病死した人の残した言葉のほうが、より短い言葉で、より多くの声を響かせる。

たとえば、一九四三年、東京美術学校油画科卒業後二ヵ月で入営、一九四五年八月十九日、終戦後四日目に沖縄宮古島の野戦病院で餓死した二十六歳の青年は四枚の絵と言葉を残した。

一枚は七月十四日、上半身裸で杖に両手を束ねて立っている自画像。表情は穏やかだ。その周囲に日付けと場所、そして、次の一言がある。

「現在　もうこれ以上はやせられまい」

もう一枚は同じようにやせた男がうずくまっている姿だ。「八月九日」とだけ書かれている。

三枚目。裸の彼は片足をのばし、両手を後ろについている。そのまわりに、吸いかけのたばこ、うなぎ、かぼちゃ、丸のままの腸詰め肉、パン、すいか、なみなみと泡立つ液体を湛えたジョッキ、湯気が立ち上るグラスなどが無数、描かれている。とくに目立つのは、ほかの対象物と比べて異様な大きさに描かれたキャラメルの箱だ。

箱はふたがあいており、箱の内側に長方形のキャラメルを一個のぞくことができる。箱には細かく商標が書き込まれている。

そして彼の背後、わずかに残った余白に、彼はこうしるしている。

「これだけあれば病気はなほる」

私は尋ねてみたい。

どういう意味だったの。あれを描くことがたとえば、あなたの前の鰯、それとも飛び魚？　あまりにも巨大すぎてわからない。よく太った胴体に小さな鱗まで描き込まれている。あれはいったい、なんだったの。

「これだけあれば病気はなほる」

本当になおると思っていたんですか。あなたは、今、およそ三〇キロ台前半の体重。この魚を食べて、あのキャラメルを食べて、病気がなおると。第一、正確に言えば病気じゃない。栄養失調による全身的な衰弱。要するに死なのよ。死を鰯や飛び魚でなおせると、キャラメルでなおせると、あなたは言うの？

「これだけあれば病気はなほる」

あなたが絵を描き始めたのは、日記をつけるのをやめてからのことよ。日記の絶筆が七月十一日。日記ではあなたはほかの人にまして饒舌ですね。苦しいから生きる。生きることが最も正しい。そう言い続けている。そういう文章を書くのをやめてから、あなたは絵を描き始めた。その一枚目が、多分、七月十四日と書かれた最初の自画像だと思う。もうこれ以上はやせられまい、とあなたは書いた。

でも、これは真実ではなかったようだわ。八月九日、これは死の十日前ですね。あなたはもう一枚の自画像を描いた。片腕は、立てた片足膝蓋骨内側の一点に支えられるようにして下に垂れている。これ以上はやせられまい、と思った日から一ヵ月生きたから、あなたはもっとやせている。肘が外側に曲がったように見えるのも、極限までやせたからね。そして、あなたは今、できるだけ頭を下げて、腕を支えているほうの膝頭に接吻しようとしているみたい。

でも、この姿を、あなたはどこから見たの。病室に鏡はあったの。あったとしても見られなかったはずよ。あなたにはもう頭を上げる力がない。要するに、あなたにはもう鏡は必要ではなかったのね。ちがう？

あなたが魚やキャラメルやたばこを描いたのはいつだろう。とにかく、言えることは、この絵を描いたときから、もうあなたには潤色なんてものは必要なくなったということ。あなたには見えたのよ。巨大な魚やキャラメルや衰弱しきった自分の体が。

「これだけあれば病気はなほる」

絵を描き終えて、そう言葉を添えたあと、あなた、笑いはしなかった？　衰弱の淵で、記憶があとからあとから湧きあがってくる。それと同時に笑いもこみあげてこなかった？　何かから解放されたような気がしませんでしたか。だから、これだけあれば本当に病気はなおったんじゃないの。明晰な言葉で自分を支え続けなければならないという病いを克服したんじゃないですか。私は、あなたが八月九日の自画像を微笑みながら描いたような気がする。どう？

そして四枚目ね。あなたは家族の人たちを描いている。

「これは父」

おとうさんは顔だけね。

「これは母」

おかあさんは背が少し前かがみですね。手に持っているのはモップ？
「これは忠、これは芳枝」
誰も苦しんでいないのですね。あなたも。あなたは自分自身が亡くなる十日前まで、誰も苦しむ人は描かなかった。
あなたの病気はなおったからよ。

彼はおそらく裸に近い状態で亡くなっただろうが、その心はすでに一ヵ月前から〝喪〟の衣をまとっていたのである。

もう一例あげよう。やはり病死した二十歳の青年だ。昭和十九年、慶應義塾大学予科在学中入隊。わずかその一年余、終戦三ヵ月後に中国奉天で病死。当初の診断は胸膜炎だが最後は衰弱死に近い形での絶命である。

彼の日誌は最初のほうこそ、終戦前後の外部の混乱などを記録してあるが、死の間近には自分の状態と与えられた治療について短く記載するのみだ。

彼が亡くなったのは一九四五年十一月二十七日。その十九日前、十一月八日の記載から順に引く。

十一月八日　昨晩は眠られぬ。九度五分、氷嚢《ひょうのう》二時四十五分、看護婦さん木村桂子さん。ビタカンフル（強心剤）注射、良くなるぞ。高地改造、井上義雄、下坊さんともに命の恩人と心得。
十一月九日　白血球、尿検査。
十一月十日　荒井中尉診断、ついに伝染病棟に移ることとなる。三時ごろ。
十一月十一日　二十cc注射、毎日ぶどう糖の注射をうってくれる。
十一月十四日　夜二回血ばかし出た。出血。
十一月十五日　絶食、絶飲。
十一月十六日　GAMAFETON 1.2cc*（強心剤）　＊ここに薬のレッテルが貼ってあった。
十一月十七日　ぶとう糖、食塩、強心、おもゆ、リンゲル、リンゲル
十一月十八日　リンゲル、8。6，
十一月十九日　8。3，動きしゆえなり。
十一月二十日　腸出血、絶食。
十一月二十一日　リンゲル、毎日ぶどう糖、絶食。
十一月二十二日　絶食、8。2，
十一月二十三日　おもゆ、8。5，

記載はこの日でとまる。その四日のちの正午、彼は絶命した。

誰でしたっけ。フルネームで書かれた女性の名前。
「看護婦さん」

そうでした。

「木村桂子さん」

言葉のかわりに貼られた薬のレッテル。

「GAMAFETON」

それから、ラップの歌詞みたいに、あなたに投与されたものの羅列。

「ぶどう糖、食塩、強心、おもゆ、リンゲル、リンゲル」

ひとつ、ひとつ、こうしてあなたは数えたのね。これはぶどう糖、これはリンゲル、そしてまたリンゲル、というふうに。

そして、あなたにとっては、そのものたちを記載することがすなわち生だった。生とは喪服をまとう日を待つ行為なのだということを、あなたは死んでもなお、寡黙かつ雄弁に語りかけてくる。

あなたたちは哀切ではないわ。もちろんその体験は哀切で理不尽きわまりないものだったけれども、あなたたちが語りかけてくるものは、哀切という言葉をつきぬけた、ほかにかえがたい感触なのよ。

固茹で卵をシャツの衿口から中に落としてしまったら、きっとその感覚がもう少しよくわかると思う。完全に茹だって生々しいところなどひとつもないはずなのに、要するに、完璧すぎるほど完璧に死んでいるのに、生きた卵より皮膚に、肉に、骨に刺さるような動揺を与える球体。あなたたちの言葉ではない言葉は、まさにただでは死なない固茹で卵なのよ。

言葉によって苦しみ、愛する人への気持ちを残して散華《さんげ》した人々は哀切ではあるが、それはその人の哀切にとどまる。

だが、戦わなかった人たちは、言葉ではなく、その衰えた体をもって、その日、その場所の光景を抽象し、戦争の手触りをまざまざと伝えてやまない。〝喪〟の風景とは、結局そういうものなのだ。

固茹で卵のその後

そしてまた、マヌエル・ベニテス〝エル・コルドベス〟も栄光のうちに引退したのち、体が衰えたにもかかわらず再び闘牛場へ、あの喪の場へともどっている。

引退後の復活は、一九七九年、実は私が本の校正を通して彼を知る二年前だった。

彼はその八年前に一度、完全に闘牛から身を引いている。一九七一年、三十五歳のときだ。しかし、彼にとってはそれが初めての引退表明ではなかった。三十一歳、一九六七年のある日、彼は主だった興行師に手紙を出し、引退すると言っているのだ。その前の晩、彼はおそろしい夢を見た。

体に大きな穴があき、彼のすべてが流れ出していく夢だ。闘牛士ははねきて顔を覆った。それは死ぬよりも恐ろしい夢だった。

彼がアンヘリータに喪服ではなく家を買ってからというもの、彼の手には数え上げられない富がころがりこんできた。かつて〝世界中の金が俺の手にあっても〟と呟くように歌っていた闘牛士は、本当に世界中の富を手に入れていたのである。

しかし、その古い歌の次の歌詞はなんだっただろうか。〝(金があっても) 何をしてくれる／この俺の苦しみを／この俺の孤独を〟だったではないか。

古い歌には真理がひそんでいるものらしい。彼の体に致命傷になりかねなかった傷跡が九つを数えるようになった頃、彼はスコッチに溺れるようになった。そもそも、多くの闘牛士が酒に溺れる。だが、だいたいワインどまりだ。そのワインの酔いが切れてもなお自分に〝喪〟をまとう覚悟ができていないことを知り、自ら命を絶つ闘牛士もいる。

しかしマヌロはなかなか酔いの醒めないスコッチを痛飲するだけでなく、メキシコから一回につき三十本もの睡眠薬を買っていた。シーズン中はスコッチと、このメキシコみやげがないと眠れないのだ。そして朝には、目を醒ますための別の薬。たしかに金は、彼の苦しみにも孤独にも、助けになりはしなかった。

そもそも、彼は一人になれる時間さえ奪われていた。彼はすでに豪邸をかまえており、そこには六〇年代のカリスマを一目見ようと、闘牛ファンや闘牛士になりたい少年がつめかけたが、彼はいつもにこやかに彼らに対応し、〝メキシコでの成功おめでとう〟などと書かれたハンカチを受け取る。そして屋敷の中に入ると、そこはまたマヌロの幸運に与《あずか》ろうというプロモーターや得体の知れない人々でごったがえしている。

彼が門前で渡されたハンカチに目をやってとまどい顔になるのは、奇跡的に一人になったときだ。いったいこのグニャグニャしたものはなんだ。俺は字なんて読めないんだ。そして彼はなじみの神父を訪ねた。

「神父さん、どうか私を男にしてください。私に読み書きを教えてください」

マヌロは大学ノートをひろげ、神父が書いた文字をなぞっていく。

「私はマヌエル・ベニテスと申します」

「私は闘牛をするのが大好きです」

宇宙飛行士は、なぜ輪をかいてまわるのでしょう、神父さん。そう尋ねたときには神父は地球儀を彼に見せてくれた。それが、マヌエル・ベニテス〝エル・コルドベス〟が、初めて地球は丸いと知った瞬間だったのだ。

ともあれ、そのときだけが、彼にとって静かな時間だった。

そして、そのとき神父にならった字で、三十一歳の彼は〝神様がもうやめるようにいったので〟闘牛をやめると興行師たちに宣言文を送ったのだ。

しかし当然のようにマヌエルは引き止められた。彼を今やめさせることは、闘牛の興行世界にとって自殺行為だ。ともかくあと一度、闘牛場に立ってほしい、と興行主たちは懇願した。

そして、彼はこれが最後と決めた試合に出て、考えを変えた。この、人と牛の血を吸った砂の上でこそマヌエル・ベニテスは、唯一無二の〝エル・コルドベス〟でいられるのだ。彼はまたスコッチと睡眠薬と覚醒薬のやっかいになることになり、それから丸四年、かけがえのない闘牛士、マヌエル・ベニテス〝エル・コルドベス〟として死と生のあわいを、従来の闘牛の作法を嘲笑するような粗暴な身のこなしで飛び越し、すり抜ける。この頃から彼への評価は二分される。品性、知性、徳性いずれにも欠ける美意識のない闘牛を金のためにやる下司野郎という評価がひとつ。品性も知性も徳性もクソ食らえ、金がなけりゃ何もできない。がにまたでも、田舎者でも、牛と闘う奴は、人生と闘っているのさ、という見方がもうひとつ。

しかし、実際のところ、彼は金のために闘牛をやっているわけではなかった。すでに大農場を持ち、自らがその象徴となった、中産階級の最上部に属するマヌエルは、スコッチにしろ睡眠薬にしろ、自家用車や自家用ヘリコプター にしろ、金で購えるものはなんでも手に入れた。

その彼が引退の自由を得たのは、興行主が闘牛士に持つ絶対権限を縮小限定化し、闘牛士の低いマージンを引き上げるためにマヌエルが打ち出した反トラスト宣言のためだと考えられる。

この反トラスト宣言で、興行主に反旗を翻した結果、彼はまだ人気の衰えない七一年に引退した。以後は醜聞と期待があいなかばした。醜聞は、マヌエルが前にもまして酒に溺れて身動きもできないほど肥満し、金持ちの特権をもって故郷の土地の買い占めに走っているという噂。期待は、もちろん、彼はアルコールも薬も断って、またもう一度、〝ただ喪服を購う〟ために闘牛場にたちもどってくれるだろうというものだ。

七五年にはフランコ独裁体制がフランコ自身の死によって終末への道を歩み始め、フランコの贔屓《ひいき》に与っていたマヌエルは身の危険を感じ始める。

その事態が影響したのかどうかはわからないが、七九年、四十三歳のマヌエルは〝奇跡〟のカムバックを果たす。八〇キロ台にまで肥満したといわれる体は、闘牛場に復帰したときには無様ではない程度に絞られていた。

ただし、私がそれを知ったのは、会社をやめて一季節たった夏、八一年七月の『プレイボーイ』誌の車内吊り広告を見たときだ。車内吊り広告に嫉妬したのは、あとにもさきにもこれ一回きりである。それまで、彼は私の〝エル・コルドベス〟だった。日本版は、訳者の努力にもかかわらず、あっというまに絶版になり、私はその会社をやめるときに、断裁処分待ちの本を一冊、洋服の下に隠匿して自室に持ち帰っていたのである。

今考えれば馬鹿馬鹿しい。本はたくさんの人に読まれて初めて本と呼ばれるものだ。しかし、その車内吊り広告のキャッチコピーが、四十三歳にして闘牛場に復帰した元ヒーローの秘めた熱情とは？　というような、いかにも甘ったるい印象だったので、なんだか自分の〝エル・コルドベス〟を侮辱されたような気分に陥ったのも確かなのだ。

マヌエルは復帰以後、試合数を減らしながらも闘牛はやっていると聞いた。とはいえ、最近ではさすがに闘牛をやっているという話は聞かない。九〇年代に入ってからは、スペインの入り組んだ政治状況からなのか、彼はかつてフランコと親しく、また農場からかつての村仲間の土地を取り上げるような所業にも出たようなので、起訴にはいたらないが反動的人物として名をあげられている。

彼は、六〇年代スペインのカリスマの一人であったと同時に、いくら金があっても孤独で切羽詰まった人なら手を出しがちな酒と薬に溺れた。そして、突然、自分の体に穴があき、そこからすべてが流れ出していく夢をみて死を恐れた。

しかし、それがどうしたというのだ。復帰後、四十代なかばの彼は、やじられても罵られても牛を相手にした。とくに闘牛界は冬の時代である。とくにうまみを求めて復帰したわけではあるまい。

七九年、本格復帰後のインタビューでは、日本人インタビュアー佐伯泰英氏の、なぜ闘牛をやるのかという問いに、闘牛をやったあとは生きていると実感できるからだと答えている。

ほんとうにそう？　マヌロ。生きている実感をえられるからですか。

「闘牛場におりてきてみればいい」

闘牛場におりる？　冗談でしょう。そんなことはできないにきまってます。

「それならわからない」

そうですか。もちろんそうでしょう。私は闘牛場におりないし、あなたの全盛期を知らなくてよかったと思っている。あなたは私がようやく大人になった頃に、もう一度、闘牛場にもどってきた四十三歳の男性だった。結局私はそれから、あなたの姿を追ったことになるのよ。あなたの心がいつ、喪をまとうのかと考えながら。

マヌエル。あなたはベストセラーの主人公としては、意外に知られていないのね。ラピエールとコリンズの共同著作を紹介する記事の中で、個人名を伏せられているのはあなただけよ。あなたは、スペインのある闘牛士とだけ記録されているわ。

ある闘牛士。

でも、それで私にとっては十分。私にとっては、あなたは〝ある闘牛士〟であったほうがいい。スペイン市民革命の英雄などでなくてよかった。

私が見届けたいのは、あなたが、本当に〝さもなければ喪服を買う〟ために闘ったのかどうかということ。そして、あなたがいつ自分の〝喪〟をまとうかということ。

マヌエルは答えない。まだ生きているからだ。

動きの鈍くなった体で〝喪〟の場へ復帰し観衆の罵声を浴びながら無様に戦い続けた闘牛士は、いまなお、スペイン闘牛士人気ランキングの第十八位にある。

最後に『さもなくば喪服を』、そしてその主人公、マヌエル・ベニテス〝エル・コルドベス〟の像を作り上げたドミニク・ラピエールと、彼の固茹で卵を齧りながら暑い季節の中で出会った人々のことを書こう。

コリンズと別れて一人になったラピエールの処世は、したたかの一語につきる。戦争が終わり、次なる冷戦も過去のものになり、西欧に個と集団が対決し、またコラボレートする場が乏しくなると、彼はその場を求めてイスラエルへ、最後はインドへと自分の目を移していき、生きのびたのだ。

ここが、二十年前に姿を消したラリー・コリンズとの決定的な差だ。コリンズは西欧にこだわりすぎた。とくにパリにである。彼はパリを舞台にしたスパイ小説などを書いたが、冷戦崩壊は予想以上に早く訪れ、結果コリンズの描く世界は時代遅れなものになり、彼は作品とともに忘れられてしまった。コリンズは『パリは燃えているか』の舞台であった戦時中の西欧を、時代がかわっても同じ場所に求め続け、失敗したのである。

一方、ラピエールは抑圧と抵抗、貧困と富裕、暴力と平和といった二分論が可能な場所へ、抜群の言語力をもって自分の舞台を動かしていくことにより、そして、何より外交官の息子としての天分を発揮して、時代にアタッチしたことにより博愛主義者としても著名になった。

ラピエールは、『歓喜の街カルカッタ』と、最近著である『A THOUSAND SUNS』（未邦訳）の印税をすべてインドの最貧困層救援団体に寄付している。九八年には、その資金によって船舶型の病院がガンジス河に浮かぶことになる。通称〝浮かぶ病院（フローティング・ホスピタル）〟

だ。階層的にアウトカーストに属しているうえ、癩病やエイズなど仲間にも忌避される疾病に罹《かか》った人たちを収容しつつ、周囲から隔離する施設である。

フローティング・ホスピタル。

これこそ、ドミニク・ラピエールの本質を一言でくくるにふさわしい言葉だ。土地に縛られることなく、しかし、土地と地続きに、現場を、そして時代をなめらかに滑っていく船。これがドミニク・ラピエールという過剰に優秀なノンフィクション作家の姿なのである。

しかし、こういう優秀すぎる人、欠点がなさすぎる人に、はたして〝喪〟は訪れるのか。

なにしろ地面から離れているのだ。つまずくことも、うっかりスキャンダルにまきこまれることもない。とにかく〝浮いて〟いるのだから、そんな危険とは無縁だ。

とはいえ、浮いたまま〝喪〟をむかえること、死に瀕して〝地に横たわる〟こともなく過去の記憶や現在の自分を見つめることなど人間にできるのだろうか。いくら彼が印税のすべてを特定の土地に対して捧げたとしても、彼は、卓越しすぎた能力のために、結局、どこの誰でもなく、また、〝喪〟の時間をむかえたときも普遍的なメッセージを溢れ出させることもなく、ただ生物学的な死の瞬間をむかえるだけではなかろうか。

これと同じことが、『ピーターキャット』の元店主にも言える。彼の『アンダーグラウンド』は、時代へのディタッチメント（現実との接続拒否）を標榜してきた著者が、初めてアタッチメント（接続開始）の必要性を感じたためにものされたと、これは著者自身が語っている。

しかし、あの店で、あの非日常的な闇を作り上げた店主は、時代に指をのめりこませるような無粋な真似をするには、あまりにも卓越した才能の持ち主だ。

思えば、あの闇の巧みな作り方は、マザー・テレサへの追悼文を書いたときのラピエールの巧みさに似ていた。

そこに漂う雰囲気は、アメリカのように見えて実は、アメリカそのものではない。アメリカ人がこう見えて欲しいと思うアメリカ、リトル・ヨーロッパとしてのアメリカなのだ。そして、ラピエールがマザー・テレサの追悼文を打電したときに想定したと思われるアメリカも、村上春樹が書く翻訳調の文章も、リトル・ヨーロッパ的という意味において、まさに同質である。

彼も、ラピエール同様、はたして〝喪〟をむかえられるのか。彼の興味は最近、次第次第に、死へと傾きつつあるようだ。しかし、どうやって彼は自分を脱ぎ捨てるのだろう。『きけわだつみのこえ』に収録されたエリート以上に、言葉に多くを託しながらも、小説的光景を描写するにあたっては、みごとなまでに乾いた固茹で卵の文体を駆使する彼、村上春樹は。

「でもね、村上さんにはこういう一面もあるんですよ」

一軒の寿司屋で、彼の愛読者であり、彼同様、教養とセンスに恵まれたある人物は言った。

「村上さんね、レコードのコレクションがあるでしょう、ジャズの。個人では持ちきれないほど」

そうでしょうね。

私は『ピーターキャット』で、何度もレコードを取り替えていた店主の姿を思い浮かべて答えた。店主の仕草は、忙《せわ》しないところはまったくなかったが、真剣だった。まるで初めてレコードに針を乗せる少年のようだったと形容してもいい。

「それで、これは村上さんから聞いたことじゃなくて、僕がたまたまみつけたんですけどね、雑誌で。ジャズのとてもマイナーな雑誌です」

何をみつけたんです？

「ジャズのコレクションのひとつなんですが、相当貴重なものがあるんですよ。それを、村上さん、こつこつ集めていたんですが、結局家に収まりきらないほどになったので大切にしてくれる人に譲りたいって、本名で投稿してるんだよ」

私はうなずいた。

「これ、随分、勇敢でしょう。住所も何もかも、全部、載せているんだから。あの人にはそういう面もあるんだよね」

多摩川の河川敷の散歩に、数十分、私をつきあわせたお客さんにも、そういうときはあったのだろうか。

本名を名乗り、住所をあかし、自分の声を自由に響かせるようなときは。

あの人は、店のママといい仲になっていた。そのママは、マスターと同居していた。あるとき、お客さんやマスターと歩いていると、ママは突然、路上で、『ルイジアナ・ママ』を歌い、踊り始めた。昼間は傘屋に勤めている太りぎみの女性だった。

かわいい人だと思った。

あのかわいい人の前でなら、あのお客さんも、自分の名を、自分の記憶を話し、喪服をまといつづけた日々を話したかもしれない。その言葉に耳そばだてる権利は、私にはないが、想像することなら、誰にも禁じられない。誰にも。

第三章
カール・バーンスタイン&ボブ・ウッドワード『大統領の陰謀』

敗者の烙印

「あれは、これか?」

肌の色の浅黒い運転手が、あけたままの車のトランクに片手を置いてこう尋ねたので、十秒考えた上で、尋ね返した。

「あれがこれなのは、これのことですか」

今度は運転手のほうが黙る番だった。三月で、ワシントンだった。一九九一年。アメリカがイラクのところどころに、ミサイルを打ち込んでいた時のことだ。私にはその戦争の意味もわからなかったが、同じくらい、運転手の言うこともわからなかった。

That's it?

あれは、これか? どう考えても、そのときの私にはそうとしか訳せなかった。たった一週間前にパスポートを持ったばかりなのである。

Is it what you say "that"?

私が小さな手持ちかばんを指さしてみせる頃には、人垣ができていた。人垣の中から何人かの声がとんだ。

「荷物」

「全部」

「これだけ?」

「おしまい?」

そのうち、運転手が腕組みをしたまま、私の体のまわりを一回りした。回り終わって私の正面に立ち、かばんを持つポーズをする。次に手をあげてかばんをトランクに入れるまね。最後はきょろきょろあたりを見回して、顎に手を当て、首をかしげて、ほかにかばんはなかったっけと思案するパントマイムだ。ここまでされれば意味はわかる。

彼の台詞の抑揚を逆にして、

「これでおわり。That's it」

と言い、タクシーに乗り込んだ。

「どこに行く」

「ホテルに」

「なんてホテルだ」

「ホリデーイン」

ホリデーインはたくさんあるぞ、とぼやき始める彼を制して言った。

「ホワイトハウスの正面にあるのに行って」

「ホワイトハウスの正面だって?」

「そのとおり」

「ホワイトハウスに用事かい？」

「不幸なことに用事よ」

「入れないぞ」

「入る気はないわ。入るのはホテル。〝ホリデーイン・イン・フロント・オブ・ホワイトハウス〟」

そんな名前のホリデーインがあったかなと呟く彼に、ホテルの名前を書いた紙を振って見せた。

「正面ですって」

へえ。彼は一瞬、冗談を言おうかというような表情になったが、すぐ、なんだと呟いた。いつも俺が前を通ってるホテルじゃないか。あれが、なんだって？

「ホリデーイン・イン・フロント・オブ・ホワイトハウス」

最後の単語四個は、二人で声をそろえた。

「それで、あんたはホワイトハウスに用事がある、か。不幸なことに」

これも最後は二人で声をそろえた。なぜあんなところに用事があるんだ。ついに彼は笑い始めた。

「あなたの国がまた戦争を始めたからよ」

ポトマック川沿いに桜が咲き、海の向こうでは湾岸戦争が終盤にさしかかっていた。

その桜に若葉が萌え始めた頃、そして、アメリカが海の向こうの戦争ゲームで勝利をあげた一九九一年晩春、カール・バーンスタインはワシントンDCから飛行機で一時間の距離にあるニューヨーク・シティにいた。

そして、肉市場の一角にあるレストランでスープを注文していた。これは在米ジャーナリスト、青木冨貴子さんの目撃談である。

そのとき、バーンスタインに会えたとしたら、私はどう質問しただろう。

「バーンスタインさん、もうおわりですか？」

案外、本気でこう聞いたかもしれない。皮肉でも、下手な冗談でも、ましてや挑発でもなく。本気で。

「もう、おわりですか。カール・ミルトン・バーンスタインさん」

そうだ。それが彼に聞きたいことのひとつなのだ。

その質問は、『大統領の陰謀』で、ボブ・ウッドワードとともに、一躍、調査報道の花形となったカール・バーンスタインに向けたい質問ではあるが、本心を言うと、それより『大統領の陰謀』と比べれば不思議なほど売れなかった自伝、『LOYALTIES』（『ロイヤルティーズ／忠誠心は誰のために』――井田意訳）を、一九八九年に出版した、カール・バーンスタインに聞きたい質問である。なぜなら彼は、ウッドワードとのコンビを解消したあと、落ちぶれるところまで落ちぶれ、メディアの世界ではもう姿も見ない、と言われているからだ。

『ボストン・グローブ』誌は、バーンスタインのことを、『大統領の陰謀』の最大の敗者とまで評した。『大統領の陰謀』は、『ワシントン・ポスト』紙に入社したばかりのボブ・ウッドワードと、長らく下積みだったバーンスタインがコンビを組み、時の大統領、リチャード・ニクソンを辞任に追い込み、政治生命を断ち切った調査報告型ノンフィクションとして有名だが、『ボストン・グローブ』は、バーンスタインを、そのニクソン以上の敗残者と言っているのである。相当な言われようだ。曰く、彼は自分の出世の舞台となった『ワシントン・ポスト』に居場所を確保できなかった、彼はその後ベストセラーを出せなかった、自伝『ロイヤルティーズ』のような誰も読みたくない地味な本を出して、『大統領の陰謀』の二弾目を期待した読者を裏切った、彼は離婚で財産を根こそぎ持っていかれた、残ったのは息子二人だけ……。

いや、そんなことをこまごまと並べ立てる必要はないかもしれない。要するに、彼はウッドワードになれなかったからダメ、というわけだ。『ボストン・グローブ』も、世間の噂も、結局その一点に集約される。

あるいは、映画『大統領の陰謀』で、ウッドワードのように、ロバート・レッドフォードに演じてもらうことができなかったから。それもまた真実だろう。

彼の役を演じたのはダスティン・ホフマンだった。ダスティン・ホフマンが肉市場のレストランで前かがみでスープをすすっていたら、まあ、たしかにぱりっとしているとは言えない。

そして、さらに彼が変人、ひねくれ者として名高かったというのも理由のひとつにつけ加えられるかもしれない。

たとえば、私が不幸にして取材することになった湾岸戦争に対して、バーンスタインはこう答えている。

「僕は、ほかのアメリカ人プレスとは意見がまったく違うだろう。この戦争が必要だったかどうかについては、はなはだ疑問に思っている。

アメリカは確かに勝った。疑問の余地なく勝った。軍事的には。だが、これが政治的な勝利といえるかどうかは時が経過しなくてはわからないことだ」

ここで、私は自分の不幸をあらためて思い出す。九一年の春、なぜ私がホワイトハウスの正面のホテルに泊まりにいったかといえば、バーンスタインが言うところの〝必要だったかは、はなはだ疑問〟な戦争の統幕参謀長官、コリン・パウエルを取材しなくてはならなかったからだ。

私にとってはその戦争は〝はなはだ疑問〟どころの騒ぎではなく、はなはだしく迷惑なものだった。あの戦争ゲームの下では、ゲームの駒ではない生身の人間が死んでいる。

アメリカはなぜお節介にもよその家の喧嘩に口をさしはさむのだ。その上、その家の人たちを遠隔操作で大量に殺そうなんて、正気の沙汰とも思われない。

しかし、それを正気の沙汰ではないと主張することが、はたしてバーンスタインがひねくれ者だという証拠になるだろうか。ただ、彼は〝その他おおぜいのアメリカ人〟と違っただけではないのか。そもそも、そう考える人は、バーンスタイン一人だったわけではあるまい。

実はコリン・パウエルも、また、この戦争の必要性を〝はなはだ疑問に思う〟一人だったことが、後日、判明するのだ。ウッドワードが書いた『司令官たち』の中で、パウエルはウッドワードの質問に答え、〝軍隊の派遣は不要だと考えている。もし、アメリカがイラクに干渉する権利があったとしても、経済封鎖だけで十分だった〟というのだ。実はそう告白したために、パウエルは軍の中で相当困った立場に立たされてしまった。彼は取材の時点ではウッドワードを完全に信頼し、彼が自分の不利になることを書くとは思いもせず、全面的に協力している。ウッドワードには、その力があるのだ。彼に思いもよらぬ本音を語った多くの人が、その理由をこう語っている。

「だって、あの『大統領の陰謀』のウッドワードが聞きにきたんだぜ。『ワシントン・ポスト』の、あのボブ・ウッドワードがきたんだ。喋らないわけにはいかないだろう」

ここが、バーンスタインは『大統領の陰謀』の敗者、ニクソンは次に救われた人、そして最高の栄誉に輝いたのはウッドワードだと言われる所以だ。

たとえば、ニクソンは頭の悪い人ではなかったので、大統領の頃には死んでも離すまいとした私財を、惜しみなく社会事業に投じ、取材も積極的に受け、自分の失敗を〝率直に〟語る。また、政治通としてはシャープな部類に入る。当たり障りのない議論についてのみ意見を述べるうち、彼のイメージは回復してくる。そして没後はまるでヒーローのようにその社会貢献を褒め称えられているのだ。

しかし、カール・バーンスタインには、そんな救世主は現れない。そもそも金がないのだ。

そして、『ワシントン・ポスト』の職を去ることによって、彼は〝『ワシントン・ポスト』のあのカール・バーンスタイン〟と呼ばれることもなくなった。そのうえ、ダスティン・ホフマンと瓜二つの容貌となれば、彼がウッドワードとの比較においてあらかじめ敗者であり、さらにニクソンとの比較においても貧乏籤《くじ》をひいてしまうのは明らかではないか。

映画『大統領の陰謀』が世間に与えたイメージも小さくはなかったと思う。あの映画は明らかにロバート（ボブ）・レッドフォードのための映画であり、ダスティン・ホフマンは脇役にすぎなかった。

映画化権はレッドフォード自身が買いつけたから当たり前だとも言えるが、あの映画でのレッドフォードの活躍ぶりはめざましいものがある。若く、冷静で、誰にでも愛される容貌をもつ彼を、観客が実際のウッドワードに重ね合わせてしまうのは仕方がないだろう。おまけに、名前まで同じボブだ。そして、バーンスタインはホフマンの静かな演技によって、味のある人間ではあるものの（ボブ・レッドフォードとボブ・ウッドワードの華の前にあっては）、永遠の脇役といったイメージを与えられてしまったのだ。

そして、これらいくつかの要因によって、彼は〝『大統領の陰謀』のカール・バーンスタイン〟から、一歩一歩遠ざかっていく。

ボブ・ウッドワードはバーンスタインと対照的に『ワシントン・ポスト』の中でキャリアを積み上げていく。ウッドワードとバーンスタインのコンビが解消されたのはなぜか、双方ともに語っていない。しかし、所詮長続きするコンビではなかっただろう。彼らのめざす地点は違いすぎる。ウッドワードはホワイトハウスに一貫してこだわるが、バーンスタインはアメリカを外から見る姿勢を次第に強めていく。言い方を変えれば、ウッドワードはマジョリティとしての道を生き、バーンスタインはパウエル同様、マイノリティの道を歩んだというわけだ。ウッドワードはバーンスタインが『ロイヤルティーズ』を書いたときに、「カールのカムバックだ」と絶賛したというが、本のどこにも、その言葉はみつからない。ゲイ・タリーズとスタッズ・ターケルの熱狂的な賛辞があるだけである。だいたいカムバックというのは微妙な表現ではないか。ずっと勝者でありつづけた人間にカムバックはありえない。カムバックは敗者にしか適用され得ない特殊な用語だ。

なぜ、パウエルはウッドワードではなく、同じ考えを持つバーンスタインを取材者に選ばなかったのだろう。理由は明白だ。それでは話題にならない。敗者に取材される人間は、さらなる敗者としかみなされないだろう。しかも、アメリカで初の黒人統幕参謀長官として、パウエルはいわば梯子をはずされた立場にいた。高みには昇ったが、支持層が見えない、という空中の孤島のようなところにいたのだ。

たとえば、南米移民二世であるパウエルは他国出身の移民の目から見れば、自分たちの祖国をも攻撃しかねないアメリカ軍人である。そして、彼が孤島のただ一人の住人のように見える要素はほかにいくらでもある。

しかし、本当に孤立無援だったのだろうか、彼は。パウエルもバーンスタインもたしかに多数派的ではなかったものの、ただ一人、孤絶していたのか。彼らは、立場は違えど物事を〝その他おおぜい〟とは違うようにしか考えられない種類の人だっただけなのではないか。

その疑問の答えは、まだここでは出せない。私はワシントンDCでパウエルにはあわなかった。当然だ。無理やりホワイトハウスに押しかけたなら、あるいはパウエルが住む軍の基地に押し入ったなら、私は今、無事でいるかどうか怪しい。私は周辺取材だけでパウエルを書く以外になかった。私はパスポートも持ち慣れなければ、海外取材の経験も、より率直に言えば、いわゆるまともな取材のノウハウも持ち合わせていなかった。しかしどのような手練手管を持つ人であれ、あの時期のパウエルに直接会うことはできなかったはずだ。自分は『ワシントン・ポスト』のボブ・ウッドワードだと詐称でもしないことには。

そして、同じ季節、一九九一年春、私はバーンスタインにもニューヨーク・シティで会わなかった。気になる存在ではあったけれども、まだ十分に彼の像を把握しきれていなかったからだ。

私はなぜあのときバーンスタインに会いにいこうとも考えなかったのだろう。私はパウエルの周辺取材を行い、なんとか原稿を書いて、ほうほうのていで日本に帰ることしかできなかった。自分にあとどれほどの人に会う機会が残されているのか。ひとたび機会を逃せば、人は流砂に呑まれたように姿を残さず消えてしまうことを、私はあのとき知らなかった。たとえ無教養でも経験不足でも、自分の前には無限の時間があると思っていたのだ。すでに若くはなかったが、そのとき、私は思慮に乏しいという意味においては十分に若かった。

あの傍若無人で、人の言うことを聞かず、学歴もなく、言葉づかいも乱暴な三十歳の男として、本の中ではあるが自分の前に現れた、惹きつけられてやまぬカール・バーンスタインという人物に、なぜ会おうという努力さえはらわなかったのだろう。

しかも、この無遠慮な男は、上司にとってはいまいましいことに、そして私にとっては痛快無比なことに、記事を書かせてみると、十六歳で事実上、学校教育から離れたにもかかわらず名文家なのである。それに比べて、非の打ちどころのない経歴を持つウッドワードは文章が下手だ。だが、文章力において劣るウッドワードは原稿と資料を分析することにおいては、秀才ならではの能力を発揮する。論理展開も明快だ。

上司にとって、どちらが可愛い部下だったかは明らかだろう。そして、どちらが私にとって魅惑的な人物だったかも明らかだろう。

だが、上司に可愛がられなかったことだけが、彼が『大統領の陰謀』の最大の敗者と言われるようになったきっかけなのだろうか。『ワシントン・ポスト』をやめただけで？そもそも次に移ったABC放送は『ワシントン・ポスト』

の親会社的な存在ではないか。『大統領の陰謀』の花形記者が、単なる生意気で無礼な若造だというだけで地に墜ちるのはおかしい。バーンスタインはたしかに生意気で嫌な部下だったかもしれないが、『大統領の陰謀』を、上司のお気に入りのウッドワードとともに書きあげたことは事実なのだ。その人が、なぜ敗者に転落しなくてはならなかったのか。

私は九一年に時間を巻き戻して、ニューヨーク・シティに赴き、どうしてもこう尋ねたい。バーンスタインさん、あなたはなぜ、ほかのアメリカ人プレスとまったく違う意見を持てたのですか？　なぜ、あなたは、あなたの国アメリカとともに、あのテレビゲームのような戦争の勝利に酔い痴れることができないのですか？

それはあなたが当時、『タイム』誌のイラク特派員だったから？　それだけじゃないでしょう？　バーンスタインさん。

私は、ワシントン生まれのユダヤ系移民三世で、共産党員の両親を持つ彼に、そう問いかけてみたい。

しかし、バーンスタインはウッドワードとちがって、本当に取材嫌いだ。ウッドワードはどこにでも行き、誰とでも能弁に喋るが、バーンスタインの口は重い。湾岸戦争についての意見も、いわゆる突撃取材に応じた例外的なものだ。彼はどう見てもとっつきのよい人物とは思えない。実際、いろんな報道機関や出版社を、人間関係の軋轢からやめている。『ワシントン・ポスト』から、ABC放送へ、そして『タイム』、その後はなんと『ヴァニティフェア』だ。ヴァニティフェア？　主にスキャンダルを扱う大衆誌じゃないか。なんで調査報道の花形記者が、雑誌のカバーに〝二流誌です〟と書いてあるような雑誌にいかなくてはならないのだろう。

バーンスタインには謎が多い。そんな彼が、素直に質問に答えるとは考えられない。とくにスープをすすっている最中などには。

あんたに答える必要がどこにあるのかね。

よくて、彼の返答はこんなものだろう。

その返答を聞いたとしたなら、私は映画の『卒業』を思い出すはずだ。そして、あらためてバーンスタインの顔をつくづくと見入る。

黒くて多い髪、瞼に迫った黒い眉、その眉の下の意外なほど内面をよく映し出す黒い瞳。目立ち過ぎる鼻に、小さめの唇。彼は、本当にダスティン・ホフマンそのものだ。とくに『卒業』のときのホフマン――屈託の多い小男ではあるけれども、そしてその後の結婚生活はどうあれ、恋人が結婚式をあげる教会の窓を叩いて、彼女にふさわしい金髪で青い目の好青年からいったんは恋人を奪ってみた男に

――。

そんな男にだったら、私はこう切り返すだろう。

どこに必要があるかですって？　山のようにありますよ。なぜなら、私はあなたの姿からずっと目が離せなかったのですから。あなたがどこから来て、どこへ行くのか。それをどうしても追いたかったのですから。

なんで、そんな酔狂なことを。

そう言われたら、私はまた言う。なぜならあなたが理解できなかったからです、バーンスタインさん。理解できないということが、結局、あなたを理解したいという気持ちから生まれたことを知るために、『大統領の陰謀』が世に出てから少なくとも二十年は必要でした。酔狂も二十年たてば、また別のものに変わるんじゃないですか。

そして、こうつけ加えただろう。しかし、難しかったですよ、あなたを追うのは。だいたい、あのウッドワードというWASP（アングロサクソン系で新教徒の白人。少数派だが、社会的には最高位のポストを占有している）の邪魔者がいますのでね、バーンスタインさん。

九一年には言えなかったことを、私は今ならいくらでも言える。どんなにバーンスタインが不機嫌な顔をしても、口をきわめて罵られてもひるむことなく言える。

「バーンスタインさん、もうおしまいですか」

そして、少しでも彼が私の顔を見たら、すかさず言うだろう。

この無礼な質問は『大統領の陰謀』の敗者バーンスタインさんに対してではないんです。アメリカに移住してきたユダヤ人の一族の、父と息子の叙事詩を書いたバーンスタインさんに伺いたいんです。

そう、『ロイヤルティーズ』。バーンスタインさん、私はあれを読んだんですよ。イディッシュしか話せなかった祖父母と、たくさんの親戚、なにより共産党員としてトルーマン忠誠審議会にかけられたお母さんとお父さんについて、あなたが最後まで逡巡しながら、悩みながら書いたあの自伝を。

あなたの、そしてあなたの祖父母をはじめとする一族の人生も〝もうおしまい〟なのですか？

バーンスタインさん、世間の人は言っています。かつての花形記者もいまでは肉市場の一角のレストランでスープをすすっている身だ、飲酒運転で捕まったこともある。妻とも離婚した。文無しだ。

でも、カール・ミルトン・バーンスタインさん、そんなことでおしまいなのですか。

そんなことでおしまいになってしまうものなのですか、一人の人間の人生が。しかも、あなたはただの〝一人の人間〟じゃない。勇気と礼節の人だった共産党員アルバート・

バーンスタインの息子にして、あの『大統領の陰謀』のカール・バーンスタインじゃありませんか。

そして、ABC放送にいたときには、アフガン戦争を対ソ連の代理戦争化しようとしたアメリカが、エジプトなどと手を結びアフガニスタンに武器供与を行っていたことを報じ、『タイム』誌のイラク特派員だったときには、湾岸戦争前からすでにサダム・フセインが国民の支持を失っていたことをどの媒体よりも早く報じ、レーガン大統領とローマ法王パウロ二世がポーランドの自主独立運動（連帯）を陰で支援して、ヨーロッパの共産圏の崩壊を早めたことも報道した。

これは、すべてあなたのジャーナリストとしての仕事です。

バーンスタインはどんな表情をするだろう。私はその表情を見たい。決して一色の表情ではないはずだ。彼の顔をよぎる、さまざまな感情に私はこの手と心で触れたい。

そのためには、多分、こんなことも言うだろう。

バーンスタインさん。あなたはボブ・ウッドワードを誰よりもよく知る人だから、まことに言いにくいことですが、私はあのWASPを好きにはなれないんです。

偉い人だとは思います。でも、同時に滑稽な人だとも思うんです。そうですね、突拍子もない表現ですが、『マディソン郡の橋』の原作者みたいだと感じてしまうことがあるんです。

あなたもご存じでしょう？　あのベストセラー純愛小説の原作者。金髪で青い目。この時代にカウボーイハットをかぶって、脇に暖簾《のれん》みたいに細い皮がぶらさがっているカウボーイパンツをはいている人です。もちろん、靴には鋲が打ってあります。会ってしまったんですよ。私は彼に。日本にプロモーションに来たときですけれどもね。実は同じテレビ番組に出たこともあるんです。いまさら、なんでカウボーイに自らのルーツを求めなくてはならないのか。日本人の私だって奇妙に思いましたよ。もっと反省があってもいいんじゃないんですか、と。いまだに、アメリカを開拓したと思わなければ生きていけないんですか、と。

あのカウボーイハットをかぶった著者に思わずそう言いたくなったんです。あんまり滑稽だから。そして、ロバート・レッドフォードに演じられた、あなたの同僚についても実は同じ感想を持ってしまった。

ロバート・レッドフォードって、一七〇センチそこそこしかないんでしょう？　何もそれが悪いって言ってるんじゃないんです。だけど三十代のときからカメラに紗をかけるように要求し、どの共演者も自分より背が低く見えることを要求してきた金髪碧眼の好青年に、暗い髪と暗い目の色をした無骨な顔を持つ自分を演じられて平気、という、ウッドワードの神経がわからないんです。

あの映画を見ると、ダスティン・ホフマンが演じたあなたは、レッドフォードの肩までの背。実際のレッドフォードの背丈を考えれば、あなたは一五〇センチ弱というユニークな身長になるわ。

それに、ウッドワードは共和党支持者で、あるときまでニクソンのファナティックな支援者だったではありませんか。そんなことも私の心の中に湿った砂のようにこびりついてしまうんです。バーンスタインさん。


とはいえ、ウッドワードが多大な努力を払って『ワシントン・ポスト』という権威の象徴になっていったことは認めます。

しかし、あなたはまったく違うものを捜し求めていたみたいですね。

移民としての自分、移民二世だった両親が被った歴史の波風、一世で英語が話せなかった祖父母とその係累の言葉少ない死と生。『ロイヤルティーズ』であなたが聞き取りたいと思ったのはアメリカに人生を預けた移民の人々の心の軋みだったのではないのですか。バーンスタインさん。

あなたは自分を移民の息子としていつも意識していた。だから、あなたは、アフガン戦争のときも、湾岸戦争のときも、アメリカ人でいながら、アメリカを外から見る目を失わなかった。やはり移民の子供だったコリン・パウエルと同じようにね。

だから伺いたいんです。

「これでおしまいにしますか。バーンスタインさん」と。


私が読んだ自伝は、あらためて紹介すればユダヤ系アメリカ人三世カール・バーンスタインが、父と母、祖母と祖父を含める一族のことを描いたものだ。これなしにはバーンスタインの話は始まらない。

この本の副題は〝a son's memoir〟(父の子の記憶——井田意訳)。

社会的に行動しようと思って、その結果、共産党員になったために、国家反逆罪的なことなどひとつもしていないにもかかわらず、一九四〇年から五〇年にかけての、マッカーシー、トルーマンの赤狩り政策の犠牲となり、アメリカに求めた希望のすべてを失わざるを得なかったカールの実父、アーノルド・バーンスタインと彼を取り巻く人々の、社会変革への希望と失望がおりなす物語だ。

そのような歴史を背負ったカール・バーンスタインは十六歳からワシントンDCの新聞社で下働きの仕事を始めた。

そして、『大統領の陰謀』への注目は、ようやく自分の能力に見合った職を新聞社に得た彼にとって、願ってもないチャンスだったはずだ。しかし、彼はニクソンが大統領の座を完全に追われた経緯を、『大統領の陰謀』に続いてウッドワードとともに書いた『最後の日々』を上梓後まもなく、映画シナリオライター兼作家のノーラ・エフロンと結婚し、一九七七年、『ワシントン・ポスト』を辞職して、ベースをノーラの拠点であるニューヨーク・シティに移している。彼がいなくなることは、『ワシントン・ポスト』の何人かにとっては喜ばしいことだっただろう。新聞社には、カールほどユニークな人間はいらないのだ。

しかし、それは私にとっても喜ばしいことだった。

カール・バーンスタインという特異なノンフィクション作家が、『ワシントン・ポスト』の権威を離れたからである。

彼はノーラ・エフロンと結婚生活を送り、二人の息子をもうけながら、徐々に『ロイヤルティーズ』に接近していく。移民の子である彼がもっとも書きたかったであろう主題〈僕らはこの国の何者なのだ〉ということを問う本へ筆をおろすそのときへ、彼は一歩一歩近づいていく。

ウッドワードの断言、バーンスタインの逡巡

『ロイヤルティーズ』はひとことで言えば泣かせる本だ。バーンスタインが十九歳で『ワシントン・ポスト』に正式入社したときから、不思議に文章がうまかったというのは本当だろう。彼は難解な文章を書くわけではない。ただ、相手の心に響く言葉を繰る本能的な能力があるのだ。

そして、繰り返しになるが、彼はユダヤ系アメリカ人三世としてこの本を書いている。三世といえば、ほとんどそのルーツにこだわらなくても生きていける要素が備わった人たちである。だがあえて、彼は自らの根幹を形成した移民の歴史にこだわった。なぜなら二世である両親が共産党員であり、そのことによって、客観的に見れば生涯を棒に振った人たちだからだ。

彼はあくまでも静かに、穏やかに、自分が生まれた頃のワシントンDCから話の糸をほぐし始める。一九四四年六月、バーンスタインが生まれたとき、すでにアフリカ系アメリカ人の土地割譲の優先権と保護的移住政策のもと、ワシントンDCには多種多様な人種が配置されている。

子供の頃の彼にとって、世間とはワシントンDCのようなものだったと思う。WASPに対して圧倒的不利を抱えながらも、自己実現の機会にはことかかない、チャンスをもたらしてくれる国、それが彼にとってのアメリカだった。

彼は、父親や祖父と同じように、十六歳で働きに出る。その後、大学でいくつかの単位をとったものの卒業はしていない。彼の経歴ではいまさら大学を出たからといって、自分の知的欲求を満たすため以上の社会的効力は持たなかっただろう。彼は本質的にブルーカラーの気質を持った人物なのだ。

「僕は、ごく自然に、父が社会人となった年、十六歳で働きに出た。それは、とても自然なことだった。僕は父がしたことを、ただなぞっただけだ。そんなに深く考えた上での行動でもないし、世の中はそういうものだと、僕は思っていたのだ」

彼は『ロイヤルティーズ』でこう語っている。しかし、その彼にも不思議に思う光景はあった。

父は必ず、疲れ果てて仕事から帰ってくる。そしてジャケットのポケットから、仕事で集めてきた紙幣とコインを取り出し、台所のテーブルの上に置き、毎日、その収支を記帳する。カールはその姿に「失望」という字を見ないではいられない。

「僕は自分が変わった家庭に育ったとは思わなかった。周囲にはいろいろな人種がいるし、僕の家は鍵をかけたことがなかったのだ。僕は要するに、そういう時代に育った。学校から帰ってくると、知らないおじさんが、台所で飯を食っているような家庭だ。それが誰かなど、詮索もしなかったし、怪しみもしなかった。それが僕の日常だったのだ」

しかし、次第に彼は、自分がもしかすると変わっているのかもしれないと感じるようになる。十歳を過ぎてまもなくの頃、一九五〇年のなかばあたりだ。

「何か、そこはかとなくおかしかった。みんなが僕に言えないことを持っているような。それが父や母の思想上の問題だということに気づいたのはいつだろう。

ある休日のことだ。父は、イベントに行くといって出かけた。僕も、そのあとを追った。十歳そこそこだったと思う。集会の中に父をみつけて人ごみをかきわけ、僕は父に近づいた。

そしてこう聞いたんだ。

パパは赤《あか》なの？

赤というのが悪い意味だということは知っていた。近所の人たちが、僕らをそういう人間だと思っていることも。

父は僕を見下ろしていた。何も言わなかった。ただ、集会から離れるように、僕に身ぶりで伝えただけだった。

でも、僕はそのときわかった。そうだね、パパ。これが、みんなが僕らをへんな目で見る原因なんだ。でも、なぜ？

パパは悪いことでもしたの？

違うよね、パパ。悪いことなんかしていない。ただ、僕らはみんなと違うだけなんだ」

そして、ユダヤ人であることは、彼にとってどういう意味を持ったのだろう。

「僕らの家族は冠婚葬祭のときにはユダヤの教会に行ったし、ユダヤの祝祭日も知っていた。でも、僕にとってはそれだけだったと思う。僕はユダヤ人である以上にアメリカの子供だった。

影響を一番大きくこうむったとしたら、それは祖父母だ。移住にともない名字を申請したが、イディッシュを聞き取れない審査官によって、名前を変えられてしまった。彼らは生涯、イディッシュしか話さなかった。だから小さなユダヤ人社会の中にしか住めなかった。そして、そんな条件では、いくら勤勉に働いても相応の報酬をもらえなかった。それから、彼らは子供の一人を失ってしまった。そのあたりから、祖父母の仲は少しずつ悪くなっていったのだ。祖父は、いつも夕食前に〝おばあちゃんには内緒だぜ〟といって、スピリッツを一杯、口にほうりこんでいたが、父の姉妹が亡くなり、仕事もうまくいかなくなった頃には、それが四杯、五杯と増えていった。

そして、祖母は台所で、失った娘を思って窓に向かい、イディッシュの歌を繰り返し歌っていた」

その頃には明らかに、祖父母の仲は修復不可能だった。そして、祖母が亡くなったとき、誰よりも悲しんだのはカールの父だった。

祖母が埋葬されるとき、彼は墓穴の縁から動かなかった。

「おい、とうさんはあの穴の中に身を投げそうだぜ」

カールは側にいた従兄弟に呟いた。

結局、カールの父は周囲の人に抱きかかえられるようにして墓穴の縁から遠ざけられるが、カールは父がそのとき口にした言葉を忘れていない。父はこう言ったのだ。

「彼女は家族の要だった。彼女の家はみんなの避難所で、そこに逃げ込んだ人を、彼女は自分の子供のように大切にした。俺の従姉妹が居場所を失って彼女に助けを求めたときもそうだった。彼女は従姉妹を受け入れ、精神的にも生活の面でもできるかぎりのことをした。彼女は俺たち一族の指導者だったんだ」

そして、父が堰《せき》を切ったように涙を流し始めたとき、カールの胸はふさがる。

「僕は息ができなかった。息ができないままその場面を見ていたんだ」

こんな家族観を持つ父アーノルドは一方で、十六歳で世間に出たあと、独学で何冊もの本を読み、のちのニクソン陣営に近い政治組織に純朴な気持ちで近づいていく。国家に対して、なんであれ自分の義務を果たせること、国家の運営に国民として携われることが、アーノルドにとってアメリカ人としての義務であり、また希望だった。

母はもっと女の子らしく、政府高官候補と仲良くなることを夢見て、女友達と高校の授業を抜け出し、ソーダ・ファウンテンでかっこいいWASPのエリートが声をかけてくるのを待っていた時期もある。

しかし、彼らはありふれた共通の知り合いの紹介によって一緒になり、アーノルドが政府の調査員になるのを見て、妻もまた調査員に志願する。

しかし、妻、すなわちカール・バーンスタインの母の申請は、最後までマッカーシーによって拒絶されるのだ。

「彼女は非常にやる気もあり、能力もあると思われる。しかし、一方で自分を強く主張する場面もあり、結果として、私は彼女を採用するに好ましからざる人物だと査定する」

マッカーシーの署名があるそういった旨の上申書を、カールは『ロイヤルティーズ』を書くにあたって捜し当てている。彼の母は、夫のアーノルドが行政調査員になり、同時に労働者のユニオンにも共感を持った時点で、どのような社会的貢献をしようともあらかじめ排除される身だったのだ。

カールがそういった家族の歴史と、戦中から戦後にまで及んだマッカーシズムの影響を描こうと思ったのは、自然なことだと思う。

最終的に、彼の両親はトルーマン忠誠審議会にかけられる。そのやりとりも、カールは資料から忠実に引用している。アーノルドは、どのような人物と行動をともにしたか、どこで労働運動の会議が開かれたかという質問には、一切答えない。その結果、彼には、反国家的人物であり、反アメリカ的行動をとった共産党員であるという判定が下された。アーノルドがアメリカに対しての信頼も、希望も、展望も失ったのはこのときだ。

そして、彼は失意のうちに、コイン・ランドリーの雇われマネージャーになる。子供の頃のカールが見たものは、忠誠審議会判定後の希望を失った父の姿だった。なぜ、アメリカは一人の男の生気をここまで奪ったのか。彼は『ワシントン・ポスト』をやめた七七年以降、その取材に時間を費やす。

ノーラ・エフロンとの波瀾万丈と形容された結婚生活が始まったのも、その時期だ。ノーラが離婚後に書いて、一躍ベストセラーになった『心みだれて（Heartburn）』はジャック・ニコルソンに買い取られ映画化された。ノーラはメリル・ストリープ、バーンスタインはジャック・ニコルソンが演じているが、この二人の演技巧者がいなければ、ただの凡作だ。変わり者のコラムニストと一緒になった、神経過敏な女性シナリオライターの話である。ノーラは極力、自分を弱い立場の女性として描いているが、それは事実上、正しいとは言えない。

バーンスタインは結婚とともに、妻の仕事のベースがあるニューヨーク・シティに移住したが、映画では逆である。そして、メリル・ストリープは健気にも自分一人で二人の子供を育てていこうと決意したかに見えるが、事実はまた異なる。二人の子供たちの親権はカールが持ち、彼は慰謝料その他のためにほとんどすべての金を使い果たしている。

多分、事実とさほど差がないと思われるのは、カールが十代の頃から、女の人には目がないタイプだったというところだろう。

彼は自分の母についてこう書いている。

「母はそんなにまじめなほうではなかった。よく学校を抜け出しては、女友達と一緒にかっこいい政府関係者が立ち寄る喫茶店でねばっていたそうだ。

彼女は目立つほうで、男性にダンスに誘われることも少なくなかったようだ。母は、いい意味でも悪い意味でも、刺激的な人生を味わいたいと思っていた。

そこは、父と違うところだ」

浮かれ気味の気性を母から受け継いだブルーカラー出身のバーンスタインと、著名な映画関係者であった父を持ち、生まれながらにしてニューヨークのセレブリティであるノーラの結婚に次第次第に亀裂が生じても不思議はないだろう。映画『心みだれて』によれば、彼は子供が生まれるときには涙を隠せないほどの純情さを持ち合わせながら、浮気の糊塗の方法を知らないのか、あるいは杜撰《ずさん》なのか、浮気相手と泊まるホテルのカード支払いの明細書を残してしまうような所業におよぶ。その無粋ぶりが、繊細なニューヨーカーであるノーラ・エフロンの神経には耐えがたい。

これまでつきあった女性とは違う、ガラス細工のように繊細で、プライドの高いノーラとのつきあいに悩みながら、バーンスタインは一方で、自分の両親の軌跡を追い始める。たとえば、自分がまだ生まれていなかった頃、両親が家を持った西海岸の町の一角を凝視して、アメリカに希望を抱いていた若いカップルを思い浮かべようと務め、その後、彼らを追いつめていった、マッカーシー、トルーマンの署名がある上申書を捜し当てながら、なぜ彼らが忌避されたのかを執拗に追う。

ただし、これはジャーナリストとしての仕事というより、むしろ、あるユダヤ系移民の家庭に生まれた息子としてのやむにやまれない作業である。

バーンスタインは両親と祖父母の軌跡を追う。その態度はまさに、〝父の息子〟としての追跡だ。

そして、本の最後に至り、ついに彼はそれまで頑として口を閉ざしていた父から、共産党員として労働者のユニオンに参加していた時代のことを聞き出す。

それまで、父は息子に迫られても、なかなか口を開こうとしない。彼は忠誠審議会にかけられてから、活発に活動してきた労働者ユニオンでの地位も失ってしまう。さらには、高等教育を受け直して政治の一端に加わりたいという願いまでも捨てざるを得なくなる。

なぜ、そんな理不尽に甘んじたのか。息子は不審に思う。父は他人が理不尽な目にあうことを許してこなかった。反差別運動にも熱心だった。社会がフェアになることを望んでいた。そんな自分がもっともアンフェアなところに追い込まれたというのに、なぜ、父の口は重いのだ。言い訳ひとつ、恨み言ひとつ出てこないのだ。

　バーンスタインは躊躇に躊躇を重ねながら彼の父にこう尋ねる。八〇年代に入ってからのことだ。

「とうさんは……とうさんは……そのとき何を考えて、いや、感じて、いや思っていたの？　とうさんは、そういうことを言わないんだね。僕だったら、喋りまくってるよ。とうさん、僕と違うんだね。とても。とうさんは……なぜ、それを言わないのかな」

　長い沈黙が質問と答えの間にはさまる。

　そして、ついに、父は聞き取れないほどの低い声で語り始めるのだ。

「何を感じていたのか、っていうのか。そうだな、俺が感じていたのは、すべてが変わってしまったということだ。それまで親しかった人が、そっぽを向き、なんの関係もない人のように……俺とは一面識もなかったかのように……ふるまいはじめた。そうだな、あれは恐怖政治の時代だった」

　バーンスタインは続けて書く。

「僕は父が、そんな常套句を使うことなど聞いたことがない。恐怖政治？　そんな手垢がついた言葉なんて、父の口から聞いたことがない。

　でも、僕にはわかった。それは常套句なんかじゃない。それは事実なのだ。父の声は囁きに近くなっていた。そして僕は感じた。父はいま、事実を話しているのだ。そう、いま、彼は喋り始めたのだ」

　そして彼は問いかけた。

「でも、そのときは、まだユニオンは機能していたんでしょう、とうさん。たとえ、外側では赤狩りにあったとしても、ユニオンはとうさんの居場所ではなかったの」

「ユニオンは、そのときすでに分裂を始めていたんだ。かつてのような姿ではなかった。いろいろな理由で、さまざまな人の考えで、ユニオンは分裂し、結局、こんな内部分裂のあとには、すべての終わりしかないことが予想できた。それで……俺は、すべてが終わる前に、そこを立ち去ったんだ。ユニオンでの公的な立場はすべて捨てた」

　父がようやくこう語ったあと、バーンスタインはすべてを悟る。

「僕は父がこれまで口を開かなかったわけが初めてわかった。そして、自分の話を書いてもいいが、かつて共産党の運動にかかわった仲間たちについては慎重に書いてほしいと言った意味もわかった。

　僕は、父という人を、そのとき初めてわかったのだ」

　このあと、バーンスタインは実に短い結論を書いている。

「僕は父のことがわかった。そして僕は本を書いた」

　母の話によると、父が調査員としての職を追われ、ユニオンでの地位も失い、アメリカで学位を取る希望も政治に関与する気力もすべて失ったとき、父の伯父が酒販店の店長の職を紹介してくれたらしい。しかし、父は断った。自分の隣人である黒人に、希望を失ってしまったマイノリティに、酒を売りつけることを拒否したのだ。

「父は酒を売る商売を断った。そのかわりに父が選んだのがコイン・ランドリーのマネージャーだった。子供の頃から、僕が見慣れた父は、そういう父だった」

また、母についても、意外に強い政治的野心を持っていたことを書いている。彼女は、夫のアーノルドと比べればそれほど思慮深い人物だとは思われていなかった。

「しかし、母は中国で革命がおこったとき、要するに新生中国が生まれたとき、中国の将来を考え、ときには沈み込むこともあったと聞いた。彼女にとっても、やはり国という問題はゆるがせにできないものだった」

そして父とは、本を書くことについての小さな、しかし重い諍《いさか》いが続く。

「父は、何度も関係者の名前の一部を伏せるように僕に言った。あるときは、書棚から一冊の本をとりだし、その一節を指さした。

そこにはこうあった。

〝真実は、最低限の礼節をやぶっていいという理由にはならない〟

こんな日々を送りながら、僕は父の物語をすべて聞き出したのだ」

そして、最後に、カールはこう書く。

「僕は自分が他人の尊厳を守っているのかどうかわからない。どうやって守ればいいのかも知らない。

僕は裏切り屋なのかもしれないし、真実を明らかにしようとしただけかもしれない。そのどちらなのか。僕にはわからない。

正しいことをしたのか、あるいは、ただの下衆な暴露屋なのか。

物語がすでに終わりを告げていても、僕には依然として何もわからない。何ひとつ。自分がしたことについて、自分の忠誠心の有無について判断を下すことができない。

しかし、僕でも言えることはあるんだ。

父と母は正しい忠誠心というものを知っていた。その忠誠心に従った。

そのことだけは言える」

この本を書いている間に、彼はノーラ・エフロンと離婚し、巨額の慰謝料を支払う身になる。しかし、本の中にはノーラは〝僕の妻〟という表現で出てくるし、すでに離婚が成立したあとにも、彼はノーラ・エフロンへの謝辞を記している。

とはいえ、本のはじめに彼はこういう献辞を記す。

「この本を僕の両親に。僕はいつも彼らを誇りに思っていた。

そしてまた、ヤコブとマックス、次の世代を担う二人に。最後にボブ・ウッドワードとキャサリン・タイナンに」

ヤコブとマックスとは、彼の二人の息子たちだ。

そして、ウッドワードはもちろん『ワシントン・ポスト』のボブ・ウッドワード。そしてキャサリン・タイナンは、ワシントンの最高級住宅地に、ボブ・ウッドワード邸と隣り合わせて邸宅を持っている、『ワシントン・ポスト』の社主だ。


それで？　ウッドワードは何をしていたのか。答えは時世を考えれば簡単である。ときは湾岸戦争の直前だ。彼はコリン・パウエルに近づいていた。

のちに『司令官たち』として上梓される本の取材である。彼はパウエルの信頼を完全に射止め、湾岸戦争についての個人的見解を引き出していた。彼が書かれるとは思いもしなかった、経済封鎖がもっとも妥当な手段だというコメントである。

それにしても、ウッドワードは不思議な人だ。『大統領の陰謀』が評判になったときにはある日本人評論家との対談で、ニクソンのことが三年も四年も話題になり続けるとすれば、それは社会が病んでいる証拠だと言っている。しかしそれから二十年後、彼は『ワシントン・ポスト』の研修生を集めた講演で、

「今の若いやつは、『大統領の陰謀』なんて知らないだろう」

と研修生たちに言い募り、そんなことはありません、と言った一人を執拗に攻撃して、彼が『大統領の陰謀』について何も知らなかったことを暴き立て凱歌をあげている。

「ウッドワードのしつこさを、僕はこの目で見た気がしましたね」

ある研修生の感想だ。

要するに、あまり複雑な人物ではないのではないか、というのが、私のウッドワード観だ。

ニクソンについて三年以上も覚えている人間は病気だと言ったとき、本国では、ニクソンについての書籍が相当数出ていた。彼としてはそんなものはいらない、『大統領の陰謀』だけで十分だと言いたかったのだろう。

だからこそ、四半世紀を過ぎてもなお、たかだか研修生一人の無知を多数の人の前で暴き立てるような所業に出たのではないか。

さらに、ウッドワードにはジャーナリストとしての決定的な汚点がある。

一九八〇年、彼の部下にあたるアフリカ系アメリカ人の年若い女性記者ジャネット・クックが、八歳のヘロイン中

毒の少年について書いたレポートを、彼は『ワシントン・ポスト』の一面に載せ、ピュリッツァー賞を狙わせる。ほかの新聞は首をかしげ、クック記者のレポートはあまりにも都合よくできすぎている、もう少し精査したらどうかと論じるが、ウッドワードは「僕は彼女を信じている」の一点張りでレポートを掲載し続けた。社内調査は行われたものの、クックの記事は同紙の一面を飾り続け、ついにピュリッツァーを獲得するのだ。

しかし、その栄光は数週間ともたなかった。クックが架空のヘロイン中毒者をでっちあげていたということがわかり、さらに自身の経歴についても詐称がはなはだしいことが明らかになったのである。

そのとき管理者としての責任を問われたウッドワードはどうしたか。

クックを問いつめ、あたかも自分がそのレポートの真偽を明らかにさせたかのような映像をテレビカメラで撮らせている。そのドキュメントのラスト、すべての嘘を認めた彼女をウッドワードは抱き締め、キスをして神のように彼女を許すのだ。

神の目。

これが、『大統領の陰謀』でウッドワード&バーンスタインがとった手法だ。非常に多数の証言者を得たとき、調査報告は〝私〟という一人称を捨ててもかまわない。すべての地上の出来事は神の目からすれば明らかであり、そこにはただ事実のみがある。これが〝神の目のレポート〟なのだ。

そこではあたかも〝見てきたように〟ニクソンは怒りの電話をかけ、ニクソン陣営の秘密を明かす内部告発者《ディープスロート》は、ウッドワードの前でたばこをふかす。金の流れもその手法で語られる。

この視点の置き方については相当な批判が集まった。クック記者があまりにも都合よく八歳のコカイン中毒の少年と出会うように、ディープスロートがウッドワードの前にだけ現れること。また、彼らが断言しすぎることにだ。

そして、ウッドワードはこの手法を以後も使い続ける。まさに、ウッドワードは断言の人となったのだ。そして、クック記者の捏造事件のときのように、自らのジャーナリスト生命が危うくなると、必ず『大統領の陰謀』の際の謎の人物、ディープスロートを小出しにして興味を惹く。

「彼は結局、ディープスロートが誰かということしか書けないのさ。たしかに華やかな人物だが、ジャーナリストとして彼を信じる人はもういない」

彼は一九九〇年代に入ると、こう囁かれ始めた。

そして、彼以外では唯一、ディープスロートの存在を知るバーンスタインは何も語らない。かつて彼の父が、自分の仲間について何も語らなかったのと同じように。

バーンスタインさん、もうおわりですか？

そして私は、会えなかったコリン・パウエルの記憶へもどる。会えなかったけれども、彼の周辺取材には時間を割いた。それしか私にはできなかったからだ。

そして、バーンスタインとウッドワードの後輩に当たるある黒人記者に、パウエルのことを聞いたときほど驚いたことはない。

彼は非常に重要な時期にパウエルのコメントをとっていたので、私はホリデーインからも町の公衆電話からも、また公立図書館からも電話をかけ続け、インタビューさせてほしいと懇願していたのだ。

それに応じて、彼はホワイトハウスの近くにあるホテルのロビーを取材場所に指定してくれた。最初は五分という約束だったが、結局は二時間半に及ぶ取材になった。運よく彼が話にのってくれたのである。

私は言った。

パウエルが対外的に見せている顔については日本にいても嫌というほどわかります。湾岸戦争のニュースなしには、日も夜もないという雰囲気ですのでね。

しかし、どれほど大量のニュースを見てもパウエルがどのような人物なのか、とりわけここアメリカにとって、彼はどのような存在なのかがわからない。彼は、はたしてキャッチフレーズ通り〝黒人の希望の星〟でしょうか？　それにしては黒人層の支持の声をあまり聞きません。彼は、いったい何を代表しているのか、そして何のシンボルなのでしょうか。誰にもっとも求められているのでしょうか。これは軍事的な意味合いというより、一人の人間としてという意味なんです。

黒人記者は斜め上を見て声を出さずに笑い、そのあと、身を乗り出した。

「いい視点だ」

そうですか。で、どの点が。

「パウエルが黒人かどうか、ということさ」

意味がわかりません。

「彼は、黒人じゃないんだよ。移民ではあるけどな。黒人じゃない。たとえば僕とは違う。それがパウエルという存在を解くひとつの鍵なんだ」

私はしばらく沈黙した。パウエルが黒人ではない？　でも、彼の肌は黒い。じゃあ、黒人って何なんです。

「黒人ってのは、結局、僕らのことさ。アフリカからいつ連れてこられたのかもわからず、この国の労働力にされた」

私の背後を、そのとき、彼の同僚が二、三人通った。すべて白人だ。

そのとたん、彼の表情が一変したことを私は忘れない。彼は最大級の笑顔を作った。もともと顔立ちの整った人なので、笑うと、いまはただの休憩時間で、私とは毒にも薬にもならない、ソーセージの燻製の仕方でも話し合っているように見せかける効果があった。

彼は笑顔のまま、片手をあげ、同僚が一言二言声をかけると、心もち声のトーンをあげて、

「あとから社にもどるよ。そのときに話をしよう。そんなに時間はかからない。いや、ちょっとしたコーヒーブレイクだから」

と答えた。彼は同僚が去るときに、手を振りさえした。そして、彼らが完全に去ったことを確かめたあとにその表情を消し、また私のほうにかがみこむ。

忙しいのでは？　と聞くと、彼は皮肉に近い声で笑った。

「奴らだって、なにも本気で僕の話を聞きたいわけじゃない。ホテルのロビーなんかで見かけたからちょっと声をかけただけさ。すぐに忘れる」

では、パウエルの話にもどりましょう。あなたはパウエルをずっと観察し、いいタイミングでインタビューをとっている。彼のインタビューを通して、あなたはパウエルの何を見たんですか？

「だから、黒人ではないということだ。彼は南米からの移民だ。しかも二世。いわば、この国にとっては新来の客だ。僕たちはアメリカの歴史とともにいるというのにな。彼はいわば養子なんだ、この国にとっては。そして僕らのような黒人はアメリカの実の子供だ。

しかし、この国は、実の子をひきたてるようなことはしない。けっしてね。それより養子のほうが可愛いんだ。この国についてほとんど何も知らないし、移民させてもらったことについて感謝しているしな。

僕らは移民じゃない。連れてこられたんだ。感謝するはずはないだろう。誰が好きこのんで牛か馬のように船に積みこまれてきたかったと思う？　そして、僕らの人権が完全に認められたのはほんの三十年ばかり前のことだ。

けれども移民は違う。同じように肌の色は濃いといってもな。中身が違うんだ。彼らはあらかじめ人権を認められてきた。それに移民を厚遇することで、アメリカは対外的にいい顔をすることができる。

僕たちを厚遇したって、アメリカにはなんのメリットもないだろう。ましてや、アフリカ系の黒人をパウエルのような軍の最高指導者に仕立てあげて、どんな得があるっていうんだ。

彼は黒人じゃないからこそ、あの地位につけたわけだ」

とは言いながら、あなたはずっとパウエルを追っていらっしゃる。どうです、その気分は。

彼は深呼吸をすると椅子に背をなげ、しばらくのちに言

葉が出た。

「複雑だよ。そういう答えを求めていたんだろう」

ええ。そのとおり。

「パウエルは黒人じゃない。そして、白人ネットワークの中で階段をのぼっていった。何事にも文句を言わず。僕はそれを見てきた」

パウエルはどこまでそれに自覚的だと思いますか？

「彼はすべてを知っていると思うね。でも彼にはほかに選択肢がなかった。彼に会って、インタビューして、個人的に嫌な思いをしたことはないんだ。きわめて律儀だし、努力の人だ」

彼を知るためにはこのエピソードを知っておいたほうがいいな。記者は打ち解けてきたようだった。

「パウエルは座らないんだよ」

どういう意味？

「彼の執務机の前には椅子がない。彼は立ち続けで仕事をする。言われたことは確実にやる。軍人だものな、それは当たり前かもしれない。しかし、あそこまで徹底した人物を僕は見たことがない。休みというものをとらないんだ。

そう、それから、あの古いラジオ」

彼は呟くように言った。

「その執務机というのは決して広くはないんだ。本来はちょっと立ってメモをとるためのものだからね。そのスタンドアップ方式のデスクの端に彼は古いラジオを縛りつけている。アンテナなんて折れ放題さ。それを、針金で修理してある。アンティークなんてものじゃないね。ただのボロさ。

だからあるとき僕は言ったんだ。参謀長官、いい加減にそのラジオ、新しいのにとりかえたらどうですって」

パウエルはなんと言ったの？

「いや、これがいいんだ。疲れたとき、このラジオで古い音楽を聞くんだよ。まだ聞けるんだ。それに……」

それに？

「僕には似合ってると思わないか。新品のラジオは僕には似合わない。古くてボロい、これが僕には似合いなんだ、そう言った」

記者はしばらく黙っていた。

「彼の事務処理能力はたいしたもんだ。これは太鼓判を押していい。しかし、軍の最高指導者として、たとえば大統領の命令を超えて自分の判断を通すということはしない人間だ。それは、似合っていないんだよ。まさに彼がラジオについて言ったみたいに」

政治的な野心は？

「彼のもっとも望まないところだろうね、そんな物騒なものを持つことは」

取材を終えて記者が帰ったあと、通訳に立ってくれた日米ハーフの青年が私の耳に口を近づけた。

「見ましたか。彼の顔のそばかすを」

そばかす？

「そう。そばかす。離れていても見えたでしょう。という ことは、彼は白人の血が入っている。八分の一、白人とい うところだな。黒人には黒人のアイデンティティを保とう という側面と同時に、やはり、色が薄ければ薄いほど、そ ばかすが見えるくらいにね、社会的に有利だというところ があるんです。

だから、色の薄い黒人は、上昇指向も、自分の上に立つ ほかの有色人種を追い落とそうという気持ちも強い。彼が パウエルについて感じているものも、まさにそれでしょう」

私はうなずきながら、彼から体を離し、なるべく挑戦的な口調にならないように気をつけながら言った。

「ねえ、でも八分の一白人という言い方はおかしいわ。八分の七黒人でもあるのでしょう。ほかの例をあげましょうか。たとえば、あなたはハーフよね。この言い方ではどちらが優位に立っているかはわからないわ。日本とアメリカのどちらが優位なのか。でも、クォーターになるとはっきりするんじゃない？　四分の一白人だもの。四分の三日本人とは言わないわよね。そこに、いま会った人の気持ちのねじれもあると思わない」

うん、それはそう。彼は言った。

「だけど、日本ではそれは単にイメージの問題じゃないか。アメリカ人と日本人のハーフやクォーターがなんとなくかっこいいというようなね。ばかばかしいことだが、それは認めるよ。でも、アメリカではそれがもっと現実的な影響を与えるんだ。地位や名誉に関わるような影響をね。パウエルが黒人じゃない、という彼の言い方は、その点を考えて聞いたほうがいいと思うよ」

そうね。私は答え、明るいホテルから、ワシントンDCの生気のない夜の闇に出た。ホワイトハウスのまわりにはホームレスの人たちが何人も力なく腰をおろし、道で出会う黒人は、死んだ魚のような目をしている。この町はとても好きになれそうにない。

アメリカ大陸はもともと広大な大地に、多くの部族が存在した国である。それをあるときヨーロッパ白人が〝発見〟し、自分たちの移住では土地の管理がまかないきれなくなったとき、いろいろな国から人々を集めて、人為的に多人種の国に仕立てあげた。その人々はアメリカ国民にはなれたが、アメリカ人にはなれなかった。少なくとも、疑いなく自分の国家が行うことを正しいと思い込める人物にはなれなかった。だから、彼らはどうしても自分と家族の歴史を探らなくては、この国で個人として生きていく地盤を得ることが難しくなるのではなかろうか。

そう。たとえばバーンスタインのように。

滞米生活の長い私の若い友人の一人は、ユダヤ系アメリカ人とはなんだろうという問いに示唆を与えてくれた。

「ユダヤ人というのはマイノリティには違いないけれども、唯一、明日から、私は白人だと言って通ってしまうマイノリティだと思う。たとえば、私たちアジア系にはそれはできないでしょう。白人になんかなれっこないから、私たちにはアイデンティティの揺らぎがないけれども、白人になれてしまうユダヤ人には、その揺らぎが大きいんじゃないかな」

友人は学生時代からアメリカに滞在している。級友の多くがユダヤ人だった。

「彼らはふたつの側面を持っていると思う。ひとつは小さなユダヤ・コミュニティの中でユダヤ人の習俗を守って生きている自分。そしてもうひとつは、宣言さえすれば明日から白人になりかわってしまう自分。

だから、級友の中には、十六歳になったときにあえてアングロサクソン的な名前を捨ててユダヤ名を名乗るという人もいたよ」

ここで、私の中のバーンスタインと私の中のパウエルはようやく像が重なる。『大統領の陰謀』で得た賞賛を捨ててまで、『ロイヤルティーズ』を書かざるをえなかったユダヤ人であり、白人でもあるバーンスタインと、移民であるために、肌の色は濃いけれども、実質白人とみなされたパウエルの像が。

バーンスタインは、いまもニューヨーク・シティで息子二人と緊密な関係を取り結びながら『ヴァニティフェア』の編集顧問として働いている。九八年にラスベガスにある大学で講演をしたとき、こう語ったという。

「かつて報道への妨害は外部からやってきた。しかし今、それは内側からの規制によってもたらされている。自分たちが書きたいことを書いてよいのかどうか、ノンフィクションライターは迷っているんだ」

そんな彼への質問を、この何年間か私は反芻し続けてきた。そしてときには口に出して言ってみた。

「バーンスタインさん。もうおわりですか」と。

その答えの一部は『ロイヤルティーズ』の中にある。バーンスタインはこういうふうに書いていたはずだ。

「僕は自分が正しいことをしているのか、持つべき忠誠心を持っているのかわからない。

しかし、ひとつだけ言える。

僕の父と母はそれを持っていた」

そしてあなたもそれを持っていたはずです。バーンスタインさん。私はスープをすするバーンスタインの姿を想像しながら言う。あなたの逡巡こそがあなたの忠誠心の証し、あなたが人間の尊厳を守ってきた証しなのではありませんか？　カール・ミルトン・バーンスタインさん。人間の尊厳は、たとえ肉市場の片隅のレストランで出すごった煮スープの中でも溶けるはずがない。それは、必ず歯にあたり、痛みとともに、その人が生きていることを教えるものなのではありませんか。

本項は二〇〇二年リトル・モア刊『かくしてバンドは鳴りやまず』を底本としています。

ノンフィクション短編

池田大作　欲望と被虐の中で

なによりもまず最初に、本稿の主題を具体的に明らかにしたい。

このような当たり前のことをわざわざ断るのは、この原稿が対象とする池田大作と創価学会が、政治、経済、宗教としての機構、教育、地域社会、家族、個人の機能、また物心両面の要素すべてが重なり合う領域に位置して――あるいはひとつの領域から別の領域へ無原則的に侵入して――戦後五十余年の長きにわたり規模拡大を続けたため、それらすべての要素において無数の問題を抱えており、主題を個別的な上にも個別的に絞り込まなければ対象を捕捉する力がまたたくまに全域に拡散し、本稿がその意味を自ら失うおそれが大きいからである。ちなみに、この極度に強い拡散性は池田大作および創価学会の大きな特質のひとつである。

本稿の主題は次の三点だ。

1　池田大作の奇怪さは、彼に長年向けられた批判および罵倒の総体を、つねに凌駕《りょうが》してしまう。その巨大な奇怪さの中核にあるものは何か。また、これまで批判として投下された莫大なエネルギーは、昨年（一九九五年）の参院選挙での新進党の圧倒的勝利をみてもわかるとおり、残念ながらそれに見合う効果を得られていない。それはなぜか。

なお、本稿では創価学会の頂点に位置する〝池田先生〟という象徴として池田大作を読解しようと思う。

2　彼をここまで肥大させた原動力のひとつであり、なかんずく選挙において恐るべき力を発揮する〝学会の女性〟たちを衝《つ》き動かす動機は何か。彼女たちはなぜ、多数の女性スキャンダルが露呈したにもかかわらず、〝池田先生〟にかわらぬ熱狂的賛辞を送り続けることができるのか。

3　創価学会が戦後五十余年の長きにわたって拡大を続けたため、すでに池田体制下では多くの〝池田〟学会二世たちが壮年に近づいている。高度成長期に生れて人生の選択肢にことかかない世代に育ち、そのため、他の世代にまして物事のドライなわりきりかたを特徴とする年齢層に属し、しかも閉鎖的な学会体質とは相容れぬはずの、高度情報化社会の申し子でもある彼ら、学会二世たちは、学会とどのような折り合いをつけ、あるいは反発を行なっているのか。

また、彼らと学会一世との関係はどのようなものか。

これは学会と〝池田先生〟が持つ、もっとも現代的側面である。

以上。

なお本稿では発言者の実名は出さない。これは発言者を不当な圧力から守るためでもあるが、むしろ、彼らの発言が学会が抱える問題を解くにあたって普遍的一般性を持つと考えたため、あえて個別の発言としてとりあげないほうが妥当だと考えたからである。

「欲望の肯定」という遺産

ところで、冒頭で述べたように、本稿の意図するところを見失わないためには、ここですぐさま個別の主題に入りたいところであるが、その前に、池田大作が〝池田先生〟になりかわるために必須《ひっす》だったいくつかの要素をおさえておきたい。

まず最大の要素は、戸田城聖《とだじょうせい》創価学会二代目会長が池田大作に遺したふたつの遺産だ。

ひとつは欲望の全面的肯定というテーゼ。

次に述べるのは、戸田が敗戦後まもなく全国を遊説してまわっていたとき、当時は別の宗教団体に属していた女性が、戸田をかこむ座談会（学会でいうところの集会）に出席したときのエピソードである。

「その頃、属していた団体の〝先生〟は、座談会の壇上にのぼると、それまで先生のほうを向いていた扇風機を聴衆に向けて、皆さんもどうぞ涼んで下さいとおっしゃるのです。

しかし、戸田先生の集会に出ると、先生は扇風機を自分のほうに向けて、『見ましたか。皆さんひとりひとりが、こうならなくっちゃいけないんですよ』とおっしゃる。そのとき思いました。これは戸田先生の勝ちだ」

経済的に豊かになり、清貧が流行するまでになった今の日本で、もし戸田のような振舞いに出れば不行儀のそしりを受けるかもしれない。しかも、ともあれ、欲望は生に向う原動力である。それを肯定することは、心身両面において萎《な》えきっていた敗戦後の日本人を励ます上で、〝勝ち〟を意味したのだ。しかも、戸田は布教の対象を〝ロー・シーリング・クラス〟、言い換えれば何をやっても上にはあがれないと自らの頭打ち状態を諦めきった、〝ロー・シーリング＝天井が低い〟な未組織労働者や、産業ベルト地域の中小商工業で働く若者などの貧困層にしぼっていた。

扇風機を一度でも自分だけに向けてみたい。四畳半の住居から六畳へ住み替えたい。死ぬ前に、一日でも面白おかしい思いをしたい。生れ変わったときには、今より少しはましな生活をしてみたい。戸田が想定した欲望とは、そのようなささやかなものではあったが、彼が学会の会長だった以上、欲望の全面的肯定は教義のひとつとして定着し、池田大作を生む遺産のひとつとなったことは否《いな》めない。

ふたつめの遺産は学会組織である。

戸田は本来的に商才があった。だから、教義を学ぶことによって上層部入りを果たすことができる教学部や、若い人材育成のための男子部や女子部、布教や選挙のさいの動員に不可欠な婦人組織や青年組織を地方ごとにまとめる支部と、その統括部署さらに集金組織である財務、中枢と直結する庶務や参謀部を、一種戦闘的セールス集団にも似た組織として、早い時期に作り上げたのである。

おそらく、モノにせよ幸福思想にせよ、なにものかを売る（布教する）ためには、確固とした組織作りが必要であることを戸田は知り抜いていただろう。そして、その組織構成はそのまま池田大作に引き継がれたのである。

また、戸田と池田の密接というより、むしろ親子に近い関係性と、それによって培《つちか》われた、池田大作の近代日本人としての一般性の欠如も見逃せない要素だ。

池田は二〇歳たらずで戸田が経営する中小企業の社員となるが、彼らの関係性は社主と社員というより、師匠と徒弟の上下関係に近かったようだ。事実、池田自身が自著『人間革命（四）』で、苦しい金策にかけまわったあと、戸田が池田に次のように呼びかけてねぎらったと書いている。

「さあ、寝るか。伸、ぼくの蒲団《ふとん》で一緒《いっしょ》に寝ようよ」

伸とは、池田のペンネーム・山本伸一からとった愛称である。

池田の成育歴を見る限りにおいて、これほど密接な関係を、戸田に出会う前、家族や友人と築いた形跡はない。池田は極端に貧しい東京の海苔《のり》採取業者の五男に生れた、めだたない、さほど期待されない青年だった。

むしろ彼の初めての生家は、戸田城聖の内部にあったと考えるほうが自然だ。

そこにおいて、比喩ではなく戸田と肌を接して生きた池田は、まさに親鳥から雛が餌を口移しにされるように、創価学会の繁栄が善であることを覚えただろう。また前述したように戸田は小なりといえども、欲望の完全肯定者である。池田は彼から、欲望を抑制するのは悪、無限に発散させるのは善という定義も学んだはずだ。さらに、戸田が学会活動とは別に経営していた小口金融会社の営業などに従事することによって金への嗅覚を発達させただろう。

実際、その嗅覚は奇蹟的なまでに確かだったと、この時代、池田とともに営業まわりをした人たちはいう。彼は投資預金のありかを、まさに鼻でかぎつけた。池田が、

「この家には必ず金がある。この家に交渉しにいこう」

と指さした家が、彼の同僚には思わず二の足を踏ませる廃屋《はいおく》同然なものなのに、その家を訪ねてみると、池田がい

うとおりの大金が必ずあったというようなエピソードは枚挙にいとまがない。

　その後、創価学会の階段を一段ずつのぼるにつれて、自分の生家は学会にしかないことはさらに池田の中に深く刻み込まれたはずだ。

　要するに、戸田に会った時点から、過剰な欲望を発露することをあからさますぎる恥として疎《うと》んじる意識を持つ近代人の一人として、彼を読解する可能性は消えたのである。池田大作は学会という特殊な規範を持つ、閉じた組織の中で自分を育んだ人なのだ。

「僕はここを出たら何もできない人間なんだから。ほかに何もできないんだから」

　これは、池田が〝学会の危機〟のたびに側近にもらしたとされるセリフである。まことに正直な告白だといえるだろう。

池田批判とは何だったのか

　さて、これらの要素を前提として、まずは一番目の主題に移ろう。

　池田批判は昭和四五年前後から本格的に始まった。批判を内部告発ものと、外部からの批判にまず分け、内部告発ものを大別すると三種になる。

　まず社会的事件に関わるもので、とりわけ学会と政教一致した公明党の選挙違反や、他党への違法な懐柔策に関するもの。

　次に学会の内紛に関するもの。

　最後に日蓮正宗《にちれんしょうしゅう》本山大石寺《たいせきじ》や他の信徒団体、他宗教間との争いに関するもの。

　いずれも、それらの問題の陰で〝池田先生〟がいかに巧妙陰湿に意図を操っていたかが強調される。

　しかし、その内部告発が予想どおりの効果をもたらした例は少ない。おおむね、一時のセンセーションにおわり、〝池田先生〟はかかわらず安泰なのである。だが、これは仕方がないことだと思われる。なぜなら、分類した三種のうち一般性を持ちうる告発は最初のものだけで、学会内紛はそれに巻き込まれた人には気の毒だが、学会外の人々にとっては、所詮、他人の家のケンカだし、宗教問題での争いにいたっては、信徒にとってみれば大問題だが、非信徒にはまるきり他人事である。

　では、外部からの批判はどうか。これは四種に分けられる。

　まずは、内部告発と同じように政教一致を問題にし、民主主義に反するものとして批判するもの。

　次は、池田大作が学会の金と組織を私物化していることへの義憤。

三番目は、池田大作は宗教者にもとる金好き、女好きで、物欲にまみれた俗物であることへの非難。

最後は、池田・学会は救済宗教としての役割を果たさず、罪なき末端信者を経済的にも精神的にも苦しめていることへの非難。

前二者はどちらも、民主主義的規範からの非難だと包括することができるし、後二者は内部告発と同じように、宗教としての正しさを問うものとしてくることができる。そして、前述した内部告発型非難の評価と同じように、ここでも批判として一般性を持つ可能性が大きいのは前二者なのである。

これを批判者の努力をあえて無視して結論すれば、〝池田先生〟批判のうち長く有効性を持ち得るのは、批判の三分の一から、二分の一にすぎないことになるだろう。

また、ここでは内部告発者の心理にもふみこんで考えてみたい。

内部告発者は、創価学会の立脚点が、世の中を正し、人々を幸せにするという前提にあるわけだから、当然のように当初は社会正義の思いにたぎった人々である。学会幹部になってからは、〝正しい〟学会を守るためという名分によって、その頂点に立つ池田の前に膝を屈し、〝正しさ〟を守るために社会的には不正義とされることを行なった、いわばユダなのだ。そして、自分がユダであることに耐えかねたとき、また、彼らがかりそめにも膝を屈した池田の社会的犯罪性があらわになる可能性がかいまみえたとき、彼らは内部告発を行なった。

当然、彼らの告発は激烈なうえにも激烈にならざるをえない。彼らは盟主の前に一度は膝を屈したユダとしての自己嫌悪に加え、告発後は、かつては自らのすべてを捧げた集団を鞭打つうちなるユダの二重の捩《ねじ》れにとらわれているのだ。これは学会告発者だけでなく、すべての内部告発者に共通する自己防衛機序《きじょ》であり責められない。

だが、その防衛的な心理のため、彼らは大衆に〝池田先生〟の非をどう伝えるかという前に、自らを二度までもユダにした、彼らの内なる〝池田先生〟への罵倒にのめりこみすぎ、彼らの口を通して伝えられる〝先生〟像はまるで芝居の中の悪役のようにさえ思われて、むしろリアリティを失ってしまうのだ。

このような要素も、池田批判の効率を悪化させた原因に数えられるだろう。

欲望過剰の凡人だからこそ

しかし、このように効率のよくない批判を受けるたびに、妙なことに、世界の誰よりも悪辣《あくらつ》で冷酷で醜悪で無神経な俗物であるはずの〝先生〟は、心底、怯《おび》えるのである。か

つて側近であった人物が語るところによれば、そんなとき、彼は頬杖をつき泣き声で、

「どうしよう、どうしよう、どうしよう」

と繰りかえすのだという。

そして、もっと妙なことに、彼が怯えようと怯えまいと、彼は批判とは無関係のように生き延びてきた。

その最大の理由は、池田大作そのものが、〝外〟の規範でおしはかるのに最低限必要な一般性さえ持たないせいである。

だからこそ、彼は奇怪に見えるのだが、その奇怪さの中心にあるものは、〝外〟の尺度で考えた悪や罪人性ではない。

結論から先に言おう。池田大作の奇怪さの中心にあるものは、近代的社会化の影響をまったく受けない、想像を越える量の欲望をもてあます凡人である。この場合、社会化とは主張と妥協、反発と和解、欲求と調和のバランスをとり、なにより他者と共存するのに不可欠な欲望抑制の訓練を、たとえば家庭や学校で与えられることをいう。

その抑制がない人は普通、不適応者と呼ばれ、抑制できないかわりに突出した才能──自己実現欲の別称──があれば異能の人と呼ばれる。言い換えれば、社会化は、不適応にも異能のどちらにも転がりうる両刃《もろは》の剣《つるぎ》である欲望本能の飼いならしかたなのである。

しかし、彼は戸田によって、欲望抑制は悪であると教えられた。欲望を拡大していくことこそ善だと言い聞かされた。そして彼はきわめて忠実に、その規範に適応したのだろう。

内部告発者は、彼は学会員に対して異常なまでの支配欲をむきだしにするというが、かつて、彼も個人というより、戸田が胎内に宿した一個の細胞のようだったのだ。池田にとっては、彼と学会員の関係もそのようでなくてはならず、戸田によって完全な善として価値づけられた欲望をはばむ学会員は、当然のようにどのような手を使っても不適応細胞として、外に排出しなくてはならないのである。

また、彼には一切のオリジナリティがないと非難するむきがある。実際にこれまで出た資料を見る限り、彼にはオリジナリティはないようだ。多くの著作はゴーストライターの手によるものだし、講演原稿、書簡のほとんどが、より作文能力に長《た》けた幹部によって書かれたものである。ちなみに、〝先生〟は学会員にピアノの演奏を聞かせるのが好きだが、これはピアノの下に著名な演奏家のテープを潜ませ、自分はただ鍵盤に指を走らせているだけなのだという。

しかし、欲望を果てしなく膨らませるためにはオリジナリティはむしろ邪魔だろう。学会は戸田によって、小さくともすでに組織化され、欲望の完全肯定という、民主主義では救いきれない貧しさにあえぐ人々の心に滲み込みやす

いテーゼも完成していた。池田は、戸田が用意したものを、一般的常識からいえば常軌を逸した規模や数量に増殖させればいいだけであり、その点において抑制を悪と教えられた彼の欲望の発露は忠実無比だった、というより、彼の欲望のありようは、あからさまな数量としてすぐ把握できた。

彼は年間一回しか使わぬ専用保養施設を全国に一〇〇箇所あまり持ち、異常に多額な財務（御布施）を集め、大石寺に反学会系の売店があれば、訪れるたびに数珠《じゅず》一〇〇本、ヨウカン二〇〇本を買い、昭和四三年に開設された創価学園の前の鮨屋が反学会的だとわかると、毎日、何十人分もの鮨を買った。

彼は、批判の立場をいったん離れ、〝外〟から珍しい生き物を眺めるように観察すれば比較的簡明に読解できる。〝先生〟はオリジナリティと一般性を欠く人物で、同時に常軌を逸した欲望過剰の人なのである。

だから、もっぱら〝外〟の規範によって考えられた批判が、〝外〟とほとんど関係ない規範で育った〝先生〟に深手を負わせることができなかったのは当然のことだろう。

また、〝外〟の規範を彼がこれほどまでに醜悪なものとして認知しているのも同じ理由によって説明がつくと思う。〝外〟の規範は欲望抑制を常識としており、特例的に特殊な才能を持つ人に対してだけ、抑制の解除を許す。だが、〝池田先生〟は欲望抑制機序を持たないのみならず凡人なのである。そして〝外〟の世界は、そういうルール違反を犯す人のことを奇怪、醜悪、俗悪と感じるのだ。

学会女性はなぜ熱狂するのか

ここで二番目の主題、奇怪でも俗悪でもある〝池田先生〟の忠実な賛美者として、彼の肥大を支えてきた、学会の女性たちに話を移そう。とはいえ、学会は女性比率がとりわけ高い集団である。そのすべてに取材が可能なわけもないので、ここでは、ひとつの典型的な〝学会家族〟をモニターにすることにした。

彼等は現在二世代からなる元学会員の家族だが、周辺すべてを学会に囲まれ、最年長から最年少まで四〇歳あまりの幅があるすべての家族が学会によって直接、人生を左右されかけた。彼らはそのうえ、学会員の中でも直接的に池田の影響を濃く受けたという意味において特殊だが、それは影響の量の問題であり、質の問題ではないと考える。条件さえ整えば、彼らの上におこったことは、どのような人にも、その人が家族というわかちがたい単位を背負っているかぎりおこりうる。

この家族の母親は昭和二〇年代なかば、元共産党員だった妹が折伏《しゃくぶく》（学会が元来、その本山とした日蓮正宗でいう、強い論破による宗教への勧誘方法）されて入信したのをき

っかけに、

「なかばひきずられるようにして、それから戸田先生の親しみやすい人柄にひかれて、いや、もう少し率直にいえばちょっとしたはずみで」

一家で入信し、彼女は女子部に所属した。

父親の方は大学在学中、学会員だった大学教師に、友人二人とともに誘われて、教師の家でひらかれていた座談会に行き、友人二人は学会員と口論になり帰ったが、

「なにごともやってみなきゃわからないんじゃないか、まちがっていればやめればいいだろう、という程度の気持ちで」

母親と相前後する形で入信し、青年部に所属し、家族親戚一同を折伏して入信させた。彼は以後、折伏に積極的な面白さを感じるようになる。

「当時は、いわば思想が空洞化したような時代でしたから、それを折伏によって埋めていくのは、それは楽しかった。実際、学会に入信するとき教義上の問題を理解して入る人はまず一人もいないでしょう。みんな、折伏する人たちの気迫におされて入るんです。そういうものですよ」

こう彼は語る。

彼ら二人は昭和三〇年、戸田城聖のすすめで結婚し、三一年、三三年、三五年と二歳きざみで娘一人と息子二人を作った。


彼らの家族が危機に直面するのは三五年、戸田の死後二年で池田が学会の会長に就任した時点である。父は池田が就任する前から、彼の人間性に不信感を持っていて、妻にはそれを隠さなかったので、妻は怯《おび》え、なんという人と結婚してしまったのだろうと心中で嘆いた。なぜなら、妻は熱狂的な池田の崇拝者だったからだ。

一家全員が学会員である家族の場合、父親が消極的池田支持か、池田への批判を多少持っているのに対し、母親が熱狂的池田信者であるケースは非常に多い。

この家族の母の場合は性格的におとなしい女性なので、池田を批判する夫に怯えただけだが、妻の熱狂が夫を圧倒するばかりか、妻が夫の行状《ぎょうじょう》を池田につながる学会の主要スタッフに密告するケースも少なくない、というより、学会ではそのような密告を積極的に勧めており、妻は学会内での夫の生殺与奪《せいさつよだつ》権を掌握しているともいえる。学会と〝池田先生〟の支持基盤としての女性のありようは、このように、いわば最小単位である家族の中に根を深く張っているので、それはおのずと強固にならざるをえない。まさに盤石《ばんじゃく》の体制なのである。しかしなぜ、彼女たちはそれほどまでに〝池田先生〟に夢中になれるのか。

「スキャンダルはうらやましい」

「かつて折伏に精を出した僕がいうのもなんですが、入信してくるときには、男女を問わず、みんな非常に純粋なのです。世の中をよくしたい、幸せな世の中にしたい、そして自分も幸せになりたい、と思って入ってくるんですから純真でないはずがない。

ところがいったん学会という組織の中に入ると人格が変わる。組織に入った瞬間に、あまりにも多くの人が欲望にギラギラ目を光らせる人物に豹変してしまうんです。要するにみんなが小さな池田大作に変わる構造になっている。女性の場合も同じでしょう」

父は一般論としてこう語り、母は女性の問題に限ってこう語る。

「学会というところは、どんなに末端の信者にも上にのぼる機会が与えられているように思えるところなんですね。実際にそういう例も多い。たとえばの話ですけど、それまで近所の小売店のおかみさんだった人が支部長になるとか、そういったことですね。

女性って男性と比べて不利だって、どこか越えられない壁があるんだと思ってるでしょ。

学会ではその壁に小さな穴があいている。そこから這いのぼれば上にいけるのよ、と、実際上にのぼった人たちは言うの。でも、それは池田先生のお心次第なのよって」

「そこなんです。学会の人事権は池田がすべて握っています。そして彼の人事のやりかたは、つねに大抜擢方式だから、みんな、小さな穴から〝池田先生〟が上につりあげてくれるのを待つ、欲望集団になってしまう」

「とくに女性の場合には、いわゆる何段抜きというような大大抜擢なんですね。そして、抜擢されたのは、池田先生みずからが目をかけたからだと、学会の女性ならすべて経験的に知ってますから、抜擢イコール、先生のおそばに侍《はべ》ること、誰よりも近くに寄ることだと思っている」

「しかも、それを証明するために、池田はつねに抜擢した女性の誰かれを特別扱いしてみせる。池田のいわゆる女性スキャンダルというのは、もっぱらそういった特別扱いの抜擢女性との間のことですから、これは学会の女性にとってスキャンダルたりえないんですよ」

「女性のスキャンダルが出ることは、彼女が抜擢された証拠なんですから、いやらしいわ、じゃなくて、うらやましいわ、いいわねえ、くやしいわねえになってしまうの。そういう構造になっているんですよね」

だが、池田はそういう女性をけして長くは寵愛しない。ほとんどの場合、一定期間、みせびらかすように寵愛したあと、男性幹部にさげわたして、今度は別の女性を寵愛しはじめる。そのため、学会には永久職としての女帝は存在せず、これをその他の女性の立場にたってみれば、すべての女性に寵愛される可能性があるということになる。だから、女性たちは今度は自分がその地位を得ようと血眼《ちまなこ》になるのだ。

「そして他の人を追い落とすために、あからさまな点数稼ぎを始めるんですね。

池田が快く思っていない人物を苛《いじ》めて、先生の覚えをよくすることから、わざと単純な失敗をしてみせて、池田にへりくだってみせること。もちろん、池田をよく思っていない夫について、池田に告げ口するなんてざらですし、夫や自分の給料の中からなるべく多くを財務にあてることはいうまでもありません。

とりわけ、政界進出に異常なほど熱をあげている池田にとって、ぜひとも勝たなくてはならない選挙で大活躍することですね」

「要するに、その壁にあいた小さな穴から噴出するものというのは」

と父はいったん言葉を切り、たくまずして、母と声をそろえ、こう続けた。

「煩悩、欲望ですね」

池田の師、戸田は〝ロー・シーリング・クラス〟を布教の対象にしたときに、そのクラスの中でもさらに〝ロー・シーリング〟な女性の存在を忘れていたのではない。また、頭打ちだと思っていた天井に針の先ほどの穴があいたとき、そこから噴出する欲望は、それまで抑圧されてきただけに、到底、四畳半から六畳に移り住みたいとか、死ぬ前に一日でも楽しい思いをしたいなどというささやかなものにはならず、まさに天井知らずの欲望が膨らむことを計算に入れていなかったのではないか。

そして、また貧困だけでなく、一種の社会的障壁によって二重に抑圧されてきた女性の欲望がいったん解き放たれたとき、それはまさに男が目をむくほど凄まじい驀進《ばくしん》力を持つことも、おそらく戸田は予想しなかっただろう。

家庭内権力闘争において、それまでつねに夫に敗れてきた女性ほど、学会を後ろ盾とし〝池田先生〟という錦の御旗のもとでなら、夫に勝てると信じたとき、即座に夫より〝先生〟のほうを選び取るのである。

醜悪さに従う被虐的な快感

ところで、この家族の母親は、末端から這いのぼってきた人ではなく、当時としては珍しく高学歴で、教義解釈でも、人心掌握の力においても有能だったので、入信まもなく戸田時代に幹部クラスに置かれるようになる。また、会長が池田に替わっても彼女は、いわば学会の女性たちの憧れの的だった。彼女自身は、その立場としては珍しく、内心、池田を毛嫌いしていた夫のガードのもとに、池田の性的懐柔から逃れられたのだが、末端女性信者の心理に対して、学会の女性エリートの心理がどのように相違するかを考えるには恰好の人物である。

彼女はまず教義を真面目に勉強し、着実にその成果をあげた。正しい信徒であろうと努力し、これまた着実に堅固な信徒となり、彼女は〝池田先生〟が〝戸田先生〟の後継者なのだからという理由で彼を完全肯定した。

また立場に驕《おご》らぬ幹部であろうとし、公私両面で自分を完璧に正しく律しようとして、不幸にもそれが成功したばかりに、彼女は自らの中に、いまだ矯正できぬ欠点を見つけようとしてやっきになった。完璧さへの欲求は、皮肉なことに矯正しなくてはならない欠点の存在をなんとしても必要とするのである。

また、座談会に集まる女性信徒に対しては、自ら信じる池田信仰を彼女たちとわかちあうのが正しいと信じ、熱心かつ雄弁に、彼女たちに池田のすばらしさを説き、彼女たちの涙を絞った。

だが、昭和三〇年代なかば、池田が自ら彼女に女子最高幹部になるよう求めたにもかかわらず、夫の意図に従ってそれを断った彼女を陰に陽に責め立てたのは、ほかならぬ、彼女が池田信仰を説いた女性たちだったのである。

それでもなお、彼女は池田信仰を捨てず、彼女の一挙手一投足をあげつらう地域の学会の女性たちも責めもしなかった。学会幹部である夫は、次第に池田との葛藤を深めていき、家庭では彼女に辛く当たり、創価学園に入った息子たちまでが池田批判をひそかに口にして荒れるようになっても、彼女はまだ堅固だった。すべての苦難の因縁は自分の中にあって、いまだに見つけ出せない罪深さのゆえだと信じていたためである。

それは、ときに彼女を陶酔に誘った。

「すべての人から陰険にいびられ、家庭で孤立していたときでさえ、他人から、とくに池田から自分の欠点を指摘されると、いいようのない陶酔感が私を襲いました。

池田を美化していたわけではないんです。池田ってとても毛深くて、指の先まで毛が生えてるの。机の上におかれたその手を見た瞬間、私、うわっ、気持ち悪いと思ったのね。

でも、そんな不遜なことを思うのは、自分の中には悪いものがあるからだと思ったの。私は悪い人間だからこんなに辛いんだ。反省しなくちゃ、完璧にならなくちゃ。その頃の私は、自分の苦しい状況に酔って、苦しければ苦しいほど、胸をえぐられるほどの陶酔感に溺れていたんですよ」

男性が自らを磨くとき、それはストレートに上をめざす。だが、彼女のようにありあまる能力には恵まれているが、男性にハンディをつけられた女性として社会的な限界を感じている人物がいったん解放されたとき、それは実に奇妙なカーブを描く。彼女はどこまでも優秀に、美しく、強く、寛容に、謙虚に、完璧に自分を仕上げたあと、上をめざすかわりに、無意識下で、世の中の誰よりも醜悪かつ奇怪に感じる者に心身を捧げるための急降下カーブを描くことによって、この世ならぬ陶酔感を得るのだ。

彼女自身も、熱烈な池田崇拝者であったにもかかわらず、彼の毛深い指を見たときには、一瞬、気持ち悪いと感じたというではないか。〝池田先生〟は彼女の意識下では、すでに毛深い、気持ちの悪い、醜悪な存在だったのである。その池田に欠点を指摘され、それを繰り返し反省することに陶酔感を覚える心理とは、酷薄に言い放てば、心身を磨きあげた時間と努力と辛抱が無化される、ほんの一瞬に燃えさかる被虐的快感の極地であろう。

そのような女性をめざすべく、天井にあいた無数の針の穴から池田大作という奇怪な人物をみつめるとき、女性は家庭はおろか、〝池田先生〟以外のすべてを忘れ果てている。そして、あるときふと気がつくと、彼女は財務として家計維持に見合わぬ金を支払っていることに気がつくだろう。

だが、彼女はけしてそれを無駄金だとは思わないはずだ。セールスにおける心理調査のひとつとして、内容に見合わぬ過大な価格の商品を買わされた消費者は、むしろその商品の擁護につとめるものだという結果が出ている。学会の女性たちは、末端においても幹部クラスにおいても〝池田先生〟という商品を買い取るために、それぞれ多大な犠牲を払ってしまった。いまさら、それを否定すれば、彼女はまた、元通り、家庭内権力闘争に敗れた家政婦がわりの人間になってしまう。

それだけはごめんだ、私は負け犬になりたくない。その気持ちが、学会の女性たちに通底するものであり、〝池田先生〟は彼女たちの負の要素を利用して、実にうまく女性たちを財務集めに、亭主や不満分子の監視役に、また選挙対策に追い立てるのである。

学会二世にとっての〝池田先生〟

では最後の主題、池田学会下の二世たちについて話を移そう。

筆者がモニターした家族の中では、息子と娘が二世に当たる。

「私たちは、生れてきたときからすでに家族ではなかったんです。父は母に話せないことがあり、母は父に話せないことがある。さらに親は子供に、子供は親に話せないことが山のようにある。これでいったい家族でしょうか。私、物心ついた頃から、いつも死んだら楽になるのになあと思っていました。死に対しての恐怖はないんですよ。やはり、宗教教育を受けていますから。だけど、家族のようであって家族でないものの中で生きるのは、恐怖だったし、苦しかった。死にたかったです」

長女はこう言って続ける。

「大人は学会をやめて、池田の呪縛から離れても、もどる家庭があるでしょう。でも、二世の子供は、もどりたい、でも、もどるってどこへ？　そういう感じ。もとから家族ではない家庭から、どこにもどればいいのって」

とはいえ、二世はいわば他の選択肢なしに学会員として生れた人々だから、ある時期までは素朴な池田信奉を保っている。

彼らの父は当時、すでに池田批判を強固に持っていたが、それを少しでも子供に感じさせたら、子供の口から池田にその事実が洩れる。子供に白々しい嘘をいうのは父として忍びないので、ついつい子供と距離を置き、会話を避けるようになる。

母は父の心中は知っているものの、自分自身はいまだに熱狂的池田崇拝者だから、父もそうであるかのように取り繕いながら、子供には〝戸田先生〟の後継者である〝池田先生〟がいかに偉大かを説き聞かせる。子供たちは口を開きたがらない父を怖れながら、母の内面の苦悶もどこかで察知しつつ、また、母も父も学会幹部であるという立場上、どんな間違いも許されないし、万が一、間違いでもあれば、それはすぐさま両親の身に害を及ぼすのだと暗黙のうちに感じとりながら、非常に神経質な子供時代をおくることを余儀なくされる。

このような関係に変化が訪れるのは、息子たちが創価学園に入り、いわゆる思春期の揺らぎが始まる一五、六歳になったときだ。

この家族の息子たちと同様、池田学会二世として生れ、今は、学会をやめた人たちは、その揺らぎが訪れるまでは、自分たちの心理は実に素朴なものだったという。

創価学園出身の二世の一人はこう言う。

「中学に入りたての男の子なんて、半分くらいはわかるけど、半分は難しくてわからない理論をふりかざされると単純に、凄いなあと思ってしまうんですよ。池田はそこがすごくうまい。半分わかる。でも半分はわからない。だから〝池田先生〟は凄い人だということになってしまう」

また別の創価学園出身の二世はこう言う。

「うぶな中学生だったら一発で憧れてしまうようなすごい美人の先生なんかがいるわけですよ。そういう先生が、顔面紅潮させて、今日は〝池田先生〟が学校に来て下さいました。みんなでお話を聞きにいきましょう、なんて言う。ぞろぞろと講堂に行くと、〝先生〟はそこでピンポンをしている。なんか変な光景だなとは思いますよ、当然。

でも、〝先生〟が一言、暑いなと言うと、クリームソーダがさっと出てきて、〝先生〟は半分くらいそれを飲むと、美人の先生にグラスをわたすわけ。そうすると先生はそれを高々と掲げて、これが〝先生〟がお飲みになったクリームソーダですって叫んでさ、恭《うやうや》しく口をつけるわけ。で、そのあと、ソーダが僕ら全員にまわってくるの。僕は、その美人の先生が口をつけたところはこのあたりだったっけ、なんて思いながら、チュッとか口をつけましたけどね」

よく考えれば、そういう素朴な中学生の行為も、学会の細胞のひとつとして機能していたわけである。

創価学会が教育機関を持ったことはある意味で画期的なことだ。それは二世の囲い込みであり、子供を人質にとるというもっとも効果的な会員の掌握策にして、子供によって親の行状を知る、新しい密告回路の開設である。また、池田は、若い人材を他の国立大学などに合格させたのちに、それを蹴らせて創価大学に入った優秀な人材は、世間の風に当たらぬうちに、卒業後すぐ本部職員に採用される。

創価学園の開設が池田体制下の昭和四三年であることを考えると、この教育システムを作るにあたっては、彼は、批判者が池田にはそれがないと言い続けてきたオリジナリティを十分に発揮したといえよう。彼は自らのように〝外〟の規範に曝されず、学会という閉じた空間でのみ育成される人材を増殖させるシステムを考えついたのだ。

しかしそのなかでも、いわゆる思春期における価値観の揺らぎとともに、池田への疑義を持つ二世が生れ始める。そのとき、それまで素朴な信奉しか持ち得なかったぶん、学会と池田に対する疑問が生れ、すでに高度成長期まっただなかの〝外〟の世界には、学会員になる以外の選択肢が溢れんばかりにあることを知ったときの、彼らの懊悩《おうのう》にははかりしれないものがある。

ちなみに、学会をやめることを、二世たちはⓈ（学会のこと）をぬけると言う。彼らの悩みや苦しみは、単に親が信じ、生れたときから彼らが信徒であった宗教を、自分が大人になったときあらためて選び取らなかったという単純なものではない。彼らの悩みは、いわば亡命者の悩みと同等に思える。

そして、彼らは、Ⓢをぬけたのは、もう昔のことですからとさりげなく話そうとはするが、話し込めば話し込むほど、彼らの学会と池田に対する思いには、単純にわりきれないものがあることが感じられる。

それは、自分を迫害する故郷から亡命してきた人たちが、迫害の事実については、はっきり認めるものの、どこか生れ故郷に対する愛着を振りきることができないアンビバレントな感情、具体的にいえば、あえてすべてを振りきって再生したい思いと、振りきることによって、生れてこのかた、たしかに自分の中を滔々《とうとう》と流れ自分の人格を作り上げた十数年と、わかちがたい家族の思い出をすべて否定することになる哀しみの間を行きつもどりつする感情に近いものがある。彼らがまるで亡命者のように見えるというのは、そういう意味である。

池田、Ⓢに対する家族の闘い

モニターした〝元学会家族〟では、長男が先に揺らぎ始め、〝先生〟への疑問を呈し始める。ついで次男がその状態に入る。小さい頃から死ねば楽になると思っていた長女は、当時、創価学園が男子校だったために、運良く〝外〟の学校に進むことができたが、あまりにも大きな揺らぎを繰り返す長男を畏怖しながら大学を卒業したあと、〝外〟の人と結婚式をあげて、実家から実質上逃げた。

これは次男の強い勧めがあったからである。実家との連絡を少なくとも五、六年は絶たないかぎり、彼女はⓈのネットワークから逃れることができないと、彼女も次男も思ったからだ。

もし、現在のように創価学園が共学校で、その女子部に入学していたらどうなっただろうかと彼女に聞くと、即座に彼女は答えた。

「もちろん母のように学会にとりこまれたでしょう。でも、母と違って私は池田を信じてはいないから、選択は二つだけだったと思う。自殺か、諦めて池田のいいなりになるか」

彼女が自殺の可能性を語るのは、決して誇張ではない。事実、長女の結婚の、五、六年前から、長男の精神状態は普通のものではなくなっていった。彼は自分を引き裂くアンビバレントな感情から逃れるために、外界との間に厚いベールをひき、客観的には精神上の疾患という形をとって、最終的な自己破壊から身を守ったのである。

さすがに、それを見て、彼の両親もとりあえず表向き保っていた池田支持という政治的態度を変えた。妻と夫との間には目に見えぬ闘争があり、それを池田はきわめて巧妙に利用していたが、どれほど意思疎通のない両親にとっても、子供は理不尽なまでに両者を食い止めるブイである。そのブイが自らを壊し始めたとき、父は何を捨てても池田批判を公言するようになり、母は初めて自分の池田礼賛を客観視するようになったのだ。

「簡単なことなんですよ、池田批判というのは。あれは、ただの人だと、心から思えばなんでもない。もちろんただの人があれだけのことをしてしまうのだから怖い。でも、やっている本人ははたして自意識を持っているのかどうか怪しいほどのただの人なんです」

長男ほど自分を追いつめず、一家のうちでもっとも心理的に安定していた次男は言う。しかし、彼でさえ、池田をただの人と思えるようになるまでの疲労が重なって、高校三年のときには、授業中に人事不省で寝入っていることさえあったのだ。

「面倒なのは、池田を信じ、Ⓢを信じている先生ほど、中高校生くらいの年頃には、いい大人だなあと思えてしまうことですね。池田を信じきり、創価学園の教育方針に全面的に賛成している先生は、当然、心理的に安定していますから、生徒に対しても教師としての余裕を持って応対するでしょう。だから、魅力的で人間味に溢れる先生に見えるんです。

たとえば、昼休みに学校を抜け出してラーメン食いにいこうぜ、なんて言って、校庭の柵の毀《こわ》れたところから這い出したとたんに、そういう先生にみつかったりもしたけど、先生は、おい、あんまり遠出すんなよ、くらいで見逃してくれる。いい先生だよな、生徒の気持ちがわかってるなって思うでしょう」

次男と、その友人たちであるⓈを抜けた二世は口を揃えて言う。

「反対に、池田に疑いを持っている先生は、心理的に不安定だから、たよりがいのない先生に見える。自分が揺れているから、生徒と同じレベルに降りてきてしまって、大人《おとな》気《げ》がないように感じる。安定していないからヒステリックな行動にも出る。だから人気はない。

そういう先生こそ、本当に真面目だったんだと、今になればそう思いますけどね」

それから、やっぱり僕らにだって欲はあったわけですよ、と別の二世の男性がいう。

「僕らの母や父の時代には、腹一杯食えることとか、住居を持てることとかが欲望だったわけでしょ。もちろん、僕らには、それは欲望の対象になりませんよ。だって、世の中、なんでもモノが溢れていたんだもの。

でも、というか、だからというか、僕らの欲望は抽象的になり、はかりしれない。

いい社会を作ろう。いい世界を作ろう。よりよい国際的日本を作ろう。いい芸術作品を残そう。誰でもない自分であろう。価値ある人生を送ろう。内面を磨きあげよう。

これ、欲望じゃないと言い切れます？　こういう考え方にひかれないって言い切れます？　やっぱり、これも欲望なんだ。だから、Ⓢがそれをかなえてあげるよと囁《ささや》いたとたん、ふらりと、そっちに傾く若い人たちがいるのも当たり前だし、僕は、そういう人たちの顔さえ思い浮かべることができる。

多分、彼らはすごくいい連中なんだ。人間的にもあたたかくて、冗談も通じて、明るくて、前向きで、そう、つねに前向きで。

しかし、それこそが欲望的な人間像なんだと思う。欲望というのは、時代時代によって、本当にさまざまな形をとるんですよ」

モニターした家族は、長男を襲った禍《わざわい》を転機として、創価学会を抜け、池田に反旗をひるがえし、さまざまな妨害を受けたのち、ほぼ十年近くをかけて今、再生している。父は母に、母は父に家族だから許される辛辣《しんらつ》なこともいい、同時に、互いを長年連れ添った同胞としていつくしみあおうと努めている。長女も長い別離を経て、ようやく子供を連れて戻ってくるようになった。長男は投薬の効もあり、精神疾病《しっぺい》を扱う病院での入院生活の安泰の中ですごし、次男は学会内のさまざまな分裂騒ぎのたびに担ぎ出されようとして、それをやんわり断って普段の生活を保っている。

彼らは、今、初めて家族になったのだ。しかし同時に、彼らは、自分たちのような再生が、学会家族においては、まことに稀な例であることも知っている。多くの家族が、Ⓢをぬけた二世やそれに同情的な親と、いまだ熱狂的な親（多くの場合、母親）やほかの兄弟たちとの間で、まっぷたつに裂け、それは修復不可能なほどの亀裂になるのである。

学会を利用する二世たち

もちろん、これまで例に出した、Ⓢをぬけた彼らも二世の中ではとびぬけた少数派で、「クラスのうちの九〇パーセント弱が、要するに、学会を利用して銀行員や行政スタッフ、サラリーマン、または本部職員になる」

そして、銀行員の場合には預金獲得、企業や行政の中では派閥作りに学会ネットワークを利用して生活しているが、「やはり選挙ともなれば、Ⓢの急先鋒《きゅうせんぽう》として使われる」

と彼らは言う。

「急先鋒にならなければ、彼らの利益も生じない。いわばもたれかかりあい共同体としての学会員ですね。

あとの五パーセント弱が狂信的学会員。これは有事の際にしか使いようがないね。

残る五パーセントは、学会の利用の方法も知らないかわりに学会からも期待されない、ある意味では幸せなおばかさんたち。Ⓢを積極的にぬけた僕たちは、全体の一パーセントにすぎないよね」

そういう彼らは、いちようにサラリーマンのような〝普通の〟職業にはついていない。

学会社会に適応する〝外〟からみれば普通ではない人は、表向きサラリーマンや公務員などの職業についた普通の人であり、閉じた社会から抜け出た常識的な彼らは、一見、企業社会の外で生きる特異な人々だ。これは、創価学会が、また創価学園や大学が、もっぱら〝内〟の規範に忠実な〝外〟の世界に送り出しているためにひきおこされる矛盾にして倒錯なのである。

池田大作の罪状とは何か。それは、国内に倒錯した価値観の王国を作り上げ、その中で二世、三世世代の再生産を強制的に作り上げたことにつきる。

ところで、政治上での二者択一が難しくなり、ようやく戦後的政治が終焉《しゅうえん》した連立政権以後、いったんは政権の中枢にくいこんだかのように見えた池田――旧公明党の判断が少しずつ狂いを見せ始め、池田の国会喚問要請などの事態を招いていることは事実だ。しかし喚問が可能になったところで、〝池田先生〟学会の体質が急変することはまずないだろう。学会は、たとえ池田が物理的にいなくなっても、すぐさま消滅するようなやわな構造はしていないのである。

おそらく近い将来、生物的な存在としての池田は終焉を迎えるだろうが、創価学会は戸田城聖が基を作り、〝池田先生〟が果てしもなく規模を拡大した盤石の構造を維持する形で、第二の池田への野望を持った人々によって割拠されるにちがいない。〝池田先生〟は物理的にいなくなっても、そのあとには、いくたの〝池田先生〟が出現し、〝池田先生〟型組織の上に乗り、〝先生〟が編み出した人心操作方法を踏襲し、あるいは応用変化させて学会的なるものを存続させるだろう。

では、私たちは学会から何を学べばよいのか。それは人間の欲望はけして過小評価できない力であり、また時代とともにさまざまな形をとること。そして、それは私たちを生かす動力だが、ひとたび〝池田先生〟学会のように過剰になれば、きわめて危険な力にも変わりかねないこと。

以上のようなことである。

（「諸君」一九九六年四月号）

俳優　本木雅弘
脱アイドルの理論と実践

埼玉県の農家の長男に生まれる
中学時代は目立たない少年だった

一九八〇年の夏、本木《もとき》さき子は、家族旅行の途中で、中学生の次男、雅弘《まさひろ》がうしろ姿の写真を撮《と》ってくれと言い出したとき、その動機をきわめて素朴《そぼく》にとらえていた。彼は背中に派手な模様がプリントしてあるシャツを着ていた。さき子は、息子がお気に入りのシャツ姿を記念撮影してほしいのだと考えた。

同じ頃、彼に頼まれて何枚も写真を撮っていた同級生の渡辺高広《わたなべたかひろ》は、さき子より事情通だった。夏休み前、雅弘と彼は、習字塾の先生の娘に将来を占《うらな》ってもらったのである。霊感が強いと評判の彼女は二人の将来を占い、その結果を小さな紙に書いて渡した。渡辺が雅弘の手元を覗《のぞ》き込むと、そこには「人気商売」と書かれていた。

「あの紙を見た瞬間に芸能界入りを決めたんだ」

雅弘はその後、渡辺に打ち明けた。

彼は、そのあとまもなく、芸能プロダクションに送る写真を渡辺の手を借りて撮りはじめた。当時、芸能界はアイドル歌手の全盛期だ。彼はテレビの世界に子供らしい憧《あこが》れを持ち続けていた。人気商売と聞いて、すぐアイドルを連想したのは、そのためだ。

一連の企《くわだ》ては親にはまだ内緒である。芸能界入りを頭から反対されると思っているわけではない。両親は三人の息子たちに好きなことを仕事に選びなさいと言っていた。家業を継ぐように強要されたこともない。だが、彼は、芸能界が将来の職場としてどの程度の可能性があるかを確かめるまで、うかつにその希望を口に出すつもりはなかった。彼には、幼い頃から、そのような用意周到さがあった。

本木家は、埼玉県桶川《おけがわ》市加納《かのう》で代々農業を営んできた。桶川では古い家で、切妻《きりづま》屋根の二階建て日本家屋の門構えの大きさは人の目を引く。当時一千坪に達していた蔬菜《そさい》農地を世話するのは、さき子と夫の昭《あきら》、そして昭の両親だ。

門構えの立派さとは対照的に、本木家の収支はけして楽ではなかった。収穫した蔬菜は一部を市場に卸《おろ》し、一部は地所内に作った販売所で近隣の人向けに売っているが、昭は、東京のベッドタウン化が激しい桶川で、今後、こんな形での専業農家は成立しないと早くから考えていた。

結局、さき子と昭が、次男の芸能界志望を聞かされたのは半年後だ。彼は渡辺が撮影した写真のうち何点かと、さき子の撮ったうしろ姿の写真を、「僕を採用してほしい」という内容の短い手紙とともに、東京の芸能プロダクション、ジャニーズ事務所に送付して、その返事を数カ月後にもらっていた。ジャニーズを選んだのは、当時、もっとも活発な活動をしている事務所だったためである。

事務所の返事は、一週間に一度、無料のレッスンに通ってみないかという提案だった。

お金はかからないし、一週間に一度なら勉強にもさしつかえない。彼は淡々とした口調で両親に説明した。レッスンを受けたからといって芸能人としての将来を保証されるわけではないことは承知している。だから、高校へは必ず進学する。事務所に声をかけられたからといっていい気になっているわけではないから大丈夫。そう言いながら、彼は、県内の新設私立高校の願書を見せた。

両親はほどなく彼の希望を許した。

次男が、このような用意周到さを発揮するときには反対しても無駄だということを、両親はそれまでの経験でわかっていた。彼はどうあっても自分の望みを通すだろう。両親は次男が女の子のように優しい風貌《ふうぼう》の奥に、必ず自分の意志を通す強靭《きょうじん》さを隠していることを知っていた。

これが、いまから十二年前、彼、本木雅弘が芸能界入りしたときの姿だ。

本木はその後、順調にアイドルの道を進んだ。レコード総売り上げ一千万枚、計百五十億円、コンサート動員総数百五十万人というマスセールスを達成した〝シブがき隊〟の一員としてである。

二十二歳でグループを解散したあと、アイドル時代の愛称〝モックん〟から、本木雅弘の本名にもどった二十六歳の彼は、映画、テレビ、CMなどの分野の先端で縦横《じゅうおう》に活動をくりひろげている。まちがいなく、今、もっとも注目すべきメディアピープルの一人だ。

だが、本木は初めから、今のような際立った個性をあらわにしていたわけではない。それは芸能界に入る前も、アイドル時代も同じことだ。

桶川の中学生だった頃、彼の成績は〝中の中〟だった。彼の所属したバスケットボール部の顧問と桶川東中学三年時の担任を兼任した教諭は、彼のことを、男の子にしてはおとなしく、扱いやすい生徒として記憶している。顔立ちは整っていたが、女の子に騒がれるようなアピール性は感じられなかった。

学校外では近所の友達五人が小中学校を通じての遊び友

達だった。彼はグループの中でいつも〝まんなか〟だった。リーダーではないが、お荷物的存在でもないという意味だ。彼は、人当たりのよい平凡な少年に見えた。

その裏に、思いがけず激しいものが潜《ひそ》んでいることを感じたのは、母親のさき子だけだ。

たとえば、習字の作品が落選したときがそうだ。彼は幼い頃から自宅の隣の塾で書道を習っていた。そして、ある年の展覧会で入選を果たせなかったあと、ひと夏の間、毎日、軒下の砂に使い古しの筆で字を書く練習を続けた。落選して悔しいとは一言も言わなかったが、さき子は、その姿に子供に似つかわしくない気迫を感じた。

ときどき予想外の行動に出ることもあった。十歳前後の頃、綺麗《きれい》にカールした長いまつ毛を根元まで切り取ってしまったことがある。まつ毛がなくなると、表情が変わるのが面白かったのだ。洋服に対するこだわりにも非凡なものがあった。シャツの折りジワひとつに至るまで、彼は自分の好みを堅持した。兄弟ゲンカもしないおとなしい子供だったが、洋服に関してだけは、頑《がん》として譲《ゆず》らなかった。

リスク冒してジャニーズから独立
CM、映画で話題作を連発する

「僕、ごく小さな子供の頃から、ほかの人と違って、自分の中には自意識が複数あるってはっきり感じていたんです。いろんな人間になりたがっているいろんな自分が同居しているんです。変身願望はすごく強かった。洋服にこだわったのは、違う洋服を着ることで、違う自分になれると感じたから。芸能界に入ったのもそのためです。テレビに出てたくさんの自分を演じてみたかった」

だが、当初、芸能界はその目的にむかない世界だった。シブがき隊としてデビューした彼は、アイドルのステレオタイプを保つことをなにより求められたからだ。それは、複数の自己像を演じ分けたいという願望からへだたった行為だった。

とはいえ、彼はシブがき隊の一員だった七年間、その不満を表面に出すことはない。アイドルとしての役割をまじめに果たし、わがままは言わず、人の意見に反対することもなかった。〝モッくん〟は桶川での子供時代と同様、扱いやすくおとなしい青年に見えた。

だが、一方、その七年間は彼にとって〝用意〟の時期でもあった。生来の用意周到ぶりが、ここでも発揮される。本木は、アイドルのステレオタイプを脱ぎ去る瞬間をめざして用意を進めていたのだ。

用意はいつから始まったのか。

「自分はなんてバカなんだろうって思ったときからですね」

本木は端的に言う。

「アイドルってバカになる早道だもの。おいしいものを食べたいとか、外国に行きたいとかの個人的欲求をみたすだけが人生だと思い違いをするのに時間はかからないですもの。それに気がついて、僕、マズいなと思ったんですよ」

彼は美術館まわりを始め、アイドルとして求められる以外の音楽を聴き、ジャン・コクトーを読み始めた。そのうち、自分が先鋭的な芸術に対して、理屈ぬきに強く魅《ひ》かれることがわかってきた。本木は、さらなる先鋭を求めて、絵を、音楽を、活字を追った。

用意が整ったのはいつか。

シブがき隊を解散し、本木雅弘としての活動を始めた直後だ。彼は、芸能人のステレオタイプを意識的に逸脱《いつだつ》した。用意の周到さと、機が熟したあとにみせる行動力、集中力は、十五歳で芸能界入りを企てたときと同質だった。また、ステレオタイプからの逸脱は徹底していた。たとえば、彼のようにアイドルとしてピークをむかえた芸能人は、その後、芸能界での実績を消費しつつ生き延びようとする。そういった彼らの仕事の典型はバラエティ番組の司会だ。だが、本木はその類《たぐい》の仕事にいっさい手を染めない。

さらに、おとなしく扱いやすい青年だったはずの本木は、業界大手のジャニーズ事務所さえ敵にまわした。グループ解散後、系列会社のマネジメントを受けるようにという事務所の要請を断り独立したのである。これは、元アイドルとしては、もっとも危険度の高い行為だ。だが、彼は元アイドルにならないですむなら、どんなケンカでも受けて立つつもりのようだった。

そのような冒険をあえておかした代償として、本木雅弘は何になろうとしたのか。

「ユース・カルチャー（若者文化）の演じ手です」

これが、パルコやサントリーのCMで特異な映像性を発揮し、CMディレクターの鬼才《きさい》と呼ばれる李泰栄《りたいえい》の回答だ。李は、本木がグループ解散後、三本目の出演となった大塚《おおつか》製薬のジャワティストレートのCMを手掛けた。

ジャワティは、無糖の缶入り紅茶。李は、これをコカコーラに次ぐ、若者文化の象徴的飲料として位置づけようと考え、そのイメージを表現する人物として本木雅弘を使った。

CMフィルムの撮影を終えたあと、李は、それがユース・カルチャーを表現した映像として、望んだ以上の出来あがりになったと確信した。本木雅弘が最大の成功要因だった。

「彼は、若者の意識の集合体なんだよ」

李は言う。集合体とは、個々の若者が持っている感覚を一身に集めているという意味である。これには、本木がアクの強い人間ではないことが幸いした。かつて中学の担任に〝中の中〟の生徒と評された彼は、よけいな個性に邪魔をされずに、若者の感覚を映し出す鏡になれたのである。

そして、本木は、このCMの出演を通して、まったく新しいメディアピープルとして蘇生《そせい》したというイメージを大衆に植えつけることに成功した。

李のCM出演を、元アイドルから脱皮するためのきっかけとすると、ダメ押しは、『ファンシイダンス』と『シコふんじゃった』の二作品で本木を主役に据《す》えた、若手映画監督の旗手・周防正行《すおうまさゆき》監督との出会いにある。本木は、前作では頭を丸坊主にし、後作ではまわしひとつで裸の尻《しり》をさらした。どちらも、元アイドルなら敬遠する行為だ。

「だからやったんです。他人がギョッとするような変身をとげるという行為に、とにかくワクワクしたんです」

子供の頃、まつ毛を根元から切り取って変貌を楽しんだ本木はこう語り、周防は言う。

「僕はその二作品で、今を撮ることにこだわりました。原《はら》宿《じゅく》や六本木《ろっぽんぎ》にあるまがいものの〝今〟ではなく、若者がたった今経験している時間を切り取りたい。本木には、それが可能な感性があったんです」

李泰栄と周防正行。〝今〟を捕捉《ほそく》することに人一倍の熱意を燃やすこの二人の創作者との出会いは、本木にとって長年の〝変身願望〟を解放する好機にもなった。

李のCMシリーズ最終回は、九通りの衣装をまとった九人の本木雅弘がひとつの食卓を囲みジャワティを飲むという設定で撮影された。本木はBGMの音だけを頼りにして、別々に撮影した九人分の動きをみごとに連続させてみせた。

ヌードからトレンディドラマまで揺れ動く若者文化を映し出す鏡

李は言う。

「複数の自分を同時に演じたいという欲求は本木だけでなく、若い世代に共通したものなんです。彼らにとって、自己像がひとつでなくてはならない必然性はきわめて薄い。たとえば極端な話、男と女という性別も彼らは超えてしまうのです。ストレート（異性愛）とゲイ（同性愛）という性向の別も同じです」

李は、撮影の後半で、本木がこう尋ねたことを記憶している。

「李さん、僕のことゲイだと思ってるでしょ？」

美少年アイドルとして出発した彼には、以前からその噂《うわさ》が根強かった。李がたじろいでいると、本木はこう続けた。

「みんな僕のことをゲイだと思ってるんだけど、本当はね、違うんだ。僕は、ただ、ゲイのふりをするのが上手なだけなんだよ」

ゲイであることは、若い世代の意識の中においては絶対的な醜聞《しゅうぶん》ではない。彼らにとって、それは、風変わりではあるがひとつの文化だ。そして、本木にとっても〝ゲイのふり〟をしてみせることは、複数ある自己像のひとつを演じることにすぎないのである。

だが、本木にとって最大のリスクもそこにある。ゲイのふりまでも、自己表現のひとつに加えてしまう過激さは、たしかに彼から元アイドルの残滓《ざんし》を払い落としたが、同時に、それは、大衆をターゲットとするメディアには規格外すぎる側面を持つ。

実際に、李のCMシリーズの四本目はクライアントの不興をおおいに買った。そのCMで、本木は初めて化粧をしたのである。濃いアイラインを引いた横顔を見せた本木が、一瞬、正面を振り向くと、それまで隠れていた側の耳に大きな白い花が挿《さ》されているのが見える。正面をみつめたまま、本木はウィンクをする。それがCMの最後のシーンだ。

李は、今後、このような映像は撮るな、と担当者から強く念を押された。一方、本木自身は、もっと過激でもいいのに、と言った。本木は、アイドル時代には見せなかった過激さへの欲求を、すでに隠さなくなっていた。

だが、彼が生き残るためには、その過激さを、ほどよく緩和《かんわ》するバランサーがあきらかに必要だ。その方策として選ばれたものが、テレビのトレンディドラマの主役である。

「本木はマイナーとメジャーの双方を揺れ動いていくことが必要なのです。どちらか一方に偏《かたよ》ったらだめなんだ。若い人たちは、本木自身をというより、本木が両極端を揺れることを面白がっているんですから」

本木のマネジメントを行っている、㈱フロム・ファーストプロダクションの小《お》口健二《ぐちけんじ》はこう解説する。本木は独立後、自分が役員に名を連ねる個人会社を設立するとともに、芸能活動の管理を小口に一任してきた。小口は、かつて郷《ごう》ひろみを育てあげ、彼の結婚とともにマネジメントから撤退した敏腕でユニークな人物として名を馳《は》せている。

その小口が強く推進してきたのが、過激なマイナージャンルと、大衆受けするメジャージャンルの間を交互に揺れ動くという戦略である。

本木は八九年から現在まで、映画出演や小さなライブコンサート活動と、トレンディドラマへの出演を交互に繰り返してきた。九一年には写真家・篠山《しのやま》紀信《しん》が、本木の射精の瞬間の表情を捉《とら》えた作品を含む写真集を出版したが、その年の暮れには宮沢《みやざわ》りえとの淡いキスシーンが売り物のクリスマスドラマに出演した。

本木は現在、女性誌のアンケートで〝好きな男性〟の二位、三位を占める存在になっている。小口がしかけた本木の〝揺れ〟は、若い世代の意識や感覚と同調《シンクロ》することに成功したのだ。

本木と小口の意見は、今のところ、一致している。だが、小口は、いつか本木が〝揺れ〟を嫌い、本来、彼が好むマイナージャンルに埋没する可能性は小さくないと考えている。優秀な人材とは、同時にリスクの高い商品でもある。それが、芸能界で四半世紀をすごしてきた小口の実感なのだ。

「彼が揺れをやめたとき、それが、僕との別れでしょう」

小口はこう言い、本木は自分に言い聞かせるようにこう語る。

「この仕事は、自分の本心ではなくて、本心にみせかけた何かを演じる仕事なんだ」
八月初旬、本木は実家近くの飛行場でドラマのためにスカイダイビングの撮影を行った。パラシュートを背負った彼はヘリコプターから飛び降り、空中を大きく左右に揺れながら、故郷に土ぼこりをあげて着地した。

（「AERA」一九九二年十月六日号）

村西とおると黒木香

めだたない商店街の入口にある喫茶店の窓際のテーブルが彼女専用の席だった。こぶ茶の茶碗を前に、彼女はいつも姿勢正しく座っていた。

窓際といっても、太陽の光が、彼女の顔や膝を照らし暖めることは物理的にありえない。喫茶店はアーケードビルの中にあり、窓の外を照らすのは、水族館の照明を思わせる青味がかった人工光だ。

そして、テーブルをはさんで座った彼女は私より五歳も若く美貌で装いもこらしているにもかかわらず、やつれかたが尋常ではない。

生活が不規則なせい、この二年間、ほとんど誰とも会話をかわさない孤独な生活をしてきたせい、といろいろ推測はできるが、このやつれかたは妙な譬えであることを覚悟でいえば、一種の所帯やつれに近いと感じた。

妙な、というのは、彼女が〝所帯〟などという言葉からもっとも遠いところにいる女性と考えられていたからである。彼女は、AV女優・黒木香。近著『旬の自画像』では、まず彼女の稿を最初に置き、最後の一文も彼女でしめくくった。彼女の傑出した存在感によって、本の枠組みを補強したといえば話は簡単だが、正直なところを言うと、この所帯やつれした女性を前にして何度となく話を聞く立場となった私の心中は、それほど簡単でもなかった。

同情は感じなかった。感じてほしくないと黒木自身が強く望んでいたからである。彼女は意地っ張りといってよいほど頑固で、東京山の手の裕福な中流家庭で育った人間特有の矜持の持ち主だった。要するに、みっともないことが、なにより嫌いなのである。

だが、黒木を取材するたびに、一種、怖れを含んだ哀感は増した。彼女が、かつて〝亭主〟であった村西と、その〝女房〟であった自分の話をせずには終らせないからである。

彼女は彼の妙な癖についてあかず語った。彼女が出演した討論会のビデオをベッドサイドで幾たびも再生しながら交わったこと。経営はとうに破綻しているのに、年越しそばを食べに行った店で、有名時の名刺を扇状にテーブルの上に並べて見せたこと、同じ時期、経営が破綻して夜逃げ状態なのに、黒木だけはきちんとしたホテルへ泊めるといってきかなかったこと。彼女と別れたあと、写真誌のコーディネートにより、何も知らない村西が喫茶店に入ってきて黒木をみとめ、怖れるように一番遠くの席に身を縮めようとしたこと。

「おかしな人よね。そう思うでしょ」

彼女は時折、私に同意を求めた。私は曖昧に下を向いてやりすごしたが、村西が〃おかしい〃とは思わなかった。〃男の子〃というものは、そのようにしか女性とつきあえないくせに、男に成長するまで恋愛を待てないものだし、その幼さにつきあっているうちに女性は美しい生き物から、所帯やつれした女房へと変わっていく。黒木のような浮き世を離れた生活をしていても、その過程には抗いがたいのだ。私はそれを怖れ、また哀しんだ。

とくに、ビデオをみつつ性交するという習癖は、村西ならぬ多くの男に通底していると、不遜を承知で推察する。男の性衝動は、女体以外の、いわばマルチな視的刺激と物語り性を必要とするのだ。そしてその〃性〃を虚妄ではないかと黒木は感じるのだが、彼女の所帯やつれは多分、その時点でひきおこされた。

所帯やつれとは、言葉をかえれば、男女の文化摩擦の爪痕、なおらない傷なのである。

彼女は一度だけ私の前で泣いた。

「私があの人にあまりにも柔順だったので、きっと、あの人は転落したんですよね」

一呼吸置いてから、私は言った。

「黒木さん、人にはやってはいけないことがあるでしょう。人は人。自分は自分。他人を思いやりすぎることは一種の罪なのですよ」

黒木は即座に涙をひっこめた。

それからしばらくして、私は長いアーケードを抜け、一人暮らしのアパートへ帰った。

（「現代」一九九五年八月号）

村上氏の方法論
～村上春樹『アンダーグラウンド』を読む～

私はこれから村上春樹氏の著作『アンダーグラウンド』からひとつの要素を盗ませていただく。盗むという表現が強すぎるなら、借りる。拝借するのは方法論だ。

『アンダーグラウンド』で氏がとられた方法論について自分なりに把握したものは次の通りである。あまりにも非日常的な場面に当事者として遭遇したとき、無名の人々はそれをどのような自分史に置き換えて物語っていくのか、その聞き書きを本文に置く。そして、話の聞き手である自分が、他者の個人史といかに対峙するかを説明する文章を序とし、自らの問題意識と主題との関係性を語る文章を結文として、両者で本文を挟み込む。

方法論を借りるにはわけがある。本書はオウムという劇的で大きな〝事件〟から、サリンによる被害者の個別性を引き離すという試みにおいては、〝非事件〟性をめざした作品だといえようが、氏がノンフィクションをものすることは否応なく〝事件〟だからだ。

本書刊行直後、私は地下鉄丸ノ内線の一車両内で三人の20代前半の女性が本書をむきだしで持っている場面を目撃した。思わず、これは事件だ、と呟いた。

しばらくして、もしこういう〝事件〟に直面したら、他の人はどう反応するだろうと考えた。そのとき、他者として想定したのは何人かの編集者、記者の人々である。編集者、記者は作品に第一次遭遇することを職掌としている。様々な資質の人が混在するのは当然だが、共通して求められるものは、最初の読者（ファースト・リーダー）としての、常識的かつ予見的な目である。彼らが、『アンダーグラウンド』という〝事件〟との遭遇をどのように語るか、聞いてみたいと思った。そして、その聞き書きをアンダーグラウンドの構造を模して構成することによって、本書を検証できないかと考えたのである。このような遊戯的試みを思いついたのも、本書刊行の〝事件〟性と、その方法論がまとっている意識的な〝非事件性〟のギャップに触発されたためだということはお断りしておく。

以上、序文。本文に移る。

話を聞いた人々は計13名。職掌柄を考え、プロフィールは伏せる。質問は統一した。

もし、この原稿を村上春樹氏ではなく、無名の書き手が完成原稿として持ち込んだら、あなたはどのように対応しますか？

「出版しない。貴重な記録だけど、村上春樹が書いたところにひとつの驚き、出すべき理由があるから。ただし記録としては残したい。どこか別の会社が出してくれないかなあ。苦しいところだな。記録性はすごいものね。現代版『きけわだつみのこえ』だよね」

「え、出さないという人がいるの。それは驚きだな。僕なら両手《もろて》あげて出しますよ、誰が書こうとね。だって、オウムの事件報道にはこういう人間の〝顔〟みたいなものが一番欠けていたじゃない。オウムのエキセントリックさだけが強調されて、〝そこには人がいたんだ〟ということは忘れちゃってたでしょう。そこに人間の顔を、素顔を、肉声を出してくれるんなら、誰が書こうと問題じゃないよ」

「反射的に、阪神大震災の報道と比べてしまいますね。震災のとき、こういう本っていっぱい出ましたよね。でも、オウムのときにはなぜか出なかった。その最初の本として出すという意義は大きいと思いますけど」

「出す出さないより前に、序章がエクスキューズとして読めてしまうのが気になるな。ノンフィクションだったら、こういった説明をすることはルール違反になるんじゃない？」

ルール違反とは一概に考えられないと思う。ノンフィクション・ライターも、というと語弊があるなら、私は自作の中で方法論について弁明しないわけではない。ただし、問わず語りに、である。氏が採ったようなあからさまな説明はしない。問わず語りに行う説明を、健気な痩せ我慢とるか、単なる勇気のなさ、物書きとしての跳躍力欠如と受け取るかについては意見があいなかばするだろう。

「質問が非現実的すぎるよ。だって、これ、村上春樹以外には誰も書けない本ですから」

「村上さん以外は書けないって意見には賛成だね。でも、ノンフィクション・ライターの人でやられたと思ってる人、多いと思うよ。ね、やっぱり悔しいでしょ、正直なところ」

悔しいだろうか、私は。いや、もっと別の、もっと複雑な感情のような気がする。

「出す。出すことは出す……けれども、村上さんじゃないなら、文章を大幅に切ってくれというね」

「切るっていう意見の人がいます？　同感だな。あの厚みで著者が無名だったら採算があわないね」

「その質問にはあまり興味がないんだよ。イフ、はありえないから。むしろ、こっちから質問したい。あの厚みって、村上春樹さんにとって、何か意味があるんだと思う？」

あると思いますね。とにかくケタ外れの作品を作りたいという意志を感じます。

「ケタ外れ？ それ、違うんじゃないですか。たった60人でしょ。サリンの被害者は4000人近くいるじゃないですか」

しかし、60人も4000人も相対的な数字ではなかろうか。要はその60人の描き方にあるのではないだろうか？

「うん。そりゃね、でもなんだか、おまけ欲しさに、キャラメルを買って中身は捨てちゃったという感じがするんですよね」

「この本、インパクトがありますよ。村上春樹氏がこれを書いたという点において。どういうインパクトかというと、身も蓋もない言い方をしちゃえば、僕は序章と終章の通俗性に驚いたんだよ。え、村上さんって、こんなに通俗的だったのって。もし、別の人が持ち込んだらどうするか。少なくとも終章は切るでしょう。この本をどう受け取るべきかまで書くな、と。それは読者にまかせよ、とね」

「私、村上さんって、いわば魅力のあるオタクだと思ってたのね。なのに、この本は中途半端に外側に開いているよね。だから別の人が書いてきたなら、閉じるか開くかどっちかにして下さいって言うわね。現代版『きけわだつみのこえ』だっていう人がいる？ それは違うんじゃないの。太平洋戦争に駆り出されることって、ある意味で平等体験だったんでしょ。でも、サリンって偶発的な悲劇なわけだよね。本質的に違う事件だと思うよ」

『きけわだつみのこえ』ではないね。同じ無告の民を扱っているとはいっても。だって戦争ってその人の戦争以前、以後の人生を否応なく変えてしまうでしょ。村上さんは、サリンも同じようにその人の人生の以前、以後とつながると考えて、60人の被取材者のプロフィールを聞き書きの前につけたのだと思うけれども、サリン以前とサリン以後が直結している人も一部にはいるが、以前、以後が断絶している人もいるんじゃないだろうか。

　言いたいことはいろいろあるけれども、ひとつに絞っていえば、僕は原稿を持ち込んだ人に、こう言うと思う。サリンを書かれるなら、やはりオウムも書かれるべきですよ、と。サリンをオウムから切り離すのは、なんといってもディタッチメントですよってね」

以後、結文である。

ある事件についての個人的感慨をあるがままに聞き取る作業は面白かった。理由は、あるがままに聞くことはビビッドな経験だが、描くことは無理だとわかったからである。13人のビビッドな発言は私の意図のもとに並べられ、綴られた。文字として書かれたものは、例外なく作者の恣意的な産物であると、今まで常識として疑わなかったが、あらためて検証してみると新鮮な思いである。序文に方法論の説明をいれるという試みも、あえてやってみればスリリングだった。

アンダーグラウンドが持つひとつの意義は、この〝掟破り〟の面白さである。それが本書を事件化させた要素だと思う。その上で、本書をどのような秤に乗せるか。

細かい争点は序章の説明や、終章で繰り返される、あたかも処方箋めいた読解についてのガイダンス、〝あるがまま〟の言葉は真実かなど多数あろう。だが、実のところあまりそういった点には興味がわかない。あくまでも極論的にではあるが、こういう書き方も面白いと思う。とりわけ問題喚起力において、本書の〝掟破り〟が有効であったことは、13人もの出版現場の当事者が熱心に、ときには興奮をまじえて話を聞かせてくれたことでも証明可能だと思う。

ただ一点、なんとしても質したい点がある。著者はサリンの被害者の取材を進めるうちに、それを受け入れる器としてノンフィクションを発見したのだろうか。それとも、あらかじめノンフィクションという方法論を実験的試みとして定め、予定された方法論の上に、もっとも適した主題としての60人の聞き書きを滑走させたのだろうか。この一点だ。

ふたつの立場は互いに相いれない。はたして、どちらを選ぶか。それは書き手の立脚点を正面から問うものである。小説と非小説の違いは、この疑問の前においては無意味だ。この問いは文字を扱う人すべてを貫く、究極的な二者択一だと思う。

そして、私は氏は、少なくとも本書においては後者の立場をとったと推測する。

もちろん、誰がどの立場をとるかはその人の勝手である。だが、もしこの推測が当たっているなら、率直に言って私は残念だ。私は10代終盤から氏の作品を読んで育った。私があと15年遅く生れていれば、私は地下鉄の中でアンダーグラウンドをむきだしで持っていたかもしれない。その経験から私は世上言われるように、氏が内閉的だとは思わない。氏は書くことの力を十二分に知り抜いているという意味においてむしろタフな外交家であろう。

だから不思議なのだ。氏はなぜ事実にあたるときに、このように過剰防衛気味の方法論の中に立てこもる必要があったのだろうか。そして、個人の記憶に触れることを、なぜ、これほど怖れるのか。記憶が傷そのものであることを、生きることは他傷行為にほかならないことを、誰よりも氏は知っているはずなのに。

氏は終章の最終行にこう書く。

「私があなたによって与えられたものを、あなたのもとにそのまま送り届けることができれば」

私はこう応答しよう。私はたしかになにものかを受け取った。その〝なにものか〟を抱いて、私は別の道を歩いていくだろう、と。

（「文学界」一九九七年六月号）

人間の心の不思議、多様さを見つめる心が不足していた

～神戸連続児童殺傷事件「少年Ａ」の手記を読んで～

被害者のご遺族に対して無神経な物言いになることは承知しておりますが、この手記を第三者として読んでの発言です。

手記からは、そう特異でもない、普通の両親の姿が読み取れます。万引きや飲酒など、あえていえば子供から青年に至る一種の通過儀礼のような非行に対する親の怒り方も、異様とは思いません。

また、手記の最初の方での父親の日記には、他人に対しての適度な距離感が現れていると思います。「愛情に欠けていた」と報道されてきた母親（彼の妻）は、厳しいというよりも、「融通が利かない」印象と記されている。たしかに母の躾ぶりはお役所めいているとは思います。

もし、問題があったとするなら、その心の融通のなさ、視野の狭さではないでしょうか。子供とはこういうものという像が固定されていて、そこからはみ出す行動には、感情的なセンサーが感知しなかったようです。だから、少年Aが自ら示す異常さのサインに、なかなか親が気づかない。

たとえば、私が、最初に驚いたのは彼の言葉です。

神戸育ちの私からすると、A少年が「母さん」「父さん」と呼ぶのは奇妙な感じです。「おかぁん」「おとぅん」と言うのが普通だから。また、弟たちと違って彼だけ丁寧な話し方で、「お兄ちゃん」ではなく名前で呼ばれたがったと書かれています。そこには家族との遠い距離感、すでに家族とは他人となってしまった心理がある気がします。

事件前の「しんどい、しんどい」という少年Aの言葉も、標準語の「ダルい」よりずっと深刻なニュアンスだと思います。何事も「しゃあない」で済ませていく神戸人が、にっちもさっちもいかなくなって口にするのが、「しんどい」。これは既に抑鬱状態の兆候のように思われます。

その後、不登校になりますが、あの悲惨な事件を起こした後、彼は少し元気になっていたようです。皮肉にも、人を殺すことで抑鬱から抜け出してきたのでしょう。

その息子を見て、好転の兆し、と母は嬉しく思っているんですね。「もしかしてウチの子が事件を？」というセンサーは、まったくはたらいていない。床下の猫の死骸や、斧と結び付けることなど、思いもよらない。

小児神経科で、精神・知能に異常なしと診断されたときも、母は「頑張ればちゃんとできるんよ」と学校生活に重点を置いている。知能のレベルではない自分の異常に、すでに気づいているA少年と、冷たいわけではないが、なにか人間に対するセンサーが不足している母のすれ違いを感じます。

父親に関して言うと、少年Aの部屋からアダルトビデオが見つかったとき、父親は家で友達と見ないで「見るなら、父さんと今いっしょに見よう」と言うわけです。同性である父と子の関係としては少し奇妙だと思いました。

また、逮捕後、「ウチの子に限ってやるはずがない」と思う親はいる。これはごく普通でしょう。しかし、少年Aの母親は、逮捕後も、「(一般的に〈筆者注〉)子供にそんな酷いことが出来るわけがない」と思っている。でも十四歳は、日本を一歩出れば、妊娠や結婚も可能な、大人扱いされる年だということは確かです。

それに、子供はけっして無垢な存在ではない。子供は、残酷で無謀で、それが陶冶《とうや》されて大人になるものだと思います。子供だから酷いことが出来るとも言える。これは私たちやマスコミも含め、忘れがちなことですが。

少年Aの母親は、愛情が足りないのではないと思います。ただ、人間の心というものの不思議さや、多様性を見つめられない人だった。自分たちは絶対に正常だと信じて疑わないから、事件が起きても「もしかするとAが……」という可能性に思い至らなかったのでしょう。

でも、注意すべきは、成育環境によってA少年が殺人者になったのではないこと。もっと目茶苦茶な親はいるけれど、その子供がみんな犯罪者になるわけではない。やはり、少年A固有の問題がもっとも大きいと思います。

精神障害についても、冷静に読んでいただきたいと思う。「神経科に連れて行ったことが、自分は異常とAに思い込ませたかも」というのは、あくまで手記であって、一般的に正しいわけではない。子供がおかしいという変調を感じたら、病院の助けを借りていいんです。

「自分のような人間は生まれて来なければよかった」という少年Aの言葉は、もう普通の子供に戻れないと気づいていて、早くそれをわかってほしかったという、彼の本音ではなかったか。私見ではありますが、そんな気がします。

でも、この残酷な事件がなぜ起きたのか、A少年の心がどう飛躍したのかは、やはり謎が残ります。それは、両親にとっても大きな謎のままでしょうし、私はそれを追っていきたいと思います。

(「週刊文春」一九九九年四月八日号)

エッセイ

酔っ払いの〝息子〟

父が好きな言葉は〝ルーザー（敗北者）〟と〝ウィナー（勝利者）〟である。

嫌いなものは、馬鹿者だ。

馬鹿とは、知能や学校での成績や、会社での業績のことを言っているのではない。実際私は英語の最初のテストが二点、などという稀有な子供だったが、その種のことで怒られたためしは一度もなかった。要するに、ものごとに対する感度が低い人間、責任をとるべき時に逃げる人間が父にとっての馬鹿なのだ。

そして、私にとっての父を、一言でいうなら変人だ。それも相当の変人である。

たとえば、数年前、まったく経費なしでアメリカ西海岸の三か所をまわりながら、二週間以上、取材をしなくてはならないはめに陥ったことがあった。これを具体的に説明すると、ディスカウント・チケットを自分で手に入れ、空港からモーテルまでの乗合バスの運賃交渉を、昔、二点をとった英語（正確には米語）でやり、モーテルの性格の悪いマネージャーと罵りあって部屋代を電話料込みで一日三十五ドルまで値切り、移動用のレンタカーと運転手を一人で探すということだ。

不測の事態における神経の図太さだけは、他人に誇れる私も、さすがに参りそうだった。そのとき、偶然父が一人暮らしの私に電話をかけてきたので、めったにないことなのだが、不安を口にした。

そのとき、父はこう言ったのである。

「何も収穫がなくても生きて帰ってこい。そうしたら、あんたはウィナーだ。なぜなら、次のチャンスがあるんだから。だが、どんな収穫を得ても、死んだらあんたはルーザーだ。死んだあんたを笑う人間はいても、悼む人間はいない。とにかく生きて帰ってこい」

父の言葉を聞いている私は、なにやら出征兵士に仕立てあげられた気分だった。その五日後、出征兵士はアメリカ上陸を果たし、そこそこの成果をあげ、そこそこのウィナーとして帰国したのである。

父が初めて海外に出たのは四十五歳、私は三十四歳。どちらも若いとはいえない。父もおそらく、出征兵士の気分だった時期があるのだろう。

とはいえ、ある違和感が父と私の間に、抜くに抜けない

刺のように存在していることは子供の頃から感じていた。親子と言っても他人同士だから当然のことだが、私は、

「人生のウィナーとして生きろ」

と主張する父と、父が嫌う〝馬鹿者〟に対する父自身の態度の食い違いに納得がいかなかったのである。なぜなら、父は馬鹿者に背を向けはするが、戦おうとはしないからだ。

その件に関しては、過去、何回か控えめに尋ねたことはあった。

「たしかに馬鹿とケンカするのは徒労だと思いますが、どうしても戦わなくてはならないときというのはありませんか？

もし戦わなかったら、鈍感で責任逃れをする人間が天下をとってしまうのではないですか？　そうしたら、結局、みんなが迷惑を蒙ることになる。それこそ、一番の責任逃れではないですか？　おとうさんは、嫌いな馬鹿者と出会ったとき、どう対処しておられるんですか？」

私が両親に対するとき、理由はわからないのだが言葉遣いだけはやけに丁寧なのだ。少なくとも親に強制されたからではない。

こういう問いに父はいつもこう答えた。

「目の前にいる馬鹿を無視するんだ。そして僕が生まれた土地の柳の枝が鳴る音を思い出す。そして馬鹿者を心の中で消してしまう」


父は中国植民二・五世である。母も外国で生まれた。家系としてはほぼ全員、初期の日本から外国への移民である。たしかに日本の柳よりはるか背の低い中国の柳の枝葉が鳴る音は一種、無常感を感じさせる。

だが、私たちが生きているのは中国ではない。日本だ。父の処世は心の中だけウィナーであり、実際はルーザーではないか。そういう思いが募ったせいか、単に酒癖が悪いためかわからないが、四十歳を越えたある深夜、知人とカバのように大酒をくらった私は両親が住む家に電話をしてしまった。

まず母が出た。その母に言ったセリフを恥を忍んで告白する。

「女じゃ話になんねえ。男を出せ、男を」

どう考えても質《たち》が悪いオッサンの物言いである。母は茫然として狭い家の中を見回したことだろう。両親は二人暮らしである。家の中にいる〝男〟は自分の夫だけだ。だから、彼女は夫に電話を渡した。

「今日だけは、男と男の話をしようや」

そう言ったことを私ははっきり覚えている。

なんということか、熟睡中に起こされた父は、それをはっしと受け止めてしまった。

「ようし。それなら、男と男として話をしてやる。言いたいことを言え」

そのあと、何を喋ったのかは、酔いのため記憶にない。事実として言えるのは、電話線のこちら側とあちら側で、寝ぼけ眼の父と大《おお》酔っぱらいの〝息子〟が訳のわからないことを怒鳴り合っていたということだけである。

翌日は当然のように仕事机の上につっぷして、なんとか父が昨夜のことを忘れてくれないかと祈っていた。だが、数か月後に電話したところ、父は〝覚えている〟と小声で答えた。また、私同様、〝男と男の話をしてやる〟と言ったところまでで、あとは寝ぼけていて、何を話したのか全然わからないと言った。

「申し訳ありませんでした」

私は謝り、父は苦笑していた。

その父に、昨年末、東京の夜景を見せようと都心のホテルに宿を取り、最上階のバーへ誘った。父はトム・コリンズを頼んで、窓越しに見える景色に一心に目をやっていた。

「本当に都市というのは奇妙に綺麗だね。君と、こんな夜景を見るとは思わなかった」

しばらくして父は呟いた。

彼は今年で七十九歳になる。

（「ミセス」一九九九年六月号）

お菓子とおっぱい

子供のころ、大鵬と柏戸とどちらが好きかと聞かれると躊躇なく柏戸のほうがよいと言った。理由は、柏戸の醜名《しこな》に、菓子に通じる〝音〟が組み込まれていたためだ。当時、私は相撲をラジオを通してしか知らなかった。

テレビが普及したのは昭和三十三年と言われているが、普及の程度には格差があったようだ。家にテレビが運び込まれたのは、他より遅い昭和三十九年のことで、それまで、相撲はもっぱら耳で聞く娯楽だった。

放送が始まると、茶の間のたんすの上に置かれたラジオを仰ぎ、アナウンサーが実況中継する相撲の〝音〟に集中する。それが、相撲場所がある時期の夕方の習慣になっていた。

取り口についてはよくわからなかった。

「のこった、のこった」

と行司が畳みこみ、実況中継の背後に館内のざわめきが重なる。ざわめきが大きく盛り上がった瞬間に勝敗が決まり、勝ち名乗りがそれに続く。相撲の勝負とはそういうものだとおおざっぱに思っていた。

共働きの家庭だったので、上手出し投げとはどんなものか、けたぐりとはどういう技かについて説明してくれる大人はいなかった。そのため、勝負はだいたいみんな同じような〝音〟として聞こえ、私に区別がつくのは、力士の名前だけだ。柏戸も好きだったが、若秩父という力士も好きだった。おっぱいに通じる〝音〟が名前に含まれるからだ。

千秋楽という〝音〟を聞き取ったのは、おそらく、五歳のころだ。その耳慣れない言葉の意味を考えていたとき、アナウンサーがこう言った。

「今日、千秋楽をもって相撲は終わります」

千秋楽は日曜日だ。家の中に大人の姿を探し歩き、父が玄関で工具の手入れをしているのを見つけた。

「相撲は、本当に今日で終わってしまうの」

泣き出しそうなのをこらえて父にこう尋ねた。千秋楽とは、今後、いっさいの相撲興行が消滅する意味だと誤解したのである。父は下を向いたまま答えた。

「そうだ」

私は上り框に座り込んで涙を流しはじめた。柏戸や若秩父という好ましい〝音〟をもう聞くことができないという事実に絶望したのだ。

数分後、顔を上げた父が、何をいつまでも泣いているんだと質した。そして、わけを説明すると、誤解を解いてくれた。

私は、茶の間に戻り、再びラジオを見上げた。そしてラジオとは、千秋楽を迎えても、来場所には新たな相撲の取組みを再生する不思議な機械だと感嘆した。

数年後、テレビが家にやって来たことによって、相撲を聞くという習慣は急速に失われた。見る相撲は、聞く相撲より、刺激の稀薄な娯楽だと思えることもあったが、収穫もあった。テレビによって、若秩父の胸が想像どおり大きいことがわかったのだ。名は体を表わす、という意味を私は若秩父から学んだ。

（「ミセス」一九九二年十月号）

初めての外国、初めての〝町〟体験。

子供の頃から変わらぬ癖がふたつある。本屋に入るとおなかが痛くなる。外国の町へ行くと、なにはさておきものを口に入れないと落ち着かない。

本屋に関しては緊張性大腸過敏症の類だと思う。ものごころついてから、ずっと本が好きで、好きなあまりその前に出るとあがってしまうらしい。なにしろ思慕の対象が棚にずらりと並んで私をみつめているのである。

いったん本屋を出て深呼吸するとだいたい痛みはおさまる。それでもなおらないときには、平積みの本のページを通りすがりにわざと乱暴にめくったりして神経をなだめる。

最初に外国でものを食べたのは『まんしん』という店だ。一九六六年、兵庫県神戸市東灘区にあったおはぎ屋である。誤記ではない。神戸は、関東生まれの私にとって外国に等しい関西の町だった。

『まんしん』は港までのびる国道沿いに店をひらいていた。阪神電車の駅から歩いて十分、新しい住まいである社宅から五分の距離にあった。

『まんしん』に行ったのは、引っ越し荷物はトラックで先送りし、手荷物だけ持って駅についたその日の午後遅くである。生まれて初めて箱根を越え、国道をとぼとぼ歩いて、おはぎ屋に入った。おはぎに執着したわけではないと思う。駅から社宅まで、たべもの屋といえば『まんしん』一軒きりだったのだ。

そして、『まんしん』でおはぎではなくきつねうどんを食べた。これは、おはぎ屋にたまたまうどんのメニューがあったというより、乱暴に言い切ると、関西の軽食屋はうどんを食べさせる場所にほかならないのである。おはぎにしろ、かき氷にしろ、うどん以外のメニューは、いわばつきものにすぎない。

ところで、当時の私にとってうどんとは、醬油の汁が麺に半分染み込んだしょっぱい食べ物である。対して、関西体験初日に食べた『まんしん』のきつねうどんは、熱い海水のような無色のつゆに白いうどんが浸り、上に砂糖濃縮液で煮たのかと疑わせる甘い油揚げが乗っているものだ。

油揚げを一口齧《かじ》って自失し、隣のテーブルについた客が、おはぎをおかずに素うどんをすするのを見たときには、齢十歳にして人生の不幸と興奮をともに実感した。

これが私の初めての外国、初めての〝町〟体験である。

以来、初めての場所に行くときには、必ず何かを口にする。違和感があってもかまわない。というより、知らない町の食べ物は、おおむね想像を絶する味である。

だが、それを食べ終ったとき、私はなにがしかの征服感を手に入れる。一勝負ついた、というような気分でもあるし、腹痛を抑えて平積みの本のページをめくるときに似た感情でもある。その儀式を終えて私はようやく町に出る勇気を得る。

『まんしん』を出た日、店の前の国道はすでに淡く夕暮れていた。

（「マルコポーロ」一九九四年七月号）

小学校はけっこう熾烈な政治力学が働いている

私はかつて大変恥ずかしい小学生だった。小学校は三回転校している。神奈川で二年、千葉で二年。小学校四年生で箱根の山を西に越え、神戸市立魚崎小学校で卒業の年をむかえた。

ある学校の校歌と級友の顔を覚えたかと思うと、慌ただしく次の学校へと去っていく股旅者のような小学生だったので、処世が実に姑息《こそく》なのだ。

古い学校を去るときには、

「別々の学校になっても一生懸命勉強しましょうね」

と赤面ものの紋切り型挨拶を残し、新しい学校では、

「一日も早くクラスの中に溶けこみたいと思います」

と社交辞令しつつ、この組の〝アタマ〟を早く探し出して手打ちせにゃあ、などと考えていた。心理は、まるきりチンピラのおやじさんである。

その地方の方言を素早く覚え、三日たてば百年前からそこに居ついている風情だったが、一方では新参者の分限をよくわきまえて、権力闘争の場である学級委員選挙や、人気のある委員選挙には極力関わらないようにつとめた。小学校はああみえて、けっこう熾烈な政治力学のもとに置かれている。

結局、魚崎小学校でついた役職は、校庭の隅で飼われていた情操教育用のアヒル五羽の飼育委員くらいのものだ。アヒルの喙《くちばし》に、紙やすりのような細かい歯が並んでいること、奴らがなかなか攻撃的に噛みつくことをそのとき知った。

生来動物好きだったので、まだ救われるものの、権力との対峙《たいじ》を恐れ、アヒルの檻に逃げ込むとは、なんともいじましい。

さらに、アヒルの面倒ばかりか、よい子が好きな先生がいると、そのご機嫌の面倒までみていた。将来の目標を聞かれて、「なにか、社会のお役に立てる人間になれれば」と答えて、ははは と笑った記憶がある。やれやれ。

だから、とても不可解だ。六年生の冬である。近くの中学校の校庭に同級生の男の子を呼び出して取っ組み合いをした。

たしか私から呼び出した。それにしても、よく素直に応

じたものだ。彼は私に何か弱みでも握られていたのだろうか。

ともあれ、今となっては顔も思い出せない同級生の男の子が歩いてきたところを、校庭のイチジクの木に上って待ち伏せ、奇声一発、上から躍りかかった。この地方にはイチジクが多い。

このプロレスの勝敗は五分五分。判定にもつれこめば僅差で彼の勝ちというところだったか。一時間あまり暴れたあと、

「あ、もう夕方や」

と彼が言い出し、二人とも慎重に服の泥を払って、途中まで一緒に帰った。

「なんや、すっきりしたなあ」

と感想を述べると彼がうなずいたので、またやる？　と畳みかけたら、今度は首を振った。

「もうすぐ中学やから、こんなこと、二度はできひん」

そう？　なんで？　再び尋ねたが、彼もはっきりとした答えを持っているわけではなさそうだった。

次の日、担任の先生に呼び出されて怒られた。前日の取っ組み合いを目撃して先生に密告した、私を上回る姑息な小学生がいたらしい。

「あないなことしよったら、あんた、お嫁に行けなくなるで」

そう叱責されたときも、やはり、なんで？　と首をひねった。粗暴さを咎められているのはわかるが、前日の出来事と私の結婚との間に、いったいどんな関係があるというんだろう。

結局、プロレスはそれきりだった。二ヵ月後には講堂で蛍の光を歌い、卒業記念饅頭というものを貰って帰った。教壇の上に並べられた紅白饅頭のどちらかを選べというのである。

色がついているほうが得をするような気がして、紅饅頭を選び、白饅頭のほうが得だったかもしれないと考え込みながら歩いていて躓《つまず》いた。その拍子に手に持っていた紅饅頭を道におとした。泥まみれになった饅頭はさすがに拾う気にならず、一生の不覚とうなだれて帰宅した。

その後、小学生時代にあまりにも多くの方言を覚えたつけがまわったのか、吃音《きつおん》に悩まされた。姑息な性格についてはやや減じたと思う。動物の扱いについては今も得手、政治についてはいまもって不得手である。

（「週刊文春」一九九四年三月三日号）

東京街道団地

「あなたの育った団地に行ってみたいんですが、どうですか、かまいませんか」

取材メモを見ながら私は聞いた。たしか、東京街道団地というところでしたね、東京都東大和市、西武線の久米川からバスですか。

彼はうなずき、付け加えた。

「かまわないけど、きっとびっくりするよ」

その東京街道団地の停留所に、バスはあまりにも唐突に着いた。扉が開いたとき私は座席からとびあがり、読みさしの本とカバンと財布を鷲摑みにして料金入れに突進した。車窓から、それらしい景色が一向に見えなかったのである。

かろうじてバスから降り、しばらく停留所に立ち尽くして団地のたたずまいに見入った。およそ団地らしくない眺めだ。

トタン板で周囲を囲んだ、屋根の低い平屋が広大な敷地に散在している。家の正面には一坪にみたぬ小さな庭が設けられ、一間幅の掃き出し窓が庭に面している。だから、家をおとなう人は、トタン板のとぎれた入り口から、僅かな菜っ葉などが植えられている庭を通り、沓脱《くつぬ》ぎを踏むわけでもなく、濡れ縁をまたぐでもなく、掃き出し窓をあけて直接家に入ることになる。窓ガラスは往々、大きく破損し、そこに週刊誌を当てて風を防ぐ家もあれば、ベニヤ板を当てる家もある。

団地はいくつかの大きな道で仕切られ、その道を歩くと平屋の棟棟を越えて、激しい風が吹きつけた。

東京街道団地は、昭和三十六年から三十八年にかけて、東京都が作った簡易耐火住宅群である。入居対象者は、当時、激増しつつあった地方出身の低廉賃金労働者だ。

「高層の団地はありませんか」

団地を散歩していた女性に聞くと、彼女は南のほうをさした。平屋の棟がとぎれるかなたに、ずんぐりした建物の塊が見える。それが高層団地だと言うのだ。

彼は、四階が最上階の〝高層〟団地の一棟で育った。団地の停留所のベンチにはスプレーペンキの字が、当時の極彩色は失ったものの、こう読み取れる。ブラックエンペラー東大和連合。

東京街道団地は、十年前、あまりにも悪名高かったこの暴走族の発祥地で、彼も、またその一員だった。

彼は稀有な少年だった。〝族〟の一人だからではない。ブラックエンペラーの発祥地では、それはありふれたことだ。稀有なのは、彼が同性愛者だからである。彼は東京街道団地で思春期を迎え、暴走と同性愛のふたつの本質を得て育った。

彼は、私の被取材者である。十八歳で団地を出て、二十歳で同性愛者による市民運動団体を組織した。パンクロックとマルコムXと野球が好きなこの青年と私は、同性愛者の人権をめぐる裁判を通じて出会った。

私より九歳年下の彼は、異性愛者の私にさまざまなことを教えた。異質とは何か、性とは何か、家族とは何か、などである。

彼がいまだ解答を得られない疑問については、二人で考えた。人間はなぜ差別する動物になるのか。そんなことについて考え続けた。

そのうち、不思議なことがおこった。属性から考えれば共通項がない私たちの間に、ときおり共感としか呼びようのない感情が泡立つのである。それが小さな泡沫から、否定しかねる揺動に変わるまで時間を要さなかった。

私は警戒した。同性愛者として苦しみ、異性愛の社会を憎み、その憎悪によってさらに傷つきながら生きている青年を、安易に理解したつもりになっているのではないか。およそ、傲慢というものだ、それは。うろたえつつ、自責した。だが、なお感情は否定できなかった。

彼の育った土地を見ようと考えたのは、その疑問が解けるかと一縷、望みをかけたためでもある。

私は団地を半日歩いた。昭和三十年代以降のあらゆる開発から取り残され、建築当時の姿で年月を経るままに荒れ果てた団地の、傾いた板塀、破れたガラス窓、穴のあいたトタン板、無人になった空き家に見入った。

それは、まさに私が育った時代の風景だった。私は昭和三十一年に生まれ、彼は四十年に生まれた。昭和四十年以降、開発の波は都心を洗い尽くし、町の様相と住民の心象を一変させた。一方で、最辺遠には開発から見離され高度成長期以前で時をとめた町が取り残された。たとえば、東京街道団地である。それは、都市の空洞には違いない。だが、その〝町〟で私と彼は同じ空気を吸った。同じ殺伐に苛立ち、同じ孤立に怯えた。共感はあながち傲りでもなさそうだ。私は安堵した。

彼はその話を聞いて笑った。

「ああいうところで育ったんですか、本当ですか、ひょっとしてあなたも族だったの？」

ちがったけどね、そうでもよかったかもしれない。私の返答を聞いて再び彼は笑った。

（「現代」一九九三年六月号）

彼らの都

父に銀座の記憶はない。母にはある。

二人とも旧満州で生まれた。父の出生地は大連。母は瀋陽、旧日本名奉天。父の家族はおそらく明治最後期に渡満し、大連に落ち着いた。母のほうは昭和初期だ。

父に銀座の記憶がないのは、新潟生まれの彼の父が東京に縁がなかったからだ。もう少し詳しく言えば、祖父は単に田舎者だったため東京と縁を持たなかったのではなく、積極的に日本と無縁でありたいと念じていたふしがある。そのため、結果的に東京とも銀座とも縁がなかったのだ。

早死にしたので、私は祖父の顔を知らない。またおそろしく偏屈なところがある人だったらしく、父を含む息子たちさえ、祖父と親しく話をしたことはないそうだ。だが、父たちから仄聞する話をまとめると、その結論に落ち着くことになる。

祖父が無縁でありたかったのは、おそらく新潟であり、その農村の長子相続の枠組みであり、また家の貧窮だっただろう。そして、それらすべてを包括する日本から遠ざかりたかったのだと思う。

祖父は、新潟の親戚とつきあいを持つことを妻に禁じたという。故郷の一族が、狭い地域の中で同族結婚を繰り返していることを小声で批判し、妻と見合いを経ずに結婚したことについて親戚が非難するのはおかしいと、これまた控えめに憤ったという。

だが、一方で日本の俚謡を好み、いっそのこと旅役者にでもなっていれば幸せだった、と堅実な処世を送る人物とも思えぬことを口走り、周囲を驚愕させることもあったという。

祖父の人物像をきわめて乱暴に表現すれば、すなわち鬱屈したモダニストであり、モダニストなら誰でもかかえこむに相違ない土着性への愛憎半ばする感情に悩んだ日本人の一人だっただろう。そして、日本から逃れる場として、外国であるにもかかわらず、日本人が圧倒的優位に立つことができた植民地・満州を選んだ人々の一人でもあっただろう。

祖父は太平洋戦争が始まる前年、五十代なかばの年齢で亡くなった。亡くなるさい自分の骨を故郷の墓には納めてくれるな、大連に埋めてほしいと言った。

すでに満州は日本の完全支配下にあり、大連は満州最大の植民都市となっていたが、祖父にとって、その地は日本ではないという意味において外国だった。そして、新潟とも銀座とも無縁な植民地で客死することを望んだ。

一方、母に銀座の記憶があるのは、母の母、すなわち私の祖母にとって、満州が日本だったからである。

祖母もまた地方の人である。広島県で生まれ、東京の学校を卒業した。岡山県生まれの医師と結婚し、当時、医療従事者を優遇した満州に夫とともに移住した。

祖母については覚えている。この人は父方の祖父より長生きし、何年かともに暮らした。

祖母は高菜の古漬けで大量の米飯を食べることを好んだ。コーヒーなどという舶来の黒い液を飲むと、そのうち顔色が黒く変わってしまうよと、真顔で私に説く人でもあった。ハンドバッグを〝はんどばっこ〟と発音した。

要するにまったくモダンではなかったが、銀座だけは好きだった。正確に言えば銀座での買い物を愛していた。

祖母は瀋陽に移住してからも、毎夏、日本に帰った。目的は、東京に行き、銀座の『三越』が並べる商品を眺めながらそぞろ歩く数時間をすごし、『サヱグサ』で子供服を買い込むことにあった。

その服を着て、母は瀋陽の写真館で記念撮影した。母に銀座の記憶があるのはこういうわけだ。

祖母にとって、満州はいささか風景が変わった日本にすぎなかったと私は思う。つねに目は内地に、たとえば、銀座での消費に向かって収斂し、中国への認識は持たなかった。

『三越』は地方人にとって、銀座の象徴である。そこに、毎年行くことができるということは、結局、満州は外国ではないということだ。日本の〝地方〟にすぎないのだ。

父方の祖父と、母方の祖母はまことに対照的な人物だが、両者のメンタリティーは、満蒙開拓団が農業移民案によって東北部に入植する以前、満州の都市部に植民した日本人の二大典型だったと思う。

つまり、同じ時間を生きながら、その植民地の都市には、まったく別々の方向に視線を向ける二種類の日本人が住んだと私は考えている。一方は中国の大地と、両国を隔てる海を通り越してまっすぐに内地へ目を向け、他方は日本に背を向け、中国でも日本でもない空中の一点に視線を据えていた。すなわち祖母と祖父である。

皮肉は、銀座好きの祖母が住んだ瀋陽には『三越』がなく、祖父が住んだ大連にはあったことだ。『三越』は当時、日本が植民地とした満州、韓国に数多い。『三越』があるということは、たとえ風景は異国だったとしても、そこに植民する人々に、そこは〝日本〟だと思わせる効果があったのではないか。つまり植民者が安心して外地に根をおろすための精神慰撫効果があったのではと思う。

大連の『三越』の建物はまだ残っている。名前はかわった。今は『秋林公司』だ。

祖父はその建物を訪ねたことがあっただろうか。彼なら、たとえ訪ねても特別の感慨を持たなかったのではないかと想像する。

そして、もし瀋陽に『三越』があったなら、祖母は毎夏、日本に帰らなかっただろうか。やはり帰ったと思う。おそらく満州と日本の〝銀座〟双方を往来しただろう。

ところで、両者の孫である私は、十年ほど以前、銀座を輪切りにしたことがある。ある雑誌の企画だった。筆者は著名な作家で、私は多忙な作家にかわって取材を担当した。

銀座という街がどういう構造をしているのか調べようというのが企画の発想である。メーンストリートの地上と地下にあるものをすべて調べあげ、街路の断面図を作ろう。そして、輪切りにされた銀座から、街としての特性を探ろうというのだ。

私は銀座一帯にある公衆電話の、電柱の、電線の、街灯の数と種類を調べた。地下ケーブルとマンホールと上下水道についても調べた。

結果、できあがった断面図を、作家はエレクトリックシティ・銀座と命名した。たしかに、銀座の断面はなにやら複雑な機械の内部をのぞくようである。無数のケーブルと電気回路が地下を走り、上下水道は縦横に入り組んでいる。そして、随所に、銀座が明治以来東京でもっとも近代的な都市であったことを証明する電化整備の跡が、まるで史碑のように残されていた。

それはまさにエレクトリックシティの名にふさわしい眺めだったが、率直なところ、私は別の感想を持った。街というものは、細部をいくら調べてみても、むしろ、子細に調べれば調べるほど、その正体がわからなくなるものだなという感想である。

そのケーブルと水路の総体が銀座かと問われれば、答えは曖昧である。そうだとも思い、違うとも思う。祖母が、また祖母に似た、多くの国内外の地方出身の人々が、この街を〝都〟の象徴として思い描いたことを考えると、なおさら答えを迷う。要するに、私は祖父や祖母が抱いた〝日本〟のイメージが把握できるようで、できない。その不可解さが銀座という街への気分に照射されるのだ。

銀座では二回、お酒を飲んだ。二回とも居心地悪さに少し似た、不可思議な緊張から酔わなかった。それが私の銀座の記憶である。


（「銀座百点」一九九三年十一月号）

再会に赤面

大宅壮一文庫は、そこにあって当たり前のもの、たとえば、国会図書館と同じようなものだ。

だが、あまりにも自明のものは、同時にどこにあるか、よく顧みてみないものでもある。けっして最適な比喩ではないと知りながら言うが、毎朝、歯を磨く道具を入れたコップがどこにあるか確然と答えられる人がいるだろうか。しかし、毎朝、とある場所にあるべきコップがなければそれから始まる二四時間がまことに落ち着かないことも確かである。

もう少し高級な比喩をひきあいにだしてみよう。大学生の頃、国会図書館に資料を探しにいきたいとは思ったものの、その所在はあまりに漠としていた。そして、同級生にとってもそれは同じだった。ある人は、〝国会議事堂のそばなんじゃないの〟と言ったし、別の人は〝永田町とかいうところが日本を動かしてるらしいから、そこらへんにあるんじゃないかなあ〟と、吸いかけのマイルド・セブンの火口をみながら答えた。彼らがとくに鈍い学生だったわけではない。前者は現在、某大新聞の社会部デスクだし、後者にいたってはとある気鋭の政治家の敏腕秘書である。

彼らよりはるかに劣る成績で大学を出た私も、意外にもというべきか、だからこそというべきか、大宅文庫と国会図書館がなければ社会生活がなりたたなかった。そのうち、ワシントンの議会図書館もこの必須情報回路の中に入るようになり、同じ国営図書館であるにもかかわらず、私は、アメリカの議会図書館と国会図書館の間には情報蓄積とその公開の間にいささか差を感じることが多かったが、大宅文庫とワシントン議会図書館には同質のものを感得することが少なくなかった。

両者とも、情報に対して貪欲である。情報に貴賤はないという態度についても似たものを感じる。

私は六年ほど前までは京王線に乗り、左側に都立松沢病院を見ながら、てくてくと大宅文庫に通って雑誌記事閲覧とコピーを繰り返し、駅から途上にある小さなおにぎり屋さんとは古なじみのようになり、駅に隣接した定食屋さんともなじみになって、カウンター形式のカレー中心の店でもコピーした資料を丁寧に足元におき、カツ定食などをがっついていたが、最近ではなんと贅沢なことか、出版社がファックスサービスを使ってよいと許可してくれたので、京王線での大宅文庫参りの回数は減った。

しかし、ときどき人知れず赤面する。大宅文庫から取り寄せた記事の中に、自分が二〇代前半で書き散らした駄文がまざっていることがあるのだ。ひどいときには一読では思い出せず、半日後、再読して、このひどい文章が自分のものだと確認することがある。

私は大宅壮一氏を生前に存じあげない。

気鋭のジャーナリストを集めた、大宅塾というものがあったということも聞き及ぶが、八〇年代を、匿名のフリーランスライターとしてこけつ、まろびつ、社会的規範を紙一重で破りそうな処世を送ってきた私にとっては志をもつジャーナリストというものは、まるきり皮肉ではなく、雲の上の存在である。

それなのに、なぜ、大宅さんは、私が書いた記事などを収録されてしまったのか。(多分、今度の新しい目録にも入っているだろう。ううう……)。

多分、大宅さんという方は、無類の面白がりやでいらしたのだと思う。さらに、その面白がりかたをシステマタイズされる知性をお持ちの方だったのだろう。

それも驚異だが、そのシステムをひそやかに支えておられる職員の方たちもまことに驚くべき存在だ。ある方は、私が大宅賞を頂戴して以来、かかさず賀状を下さる。短い文面だ。とりたてた身辺事変も——ときにはおありになるだろうが——書かれない。このような方たちによってあの文庫は支えられているのかと、ときに考える。それは感慨深い一刻である。

(「図書新聞」一九九二年一月一日号『雑誌記事牽引総目録
一九八八〜一九九五』刊行によせて)

〝別れ〟との出会い

見知らぬ他人に会う機会は、おそらく二十代の頃が物量的には最高潮だったと思う。

フリーランスライターという、一面識もない他人に会って喋りまくる――ときには自分自身でさえ無礼と自覚している内容までをも喋る――ことが私の二十代はじめからの職業だったからだ。饒舌に喋るわりには、書く原稿の内容は、その頃流行りはじめたスポーツ飲料の味に似て、薄いがうえにも薄く、思わず知らず「やくたいもないことを」という自嘲の言葉が口をついて出た。しかし、自嘲しようがしまいが、初仕事のとき百枚刷った名刺は、二月《ふたつき》もたたないうちに底をつき、私は二回目からは、二百枚を最低単位として名刺を名刺屋さんに頼むという、これまたやくたいもないことを覚えてしまった。

とくに二十五歳からの約五年間は、ライター事務所のようなものを持ったので、出会う人の数は自嘲する暇もないほど多くなった。当時の私は、すでにフリーライターというより、自動名刺配り機に近かったといえるだろう。

だから、三十歳をすぎたとき、急速に雑誌の世界の経済状態が冷え込み、それに応じて仕事の数も減って、名刺をむやみにばらまく必要がなくなったときには、むしろほっとしたものだ。

だいたい、それほど多くの人に会いながらその人たちのことをほとんど覚えてもいず、記憶の片隅に残った一握りの人々についても到底、〝出会った〟と呼べるほどの感慨さえないのだ。私は、貯金通帳の数字が日ごと減っていくのを横目で眺めながらも、十年来の自動名刺配り機生活から解放されることを、心のどこかで喜び、同時に、それまでに配りまわった膨大な名刺のいくらかが、見知らぬ誰かの名刺入れにまだ残っていることを想像しては、人知れず赤面した。

三十代も最後半にかかった今、私の名刺の減りかたは、以前とは比べものにもならないほど緩やかだ。しかし情けないことに、会ったことのある人の顔や名前をすぐ忘れるのは以前と同じで、中年にさしかかったとはいえまだボケる年齢ではないから、これは二十代の経験が影響しているのだ、そのはずだ、そうにちがいないと、必死に言い訳している。

とはいえ、三十代は、私にひとつの〝出会い〟を贈ってくれた。死やその他の理由で、人間は永遠に会えなくなるものだという事実との〝出会い〟である。

実際に三十代に出会った人の何人もに、すでに私は再会することができない。そのうち少なからぬ人が病気で亡くなり、また事故で自死で亡くなった。死は突然、シャッターがおりるように、彼らと私の間に幕を引き、その速度に猶予はまったくない。

その経験が、二十代には若いくせに、あるいは若いからこそ、傲慢なまでに鈍磨していた私の他者への感覚を多少、変えてくれた。具体的にいえば、私は三十代になってから、二十代のときよりは、親しい他人の数が圧倒的に増えたのだ。

そして、知己が一人、また一人、亡くなるたび、あるいは別の理由で再会が不可能になるたび、私は、人は出会えるときにしか出会えないというあたりまえの認識を持てるようになった。二十代があまりに未熟だったのだといえばそれまでだが、ともあれ、あまり人と会わなくなった三十代において、私が〝別れ〟の経験を通して、逆説的にようやく他人との出会いを、心からいとおしむことが可能になったことは事実である。

その思いは、今、四十歳を目前にしてさらに強まっている。年齢に比して、あまりにも幼稚すぎる認識なので口に出していうことはないが、近頃では親しい誰かれと会うとき、つねにこれが最後かもしれないと思う。

だから悲しいというわけではない。

むしろ、そう思うとき、私は人生がもっとも充足していると感じる。不思議な感想かもしれない。だが、それは本当のことなのだ。


（「ミセス」一九九六年四月号）

帰宅拒否症

最近、気がついた。

私は帰宅拒否症である。

一人暮しの一部屋なのだが、どうもそこに帰りたくない気持ちが抑えきれなくなるらしい。理性を飛び越えて、生理が一種の激しいアレルギー反応とでもいうべき現象をおこす。

たとえばアパートのキーをとりだし、ドアノブにさしこんだとたん、それまで気配もなかった腹痛に襲われる。キーを回すわずかな合間にひどい嘔吐感におそわれ、玄関脇の洗面所へかけこむまで我慢ができないこともしばしばあった。もちろんその後、人目を忍んで行なう掃除は〝市民〟の身としてはとても辛い。キーを回している指から一瞬にして掌へ、そして腕へ蕁麻疹が広がった経験もある。

とはいえ、これまで妙なこともあるものだという一言ですませてきた。深く考えたくなかったのである。

だが、この数年の海外旅行の計画の無謀さを反省するかぎり、しぶしぶながらこの結論に落ち着くほかなさそうだ。

旅は、私にとっては仕事での地理移動しか意味しない。そもそも国内であっても観光ができない体質である。その上、海外旅行は三十代半ばで仕事で出たのが初体験だから、旅行中は荷物の盗難用心と、時差ボケで霞んだ頭で行なう取材予約時間確認と、通貨と日本円との交換比率の心配だけで精一杯なのだ。とても異文化を歩く楽しみなど学びえない。

それなのに、昨今、やたらに取材旅行に出る。昨年は阪神大震災直前の関西を四箇所回ったあと、梅雨から夏にかけて、北南米四箇所での取材四十余件を一カ月で消化する暴挙に出て、帰国まもなく、盛夏に暑さで茹《う》だりあがった和歌山へとなだれ込んでいった。

今年はやはり梅雨時から数週間、北米に行き、盛夏に和歌山、京都、広島、岡山、徳島という、それぞれ暑さの質の違う五箇所を転々とし、帰京して十日後、中国へ行き、暑さざめやらない九月にはまた北米と日本を往復して、時差ストレス地獄の底をかいまみた。

並べたように、暑いときを見計らったように国内外の旅程を立てているが、暑さにはきわめて弱い。一時間も炎天下にいるとたちまち脱水症状をおこす。年末間近になるまで、少しでも汗ばむと不快で半袖姿になる。それなのに、なぜ苦手な夏にやたらに動きまわるのか。夏の疲れのせいで、秋冬は半病人ですごすほかないのだが、この無謀な旅程は周囲の意向も反映しているものの、強制されたものではない。基本的に自分で立てたものだ。

要するに、自分がもっとも苦手とする季節に、なにより苦手な自分の部屋に帰らなくてすむようあがいた試みとしての、無謀な取材旅行としか考えられない。無謀であっても旅に出なければ、自室のドアノブを握ったまま、炎天下はかなく散る可能性が大きい。旅はひとつの自己防衛本能の発露なのだ。

こう分析した上での帰宅拒否症である。

情けない。だが、こういうときにはさらなる分析で自らを励ますにかぎる。事実、旅に出た私は、投宿先のホテルに帰ってくるさい吐き気や腹痛や蕁麻疹に悩まされたことがない。旅に出たときの私は、帰るべき自分の部屋に帰れない私と違うのか、同じなのか。

端的に言って違う。旅に出たときの私は、私にとって自分自身ではあるものの、一方で面倒をみなくてはならぬ他人でもある。仕事に疲れ、見知らぬ街に、人に疲れている。私はこのような人の世話をするのが得手だ。ともかくお疲れさま、と声をかけて安堵させ、口に入りやすい食物をすすめ、ぬるい風呂で体をほぐさせ、寝室での深い眠りに誘う。こういう作業を行なうのは私にとっての慰めでもある。私は寛ぐ他人を見るのが好きなのだ。

もちろん、世話をされる人には、ちゃんと節度を保ち、礼儀もわきまえてほしい。非常識で無礼な人の面倒をみるほど、私はお人よしにできていない。

だが、旅に出たときの私は、実によく節度と礼儀をわきまえた人物である。面倒をみる私に対して協力的で、感謝の念も深い。

とても他人とは思えない。

そして旅を終えて自室に帰ったあと、私は疲れ果ててはいるものの、落ち着きを取り戻している。ようやく、日々、手入れをすべき自分を見出したわけだ。まず自分の手入れを怠るべからず。これは人生の鉄則である。

しかし、しばらくすると、なしくずしに自分に構わなくなる。帰宅拒否症が再発するのはこういうときだ。それを自覚すると、私はいかに無謀な計画であろうと、旅という非日常の中で、日常的に世話を焼くべき他者としての〝自分〟を手探りする必要を感じ始める。

旅の効用は、実にこういうところにあるのではないか。

ついでに言えば引っ越しもまた、ひとつの旅だろう。ということで、私は近々、転居するのではないかと思う。どうも、近頃、ドアノブの握り具合が芳しくないからである。

（「文藝春秋」一九九七年一月号）

どがいかなあ?

二年前の五月の終わりだった。私は部屋から逃げる決心を固めた。決意から遡ること八ヵ月間、コンビニに必要最低限の食料を買いに出る以外、外出しなかった。今、逃げなければ危険だと本能が告げていた。

仕事カバンに手持ちの金を詰め、さんざん迷ったあげく担当編集者に電話をかけ、三週間ばかりで帰りますからと、囁いた。

「旅、ということですね?」

編集者は欠伸まじりに問うた。

「いえ、逃げるんです」

「帰る期日を白状する逃亡者がどこにいますか。それを旅というんですよ」

まずは足柄山にとんずらした。友人宅を見舞いのふりをして訪ね、世間話の合間に、今の季節なら観光地でも宿がとれるという情報を得た。小田原に一泊してから京都にずりあがった。住んだこともない土地なのだが、関西育ちのせいだろうか。逃げるなら、まず京都に潜んでから〝都〟の辺境に落ちていくものと思いこんでいるところがある。

京都から亀山、福知山と北上したところで逃亡一週間目を迎えた。朝九時に宿を追い出されたあとは、再び、宿が部屋をあけてくれる夕刻まで漫然と町中を歩いて弱った足腰を慣らす。財布の都合上、宿は三千円代のところばかりなので、予約はしていても、朝一度チェック・アウトさせられるのだ。昼食は町の魚屋さんなどに寄り、焼き魚を一尾買って、路傍で食った。久しぶりに食べ物を口にする感慨に目を瞑った。それまではコンビニのエネルギー飲料が主食料だったのである。

こういう生活を送ってから本格的に山陰に流れていこうと考えていたのだが、福知山から舞鶴行きの二両編成の電車が出ているのを見つけ、東舞鶴に横飛びして舞鶴港の駆逐艦を眺めた。雲ひとつない晴天の日だった。

それからとって返して西舞鶴、鳥取、倉吉、境港、米子、松江。

どこに行くにも鈍行で、宿は朝追い出されるため、帰りの電車で地元の中高生と一緒になる。がやがやと乗り込み、友達を見つけると窓を叩いて名前を呼び合う。その彼らの足下に目を落としたとき、見慣れぬものを発見した。校則で決められている色なのだろう。濃紺や黒のルーズソックスをはいている。

「うちゃあ、立教っちゅう学校がええ、と思とるんや。どがいかなあ？」

その格好で、彼らはこんな話題をかわしていた。見れば学帽に茶髪の男の子もいる。

ふと思い立って途中で鈍行を降り、大きな河川まで歩いた。川原に降りて靴の紐を解き、火照った足を煌めく水に浸す。水面《みずも》の彼方、海を臨むあたりは夕日で赤く染まっている。

「どがいかなあ？」

彼らの口調を真似て何度か呟いてみた。

きっちり三週間後、帰宅して編集者に電話をすると、なぜ、そのルーズソックスを土産がわりに買ってこなかったんだ、と叱られた。

時折、逃げるのも悪くない。


（「東京人」二〇〇〇年八月号）

胃袋の文化摩擦

「この声を聞くかぎり、彼女は白人と結婚していますね。多分、まちがいないでしょう」

相手先の電話が留守番電話に切り替わり、応答用のメッセージが聞こえるなり、モーリー・ロバートソンはこう呟いた。

ロバートソンはアメリカ人の若い作家。日米ハーフの彼は、両国語を完璧なバイリンガルの状態で話す。彼が電話をかけている場所はワシントンD.C.のホテル。2カ月前、私は湾岸戦争の統合参謀本部議長、コリン・パウエル将軍の取材のために、そのホテルに宿泊していた。そして、ロバートソンは、一日300ドルの謝礼で、私の取材の通訳を引き受けていた。

ところで、そのとき彼が電話をかけた先は、カリフォルニアに住むパウエル将軍の姉の自宅。私は彼女に取材を申し込むつもりだった。だが、一家はあいにく外出中で、電話は夫らしい男性の声で吹き込まれた留守番電話に切り替わったのだ。

私は、受話器を持つロバートソンに、折り返し連絡を乞う旨のメッセージを留守番電話に残すように頼みながら、狐につままれた気分だった。パウエルの姉の夫が白人かどうかを、声を聞くだけでなぜ推測できるのか。

「彼が白人のようにしゃべるからです」

電話を切ったロバートソンは、当然といった口調で答えた。具体的に言うと、それはどういうことなんです？　私はたずねた。

「彼が、僕のようなしゃべり方をするということです。こんなふうに」

ロバートソンは今度は英語で答えてみせた。

「黒人やほかの国からの移民は、僕みたいにはしゃべりませんからね」

では、白人らしくないしゃべり方を真似てもらえないかしら。私は頼んだ。

「できないな。それは」

ロバートソンは、しばらく考え込んだあとで言う。できないんですか？　それとも、やりたくないの？　こう聞くと、さらに彼は考え込む。

「できないんですね。やりたくてもできない。その理由は、僕が白人だからでしょう」

私は、取材に出歩かない時間のおおむねをこんなふうにロバートソンと会話することで費やしていた。

ジャマイカ移民の子弟として生まれ、マイノリティの英雄となったパウエルを書くためには、人種という側面で切ったアメリカの実像を把握しなくてはならない。また、その問題は知識としてだけでなく、感覚的に把握しなくては無意味だ。私はそう考えた。そのため、ロバートソンとの会話はいきおい人種とアメリカ社会の関わりに集中する。

彼は、質問によく答えてくれた。結果、数日間彼を質問ぜめにしたあと、私は人種の問題についてやや過敏な状態にさえなった。

実際、電話の声だけで人種的ルーツが露わになるアメリカとは、日本人がくつろげる国ではない。私は、自分が日本のいわゆる〝単一民族幻想〟によって、いかに分厚く庇護されてきたかを痛感した。そして、人種とアメリカ社会の関わりについて把握が進むのに比例して、私は、ほかならぬ自分自身も、また異文化の中にほうりこまれた、たよりない存在だと実感するようになった。

結果、ひとつの変化がおこった。

食欲を一切失ったのだ。

実は、この食欲の喪失について、私は日本にやってきた中国人や韓国人の取材時にしばしば聞いたことがある。異文化との衝突は、まずむきだしに生理的な形であらわれるらしい。あまりにも価値観の異なる文化に向かいあったショックから、その国の食べ物を口に入れることをかたくなに拒む人は少なくない。

現実に経験したその食欲喪失は、だが、予想以上に激しいものだった。空腹は感じるが、ものを食べる意欲はいっこうにわいてこない。調理や材料の問題ではなかった。日本料理店に行っても事態はかわらなかったのだから。

食欲を失うのは苦痛だったが、なお悪いことに、三度の食事をともにするロバートソンは健啖家だった。今も仕事を終えた彼は、レストランへ食事に行こうと明るい声で誘う。

私たちは、韓国人のルームメイドが掃除をしにきたのといれちがいに部屋を出て、華僑系アラブ人と、アフリカ人と、アメリカ黒人がカウンターに肘をついておしゃべりをしているフロント脇を通り、ヒスパニックのウエイターに案内されて食堂に入った。

「デザートは何があるかな」

ロバートソンが独り言を言う。

そういえば、彼は、7歳から18歳まで母親の郷里の日本で公立学校に通っていたはずだ。彼もまた、日本で食欲を失う一時期を経験したのだろうか。はたして、彼はどのようにしてそれを乗り越えたのだろう。

湯気の立つ異文化の塊を皿に乗せ、にこやかにサービスするウエイターたちを畏怖しながら、私はそんなことを考えていた。

（「婦人公論」一九九一年七月号）

眠りの彼方、死の手前

これまで二度、死んだことがある。肉体の死ではなく、意識が死んだだけだったので、まだ生きている。

一度目は手術台の上で死んだ。全身麻酔をかけるので、1から順番に唱えるように医師に命じられた。静脈に刺した針から麻酔液が滴りおち、3まで数えたとき視界に細かい横線が無数に走った。深夜、テレビ放送が終わったあと、画面を覆う線さながらである。4と言ったとき音が聞こえ小雨がひそやかに屋根を叩く音に似ていたが、やはり放送終了後のテレビが発する雑音を連想した。ようとした瞬間、はっきりテレビのスイッチを切る音を聞いた。5と言いた。

ぷつん、という音とともに意識は闇に溶けた。

二度目は机の上である。深夜に仕事先からの電話を待っていた。

その日、三九度台の発熱があった。風邪と疲れのせいである。電話が鳴るのを待ちながら、机上の時計が二時半をさしているのを確かめた。次の瞬間、時計に目をやると針は七時をしめしていた。早朝の光が窓からさしこみ、頭は机におしつけられ、左耳が電話機に密着している。

電話がかからなかったのかといぶかしんで問い合わせると、いや、四、五回かけたんだという。長いこと鳴らしたが出なかった。ひょっとして死んだかと心配したよ。

あたらずとも遠からずだと思った。電話に耳が密着していたのだから、ただの居眠りなら目が覚める。意識はそのとき眠りの彼方、死の手前あたりをうろついていたのだろう。

意識の死はスイッチを切るように訪れた。ぷつんという音で世界は閉じ、同じぷつんという音とともに覚醒したとき、その間に無明のひとときが挟まれていたとは信じられなかった。意識の溶暗はあまりにもすばやく、わずかにこの世の景色はテレビの画面そっくりだと感じる一瞬があっただけで、恐怖を味わう余裕もなかった。

私はそんなふうだったが、この人たちはどうだったのだろう。ベルリンのある喫茶店で考えた。その店はありふれた町中にある。両隣りは八百屋と家電製品の修理屋だ。店の名前はカフェ・ポジティブ。店でサービスをする人と客は同じ病気を患っている。エイズだ。

カフェ・ポジティブは、行政が全面的に資金を援助し、自らもエイズに感染しているボランティアによって運営される喫茶店である。メニューには食事と飲み物が普通の喫茶店なみにあるが、値段は大変安い。一皿の食事が七〇円たらずだ。

店を訪れる客の大半は、病気のためにすでに仕事を失い、日常生活に破綻をきたしている。一皿七〇円は、彼らの生活を考えて設定された値段なのだ。

カフェ・ポジティブには大きくふたつの目的がある。ひとつは患者に食事と情報を提供すること。ふたつめは死ぬまでの、短くもあり長くもある時間を、同じ立場の人々と談笑してすごす場を提供すること。

間口二間ほどの店は奥行が深く、入り口に面した前半分が喫茶店で、その奥のかなり広い部屋は会議や催し物会場にあてられる。

喫茶店の壁には映画のポスターから、エイズに関する新聞記事のコピー、ホスピスの資料までがピンでとめてある。そして、その一部に死亡通告の分厚い紙の束があり、私はそれに見入っていた。

紙は、誰それが某月某日亡くなったことを知らせる通知であり、葬儀の告知である。故人が、店で知り合った人々に葬儀へ加わってほしいと望んだか否かも記してある。カフェは、死を控える人とそれを迎えた人との邂逅の場だった。その場のほとんどの人がエイズによる死と至近距離で生きていた。

だが、まれに死との距離が遠い人もいて、こちらはいかにもぎこちない。

私がそうで、彼女もそうだ。

彼女は奥の部屋からあらわれた。常連客の中でめだつ東洋人の私に気がつくと脇目もふらず近づき、言った。

「あなた、果物の絵、描きませんか」

藁色の長い髪をまんなかから分けている背の高い女性である。まじめと臆病が半々にうつりこむ褐色の瞳をしていた。痩せた胴が、白人にしては奇妙なまでに長い。彼女は気弱なキリンのようだった。

果物ですか。死亡通知の前に立って私は言った。

そうです、果物。とても、すてきな果物よ。美しいんです。いろんな種類があるのよ。胴長の彼女は熱情をこめて返答した。あとで食べちゃってもいいわ。

彼女はこの店で唯一、エイズに感染していないボランティアだと自己紹介した。毎水曜日、喫茶店の奥のスペースで人を待っているのと言った。私、毎週、果物の絵を描く人々を待っているの。

「希望を言えばね、エイズにかかった主婦の人たちに来てほしいの。私と一緒に絵を描いて心を癒してもらいたいの。ね、芸術は癒しの力を持つって言うでしょ」

で、誰かやってきた？

「それが、誰も」

彼女はセーターの端を指でひっぱった。

「私、さびしいの。誰もこないから」

そして私たちは背後の部屋に行った。正確に言えば、彼女が私の腕をわし摑みにして部屋に押し込んだ。

そこには大きな机があり、鉢に盛った果物があった。鉢の前に画用紙と水彩絵具が用意されている。

「描いて」

健常者という辛い立場に耐えかねた、気弱なキリンがかすれ声で促した。

隣の喫茶店から聞こえる談笑を少し羨みながら、私は絵筆に手を伸ばした。


生きるということは、なかなか終わらないテレビを見ているのに似ている。

（「すばる」一九九三年八月号）

詩

雙神の日課
（抄録）

気息　Ⅰ

火山弾が冷える
七月
原人の
眠りが　途絶えた
彼は
どなりながら
大陸棚に　降り立ち
途端に
遠い雨　を　もとめて
立ち去る
僕の王国を　ごらん！

アカメガシワの　葉影で
〈闇のエルフ〉が
呼ぶ
毛深い魂が
華やかな　闘いの空に
勃起している

ベネディクティンを　飲み干す
〈闇のエルフ〉の背に
祭儀の　棘　は
刺さった
〈闇のエルフ〉を
不意に訪問する
始祖鳥の
病の　記憶！
僕の中の
原人が
一人
青銅の　眠りから
起きあがる
彼の名に　誰かが　触れた
と
彼は　思っている

線状β文字の
輝きが
彼　を
襲った

※　闇のエルフ——いたずらを好み、傷痕を残さずに
不意に痛みをおこさせる　小さな鉄の矢を射る闇の妖精。

気息　Ⅴ

同性愛の
綿毛の季節　が
貧しい土に
埋没する

ある日
〈X〉の
誕生の中央で
足を　ふみはずした

〈X〉の　乳が注ぐ

銀のめまい

ロバの
微笑が　降る
〈肉体の蛾の影　が
僕の前で
何度　か
はためいた

浴場に走る間
ロバの
尖った歯の記憶　が
僕を　悩ませる
浴場に駆けこみ
僕の
首すじの痕跡を　消し去る〉
荒い
裸体の床に
〈X〉の乳は
流れた

選ばれた町　の　最後の激しい痙攣！

蒼白のノアザミを
胸に挿して
〈X〉が
ロバの首をかかえ
降りたつのを　待ちうける
〈醜い男　が
浴場の僕を
訪れる
熱く

反り返った
オノ　が
ロバを襲い
突然
華麗な体臭の暴力に
うちのめされて
男は
倒れた〉
瀕死の　舞踏の　夜
トルキスタンの　空　は
偉大な
振動の予感に
光る

ノアザミの罠　が
暗い道路の上の
〈X〉の
くるぶし　を
とらえ
しだいに
〈X〉は　　・
ロバの
乾いた労働に

変わった
〈訪れた
もう一人の男は
美しく　は　ない
したたる熟睡から
解き放たれた
躰を　みれば
とても
若いこと　が　わかる〉
欠けた酒壺から
注ぐ
ひそやかな
目くばせ！

どうして

僕が
君を
知らない事など
あるだろう　？

気息　Ⅵ

悪い血を　孕んだ
群衆が
僕の脇腹に　触れて
通った日
僕は
満開の桜の闇にむかって
指を
つき出す
　矮小なる勝利者よ
〈血のエギル〉は
暗い虹の世界から
たちあがった

青銅の呼吸を　止めて
あなたの幼児期が
傘をさして
歩いてくる　の　を
みなさい

絶息した林の中の
水たまりに
爪先をいれて
僕の尾は
〈血のエギル〉の　事件を
たたき落とした
世界の
　淵の
　　夜明け

※　血のエギル――北欧のサガの中の蛮族の勇者

気息 XIII

〈X〉 は
水銀の　眠りを
盗み
川岸に　横たわった
絶滅した　町が
〈X〉の中で
蘇生する
少年は
漆黒の　類人猿の下で
夜をあかした
　あなたの　掌が形づくった
　角錐の　城は
　墓場の蜜　を
　知った

　スカンク・キャベジ　の
草原を　走る　火は
あなたの
胸を　灼き

　あなた　は
　闘いの　セイウチの
　心音を
　きく

熱病の　夜明け

〈X〉の
肉と　骨　は
河べりで　忘れられた

※　スカンク・キャベジ——坐禅草

気息　XVI

疲弊した　ホウセンカ　が
種子の闇　に
堕ち
昼食の混沌は
〈X〉を
誘惑しつづける
　ひそやかに撒かれる
　汎神論　の　血

　ラヴォワジェの　夢

そして
あなたの乳房の上の
闘い　よ！
遠くから
神が
荷車に門を乗せて
来るのが
みえ
戦慄　は

〈X〉の肩で　光った
熱い　灰の祝日

台風は
重さを　増して
花の群れ　の　中で
力を
失なう

気息

XVIII

欲望の庭の　アリが
彼等の
栄光にむかって　すすむ日
聖域の空腹に
苛なまれて
〈X〉は　起き上がった

〈カトブレパスの　午睡は
あなたの　殺人で
光る
あなたは
それを　首にまいて
南の　窪地へ
　　　　下りよ〉

訪問者の　予感が
〈X〉の
骨を鳴らす

白昼夢が
肉体の守護神の
凹凸　に
当たり
解凍した
〈X〉は
頭皮をつまみあげる
神の　指　を
知る

破滅の　痙攣！
〈あなたは
ソドミーの　指紋で　汚れた
水さしから
酒を飲む　と　いった
あなた　の　祖先の血は
太刀魚の胎内で
めざめる
あなたは
飢えた山羊のように
たちあがり
彼等を　欺き
去った

豊潤のビーツが
　あなたの肩に　落下する）
へいの向こう　で
洗濯する女が
花を喰べている　声が　した
彼女等が
花をむしった大地は
まだらになり
少し
発熱した
〈X〉は
聖地の　柵に
頭を
うちつける
歓喜が
〈X〉の　歯で
封印を　裂かれ
彼の　領土に
蔓延する
アリ達が
獰猛さ　を　失ない
丘の向こう側で
腹を
地につけている
その　無数の目　を
〈X〉は
見る

僕が　欲しいのは
鬨の声をあげる　処女達ではない！
負傷した　鋳物職人では　ない！
首の落ちた　太陽神の伝説では　ない！
　屋根の上で
　誰か
　足をふみかえる　音　がする

　闇の　中の　四月

僕達の　骨は
抱きあわせ　にして
葬られた

※　カトブレパス——ギリシャ語で「うつくむく者」の意の名前をもち、その眼差しで生きものを殺すといわれる幻獣。

気息　XXI

ある朝
〈X〉の　死が
ベッドの外へ
ころがり出た
彼の妻は
それ　を　みつけ
長い棘の兄弟　に
みせよう　と
叫びながら
駆けだす
　酔いから　醒めた
　ビシュヌ神は
裏庭で　踊った
ビシュヌ神の潮流　は
地底の呼吸に
　泡だつ
巨大なエビ　を
背負う
少女が
〈X〉の床　を
のぞきこんだ
彼女の　手　は
失われた顎　を
探して
しだいに
速く　揺れる
　巨人伝説の足音　が
　窓の下で
　きこえた
神の寵愛は
終末の円　を　めざして
とびたつ

ひどく面白くない　展覧会だった

セリ　を　噛みながら
〈X〉は　思う
ビシュヌ神の営みが
耳たぶを
こすって落ち
永遠に
駆けつづける

女の　蹠　が
暴行に
輝く

彼の中で
突然
成熟する
生命の毒草！
　（ビシュヌ神は
　彼の前のドア　を
　死の両手で
　開いた
　放心した広場　で
　何もの　か
　親指を
　　きりつける）
ビシュヌ神の
鳴き声の　尾　を
〈X〉は
とらえる
彼は
熱く　自由な
躰を

意識の沼　に
投げ込んだ

突風が吹いた月の初めに

彼等は
円卓を　用意し
昼食の殺意を　浴びて
待った
〈X〉の
衰死の哄笑　は
その日　も
きこえない

気息 XXII

バジリスク　が
窓から首を出している朝
経水は
五月の上に
堕ちる
（彼は　昨日
ジュウタンの下に
仮想敵を
みつけたのだ）
雑駁なバイオリズム！

破傷風の呼気が　きこえる

仮想敵の隠れた戸棚に
バジリスク　は
すべりこんだ
彼の主人は
それ　を　知らない

永劫のセックスのあと

バジリスクは
出て来るだろう
（彼の舌が
突然　ペニスに　変わる！）
スズメの黄金の嘲笑の中央で

バジリスク　は
今
地極の休息を
貪っている

ある日

少年は
スズメの足が
赤い性欲に光る　の　を
みた

※　バジリスク――眼差しの毒によって生きものを殺す。一般的には八本の足をもつ怪物。

あとがき

雙神の日課　という題は、インド最古の文学であるといわれるリグ・ヴェーダからヒントを得てつけたものです。リグ・ヴェーダの神々にはそれぞれに捧げられた歌があり、その歌によって各々の神の姿は歴史を一瞬にしてとびこえる力を得るといえるでしょう。

　リグ・ヴェーダに限らず種々の神話や、日常に密着してつくられた儀式に付随する辞や歌は、前述の様な歴史を透徹させる力をもつと同時に、ある同じ強い情感によって貫ぬかれていると思われます。二年ほど前から、その情感が何であるかという疑問は私をとらえて離しませんでした。その情感は古代の辞にだけではなく、極く最近の詩人の詩や小説にさえみつける事が出来ました。それは日常、自分が経験し慣れている喜怒哀楽の四つの感情と根本を同じくしながらも、はるかにそれを超越し、強いていえば怒り以上の怒り、喜びの感知され得る領域を脱した喜びということが出来、これを換言すれば、未だ人間の中で発掘し尽くされていない未知の感情ともいえると思います。私は無数の散乱した言葉や物を、この情感を焦点にして一つのたちあがった情景にするという事を処女詩集を編むにあたって試みてみました。

　おわりになりましたが、最初の詩集を編むということですべてに対して不慣れでした私に、多大な御協力を賜わった方々へ心からの御礼を申し上げます。

一九七五年八月　井田真木子

本項は一九七五年無限刊『雙神の日課』を底本としています。

井田真木子年表

一九五六年七月一九日　神奈川県鎌倉市雪ノ下にて、旧満州、大連生れの父、井田緑朗、瀋陽生れの母、素子の長女として誕生。

一九六三年四月（七歳）　鎌倉市立第二小学校入学。

一九六五年四月（九歳）　千葉県千葉市稲毛区へ転居。千葉市立稲丘小学校に編入。

一九六七年四月（一一歳）　兵庫県神戸市東灘区へ転居。神戸市立魚崎小学校に編入。

一九六九年四月（一三歳）　私立小林聖心女子学院中等科入学。

一九七二年三月（一六歳）　中学校卒業。

　　　　四月　東京へ転居。私立聖心女子学院高等科入学。

　　　　　　　この頃より一人暮らしを始める。

一九七五年三月（一九歳）　高校卒業。

　　　　四月　慶應義塾大学文学部哲学科入学。

　　　　一一月　処女詩集『雙神の日課』を無限より発表。

一九七七年十月（二一歳）　詩集『街』を無限より発表。

一九七九年三月（二三歳）　大学卒業。

　　　　四月　（株）早川書房入社。入社時の配属は受付。その後経理、そして校正の仕事に異動する。

一九八〇年（二四歳）　早川書房を退社。祥伝社「微笑」の取材記者を務める。

一九八一年（二五歳）　フリーライターに。匿名ライターとしてPR誌などで記事を量産。多い時で月に五九本の記事を請け負い、二週間で書いた。しかし、バブルの崩壊による雑誌の廃刊を予感し、三年間に年一冊ずつのペースで本を書いて生計を立てるという計画を考える。

一九八三年夏（二七歳）　『デラックスプロレス』（ベースボール・マガジン社）誌で、『プロレス少女伝説』のもととなる女子プロレス記事を執筆し始める。

一九八八年（三二歳）　早川書房時代の社員旅行で出会った、当時八〇歳だった湯河原の温泉芸者、船岡なかを、なかの過ごした花柳界の特異性に興味を持ち、全日空の機内誌『翼の王国』で取材。その記事に目を止めた、かのう書房の竹内行雄が、船岡なかの一代記を書くよう依頼。書籍として出版する運びに。

九月　『デラックスプロレス』休刊。

一九八九年九月（三三歳）　船岡なかの一代記を『温泉芸者一代記　芸妓・おかめさんのはなし』として、かのう書房より発表。プロデビュー作となる。

一九九〇年十月（三四歳）　『プロレス少女伝説　新しい格闘をめざす彼女たちの青春』をかのう書房より発表。

一九九一年二月（三五歳）　『同性愛者たち』の被取材者である市民団体「動くゲイとレズビアンの会（通称アカー）」が、東京都の公共施設「府中青年の家」の利用拒否を巡って提訴したことをワイドショーのニュースで知り、アカーに注目し始める。

『プロレス少女伝説』が大宅壮一ノンフィクション賞受賞。

六月　『彼女たち《ワーキング・ウーマン》のホーム・スウィートホーム』を弓立社より発表。

六月　「アカー」のメンバーとともに、サンフランシスコのゲイパレードへ。

『文藝春秋』五月号掲載ルポルタージュ「黒人参謀本部議長C・パウエルの〝謎〟」取材のためワシントンD. C. のホワイト・ハウスへ。

九月　『小蓮《シャオレン》の恋人』執筆において、被取材者である、中国残留孤児二世の上村満智子（王成蓮《ワンチャンリエン》）とともに、満智子の故郷、中華人民共和国吉林省蛟河県拉《ジャオホウシェンラー》法靠山村《ファーカオシャンツン》と、その恋人の実家、北京へ。

十月　『同性愛者たち』のもととなる、アカーの裁判について綴ったルポ「東京同性愛裁判」を光文社『女性自身』にて連載開始。

一九九二年七月（三六歳）『小蓮《シャオレン》の恋人　新日本人としての残留孤児二世』を文藝春秋より発表。同作で講談社ノンフィクション賞受賞。

一二月　『同性愛者たち』執筆において、「アカー」のメンバーでHIV感染者の大石敏寛とともに、サンフランシスコへ。

一九九三年六月（三七歳）『同性愛者たち』執筆において、「アカー」のメンバーとともにドイツ、ベルリンで開催された国際エイズ会議へ。この時、セックス・ワーカーのNPOが壇上で発表する姿に衝撃を受け、後に援助交際に走る子供とその姿を見失う親について書いた『十四歳』へと繋がっていく。

十月　『プロレス少女伝説』文庫版を文春文庫より発表。

一九九四年一月（三八歳）『同性愛者たち』を文藝春秋より発表。

一九九四年三月　「アカー」がおこした「府中の森青年の家事件」の裁判が一審、東京地方裁判所で勝訴。

一九九五年四月（三九歳）『旬の自画像　2チャンネルの女から永田町の男まで』を文藝春秋より発表。

六月　『十四歳』の被取材者である、十七歳（当時）の少女冴矢（仮名）を連れて、ストリート・サヴァイヴァーのNPOがあるサンフランシスコへ。

十月　エッセイ「いつまでもとれない免許」を『小説すばる』（集英社）に連載開始。

十一月　『十四歳』のもととなるルポ「日本の性」を『文藝春秋』十一、一二月号に執筆。

一九九七年九月（四一歳）「アカー」がおこした「府中の森青年の家事件」の裁判が二審、東京高等裁判所でアカー側の勝訴が確定。

一二月　『同性愛者たち』を大幅に加筆・訂正し、文庫版『もうひとつの青春　～同性愛者たち～』として文春文庫より発表。

一九九八年五月（四二歳）『いつまでもとれない免許　非情のライセンス』を集英社より発表。

五月『十四歳　見失う親　消える子供たち』を講談社より発表。

二〇〇一年三月（満四四歳）一四日、肺水腫により慶應大学病院にて死去。最後に住んだ自宅の近くにあった、東京都新宿区四ッ谷の東長寺に眠る。戒名は「白月真光信女」。

三月『旬の自画像』を大幅に加筆、訂正し、文庫版『フォーカスな人たち』として新潮文庫より発表。

二〇〇二年二月『かくしてバンドは鳴りやまず』をリトル・モアより発表。

二月『十四歳　見失う親　消える子供たち』を『ルポ十四歳　消える少女たち』と改題し、講談社文庫より発表。

本書の刊行にあたり、ご協力いただきました方々の
お名前を記して感謝の気持ちに変えさせていただきます。
誠にありがとうございました。（敬称略）

井田緑朗
井田素子

飯窪成幸
大嶺洋子
大村浩二
岸田将幸
白幡光明
武田浩和
田代一倫
仲俣暁生
中村勝行
北條一浩

井田真木子は、本を書くために被取材者に関わり、その人生を大きく変えた。それが結果的に彼らにとって良かったのか悪かったのか、それはわからない。

井田真木子と被取材者の間には、「友情」や「信頼」があったか？

取材の瞬間瞬間に、そのような感情が芽生えたことは事実だと思う。しかし、作家がそれだけを頼みに被取材者と人生の一大事を共にし、本を上梓することはできないだろう。

おそらく、井田真木子と取材対象者との間には、本質的な「魂の契約」とでも言うべきものが交わされていたのではないかと思う。

ではなぜそんなことが可能だったのか。それは、井田にとって「書くこと」が、「生きること」に他ならなかったからだ。彼らがそれぞれの人生を生きるように、井田真木子が彼らの本を書くということは、とても切実な行為であり、生きることそのものだった。だから彼らは、ともに生きる「同志」のように、井田の取材に応じたのではないだろうか。

絶筆となった『かくしてバンドは鳴りやまず』は、井田自身にとっての「切実な本」と、その作家について書いた本だ。冒頭、井田はそのような本について、こう説明する。

> リアリティとは生きた証しであり、今も生きていると私たちに感じさせるなにものかだ。それさえあれば、私たちは孤独も破壊も狂気も恐れなくてすむ。だから、それは切実な『私』と相互寄生する切実な本なのである。そして、私や『私』や、その本の著者や書かれた人が死んだあとも、一瞬にして、それらを蘇生させる力を持つ本。さらには次世紀に持っていく価値のある本だ。

この本の中で『大統領の陰謀』のカール・バーンスタインは元相棒が人気作家として脚光を浴びる一方「終わった」作家として登場する。彼に向かって井田は最後に問い掛ける。

「バーンスタインさん、もうおわりですか？」

そして、これが井田の最後の原稿になった。

私は編集の仕事を始めたばかりの頃、この本を読んで戦慄が走った。まるで遺書のようだと思った。

だがその後、井田真木子の書いた本は、いつしか絶版となっていた。しかしやがてそれらの本は、私を小突き続けた。

版元をおこそうと考えたとき、すぐに井田真木子の本が浮んだ。これこそ、わたしにとって「切実な本」だった。誰にとってもそうだとは思わない。でもあなたにとってこの本が「切実な本」になれば嬉しい。

二〇一四年六月　里山社　清田麻衣子

井田真木子 著作撰集
二〇一四年七月一九日　初版発行
二〇二五年六月　二日　四刷発行

著者　井田真木子
装丁　川名潤
発行者　清田麻衣子
発行所　合同会社里山社
〒八一二－〇〇一一
福岡市博多区博多駅前二－一九－一七－三一二
TEL 080-3157-7524　FAX 050-5846-5568
https://satoyamasha.com

印刷・製本　シナノ書籍印刷株式会社

ISBN 978-4-907497-01-9

井田真木子 著作撰集　付録

インタビュー　神取 忍

寄稿　関川夏央

弔辞　柳田邦男

インタビュー

神取 忍

（女子プロレスラー／株式会社LLPW-X代表取締役社長）

「もしも大宅賞がとれたら、賞金で一緒にオーロラ見に行こうって話してた」

取材・文＝清田麻衣子

「心が折れる」は井田さんのインタビューから

――井田さんに最初にお会いになったのはいつですか？

当時プロレスブームの真っ只中で、『デラックスプロレス』っていう女子プロレス雑誌の取材だったと思う。すごい興味持ってくれて。もう三十年前になるね。私、箸にも棒にも引っかからない頃だったからなあ。そうなんだよなあ、井田さんがいたから、私、いまこうしてプロレスラーとしてご飯を食べていけるっていうのがあるもんね。当時、右も左もわからない新人にとって井田さんはいちばんの理解者だった。

「心が折れる」って言葉があるじゃんか。井田さんのインタビューの中で出た言葉だからね。そういう意味でも、井田さんはいろんなもの引き出してくれたよね。

――どのようにして出てきたフレーズでしたか？

ジャッキー佐藤との試合の中で、体は傷つけられないっていうのがあったんで、そうすると心だよね、っていうふうに具体的に考えはあったけど、言葉自体は話しながら出てきたんだと思うよ。

――意識するかしないかの間のことを言葉にするのは大変ではなかったですか？

そうなの。だから時間がかかるの。「もうわかんないよー」ってなるじゃん。井田さんはそこを聞き出すのがうまかったんだろうね。「答えが出るまでダメ！」って（笑）。

――取材するときは、当時神取さんの居所が摑めないから井田さんが自宅に呼んでお話をされたとか。

そうそう。当時私、フラッとどっか行っちゃうからさ（笑）。雑誌の取材から、途中で本にしたいから取材したいって話になるんだけど、私が捕まんないから家においでって言われて。

もうほとんど監禁状態だった（笑）。「話を聞くまで外に出しません！」みたいな。でも雑談しながらっていう感じで、インタビューばっかりっていうんじゃないんだよ。家で休憩挟みながら。井田さん一回結婚したじゃない。で、「旦那だよ」って休憩の時にひょこっとご挨拶程度はしたことあるよ。その後離婚したみたいだけどね。

——プライベートのお付き合いもありましたか？

たまに大勢でご飯食べたりとか。井田さんの友達で作家の人もいて、独特の世界観を持ってる人たちだったから私も面白かったんだよね。それに井田さん、飲むと面白くて、急に泣きながら熱く語ったりとかして（笑）。

——井田さんが心の内を曝すようなこともありましたか？

飲んだりするとね。でも普段は冷静に物事を分析する、頭のいい人だった。井田さんなりのプロレス界の分析があって、私は私で井田さんの見方を聞くのが面白かった。でも哲学的に話をするから、そんときは「ふんふん」って聞いてるんだけど、終わってみるとなんだかよくわかってない（笑）。

——それでもお二人は何か通じ合うものがあったんでしょうか？

たぶん井田さんは女子プロレスの中でもちょっと変わった人っていうカテゴリーが気になったんだろうね。この本の中に出てくる人みんなそうじゃん。

——井田さん自身も変わっていると思われますか？

変わってると思うよ。見方とか考え方とか。でも井田さんの話は素直に聞けた。すごく気持ちを許しながら話をできる人っていう感じ。井田さんはそれにただ話を聞くっていうんじゃなくて、自分の意見ははっきり言う感じだったよね。

——井田さんは、わりと気持ちの上下が大きい方だったとお聞きしますが、そういうところは感じましたか？

私はそういうのはあんまりないんだよね。スルーしているのかもしれないね。寝食を忘れて書くっていうか、「本を書き出すと井田さんのほうが逆に連絡とれないよね」みたいな話をしたことはあるけど。自分にとって井田さんはすごくいい思い出しかないよね。ある意味助けてもらった側っていうのがあるから。だから助ける側に回ってなかったっていうのが後悔かな。

男も女も闘争本能は同じだと思う

——『プロレス少女伝説』の中で、神取さんの口調が特徴的です。

私、横浜じゃない？　だから「いいじゃん、いいじゃん。だからあ」っていう感じ。この時の自分が今、傍にいたらほんとやだよね。どこでも必ず粗相をするような（笑）。「口のききかた気をつけろ」って言いたくなる。柔道界から来てて、プロレスラーで、という乱暴なイメージがそもそもあるんだけど、当時はさらに輪をかけて行儀が悪かったよね（笑）。

——でもこの本の神取さんには、人間味のあるチャーミングな印象を持ちました。ご自身で読まれていかがでしたか？

自分の声って、何かを通して聞くと「あれ、こんな声してんの」みたいに思うじゃない。そういう感じ。だって本人としては至って普通の生き方してると思ってるから。

——井田さんは「女性らしさ、男性らしさとは何か」ということをずっとテーマとして抱えていたように思います。

本の中で、柔道時代に、試合前、心拍数を二百まで上げる練習をして、一度温泉地に行ってクールダウンするというトレーニングの話があります。二百の状態でリングに上がるととんでもないことをしでかすんじゃないかと思ってクールダウンを入れているという神取さんの判断を、井田さんは神取さんの女性的な部分がストップをかけていると書いてあるんですが、その点はいかがですか？

どうなんだろう。特別に意識はないと思うんだけど。そんなふうに井田さんには映ったのかもしんないね。

基本、男も女もないと思うんだよね。自分のなかのカテゴリーでいけば、柔道もプロレスも政治も根本は闘争本能だから、人間はもともと持ってるものだと思う。それがなければ生き続けられない。それは男も女も関係ないわけじゃない。戦うっていうことは生き続けるってことだから。それを塞ぐ必要もないし。

女子プロ界で新しいことを実現させたい想いは重なっていた

——当時のプロレス界は内と外の意識が強いということが本の中には繰り返し出てきます。

全女は特に昔はそうだよね。独占企業なわけじゃない。何十年続いていてきた社会がしっかりあって。そこはひとつの世界観が出来てるんだよね。後半になってきちゃうとそれはだんだん崩れるけど、当時はバリバリなわけだから、全女の中に私が入ってたらアウトだよね。

——神取さんは、一九八七年の正月興行で目を負傷した後、ジャパン女子プロレスに不審感を抱き、そして一九八九年のジャッキーさんの試合の後、突然、アメリカに行かれます。

そうそうそう。フラッと行っちゃう。「めんどくさいよ！」みたいな感じね（笑）。もう今は許されない（笑）。異端児だったんだよね。

——（笑）。さらに帰国後、プロレスを離れて、農作物を販売する手伝いをされる。井田さんにも、販売したジャガイモを送られていたそうですが、「私は元気ですよ」というお知らせのような感じだったんでしょうか。

アハハハハ。たまたまルートを見つけてね。あまっちゃうのももったいないから。日頃お世話になってるから「ジャガイモでも食べて」って。寅さんの「達者でやってるよ」みたいな感じだよね（笑）。

——そして長与千種さんと対戦をしたい、でも団体が違うからできないという話になったとき、お二人の間を井田さんが繋ぐような働きをします。

うん、そういうところもあったね。選手を越えて大人の世界の話で、弁護士が入るような状況になっちゃってて。そういう中で井田さんは「インタビューで選手の活動を見せていったほうがいいよね」という配慮もあった。あと性格的に、私がめんどくさくなると「ああ、もういいよ！」ってケツまくっていなくなっちゃうっていうのを知ってたから、インタビューで話をさせて食い止めておこうっていう考えもあったんだと思う。今思うと、あの時「もういいや」ってなってたら、たぶん私、プロレス界から外れてたと思うね。そういった意味では、井田さんも「全日本女子プロレス」っていう王道的な団体がある中で、女子プロレス界で新しいことを実現させたいっていう想いは重なってたのかもしれないね。

――でもそれは一方で、井田さんの「本を書く」という行為が、神取さんの日常に食い込んで取材をすることで神取さんの状況を変えることでもあります。取材をされて嫌だったことや、本を読んで違和感を感じたりはしませんでしたか？

それは全然なかったね。私は別に基本的に何書かれても恥ずかしくない。事実を歪曲されちゃうようなことがあると付き合いもしないだろうし。すごく親身になって心配してくれたり、手を差し伸べようとしてくれているのはわかるじゃない。そもそも井田さんが信用できるから話せるっていうのが根本にあるからね。利害関係抜きにして付き合ってくれてるなっていうのはわかったよね。

そうそう、本を書くことになった時に、「大宅壮一ノンフィクション賞」の賞金でオーロラを見に行こうって話してたんだよ。なんでオーロラだったのか忘れちゃったんだけど。「でもとれるわけないよ」って言ってたのが、とれちゃったんだよね。それで「行こう！」って盛り上がって、日程どうするって話し合ってたんだけど、何度かお互いの時間が合わないってなって、そのままになっちゃってたんだ。

――その後はお付き合いされましたか？

結構距離を置いちゃったんだよね。井田さんも取材が始まるとのめりこんじゃう人だったし、離婚だなんだって、そう時間がなかった。電話では連絡くれたりとかしたんだけど。

――この本で出てくる麗文さんはプロレスをお辞めになっていますね。

何年か前に東京でたまたま会ったよ。すっかり〝お母さん〟になって（笑）。「『神取さーん』なんて声掛けてきて。『何やってんのー』って聞いたら、『この近くに住んでるのよー』って」

――メデューサさんは、アメリカに戻られて、モンスタートラックという競技に参加したり、ともかく格闘技に関する仕事はまだ続けているみたいです。神取さんが今も現役で続けるモチベーションは何ですか？

答えが出てないからだよね。自己満足だったらそこで終わりじゃない。でもプロレスを通じてのメッセージが世の中にどう伝わって、世の中にどう支持を得るかは時代によって答えが変わってくるじゃない。そこをどうしたらいいんだろうっていうことを考えてるから。

――当時と比べると今、女子プロレスはやりやすい時代ですか？

どうなのかな。当時は上下関係が厳しい世界だったけど、それを世の中は支持してたわけじゃない。今は選手の住み心地は良くても、世間が横を向いてたらそれは失敗なわけ。だから自分たちではなくて、あくまでも応援してくれている人たちに対して何をアピールできるかだと思うんだよね。

――神取さんご自身が体を使ってリングに上がることが、その答えを探るには必要ということですか？

というか、リングに上がることが、結局世の中に対して何をアピールできるかだと思うんだよね。この本で書かれてる当時は、団体の枠を越えて戦うんだ、というところから、その後、女子が強いということが世間へのアピールになるんだっていうことで男子と戦ったりしたわけじゃん（註：二〇〇〇年、「女子プロレスという枠を外したい」と、天龍源一郎と対戦）。そして今度自分が五十になったときに「まだあいつやってるよ」っていうのが〝レジェンド〟じゃないけど、同じ年代の人たちにとって「すげえ」ってことになると、その人たちへのアピールになるわけじゃん。そうやって、やれることをやってるって感じだよね。それにプラス、自分の背中を見た今の若い人間に、私と同じことをやれっていうんじゃなくて、それぞれが今、持っているもので、どう世間にアピールできるかってことを考える。そうやって広がっていけばいいと思ってるよ。

（二〇一四年四月二二日
東京・大塚ＬＬＰＷ-Ｘ事務所にて）

寄稿

彗星の光芒――井田真木子の思い出

関川夏央
（ノンフィクション作家）

二〇〇一年三月十四日の深夜だった。帰宅したとたん電話のベルが鳴った。受話器を取ると、安堵したような息が聞こえた。読売新聞文化部の書評担当者M君であった。何度も留守番電話に掛けてきたらしい。

そのM君は、井田真木子さんが救急車で信濃町の慶応病院に搬送された、といった。

しかし私は驚かなかった。というのは、彼女はそれまでに何度も搬送されていたからだ。救急車を呼ぶのは本人だったり編集者だったりしたが、そのたびに彼女は入院した。

五、六年前に搬送後の入院をしたとき、私は彼女自身から連絡をもらって若松町の国際医療センターに見舞った。思いのほか元気なようすで、「栄養失調だったんですよ」と彼女は笑顔でいった。寝食を忘れて仕事に没入していた、というのも彼女自身の言葉だったが、そうまでしてする仕事とは何だろう。そんな思いが表情に出たものか、私の反応に彼女はやや不満そうであった。

だが、その夜のM君の口調は深刻だった。心臓マッサージを受けながらの搬送だったらしい、と彼はいい、すみませんが慶応病院まで来てくれませんか、いま、ぼくひとりなので、とつづけた。

心臓マッサージとは、まったく穏やかではない。

浅い春の寒い夜であった。M君は慶応病院の救急救命センターの表に立っていた。薄明りの下で不安そうな表情の彼は、井田さんが午後十一時十分に死亡宣告された、と告げた。私に言葉はなかった。

M君が説明してくれた事態の推移は以下のようである。

最近の井田さんは、ネットの仲間をつくり頻繁に連絡をとり合っていた。ネット上だけではなく、電話でも彼らと毎日のように話していた。例のごとき長電話だが、その日の声はことのほかつらそうで、電話を切る前に彼女は、これから救急車を呼ぶつもりだ、と相手にいった。

気配がただならなかったのだろう。ネットの仲間は連絡をとりあって四谷若葉町の井田さんの部屋を訪ねた。大家に頼んでドアを開錠してもらった。午後九時頃だったという。彼女は部屋の中で倒れていた。すぐ救急車が呼ばれたが、現実にはすでに心臓マッサージもむなしい段階だったようだ。結局、出版界とは縁のないネットの友人たちが最後まで付き添った。

死因が肺水腫と決まったのは少しのちだが、彼女の体は衰弱しきっていたのだという。

私は一九九三年から九五年頃にかけ、編集者たちをまじえて何度か彼女に会った。その間、彼女はしばしば電話をかけてきた。とくに用事があるわけではなく、業界の噂話が主だった。早朝だったり深夜だったりしたが、いつでも閉口するほどの長電話だった。私が彼女と距離をおいたのは、長電話そのものにだけではなく、彼女が語る出版界の「情報」や「物語」に疲労したからである。

二〇〇〇年はじめ、読売新聞の書評委員会で久びさいっしょになった。最初の委員会に出向いたが、彼女の姿がない。休みかと思ったら、遠目には別人としか見えない女性が井田さんだった。彼女は尋常ではない痩せ方をしていた。ふっくらしていたはずの頬はこけ、人相がかわっていた。睫毛が非常に長く見えたのは、目が落ちくぼんだためだった。

以前から彼女の酒は、その電話とおなじように長かった。飲み方は豪快というより、ときに人の心を寒くするまで「破滅的」だった。そこに持病のような「栄養失調」が重なったのだろうと考えたが、それにしてもひどい痩せようだった。

だが彼女は半年ほどで旧に復した。少なくとも外見上はそう見えた。八日前、二〇〇一年三月六日の委員会で見たときにも不健康のきざしはうかがえなかった。まさに青天の霹靂《へきれき》であった。

「もしものとき連絡リスト」が、井田さんのデスクの上にあったという。それもネット仲間が見つけたのである。

リストの最初に「読売新聞文化部の書評委員会担当記者」とあったから、さして親しいとも思われぬM君に連絡が行った。意外だったのは私の名前がそのつぎにあったことと、肉親の名前がリストになかったことである。

彼女は慶応病院の霊安室で、ストレッチャーの上に横たわっていた。死に顔は穏やかだった。眠っているとしか見えなかった。二、三人の若い男女がうつむいて付き添っていたが、そこに救急車に同乗してきた人もいたのだろう。

これからどうすればよいか。もとより心細げであったM君と私は困惑した。

担当編集者と連絡を取ろうとして、最近の彼女がどの出版社で仕事をしていたのか知らないことに気づいた。そこで、以前はたしかに彼女と関係が深かった文藝春秋に電話をしてみた。もう夜中だというのに彼らは会社にいた。私の話を聞いた「文藝春秋」本誌と「諸君!」の編集者が、ほどなく大挙してやってきてくれた。彼らの姿をみとめたとき、私はうれしかった。

両親の連絡先を探してくれたのも文春の編集者である。両親が来られたのは朝方近くだっただろうか。その休息用のホテルを含め、必要な手配をしてくれたのも彼らで、私はほとんど役に立てなかった。

井田真木子さんは一九九一年『プロレス少女伝説』で大宅壮一ノンフィクション賞を受け、九三年には『小蓮の恋人《シャオリエン》』で講談社ノンフィクション賞を受けている。私が彼女とはじめて会ったのは九三年、「本の雑誌」で「明治四一年が面白い」と題した対談をしたときのようだ。その後、九五年に『小蓮の恋人』が文庫化されるとき、その「解説」を書いた。彼女の代表作といえる『小蓮の恋人』を私はそのときはじめて読み、感動した。端倪《たんげい》すべからざる書き手を発見したと思った。

主人公「小蓮」は残留孤児二世である。十一歳まで吉林省の農村で育ち、一九八一年、残留孤児一世の母親、中国人の父親、小蓮とそのきょうだい七人、合計九人で帰国した。

東京での十年が過ぎたとき、小蓮は中国に行って（帰って）みようかと思い立った。

とうに文革は終っている。もはや狂熱的大衆運動の中国ではない。七〇年代までの信じられないほど貧しい中国ではない。豊かになった中国だ。中国語ができる日本人なら、当地での就職も有利に違いない。

だが彼女は、吉林省の農村はおろか、大都市北京の生活にもがまんできなかった。北京で出産したのだが、外国人からは十倍も料金を取る「差別」にも、病院の不潔さにも、また医療者の不親切にも耐えがたかった。たしかに中国育ちではあるが、日本での十年が、彼女を日本文化の人に変えてしまっていたのである。自分はとうてい中国では暮らせないと思いさだめ、小蓮は日本に帰った。

井田真木子さんの祖父は新潟県刈羽郡の農村の出身であった。早くに父を亡くし、養家の世話になりながら医大を出た祖父は、日露戦争後、医者として有利な仕事先をもとめて満洲に渡った。奉天か長春か、あるいは関東州の大連だったかも知れないが、その地に根づいて暮らし、一九四四年に亡くなった。

井田さんの両親は、ともに大陸生まれである。井田さん自身は一九五六年に神奈川で生まれたが、彼女は自分に「植民地人」の血が流れていることを強く意識していた。いまいる場所に違和感をぬぐいきれない血、土着することを拒絶する血、「ここ以外のどこか」へ行くことをつねに願っている血、そういってもよい。

彼女は、父祖の地である新潟に行き、田園風景の中にたたずんでみたことがある。しかし、そのとき彼女は何も感じなかった。「ここで自分は生きられるはずもない」と思うばかりであった。「故郷」に愛着を持てず、「故郷」とは何かがわからなかった井田真木子も、たしかにひとりの小蓮であった。

そういう立場から出発して、視野を日本近代のありかたそのものにまで広げる。小蓮の物語に見た「個人にとって文化とは何か」という主題を、自分の物語としても考えようとする。

ときに自傷をもためらわない果敢すぎるそんな方法は、井田真木子という作家の生理に根ざしたものであった。

「物語をつくりだせる人をまず見つけること」

本を書くための条件を井田さんはそう語っている。その言葉は、彼女の最後の、かつ未完の作品となった『かくしてバンドは鳴りやまず』の末尾、版元リトル・モアの編集者によるインタビューに答えた中にある。

彼女はいう。「見つかるまで、書くための取材は絶対にはじめない。見つかったら、まあ、いろんなやり方で火をつけてしまう」

あなたの方法は「状況介入」的ですね、と編集者にいわれ、井田さんは肯定する。そして、さらにつぎのようにいう。

「(膠着した場合) 状況のほうを変えてしまおうとする。すると、また対象のほうが動きはじめます」

彼女は取材対象に密着するというより、取材対象に「介入」して事態を動かす。そして、ときに意図して「追い込む」。または「支配」してしまう。そんなふうにとれる。

「私はそういう同情に値しない人間でして。本を作るためなら身を売る、腕の一本でも二本でもどうぞというような人間ですので。あるいは人も平気で裏切る」

彼女のノンフィクション作家としてのキャリアは、一九八九年、三十三歳で『温泉芸者一代記』を出したときにはじまる。とすれば二〇〇一年春までの十一年間である。その間に書いた本は八冊。材料選びに慎重で、かつ「状況介入」的な込み入ったやり方をとる彼女だから、少ないとはいえない。むしろ多い。ただし原稿料と印税だけで生活するのはラクではなかっただろう。

井田さんは自身の経済生活を、「初版一万部では、まずまともな市民生活は送れません」「書けば書くほど貧乏になる」とインタビューで語っているが、いまとなればそれさえ贅沢な悩みと映る。というのは、現在では誰であれ初版四千部がせいぜい、多くの場合は不採算が明白だから出版してもらえない。すなわちノンフィクション作家の生活はあらかじめ破綻している。したがって、才能のあるなしにかかわらず、参入を志す青年はいない。

この一九九九年に行われたインタビューで、井田さんはノンフィクション界の不振の原因のひとつを「文壇」の不在に帰しているが、そうではなく、読者の激減とそれにつづく事実上の消滅のせいである。そうしてフィクションの世界でも「文壇」という装置は、実は一九八〇年代には姿を消していたのである。この短い歳月のうちに、ノンフィクションのみならず出版界は劇的にさまがわりした。

取材対象に、井田さんはどのように接近したか。

おなじインタビューで、彼女は『同性愛者たち』(文春文庫版では『もうひとつの青春』と改題)を書くために、同性愛者の団体を訪ねたときのことを語っている。

〈他の取材者の方たちは正面玄関から入られたんですね。つまり、市民運動として捉えよう、あるいは人権の問題として捉えようというふうに思われた方が多かったので、広報担当者に接触なさった。比べて、私は彼らを運動論として捉えたのではありませんでした。なんだか訳のわからない事象だと思ったので、とにかく電話をかけて、事務所に出かけて行った。百円寿司かなんかの詰め合わせを持って、ドアを開けたら、たまたま部屋の蛍光灯が切れかかってチカチカしてたんですよ。挨拶も済んでないのにお寿司をそのへんに置いて、デスクによじ上ってその蛍光灯をはずして、「新しい蛍光灯ありません？」(笑)。〉

警戒されることとなく何となく入り込み、取材対象の動き方を「それこそ目でじっと追った」ということだ。

いかにも井田真木子さんらしい。出版社でもおなじで、いつの間にか「住み込んで」仕事をしていた。取材対象に対して彼女は「状況介入的」であったが、それ以外の局面でもたしかにそうだったと思う。

編集者や同業者も、彼女にとっては興味深い「物語」の構成要素であったから、誰それの「情報」を誰それに伝えることで「状況」を動かそうとした。彼女はそれら「状況」の策源点、または「物語」の語り手の立場を楽しんでいたようであった。しかし、脚色を加え、虚構させまじえた彼女の「情報」は、ときに周囲をとまどわせ、混乱させもしたのである。

彼女の通夜の帰り、編集者のひとりに井田さんが二十一歳のとき出版した詩集を見せられた。『街』と題され、田村隆一への謝辞をしるしたそれは、十九歳の処女詩集につづく二冊目だという。井田さんの出発点が詩人だったとは意外でもあり、どこか腑に落ちる感じもあった。

彼女は書きもので、また電話口で、体内から長い糸を吐き出すように飽かず「物語」を語った。その語り口は、ときに白昼の光のようにまぶしく、ときに夜の底のように暗かった。その長い長い「物語の糸」は井田さんの「他者」への強烈な飢餓感と、彼女の内部に息づく「詩人の魂」とが合成して、やむを得ず紡ぎ出されたものだったのだ、と私は溜息とともに納得したのである。

井田さんが雑誌「リトルモア」にもとめられた『かくしてバンドは鳴りやまず』の連載は、世界的な「ノンフィクション」作家とその作品を「ノンフィクション化」するという野心的な企画で、十回分の予定だったが、彼女の突然の死によって三回で中断した。

実際に書かれたのは、トルーマン・カポーティ、ランディ・シルツ、カール・バーンスタインらの章である。対象は同性愛の作家、エイズで死んだライター、「アカ」の両親を持った暗いユダヤ人記者などとその作品で、「作家の中の少数者」あるいは「生産的な変わり者」に執着した井田さんは、自分もそのひとりと規定していたのだろう。

彼女がつづく章で取り上げようとしていた『汝の父を敬え』のゲイ・タリーズはすぐれた作家だが、同時に「目立ちたがりやで、自分が奇抜だと思うことをやってひとり悦に入って他人をげんなりさせ」る困った人でもあった、と井田さんは編集部に渡した企画書に書いている。

「人好きのしない、しつこい、そしてとてもとても孤独な人だったらしい。きっと、誰も彼に電話をかけてパーティに誘おうなんて思わなかったんだろう。自分のほうから午前6時に躁を装ったような電話を他人にかけて、相手から電話を切られる前に自分から切っている」

井田さんによるゲイ・タリーズ描写は、彼女による彼女自身の描写のようでもある。

彼女も才能があって孤独な人だった。しかし、その過剰に個性的な性格と行動が、彼女自身匂わせていたように、幼い頃に受けた性的なハラスメントがもたらしたものかどうか、私には判断できない。

中年となった『小蓮の恋人』の主人公を、私は偶然のことから間接的にだが、いくらか知っている。

彼女は『小蓮の恋人』に井田さんが「それからの小蓮」と題して書いた「あとがき」にあるように、二十一歳のとき中国に行ったが、「中国をうけつけ」なかった。北京で四ヵ月暮らし、九三年一月に日本へ帰った。帰国して八ヵ月、北京の婚家に預けていた子どもを引き取った。以来、今度は東京で日本文化とのきびしい接触を重ねつつ、生活と家庭を築こうとした。

さらに四年後、九六年十月に刊行された文庫版の「あとがき」、「それからの、またそれからの小蓮」は小蓮が二十五歳、著者三十九歳のとき書かれた。一九八一年の帰国時、一世二人、二世すなわち小蓮と彼女のきょうだい七人であった一族は、二世の連れあいと彼らの子どもたちの三世を加え、すでに三十一人になっていた。小蓮の子どもはふたりである。

さらにのち、「小蓮」は子どもをもうひとり生み、三人の子の母となった。その頃には他のきょうだいたちの子どもも増え、四世までも含んで一族はさらに拡大した。小蓮は、四十歳になったとき大学に入り、働きながら通って二〇一四年に卒業した。そういった消息は、小蓮の勤め先の同僚から偶然聞かされたのだが、直接の接触は持たなかった。

二〇一一年頃だったと思う。遅れて井田真木子さんの死を知った小蓮からお墓参りをしたいのだが場所を教えてくれないか、とこれも間接的に尋ねられたことがある。しかし私は場所を知らず、そのように伝言した。小蓮は私が一時井田さんと近かったということを知らなかった。おなじような仕事をしている人らしいから尋ねてみた、そういう気配であった。

井田真木子さんはしばしば文字通り「寝食を忘れて」仕事をして、「栄養失調」で搬送されたりした。生まれつき「サーモスタット」が欠落していたらしい彼女は、自分の体を燃やしながら回転するエンジンに似ていた。そうやって彼女が発した高い輻射熱《ふくしゃねつ》は、ときに周囲を焼いた。

彼女はよく倒れたが、そのたびに親しい編集者を呼んだ。駆けつけた編集者が彼女を背負って病院に連れて行ったり、救急車を呼んだりした。二〇〇一年の三月のその夜は、それが間に合わなかった。あるいは編集者がつかまる前に彼女の力が尽きた。そういうことではなかったか。

井田真木子さんには文芸家としての才能はあった。しかし生活者としてはどうだっただろう。両者がうまくバランスしないと表現活動を永続させることは困難だ。

彼女を回想するとき私は、夜空の一隅を淡く照らして飛び去った彗星をイメージする。それはいまだ多くの「物語」を蔵したまま暗黒の彼方に姿を没したのだが、思えば、彗星もまた自らの体を蒸発させることで、その光芒を虚空に長く曳くのである。

（この原稿は、「文藝春秋」二〇〇一年五月号に掲載したものに大幅に加筆しました）

弔辞　柳田邦男

井田さん、
今年のあなたの年賀状は力強かった。

こう書いていたじゃないですか。

〈昨秋より、これまで私の能力では無理と決めつけておりました、一回、80枚前後の連載に挑戦することができ、充実して新年をむかえることができました。〉——と。

去年の春から夏にかけて、あなたは体がひどく乱調に陥って、悪性の腫瘍ではないかと困惑しておられた。診てもらっていた医者の診断がよくなかったことが、一層あなたを混乱させていましたね。しかし、七月にいい医師に出会い、いろいろなことがクリアされてからは、徐々に立ち直られた。

そして、十月半ばにいただいた葉書の文面は、新しい仕事に全力を投入していることを示す意気軒昂たるものだった。

〈私はおかげさまで完全復調し、今回発売分の「リトルモア」という文芸誌で、ノンフィクションライターとして東西のノンフィクションライターを書いてみるという実験を連載の形で始めました。私にとっては初めての連載なので、まごつくことしきりです。本の形にまとまりましたら、お手許にお届けしようと思っております。〉

と、文字どおりの「完全復調」ぶりを伝えてくださった。

それが年賀状でも変わらなかった。

それだけに、去る三月十四日の突然の信じ難い訃報に接し、大きなショックを受けました。いまだに私には何が起きたのか理解できていません。

あなたの作品をはじめて読み、そしてあなたに会ったのは、丁度十年前の一九九一年春、あなたが『プロレス少女伝説』で第22回大宅壮一ノンフィクション賞を受賞された時でした。プロレスという格闘技に青春を賭ける女の子たちの日常を、ノンフィクション作品のモチーフにするという着眼は、奇を衒うように見えたけれど、実際に読んでみると、そんな私の先入観はあっさりと打ち砕かれた。取材対象の人物の生活に自分をまるごとかかわらせることによって、片隅に生きる現代の若者たちの〝詩と真実〟のディテールを、丁寧に紡ぎ出していく表現法がそこにあった。つまり異色の生き方や境遇の人物を等身大で描くことによって、個々の人間に投影される時代の特質という普遍的な問題を炙り出していく井田さんの作風あるいは流儀は、『プロレス少女伝説』でほぼ出来上がったと言えると思うのです。

二年後の九三年には、井田さんは、東京で弁当屋を開いている旧満州からの引き揚げ残留孤児二世たち一家に視線を向け、その中の一人、思春期の三女を主人公にした『小蓮の恋人』で第15回講談社ノンフィクション賞を受賞して、井田真木子流ノンフィクション作法を確立されました。

『小蓮の恋人』は、実に爽やかな青春物語で、井田さんの全作品の中で、私が一番好きな作品です。

そう言えば、その時の講談社ノンフィクション賞の選考会で、こんな論争があったのを思い出します。

A委員の発言は、「オーディナリー・ピープルなんて、ノンフィクションの対象にはなりえない。この作品は全く面白くない」というものでした。

これに対し、B委員は、「オーディナリー・ピープルだって、ドラマに満ちた人生を生きている。ただ、それをノンフィクションで描くことは難しい。『小蓮の恋人』はノンフィクション・ジャンルにはじめてオーディナリー・ピープルの青春物語を登場させ、しかも完成度の高い作品に仕上げたものだと言える」と反論しました。

実は、『プロレス少女伝説』をめぐる大宅賞選考会でも、似たようなおかしな議論があったのです。それは、こういうぐあいでした。

A委員の意見は、「プロレスをやってる女の子なんてメメズみたいなものだ。メメズはどんな切り方をしようとメメズ以外の何物でもない。こんな作品はレベル以下、大宅賞の候補作にした理由がわからない」というのです。

これに対するB委員の意見は、「メメズだってちゃんと心がありますよ。メメズだって、カエルだって、みんな僕らの友達だ、と小学生が歌ってるじゃないですか」と正反対でした。

こんな議論は作家の耳に入らないほうが、仕事に専念するためにいいですから、これまであえて話しませんでしたが、井田真木子流ノンフィクション作法の意義を評価していたB委員の言葉は、あの世へのカバンに入れて持っていってください。

井田さん、あなたは取材の仕方においても文献の読み方においても、全身を投げ込む凄さがあった。

忘れもしません。九七年春、私が一九七〇年代から九〇年代はじめにかけてのノンフィクション勃興史をまとめた『人間の真実』を刊行した時、京王プラザホテルの一室で対談しましたよね。あなたは、一頁21行組で六百頁近い『人間の真実』の数十ヵ所に付箋をつけて持ちこんで来られた。そして、付箋をつけた頁を開いては、注目した部分を読み上げ、話を展開するという進め方をしたので、対談というよりは研究討議のような様相になっていった。対談予定時間は二時間だったのに、二時間を過ぎても、対談の内容はやっと序論のところを終えたに過ぎなかった。

あなたは本をめくっては、詳細に議論を進めるので、そのエネルギッシュな取り組みに押されて、私もとことんノンフィクション論を語ろうと覚悟を決め、時間を気にしないことにした。結局、午後三時から始めた対談は七時間におよび、最後にコーヒーを飲んだ時には、時計の針は夜の十時をまわっていた。編集者も速記者もよくぞつき合ってくれたものだと思う。あとで速記が上がってきた時、その分厚さに、私は編集者に、「井田さんが引用した部分の文章をきちんと挿入していったら、これだけで一冊の本になる分量だね」と言ったものです。

井田さん、あなたの残像は強烈だ。

仕事のことや病気のことを詳しく語る電話の口調。簡にして要を得た葉書の文章。自作の本の見本刷をわざわざ届けに来て、もう次の作品の話をする時の輝やいた目。

あなたはノンフィクション界で高速ミサイル駆逐艦のような役割を果たし、その境地を拓いた人です。

四十四年という歳月が短かったのか長かったのか、私にはわからない。芥川龍之介は三十五歳、宮沢賢治は三十七歳、三島由紀夫は四十五歳。作家は何歳であろうと、それぞれに春夏秋冬の彩りを持った人生を刻んでいる。

井田さん、あなたにはあなたの立派な春夏秋冬があったと思う。あなたが生き、呼吸し、駆け抜けた一刻一刻は、あなたの作品の中に息づきつづけ、それゆえに私たちの心の中にも生きつづけている。魂は永遠です。

井田さん、今度は雲の上で、十時間の対談をやりましょう。またお会いできる日を楽しみにしています。


（二〇〇一年三月二十日　告別式にて）